Marguerite

Suzanne GACHENOT

Marguerite

ÉDITIONS DE NOYELLES

Éditions de Noyelles,
Avec l'autorisation des Éditions Nouvelles Plumes

31, rue du Val de Marne, Paris

© Éditions Nouvelles Plumes, 2019

ISBN : 978-2-298-14866-4

À Marguerite, mystérieuse et insaisissable.
À Pierre, Paul et Arthur, poètes de ma vie.

PROLOGUE

Océan Atlantique, octobre 1908

Il tenait fermement sa petite main dans la sienne comme s'il craignait qu'elle ne s'envole dans le ciel, cobalt, souillé par la fumée noire que crachaient les quatre grosses cheminées du paquebot transatlantique.

La lumière était vive, presque aveuglante. Il plissa les yeux.

Il ne pouvait s'empêcher d'examiner l'horizon, fouillant du regard le moindre recoin d'océan, comme s'il espérait encore. Pourtant il savait que c'était peine perdue, la terre avait depuis longtemps disparu. Son pays, sa vie aussi. Mais il refusait d'accepter cette vérité.

Pourquoi ? Pourquoi avait-il pris cette décision précipitée et démesurée ? Bon sang ! Quelle mouche l'avait piqué ?

Sous l'effet de la colère il s'était mis à trembler. Malgré les plus de trente degrés à l'ombre, il était comme glacé à l'intérieur. Pourtant sur ses tempes et dans sa nuque perlaient d'invisibles gouttes de sueur.

Et puis il y avait ce bruit assourdissant, le grondement des turbines à vapeur, qui lui donnait la migraine et l'empêchait de réfléchir. Encore dix jours de traversée, c'était difficile à imaginer dans de telles conditions. Jamais il ne pourrait le supporter. En fait, il n'avait pas vraiment le choix.

À ses pieds, l'océan dansait, ruisselant de lumière, si bleu, si profond. Il songea un instant à baisser les bras et à plonger dans cette immensité si paisible, oublier, disparaître.

Mais il y avait cette petite main qui le tirait vers le pont, vers la vie. Elle avait aperçu quelques mouettes venues picorer les miettes abandonnées par les passagers et elle était inévitablement attirée par ces gros oiseaux de mer dont le plumage blanc et gris ressemblait à celui des pigeons de Paris.

Il jeta un dernier regard à l'océan. Non, il ne pouvait pas l'envisager. Il renonça et recula de quelques pas.

Elle ne le méritait pas. Elles ne le méritaient pas... La tête basse, les épaules courbées, lourdes de tout ce poids à porter, il suivit la petite main qui l'entraînait.

Ils s'assirent sur un banc, les cheveux au vent.

Il ressentait un tel vide, comme un trou béant au milieu de la poitrine. Il glissa sa main libre dans sa poche. Il savait qu'il ne devait pas, mais c'était comme un besoin irrépressible. Tout aussi difficile que d'empêcher un enfant de plonger ses petits doigts potelés dans un pot de confiture.

Il sentit le métal froid, le soupesa, le caressa et son cœur s'apaisa.

Une autre main s'abattit soudain sur son épaule, beaucoup plus grande que celle qu'il tenait toujours avec insistance, et la voix familière chuchota à son oreille, rassurante, comme pour se convaincre elle-même :

— T'inquiète pas ! Ça va aller, tu verras. On s'en sortira...

Mais ça n'irait pas, il le savait, rien ne pourrait plus jamais aller.

PREMIÈRE PARTIE

1

Paris, novembre 1905

Du gris à l'infini ; voilà, à l'aube, le seul visage qu'offrait Paris. L'hiver s'était définitivement installé et la ville ressemblait étrangement à l'une de ces sombres gravures, griffonnées à la mine de plomb. La Ville lumière avait bien triste allure, loin de l'éclatante splendeur qu'elle affichait encore hier. Les quais de Seine, déserts, disparaissaient sous un épais manteau de brume et le fleuve, obscur et menaçant, serpentait à travers la ville, glissait insidieusement, ballottant péniches et embarcations de fortune. Le silence paraissait fragile comme du cristal, prêt à se briser au moindre bruissement.

Passé le pont d'Austerlitz, on y voyait un peu mieux. Le brouillard se dissipait sous la pâle lueur des réverbères et se dessinaient les contours de l'un de ces quartiers pauvres et ouvriers, le faubourg Saint-Marcel, qui s'éveillait timidement dans les vestiges de la nuit. Les rues s'animaient au son des volets de bois qui claquent sur les façades grises et tristes, les fenêtres s'éclairaient, une à une, crevant l'obscurité des ruelles oubliées. Sur le boulevard, déjà au travail, quelques épiciers aux longs tabliers immaculés dressaient leurs étalages et approvisionnaient en marchandises de grands paniers et caisses en bois : des choux, des pommes ou encore des oranges parfumées. Sous les sabots des chevaux, le silence de la nuit avait fini par voler en éclats et résonnait désormais dans les rues un grondement régulier, qui ne ferait que s'amplifier.

Stationnés en file indienne le long des trottoirs, des charrettes et autres véhicules de livraison déchargeaient leurs cargaisons, dans un ballet exclusivement masculin, où se mêlaient commis, marchands et commerçants. Les vitrines des petites boutiques se remplissaient, débordant de marchandises en tout genre, prêtes à accueillir les clients qui ne tarderaient pas à se presser ici. Au cœur de toute cette agitation bâillaient et grelottaient les marchandes des quatre saisons, poissonnières ou bouquetières, bien loin de l'image gouailleuse qui leur colle tant à la peau. Chargées seulement d'un petit panier, ou traînant de lourdes charrettes à bras, elles investissaient les places et les trottoirs, prêtes à battre le pavé toute la journée.

Devant la vitrine d'une petite boulangerie, la délicieuse odeur du pain chaud se mêlait à celle du lait frais qu'une jeune laitière aux formes généreuses et au petit bonnet blanc transportait dans de gros bidons au fer-blanc à l'aide d'un petit landau pour enfant. On disait d'elle que ses mamelles valaient bien celles de sa vache, et elle avait ici sa petite notoriété...

Ce quartier aux origines populaires n'avait pas vu son identité modifiée par les aménagements du préfet Haussmann, qui avait entrepris de nettoyer et d'assainir l'un des plus miséreux des bas-fonds de la capitale. Rien n'avait pu éradiquer la pauvreté, l'insalubrité et l'insécurité qui y régnaient. Une foule d'ouvriers, de journaliers, de marchands et de mendiants y côtoyait des immigrés de tous pays, mais aussi des provinciaux venus tenter leur chance à Paris : Auvergnats, Normands et autres paysans.

C'était ici, au sein d'une famille d'ouvriers ordinaires, qu'avait grandi Marguerite, dont le destin semblait inévitablement lié à ce quartier, à cette vie de misère et d'infortune.

Ce matin-là, lorsque la petite horloge de laiton au cadran émaillé sonna une heure de plus, pas un des habitants du logis ne cilla. Seule la jeune Marguerite, arrachée à un sommeil agité, ouvrit péniblement les yeux sur ce jour nouveau. Après un moment de flottement où elle chassa la brume qui obscurcissait son esprit, elle glissa en silence sur le bord du lit qu'elle partageait avec sa sœur aînée.

Quelle nuit, mon Dieu, quelle nuit..., pensa-t-elle. *Moi qui avais besoin de repos...* et elle bâilla sans retenue.

Sa mère, dans sa bonté légendaire, avait tout simplement décrété que sa cadette accomplissait le travail le moins pénible du foyer et qu'elle pouvait donc sans souci se charger des corvées, soulageant ainsi toute la famille de ses ennuis domestiques. La jeune fille se devait donc d'être la première levée pour effectuer sans rechigner toutes les tâches qui lui étaient attribuées. Tout cela, bien entendu, avant d'entamer sa propre journée de travail à l'atelier.

Elle bâilla de nouveau. Sous ses pieds le plancher était glacé, et malgré ses grosses chaussettes de laine qui lui piquaient les mollets, elle frissonna sous sa longue chemise de nuit en coton blanc. Elle n'était pas mécontente de quitter le petit lit de fer, bien trop étroit pour nicher deux jeunes filles, mais en abandonner la douce chaleur était toujours difficile, surtout les matins d'hiver.

Derrière la très mince cloison qui séparait la pièce commune où elle dormait de la minuscule chambre conjugale, elle percevait la respiration ronflante de son père. Marguerite l'avait entendu rentrer bien trop tard, un peu trébuchant, traînant dans son sillage cette répugnante odeur, mélange de tabac froid, de sueur et de graillon. Il avait sans doute passé une soirée de plus au café, à taquiner le carton, jusqu'à ne plus tenir sur sa chaise. Elle soupira.

Dans un coin, Achille, son petit frère, dormait lui aussi à poings fermés, roulé en boule sur un matelas. Marguerite se demandait encore comment le jeune homme se débrouillait pour contenir ses bras et ses

15

jambes, immenses, sur cette minuscule paillasse. Il semblait pourtant y dormir comme un bienheureux, sans se tourmenter plus que les autres pour elle, qui allait une fois de plus se charger seule des basses besognes. Elle soupira encore.

L'unique fenêtre de la pièce était dépourvue de volets et elle discernait sans peine dans la pénombre les nombreux meubles et objets qui encombraient l'étroite pièce de vie, où l'on ne pouvait presque pas faire un pas sans se cogner. Un bric-à-brac sans intérêt ni valeur, que ses parents continuaient d'entasser machinalement depuis des années. On se serait presque cru dans une famille de chiffonniers ! Elle regarda, sceptique, la vieille carcasse rouillée d'une bicyclette, sans roues ni selle, accrochée au mur du salon et soupira, encore ! Dès qu'il s'agissait de sa famille, soupirer était son seul recours. Démunie, régentée et moquée, elle ne pouvait qu'endurer et courber l'échine.

Songeuse, elle apprécia le calme et la sérénité d'une maison encore endormie, mais savait que cette quiétude ne durerait pas. Elle aurait pourtant aimé faire durer cet instant indéfiniment, s'y blottir et se sentir enfin en sécurité. Tout cela n'était que chimère, elle le savait, mais elle aurait voulu ne jamais avoir à affronter cette journée.

Aurait-elle seulement le courage d'aller jusqu'au bout ? *Allez jeune fille !* se rabroua-t-elle, *il faut se lever maintenant, fini de tergiverser !*

Mais elle resta immobile encore un instant. Les questions tournoyaient déjà dans sa tête, au point de l'étourdir. Ce n'était pourtant plus vraiment le moment d'y réfléchir, son destin était en marche, et elle était bien décidée à faire partie du voyage. Pour le moment, elle devait simplement s'appliquer à donner le change sans éveiller les soupçons de son entourage. Se rendre invisible aux yeux de sa famille, Marguerite en avait fait depuis bien longtemps une habitude.

16

Elle se décida enfin à se lever, un peu nauséeuse, les membres endoloris et les reins courbaturés, avec cette sensation lourde et étrange d'avoir sommeillé un siècle entier. Le lit grinça mais rien ne bougea. Elle s'étira douloureusement, ses jambes la portaient difficilement, cotonneuses et flageolantes, et une image épouvantable l'assaillit. Elle se vit soudain paralysée, prisonnière à jamais de ces quatre murs, esclave d'une famille qui ne semblait pas être la sienne. L'image de cette jeune femme, croisée près de Notre-Dame, que l'on poussait sur une chaise roulante, revenait la hanter.

Refusant cette idée, certes grossière mais particulièrement angoissante, elle respira longuement, cherchant à ancrer ses pieds sur le plancher et à retrouver son sang-froid.

Il faut bien dire qu'elle n'avait presque pas fermé l'œil de la nuit, bien trop soucieuse pour trouver le sommeil, comptant les heures plus que les moutons. Et lorsque Morphée lui avait enfin ouvert les bras, elle avait fait un terrible cauchemar avant d'être réveillée par une douleur mordante.

Sa sœur, vraisemblablement dérangée par son sommeil agité, avait profité de l'occasion pour lui asséner un violent coup de coude dans les côtes. Quelle peste !

La pauvre Marguerite avait donc passé le reste de la nuit à somnoler, luttant pour rester immobile, malgré les mille pensées qui tourmentaient son esprit.

Toute cette effervescence avait laissé des traces qu'il lui faudrait au plus vite effacer.

Par les carreaux de la grande fenêtre, elle jeta un coup d'œil rapide au ciel et constata avec soulagement que celui-ci était certes encore gris de nuit, mais parfaitement dégagé, sans le moindre nuage. On pouvait y voir briller une lune diaphane et déclinante. La brume de la nuit s'était évanouie et les conditions étaient idéales pour la journée qui s'annonçait.

Marguerite sentit une pointe d'excitation gagner sur l'inquiétude et la fatigue de ces derniers jours.

« Cette journée sera parfaite, déclara-t-elle, oui elle le sera. Elle le doit ! »

Serrant les poings comme pour se donner force de conviction, elle était néanmoins consciente qu'un tout petit rien pouvait tout faire basculer. C'est pourquoi elle devait absolument rester prudente et ne rien laisser paraître du trouble qui l'habitait, la hantait, la tourmentait...

Ses yeux glissèrent sur l'imposante silhouette de l'église Saint-Médard, qui émergeait de la pénombre et se dressait devant elle, de l'autre côté de la rue. Inconsciemment, les mains jointes et les yeux fermés, elle adressa une prière à qui pouvait l'entendre pour que cette journée soit à la hauteur de ses espérances et surtout, surtout, pour que tout se passe comme elle l'avait imaginé. Son regard s'attarda ensuite sur le parvis de l'église où, sous un réverbère, la veuve Amiot, marchande de soupe, installait tout son attirail, charriant de grosses marmites fumantes.

La soupe ! Marguerite grimaça, elle avait manqué s'exclamer à voix haute. À contrecœur, elle dut se résoudre à quitter son poste d'observation favori pour s'attaquer à la longue liste de ses tâches quotidiennes, qui auraient aujourd'hui une saveur bien particulière.

Elle gratta une allumette et alluma avec habileté la petite lampe à pétrole qu'elle posa sur la table de la cuisine avant de s'habiller chaudement, dissimulée derrière un vieux paravent. Cette précaution était parfaitement inutile puisque toute la famille dormait à poings fermés, mais Marguerite tenait à ce petit recoin d'intimité, qu'elle avait aménagé et qui lui avait valu tant de moqueries. Elle haussa les épaules à ce souvenir tandis que sa chemise de nuit glissait à ses pieds.

Elle n'avait pas encore quitté l'appartement qu'elle grelottait déjà. Se dévêtir dans le matin froid lui faisait toujours cet effet-là et sa nature frileuse lui avait souvent valu la réputation de fille faible et fragile. Pourtant, les honnêtes gens devaient bien avouer que derrière cette jeune fille frêle se cachait une créature déterminée et courageuse, à l'énergie débordante. Sa mère, évidemment, avait un jugement bien différent...

Après avoir enroulé un grand châle de laine autour de ses maigres épaules, elle se chaussa et récupéra les seaux qui patientaient près de la porte d'entrée. Elle eut beau tirer délicatement le battant, celui-ci craqua inévitablement et elle entendit sa sœur se retourner dans leur petit lit en grognant, profitant néanmoins de l'occasion pour s'approprier la place encore chaude et tout juste libérée. *C'est bien la première fois que je ne souhaite pas être à sa place*, songea Marguerite en repensant à toutes ces occasions où elle avait envié sa sœur et les largesses qui lui étaient accordées.

Elle laissa la porte entrouverte et descendit dans le noir et à tâtons l'étroit escalier de bois, dont chaque marche craquait sous son poids. Comme toujours, elle prenait soin de ne pas glisser, les marches étaient courtes et il ne fallait surtout pas renverser le contenu du seau d'aisances, qui tanguait au bout de son bras. La charge était lourde, et ses poignets, aussi gros qu'une pièce de monnaie, menaçaient chaque jour de se briser. Elle ne put échapper au souvenir de ce terrible matin où elle avait manqué une marche, dégringolant l'escalier sur les fesses, dans le fracas des seaux, souillant par là même le palier du deuxième étage. Elle avait récuré l'escalier trois jours durant et s'était juré de ne plus jamais s'y laisser prendre. Ça non, jamais !

Arrivée sans encombre au rez-de-chaussée, elle souffla de soulagement, rien d'épouvantable n'était arrivé. Dieu soit loué ! Dans son état, elle se sentait une proie facile pour toutes les contrariétés du quotidien.

Par une porte entrebâillée, elle aperçut la fine silhouette du père Gillet, propriétaire du commerce de boissons qui occupait la devanture du bâtiment, mais aussi de l'appartement que ses parents louaient. De ce simple fait, les Lemoine avaient pris en aversion le pauvre homme,

19

le saluaient à peine, refusaient de consommer dans son commerce et envoyaient Marguerite régler « les affaires ». Son seul crime était en fait d'être propriétaire et ses parents le jalousaient pour cela. La jeune fille, qui le côtoyait régulièrement, ne partageait pas leur point de vue. C'était un homme poli, honnête et travailleur, qui avait su tenir son commerce et s'enrichir honorablement. À cette heure très matinale, il était déjà assis à sa table de comptes, préparant très certainement sa livraison du lundi. Ses petites lunettes rondes et son tablier noir lui donnaient un air sévère, néanmoins adouci par un crâne largement dégarni, assorti d'une moustache argentée, taillée comme au siècle dernier. Marguerite n'aurait su quel âge lui donner, entre soixante et soixante-dix ans, pas beaucoup plus. Il travaillait sans relâche, et elle ne l'avait jamais vu malade ou absent.

Fidèle au poste, il ouvrait chaque jour son débit de boissons dont personne ne l'avait jamais vu boire une seule goutte.

La rue « Mouffe » était réputée depuis longtemps pour être l'endroit « où l'on boit, mais où l'on ne mange pas ». Le nombre de caboulots, cafés et marchands de vin explosait, une maison sur deux environ possédait son commerce de breuvages en tout genre, chacun proposant ses spécialités, cherchant à se démarquer de son voisin pour attirer le chaland. Ainsi, la vitrine du père Gillet annonçait : *Bière Karcher, Vins, Liqueurs de marque, Cidre d'Ille-et-Vilaine.*

L'espace d'un instant, Marguerite songea à se confier au vieil homme. Elle avait confiance en lui mais elle n'était pas certaine qu'il saurait bien comprendre sa situation et puis de toute façon elle avait peur, et honte aussi. Comme un signe du destin, il leva les yeux vers elle. Effrayée, elle recula et fila à l'anglaise. Le père Gillet, lui, ne vit qu'une ombre glisser, se gratta la tête, avant de replonger dans ses calculs, additionnant les chiffres, comptant les bénéfices.

Marguerite alla ouvrir la porte qui se trouvait sur sa droite, retint sa respiration, ferma les yeux, puis vida le contenu du seau plein qu'elle avait descendu à bout de bras. Le bruit du liquide se déversant dans la fosse d'aisances commune à l'immeuble lui retourna l'estomac. L'endroit servait aussi bien aux locataires qu'aux clients du père Gillet et Marguerite se refusait à l'utiliser. Elle exécrait cet endroit plus que tout. Lorsqu'elle était gamine, on lui avait conté tout un tas d'histoires horribles, où des enfants avaient disparu après y être tombés. Elle s'imaginait alors que le trou, sombre et profond, conduisait ces pauvres bambins directement dans les égouts de Paris, où d'affreux bonshommes les attrapaient pour les vendre comme esclaves. À son grand soulagement, la maison de sa patronne possédait ses propres commodités, et Marguerite s'arrangeait pour y faire le nécessaire.

Encore frissonnante de dégoût, elle poussa la porte vitrée embuée qui donnait sur la grande cour. La brise matinale de novembre caressa son visage, effleura ses mains, avant de plonger sous ses vêtements, la glaçant jusqu'aux os. Marguerite trouva cela vivifiant et avec toute l'abnégation qui la caractérisait, elle sortit prudemment dans le petit matin. Les pavés étaient humides, mais pas gelés. Rassurée, elle avança d'un bon pas. Elle ne savait jamais à quoi s'attendre, la météo était particulièrement capricieuse ces derniers temps. D'importantes chutes de neige de janvier à mars, des pluies et de violents orages de mai à septembre et des gelées inattendues fin octobre. Marguerite restait prudente...

Elle huma l'air et constata avec soulagement que l'atmosphère était tout à fait supportable. Elle inspira donc à pleins poumons avant d'expirer de petits nuages blancs. C'était souvent le cas en hiver, on pouvait respirer sans désagrément, mais Marguerite avait appris à se méfier : si la rue Mouffetard était ainsi baptisée, ce n'était pas sans raison ! Depuis toute petite, elle avait grandi avec cette infecte odeur de « moufette », ces exhalaisons pestilentielles et pernicieuses, qui émanaient de la Bièvre, affluent de la Seine qui coulait tout près d'ici. De tout temps, le cours d'eau avait servi de vidange aux tanneurs, teinturiers et autres blanchisseries qui le bordaient, y rejetant leurs immondices, le transformant en un véritable égout.

Tandis qu'elle traversait la cour pour accéder à la pompe que devaient se partager les locataires de plusieurs maisons, Marguerite goûta sa chance. Dans leur précédente habitation, rue Saint-Médard, elle devait aller chercher l'eau au coin de la rue, à la fontaine du Pot-de-Fer. Bien évidemment, cette nouvelle commodité se payait cher, et le loyer réclamé ici, dix francs par semaine, était abusif au regard du logement miséreux qu'ils habitaient depuis deux ans maintenant.

L'appartement était pourtant très bien placé, mais affreusement bruyant et en très mauvais état. Le père Gillet ne faisait que s'aligner sur les prix du marché et il avait très souvent été compréhensif, acceptant des délais de paiement. Bien trop souvent...

Le froid était vif mais Marguerite se laissa surprendre par le contact glacé de la fonte lorsqu'elle se saisit du bras de la pompe à eau. Elle mobilisa toutes ses forces pour actionner le lourd mécanisme. Ce matin-là, elle prenait presque plaisir à cette tâche pénible et ingrate qui commençait toutes ces journées. L'eau jaillit sans crier gare, glaciale, éclaboussant ses joues et ses mains et elle garda un long moment cette sensation piquante de brûlure sur la peau.

Elle n'y prêta pourtant guère attention. Son esprit était déjà ailleurs car elle savait que désormais, son avenir ne se résumerait plus à tout cela. Tout en pompant avec force, elle rêvassait déjà à ses journées futures, débarrassée de toutes ces maudites corvées. Une nouvelle vie l'attendait et partagée entre la joie et la peur, elle avait envie de rire et pleurer à la fois, surprise par ce

22

mélange d'émotions dont elle ne savait que faire, tant elle était si peu habituée à les ressentir.

L'envie de chantonner la prit soudainement, comme ça, sans prévenir. Mais elle ne connaissait que peu de chansons, à peine quelques comptines enfantines et les seules paroles qui lui revinrent alors en mémoire furent celles de *La Bonne Aventure* et elle se mit à fredonner :

> *« Lorsque les petits garçons*
> *Sont gentils et sages,*
> *On leur donne des bonbons*
> *De jolies images,*
> *Mais quand ils se font gronder*
> *C'est le fouet qu'il faut donner ;*
> *La triste aventure,*
> *Oh ! gai !*
> *La triste aventure*
> *Je serai sage et bien bon*
> *Pour plaire à ma mère ;*
> *Je saurai bien ma leçon*
> *Pour plaire à mon père ;*
> *Je veux bien les contenter*
> *Et s'ils veulent m'embrasser ;*
> *La bonne aventure,*
> *Oh ! gai !*
> *La bonne aventure. »*

Elle avait bien naïvement essayé de mettre en application les préceptes de cette chanson, mais elle n'avait jamais évité les coups de bâton et encore moins reçu de bonbons.

Et tandis qu'elle rinçait le premier seau et remplissait les deux autres, les paroles se perdirent dans le crachotement de l'eau. Seule la mélodie, qu'elle fredonnait les lèvres serrées, résonnait dans sa poitrine.

Elle ne sentit bientôt plus ses doigts désormais rougis et engourdis, mais son cœur, réchauffé par la promesse d'un avenir radieux, brûlait en elle comme jamais.

Une dizaine de minutes plus tard, elle avait regagné le petit deux pièces familial, sans avoir croisé âme qui vive, si ce n'est un vieux chat gris à l'oreille pendante qui lui avait coupé la route en crachant.

Elle rechargea le poêle à charbon qui ronronna, puis tisonna les braises qui rougirent, comme son visage brusquement exposé à la chaleur vive et ardente des boulets incandescents. Le gros fourneau, moitié brique moitié faïence, diffusait péniblement un peu de sa chaleur, luttant vainement contre la froidure qui se faufilait sans peine dans leur logement par les fenêtres mal isolées et les cloisons trop minces.

Après avoir mis de l'eau à chauffer pour la toilette sur la vieille plaque de fonte noircie, à côté du reste de soupe de la veille, elle prépara la table pour le petit déjeuner, certes frugal, mais indispensable avant la dure journée de labeur qui attendait les travailleurs.

L'eau désormais à bonne température, elle entama une toilette minutieuse et silencieuse. Beaucoup négligeaient encore les quelques règles d'hygiène indispensables, mais Marguerite, elle, ne commençait jamais une journée sans faire ses ablutions. Elle posa la lampe sur une petite table au plateau de marbre fissuré, avant de verser l'eau chaude dans un grand broc en métal émaillé aux motifs bleus, piqué et cabossé. Elle commença par remplir la bassine et s'y lava les mains au savon de Marseille. L'eau se transforma en un liquide à la surface laiteuse et elle la remplaça avant de savonner délicatement son visage avec un pain de toilette parfumé. Le parfum herbacé et envoûtant de la violette emplit ses narines, ses poumons, son esprit. Son cœur chavira. C'était comme changer de peau. Chaque matin, après sa toilette, elle devenait une autre Marguerite, une Marguerite délicate et élégante, une Marguerite que sa famille n'imaginait pas. Et ce savonnage était la première étape de sa transformation. Elle se débarrassait ainsi de son apparence de souillon, pour révéler son caractère propre, son essence, ce qu'elle était vraiment. Comme un bijou un peu terne dont on ravive l'éclat en le frottant.

Elle s'observa attentivement dans le petit miroir suspendu au-dessus de la table de toilette, un peu inquiète de ce qu'elle allait y découvrir. Sa peau fine, presque transparente, était rougie par l'eau chaude et le savon. La fatigue n'était plus qu'un lointain souvenir et n'avait heureusement pas marqué ses grands yeux, ronds comme des billes, qui lui donnaient l'air d'une ingénue. On aurait pu lui envier ses pommettes hautes, sa jolie bouche, la finesse de ses traits ou encore la couleur de ses yeux, d'un bleu-gris délavé, mais la jeune fille était tellement discrète, réservée et modeste que personne ne semblait remarquer sa beauté. Plus particulièrement, la tristesse habitait son visage, le marquant d'une intense profondeur que l'on pouvait lire jusque dans ses yeux, souvent absents. Le regard des gens glissait donc sur cette jeune fille sans grand intérêt et qui les laissait indifférents.

Mais ce matin-là, ses yeux brillaient d'une lumière nouvelle, comme une étincelle qui menaçait d'embraser son visage d'un éclat inconnu. Elle sourit au reflet que lui renvoyait le miroir. Pour la première fois il lui sembla loin du rictus forcé et conventionnel qu'elle affichait par politesse. Oui, c'était un authentique sourire qui animait son minois ce matin-là. À contrecœur, elle dut se résoudre à effacer cet indice bien trop manifeste de son visage, et afficha une mine impassible et terne. Elle brossa avec soin ses longs cheveux fins, dont elle détestait la couleur, un blond pâle et fade, alors que toute sa famille arborait une épaisse chevelure d'un noir presque bleuté. Avec agilité et doigté, elle les arrangea méticuleusement en un chignon des plus élégants et, satisfaite du rendu lisse et brillant de sa coiffure, admira le résultat à l'aide d'un petit miroir à main.

Ainsi apprêtée, elle s'activa à la cuisine pour préparer le repas familial. La bonne odeur de soupe qui s'échappa de la gamelle lorsqu'elle souleva le couvercle lui mit l'eau à la bouche. Mais elle ne pourrait y toucher. Il restait à peine de quoi remplir deux bols et ils finiraient dans l'estomac de son père et de son frère. Les femmes de la maison se contenteraient d'un bol de chicorée, sans lait par ces temps de vache maigre. La fin d'année était difficile, le travail manquait et la famille vivotait sans économies, sur de médiocres et incertaines rentrées d'argent.

Elle coupa de grosses tranches de pain bis qu'elle mit à griller. Chacun les tartinerait de saindoux. L'odeur des rôties et de la chicorée finit de lui ouvrir l'appétit et elle s'installa à table pour attaquer un petit déjeuner bien mérité.

Mais sa mère ne lui en laissa guère le temps...

À peine avait-elle attrapé une tartine que la porte de la chambre s'ouvrit en grinçant et l'estomac de Marguerite se noua, si fort qu'elle en eut la nausée. Dès lors, elle sut qu'elle ne pourrait plus avaler la moindre petite miette, la moindre petite gorgée. Il lui serait même difficile de respirer. Mme Lemoine ne ressemblait en aucun point à sa fille Marguerite. Une chevelure épaisse et bouclée, d'un noir profond et éclatant, disciplinée dans une lourde tresse qui pendait jusqu'à sa taille. Un visage commun, aux traits imparfaits, où se lisaient amertume, rancœur et désillusion. De sa démarche un peu gauche, elle traversa la pièce, silencieuse, sans un regard pour sa cadette. Elle réveilla ses deux autres enfants, avant de s'avachir sur une chaise, suivie de son aînée, qu'elle venait de secouer vivement. Bayant toutes deux aux corneilles, elles laissèrent Marguerite faire le service.

— Ce maudit matelas aura ma peau, geignit la mère, tout en se massant le bas du dos, qu'elle avait large et un peu voûté.

26

— Moi c'est elle qui aura ma peau, couina la sœur en désignant Marguerite d'un mouvement de tête méprisant. Elle a le diable au corps, impossible de pioncer, vous m'aviez promis de faire queq'chose.

— On n'peut tout d'même pas s'en débarrasser, railla la mère, avant de manquer suffoquer dans une quinte de toux rauque et grasse qui ébranla tout son corps. Cela faisait maintenant des semaines qu'elle traînait cette bronchite, ce qui la rendait encore plus détestable que d'ordinaire.

Marguerite, qui s'était levée à la va-vite, se sentit soudain très mal. Elle déglutit avec peine, la tête lui tournait et elle manqua de trébucher. Sa mère et sa sœur, trop occupées à ricaner derrière son dos, ne remarquèrent heureusement rien. Devant le poêle, la jeune fille tentait de se ressaisir, faisant fi de ces méchancetés ordinaires tout en remplissant périlleusement les bols de chicorée, les mains tremblantes. Elle ferma les yeux, respira le plus calmement possible, se concentrant pour ne pas se brûler et surtout, pour ne pas attirer l'attention. Elle réussit tant bien que mal à déposer sans encombre deux bols pleins et fumants sur la table, sous les regards mesquins et les sourires moqueurs, sans la moindre once de gratitude.

Sans surprise sa mère ronchonna, la chicorée était trop chaude, les rôties trop grillées, de toute façon elle trouvait toujours quelque chose pour blâmer sa fille et Marguerite, après avoir tout tenté pour la satisfaire, avait fini par ne plus y prêter attention.

À son grand soulagement, sa mère trouva rapidement un nouveau sujet de doléance et se plaignit du comportement de Mme Masson, l'épicière, qui ne voulait plus leur faire crédit.

— Qui qu'elle croit impressionner avec ses grands airs, la mère Masson ? Pour sûr, j'y mettrai plus jamais un orteil dans son boui-boui !

— La Marthe, elle est pas mieux ! renchérit la sœur, qui s'attaquait à la fille de l'épicière. On croirait que sa boutique c'est un palais et elle s'y pavane comme une reine !

— La reine des sardines à l'huile, alors ! répondit la mère, railleuse, avant de pouffer dans son bol de chicorée.

Eugénie gloussa bêtement.

Marguerite, elle, n'écoutait déjà plus et sa mère, visiblement échauffée et encouragée par sa fille aînée, entreprit de dénigrer l'ensemble des commerçants de la rue. Aucun d'entre eux ne trouvait grâce à ses yeux. C'était ainsi que les deux femmes entamaient chaque journée, médisant, calomniant et commérant, jetant sans ménagement l'opprobre sur des individus qu'elles salueraient chaleureusement et sans scrupule quelques heures plus tard.

Comme elle avait désormais accompli toutes les tâches qu'on attendait d'elle, Marguerite devait à présent s'occuper discrètement, jusqu'au départ de toute la famille pour l'usine. Elle s'installa donc sur une chaise, dans un coin de la pièce, et sortit de son panier à ouvrage un vieux jupon appartenant à sa mère et qu'elle devait repriser pour la énième fois. Celle-ci avait le chic pour s'accrocher à la moindre occasion et Marguerite se demandait parfois si elle ne le faisait pas exprès. Le tableau que lui offraient sa mère et sa sœur la révulsait et elle se demanda une fois de plus ce qu'elle pouvait bien avoir en commun avec ces gens-là... Le simple fait que le même sang coulait dans leurs veines lui semblait impossible...

Pourtant, elle était bien née de cette mère-là, de ce ventre-là, dans cette famille où elle avait grandi, ostensiblement différente. Marguerite, une fleur au milieu d'un champ de cailloux.

L'œil à l'affût, l'oreille aux aguets, elle surveillait tout ce qui se passait autour d'elle. Sa mère et sa sœur avaient terminé leur déjeuner et faisaient une toilette des plus superficielles, avant de se coiffer à la va-vite, tout en continuant de caqueter.

— Je te jure qu'elle a le nombril enflé, c'est sûr. Pourquoi tu crois qu'ils se marient, ces deux-là ? C'était pas du tout ce que leurs parents avaient prévu. La mère Plessis, elle doit l'avoir mauvaise, j'te l'dis !

— Pouah ! Elle qui nous bassinait avec le beau mariage que f'rait sa fille. Tout était arrangé, qu'elle disait. La roue tourne, ma fille, la roue tourne...

Elles s'interrompirent tout net lorsque le père, dans un raclement de gorge, fit son entrée. Le visage de sa femme se métamorphosa alors, s'illuminant soudain d'une ferveur qui n'était destinée qu'à lui. Elle se leva précipitamment et la vilaine commère se transforma en bonne ménagère, accomplissant son devoir d'épouse, servant son bol de soupe et ses grillées à son homme, comme si elle les avait elle-même préparées. Personne n'était dupe, Père en tête, mais pas un ne trouvait à redire, surtout pas Marguerite, qui se faisait petite, toute petite. La présence de son père était comme une accalmie, un coin de ciel bleu après la pluie. Mais il était rarement là.

— Tu as bien dormi ?

— ...

— Tu n'es pas trop fatigué ?

— ...

— La soupe n'est pas trop chaude... trop froide ?

Mme Lemoine papillonnait, babillait comme si de rien n'était, comme si le silence pesant de son époux n'était pas embarrassant.

Pressé et lassé de toutes ces questions, le père Lemoine finit par grommeler d'inaudibles baragouins, destinés à décourager sa femme, qui le harcelait dès le saut du lit.

— Je te laisse déjeuner tranquillement, finit-elle par abdiquer habilement.

Hors de question de perdre la face ou de paraître humiliée devant ses enfants. Elle changea donc de cheval et interpella Achille, qu'elle avait réveillé il y avait trente minutes déjà, mais qui paressait encore au lit.

— Allez, allez, lève-toi, paresseux. Quel cossard celui-là ! Tu vas encore nous mettre en retard !

Elle secouait le paquet roulé en boule qui lui servait de fils avec un malin plaisir.

Alors que toute la famille s'agitait autour d'elle, Marguerite se félicita d'avoir choisi le coin le plus sombre de la pièce, où l'agitation qui la troublait pouvait passer inaperçue. Personne d'ailleurs ne semblait relever sa présence… Avec ses années d'apprentissage comme couturière, elle était tout à fait capable de travailler dans l'obscurité, pourtant, elle peinait à se concentrer sur son ouvrage. La crainte d'être découverte se faisait de plus en plus pesante et la jeune fille sentit une peur panique l'envahir. Pendant que sa gorge se serrait et qu'elle commençait à suffoquer, des images noires submergeaient son esprit. Elle sentait qu'elle allait perdre le contrôle, que son corps allait la lâcher, la trahir.

Aïe ! Elle s'était piquée avec son aiguille. La douleur, la vraie, avait pris le dessus, cruel retour à la réalité.

Les idées de nouveau claires, elle se risqua à observer la pièce et dut bien admettre que personne ne lui prêtait attention, elle n'était pas en danger.

Inutile de te ronger les sangs, pensa-t-elle. *Tu vois bien que personne ne te regarde. Encore quelques minutes et tu seras délivrée. Tiens-toi tranquille et tout ira bien.*

Soudain consciente qu'elle partageait peut-être ses derniers instants avec sa famille, elle posa les yeux sur son père et son cœur s'adoucit. Assis à un bout de la table, trônant, il mangeait, silencieux, perdu dans la contemplation des fissures qui lézardaient le mur du coin cuisine. Il engloutissait consciencieusement d'énormes tranches de pain grillé, luisantes de saindoux, qu'il noyait dans son grand bol de soupe. Il avait des moustaches bien fournies mais un crâne prématurément dégarni, qu'il dissimulait sous une casquette en toile élimée que Marguerite devait souvent repriser. Il ne l'ôtait que pour dormir, et la jeune fille le suspectait de ne pas assumer cette calvitie avancée.

Il lui restait pourtant quelques cheveux, en touffes éparses, notamment sur les tempes et sur la nuque.

Il émanait de lui une certaine prestance, une autorité naturelle que Marguerite admirait depuis toujours. Il avait pourtant toujours l'air soucieux, les sourcils froncés, lissant ses moustaches, impénétrable. Ce n'était pas un mauvais bougre et Marguerite avait pour lui une certaine affection. Mais il s'occupait peu de sa famille et fuyait le foyer dès qu'il le pouvait, au grand désespoir de son épouse qui n'osait jamais le blâmer mais se lamentait dès qu'il disparaissait. Elle tournait en rond comme un fauve en cage, quémandait l'heure sans arrêt, imaginait les pires drames : « et s'il avait eu un accident ? », « et s'il était malade ? », « et s'il avait été pris dans une bagarre ? », bref, tout y passait.

Père finissait toujours par rentrer et grommelait :

— Si ? Si ? Si ? Avec des si, on mettrait Paris en bouteille !

Et ses enfants ajoutaient malicieusement :

— Si Paris était tout petit...

— Si la bouteille était très grande...

Et ils riaient, se moquant gentiment de leur mère trop inquiète.

Père, lui, ne riait pas, Marguerite non plus.

Achille s'était enfin traîné jusqu'à sa chaise et aspirait goulûment sa soupe. Comme personne ne lui faisait la moindre remarque, il s'ingéniait à produire le plus de bruit possible. Sans grand résultat. Il finit par abandonner, son bol était vide.

— Je retournerais bien me pieuter moi ! dégoisa-t-il, un air de défiance dans la voix, tout en s'étirant mollement sur sa chaise, avant de poser nonchalamment ses pieds sur la table. Sans quitter son bol des yeux, Père grommela :

— Si tu veux faire une croix sur ta pièce pour la semaine, te prive pas, mon p'tit gars... Et ôte tes arpions de la table !

Achille grimaça, il était particulièrement fainéant et supportait mal le travail à l'usine. Mais il avait toujours refusé d'entrer en apprentissage et il devait aujourd'hui en assumer les conséquences.

— Ouiche ! Ouiche ! Ça va...

Le père se leva, trempa ses mains dans le baquet d'eau de la cuisine, puis s'aspergea maladroitement le visage. Il refusait catégoriquement d'utiliser les ustensiles de toilette et encore moins un de ces savons « qui sentent la bonne femme ». Son épouse lui tendit son veston, qu'il enfila par-dessus sa chemise, avant de passer une veste en grosse cotonnade que Marguerite avait doublée pour lui tenir plus chaud. Chacun se chaussa en silence, puis ce fut le signal du départ.

En file indienne, tous les membres de la famille quittèrent l'appartement et comme d'habitude, tous ignorèrent superbement Marguerite, ne lui adressant pas le moindre mot ni le moindre geste. Cette ingratitude ordinaire reflétait le peu de considération qu'on lui portait et la jeune fille en souffrait depuis toujours. C'était sûrement pour cela qu'elle en était arrivée là, à ce moment précis et crucial, où elle allait bousculer ce fragile semblant d'équilibre familial.

La porte claqua.

On pouvait entendre les pas lourds et résignés des ouvriers s'éloigner dans l'escalier. Au loin, Marguerite percevait même la voix de sa mère qui houspillait son frère, lui répétant comme chaque jour qu'il ne fallait pas traîner en chemin, les premiers arrivés à l'usine seraient les premiers embauchés et s'ils se faisaient refouler, il aurait de ses nouvelles.

Les jambes tremblantes, la jeune fille désormais seule se leva de sa chaise et se risqua à jeter un œil dans la rue. Elle ne tarda pas à apercevoir ses parents, suivis de sa sœur et de son frère, quitter l'immeuble avant de traverser la grande place, puis disparaître dans le petit matin. Aucun d'eux n'avait jeté le moindre regard en arrière et la jeune fille soupira de soulagement.

Elle n'avait plus une minute à perdre ! Elle se précipita vers la grande malle qui barrait le pied de son lit, la débarrassa des vieux journaux et du linge qui l'encombraient, puis l'ouvrit, afin d'en exhumer les trésors qu'elle y avait cachés. Elle tremblait comme une feuille sans vraiment savoir si c'était d'excitation ou de peur.

Elle déplia avec soin sa dernière création, un élégant costume tailleur en lainage à petits carreaux brouillés, à col et ceinture de velours grenat. La jeune couturière était très fière de sa réalisation, à la dernière mode, et pour laquelle elle s'était inspirée d'un patron, trouvé dans l'un de ses journaux de modes favoris. Elle commença à se déshabiller, dissimulée derrière le paravent, grelottant de froid et de peur. N'importe quel membre de sa famille pouvait revenir et la surprendre. Elle se hâta de troquer sa vieille jupe élimée et rapiécée contre la chaleur et la douceur de la laine, puis sortit sa nouvelle paire de bottines à boutons, une véritable folie, qui avait englouti une bonne partie de ses économies. C'était, avec sa paire de gants en chevreau, la seule dépense qu'elle s'était résolue à faire. Le cuir des bottines était lisse et brillant, elle avait pris grand soin de les cirer la veille. Elle s'assit sur son lit pour les enfiler et regretta un instant de ne pas avoir choisi le modèle à lacets, plus ordinaire. Elle ne possédait pas de miroir en pied pour s'admirer, mais imaginait sans peine le résultat obtenu. Son apparence était primordiale et elle avait tout misé sur ce qui était visible. Tant pis pour ses culottes longues ravaudées et ses camisoles de gamine !

Elle vérifia une fois encore sa coiffure et, satisfaite, y plaça son adorable chapeau, qu'elle avait quelque peu modifié, accessoire désormais indispensable et dont elle n'était pas peu fière. Ainsi vêtue et chapeautée, elle se sentait une nouvelle personne.

L'angoisse gagna la jeune fille, malgré tout plus déterminée que jamais. Elle ne pouvait plus reculer, du moins, elle ne devait pas reculer ! Elle avait trouvé sa planche de salut, il fallait maintenant faire ce grand saut dans l'inconnu. Elle exhuma un vieux sac de voyage en tissu, qui avait dû appartenir à sa mère, et entreprit d'y réunir ses maigres effets personnels : du petit linge, une robe en lainage, deux jupes, deux chemisiers, son marquoir soigneusement roulé et une liasse de papiers, qui brillaient à ses yeux comme des diamants. Comme elle partageait son linge avec sa mère et sa sœur, elle n'emportait que le strict minimum, avec le secret espoir de pouvoir très vite s'offrir de jolies nouveautés. Elle enfila ses gants, sa longue pèlerine noire et ferma son sac. Elle était enfin prête...

Pourtant, malgré le temps qui la pressait et le risque de voir sa famille revenir sans avoir trouvé de place pour la journée, Marguerite ne bougeait plus. Elle se tenait là, immobile, contemplant pour la dernière fois le deux pièces exigu, miteux et encombré qu'elle partageait avec ses parents depuis tant d'années. Sa décision était prise, mais elle voulait être certaine de ne rien oublier de la misère qu'elle quittait. L'humidité, imprégnant les murs, les vêtements et l'âme, le dénuement qui se cachait derrière l'accumulation de babioles sans la moindre valeur, et la promiscuité.

Son regard accrocha la table de la cuisine, la toile cirée jaunie et brûlée, à laquelle elle avait passé tant d'heures, préparant les repas, raccommodant ou s'endormant sur son ouvrage, à la lueur d'une bougie. Elle caressa le délicat lainage de sa robe, comme pour s'assurer que le cauchemar s'arrêtait bien là. Elle n'était pas faite pour ce monde, et sa présence ici, dans cette si jolie toilette, la confortait dans son choix. Il fallait agir, partir, maintenant, s'arracher à cette vie d'avant, fuir, pour un avenir incertain, mais forcément meilleur.

Elle quitta donc son foyer, abandonnant tout derrière elle, y compris les reliefs du petit déjeuner, qu'elle avait pourtant l'habitude de débarrasser. Elle s'élança dans les escaliers, courant presque, priant pour ne croiser personne. Son vœu ne fut pas exaucé et elle bouscula la veuve Bertin, leur voisine de palier, qui montait péniblement un lourd baquet d'eau. La jeune fille ne prit pas la peine de s'excuser, leva à peine les yeux sur la vieille femme et, surprise de sa propre insolence, continua de dévaler les marches, ne prêtant aucune attention aux protestations de la veuve.

Pour sûr, la médisante vieille Bertin ne manquerait pas de se plaindre auprès de sa mère. Mais la jeune fille ne s'en souciait plus, elle était désormais libre.

Elle débarqua sur le trottoir, haletante, habitée par une rage qu'elle ne se connaissait pas, prête à courir si cela était nécessaire. Elle jeta de rapides coups d'œil sur la place et ses alentours à la recherche d'une présence familière.

Le jour se levait, embrasant le ciel et les toits d'une douce clarté orangée et les réverbères faisaient bien pâle figure, dans la lumière du matin. N'observant rien de particulier au milieu du désordre ordinaire qui régnait déjà sur la place, elle partit d'un bon pas, rassurée, son sac sous le bras. Elle aurait pu prendre l'un des omnibus qui stationnaient juste en bas de chez elle, mais elle craignait de se retrouver en compagnie d'une connaissance et elle voulait garder l'objet de son voyage et sa destination secrets. Les commérages allaient bon train dans ce quartier que beaucoup comparaient à un petit village. Et puis Marguerite ressentait le besoin de marcher, pour chasser son anxiété et alléger son esprit.

Longeant le parvis de l'église où plusieurs marchandes de rue s'étaient installées derrière leurs charrettes à bras, Marguerite se sentit un peu empruntée dans sa nouvelle toilette, elle qui, ce matin encore, portait les mêmes jupes rallongées et rapiécées que ces jeunes femmes cachaient sous leurs tabliers blancs. Elle palpa à nouveau le pli de sa jupe, sentit le lourd tissu à travers ses gants, puis continua son chemin, un peu mal à l'aise. Elle leva les yeux sur l'imposante façade en pignon qui abritait la minuscule *Mercerie & Papeterie* dont la vitrine semblait écrasée, croulant sous les écriteaux et les réclames en tout genre. Ce mur s'était peu à peu transformé en véritable catalogue publicitaire et Marguerite, qui pouvait le contempler depuis sa fenêtre, avait toujours été hypnotisée par ce panneau publicitaire gigantesque, dont les peintures bariolées mettaient un peu de gaieté dans son monde trop souvent triste et morne. Les grosses lettres d'imprimerie vantaient les qualités de la Moutarde Bornibus, des Cornichons Mère Marianne, du très populaire lait Maggi ou encore des *Grands Magasins Dufayel*, spécialistes de la vente à crédit, où sa mère dépensait bien trop souvent l'argent du ménage.

Marguerite entama la remontée de la rue Mouffetard et tandis qu'elle traversait le quartier de son enfance, sûrement pour la dernière fois avant bien longtemps, elle fut prise d'une nostalgie insoupçonnée. Elle ralentit dangereusement le pas, comme pour s'imprégner une dernière fois de l'atmosphère de ces rues qui l'avaient vue grandir. Il lui était bien difficile d'admettre que cet endroit allait malgré tout lui manquer. Tout autour d'elle était familier et formait le paysage de sa jeunesse. Les grands immeubles poussiéreux et gris, égayés par les caractères peints à même les façades, renseignant les passants sur les commerces et services qu'ils abritaient. Les devantures de bois, aux chemisages colorés, qui embellissaient les rues les plus sordides. Mais aussi les panneaux de réclames publicitaires qui envahissaient le moindre espace.

Les sabots des chevaux battant le pavé et la clameur des marchandes de rue, mêlée aux cris des enfants qui jouaient et se poursuivaient au milieu des passants.

Tout cela constituait l'essence même de ce quartier, dont la singularité tenait à nombre de détails, que seuls ses habitants pouvaient apprécier.

Elle longea la *Boulangerie-Pâtisserie Saint-Médard*, puis le commerce de vins, café, liqueurs et bières des frères

Garnier, dont l'immense devanture verte occupait le rez-de-chaussée de trois immeubles. Lucien, l'aîné, trop occupé à manœuvrer un énorme fût de chêne, ne la vit pas passer. Alors que Maurice, son cadet, la dévisageait, l'air parfaitement interloqué. Il doutait certainement que cette jeune fille si élégamment vêtue soit la jeune apprentie couturière qu'il courtisait depuis des années. Marguerite, intimidée par sa présence, baissa la tête, tout en pensant, un léger pincement au cœur, qu'elle ne croiserait plus le gentil jeune homme.

Maurice était un brave garçon, travailleur, souriant et gai. Mais malheureusement plutôt laid et surtout pas dégourdi pour deux sous ! Elle était très touchée par l'attention qu'il lui portait mais elle n'avait cessé de le fuir pour éviter qu'il ne lui déclare une nouvelle fois son amour et ne lui demande de l'épouser. Elle se souvint avec peine de cette chaude journée de juillet où il l'avait attendue au pied de son immeuble, pour lui demander sa main.

Il faisait ce jour-là une chaleur étouffante et la forte odeur de « mouffe » qui régnait dans les rues était insupportable. Marguerite était lasse, après une journée passée à courir aux quatre coins du quartier et elle avait soif, terriblement soif. La bouche sèche et pâteuse, la nuque trempée de sueur et les pieds en compote, elle était soulagée d'arriver chez elle. C'était assez rare pour le souligner.

Elle n'avait guère prêté attention au jeune homme, adossé un peu plus loin.

— Mademoiselle Marguerite !

La voix ne lui était pas familière, elle sursauta, avant de se retourner et de se trouver nez à nez avec Maurice.

Il était grand, vraiment très grand, et elle se sentait minuscule à ses côtés. On aurait pourtant dit un petit garçon, la tête basse, les épaules rentrées, à triturer le bouquet qu'il tenait à la main et qui n'était plus de première fraîcheur. Ils restèrent ainsi un moment, à se regarder en chiens de faïence, ou plutôt à éviter de se regarder. Le jeune homme brisa enfin le silence et bafouilla :

— Voilà, commença-t-il, je dois vous parler d'une chose importante. Oui, très importante.

Il releva un peu la tête pour regarder la jeune fille, mais Marguerite gardait les yeux rivés au sol, pétrifiée.

— J'ai parlé avec mon père, et avec mon frère aussi. Ils sont tous les deux d'accord. Vous pourrez habiter avec nous et travailler à la boutique aussi... Enfin, si vous voulez, quoi...

Marguerite ne bronchait pas.

Était-il bien en train de lui demander ce qu'elle croyait ?

Son cerveau réfléchissait à toute vitesse et elle se sentit soudain très mal. La chaleur, l'émotion, la surprise, elle était au bord de l'évanouissement. Maurice ne semblait pas troublé par le silence de la jeune fille et continua :

— Je peux aller voir vos parents si vous voulez.

— ...

— Alors c'est d'accord ? demanda-t-il, le sourire aux lèvres.

Marguerite, qui n'avait toujours pas levé les yeux sur lui, était tout bonnement incapable de le regarder et encore moins de s'exprimer. Sa gorge était nouée et les mots y étaient comme bloqués. Il fallait pourtant réagir, elle ne pouvait pas rester ainsi à se changer en statue de sel.

— Je suis désolée...

Elle avait murmuré ces quelques paroles et n'était même pas certaine que le jeune homme les ait entendues. Sans demander son reste, elle avait brusquement tourné les talons et s'était enfuie, s'engouffrant dans son immeuble sans même se retourner.

Au beau milieu des escaliers elle s'était arrêtée un moment, pour reprendre ses esprits et tenter d'apaiser son cœur qui battait à cent à l'heure. Lorsqu'elle était enfin rentrée chez elle, rouge de honte et les jambes tremblantes, elle avait été accueillie par les moqueries de sa mère et de sa sœur, qui n'avaient rien raté du spectacle, depuis la fenêtre de l'appartement.

— Alors comme ça, on a décroché le plus beau parti du quartier ? railla Eugénie.

— Lui au moins il est pas difficile, il te prend comme t'es..., insinuait pernicieusement sa mère.

— Pour sûr, vous f'rez de beaux marmots, renchérit la fille.

Et elles rirent de bon cœur à s'en taper les cuisses.

— Ça suffit !

Père avait rugi, frappant du poing sur la table, stoppant net les rires gras qui résonnaient dans la pièce. Marguerite, tout comme sa mère et sa sœur, avait sursauté.

— Maurice est un brave garçon, gentil et travailleur, expliqua son père. Et oui, c'est un beau parti ! Une belle affaire familiale, un commerce honnête et prospère... elle aurait toute mon approbation pour ce mariage. Ce qui n'est pas le cas de tout le monde...

Un silence de mort s'était abattu sur le petit deux pièces. Comme si de rien n'était, M. Lemoine était retourné à son journal, tandis qu'Eugénie et sa mère, tête basse, se faisaient les plus discrètes possible.

Marguerite, qui, un instant plus tôt, s'apprêtait à fondre en sanglots, se sentit ragaillardie, surprise et ravie de voir son père rabattre le caquet de sa mère pour prendre sa défense, et épingler au passage Eugénie pour son mariage raté, que Père avait d'ailleurs désapprouvé. La jeune fille avait alors ravalé ses larmes et repris confiance en l'avenir. Mais ce fut la première et dernière fois que son père prit sa défense...

Secouant la tête, elle chassa ses noires pensées et, quelques mètres plus loin, se retrouva devant la boucherie-charcuterie qui voisinait le café-restaurant *Les Amateurs* où son père jouait aux cartes. Elle évita soigneusement l'échoppe de beignets et sa détestable odeur de friture qui collait à vos vêtements pendant des jours, puis longea la vitrine du marchand de primeurs et son étal odorant d'oranges exotiques. Elle en huma le parfum délicat. La vitrine de l'épicerie *Jacquet* annonçait les 250 grammes de café pour deux francs, puis plus rien...

Absorbée par ses pensées, la jeune fille avait perdu toute conscience de ce qui l'entourait. Mille questions tournoyaient dans sa tête et les incertitudes sur sa nouvelle vie avaient noyé sa bouffée de nostalgie. Elle réalisait difficilement la situation dans laquelle elle se trouvait, elle, la prudente et réservée Marguerite, bravant ses parents, défiant la société, osant saisir la chance de sa vie.

Tandis qu'elle sillonnait les rues et les ruelles, vers un avenir obscur, mais forcément meilleur, Marguerite repensait à sa vie, à ce qui l'avait conduite ici. Peut-être avait-elle encore besoin de se conforter dans son choix, de s'assurer qu'elle avait pris la bonne décision.

Elle avait quitté l'école à l'âge de treize ans, son certificat d'études en poche. Elle avait été une élève certes discrète et timide, mais disciplinée et appliquée, s'attirant ainsi les bonnes grâces de ses institutrices. Durant sa scolarité, en plus de ses cours de grammaire, d'histoire ou d'arithmétique, qui ne l'intéressaient guère, elle avait suivi, avec ses camarades, des cours d'économie domestique et d'éducation ménagère. Marguerite avait ainsi été formée à la couture, travaillant sur un morceau de toile, où elle s'appliquait à reproduire et répertorier les différents points et techniques qui lui seraient demandés lors de son examen. Dans un souci d'économie, on apprenait aussi aux futures ménagères comment transformer et raccommoder les vêtements, mais le tricot et la broderie étaient également au programme. Marguerite avait très vite montré des prédispositions pour les travaux d'aiguille et elle était par ailleurs très douée en dessin, transposant sur le papier tout ce qui lui passait par la tête. Malheureusement, il n'était pas question ici de créativité mais uniquement de sens pratique, et la petite fille se contentait de réaliser ce qu'on attendait d'elle, réprimant son inventivité.

Ce fut lors de la réalisation de son marquoir que Marguerite put enfin laisser libre cours à son imagination, et ainsi démontrer ses réelles capacités et son talent. Le marquoir était en quelque sorte la pièce maîtresse, le chef-d'œuvre, exposant le savoir-faire acquis par les écolières durant leur scolarité. Brodés au fil rouge et au point de croix, sur un carré ou rectangle de canevas, les marquoirs représentaient le plus souvent un alphabet, les dix premiers chiffres et quelques motifs, ainsi que le nom et le prénom de l'élève. Cet ouvrage préparait les futures jeunes filles au marquage de leur trousseau, mais il leur permettait également d'exposer leur maîtrise dans le maniement de l'aiguille, la qualité de leur travail et leur créativité.

Marguerite avait travaillé de longs mois sur la réalisation de son marquoir, cherchant l'inspiration, travaillant ses points, récupérant par-ci par-là des fils de couleurs. Elle termina son ouvrage la veille du certificat d'études, brodant jusque tard dans la nuit.

Elle avait réalisé deux alphabets aux calligraphies végétales, une suite de dix chiffres, de nombreux motifs floraux : bouquet de coquelicots, couronne de marguerites, panier de fleurs champêtres, le tout délicatement encadré par une profusion de roses. C'était un travail d'une grande délicatesse, tout en finesse, dans une explosion de couleurs. Il témoignait d'une grande féminité et d'une maturité certaine. Marguerite avait une prédilection pour les fleurs, qui étaient pour elle un enchantement. Elle n'était pas peu fière de son prénom, qu'elle trouvait tout à fait charmant et très poétique.

Elle se souvenait encore de sa joie et de sa fierté lorsque, lui adressant félicitations et compliments, on l'avait vivement encouragée à devenir couturière, elle avait du talent, c'était certain ! Sa vocation était donc toute trouvée, et la jeune fille se voyait déjà, épingles à la bouche, aiguille à la main, mettant la touche finale à une splendide robe en soie rose. À cette fin, on lui avait remis une lettre de recommandation pour son entrée en apprentissage.

Mais pour son plus grand malheur, Mère n'avait pas souhaité la voir partir en apprentissage tout de suite.

— C'est hors d'question ! Tu veux vraiment aller faire l'arpette pour une horrible patronne qui t'exploitera et t'fera faire tout l'sale boulot ? Et pour pas un rond en plus ! De toute façon, on a besoin de toi à la maison. On a du travail nous, du vrai...

Le tableau qu'elle venait de lui dresser ressemblait drôlement à la vie qu'elle menait déjà, sous le joug d'une mère tyrannique et cette discussion lui laissa un goût amer.

Eugénie, plus âgée, et bien moins douée pour la tenue de la maison que sa sœur, partait donc au turbin chaque matin. Ce furent des années très difficiles pour Marguerite, traitée en vraie domestique, enfermée à la maison, constamment brimée et dépréciée par sa mère et sa sœur qui jalousaient son physique agréable, mais aussi ses qualités naturelles : douceur, délicatesse et ingéniosité. La jeune fille n'avait alors aucune confiance en elle et souffrait d'un manque cruel d'attention et d'affection. Elle n'avait aucune amie et se sentait terriblement seule. Son père, souvent absent, se souciait très peu de ses enfants, et son jeune frère, Achille, qu'elle avait tant choyé étant petit, avait pris peu à peu ses distances, calquant son comportement sur celui du reste de la famille. Mais Marguerite continuait pourtant de rêver au métier de couturière et croquait des modèles sur tout ce qui lui passait sous la main. Elle n'aimait pas beaucoup repenser à ces années car elle n'avait pas eu une enfance heureuse, seuls ses rêves lui avaient permis de se battre et de rester elle-même.

Enfin, l'année de ses quinze ans, vint une forme de délivrance. Eugénie quitta le foyer familial à tout juste dix-huit ans, pour se marier avec un jeune homme dont elle était tombée éperdument amoureuse. Même s'il y avait une bouche en moins à nourrir à la maison, le salaire de sa sœur faisait défaut. Achille n'étant pas assez âgé pour travailler, c'est elle qu'on envoya chercher du travail. Comme elle était un peu jeune et trop chétive pour l'usine, on décida qu'elle trouverait un apprentissage, à condition qu'elle ne loge pas chez son patron et rentre chaque soir à la maison.

Armée de son courage et de sa lettre de recommandation, Marguerite se présenta avec un fol espoir à toutes les couturières du quartier et plus loin encore. À force de persuasion, frappant à toutes les portes, conseillée par les uns, guidée par les autres, elle avait fait la rencontre de Mme Lambert.

— Je suis navrée Mademoiselle, mais je n'ai aucune place à vous offrir, avait annoncé d'emblée la vieille couturière.

Après deux semaines de recherches intensives, d'échecs et d'espoirs gâchés, Marguerite avait craqué. La très jeune fille avait fondu en sanglots et touchée en plein cœur, la charitable Mme Lambert l'avait prise dans ses bras et réconfortée.

— Allons, allons, ressaisissez-vous Mademoiselle. Venez vous asseoir un instant et racontez-moi tout.

Devant une tasse de lait chaud, Marguerite s'était confiée sans retenue à cette femme qu'elle ne connaissait pas quelques instants plus tôt. Le rouge aux joues, les yeux baissés, elle avait raconté son enfance, sa famille, sa mère, ses espoirs déçus.

Mme Lambert était une grande et mince veuve d'une soixantaine d'années, aux cheveux cendrés et aux yeux usés. Malgré sa silhouette un peu voûtée, elle dégageait une certaine prestance, une élégance même. Le chignon impeccable, tirée à quatre épingles, dans son petit salon richement meublé, elle était bien loin de l'image d'une simple couturière.

— Vous êtes très surprenante, Mademoiselle.

Marguerite aurait pu lui retourner ce qu'elle prenait pour une forme de compliment.

— Vous paraissez tellement fragile, et pourtant vous dégagez une telle force, un tel courage. Par ailleurs, pour une jeune fille de votre condition, vous vous exprimez très correctement et vos manières semblent excellentes.

— Merci.

Marguerite avait presque chuchoté, un peu gênée par ces gentilles paroles qui récompensaient tant d'efforts.

— Pour vous dire la vérité, jeune fille, j'avais décidé qu'il était temps pour moi de prendre un peu de repos. Figurez-vous que ma dernière employée a décidé de me quitter pour retourner auprès de sa mère en province. La pauvre femme est malade et Lucienne ne peut se résoudre à la laisser seule. Soit ! Une année de plus ou de moins, à mon âge, cela ne compte plus. Mais au vôtre, cela peut tout changer. Je vous attends donc demain pour un essai.

Marguerite avait de nouveau pleuré à chaudes larmes, des larmes de joie.

Le lendemain, elle avait donc commencé un long et difficile apprentissage auprès d'une femme qui lui avait appris un métier et qui avait changé sa vie. Mme Lambert n'avait jamais eu d'enfants et avait toujours pris soin de ses jeunes apprenties, qu'elle formait avec beaucoup d'attention et d'affection. Au premier abord, elle se montrait froide, distante et très exigeante avec les nouvelles venues. Elle pouvait ainsi se faire une idée de la nature des jeunes filles qu'elle devait éduquer. Les susceptibles, rancunières et autres insolentes n'avaient pas leur place chez elle.

Ensuite seulement, elle jugeait leur travail de couture. Cela lui devenait pourtant difficile : sa vue avait considérablement baissé, et les petites lunettes pince-nez qu'elle perdait sans arrêt n'y changeaient pas grand-chose.

Son atelier avait autrefois compté jusqu'à une dizaine d'employées, mais l'avènement de tous ces grands couturiers et l'arrivée des grands magasins avaient eu raison de sa clientèle, même fidèle, jadis composée de la grande bourgeoisie et de la petite noblesse. Il était loin le temps où les comtesses et les baronnes mandataient leur couturière attitrée pour réaliser l'ensemble de leur garde-robe. Aujourd'hui, elles se rendaient dans les salons de grandes maisons de couture et payaient des sommes folles pour une toilette de chez *Worth*, *Doucet* ou *Poiret*.

Ce que Marguerite ne savait pas, c'est que Mme Lambert lui avait donné sa chance uniquement pour lui redonner un peu de confiance et qu'elle pensait la congédier après quelques jours, lettre de recommandation en poche. Pourtant, après seulement une semaine passée auprès de la jeune fille, la vieille femme avait pris les mains de Marguerite dans les siennes et avait déclaré :

— Petite, tu as de l'or dans les mains. Je ne peux me résoudre à gâcher ta chance, je peux bien repousser mon départ le temps nécessaire à ton apprentissage. De toute façon, personne ne m'attend...

Cette opportunité fut, pour sa nouvelle apprentie, un véritable don du ciel. Elle s'y accrocha, c'était la chance de sa vie, elle en était persuadée.

À ses côtés, Marguerite allait tout apprendre.

Après quelques mois passés à l'atelier, à assimiler les rudiments de la couture, exécutant sans relâche des mètres et des kilomètres de points, coupant, mesurant et assemblant, Mme Lambert estima que sa jeune apprentie était prête à se rendre chez les quelques clientes qui lui étaient restées fidèles. La jeune fille passait ainsi une partie de ses journées en déplacement, souvent à pied, parfois en tramway, sa corbeille à ouvrage sous le bras. Les journées étaient longues et fatigantes, mais cela lui convenait parfaitement, et Marguerite retardait le plus possible le moment de rentrer chez ses parents. Elle déjeunait et dînait chez sa patronne, où les repas étaient bien plus copieux, variés et calmes, mais elle devait rentrer à l'heure pour préparer le souper familial.

Le plus pénible était finalement de supporter les interminables séances d'essayage, avec des clientes exigeantes, indécises et dont l'hygiène corporelle laissait parfois à désirer...

Après deux années d'apprentissage, Marguerite était devenue une couturière expérimentée et indépendante. Plus aucune matière, plus aucune tournure, plus aucun pli, plus aucun bouton, plus aucun patron n'avait de secret pour elle. Pourtant, son métier la lassait déjà.

Mme Lambert lui laissait une très grande liberté et la jeune fille dessinait beaucoup de modèles elle-même. Mais la garde-robe de sa clientèle, plutôt petite-bourgeoisie, restait assez modeste et sans grande fantaisie, au grand regret de la jeune couturière qui rêvait devant ses journaux de modes. Quant à sa patronne, ses problèmes de vue la handicapaient terriblement et elle ne pourrait pas garder Marguerite comme apprentie très longtemps.

Déjà, les parents de la jeune fille s'impatientaient, souhaitant lui trouver une place d'ouvrière du textile, mieux payée, avec des horaires fixes. La jeune fille savait que la situation ne perdurerait pas et qu'elle devrait trouver à se placer ailleurs. Mais elle n'aurait jamais imaginé ce qui l'attendait sur le chemin...

Elle s'arrêta un instant devant la vitrine de la cordonnerie *Au bon ressemelage* pour scruter son reflet et redressa légèrement son chapeau. Il n'était pas question de paraître négligée, et malgré ce départ précipité, elle tenait à faire bonne figure. Elle ne remarqua même pas le sourire non dissimulé du jeune commis de la cordonnerie, plus occupé à l'épier qu'à cirer les chaussures étalées sur son comptoir. Son patron, apercevant le manège du jeune garçon, lui asséna une légère tape derrière la tête, un geste plus paternel que réprobateur : lui-même se laissait parfois distraire par les ravissements de la rue.

Marguerite s'interrogeait maintenant sur l'itinéraire à suivre. Plusieurs possibilités s'offraient à elle mais elle décida de couper par l'Estrapade, puis de longer le Panthéon, avant de rejoindre le jardin du Luxembourg où elle prendrait un tramway boulevard Saint-Michel. Elle reprit donc son chemin, d'un pas toujours aussi déterminé, imaginant, pour s'occuper l'esprit, les moindres détails de la journée qui l'attendait. Débouchant devant le Panthéon, elle ne prêta guère attention à l'imposant dôme qui dominait la montagne Sainte-Geneviève et descendit la rue Soufflot, déchiffrant au passage la programmation des spectacles parisiens, qui s'affichaient en couleurs et parfois même en images sur les nombreuses colonnes Morris qui jalonnaient les trottoirs.

Marguerite pouvait passer de très longues minutes devant ces colonnes en fonte verte, à décortiquer chaque affiche, rêvant de théâtre et d'opéra, elle qui n'avait jamais mis le pied dans le moindre café-concert.

C'était là que sa sœur avait rencontré son futur époux et l'on ne pouvait que constater où tout cela l'avait menée... Ses parents lui avaient donc interdit de fréquenter ce genre d'endroit. À vrai dire, cela ne la peinait pas. Elle n'avait aucun attrait particulier pour ces salles de café bondées, ni même pour ces bals populaires et elle ne comprenait pas le plaisir que prenaient tous ces gens, notamment les jeunes filles, à danser avec des inconnus au milieu d'une centaine d'autres inconnus. Il y avait bien la musique, mais Marguerite n'y était pas non plus très sensible. Alors qu'au théâtre et à l'opéra, il y avait les costumes... Ceux des comédiens, mais aussi ceux des élégants spectateurs, bien éloignés de ceux des cabarets obscurs que fréquentaient les ouvriers.

Elle avait désormais atteint la fontaine, dont le bassin et les jets semblaient bien tristes en ce matin d'hiver. Les fontaines étaient tellement plus gaies au printemps ou en été, reflétant le ciel bleu et le rire joyeux des enfants, dispersant dans l'air une fraîcheur bienvenue, appréciée des passants. Sa station était juste là, devant les grilles du jardin du Luxembourg. Elle patientait tout en observant la rue et son défilé, très viril en cette heure matinale, des ouvriers au visage résigné et au corps encore engourdi de sommeil.

C'était une matinée claire et fraîche de novembre et après avoir eu chaud lors de sa marche à travers la ville, la jeune fille sentit le froid la saisir brutalement. Elle entreprit alors de se tortiller discrètement pour se réchauffer, battant des pieds et se frottant les mains. Son regard s'attarda longuement sur les grilles du jardin, et bien au-delà. Les arbres, nus à cette époque de l'année, dévoilaient le jardin et ses secrets. L'esprit de Marguerite vagabonda, dans le dédale des allées et de ses souvenirs.

Gamine, le jardin du Luxembourg était, avec celui des Plantes, son terrain de jeux favori. Marguerite se souvenait précisément de ces rares moments où elle redevenait une enfant, jouant, riant même. Les jardins étaient propices à l'amusement et au plaisir, et même la petite fille timide et solitaire qu'elle était se laissait envahir par la joie de vivre qui y régnait. Dès les premiers beaux jours, sous les frondaisons, le parc s'animait gaiement, offrant aux promeneurs un spectacle des plus réjouissants. Au milieu des bonnes d'enfants à l'air sévère dans leur habit sombre, qui poussaient de lourds landaus à grandes roues, une joyeuse marmaille s'éparpillait dans les allées, avec des rires, des cris et des pleurs. Les enfants se mélangeaient, unis dans le jeu et la joie. Fils et filles d'ouvriers, dans leurs habits râpés mal assortis, grattaient la terre à l'aide de bâtons, ou jouaient à saute-mouton. Beaucoup plus nombreux dans ce quartier, les fils et filles de bonne famille, dans leurs adorables costumes marins, poussaient leurs bateaux sur le grand bassin ou jouaient au diabolo devant le palais. Plus loin, dans les allées ombragées, ces messieurs jouaient au croquet, imités par de jeunes garçons et filles, lassés des jeux trop enfantins de leurs cadets.

Mais le souvenir que Marguerite garderait de ce jardin si particulier resterait celui où, le jour de ses dix ans, son père l'y avait accompagnée pour son anniversaire. C'était un 26 juin, et elle se souvenait parfaitement de la chaleur douce et légère de ce début d'été. Père avait commencé par lui offrir un cerceau de bois, au kiosque du parc. La petite fille, qui en rêvait depuis si longtemps, s'était amusée à n'en plus finir, faisant rouler son cerceau, courant autour du bassin, remontant les allées, oubliant tout ce qui l'entourait. Qu'avait fait Père pendant tout ce temps ? Elle n'aurait su le dire...

Elle avait fini par le retrouver là où elle l'avait laissé, assis sur un banc, près d'un oranger. Elle s'était installée près de lui, éreintée et assoiffée, mais le cœur en fête et le sourire aux lèvres. Un marchand de coco qui traversait le parc, sa grosse fontaine sur le dos, attirait le chaland à l'aide d'une petite clochette et de sa verve :

— Coco, coco, coco frais, il est frais mon coco !

Père lui avait glissé une pièce de dix centimes en échange de deux verres bien remplis et la jeune fille goûtait encore sur sa langue les arômes rafraîchissants et désaltérants du citron et de la réglisse.

— Cric-croc ! avait dit son père en levant son verre.

— Cric-croc, avait répondu sa fille, pas peu fière.

Et ils avaient trinqué.

Pour finir cette journée en beauté, il lui avait proposé une promenade en carriole, tirée par un vieil âne gris tout pelé, mais qui adorait les caresses et faisait le bonheur des petits et des grands. Elle s'était sentie tellement importante dans sa petite voiture ! Oui, cela avait été une belle journée...

Mais comme toujours, ce bonheur avait été un peu gâché par le retour à la réalité... Deux jours plus tard, son cerceau avait disparu, envolé, mais la petite fille connaissait la ou les responsables. Sa mère, sa sœur, ou les deux ensemble, de toute manière, il en était toujours ainsi. Chaque année, pour son anniversaire,

Père lui offrait un moment privilégié, rien que tous les deux, au parc, au cirque, au restaurant et Mère ne le supportait pas. Elle finissait donc par lui faire payer d'une façon ou d'une autre. Ce souvenir-là lui laissait un goût amer, bien loin de celui du coco et c'est avec soulagement qu'elle vit le tramway arriver, l'arrachant aux réminiscences de son enfance.

Elle grimpa à l'intérieur de la voiture, régla son ticket, puis s'installa en deuxième classe, tout au fond du véhicule. Soulagée d'avoir obtenu une place à l'intérieur et de ne pas avoir à grimper sur l'impériale, exposée au froid, au vent, aux hommes...

Marguerite se détendit. Le tramway s'ébranla et bercée par le roulement du véhicule, la jeune fille se félicita d'avoir choisi ce moyen de transport. Les omnibus à chevaux étaient certes un peu moins onéreux mais on y était ballotté de tous les côtés comme de vulgaires paquets.

Assises en face d'elle, une mère et sa fille, d'une dizaine d'années tout au plus, se rendaient dans un grand magasin pour préparer l'anniversaire prochain du père de famille. L'enfant semblait très excitée par l'évènement et inondait sa mère de questions, jacassant sans s'arrêter.

— Vous pensez que je pourrais avoir de nouveaux rubans ? Je suis sûre que Père apprécierait cette nouveauté pour l'occasion... Des rubans roses ! Non, des jaunes ! Que pensez-vous du jaune, Mère ? Cela s'accorderait bien avec mes boucles noires. Oui, jaune ce sera parfait sur ma robe à dentelles. Je pourrai porter ma robe à dentelles, Mère ? Oui, évidemment, c'est ma plus jolie... Pour Père, j'avais pensé à des boutons de manchettes. Pour aller travailler au ministère, ce sera très élégant...

— Hélène, ça suffit ! intima sa mère, visiblement exaspérée et embarrassée par tout ce bavardage. Je ne veux plus t'entendre... ou nous n'irons pas voir les rubans !

La petite fille baissa la tête et se perdit dans la contemplation de ses souliers, en silence.

Marguerite s'étonnait de voir cette mère et sa fille, manifestement issues d'un milieu bourgeois, voyager en deuxième classe. Elle les examina alors d'un peu plus près. Un coup d'œil rapide lui permit de remarquer sans mal de nombreux détails qui apportèrent réponse à sa question.

Sous leur cirage, les bottines noires de la mère étaient visiblement fort usées et râpées. Sa jupe avait été rallongée, elle ne portait qu'un simple jupon et son manteau était de facture médiocre. Quant à son chapeau, la couleur était légèrement passée et il était un peu déformé sur les bords. Le manteau de la petite fille était vraiment étriqué au niveau des manches et ses pieds, qu'elle tortillait sans cesse, semblaient bien à l'étroit dans ses petits souliers... Marguerite comprit que si l'enfant souhaitait tant de nouveaux rubans, c'était certainement pour apporter un peu de nouveauté à l'une de ses anciennes toilettes, sa mère ne pouvant lui en offrir de nouvelle. Le père travaillait peut-être au ministère, mais il ne devait être que l'un de ses gratte-papiers, sans importance ni privilège particulier.

Le cœur de la jeune fille se serra. Elle avait de la peine pour cette petite fille, si charmante, même s'il était évident qu'elle n'était pas à plaindre.

Par la fenêtre devant laquelle était assise l'enfant, Marguerite observait le boulevard défiler lentement devant ses yeux. Les mêmes façades se répétaient inlassablement, presque identiques. Les ferronneries des balcons et les persiennes des premiers étages, les enseignes et les inscriptions des commerces et services, ici un dentiste, là un coiffeur, voisinant un installateur de téléphone. Les grands arbres dénudés qui rythmaient le boulevard tendaient à rendre le paysage morose, mais la lumière qui filtrait ce matin-là était douce et la ville semblait soudain moins terne.

Lorsqu'ils s'arrêtèrent à la station de la place Saint-Michel, Notre-Dame de Paris apparut, dans la clarté du matin. C'était pour Marguerite un lieu vraiment unique. Elle trouvait sa présence reposante et apaisante et elle lui rendait visite parfois, puisqu'elles étaient presque voisines...

Ils traversèrent le pont et le regard de Marguerite s'attarda sur la cathédrale. Du fond de son âme, la jeune fille lui adressa ses adieux, car elle pensait sincèrement ne pas revenir dans les parages avant un long moment. Le tramway s'engagea sur le boulevard du Palais et la jeune fille ne s'intéressa guère plus à ce qui l'entourait ; fermant les yeux, tout en serrant son sac sur son cœur, elle pensa à sa chance, celle d'avoir décroché une place privilégiée et prestigieuse...

C'était le moment parfait pour repenser à ce moment, celui où le destin avait conduit ses pas devant la boutique de Madame Joséphine, une semaine plus tôt.

Le dimanche était son jour de repos et après avoir accompli ses tâches ménagères, elle s'était échappée de la maison pour se promener dans Paris. Ses parents s'étaient absentés pour la journée et la jeune fille disposait donc d'un rare moment de liberté dont elle comptait bien profiter. Avant toute chose, elle était passée à l'atelier de Mme Lambert, également absente pour la journée, l'un de ces pèlerinages, comme elle en faisait souvent. Marguerite possédait une clef et pouvait aller et venir à sa guise, elle avait toute la confiance de sa patronne... Même en dehors de son temps de travail, la jeune apprentie passait beaucoup de temps à l'atelier, du moins dès qu'elle avait un moment de répit.

Avec l'accord de Mme Lambert, elle œuvrait en secret sur des créations personnelles, qu'elle avait le plus grand plaisir à porter pendant ses journées de travail et lors de ses rares escapades. La confection de ces modèles reposait grandement sur la générosité de sa patronne, qui la laissait utiliser certaines fournitures ou encore des chutes de tissus, mais aussi sur les gratifications qu'elle obtenait de ses clients et qui lui permettaient quelques fantaisies.

Avec créativité, ingéniosité, et quelques ornements qu'elle dénichait chez leurs fournisseurs, Marguerite s'inspirait des pages des journaux de modes qui la passionnaient tant et la jeune couturière assemblait de fort jolies toilettes.

Sa mère lui confisquait tout son salaire, mais ne connaissait pas l'existence de ces petits à-côtés, que Marguerite lui cachait avec une grande habileté, mais surtout avec une immense culpabilité.

Aujourd'hui, elle s'en félicitait.

Comme elle conservait ses toilettes à l'atelier, sa mère et sa sœur n'en connaissaient pas l'existence et ne pouvaient donc ni la jalouser, ni l'en déposséder. Il était heureux que Marguerite travaille dans un quartier un peu éloigné, où elle pouvait cultiver son petit jardin secret.

Ce fameux dimanche donc, vêtue d'une robe assez simple en lainage bleu, agrémentée de quelques empiècements de dentelle noire, elle avait pris la direction de sa destination favorite, le quartier de la Paix ! Ses vitrines, ses grands magasins, ses maisons de couture et les étalages des modistes ! Bien au chaud dans sa pèlerine en drap de laine noir, son élégant chapeau sur un élégant chignon, elle aimait l'idée de se mêler à la foule des élégantes et des bourgeoises. Mais nous étions dimanche et c'était au parc qu'il aurait fallu se rendre pour prendre un bain de foule...

Tant pis. Cela n'empêcha pas Marguerite de flâner, solitaire, devant les vitrines soignées, rêvassant devant les créations exposées, envieuse des riches clientes qui, contrairement à elle, pouvaient pénétrer dans ces temples de la mode et s'offrir tout ce qu'elles désiraient. La jeune fille avait la chance de pouvoir créer sa garde-robe, mais certaines pièces, d'un luxe inouï, étaient inaccessibles, même à ses petites mains créatrices.

Elle arpenta les boulevards et finit par s'aventurer dans des ruelles inconnues, où elle s'arrêta devant la devanture particulièrement élégante d'une maison de modes. L'enseigne indiquait « Joséphine Modes », et la jeune fille sut immédiatement qu'elle avait déjà croisé quelques-unes de ses créations dans les journaux. C'est donc les yeux écarquillés qu'elle se plongea dans la contemplation des véritables merveilles exposées dans la vitrine. On y trouvait les plus exquis couvre-chefs et même, plus surprenant, un immense tableau représentant le portrait d'une jeune femme brune, laissant deviner une tenue des plus vaporeuses et arborant un extraordinaire chapeau. Réalisé en paille rose, ledit chapeau possédait de très larges bords, courbés vers le haut par des guirlandes de fleurs aux couleurs printanières, habillant la calotte, surmontée d'un gros nœud en velours rose.

Immobile, absorbée par tant de beauté, Marguerite ne vit pas arriver cette très belle élégante, vêtue d'une robe tailleur lilas à rayures pourpres, arborant un étonnant chapeau en soie de la même nuance, garni de plumes et de rubans. La femme poussa la porte de la boutique et une clochette tinta, sans provoquer chez Marguerite la moindre réaction, tant elle était perdue dans sa contemplation. La jeune fille ne la vit pas non plus passer derrière la vitrine, l'observer un instant, puis ressortir sur le seuil, faisant tinter la clochette une nouvelle fois. Marguerite n'en fut pas plus dérangée.

La femme finit par héler l'imperturbable observatrice.

— Mademoiselle ! Mademoiselle !

Sa voix, claire et posée, résonna dans la ruelle. Marguerite sursauta, avant de regarder autour d'elle... Personne...

On s'adressait visiblement à elle. Gênée, elle dévisagea l'élégante, soudain interdite, reconnaissant la femme au portrait de la vitrine, qui devait être, en toute logique, LA Madame Joséphine.

— Vous devriez entrer, nous avons beaucoup d'autres modèles, à l'intérieur, l'invita la modiste avec insistance.

Marguerite bafouilla timidement :

— C'est très aimable à vous Madame, mais je... je ne suis pas intéressée.

La femme insista, malgré l'embarras visible de la jeune fille.

— Faites-moi plaisir Mademoiselle, entrez. Je vous le demande comme une faveur.

Marguerite, en jeune fille docile et polie, finit par la suivre, très impressionnée et d'autant plus mal à l'aise. Elle pénétra donc dans ce qui ressemblait à une sorte de grand hall. Comptoir au bois précieux, lustré et brillant, accueillantes banquettes, tentures aux couleurs vives et montagnes de boîtes à chapeaux, nonchalamment exposées, parfaits objets de publicité.

Elle n'eut pas vraiment le loisir d'en voir plus, car la femme avançait déjà dans un couloir encadré de lourdes tentures et la jeune fille s'y engagea à son tour. Les murs étaient tapissés de photographies dédicacées. Le couloir desservait des salons d'essayage, dont elle ne pouvait que soupçonner le luxe feutré, apercevant de riches tapis et quelques chapeaux, superbement exposés sur de grands pieds en bois tourné. Une grande porte s'ouvrit devant elle et Marguerite pénétra, bouche bée, dans le plus surprenant des endroits.

La pièce qu'elle découvrait n'était autre qu'une ancienne et luxueuse salle de bal. Tout en longueur et en hauteur. Baignée de lumière, elle s'ouvrait sur un jardin, à la faveur de nombreuses et majestueuses fenêtres, tout en boiseries, habillées de somptueux rideaux rosés. De grands rectangles lumineux se reflétaient sur un parquet à la Versailles, dont les teintes nuancées chatoyaient dans les rayons dansants du soleil.

De fastueux lustres en cristal et bronze doré ruisselaient d'un plafond aux riches décors, rosaces et autres moulures, peintes ou dorées à la main. Leur répondaient d'autres décors et d'autres appliques de cristal, dont les murs dépourvus de fenêtres étaient richement ornés. Mais au-delà de tout ce faste, ce qui hébéta Marguerite au point qu'elle n'en crut pas ses yeux, c'est que ce merveilleux endroit abritait un véritable atelier de modiste.

Sous les dorures se déployaient une demi-douzaine de tables de travail, encombrées de tout un bric-à-brac : corbeilles à ouvrage, outils, formes en bois ou encore croquis. Le long des murs, des comptoirs surchargés de boîtes, de journaux et de papiers en tout genre. Elle ne savait plus où donner de la tête. Chaque endroit où elle posait les yeux offrait une surprise. Elle se serait bien pincée, mais cela aurait été très inconvenant. Quant à la mystérieuse dame, elle s'amusait visiblement beaucoup devant les grands yeux écarquillés de la jeune fille. Elle lui trouvait beaucoup de candeur et de fraîcheur et sa réaction à la découverte de l'atelier était authentique.

Elle lui laissa un moment de répit, avant de l'inviter à s'asseoir sur l'une des chaises placées devant l'une des tables à ouvrage.

— Je vous en prie Mademoiselle, veuillez vous asseoir.

Marguerite, qui se rappela soudain qu'elle n'était pas seule, obtempéra sagement.

Une fois son invitée installée, la femme se posta devant l'une des fenêtres et, immobile, sembla se perdre dans la contemplation du jardin, où de splendides bruyères égayaient la tristesse de l'hiver. En vérité, elle réfléchissait à la manière d'aborder la jeune fille, il fallait toucher juste.

Elle finit par se retourner et remarqua les yeux fuyants, les mains tremblantes, et fut profondément touchée par cette jeune fille qui ne ressemblait guère aux autres.

— Veuillez me pardonner cette invitation peu conventionnelle, mais je vous ai aperçue devant la vitrine et j'ai saisi l'opportunité de rencontrer la demoiselle que la providence m'envoyait. Mais je manque à tous mes devoirs. Je suis Madame Joséphine, et vous êtes ici au cœur de mon atelier de modes.

Marguerite peinait à se concentrer sur les paroles de la modiste. Elle voyait bien ses lèvres bouger, mais son cerveau, comme engourdi, ne comprenait pas vraiment le propos. Elle se contenta donc d'acquiescer machinalement de la tête, encourageant son interlocutrice à continuer.

— N'y voyez aucune offense, mais je ne vous ai en aucun cas confondue avec une cliente. Vous avez simplement là un chapeau des plus charmants, joliment tourné et apprêté qui, je dois bien l'avouer, a piqué ma curiosité...

C'était un chapeau de velours noir que Marguerite avait intégralement confectionné, depuis la carcasse en fils de laiton jusqu'aux finitions. Inspirée par les journaux de modes qu'elle feuilletait chez sa patronne ou simplement par ce qu'elle voyait dans les vitrines, elle l'avait agrémenté de nœuds en velours bleu nuit, de tulle noir et de quelques fleurs de tissu. Elle le portait le dimanche car il s'accordait parfaitement avec sa robe en lainage.

Il était, certes, peut-être un peu trop élégant pour une simple apprentie, mais la jeune fille s'offrait cette coquetterie les très rares fois où elle se promenait dans Paris. Elle s'était également confectionné un col en velours bleu assorti pour son paletot afin de soigner sa toilette.

Mais dans l'immédiat, elle ne comprenait pas bien en quoi son chapeau pouvait intéresser une grande modiste...

Puis soudain, elle paniqua. Peut-être pensait-elle que Marguerite avait reproduit l'un de ses modèles ! Si c'était le cas, c'était de façon tout à fait fortuite, elle s'était inspirée de plusieurs modèles pour obtenir ce résultat.

Madame Joséphine, d'un ton toujours aussi aimable, reprit :

— Je suppose que c'est votre création ?

Le visage de la jeune fille perdit soudainement toute fraîcheur et pâle comme un linge, elle semblait prête à défaillir.

Madame Joséphine, un peu embarrassée, la complimenta.

— Il est tout à fait ravissant, vous savez. Vous avez beaucoup de goût, et beaucoup de talent...

Devant l'absence de réaction de la jeune fille, qui semblait se décomposer sur sa chaise, elle continua :

— Je suis à la recherche d'une nouvelle apprêteuse et j'ai tout de suite vu, à votre tenue soignée et à votre chapeau très élégant, que vous deviez être l'une de ces petites mains qui travaillent dans un atelier de couture ou de modes...

Marguerite ne comprenait plus rien. La modiste ne semblait pas lui reprocher quoi que ce soit et elle devait avouer que son attitude était même plutôt bienveillante. Elle n'était donc pas sûre de bien saisir ce qu'on attendait d'elle et devant sa mine déconfite, la femme reformula sa question, plus directement :

— Quel emploi occupez-vous, Mademoiselle ?

— Marguerite, murmura-t-elle, je m'appelle Marguerite.

Puis elle réalisa que ce n'était pas la réponse attendue et précisa :

— Je finis mon apprentissage comme couturière.

Le ton était un peu plus assuré.

— Parfait ! s'exclama Madame Joséphine en frappant dans ses mains gantées de blanc. Accepteriez-vous de me montrer ce dont vous êtes capable ? Nous pourrions considérer cela comme une sorte d'essai...

Un essai ??? Marguerite avait-elle bien entendu ? Enfin consciente du caractère incroyable de la situation, elle hocha la tête, tandis qu'elle se noyait sous les questions et les conjectures qui n'aboutissaient qu'à une seule conclusion : elle ne serait jamais à la hauteur !

Madame Joséphine traversa gracieusement la pièce. Chacun de ses pas s'accompagnait d'un froissement de soie et les plumes de son chapeau dansaient, légères et vaporeuses. Marguerite était très impressionnée par l'élégance de la femme, mais aussi très surprise par la simplicité avec laquelle elle s'adressait à elle, presque comme à une égale.

Complètement perdue, elle cherchait à reprendre ses esprits et à faire bonne figure. Les paroles de la modiste résonnaient pourtant encore dans sa tête... Elle cherchait une nouvelle apprêteuse...

Au fond de la pièce, sur un grand comptoir, une dizaine de formes et carcasses de chapeaux attendaient d'être apprêtées et garnies. La maîtresse des lieux se saisit d'un grand chapeau en paille d'Italie, aux larges bords et à la grande calotte, puis elle se pencha pour attraper sous le comptoir un grand carton à chapeau. Elle revint vers la table de travail, les bras chargés, et déposa tout son assortiment devant la jeune fille.

— Nous préparons déjà la nouvelle collection pour le printemps, expliqua-t-elle.

Son visage trahissait son excitation et Marguerite comprit combien la modiste était passionnée.

— Tout doit être prêt pour le lancement de la saison. Nous avons déjà dessiné et élaboré quelques modèles, qui bien entendu doivent rester des plus confidentiels... Vous comprenez ?

Marguerite ne put qu'acquiescer et la modiste continua :

— Voici le croquis de l'un de ces modèles. C'est un chapeau en paille, parfait pour un déjeuner au bord de l'eau, une promenade en barque, ou encore pour le bord de mer. Je suis certaine qu'il rencontrera un grand succès. J'espère pouvoir le porter à Trouville dès le printemps.

Marguerite observa attentivement le croquis que Madame Joséphine avait sorti du carton à chapeau et partagea l'optimisme de la modiste, ce modèle était sensationnel !

— Pourriez-vous me montrer ce dont vous êtes capable en apprêtant ce chapeau ?

D'abord incrédule, la jeune fille se sentait finalement curieusement en confiance. Qui ne l'aurait été, face à cet encourageant sourire ?

Elle se mit donc à examiner ce qui se trouvait à l'intérieur du carton, qui contenait toutes les fournitures nécessaires à la réalisation du chapeau. Tout brillait à ses yeux comme un véritable trésor.

Elle hésita :

— Êtes-vous certaine que je puisse ? Je crains de gâcher une si belle pièce...

— Mais non, mais non, rétorqua Madame Joséphine. Vous êtes parfaitement capable. Faites-vous simplement un peu confiance et tout ira bien. Pour le moment, vous ne ferez qu'apprêter la mousseline, ce sera un jeu d'enfant.

D'un geste de la main, elle invita la jeune fille à commencer en lui désignant un panier, garni de tout l'outillage indispensable, qu'heureusement Marguerite connaissait et maîtrisait à peu près.

La modiste s'installa un peu plus loin, son carnet de croquis à la main et, tout en crayonnant, observa attentivement la jeune apprentie. Cette gamine l'intriguait et elle attendait avec impatience de la voir à l'œuvre.

Il était rare de croiser une apprentie, même modiste, avec un chapeau aussi abouti. Bien souvent, il était le reflet de leur fantaisie, un assemblage spontané sans réelle fin artistique. Ce chapeau, en l'occurrence, était porteur d'un esprit créatif et répondait à une logique globale et esthétique. Derrière sa simplicité se cachait une tournure recherchée, une harmonieuse communion des couleurs et des matières, un petit chef-d'œuvre de sobriété. Elle pensa qu'il ressemblait à sa propriétaire et ne pourrait par la suite que constater qu'elle ne s'était pas trompée.

Après avoir respiré longuement et chassé tous les sentiments et les émotions qui la submergeaient, Marguerite se lança avec ardeur, animée par une passion qui illuminait son visage, habitait tout son corps et guidait ses mains habiles. Les sourcils froncés, la langue parfois pointée, elle se concentrait, exaltée, tandis que ses doigts fins de fée semblaient voler. Dix minutes passèrent, puis vingt, puis trente. Marguerite ne voyait pas le temps défiler tant elle se plaisait à travailler d'aussi fascinantes étoffes, d'aussi fastueuses fournitures. Elle mesura, coupa, plia, assembla, piqua et s'appliqua pour présenter un chapeau aux finitions des plus parfaites.

Madame Joséphine, elle, passait le temps. Elle se déplaçait ici et là, fouillait dans les piles de gravures, puis croquait des esquisses dans son carnet, sans perdre de vue le travail de la jeune fille. Marguerite avait suivi scrupuleusement le croquis et avait commencé par recouvrir les larges bords du chapeau d'une mousseline blanche doublée, qu'elle avait ensuite cerclée d'un galon en velours bleu ciel. Cette opération avait finalement été assez facile à réaliser pour la jeune couturière qui s'en sortait à la perfection.

La modiste s'approcha pour observer attentivement le résultat que Marguerite lui tendit, les mains tremblantes.

Le chapeau tournait dans les mains de Madame Joséphine, elle en appréciait chaque couture, chaque pli, chaque détail. Son inspection se solda par un sourire des plus encourageants et Marguerite sentit une grande fierté l'envahir.

— Vous sentiriez-vous capable de vous essayer au garnissage ?

Toujours inquiète mais gagnée par un frisson inconnu, elle s'en sentit soudain tout à fait capable, même si elle ne connaissait pas tous les outils présents dans le second panier que lui tendait la modiste.

Elle se lança de nouveau, plus excitée que jamais. Le garnissage lui demanda beaucoup de minutie et une dextérité qu'elle ne maîtrisait pas parfaitement. La jeune fille dut recouvrir toute la calotte d'une multitude de petites fleurs en soie, myosotis et violettes, parsemées de quelques feuilles vertes pour plus de naturel. Les fleurs étaient d'une très grande qualité et Marguerite n'en avait jamais vu de semblables. Leur réalisme était tout à fait saisissant.

Elle imagina sans peine une promenade à la campagne, où un couple de flâneurs paressait sur un tapis de fleurs fraîches aux couleurs éclatantes, sous les caresses d'une douce brise printanière.

Ainsi lui vint l'inspiration et elle chercha à reproduire cet effet sur le chapeau.

— Je suis très impressionnée, Mademoiselle, déclara Madame Joséphine. Vous réalisez un travail rapide, soigné et surtout de très bonne facture. Vous avez un sens esthétique très intéressant. Le mouvement, le volume, l'esprit prairie en fleurs, tout y est ! ajouta-t-elle, agréablement surprise.

La jeune fille baissa la tête, rougissant du menton à la racine des cheveux devant ce flot de compliments qui la remplissaient de fierté.

Elle était fort heureusement assise lorsque la modiste lui fit la proposition suivante :

— Que diriez-vous de travailler pour moi, ici ? Je vous propose une place d'apprêteuse, et vous pourriez, à l'occasion, remplir la fonction de garnisseuse, pour les commandes urgentes par exemple. Vos gages seraient de six francs par jour et bien entendu vous seriez logée et nourrie.

La jeune fille n'en croyait pas ses oreilles. Six francs par jour, c'était trois fois plus que ce qu'elle gagnait actuellement. Elle devait avoir l'air bien stupide, à dévisager bêtement et bouche bée celle qui offrait de l'engager.

— Quel âge avez-vous ?

— Dix-huit ans Madame, depuis le mois de juin.

— Dix-huit ans... c'est encore un peu jeune, mais soit ! Il faudra nous fournir un courrier de vos parents.

— Un courrier ?

— Oui, une dispense parentale, vous autorisant à travailler dans mon atelier.

— C'est-à-dire que...

Le malaise de la jeune fille était si évident que Madame Joséphine crut comprendre de quoi il retournait et vola à son secours.

— Vous pouvez rédiger la lettre vous-même, ils n'auront qu'à la signer. Ils devront également approuver les termes de votre contrat. Je vais chercher les papiers nécessaires.

Madame Joséphine s'éloigna et Marguerite put suivre le son de ses pas qui résonnaient sur le parquet. À peine eut-elle le temps de souffler pour évacuer son trop-plein d'émotion que la modiste était de retour avec une petite liasse de feuillets.

— Voici votre contrat et le règlement intérieur. Je vous prie de bien le lire et de le signer, ainsi que vos parents. Je suppose que vous logez chez eux, s'enquit l'employeuse, visiblement décidée à régler les détails.

— Oui...

— Logent-ils dans Paris ?

— En quelque sorte...

Une fois de plus, Madame Joséphine comprit le trouble de la jeune fille. Elle-même avait grandi dans un quartier pauvre de la capitale et imaginait la situation de la jeune fille.

— La plupart de mes employées sont logées ici, vous savez... Les avantages y sont vraiment nombreux et pour beaucoup de jeunes personnes c'est un vrai privilège...

Marguerite entendait parfaitement le message.

— Toutes les chambres à disposition de mes employées sont malheureusement déjà occupées... mais j'ai quelques arrangements avec une logeuse qui propose des chambres aux jeunes filles comme vous qui travaillent dans de grandes maisons comme la nôtre. Je prendrai bien sûr tous les frais à ma charge.

Madame Joséphine sembla de nouveau beaucoup s'amuser de l'effarement qui se peignait sur le visage de la jeune fille, abasourdie par les conditions de travail proposées. Elle pensait même à une farce. On se jouait d'elle, c'était certain !

— Les horaires de travail sont habituellement de neuf heures à vingt heures, un déjeuner et un dîner vous seront servis dans la salle à manger. Vous disposez librement de vos soirées, avec un couvre-feu à vingt-trois heures. Le dimanche est bien évidemment chômé. Pour autant, j'exige que mes filles soient exemplaires, tant dans leur travail que dans leur comportement. Vous représentez notre maison, et cette maison c'est moi. Votre logeuse sera votre garante, toute faute ou attitude déplacée me sera rapportée et sera sanctionnée. Votre loyauté sera le gage de mon soutien, ne l'oubliez pas. Nous vous fournirons votre tenue de travail, vous commencerez lundi en huit.

Essoufflée d'avoir tant parlé, elle soupira, puis se leva avant de prendre congé.

— Je dois à présent vous laisser, j'étais simplement venue choisir le chapeau que je porterais ce soir au théâtre et voilà que j'ai certes gagné une employée, mais surtout perdu deux heures de mon précieux temps. Je suis attendue et vous m'avez mise en retard...

Avec beaucoup de tact, elle désigna la porte de l'atelier à Marguerite, qui traversa le couloir, puis le hall avant de se retrouver sur le trottoir, les bras ballants, regardant l'élégante modiste s'éloigner, un carton à chapeau sous le bras. Dans son sillage, un parfum suave épicé. La jeune fille ne se souvenait pas de l'avoir saluée, et encore moins d'avoir accepté son offre d'emploi providentielle. À vrai dire, elle ne se souvenait pas d'avoir émis la moindre parole depuis que Madame Joséphine lui avait fait sa proposition... Pourtant, elle tenait dans ses mains quelques simples feuillets qui allaient changer toute sa vie.

Le tramway bifurqua sur la droite et s'engagea dans l'interminable rue Turbigo, où se mêlaient véhicules variés et passants en tout genre, dans un désordre des plus coutumiers. Marguerite toussota derrière sa main gantée. Allons, ce n'était vraiment pas le moment de tomber malade ! Ce temps humide était vraiment mauvais pour les personnes aux bronches fragiles comme elle. Enfin, elle aperçut la place de la République et sa Marianne de bronze. Terminus ! Elle attendit que tous les passagers soient descendus avant de regagner, elle aussi, la fraîcheur de ce matin.

C'était une heure de forte affluence et la grande place fourmillait d'activité. Marguerite patientait près de la station, sous les grands arbres dénudés, contemplant ce paysage d'hiver bien triste, ragaillardie par l'animation ininterrompue qu'offrait ce lieu très fréquenté.

Au loin, de nombreux usagers s'engouffraient dans l'étroit escalier de la nouvelle station du métropolitain et Marguerite se dit qu'elle ne comprenait vraiment pas que l'on puisse préférer voyager sous terre, dans l'obscurité et le confinement. Elle avait pris le métro une seule fois et avait cru étouffer, jurant qu'on ne l'y reprendrait pas ! Il y avait tellement d'autres moyens de se déplacer... D'ailleurs, ce matin-là, elle n'avait, volontairement, pas choisi le chemin le plus rapide pour se rendre à l'atelier de Madame Joséphine. Le plus simple aurait été de descendre à Rivoli, puis de remonter Saint-Honoré jusqu'à la place Vendôme. Mais Marguerite avait beaucoup d'avance, et elle ne voulait pas patienter dans le froid et l'appréhension, devant la porte de la boutique. Au moins les transports lui apportaient chaleur et distraction... même si, pour le moment, elle grelottait dans le froid.

L'arrivée de son tramway la réconforta et elle se glissa dans la tiédeur de l'habitacle, aux côtés de quelques ouvrières aux visages graves mais résignés, prêtes à affronter une nouvelle journée de travail à l'usine ou l'atelier.

Elle se sentait légère. Peut-être était-ce l'attrait de la nouveauté, ou bien le sentiment d'appartenir à une élite privilégiée au sein des ouvrières. Elle ne se sentait en rien supérieure, mais favorisée, presque comme une élue. Elle allait apporter sa contribution à la mode, à l'élégance parisienne. L'excitation commençait à la gagner. Dans quelques instants, elle commencerait son nouveau travail et sa nouvelle vie, elle espérait qu'elle serait à la hauteur et qu'elle ne décevrait pas Madame Joséphine, qui lui avait accordé sa confiance.

Marguerite repensa alors au sacrifice qu'elle avait fait pour en arriver là et à la décision irrévocable qu'elle avait prise. Sa fuite de ce matin était de loin la chose la plus déraisonnable qu'elle ait jamais faite. Mais elle n'avait pas eu le choix, on ne lui avait pas laissé le choix. Après la proposition d'emploi de Madame Joséphine, elle avait erré dans les rues, désorientée et perdue. Elle s'était réfugiée dans le jardin des Tuileries et assise sur une chaise, au pied d'un arbre, avait doucement repris ses esprits. Malgré la grisaille de cet après-midi dominical, les promeneurs étaient nombreux à arpenter les allées du parc. L'attention de Marguerite fut instantanément attirée par les toilettes des élégantes Parisiennes qui égayaient ce triste paysage. Leur grâce, leur légèreté et cette harmonie de couleurs étaient comme un hymne à la beauté des femmes. Marguerite prit ainsi conscience de la chance qui s'offrait à elle. Elle pouvait y participer, intégrer ce monde privilégié, de luxe et de beauté. Enfin, son rêve allait se réaliser.

C'était donc le cœur gonflé d'une joie troublante et inconnue que Marguerite avait pris le chemin du retour, le cœur palpitant et l'esprit emmêlé. Par précaution, elle était repassée par l'atelier de Mme Lambert pour se changer. Elle choisit aussi d'y entreposer son nouveau contrat. Une intuition peut-être. Elle n'était pas certaine de vouloir trop en dévoiler pour le moment. *Voyons d'abord leur réaction*, se dit-elle.

Sa patronne n'était pas rentrée, ce qui soulagea la jeune fille. Elle n'était pas prête à lui annoncer la nouvelle, si grande soit-elle.

Elle avait trouvé ses parents assis à la table de la cuisine, fumant et jouant aux cartes avec leurs enfants, tout en trinquant à leur bon salaire de la semaine. Leur humeur semblait fort joyeuse et la jeune fille se dit que le moment était bien choisi pour leur annoncer la bonne nouvelle. À bien y réfléchir, Marguerite aurait dû prévoir la tempête qu'elle déclencha.

— Père, Mère, j'ai une excellente nouvelle à vous annoncer !

Trois paires d'yeux se braquèrent sur elle. Son père, lui, ne quitta pas son jeu du regard, comme s'il refusait de voir ce qui allait arriver.

— Tu vas t'entifler ? ironisa Achille, un regard taquin vers Eugénie.

— Accouche ! grogna la mère. Les nouvelles ne sont souvent bonnes que pour celui qui les annonce...

— J'ai trouvé du travail, annonça fièrement Marguerite, le menton relevé et les yeux brillants.

— Ah oui, et où ça ?

Marguerite avait toute l'attention de sa mère, dont le regard semblait la défier de continuer.

— Dans une grande maison de modes !

Sa voix trahissait sa joie, tout comme le rose qui colorait ses joues. C'en était presque trop facile.

— Dans une maison de modes, voyez-vous ça. « La Baronne » a enfin trouvé un endroit digne de ses grands airs !

Elle rit de son bon mot, imitée, comme toujours, par sa fille aînée.

Habituée à ses mesquineries, Marguerite ne se démonta pas et continua, aveuglée par sa joie.

— Oui, on me propose un poste d'apprêteuse-garnisseuse.

— Et comment as-tu trouvé ce poste, un dimanche ?

— Je me promenais et devant une boutique, la modiste m'a abordée et...

Mère la coupa, moqueuse.

— Elle t'a abordée ? Avec cette dégaine ?

Difficile à croire, en effet, lorsqu'on la voyait dans cette tenue. Piégée, Marguerite se rendit compte qu'elle avait mis les pieds sur une pente plus que savonneuse. La chute était proche. Elle baissa les yeux, et ce fut le coup de grâce.

— Espèce de sale petite craqueuse ! Tu crois qu'on va gober ça ?

Le ton glaçant refroidit la pièce et ses occupants.

— Non, non ! Je ne mens pas ! se défendit-elle. Elle m'a fait faire un essai et m'a proposé du travail, nourrie et logée.

— Parce que tu crois vraiment qu'on va t'laisser t'débiner ?

Le rire de sa mère résonna, démoniaque.

— Pas étonnant qu'elle veuille d'une pov' fille comme toi ! Ces modistes ne sont que des bonnes femmes vulgaires à la mauvaise réputation. Des cocottes, des traînées !

Le visage cramoisi, les mâchoires serrées, elle éructait.

— Jamais, tu m'entends, jamais ! Moi vivante, jamais ma fille ne se commettra dans c'genre d'endroit !

Marguerite ne bougeait plus, submergée par le torrent de cris et d'insultes qui se déversait dans le petit deux pièces. Elle savait très bien que sa mère exagérait le trait concernant la réputation des modistes, et elle savait également que tout ceci n'était qu'un prétexte pour gâcher son avancement et sa réussite. Désespérée, elle tenta le tout pour le tout, regarda son père et lâcha :

— Les gages sont de six francs par jour.

L'annonce eut l'effet escompté, le dos de Père frémit. Mais sa mère, comprenant la tentative de sa fille, se jeta sur elle, furieuse.

— Sale petite menteuse, tu n'es qu'une sale petite menteuse !

Et les coups s'abattirent sur sa tête, faisant plier la jeune fille, désormais à genoux, soumise.

— Arrête m'man ! intervint Achille en l'attrapant par la taille pour l'attirer à lui.

— C'est à ton tour d'jouer !

Le père n'avait jusqu'ici pas moufté, mais par cette simple remarque, il intimait à sa femme de revenir à la table, clôturant ainsi l'incident.

Marguerite, accablée, resta à terre, tandis que la partie de cartes reprenait, comme si de rien n'était.

Elle comprit que sa mère ne cesserait jamais de gâcher son existence. La bataille était perdue. En tant que jeune fille célibataire, elle dépendait de l'autorité de son père, mais elle savait que celui-ci se moquait totalement de son sort et qu'il ne se positionnerait jamais en sa faveur ou défaveur, il ne se prononcerait tout simplement pas. Il venait une fois de plus de le prouver.

Les jours suivants, la jeune fille fut confinée à la maison : sa mère voulait lui faire passer l'envie de traîner dans les rues et de se donner en spectacle. Marguerite voyait son rêve brisé et son avenir envolé. Elle se rendait à son travail, mais le cœur n'y était plus. Elle n'osa pas exposer la situation à sa patronne, mal à l'aise à l'idée de lui avouer qu'elle était prête à prendre congé mais qu'elle était maintenant forcée de rester. Elle passa les deux premiers jours dans une tristesse encore plus grande que de coutume. Mais le troisième jour, son désespoir se transforma en colère et le quatrième, la colère lui donna la force nécessaire à l'élaboration d'un plan, celui de sa fuite. Le cinquième jour, sa décision était prise ; elle profita d'une course pour sa patronne et effectua les quelques achats nécessaires à sa nouvelle vie. Comme l'avait suggéré Madame Joséphine, mais non sans culpabilité, elle rédigea sa propre autorisation parentale mais surtout elle signa à la place de son père. C'était d'ailleurs elle qui lui avait appris à signer correctement de son nom « Lemoine » et elle le revoyait parfaitement tracer les lettres d'une main hésitante et tremblante.

Le tramway glissait le long des grands boulevards, Saint-Martin, puis Poissonnière et Marguerite observait avec beaucoup de curiosité les nuées d'ouvrières, petites mains de la mode parisienne, qui descendaient des faubourgs pour rejoindre leurs ateliers. Il y avait des ouvrières de maisons fabriquant en gros de la mode bon marché, « en cheveux », reconnaissables à leurs tenues simples et uniformes, ainsi qu'à leur démarche triste et silencieuse. Leur travail journalier, mécanique et monotone, finissait par marquer leur visage de cette implacable et morne régularité. Noyant ces tristes visages, des grappes de « gamines », apprenties couturières pour la plupart, réveillaient ce sombre matin de novembre par leur fraîcheur, leurs rires et leurs bavardages. Bras dessus, bras dessous, arborant d'improbables chapeaux et d'inventives tenues, chaussées de gros souliers, elles dégageaient une gaieté contagieuse qui gagna Marguerite. Elle s'identifia à ces jeunes filles, des cousettes, comme elle hier encore, belles, fraîches et insouciantes, qui rejoignaient leur besogne matinale avec entrain, la démarche assurée, la taille cambrée et la tête haute. Marguerite aurait aimé leur ressembler, elle enviait leur légèreté, leur allégresse et la complicité évidente qui les unissait. Mais elle n'avait connu jusqu'ici que désespoir, solitude et laideur. Pourtant, devant ces bandes joyeuses et juvéniles, elle reprenait espoir. Elle avait décroché la chance de sa vie et bientôt elle serait comme ces midinettes, en plus élégante, évidemment. Elle baissa la tête pour admirer ses jolies bottines, si fines, si charmantes. Oui, elle deviendrait quelqu'un d'autre...

Plus Marguerite approchait de sa destination, plus le flot des jeunes ouvrières gonflait, assombrissant les trottoirs de leurs tenues hivernales invariablement sombres, égayées de joues roses, de couronnes de cheveux blonds, châtains ou roux. Elles arrivaient des faubourgs : Batignolles, Montmartre, Belleville ou Montrouge et dévalaient les boulevards, convergeant vers une unique destination, le quartier de la Paix, ses maisons de couture et de modes. Quelques visages masculins, galants ou époux, émergeaient dans ce déluge de féminité, participant malgré eux à cet étrange ballet de jupons. S'ajoutaient au spectacle les nombreux arrêts des ouvrières, pour un journal, des fleurs, une pâtisserie ou un bol de soupe, ce qui complétait ce charmant tableau parisien.

Marguerite descendit place de l'Opéra, hésitante au milieu de ce fourmillement incessant qui lui donnait le tournis. Elle n'avait pas vraiment l'habitude de la foule et elle était complètement perdue au milieu de tout ce trafic. Fiacres, omnibus, charrettes et mêmes automobiles circulaient en tous sens, dans un vacarme assourdissant, tandis que les passants coupaient sans cesse et sans gêne la circulation, au risque de causer un accident.

Après avoir fait la girouette pendant cinq bonnes minutes, se tordant le cou à regarder à la ronde, Marguerite se sentit mal. Toute cette agitation et cette première journée qui était un véritable calvaire pour ses nerfs. Elle détestait l'inconnu et pire encore, elle se demanda si elle n'avait pas rêvé toute cette histoire et si elle n'allait pas se ridiculiser en se présentant ainsi à l'atelier. De plus, son estomac criait famine...

Comme elle avait encore un peu de temps devant elle, elle se décida et traversa la place pour entrer au *Café de la Paix*, dont l'auvent d'angle original avait attiré son attention. Le café était fort fréquenté, mais au milieu de cette population majoritairement masculine, Marguerite remarqua quelques ouvrières, avalant une collation avant de rejoindre leur atelier et la jeune fille se sentit rassurée, un peu moins seule. Elle s'installa non loin de la vitrine, près d'un mondain au costume impeccable, un journal à la main, un cigare fumant sur la table. Elle commanda un lait chaud et un œuf mollet, accompagné de tartines de pain et de beurre. Elle avait bien besoin d'un en-cas consistant et nourrissant pour affronter cette journée. Son état d'énervement était déjà bien avancé et elle pensa que le lait saurait l'apaiser.

Son estomac, désespérément vide, accueillit ce petit déjeuner providentiel avec soulagement. La nausée qui la tenait depuis le matin s'estompa et plus détendue, elle se perdit dans la contemplation de la rue. Elle la vit peu à peu se vider.

Après l'étonnant défilé des ouvrières, il ne restait plus maintenant que des passants épars qui se frayaient un chemin parmi les attelages divers mais moins nombreux qui trottaient sur la chaussée. Quelques domestiques dont on devinait la livrée sous le manteau, des cuisinières chargées de gros paniers, des enfants sur le chemin de l'école, ou encore quelques élégants, reconnaissables à leurs chapeaux hauts de forme.

Neuf heures approchaient, et apparut une population féminine plus élégante, discrète et solitaire que les ouvrières et apprenties de tout à l'heure. C'étaient les demoiselles de magasin et les modistes. Marguerite eut une bouffée de fierté d'appartenir à cette nouvelle famille et sentit même les larmes lui monter aux yeux. Mais ce n'était guère le moment de larmoyer ! Elle se dépêcha de régler ses consommations et, une fois dans la rue, emboîta le pas à ces jeunes femmes qu'elle admirait tant. Elle descendit une partie de la rue de la Paix, la colonne Vendôme en ligne de mire, puis tourna à droite rue Daunou, avant de bifurquer à gauche rue Volney.

Ce fut avec beaucoup d'appréhension, la gorge nouée et les mains moites, qu'elle se présenta devant sa nouvelle maison. L'enseigne indiquait en grandes lettres dorées : « Joséphine Modes ». La devanture en bois était d'une couleur lilas assez surprenante, mais très féminine et élégante. Elle semblait être la couleur de prédilection de sa nouvelle patronne. Marguerite lissa sa jupe et vérifia sa coiffure, avant de pousser la lourde porte, le cœur au bord des lèvres. La clochette tinta, et la jeune fille pénétra dans le hall, qui lui sembla présentement vide. Pourtant, une femme d'âge mûr, au visage rond et aimable, se redressa derrière le comptoir, aussi brillant que dans son souvenir, mais désormais agrémenté d'une splendide composition florale. La femme était vêtue d'une robe à manches longues en velours de soie violette, dont la veste à l'effet bouillonné s'ouvrait sur un corsage en satin et tulle noir, brodé et à col montant. Elle détestait se faire surprendre, mais lorsqu'elle découvrit la pâleur et l'inquiétude du petit visage qui s'offrait à elle, elle sourit. C'était certainement la petite nouvelle dont Madame leur avait rebattu les oreilles.

Elle l'interrogea :

— Vous êtes la nouvelle ?

— Oui, répondit doucement la jeune fille en baissant la tête.

— Je suis Madame Hortense, la première de magasin, lui annonça la femme. Je suis chargée d'accueillir nos clientes et de les orienter vers nos vendeuses dont j'ai la responsabilité. À l'atelier vous serez sous l'autorité de Mademoiselle Yvonne, la première d'atelier. Elle vous y attend, dépêchez-vous, vous êtes tout juste à l'heure !

Elle n'était pas mécontente d'envoyer la petite nouvelle à sa consœur, elle était déjà débordée avec la comptabilité et les livraisons, sans compter ses vendeuses qui lui donnaient du fil à retordre.

Marguerite s'empressa de suivre Madame Hortense qui, avant de pénétrer dans le couloir, se tourna vers elle, l'air soudain sévère.

— J'allais oublier ! Cette entrée est réservée à notre clientèle ; dorénavant, vous utiliserez l'entrée de service.

Marguerite hocha la tête, un peu honteuse d'avoir négligé une donnée si évidente, puis suivit la femme, empruntant le même chemin que la fois précédente. Pourtant, au moment d'entrer dans l'atelier, elles bifurquèrent sur la gauche et poussèrent une lourde porte battante avant de déboucher dans un grand hall, au centre duquel trônait un grand escalier.

— À partir d'aujourd'hui vous entrerez par cette porte, indiqua Madame Hortense en désignant une massive porte en bois, entrée principale de l'immeuble voisin de celui où se trouvait la boutique de Madame Joséphine.

— Bonjour Mademoiselle !

Marguerite tourna la tête pour découvrir le visage auquel appartenait cette voix ferme et autoritaire et qui était visiblement celui de Mademoiselle Yvonne, sa nouvelle supérieure.

Mademoiselle Yvonne portait la même robe que Madame Hortense, mais dans des proportions bien différentes… Tandis que la première de magasin présentait des formes généreuses sur lesquelles la soie chatoyait, la première d'atelier était longue comme une journée sans pain et fine comme une aiguille. Sur elle, la soie, pourtant identique, semblait froide et figée. Elle portait son col montant agrémenté d'un pendentif doré et une montre montée sur chaînette pendait à sa taille. Son chignon était parfait et ses cheveux d'un blond cendré brillaient sous les lumières du hall. Elle devait avoir environ trente-cinq ans, mais son teint était frais et lumineux comme celui d'une jeune fille, sans la moindre ridule. Marguerite lui trouva l'air sévère et malgré sa toilette fort soignée, ni grâce ni élégance… Elle ne correspondait pas du tout à l'image qu'elle s'était faite de l'esprit créateur qui officiait auprès de Madame Joséphine, elle était même un peu déçue.

La première l'examinait elle aussi, sceptique.

— Dépêchons-nous, enchaîna-t-elle, vous devez avant tout vous habiller.

Et elle la poussa vers une porte située à gauche, au pied de l'escalier.

— Cet escalier dessert les chambres et mes appartements, continua-t-elle. La salle à manger se trouve sur votre gauche après l'escalier, ainsi que les cuisines. Ici se trouve le vestiaire, vous y trouverez votre nouvelle tenue de travail. Elle contribue à l'image de marque de notre maison, vous serez parfois amenée à vous présenter aux clientes et parfois même certaines clientes souhaitent se déplacer à l'atelier. Ici la mode s'expose, depuis sa création jusqu'à sa conception. Vous devrez donc veiller à entretenir votre habit et en prendre grand soin. Je vous laisse vous habiller. Je pense que la taille devrait convenir, quoi qu'il en soit vous êtes couturière, vous la retoucherez durant votre temps libre ! Dépêchons, dépêchons ! insista-t-elle.

Marguerite s'engouffra vite dans le vestiaire, où elle trouva au milieu des manteaux, paletots et autres capes une merveilleuse robe en taffetas de soie noire. La jeune couturière n'avait jamais eu l'occasion de porter une tenue si raffinée et élégante. La soie restait une étoffe luxueuse qu'elle avait parfois eu l'occasion de travailler, mais jamais de porter.

Des manches légèrement bouffantes aux épaules, un bustier au col montant, composé de soie blanche et de dentelle noire, entièrement brodée de perles « jais de Paris ». Une jupe ample, cintrée d'un gros nœud et ourlée de tulle et de perles. Une pure merveille...

Marguerite caressa longuement la robe, ses coutures, ses ornements, avant d'oser l'enfiler avec une infinie délicatesse. Elle aurait aimé être les petites mains qui avaient découpé, assemblé, cousu et brodé un si joli modèle. À défaut de l'avoir confectionné, elle le porterait avec fierté.

Une grande psyché permettait aux employées de parfaire leur apparence et Marguerite se découvrit plus belle que jamais. La robe lui allait parfaitement, soulignant sa taille, épousant sa fine silhouette. Il était impossible qu'elle n'ait pas été commandée spécifiquement pour elle. Le noir rehaussait son teint de porcelaine et tranchait avec sa chevelure claire. Cette robe était faite pour elle.

Splendide, songea-t-elle. Tout simplement splendide. Je suis dans un rêve, c'est merveilleux...

Elle rangea dans son sac sa robe en lainage, qui lui sembla soudain plus qu'ordinaire et suspendit son vêtement sous une étagère envahie de fleurs, de collations et de journaux emballés dans du papier. Mais ce qui retint son attention et l'émerveilla fut l'incroyable collection de chapeaux exposés. Comment ne pas deviner en entrant ici que l'on se trouvait dans l'antre d'ouvrières modistes ? Formes, fleurs, couleurs, plumes, rubans, chaque modèle proposait un travail soigné et une esthétique unique. Ce petit réduit concentrait tout ce que ces jeunes femmes possédaient de talent et de génie.

Tandis que sa nouvelle ouvrière revêtait sa tenue de travail, Mademoiselle Yvonne faisait les cent pas dans le hall.

Quelle folie avait bien pu traverser l'esprit de Madame ? Employer une jeune fille inconnue sans références, rencontrée sur le trottoir... décidément, sa patronne avait des idées bien farfelues... Ce n'était pas la première fois que Madame s'entichait d'une pauvre fille, il y avait déjà Henriette et ce n'était pas de tout repos...

Pourtant sa patronne semblait placer de grands espoirs dans la jeune fille. Elle avait passé la semaine précédente à lui vanter prédispositions et le travail formidable qu'elle fournirait. Elle lui avait même fait faire une robe sur-mesure, sans être sûre que la jeune fille se présenterait. Toujours est-il qu'elle était là.

Elle soupira.

Lorsque Marguerite se décida enfin à sortir, Mademoiselle Yvonne dut bien avouer que la petite nouvelle était parfaite. Il n'y avait plus qu'à espérer que tout se passe convenablement, une arrivée était toujours un moment délicat.

— Vous avez votre contrat ? siffla-t-elle.

Marguerite retourna dans le vestiaire et ouvrit son sac pour sortir les précieux papiers. Elle les tendit en tremblant à Mademoiselle Yvonne, priant pour que son visage ne la trahisse pas.

— Merci.

L'air pincé, elle étudia attentivement les documents et Marguerite se sentit terriblement honteuse. Elle avait rempli les emplacements la concernant en arrangeant quelque peu la vérité. Ainsi elle avait renseigné l'adresse de Mme Lambert, plutôt que celle de ses parents.

— Tout semble en ordre.

Marguerite respira mieux : personne n'avait découvert sa supercherie. Elle n'aimait pas l'idée de devoir mentir, ni celle de falsifier une signature, mais elle n'avait pas eu d'autre choix.

Lorsqu'elles se présentèrent à l'atelier, ses nouvelles camarades se confondirent en rires et chuchotements ; Marguerite se crispa. Elles étaient une trentaine à déambuler dans le superbe atelier, vêtues à l'identique, parées de la même robe en taffetas de soie noire. L'effet était saisissant. Seule la taille, la silhouette ou la couleur de cheveux différenciait les jeunes femmes.

Tous les regards étaient tournés vers elle et elle se sentit rougir, baissant instinctivement la tête. Elle entendit murmurer :

— On dirait que Madame a encore ramassé une pauvre petite souris...

Marguerite, blessée, sentit tout son courage l'abandonner, elle voulait s'enfuir ou disparaître.

— Marcelle ! gronda Mademoiselle Yvonne, contrariée. Veuillez garder votre place...

Elle frappa dans ses mains pour attirer l'attention, ce qui n'était pas vraiment nécessaire, puis annonça :

— Je vous présente Marguerite, qui rejoint aujourd'hui notre maison. Elle occupera, et c'est une nouveauté, un poste polyvalent, celui d'apprêteuse et de garnisseuse...

Un murmure de surprise parcourut l'assemblée et Marguerite elle-même eut bien du mal à cacher son étonnement.

— Nous avons déjà pris beaucoup de retard ce matin, alors au travail mesdemoiselles !

Puis, elle frappa de nouveau dans ses mains et les ouvrières s'éparpillèrent comme une volée de moineaux. Chacune regagna sa place, devant sa table de travail, où patientaient les paniers à ouvrage, ainsi que les cartons à chapeau dans lesquels se trouvaient les modèles en cours de conception.

La première entraîna Marguerite un peu plus loin afin de lui parler en toute discrétion.

— Madame Joséphine semble penser que vous serez assez vite autonome, mais il est nécessaire que vous appreniez certains gestes et que vous maîtrisiez tous vos nouveaux outils. Son idée est que pour certains modèles, l'apprêt et la garniture ne font qu'un et qu'il serait préférable qu'une seule et unique ouvrière se charge de ces tâches. Et il semble que ce soit vous qu'elle a choisie dans ce rôle. Je ne vous cache pas que je suis sceptique, vous êtes novice et vous n'avez visiblement qu'une maigre expérience d'apprentie couturière. Mais je dois avouer que Madame se trompe rarement et si elle vous fait confiance, alors moi aussi !

Son air pincé laissait à penser le contraire.

De ses petits pas serrés, elle conduisit la jeune fille vers une table où se tenaient déjà six ouvrières garnisseuses, qui travaillaient plumes, perles, fleurs et rubans.

— Voici Adrienne. Elle est garnisseuse chez nous depuis deux ans déjà. Elle vous guidera pour vos premiers jours. Bien évidemment, je superviserai votre travail. À chaque étape, je contrôle la tournure du chapeau, jusqu'à la touche finale, qui me revient, bien entendu. Vous commencerez par ce modèle.

Et elle tendit la main vers un carton à chapeau, posé sur une chaise vide aux côtés d'Adrienne.

Marguerite s'installa, ouvrit le carton, en inspecta rapidement le contenu avant d'observer avec attention le croquis. Beaucoup de rubans, quelques fleurs, un modèle somme toute assez simple.

— Au moindre doute, interrogez Adrienne, je reviendrai vous voir dans un moment. Pour l'instant je dois me rendre à l'atelier des formières.

Elle s'éloigna donc, traversa la pièce, avant de disparaître par une porte dérobée au fond de l'atelier, laissant Marguerite un peu dépourvue et au centre de toutes les attentions.

Adrienne était une jolie jeune femme aux cheveux châtains, dont les grands yeux verts perçaient un visage long et fin, illuminé par une bouche rieuse aux enfantines fossettes. Elle ne devait pas être beaucoup plus vieille qu'elle, mais son assurance lui donnait l'air plus sage et mature.

— Bienvenue, chuchota-t-elle à sa nouvelle camarade.

— Merci, répondit distraitement Marguerite qui ne pouvait s'arracher au spectacle qui s'offrait à elle.

Pour celle qui n'avait connu que le petit atelier de Mme Lambert, où elles n'avaient jamais été plus de trois à travailler, la découverte était étonnante. On comparait souvent les ateliers de ces grandes maisons de modes ou de couture à des ruches, et la jeune fille n'aurait su trouver de mot plus juste pour décrire l'activité débordante qui l'entourait.

Les ouvrières, uniformément vêtues de noir, voletaient dans leurs costumes en soie brodée, dont les perles scintillaient sous les grands lustres de cristal, comme dans la lumière du soleil. Elles faisaient danser les aiguilles et valser les ciseaux dans un tourbillon de fleurs et de plumes. Elles évoluaient si gracieusement, glissant sur le parquet dans le frémissement des jupons, comparable à des bruissements d'ailes. Elles entraient et sortaient sans cesse et Marguerite n'aurait su dire combien elles étaient... au moins une trentaine, c'était sûr ! Ce que la jeune fille n'avait pas du tout anticipé, c'était tout ce bruit. Elle était habituée à travailler dans une atmosphère feutrée et doutait fort que l'on puisse œuvrer dans un tel vacarme. Ses oreilles bourdonnaient déjà ! Le roulement des machines à coudre, le crissement des ciseaux fendant l'étoffe, le bruissement des fleurs de soie que l'on arrange, le cliquetis des outils qui s'entrechoquent et l'incessant tintement de cloche, provenant probablement de l'entrée de la boutique. Ce devait être l'heure des livraisons et Madame Hortense devait être débordée à la réception. Celle-ci pénétra justement dans l'atelier, l'air paniqué.

— Mademoiselle Yvonne ! Mademoiselle Yvonne !

Mais n'apercevant pas la première d'atelier, elle s'adressa à l'assemblée.

— La commande de la comtesse, où est la commande de la comtesse ? Son cocher attend ! C'est très gênant...

— Ici ! répondit l'une des garnisseuses, dont les joues rouges trahissaient l'embarras. Mademoiselle Yvonne souhaitait que l'on modifie la tournure des plumes, j'ai presque terminé...

Et elle replongea dans son ouvrage, les mains tremblantes.

La première d'atelier arriva sur ces entrefaites, et confirma sa demande de dernière minute. Après avoir contrôlé le travail de sa garnisseuse et réajusté quelque peu l'allure générale du chapeau, elle le glissa dans sa boîte et le tendit à Madame Hortense pour les dernières formalités.

— On a frôlé l'incident diplomatique, pouffa Adrienne.

Marguerite, qui n'avait pas encore touché son ouvrage, s'affola un instant, sans prêter attention aux sarcasmes de sa voisine. Mais Mademoiselle Yvonne s'éloigna et disparut à nouveau. Marguerite souffla et se décida enfin à commencer son travail, sous l'œil bienveillant d'Adrienne, qui l'encouragea d'un grand sourire. Il s'agissait maintenant de s'atteler aux rubans du chapeau, qui se devaient d'être bouclés.

En matinée, la vie de l'atelier était rythmée par les livraisons et les réceptions, étonnant défilé de jeunes commis en tablier, les bras lourdement chargés. Fiers comme des coqs, le torse bombé et le sourire aux lèvres, ils traversaient la grande pièce à petites enjambées, sans se presser. Visiblement très attendus et conscients de l'effet que suscitait leur arrivée, ils ménageaient leur entrée. Les bras chargés de piles de cartons recelant de vrais trésors, ils roulaient des épaules et jouaient les gros durs. Marguerite, dont l'intérêt se portait uniquement sur le contenu des colis, estampillés des noms des plus grands plumassiers, fleuristes ou dentelliers du pays, imaginait déjà les merveilles qui s'y cachaient. Pourtant, l'agitation qui régnait autour d'elle l'arracha prestement à sa rêverie. Un peu effarée, elle ne pouvait que constater béatement l'attitude légère de ses camarades.

Sourires enjôleurs, minauderies ou encore clins d'œil à peine dissimulés, elles se laissaient aller ouvertement au jeu de la séduction, gloussaient, tout en se poussant du coude. On ne pouvait ignorer l'excitation et la tension qui régnaient alors et Marguerite, soudain très tendue, se crispa. Elle n'était pas du tout à l'aise dans cette ambiance de bal populaire qu'elle abominait. Rien n'échappait à sa voisine de table qui lui souffla :

— Allons Marguerite, détends-toi. Il n'y a rien de méchant là-dessous, c'est juste un petit jeu entre nous. Personne ne te croquera, c'est juré !

La jeune fille fut incapable de répondre, tant elle était scandalisée par le petit manège qui se déroulait dans le dos de Mademoiselle Yvonne. Et dans la maison de Madame ! Pour elle, c'était un manquement sévère au règlement. Contrariée, elle sentait ses joues chauffer et ses mains trembler.

Le rire clair et innocent d'Adrienne résonna alors dans ses oreilles.

Marguerite l'observa un instant. Après tout, sa voisine ne faisait rien de mal. Devant les minois gais et souriants qui l'entouraient, elle éprouva de la gêne, de la honte aussi. Qui était-elle pour juger ainsi ces jeunes femmes ? Chacun voit midi à sa porte, comme on dit. Et après sa fuite de ce matin, elle était très mal placée pour condamner qui que ce soit. Elle choisit donc d'oublier ses camarades un instant et se concentra sur ce qui se passait plus loin, à l'autre bout de la pièce.

Elle y découvrit une nouvelle porte dérobée, s'ouvrant sur un escalier par lequel descendit une femme d'âge moyen, vêtue d'une robe d'un triste gris souris. Bientôt suivie d'une plus jeune femme, dans une robe en soie noire identique à la sienne, elle-même suivie par ce qui lui sembla être une enfant. La femme à la robe triste s'entretenait vivement avec l'un des commis. Manifestement agacée, les mains agitées et l'air pincé, elle sermonnait vertement le pauvre jeune homme, tout

81

penaud. Sans leur prêter attention, la jeune femme et la fillette montaient par l'escalier dérobé les cartons tout juste livrés. Heureusement, les plumes, les broderies et les perles ne pesaient pas bien lourd et elles s'en sortaient parfaitement seules. Marguerite sourit intérieurement, considérant soudain avec beaucoup moins de sérieux les allures viriles des commis. La femme en gris sermonnait maintenant un autre commis, long comme un haricot, mais rouge comme une tomate longuement mûrie au soleil.

— Eh bien, cette facture ? Réfléchissez, mon brave ! Vous avez bien dû la mettre quelque part ! Vous êtes comme tous ces jeunes gens, irresponsable ! J'en toucherai deux mots à votre patron, ça, vous avez ma parole. Filez maintenant, que je ne vous voie plus !

Le jeune livreur déguerpit sans demander son reste. Subitement beaucoup moins grand, le corps ratatiné, la tête rentrée dans les épaules.

— C'est Madame Georgette, la manutentionnaire en chef, glissa Adrienne, qui surveillait sa voisine du coin de l'œil tout en répondant aux sourires appuyés d'un jeune homme à la drôle de moustache.

— Je crois qu'il en pince pour moi, ajouta-t-elle en riant, bientôt imitée par ses camarades de tablée.

Marguerite ne répondit pas. Ce marivaudage ne l'intéressait pas, elle préférait observer la femme aux traits austères et tirés, qui consignait maintenant dans un grand livre les entrées du jour. Sur son comptoir étaient méticuleusement empilés tout un tas d'autres livres et carnets, aux reliures de cuir de différentes couleurs et Marguerite imagina sans peine les colonnes de chiffres soigneusement alignés.

L'enfant entraperçue plus tôt était redescendue et attendait ses instructions, le regard perdu dans l'agitation qui l'entourait. Marguerite ne pouvait détacher ses yeux de ce visage enfantin auquel elle ne donnait pas plus de douze ans. Adrienne, qui semblait décidément lire dans ses pensées et pouvait aussi courir plusieurs lièvres à la fois, l'éclaira :

— C'est Henriette, notre « trotteuse », elle a quatorze ans, mais on lui en donnerait plutôt dix... Elle habite ici avec nous... tu verras, elle est très attachante, même si ces chipies la font tourner en bourrique.

L'air de rien, elle désigna du menton les ouvrières d'une table voisine, où Marguerite reconnut la dénommée Marcelle qui avait accueilli son entrée avec mépris.

La jeune Henriette avait le visage souffreteux de ces gamines qui poussaient dans la rue, à l'ombre de la misère et de la promiscuité. Ses joues creusées étaient encadrées par de longs cheveux fins, d'un blond presque blanc, tressés maladroitement. Ses rubans rouges glissaient sans arrêt, laissant échapper de petites mèches qui pendaient négligemment. Sur son visage à la peau cireuse flottaient deux petits yeux bleus. Elle portait une simple chemise de coton, sur une jupe noire cintrée d'un tablier blanc. Comme toutes les très jeunes filles de sa condition, son surnom de « trotteuse » lui venait de son travail d'arpette, qui la conduisait à courir partout, tout le temps. Chargée du ménage, des livraisons, des courses et de toutes les tâches ingrates de l'atelier et de la boutique, elle préparait ainsi son entrée en apprentissage. Marguerite trouvait cette situation assez pénible et se félicitait de ne pas avoir dû en passer par là.

C'est ce moment que choisi justement Henriette pour remarquer la présence d'une nouvelle employée. Les bras chargés d'un carton presque aussi gros qu'elle, elle passa devant Marguerite, la dévisageant sans gêne ni retenue de ses petits yeux froids. Ce qui devait arriver arriva et la gamine trébucha, avant de s'étaler de tout son long, déclenchant l'hilarité générale.

Marguerite se prit immédiatement d'affection pour la petite « trotteuse », qui la touchait particulièrement. Mais son courage s'arrêtait là, et elle ne se sentait aucunement capable de l'aider. Heureusement, la jeune femme aperçue plus tôt à ses côtés vola à son secours, et l'aida à ramasser les fleurs multicolores qui jonchaient désormais le parquet.

— Elle, c'est Flavie, commenta Adrienne. Elle seconde Madame Georgette à la manutention. Elle range, inventorie... c'est une bonne amie. Elle est douce comme un agneau et gentille avec ça...

— Il en faut de la gentillesse pour supporter la Georgette et l'Henriette !

Celle qui venait de parler s'appelait Raymonde et semblait vouloir attirer l'attention de la tablée, visiblement menée par Adrienne qui monopolisait la parole et distrayait ses camarades. Marguerite trouva son propos fort désobligeant. Elle savait combien le travail de manutentionnaire était essentiel, responsable de la gestion, du stockage, de l'entretien et de la distribution des fournitures. Lors de l'élaboration de chaque chapeau, la première d'atelier et la manutentionnaire préparaient ensemble la liste des fournitures nécessaires à sa réalisation. Cette dernière préparait ensuite la commande en mesurant, pesant et coupant toutes les fournitures utiles aux ouvrières. Ces fournitures étaient disposées dans un carton et partaient pour l'atelier. Les ouvrières étaient ensuite responsables de chaque ruban, de chaque plume, de chaque centimètre d'étoffe, qu'elles devaient utiliser avec soin, sans gâcher ni gaspiller. Parfois, bien sûr, au cours de la réalisation, Mademoiselle Yvonne ou Madame Joséphine modifiait ou ajoutait et Madame Georgette notait consciencieusement dans son grand registre les modifications, ainsi que sur le livre à souches où chaque chapeau possédait un véritable bulletin de naissance.

Les réceptions étaient désormais terminées et l'atelier retrouva un calme apparent, les ouvrières un comportement appliqué et travailleur, juste à temps pour le retour de Mademoiselle Yvonne, qui venait contrôler leur travail.

Les clients étaient très rares en matinée. Ces dames, après leur promenade au Bois, s'occupaient de leur intérieur et de leur personnel, ne sortant guère que l'après-midi ou en soirée. Il y avait bien parfois, à la boutique, la visite de quelques mondains souhaitant offrir un présent, exceptionnellement un chapeau, qui restait une pièce unique réalisée sur mesure, mais plutôt des articles de mode, fourrure, bijou, gants ou ombrelle. Les chapeaux présentés dans la boutique n'étaient d'ailleurs pas réellement proposés à la vente. Ils étaient plutôt une suggestion proposée aux clientes qui pouvaient ainsi les essayer et déterminer quelles couleurs convenaient à leur teint, quelle forme mettait en valeur leur visage ou leur personnalité. Ils constituaient également une vitrine du savoir-faire de Madame Joséphine dont les clientes exigeaient nouveauté et originalité, méprisant les modèles réalisés en série pour les grands magasins.

Lorsque la cloche sonna, Marguerite sursauta. Toutes les ouvrières se levèrent dans un brouhaha où se mêlaient gaieté et soulagement.

— C'est l'heure du déjeuner, commenta Adrienne.

— Déjà ! Mais quelle heure est-il ? s'enquit Marguerite, qui n'avait pas vu passer la matinée tant elle était absorbée par son travail et la vie de l'atelier.

— La demie de onze heures. Tu sais, même si nous commençons un peu plus tard que la plupart des autres maisons, nous déjeunons aux mêmes heures, c'est plus pratique. Et puis notre petit déjeuner est servi dès sept heures.

Marguerite écoutait religieusement sa nouvelle camarade, tout en suivant le flot des ouvrières qui se dirigeait vers le hall. La salle à manger se trouvait après l'escalier, sur la gauche et la nouvelle venue y pénétra avec beaucoup d'appréhension et de curiosité. Une fois de plus, elle n'était pas au bout de ses surprises...

La pièce ressemblait à une salle de restaurant, avec ses tables rondes dressées avec soin. Les ouvrières prenaient place, dans un bruissement de soie, bientôt remplacé par le tintement des verres et des couverts. Marguerite se laissa timidement guider par Adrienne qui la fit asseoir à ses côtés. Personne n'y trouva à redire. La jeune fille comprit alors que la répartition autour des tables était identique à celle de l'atelier. Une table resta cependant vide et avant qu'elle n'ait eu le temps de questionner sa voisine, elle y vit s'installer les premières, ainsi que deux vendeuses, immédiatement servies par une fille de cuisine coiffée d'un bonnet trop grand, qui lui tombait dans les yeux. Marguerite s'imaginait déjà servie à l'assiette mais déchanta vite. Les ouvrières commencèrent à se lever, table par table, dans un ordre bien précis avant de se présenter au buffet.

Tout en attendant son tour, Marguerite, qui se sentait au cœur de tous les regards, fixa son attention sur la table dressée devant elle. Une nappe brodée d'un blanc immaculé, un service de table en porcelaine fine, dont le décor floral peint à la main était d'une grande finesse, mais aussi des couverts en argent et de la verrerie fine. Elle qui n'avait jamais déjeuné à une table si riche et soignée, habituée à la vulgaire toile cirée jaunie et brûlée de la cuisine, sentit ses mains trembler.

Adrienne, qui s'était lancée dans le récit de sa soirée de la veille, observait sa voisine du coin de l'œil et la vit caresser les verres et les couverts de ses petits doigts fins et tremblants. Elle n'aurait su dire pourquoi, mais dès que Marguerite avait fait son entrée, c'était devenu une évidence : elle en ferait sa protégée. Elle avait lu la peur sur son visage, et bien d'autres choses encore. Touchée au cœur par le caractère fragile que la jeune fille dévoilait, elle savait combien la vie à l'atelier pouvait être cruelle, au milieu des jalousies, des rivalités et de rancœurs. Madame Joséphine avait offert à sa nouvelle recrue une place bien particulière, fort convoitée, qui faisait d'elle une cible facile. Et Adrienne, qui se cachait derrière d'ingénus bavardages, l'avait bien compris.

86

— Madame Joséphine a des idées bien arrêtées, lui expliqua-t-elle alors. Elle pense que pour créer du beau et de l'élégant, il faut pouvoir y goûter un peu. Regarde nos robes ! Moi, je pense que cela étouffe surtout la frustration des envieuses. Mais je ne me plains pas, tu verras, c'est une bonne maison ici.

Et toute la tablée d'acquiescer.

— La nourriture, surtout, est excellente !

Tous les regards se tournèrent vers Marie-Louise, qui, la bouche pleine de pain, semblait connaître son sujet. Elle était de loin la plus rondelette de l'assemblée et toutes éclatèrent de rire devant son visage de poupon dodu.

Marguerite se présenta enfin au buffet, servi par une cuisinière peu commode qui se présenta froidement, sans même la regarder, tout en versant la soupe à grandes louchées.

— Pour la nouvelle, je suis Mme Cochin, la cuisinière. Suivante !

Marguerite regagna sa place sans trop se formaliser, mais tout de même un peu vexée.

— Tu as vu Mme Cochin ? demanda Adrienne, taquine.

— On te laisse deviner son surnom, rigola franchement Raymonde.

Devant leurs mines rieuses, pleines d'attente, Marguerite se concentra sur le visage de la cuisinière. Un nez en pied de marmite, un visage rond à la peau rose et tendue...

— Oh non !

Elle s'offusquait, toutes riaient, la bousculaient, la pressaient de parler. Devant son mutisme, Adrienne vola à son secours.

— Eh oui ! Ici les repas sont préparés par Madame Cochon en personne !

Elles riaient toutes à s'en tenir les côtes, sauf Marguerite, qui venait de goûter la meilleure des soupes au lard qu'elle ait jamais eu l'occasion de déguster. Madame Cochin ne méritait pas ces moqueries.

Il lui semblait soudain revenir en arrière, lorsqu'elle était elle-même l'objet des railleries de la maison. Elle ferma les yeux. Chasser les mauvaises pensées, se concentrer sur la soupe, son délicat fumet, son velouté... des pois cassés, on y avait mis des pois cassés, elle en aurait mis sa main à couper.

Elle s'était ressaisie et pouvait se concentrer à nouveau sur les commérages dont l'abreuvait Adrienne.

Chaque ouvrière lui fut ainsi présentée, à grand renfort de détails et d'anecdotes.

— Berthe, Agnès et Jeanne sont toutes les trois sœurs et formières. Ce sont des orphelines. Leur mère était une amie d'enfance de Madame, qui, par charité, les a placées sous sa protection. Leur père était chapelier. Elles ne sont pas méchantes mais pas du tout bavardes, complètement ennuyeuses et un peu effrayantes aussi. Elles partagent la même chambre, s'habillent toujours de la même façon et ne sortent jamais.

Adrienne baissa la voix et chuchota :

— Germaine pense même que ce sont des sorcières...

Marguerite observa les trois sœurs un moment. Aucune ressemblance évidente ne trahissait leur lien de parenté. Si ce n'est cet air las et fatigué qu'elles semblaient partager.

— Et toi ! Tu viens d'où, la cousette ? l'interpella depuis la table des apprêteuses la voix haut perchée d'une grande fille à l'allure prétentieuse : Marcelle...

Marguerite s'immobilisa, la cuillère en l'air, aussi surprise que pétrifiée.

— Ne lui réponds pas, intima Adrienne. Marcelle n'est qu'une mauvaise jalouse. Ses parents sont des petits-bourgeois, ils lui ont mis dans la tête qu'elle deviendrait une célèbre modiste. Elle a été placée ici en apprentissage, mais elle n'a pas les bonnes dispositions, ce n'est qu'une apprêteuse moyenne. Crois-moi, elle aurait bien voulu ta place de garnisseuse, plus valorisante, ou encore celle de Mademoiselle Yvonne, mais là elle peut rêver, la Marcelle !

Toute la table rit de bon cœur de cette improbable éventualité.

— Sa sœur est demoiselle de magasin au Bon Marché, au rayon mercerie, ajouta Raymonde. Je crois que Marcelle aurait elle aussi préféré la vente, mais maintenant c'est trop tard.

Marguerite choisit de changer de sujet, ce qui n'échappa pas à Adrienne, qui pensa intérieurement que sa nouvelle camarade ne pourrait pas toujours fuir les problèmes.

— Et Madame ? Elle n'est pas là aujourd'hui ? demanda-t-elle, curieuse.

— Madame déjeune chez elle, elle ne vient guère à la boutique le matin. Elle a ses occupations domestiques et puis il y a sa promenade...

Adrienne laissa sa phrase pleine de sous-entendus, en suspens, mais Marguerite n'y prêta guère attention.

— Les clientes ne viennent qu'après le déjeuner, tu sais. Mais Madame dîne parfois avec nous le soir, avant d'aller souper à l'extérieur.

Elles échangèrent un regard complice que Marguerite ne comprit pas. À quoi bon ! Il en serait souvent ainsi.

Le déjeuner se poursuivit dans les bavardages, avec une assiette de légumes : pommes de terre bouillies et carottes rôties, accompagnées d'un morceau de mouton. Marguerite n'en avait mangé qu'une seule fois, garni de petits pois. C'était lors du mariage d'une vague cousine et son père avait déclaré : « Les petits pois, c'est bon pour les bourgeois ! ». Entendez : ça ne nourrit pas son homme. Et sa mère avait ajouté : « Et pour leurs oies ! ». Entendez : leurs épouses, que bien évidemment elle jalousait, pour une multitude de raisons bien trop longues à énumérer.

Cette pensée la plongea de nouveau dans l'obscurité. La culpabilité la rongeait bien plus qu'elle ne l'aurait cru. Trop tard pour reculer, elle devait maintenant faire face et assumer son choix. Le dessert l'aida heureusement à chasser ses démons. Un gâteau aux pommes, fondant à souhait, qui séduisit ses papilles et cajola son petit cœur meurtri.

Une heure plus tard, toutes les ouvrières étaient de retour à leur poste. Marguerite, qui avait terminé son premier ouvrage, accueillit avec ferveur le second, un chapeau en velours bleu, galonné d'argent, qu'elle devait garnir de plumes d'aigrettes blanches et grises. Mademoiselle Yvonne lui expliqua ce qu'on attendait d'elle, la tournure que devrait prendre le résultat final.

— Regardez cette gravure. Oubliez le chapeau et concentrez-vous sur les plumes. Rien que les plumes. Madame souhaite ce même flou vaporeux. Vous comprenez ?

— Oui, souffla timidement Marguerite, pas du tout convaincue.

Elle doutait de ses capacités, pensant même qu'elle aurait été davantage à sa place au poste d'apprêteuse, plus proche de son métier de couturière, mais Madame Joséphine semblait avoir décelé en elle les qualités d'une bonne garnisseuse. Elle ne l'aurait avoué pour rien au monde, mais elle n'avait jamais travaillé la plume. Aucune de ses clientes n'avait jamais demandé à en orner une de ses toilettes et surtout, elle n'en avait jamais garni ses chapeaux. Cela ne se faisait pas pour une jeune fille de porter des plumes. Tout comme la fourrure, elles étaient réservées aux femmes mariées.

Les plumes étaient douces et légères sous ses doigts. Déjà parées par le plumassier, elles sentaient la cire, le camphre et l'antimite. Après avoir observé attentivement les gestes de ses camarades, elle se lança, soucieuse de réussir, impatiente de découvrir le résultat. Mademoiselle Yvonne passait et repassait inlassablement. Ses talons martelaient le parquet et les ouvrières se concentraient, studieuses, sous l'œil aiguisé de leur supérieure.

La première scrutait chacun des gestes de Marguerite, attentive à la moindre erreur qui pourrait ruiner le travail accompli. Mais elle devait admettre que la jeune fille se débrouillait vraiment très bien pour une novice et elle ne décela aucun faux pas. Décidément, Madame avait vu juste. Sans qu'elle comprît pourquoi, cela la contrariait.

Après une heure de travail, Marguerite obtint un résultat plutôt satisfaisant, bien qu'il ne fût pas, à ses yeux, parfait.

— Oui, le rendu est assez ressemblant, commenta la première, avec une moue boudeuse, peu convaincue. Je pense que l'on peut améliorer le bouffant de cette plume-ci... et aussi accentuer l'inclinaison de celle-là...

Elle joignait le geste à la parole et appliquait d'infimes modifications, de ses longs doigts blancs et frêles. Quelques retouches plus tard, la première déclara l'article prêt à rejoindre sa future propriétaire, mais avant, elle souhaitait le présenter à Madame, qui était enfin arrivée. Cet examen de passage fut une vraie torture pour la jeune Marguerite, transpirant tout à coup dans sa robe de soie, les mains moites et tremblantes. Ces quelques minutes d'attente lui parurent une éternité.

Lorsque Mademoiselle Yvonne revint enfin, ce fut la délivrance.

— Madame me demande de vous féliciter. Elle semble ravie du choix de sa nouvelle apprêteuse-garnisseuse.

Marguerite était aux anges. Les félicitations de la première n'avaient échappé à aucune des ouvrières de l'atelier et une vague de chuchotements traversa la pièce.

— Félicitations, tu fais désormais partie des nôtres, déclara Adrienne en lui pressant la main, imitée par toutes leurs camarades de tablée.

Ravie, enorgueillie, les joues rosies, Marguerite attendit ses nouvelles instructions et se vit confier un chapeau en paille marron, qui devait être garni de velours vieux rose et de bouquets de violettes. La jeune fille se lança sans aucune appréhension dans cette deuxième réalisation. Elle avait très bien compris ce qu'on attendait d'elle, et le chapeau avait déjà pris tournure dans son esprit.

L'après-midi battait son plein et la clochette de la boutique tintait sans arrêt. Depuis l'atelier, on entendait les rires et les babillages des clientes et des demoiselles de vente et les commandes suivaient sans tarder, annoncées au fur et à mesure par la première d'atelier.

Marguerite, elle, était complètement transportée par la pièce qui prenait forme dans ses mains. C'était si gratifiant, elle se sentait tellement fière et heureuse. Une larme de joie se glissa, à l'improviste, au coin de son œil et roula jusqu'au bord de ses lèvres. Elle chérissait cet instant de félicité.

La journée tirait à sa fin et les fenêtres ne s'ouvraient plus que sur l'obscurité. Les lustres inondaient la pièce de leurs lumières ruisselantes et l'atelier revêtait presque un air de fête. Mademoiselle Yvonne vint alors lui confier un ouvrage qui la déconcerta quelque peu. C'était un petit chapeau de deuil, en velours noir, qu'elle devait garnir de nœuds et rubans du même velours, mais aussi de perles, et d'un grand voile noir, que l'on pouvait rabattre pour dissimuler le visage. C'est cette opération qui laissait Marguerite perplexe, mais Adrienne, le visage soudain plus sombre, veillait et lui montra comment positionner le voile.

— C'est le dernier, chuchota-t-elle gravement. Madame d'Asnières en a commandé dix. Elle a perdu sa petite fille de la scarlatine il y a six mois déjà... Elle semble vouloir porter le deuil indéfiniment.

Marguerite, touchée au cœur, acquiesça et mit tout son amour dans l'ornementation de ce chapeau, destiné à une mère souffrant de la perte de son enfant.

Lorsque la cloche sonna de nouveau, ce fut pour le dîner et il était six heures trente. À nouveau, toutes les « petites mains » de l'atelier se rendirent à la salle à manger et se placèrent devant leur assiette. Marguerite, qui n'avait pourtant pas vraiment faim après le copieux déjeuner de midi, avait pris place et s'interrogeait déjà sur la composition du menu. Mais elle fut soudain bousculée par la tablée entière qui se levait. Bêtement, et sûrement par réflexe, elle imita ses voisines. Madame Joséphine en personne traversait la salle pour prendre place à la table réservée aux premières et aux vendeuses. Au moment de s'asseoir, elle toussota et déclara :

— Afin de respecter la tradition chère à la maison, j'ai le plaisir de partager le dîner de ce soir avec vous et de convier à ma table notre nouvelle venue.

Elle cherchait des yeux sa nouvelle employée, qui, sous le coup de la surprise, restait de marbre. Adrienne la poussa du coude, décidant enfin la jeune fille à se diriger vers la table de Madame sous les applaudissements de ses camarades.

— J'espère au moins qu'elle ne refilera pas ses poux à la patronne, ricana-t-on dans son dos.

Cette peste de Marcelle n'en avait visiblement pas terminé avec Marguerite, mais dans le brouhaha de l'ovation qui lui était faite, la jeune fille ne l'entendit pas.

Le dîner se déroula comme dans un rêve. Toute cette journée était un rêve, et Marguerite craignait plus que tout de se réveiller. Elle était installée face à Madame Joséphine, servie à l'assiette et dégustait, pour la deuxième fois de la journée, un repas succulent.

La modiste se chargeait de l'animation et toute la salle l'écoutait religieusement. Pas le moindre babillage, à peine un murmure, chacune prenant garde à utiliser verre et couverts le plus discrètement possible.

Madame parla théâtre, elle s'était ennuyée à la Comédie-Française, où l'on donnait *Don Quichotte*.

— C'est pourtant une excellente pièce, mais je la voyais pour la troisième fois déjà et mes voisins étaient particulièrement ennuyeux...

Sa moue boudeuse en disait long sur l'ambassadeur et son épouse qu'elle avait dû accompagner, visiblement par obligation, car l'ambassadrice (son épouse) était une fidèle cliente et actuellement de passage à Paris.

— Fort heureusement, il y avait les entractes et l'un de ces délicieux champagnes. J'y ai croisé de très jolies toilettes. Mme de Beaumont en particulier a fait sensation dans une robe du soir de chez *Worth*. Je vous jure n'avoir jamais rien vu de tel ! De la soie jaune d'or brodée de fleurs noires. Très moderne, visionnaire même, mais tellement chic et féminin. On en parlera sûrement dans les journaux de demain.

— Portait-elle un chapeau ? s'enquit Mademoiselle Yvonne.

— Grand Dieu, non ! Avec une telle robe de soirée, cela aurait tout gâché... Elle portait une simple couronne de fleurs noires. Sur sa chevelure blonde, c'était du plus bel effet !

Mademoiselle Yvonne sembla déçue de cette réponse et retourna à sa mousseline de panais. Marguerite, assise à ses côtés, avait bien du mal à avaler la moindre bouchée, incapable de manquer une seule miette de la conversation de Madame, tant pis pour son assiette !

À la fin du dîner, la modiste se retira dans son hôtel particulier afin de se préparer, elle devait souper en ville. Ses ouvrières regagnèrent leurs postes de travail, le cœur en fête après ce dîner si distrayant.

— Alors ? taquina Adrienne. Ce dîner à la grande table ?

Elle pouffait devant l'air déconfit de Marguerite.

— Tu aurais pu me prévenir au moins..., bouda la jeune fille.

Et toutes rirent allègrement de cette cachotterie dissimulée toute la journée à leur nouvelle camarade.

La nuit s'était installée et après l'excitation du repas, l'atmosphère se détendit peu à peu. Les corps commençaient à fatiguer après une dure journée de travail, et l'on distinguait quelques bâillements discrets. Marguerite ne ressentait aucune fatigue, tant son excitation était grande. Elle ne trouverait jamais le sommeil ! D'ailleurs, elle ne savait même pas où elle dormirait. Elle interrogea ses camarades qui, elles, occupaient des chambres dans les étages, mais elles n'en savaient pas plus.

Neuf heures sonnèrent la délivrance et la ruche se vida de ses ouvrières, qui se bousculèrent au vestiaire, avant d'envahir le trottoir et la rue.

— On a le couvre-feu de onze heures, veux-tu te joindre à nous ? demanda gentiment Adrienne.

— Non, merci, une autre fois peut-être...

Marguerite regarda ses nouvelles camarades s'éloigner dans le froid et l'obscurité, bras dessus, bras dessous. Elle patienta dans le hall, un peu gênée, sans trop savoir ce qu'elle devait faire et commença à paniquer.

— Ah ! Marguerite ! Vous voilà...

Mademoiselle Yvonne semblait la chercher depuis un moment. Elle avait l'air contrarié, mais Marguerite se demandait si ce n'était pas une habitude chez la première.

— Vous avez vos effets personnels ?

— Oui, répondit la jeune fille en soulevant son sac de voyage.

— Bien, bien... Vous allez prendre la voiture de Madame, à titre exceptionnel bien entendu. Son cocher vous attend.

Elle lui tendit une enveloppe en ajoutant :

— Voici vos appointements de départ. C'est un geste de Madame. N'hésitez pas à les utiliser si vous en avez la nécessité.

Elle regardait avec dégoût le vieux sac de voyage et Marguerite, honteuse, ne savait plus où se mettre.

— Vous logerez chez Mme Lesage, à quelques rues d'ici. Pour ce soir et uniquement ce soir, nous vous conduisons. Par la suite, il faudra vous débrouiller ! Vous obéissez aux mêmes règles que vos camarades : couvre-feu à onze heures, aucune visite et sur ce point j'insiste bien...

Elle laissa sa phrase en suspens. Marguerite comprenait très bien et n'y trouvait rien à redire.

— Mme Lesage vous indiquera les règles à respecter dans sa maison et nous vous prions de vous y plier. Elle sera en quelque sorte votre garante et nous rapportera tout ce qui méritera de l'être...

— Oui Mademoiselle, consentit Marguerite en toute bonne foi.

— Très bien, dans ce cas je vous souhaite une bonne nuit. Et je compte sur votre ponctualité.

— Bonne nuit, Mademoiselle.

La première tourna les talons avant d'emprunter le grand escalier qui menait à ses appartements. Elle ne put s'empêcher de se retourner pour voir la jeune Marguerite quitter la maison. Elle devait bien avouer que la jeune fille avait brillé pour son premier jour. Madame avait vu juste, son talent ne demandait qu'à s'épanouir. À vrai dire, la jeune fille lui rappelait ses propres débuts. Après trois années seulement, elle avait pris la place de sa première, dans la maison de modes où elle travaillait. Une pensée l'effleura soudain : et si Marguerite la remplaçait un jour auprès de Madame... Non, bien sûr, cette idée était ridicule. Pourtant, elle décida de garder un œil sur la jeune fille.

Marguerite était sortie prudemment dans le soir. Après une rapide inspection des alentours, elle se détendit. L'inquiétude qui l'avait tenaillée toute la journée se relâchait enfin. C'était certes un peu absurde, mais elle avait craint de trouver ses parents à sa sortie de l'atelier, plus en colère que jamais. Il était pourtant impossible que ses parents la retrouvent si vite. À aucun moment elle n'avait cité le nom de Madame Joséphine, ni même l'endroit où se trouvait l'atelier. Elle avait seulement parlé d'une grande modiste dans Paris, mais il en existait des centaines. C'était précisément ce qui lui avait permis de s'enfuir. Dès qu'elle en eut pris conscience, sa décision était prise.

Elle se hissa dans le coupé qui patientait près de là, et frappa au carreau pour donner le départ au cocher. Le fouet claqua et le véhicule s'ébranla. Malgré un embarras certain, Marguerite trouvait la situation grisante et se sentait importante. Dans cet intérieur luxueux, où flottait le parfum de Madame, elle aurait pu être n'importe qui, une comtesse, une comédienne ou une riche héritière.

Le fiacre stoppa net et la jeune fille fut projetée vers l'avant. Elle avait manqué se cogner la tête. Mince ! Son chapeau était tout de travers. Elle entendit le cocher aboyer après un passant qui s'était presque jeté sous ses roues. « Ça va pas, non ? » La voiture repartit et, désormais bien accrochée, elle se concentra sur les boulevards illuminés, où la foule se pressait en ce début de soirée. Elle cherchait à se repérer dans cette forêt d'immeubles, mémorisant le chemin emprunté, droite, droite, gauche, puis encore droite – ou l'inverse –, elle ne retrouverait jamais son chemin !

Le fiacre s'arrêta de nouveau et la porte s'ouvrit sur le cocher, dont les traits disparaissaient derrière l'ombre de son chapeau.

— Merci...

Elle bredouillait, mal à l'aise ou maladroite, et descendit son sac sous le bras. Sans un mot, l'homme au visage invisible se hissa sur son siège, le fouet claqua et Marguerite se retrouva seule et perdue, devant une maison étrangère qui était désormais la sienne. La façade était propre et fraîchement blanchie, des lumières brillaient aux fenêtres, elle avait connu bien pire. Elle piétina un moment, indécise et anxieuse, avant de céder, poussée par le froid qui soufflait dehors. Timidement, elle actionna le lourd heurtoir qui lui sembla résonner dans toute la maisonnée.

La porte s'entrouvrit sur une cascade de bouclettes grises, qui encadraient un visage rebondi aux yeux noisette pétillants et au sourire chaleureux.

— Vous devez être Marguerite ! Entrez, entrez donc vous mettre au chaud.

La voix était exagérément enjouée et la petite femme l'attrapa par les épaules et la poussa gentiment dans la tiédeur d'un vestibule lourdement décoré, que Marguerite n'eut pas le loisir d'examiner : on la conduisait déjà ailleurs.

Dans le petit salon, la chaleur était étouffante et la tête lui tourna. La pièce exhalait un parfum douceâtre de plantes et d'épices qui lui souleva le cœur.

— Mettez-vous à l'aise, jeune fille ! Enlevez donc votre pèlerine, vous allez fondre sinon !

Un petit rire souleva la poitrine généreuse de sa nouvelle logeuse.

— Je nous prépare un bon lait chaud, lança-t-elle en disparaissant avant que Marguerite ne puisse ouvrir la bouche pour protester.

Elle allait se trouver mal si elle restait plantée ainsi, à suffoquer. Elle ôta donc son manteau qu'elle plia sur son bras et n'osant pas bouger, elle observa, immobile, le petit salon. Semblable aux intérieurs de nombre de ses consœurs petites bourgeoises, déterminées à afficher leur aisance matérielle et leur mauvais goût implacable, le petit salon de Mme Lesage était un véritable cabinet de curiosités.

Sur une tapisserie à la couleur criarde s'exposaient de très mauvais tableaux, des estampes japonaises en quantité plus que suffisante et des cartes postales encadrées, en bien trop grand nombre. Des meubles en acajou, du velours, beaucoup de velours et une quantité étourdissante de petits riens bon marché : figurines, bibelots, petits verres, petits cadres ou simples souvenirs. Irrésistiblement attirée par une figurine de porcelaine peinte, Marguerite approcha ses doigts délicats et soudain sursauta, comme prise en faute.

— Asseyez-vous, asseyez-vous donc...

Mme Lesage était réapparue, chargée d'un plateau fumant. Marguerite, aussi coupable qu'une voleuse, se glissa dans l'un des fauteuils de velours bleu. Sa robe scintillait de mille feux et elle se sentait un peu empruntée dans cette toilette inappropriée.

J'aurais dû me changer avant de partir, songea-t-elle. Sa logeuse ne semblait pas y prêter attention et, bien trop heureuse d'avoir de la compagnie, conversait joyeusement. La jeune fille répondait poliment aux questions de sa logeuse : Oui, sa première journée s'était bien passée, non merci elle avait déjà dîné, oui elle aimerait se coucher tôt.

Elle écouta attentivement les règles de la maison, puis suivit Mme Lesage qui lui présenta la cuisine, avant de la guider vers l'escalier de service qui desservait les chambres de bonnes.

— Malheureusement, vous n'avez pas l'électricité là-haut... Voici votre lampe. Je vous laisse monter seule, ma hanche me l'interdit. Deuxième porte à gauche. Bonne nuit, Marguerite.

— Bonne nuit, Madame, murmura la jeune fille en regardant sa logeuse s'éloigner à petits pas pour retrouver la chaleur de son fauteuil.

Mme Lesage se félicitait de cette arrivée. Encore une jeune fille bien comme il faut, pensa-t-elle. En ne logeant là-haut que des ouvrières de grandes maisons, elle s'assurait une clientèle tranquille et une bonne réputation. Qui plus est, elle avait légèrement augmenté son loyer pour Madame Joséphine qui n'avait pas cherché à négocier. Elle soupira d'aise et s'accorda une petite gorgée de son fortifiant aux plantes. Elle sentit immédiatement les bienfaits du liquide aromatique et elle se détendit, bercée par les flammes qui dansaient dans l'âtre. Quelle chance elle avait ! Dans ces moments de félicité, elle était sincèrement persuadée d'être née sous une bonne étoile. Pour cela, elle n'oublierait pas de remercier le Seigneur en récitant quelques prières.

Quelques instants plus tard elle s'endormirait comme un bébé, confortablement installée dans son fauteuil préféré, au coin de la cheminée.

Après avoir gravi le grand escalier sombre, Marguerite déboucha sur un vaste palier. La deuxième porte à gauche était entrouverte, elle la poussa. Ses yeux découvrirent une mansarde proprette, deux chaises, une table, un bouquet de fleurs séchées au mur, c'était déjà plus qu'elle n'en avait jamais eu. Elle ferma la porte, tourna la clef puis s'assit sur le petit lit au-dessus duquel se découpait un morceau de ciel étoilé. Elle quitta ses bottines qui lui comprimaient les pieds, puis ôta sa pèlerine, la posa sur une chaise. Enfin, elle éteignit sa lampe, l'obscurité l'aiderait à réfléchir.

Cette journée s'était révélée particulièrement éprouvante et fatigante, mais elle avait réussi ! Tout se mélangeait dans sa tête. Soulagement et espoir mais aussi beaucoup d'inquiétude. Ce n'était que le début d'un long chemin.

Sans vraiment comprendre pourquoi, elle fondit en larmes, avant de se rouler en boule sur ce lit qu'elle n'aurait pas à partager et elle s'endormit presque aussitôt, les joues trempées, dans sa jolie robe en soie, dont les perles scintillaient sous les rayons de la lune.

2

Paris, 24 décembre 1905

Cela faisait plusieurs jours déjà que le soleil avait disparu, masqué par un ciel lourd et nuageux, qui noyait Paris sous une pluie de gros flocons. Marguerite quittait l'atelier, bien emmitouflée, s'aventurant avec précaution sur les trottoirs enneigés. La chaussée, elle, n'était déjà plus qu'une infâme bouillie de neige fondue, de boue et de crottin et la jeune fille rasait les murs, priant pour ne pas se faire éclabousser.

Elle avait accepté de travailler un peu plus tard que ses camarades, exceptionnellement libérées après le déjeuner, pour préparer leur réveillon en famille. Une commande de dernière minute, pour une fidèle et riche cliente ; elle n'avait pas pu refuser ce service à Mademoiselle Yvonne.

Et puis rien ne la pressait. Même si elle devait réveillonner à la pension, on ne l'attendait pas avant sept heures. Rien ne l'avait donc poussée à quitter la douce chaleur de l'atelier, où flottait encore un joyeux air de fête. Ces derniers jours, la maison de modes avait vibré au rythme des préparatifs, et Marguerite s'était sentie plus vivante que jamais, au cœur de cette nouvelle famille. Oui, elle pouvait dire qu'elle avait trouvé une nouvelle famille. Et elle sourit à cette idée, pensant à Adrienne, Flavie et les autres, ses amies inattendues, qu'elle n'espérait plus. La journée s'était déroulée dans l'excitation et l'allégresse, chacune racontant la soirée qui l'attendait, sa toilette, les présents, le repas, les sourires, la joie...

101

Madame Joséphine avait comme chaque année souhaité célébrer ce moment avec ses employées, et un grand déjeuner de fête leur avait été servi dans la salle à manger, décorée pour l'occasion. On y avait dégusté des huîtres, suivies d'une salade de queues d'écrevisses, d'une dinde rôtie à la mode du Nord, accompagnée d'une macédoine de légumes d'hiver et enfin, une exquise bûche au chocolat. Mme Cochin s'était surpassée.

Marguerite en avait eu plusieurs fois les larmes aux yeux, tant les mets servis étaient délicieux. Les deux verres de vin qu'elle avait sirotés et dont elle n'avait pas l'habitude avaient dû aider un peu. L'émotion aussi, peut-être...

Mais l'apothéose fut l'arrivée des présents, car Madame avait fait préparer un panier garni pour chacune de ses employées. Marguerite avait déballé avec d'infinies précautions un superbe flacon de parfum, une paire de gants en cuir fourrés et une boîte de chocolats fins.

Ce fut la goutte d'eau de trop pour Marguerite, qui versa franchement quelques larmes, passées inaperçues dans l'effervescence du moment.

— Et encore ! Tu n'as pas vu les étrennes ! lui glissa malicieusement Adrienne.

Cette journée n'avait donc été que bonheur et joie, et la jeune fille n'était pas certaine d'avoir déjà été aussi heureuse. Elle se sentait vraiment bien et voulait profiter de la vie ! Elle décida donc de jouir de ce moment de liberté, et déambula dans les rues, où tout n'était qu'euphorie et gaieté, en parfaite adéquation avec son humeur du moment. Les passants se hâtaient, les bras chargés de paquets, tandis que des parents traînaient leurs enfants hypnotisés par les vitrines de jouets. Marguerite s'arrêtait devant chacun des étals qui envahissaient les trottoirs : confiseries, fruits, pâtisseries, une profusion de gourmandises plus alléchantes les unes que les autres. Quelques cahutes fumantes, dont les vapeurs odorantes s'échappaient dans le ciel chargé de neige, proposaient toutes sortes de beignets, soupes et incontournables marrons grillés. Les grands magasins rivalisaient d'ingéniosité pour attirer le chaland et présentaient d'immenses sapins électrifiés, véritables attractions pour les petits comme les grands. Tous se pressaient et la jeune fille rêvassait devant tous ces boas et toques de fourrure qu'arboraient les élégantes. Ici, un vendeur de sapins, là de houx, c'était l'effervescence. La ville semblait emportée par une inextricable fièvre acheteuse si contagieuse que Marguerite finit par ressentir le besoin de fuir pour prendre un peu l'air. La fantaisie lui prit de se rendre au Bois où, disait-on, on patinait sur le lac. Elle grimpa donc dans un tramway, direction le bois de Boulogne !

Malgré la neige, l'endroit restait fréquenté par les habituels promeneurs, à pied, à vélo, à cheval ou même en luge. Elle reconnaissait difficilement les paysages dans leurs habits d'hiver. Les arbres, indéfinissables sous leur manteau blanc, les allées évanouies, qui ne montraient plus le chemin. Elle marcha donc au hasard, la neige crissait sous ses bottines, elle respirait un air frais et vivifiant, dont elle se délectait.

Enfin, le lac apparut. Elle avisa un banc déjà déneigé et s'installa en spectatrice amusée. Sous une pâle lumière, presque irréelle, la glace prenait une teinte laiteuse, aux reflets irisés, semblable à de l'opale. C'était magique ! Les patineurs et patineuses s'en donnaient à cœur joie, pour le plus grand plaisir de la jeune fille. Il y avait les novices, tout en chutes et en cabrioles et les plus expérimentés, tout en grâce et légèreté. Le contraste était des plus cocasses et elle rit beaucoup. Des couples d'amoureux, bras dessus, bras dessous, patinaient en osmose, isolés du reste du monde, insensibles aux cris des enfants qui se poursuivaient autour d'eux. Elle regretta de ne pas avoir acheté ce petit cornet de marrons chauds à l'entrée du parc, dont la chaleur et la saveur auraient parfait ce spectacle hivernal.

Peu à peu, le ciel se fit plus sombre et les patineurs moins nombreux. Lorsque la neige se remit à tomber, Marguerite dut se résoudre à quitter son petit banc et reprit le chemin de la pension.

Dans sa robe du soir, confectionnée pour l'occasion, Marguerite fit sensation et fut applaudie par l'assemblée réunie dans la salle à manger où Mme Lesage servait du champagne dans d'étincelantes flûtes en cristal. Leur hôtesse s'était offert cette folie *À la belle jardinière* et, éblouie par leur scintillement dans la lumière des chandelles, elle ne regrettait absolument pas son investissement, qui faisait son petit effet.

Marguerite avait travaillé deux semaines sur sa toilette, sa toute première robe de soirée. En mousseline de soie bleu dragée, pour sublimer la couleur naturelle de ses yeux, elle s'ouvrait sur un corsage de fine dentelle blanche. De petites fleurs en organza bleu ornaient sa chevelure blonde qu'elle avait tressée en couronne et beaucoup s'accordèrent à dire qu'elle ressemblait ainsi à un ange.

Curieusement, la jeune fille était très à l'aise au milieu des convives, qui ne lui étaient certes pas inconnus, car tous pensionnaires de la maison, mais sa timidité semblait ce soir s'être un peu effacée. Elle souriait, riait même, profitant pleinement de cette soirée qui s'annonçait féérique.

Tout comme à l'atelier, il régnait ici une ambiance de fête qui comblait Marguerite de bonheur. Elle qui n'avait jamais vécu de vrai Noël garderait gravé dans sa mémoire chaque détail de cette soirée.

Il y avait cette belle et vive flambée dans la cheminée, où l'on avait jeté des pelures d'oranges. Marguerite inspirait avec délice ces effluves envoûtants et chaleureux aux notes boisées, réchauffés par le parfum des écorces d'agrumes.

Exposé dans un coin de la pièce, sur un petit guéridon, un magnifique sapin, aux branches fièrement dressées. Il avait belle allure, fleuri de rubans, de fruits, de figurines et de boules en verre soufflé, qui miroitaient comme des rubis dans la lueur des bougies. Des couronnes de houx aux fenêtres et quelques branches de gui complétaient la scène.

Ce fut l'heure de passer à table et Marguerite, désormais familiarisée avec la belle vaisselle et les nappes amidonnées fraîchement repassées, n'en apprécia pas moins les efforts de sa logeuse qui avait mis les petits plats dans les grands. La jeune fille déplia soigneusement sa serviette et la déposa discrètement sur ses genoux.

Son voisin de droite n'était autre que le frère de Mme Lesage, M. Léon. Il venait souvent à la pension pour réaliser de menus travaux dans la maison de sa sœur, veuve depuis de nombreuses années. Lui-même était resté célibataire et cela intriguait beaucoup la jeune fille, qui trouvait ce monsieur tout à fait charmant.

Les cheveux de M. Léon étaient certes devenus blancs et parsemés de fils d'argent, mais il restait fringant, « un vrai jeune homme », disait sa sœur en plaisantant. Ses gros sourcils hirsutes se soulevaient dès qu'il ouvrait la bouche pour parler, c'est-à-dire tout le temps. Sa grosse voix finissait souvent dans un rire. On l'appréciait tant pour son caractère constant que pour son humeur toujours taquine.

— Je vous assure Mademoiselle, un rat, gros comme ça !

Et il écartait grand les bras pour illustrer ses propos. Marguerite prit un air dégoûté et se cacha derrière sa serviette, pourtant persuadée que jamais l'homme n'aurait pu trouver un tel spécimen dans sa botte gauche ! Lui s'esclaffait et tapait du poing sur la table. Les couverts et les verres tintèrent joyeusement, comme pour rire avec lui.

À sa gauche se tenait le beaucoup plus discret Joseph, tout juste trente ans et pas très fringant. Il semblait avoir vieilli prématurément. Le dos voûté, les traits tirés, ses grosses lunettes en étain lui mangeant le visage qu'il

105

avait fin et creusé, au milieu duquel flottait une petite moustache sombre. Il portait les cheveux un peu longs, qu'il glissait derrière ses oreilles. Marguerite le trouvait particulièrement repoussant, on aurait presque pu lui donner cinquante ans...

Pauvre garçon, il n'avait vraiment pas été gâté par la nature. Il travaillait dans une petite librairie-papeterie, avenue de l'Opéra, où l'on pouvait acheter des livres, mais aussi des cartes postales, des journaux ou des photographies.

Joseph était passionné par les écrits de Jules Verne, dont il ne cessait de leur rebattre les oreilles. Lors de la mort du célèbre écrivain, juste après l'arrivée de Marguerite dans la maison, le jeune homme avait pris le train pour Amiens, bouleversé, afin d'assister aux obsèques. Sa chambre était devenue un sanctuaire, où il entassait livres, journaux et papiers en pagaille. Lui-même écrivait, inspiré par l'œuvre du « plus grand écrivain du siècle dernier ».

— Je vous assure Mademoiselle Marguerite, vous devriez lire Jules Verne, c'est inspirant ! Je viens d'ailleurs de finir son livre posthume *Le Phare du bout du monde*, un chef-d'œuvre ! Je peux vous le prêter si vous voulez...

Marguerite n'était en rien dérangée par le jeune homme, dont l'attitude restait irréprochable et qui n'avait jamais tenté la moindre approche. Joseph était d'ailleurs un des sujets de plaisanterie préféré de ses malicieuses voisines de chambre, dont elle regrettait beaucoup l'absence ce soir-là ; elle se serait sentie un peu moins seule. Gabrielle et Madeleine étaient toutes deux parties le matin même pour réveillonner en famille. Quant à Émilienne, elle n'aurait su dire où se trouvait la jeune fille...

— Et voilà les boudins ! annonça fièrement Mme Lesage, qui déposa au centre de la table un grand plat débordant de boudins rôtis à la moutarde.

Mme Lesage avait donné congé à Philomène, sa petite bonne, pour la soirée et faisait donc le service, refusant toute aide de ses convives.

— Ahhh ! s'exclamèrent en chœur les invités, qui ne tardèrent pas à se passer le plat délicieusement parfumé.

Le traditionnel boudin rôti du réveillon continuait de se servir à Paris même si l'on commençait à lui préférer les huîtres. Mme Lesage venait de la campagne, où le cochon restait l'élément principal du repas de fête et appartenait à ses souvenirs d'enfant...

— J'ai lu ce matin dans le journal *La Croix* une étude étonnante et tout à fait de circonstance.

M. Poujade était un homme plutôt discret et que l'on entendait peu. L'assemblée fut tout ouïe.

— Oh oui, racontez-leur ! C'est amusant, vous verrez !

Mme Poujade battait des mains tout en se trémoussant sur sa chaise. Elle était aussi ronde qu'un cochon de lait et son sourire se figea dans ses bajoues. La peau de ses bras tremblotait comme de la gelée, elle avait ôté ses gants pour souper. Dans sa robe à volants et rubans, on aurait dit un poupon bien nourri.

Marguerite sourit. Elle appréciait Mme Poujade, toujours gentille, souriante et tellement rafraîchissante. Elle avait un peu de honte de penser cela d'une femme d'âge mûr, mais Mme Poujade avait l'âme d'une jeune fille. Elle se passionnait pour les feuilletons publiés dans les journaux, comme *Autour d'un crime* ou *Princesse* et chez elle, la frontière entre fiction et réalité était souvent très floue. Elle passait des heures dans le petit salon de Mme Lesage, à bavasser et cancaner, et Marguerite aimait les écouter en cachette, depuis la cuisine.

M. Poujade toussota, ménageant son effet.

— Cette étude, donc, est le résultat d'une enquête menée par un journaliste chez les charcutiers de Paris, afin de calculer la quantité de boudin qui se mangerait dans la capitale pour le réveillon.

— Deux cent trois ! Deux cent trois kilomètres ! exulta Mme Poujade.

Elle n'avait su se retenir. Elle était comme ça, Mme Poujade, un peu naïve et spontanée, parlant trop vite, sans réfléchir. Mais son époux l'aimait ainsi. C'était plutôt rare dans les mariages arrangés, il se considérait donc comme chanceux. Il rit donc de concert avec les autres invités, qui commentèrent stupéfaits et amusés cette surprenante information.

On servit ensuite des mets froids, du turbot en mayonnaise et du canard de ferme en daube-gelée. Les invités se régalaient et Marguerite picorait avec cette terrible sensation que son ventre allait exploser sous son corset. Elle aurait dû jeûner, mais avec le repas servi ce midi à l'atelier elle s'était retrouvée coincée. Impossible de ne pas faire honneur au festin offert par Madame Joséphine.

L'intime sympathie des âmes créait cette atmosphère cordiale et délicieuse. On évitait judicieusement de causer politique, même si l'on aborda brièvement les troubles en Russie ou les grèves qui se multipliaient, comme en ce moment même au sein des magasins Dufayel. De simples commentaires, de courtes allusions, rien qui pourrait gâcher la fête.

Mais surtout, personne n'aborda le sujet qui fâche, celui qui brûlait toutes les lèvres, plus particulièrement en ce soir de solennité, la séparation de l'Église et de l'État, proclamée quelques jours plus tôt. Tout le monde s'interrogeait sur la subsistance du clergé et de la foi chrétienne. On avait annoncé des cérémonies de Noël au rabais, faute de moyens, on avait appelé à protester en adoptant l'attitude d'une famille touchée par le deuil d'un de ses membres, on incitait à verser ses économies aux caisses ouvertes pour les prêtres. La foi était ce soir mise à l'épreuve, on s'attendait à voir le peuple manifester son attachement à la France chrétienne. Du moins, c'est ce que tous les fidèles espéraient.

Onze heures sonnèrent. Personne ne broncha. À la demie en revanche, tout le monde se leva. Chacun regagna ses appartements pour se vêtir chaudement. Quelques minutes plus tard, le petit groupe était rassemblé devant la pension où Mme Lesage donnait un dernier tour de clef.

— En route, mauvaise troupe ! déclara M. Léon, et le départ fut donné.

Cette petite promenade digestive leur serait à tous salutaire. Dehors, une neige fine continuait à tomber. Leurs pas crissaient sur la neige fraîche qui recouvrait de nouveau les trottoirs et l'on se donnait le bras pour ne pas glisser. Les femmes poussaient des petits cris apeurés et les hommes riaient, se moquaient, gentiment. Dans la fraîcheur de la nuit, leurs souffles, chargés d'alcool et de bonne chère, s'échappaient en de petits nuages blancs, au-dessus de leurs têtes. À mesure qu'ils avançaient, le flot des passants grossissait et les trottoirs furent bientôt pris d'assaut par la foule parisienne, unie dans cette célébration universelle. Les lumières brillaient aux fenêtres, dans les vitrines et dans les airs, la ville avait revêtu ses habits de fête, pour le plus grand plaisir des petits et des grands. Les salles des cafés et restaurants étaient pleines de rires et de chants et lorsque l'on passait devant, on pouvait ressentir l'ambiance festive et chaleureuse qui se déversait dans la rue par les portes entrouvertes. Il était facile de se laisser happer par ces réjouissances et Marguerite craignait que leur groupe n'arrive pas au complet à l'église. On évitait soigneusement les monticules d'écailles d'huîtres qui jonchaient les trottoirs, tout comme les soiffards qui chantaient en se soulageant au pied des réverbères. On répondait poliment « Joyeux Noël » aux clameurs jetées par-ci par-là, tout en pressant le pas.

Une quinzaine de minutes plus tard, ils franchirent les grilles puis les escaliers qui les menèrent sous les monumentales colonnes de l'église de la Madeleine et son imposant fronton d'inspiration gréco-romaine. Marguerite se sentit totalement écrasée par ces montagnes de pierre, tout comme par la foule qui se bousculait sur le parvis. Elle eut soudain très envie de rebrousser chemin.

M. Léon, devant ses grands yeux apeurés, lui tendit son bras droit. Soulagée et reconnaissante, Marguerite s'y cramponna et se laissa guider. Non initiée aux rites et pratiques religieux, elle se contenta d'imiter maladroitement ses compagnons. Elle s'aspergea d'eau bénite, s'inclina devant l'autel tout en se signant de la main droite.

Ils s'entassèrent sur les dernières chaises libres au fond de la nef, que l'on avait rajoutées pour l'occasion. Les gens continuaient d'affluer, ils s'installaient où ils pouvaient, même debout s'il le fallait. L'église était bondée et Marguerite se demanda s'il en était toujours ainsi, ou si cette année particulière attirait plus de croyants, désireux de manifester leur foi. Une sorte d'acte militant.

On patienta, on se tortilla, on avait chaud, on avait froid et enfin, la messe commença.

Les cloches sonnèrent, assourdissantes et leurs oreilles bourdonnèrent longtemps encore. Mais pour l'heure, tous priaient, silencieusement. C'était émouvant, ces têtes baissées dans le recueillement, toutes unies dans la célébration et la tradition.

Au début, Marguerite se sentit mal à l'aise. Elle n'avait jamais fréquenté les églises et n'avait eu aucune éducation religieuse. Ses parents fêtaient Noël, certes, mais païen et au café du coin. Ils avaient certainement été les premiers à se réjouir de cette loi du 9 décembre, elle n'en doutait pas. Elle n'arrivait pas à se concentrer au milieu de cette marée humaine, oppressante, toussante et mouvante. Pour couronner le tout, cette chaise de paille était vraiment très inconfortable !

Il fallait qu'elle cesse de focaliser son regard sur la foule qui l'entourait ou elle allait encore se sentir mal.

Dans un soupir, elle leva les yeux au ciel.

L'église était plongée dans une demi-pénombre et, au-dessus de sa tête, de grandes coupoles de verre se noyaient dans l'obscurité de la nuit. D'imposants lustres à globes lumineux pendaient du plafond, suspendus par de simples câbles qui semblaient à la jeune fille bien trop grêles pour supporter un tel poids. Son regard glissa vers l'autel. Accaparée par ses angoisses, elle n'avait pas vraiment pris la peine d'observer le décor qui se dressait devant elle, grandiose.

L'évêque qui officiait ce soir-là paraissait minuscule à côté de l'immense groupe statuaire représentant le ravissement de Marie-Madeleine, qui semblait s'élever vers le ciel. Tout autour, la lueur des cierges et bougies illuminait une superbe mosaïque aux reflets d'or. Comme une couronne ceignant le chœur de l'église, une sublime fresque bigarrée retraçait l'histoire de la chrétienté. Jamais Marguerite n'aurait imaginé trouver tant de beauté dans un lieu saint. Elle contempla longuement les décors, statues et autres ornements, puis se laissa emporter par les chants, les psaumes et les lectures, portée par cette grande communion, qui la touchait profondément. Sous la direction du maître de chapelle, le grand orgue joua un *Sanctus* de Beethoven. Elle versa même quelques larmes d'émotion, lorsque les voix des chœurs s'élevèrent, pures et cristallines. Elle avait toujours été bouleversée par les enfants, même lorsqu'elle-même en était encore une. Bien sûr, ils pouvaient être cruels, elle en savait quelque chose, mais elle était particulièrement sensible à leur peine, leur tristesse ou leur douleur. Peut-être justement parce qu'elle avait connu ces sentiments étant enfant. Aujourd'hui encore, la vue d'un enfant en larmes, ou pire, d'un enfant mendiant, lui déchirait le cœur. Cette messe fut pour Marguerite l'occasion de faire le point sur sa situation, de se remettre en question.

Elle était assise aux côtés de Mme Poujade, un peu bigote, ce qui lui assura une pleine tranquillité. Bien que l'office de Noël fût une occasion festive et joyeuse, où l'on célébrait la naissance du sauveur Jésus, rien ne l'empêchait de profiter de ce moment idéal d'introspection, de méditation et de confession. Oui, elle se confessa elle-même, se délesta de ses fardeaux, de son immense culpabilité et elle s'octroya le pardon. Elle voulait vivre en paix.

Deux heures plus tard, le petit groupe prit le chemin du retour, et l'ambiance n'était vraiment plus la même. La neige avait cessé de tomber, le froid était vif, sec, presque brûlant. Ils grelottaient sous leurs manteaux, silencieux. L'euphorie du moment était retombée.

Ils retrouvèrent avec délice la chaleur de la maisonnée, le délicat fumet des plats préparés, le confort des fauteuils capitonnés. Tout le monde reprit place à table pour attaquer la suite du repas nocturne de la Noël. Grâce aux bons mots de M. Léon et à la bonne flambée qui brûlait toujours dans la cheminée, l'atmosphère se réchauffa vite et tous replongèrent avec plaisir dans une ambiance de partage et de fête.

Mme Lesage apporta sa pièce maîtresse, une poularde farcie, accompagnée d'une purée fine de topinambours. On se régalait en félicitant la cuisinière pour ce repas digne des rois. Alors que l'on dégustait le dessert, un succulent blanc-manger au rhum, servi avec de croquantes langues de chat aux noix, Marguerite se laissa surprendre par une question que lui posa Joseph.

— Et vous Mademoiselle, quels sont vos projets pour la journée de demain ?

Dix paires d'yeux braqués sur elle, elle se surprit à répondre naturellement :

— Je pense rendre visite à mes parents.

Elle avait parlé sans vraiment réfléchir, offrant une réponse convenue qui ne surprendrait personne, sauf Mme Lesage, dont elle avait croisé le regard et qui semblait découvrir l'existence de parents proches.

Satisfaits, les autres convives s'en retournèrent à leur conversation.

Marguerite, que tout cela n'intéressait guère, en profita pour s'échapper dans ses pensées.

La messe à laquelle elle venait d'assister avait été pour elle un véritable moment d'introspection. Cette célébration de la vie, de la naissance, de ce passage des ténèbres à la lumière, l'avait personnellement touchée. Depuis sa fuite, elle se sentait revivre, comme une seconde naissance. Pourtant, elle portait une culpabilité bien trop lourde pour ses frêles épaules, et sa trahison lui était insupportable. Il lui fallait soulager sa conscience, demander pardon à ses parents, et quel meilleur jour choisir que celui de Noël ?

Tandis que Mme Lesage servait des boissons chaudes dans son petit salon, café et chocolat chaud, Joseph se planta au milieu de la pièce avec des airs de conspirateur.

— J'ai une surprise ! déclara-t-il, un sourire jusqu'aux oreilles. Ne bougez pas, je reviens !

Tous patientaient, sans vraiment savoir à quoi s'attendre. Marguerite, épuisée après sa journée bien remplie, n'avait qu'une envie : se coucher !

Un moment plus tard, Joseph réapparut, portant un gros carton, sur lequel était posé un phonographe.

L'assemblée l'entourait déjà, curieuse, le pressant de mille questions. Il y avait tant de nouveautés que tout le monde s'y perdait.

— Dites-nous tout jeune homme, dites-nous tout ! l'exhorta M. Léon, qui avait une grande curiosité pour les dernières inventions, le progrès et la modernité.

Il rêvait d'ailleurs en secret d'une automobile à moteur. Il parlait encore presque quotidiennement de l'Exposition universelle de 1900, qu'il avait arpentée sans relâche, marqué par le palais de l'électricité et, bien entendu, la tour Eiffel, qui était pour lui un vrai chef-d'œuvre de modernité. Sa sœur, elle, l'avait en horreur, et attendait impatiemment qu'on la démonte. Ils se chamaillaient constamment à ce sujet.

— Ceci, mes chers amis, est le tout nouveau phonographe Chanteclair de chez Pathé.

Il ouvrit son carton.

— Et sa collection de cinquante gros cylindres.

En effet, le carton était rempli de cylindres, soigneusement alignés et étiquetés. Ils ressemblaient à des boîtes de conserve.

— Les nouveaux cylindres moulés? interrogea M. Léon.

— Oui, regardez, dit Joseph en lui tendant l'un des cylindres.

M. Léon dévissa le couvercle de la boîte en carton et en sortit le cylindre noir et brillant.

— Quelle différence? demanda M. Poujade.

Joseph ouvrit la bouche pour répondre, mais M. Léon ne lui en laissa pas le temps.

— Jusqu'ici les cylindres étaient enregistrés par contact auditif, un cylindre en faisait un autre et ainsi de suite. Problème majeur, on enregistrait une perte progressive de la vigueur et de l'éclat du son. Ici, on crée des moules en bronze uniques, et chaque cylindre qui en sort est un dédoublement parfait de la voix de l'artiste et du son de l'orchestre.

Tout le monde acquiesça poliment, Marguerite en tête. Elle ne comprenait pourtant pas grand-chose. Tout cela lui semblait bien compliqué et complètement abracadabrant. Comment de la musique pouvait-elle sortir de ce simple appareil? Comment était-elle enregistrée? Comment pouvait-on graver de la musique sur un cylindre? Bref, elle n'y entendait rien.

— Le résultat est épatant, reprit Joseph.

Habitué aux sorties de M. Léon, il ne lui tenait pas rigueur de son intervention.

— J'ai ici la collection complète des cinquante classiques à posséder absolument!

— Montrez voir! demanda Mme Lesage.

Elle se pencha au-dessus du carton et lut les étiquettes tout en commentant chaque titre.

— C'est un beau cadeau que vous vous êtes fait là, mon cher.

Vous avez bien raison, certifia M. Poujade.

— Je l'ai acheté à crédit, vous savez. Il m'en coûte dix-sept centimes par jour. Mais j'ai fait une affaire ! En achetant également la collection de cylindres, j'ai payé le phonographe seulement la moitié de son prix.

— Oh ! *Le Temps des cerises* ! s'exclama Mme Lesage.

— Voyons Marthe, ce n'est pas de saison ! Depuis qu'elle a gagné ce concours de la meilleure confiture de Paris avec sa gelée de cerises, elle est comme possédée ! Je suis sûr qu'elle en rêve la nuit.

M. Léon taquinait sa sœur, mais il était en vérité très fier d'elle et de son prix. Il en avait l'eau à la bouche, rien que de penser à cette fameuse gelée couleur grenat, si parfumée.

— Voilà qui est de circonstance, dit Joseph en exhibant un nouveau cylindre.

— *La Vierge à la crèche* ? Vous aimez les romances, vous ?

M. Léon, les sourcils levés, l'interrogeait du regard.

— Non, non, bien sûr, se justifia Joseph, mais la crèche c'est de saison !

Tout le monde rit.

— Pourquoi pas un quadrille, ou une bonne polka ?

Mme Poujade frétillait déjà sur place.

— Une valse, peut-être...

Marguerite avait presque chuchoté. Elle ne connaissait rien à la musique. Il n'y avait jamais eu d'appareil chez ses parents, ni chez Mme Lambert. Elle n'avait jamais fréquenté ni les bals ni les cafés-concerts. À peine était-elle capable de fredonner quelques comptines apprises à l'école. Ses camarades chantaient sans arrêt les airs à la mode et Marguerite se trouvait souvent bête. Mais s'il y avait bien une chose qu'elle savait, c'est que l'on jouait des valses dans les grands bals, ceux que l'on donnait dans les cours royales ou dans la haute société. Madame Joséphine se targuait de pouvoir valser toute la nuit.

— Excellente idée, Mademoiselle Marguerite. Nous avons là quelques valses. Voilà !

Il sortit l'un des cylindres et le tendit à Joseph qui installait son appareil.

M. Poujade invita son épouse à le suivre et elle accepta en gloussant comme une jeune fille. M. Léon se pencha vers Marguerite et lui tendit la main.

— Vous dansez ?

La voilà bien attrapée ! Quelle idée de proposer une valse ! Et voilà qu'il voulait danser. Que pouvait-elle répondre sans être impolie ? Qu'elle était fatiguée ? Qu'elle avait mal aux pieds ? Mais elle se décida à dire la vérité.

— Je ne sais pas danser.

Elle avait dit cela avec une telle simplicité que personne ne pensa qu'elle plaisantait.

— Comment ? Voilà ce que c'est ! Les jeunes filles modernes comme vous ne savent même plus valser ?

M. Léon bouffonnait, mais pointait dans sa voix une sorte d'agacement ou de déception, peut-être.

— À vrai dire, je ne sais pas danser du tout. Ni la valse ni quoi que ce soit...

On n'apprenait pas à danser dans les livres, et c'était la seule éducation que la jeune fille avait connue.

M. Léon était sincèrement étonné par cette révélation.

— Rien ?

Elle secoua la tête.

— Eh bien... eh bien..., je vais vous apprendre !

Mme Lesage applaudit.

— Vous allez voir, dit-elle. Mon frère est un excellent danseur.

Marguerite hésitait. *Et puis zut !* se dit-elle. Après tout pourquoi pas, dansons !

— C'est très gentil à vous, répondit-elle en se levant. Mais je crains d'être une bien piètre cavalière.

— Mais non, mais non, la rassura-t-il. Joseph, aidez-moi à pousser ces fauteuils ! Pour valser il faut tout de même un peu d'espace.

Ils déplacèrent donc les deux gros fauteuils à oreilles, un guéridon, une plante verte dans son cache-pot doré et ils roulèrent même le tapis.

Marguerite était un peu confuse d'avoir engendré ce remue-ménage mais sa logeuse semblait beaucoup s'amuser de toute cette animation.

— Nous sommes prêts, déclara M. Léon. Joseph, envoyez la musique !

Il entraîna sa jeune élève au milieu de la pièce et plein d'assurance, il glissa sa main juste en dessous de son épaule. Marguerite se crispa. Jamais elle n'avait partagé une telle proximité avec un homme. Une telle intimité même. M. Léon la regardait droit dans les yeux, sa main serrée dans la sienne.

— Regardez mes pieds. Chaque pas se compte sur trois temps. Un, deux, trois... Un, deux, trois... Un, deux, trois... Après chaque pas nous tournerons, mais ne vous inquiétez pas, c'est moi qui vous conduis...

Elle avait bien observé les pas, cela ne semblait pas trop difficile. Mais elle savait que la pratique serait certainement une autre paire de manches.

Les premières notes de violon s'envolèrent dans le salon et Marguerite compta ses pas. M. Léon conduisait fermement, si bien qu'elle sentait presque ses pieds voler au-dessus du parquet. Elle s'emmêla plusieurs fois dans les pas, manqua de trébucher aussi, mais son partenaire l'accompagnait si bien qu'elle était obligée de suivre la cadence.

— Connaissez-vous cette valse ? demanda M. Léon, tandis qu'ils valsaient.

Marguerite avoua que non.

— C'est la *Valse des patineurs* de Waldteufel, on la joue même à Buckingham Palace, chez la reine Victoria.

L'idée de valser sur les mêmes airs que la reine d'Angleterre la grisa bien plus que les quelques verres qu'elle avait bus ce soir-là. La tête commençait à lui tourner, mais d'une façon plutôt agréable. La valse des patineurs...

117

Elle repensa à sa promenade au Bois, au lac gelé et aux patineurs. Elle les imaginait glissant sur la glace, sur la musique, sous les arbres aux branches couvertes de givre. Les yeux fermés, elle se laissait emporter par le moment présent. Ses pas étaient parfaitement coordonnés avec ceux de son cavalier. Elle se sentait libre, vivante, heureuse. Dans un roulement de tambour, la valse s'acheva et Marguerite rouvrit les yeux, à contrecœur.

— Bravo, bravo !

Mesdames Lesage et Poujade applaudissaient avec entrain.

— Eh bien voilà Mademoiselle, vous savez valser.

Dans les prunelles de son partenaire, qui aurait pu être son père, Marguerite vit briller une lumière bien particulière. Sans aucun doute, s'il avait été plus jeune, si elle avait été plus âgée, bref, dans d'autres circonstances, M. Léon l'aurait courtisée.

Elle esquissa une révérence puis remercia, sincèrement.

— Merci, vraiment, merci. Mais je vais maintenant vous demander de m'excuser. J'aimerais me coucher.

Mme Lesage consulta l'heure sur sa petite pendule de cheminée.

— Mon Dieu ! Quatre heures passées.

Tout le monde s'exclama, il était fort tard, on s'embrassa, on remercia encore, on se quitta.

Lorsque Marguerite regagna sa chambre, elle flottait encore un peu, des notes de musique plein la tête. Elle se déshabilla et se coucha, légère, légère comme une plume.

Et puis elle repensa à cette déclaration qu'elle avait faite à table. Cette idée saugrenue : rendre visite à ses parents le lendemain.

Après tout, pourquoi pas ?

Cette possibilité devint peu à peu tout à fait envisageable dans son esprit réjoui et libéré. Lorsqu'elle s'endormit quelques minutes plus tard, elle se sentait un peu moins légère, mais elle avait pris une décision.

Neuf heures. Elle avait dormi comme un bébé. Elle se réveilla néanmoins quelque peu incommodée. Elle avait la migraine, un poids sur l'estomac et les membres courbaturés. Pas très surprenant après de telles festivités.

Assise dans son petit lit, roulée dans les couvertures, elle s'interrogeait.

Devait-elle, oui ou non, rendre visite à ses parents ? En hiver, sa mansarde restait plutôt fraîche. Emmitouflée jusqu'au menton, elle sentait le bout de son nez refroidir, tentait de le remuer pour le réchauffer, sans résultat. Il lui faudrait une bonne boisson chaude...

Elle se leva, frissonna, enfila sa pèlerine et une grosse paire de chaussettes, priant pour ne croiser personne dans cet accoutrement. Elle se glissa hors de sa chambre et descendit sans bruit à la cuisine, où elle farfouilla un moment sur les étagères, avant de dénicher ce qu'elle cherchait. Dans une boîte en fer-blanc, un mélange d'herbes en paillettes, dont elle renifla la douce odeur d'anis qui, déjà, soulageait son estomac.

Sur le poêle, qui diffusait dans la pièce une chaleur bienfaisante, une casserole d'eau fumait. Il faisait si bon que Marguerite aurait presque pu quitter sa pèlerine. Mais si quelqu'un entrait, elle ne serait pas présentable. Elle prépara sa tisane, difficilement, les excès de la veille se faisaient cruellement sentir et il lui était difficile de rester dans la pièce, tant la vue et l'odeur des restes du réveillon lui retournaient l'estomac.

— Alors ma mignonne, bien dormi ?

Marguerite sursauta. Mme Lesage venait de la surprendre en entrant dans la cuisine. Déjà apprêtée et coiffée, elle posa dans l'évier une pile d'assiettes, qu'elle se mit à laver consciencieusement.

— Pas très bien, dut avouer la jeune fille.

— Alors comme ça, tu vas voir tes parents ? demanda la logeuse, l'air de rien.

En vérité, elle mourait d'envie d'interroger la petite sur ces parents qu'elle ne l'avait jamais entendue mentionner.

119

Elle aimait bien sa pensionnaire, c'était même sa petite préférée. Polie, respectueuse et respectable, travailleuse et propre sur elle. Elle travaillait pour une grande maison, dont la réputation lui faisait bonne publicité. Madame Joséphine la payait largement et en temps, ce qui n'était pas négligeable.

— Oui, répondit simplement Marguerite.

— Ils habitent loin ? insista l'autre.

— Entre Saint-Michel et Saint-Marcel...

— Ah...

— Eh bien, je vais aller me préparer...

— Très bien, très bien, commenta Mme Lesage. Décidément, la jeune fille n'était pas très bavarde. Gabrielle et Madeleine, au moins, étaient de vrais moulins à paroles et cela la distrayait. Cela dit il y avait bien pire : Émilienne, qui était tout simplement muette comme une carpe !

Elle retourna à sa vaisselle, oubliant bientôt ses pensionnaires, repensant à son réveillon qui avait été un vrai succès. Elle savourait ce petit moment de gloire, à sa façon, en se servant discrètement un petit verre de vin de noix. Sur elle, les abus de la veille n'avaient laissé aucune trace.

Après avoir tourné et viré dans sa chambrette et s'être tant tordu les mains qu'elle en avait mal aux articulations, Marguerite s'était enfin décidée à s'habiller. Après tout, cela ne l'engageait à rien, il serait toujours temps de reculer. Elle choisit une toilette très simple, sa robe en lainage bleue, qu'elle agrémenta d'un corsage blanc, classique. Elle ne voulait surtout pas paraître trop apprêtée. De même pour sa coiffure et son chapeau, elle opta pour la sobriété.

Encore un peu hésitante, elle erra quelques instants, à mettre de l'ordre dans ses affaires et dans ses esprits.

Il était onze heures lorsqu'elle se décida enfin à sortir dans le froid matin de Noël. Paris s'était ce jour-là drapé d'un grand manteau de brume, mystérieux et secret. Le ciel s'était tari mais les derniers flocons avaient recouvert la ville d'une épaisse couverture blanche. La neige, immaculée, avait effacé des trottoirs les stigmates de la folle nuit de fête passée. Marguerite, prudente, préféra longer la chaussée, là où la circulation avait tassé les flocons en monticules bien stables. Après quelques pas, elle constata, soulagée, que les tramways circulaient sans problème, malgré les conditions météorologiques.

Les cafés et autres restaurants n'avaient pas désempli depuis la veille et la buée sur les vitrines trahissait l'étouffoir dans lequel la populace s'entassait. Elle se sentait bien mieux là, dehors, à respirer le bon air frais, même si le froid menaçait d'aggraver sa migraine.

Loin d'être désertes, les rues étaient tout de même nettement plus calmes que la veille, même si l'on courait encore chez le boucher, l'épicier ou le boulanger, un panier sous le bras. Elle croisa la route d'un adorable bambin, grimpé sur un étonnant cheval de bois, identique à ceux des manèges de fête foraine. Monté sur trois grandes roues, pareil à une bicyclette, il était équipé de pédales et d'un guidon. Un béret enfoncé sur ses cheveux blonds, noyé dans un grand manteau de laine aux gros boutons dorés, le garçonnet avait un visage fin, sur lequel se découpaient un petit nez retroussé et deux lèvres serrées. Il luttait vaillamment, patinant plus que pédalant sur le trottoir enneigé. Près de lui, son père l'encourageait, tout en tirant sur une fine cigarette blanche. Son visage était en partie dissimulé par le col en fourrure de son manteau ; quant à ses yeux, ils disparaissaient sous son chapeau tyrolien, très en vogue cet hiver-là. Frustrée de ne pas pouvoir bien voir son profil, Marguerite se demanda si l'enfant ressemblait à son père. Quelle importance ?

En fait, cela en avait. Pour elle. N'ayant jamais remarqué la moindre ressemblance entre son père et elle, c'était un fait qu'elle ne pouvait s'empêcher d'examiner.

Elle n'avait jamais réellement formulé la chose, mais au fond, elle s'était toujours demandé si son père l'était réellement. Le problème venait du fait que sa mère la traitait bien souvent comme une bâtarde. Et même si Marguerite ne lui ressemblait en rien, l'affaire était vite réglée, elle était assurément sa fille. C'était elle qui l'avait portée. Sinon pourquoi se serait-elle encombrée d'elle ? Non, elle ne pouvait en douter. Mais pour son père, qu'elle aimait malgré tout, elle n'avait aucune certitude. Et cela lui pesait.

C'en était presque incroyable. Pourtant, elle était bien là, assise dans ce tramway, à faire en sens inverse le même chemin que ce fameux jour, celui de sa fuite, quelques semaines plus tôt. Elle traversait en ce moment même la Seine, et le pont Saint-Michel lui semblait le dernier pas à franchir pour renouer avec son passé. La brume s'était glissée jusqu'ici, traînant sur les quais, impossible à déloger.

— Marguerite !

Elle sursauta, paniquée. Ses yeux balayaient la rame à la recherche d'un visage familier. Après de longues secondes d'angoisse, elle comprit qu'il ne s'agissait pas d'elle, mais d'une jeune femme brune qu'une connaissance venait de reconnaître. Elle respira calmement mais son cœur battait comme un tambour et ses oreilles sifflaient affreusement.

Elle serra contre son cœur le petit panier qu'elle portait, celui offert par Madame Joséphine. À l'intérieur, une paire de gants neufs pour sa mère, des chocolats pour son père et dans une enveloppe, toutes ses économies des deux derniers mois. Elle avait mis tous ses espoirs et sa miséricorde dans ce petit panier, qu'elle portait maintenant dans les rues qu'elle connaissait si bien et qu'elle était, tout compte fait, heureuse de retrouver.

Elle fit néanmoins les cent pas sur la place Saint-Médard, toujours hésitante, tremblante. Elle finit enfin par se décider. De toute façon, c'était maintenant ou jamais.

Elle pénétra dans l'immeuble, les mains moites, immédiatement saisie par cette odeur parfaitement identifiable, un mélange d'alcool et de bois pourri, qui remontait depuis la cave du père Gillet, et s'insinuait dans les murs, les parquets. Elle en eut presque un haut-le-cœur. Était-ce l'odeur en elle-même qui la révulsait ? Ou les souvenirs auxquels elle était liée ? Elle qui se croyait libérée devait bien avouer que toutes ces interrogations révélaient le contraire.

Elle avait à peine franchi quelques marches lorsqu'on l'interpella de nouveau.

— Marguerite ? Marguerite, c'est toi ?

Elle se retourna, découvrant le père Gillet, sur le pas de sa porte.

— Mais oui, c'est bien toi ! Mais que fais-tu ici ?

Marguerite sourit timidement, un peu gênée.

— Je rends visite à mes parents... pour la Noël, ajouta-t-elle en levant son petit panier.

— Mais voyons ! Tes parents ont déménagé depuis un mois déjà, répondit le vieil homme, les sourcils levés, visiblement surpris.

— Déménagé..., murmura-t-elle, dans un souffle.

— Tu ne le savais pas ?

Elle secoua la tête.

— Tu comprends, justifia-t-il, je n'ai guère eu le choix... Depuis ton départ, ils n'arrivaient plus à payer leur loyer... Et puis ça devenait compliqué. Ton père pensait que tu reviendrais, ta mère était persuadée du contraire. Ils se sont beaucoup disputés et ton frère en a profité pour n'en faire qu'à sa tête. Enfin...

Il soupira, l'air soudainement las.

— J'ai dû leur demander de partir...

Sa phrase resta en suspens un moment, le temps de faire son effet.

Marguerite, qui vacillait soudain, s'assit lourdement sur une marche.

123

Pauvre petite, pensa le père Gillet, *je lui apporte une bien mauvaise nouvelle en ce jour de Noël. Elle qui était si brave, elle doit terriblement culpabiliser.*

— Mais ils vont très bien, vous savez. Ils ont emménagé près d'ici, rue Monge, au 52. Un logement plus petit certes, mais ils sont moins nombreux maintenant.

Il observait maintenant la jeune fille avec attention. Il devait bien admettre qu'elle avait beaucoup changé. Il y avait bien sûr sa toilette, plus soignée, mais pas seulement. Son visage. Son visage avait changé. Elle paraissait plus âgée, plus confiante, plus forte même. Bien loin de la petite fille introvertie qu'il avait connue. Ce qu'on racontait devait donc être vrai... Pourtant, au départ, il avait refusé de croire les rumeurs.

Marguerite, qui ne put échapper au regard inquisiteur du vieil homme, sentit que quelque chose n'allait pas. Elle demanda :

— Père pensait vraiment que je reviendrais ?

— Moui, marmonna-t-il. Mais j'imagine que dans votre... euh... condition, cela ne doit pas être facile, de revenir je veux dire. Je comprends qu'il vous ait fallu tout ce temps.

Sa condition ? Quelle condition ? Elle déglutit.

— Quelle condition, je vous prie ?

L'homme rougit franchement. Il avait mis les pieds dans le plat, il ne pouvait reculer et puis il en profiterait pour satisfaire sa curiosité.

— Eh bien, bredouilla-t-il, votre fuite... avec un homme.

Sa phrase finit dans un murmure, mais n'échappa en rien aux oreilles de Marguerite qui fut comme frappée au visage.

— Je vous demande pardon ? dit-elle, manquant de s'étouffer.

— Eh bien, la rumeur... enfin, votre mère...

La jeune fille bouillonnait de honte, de rage, elle ne savait pas très bien. Elle avait soudain très chaud, sous son chapeau, ses gants et son manteau de laine.

Mère ! Comment avait-elle osé ? Enfin si, elle savait ! Plutôt que d'assumer l'ineptie d'avoir refusé à sa fille une très bonne place, elle avait préféré la faire passer pour une fille facile et volage, s'enfuyant avec le premier homme venu. Quand elle pensait que c'était le premier argument que sa mère avait avancé pour lui refuser cette place providentielle : qu'elle ne voulait pas que la réputation de sa fille soit compromise dans ce métier aux mœurs présumées légères ! Elle était estomaquée, honteuse, mais tellement en colère ! Elle se leva.

— Pour que les choses soient bien claires, déclara-t-elle, soudain pleine d'aplomb, on m'a offert une très bonne place dans une grande maison de modes parisienne où je suis logée. En aucun cas je ne me suis enfuie ou compromise et je n'ai pas à rougir de ma situation. Est-ce bien clair ?

La jeune fille se surprit elle-même à tenir ce discours, ce qui était visiblement aussi le cas de son interlocuteur qui la regardait ébahi.

— J'espère que cela vous aidera à rétablir la vérité. À présent, je vous dis adieu !

Et elle planta là le vieux bonhomme, fuyant cette maison et ce quartier où tout n'était que malheur et médiocrité.

Elle courait presque, au risque de glisser sur les pavés enneigés, son petit panier ballottant au bout de son bras, habitée par une vive colère, qui laissa pourtant très vite place à une immense tristesse. Au bout de quelques minutes seulement, épuisée moralement et physiquement, elle grimpa dans le premier omnibus et se laissa lourdement tomber sur un siège, luttant difficilement contre les sanglots qui lui nouaient la gorge.

Arrivée à la pension, elle emprunta l'entrée de service pour éviter les questions et s'enferma dans sa chambre. Lovée au fond de son lit, elle engloutit la boîte de chocolats jusqu'au dernier. Elle n'avait en rien apprécié les friandises, noyées dans le sel de ses larmes. Écœurée, tant par le chocolat que par la vie, elle finit par céder à l'indigestion et vomit dans un seau.

Elle s'endormit, le cœur lourd et encore nauséeuse, mais définitivement décidée à faire une croix sur son passé. Elle devait oublier sa famille, qui n'en avait jamais été une et surtout, elle devait se délester de la culpabilité qui la rongeait depuis deux longs mois. Elle n'était en rien responsable de la situation, on l'y avait contrainte. Elle avait fait le nécessaire pour survivre, tout simplement, et elle devrait vivre avec ce fardeau jusqu'à la fin de ses jours.

3

Paris, février 1906

Marguerite pressait le pas. Le vent froid de février lui mordait le visage et elle ne sentait plus le bout de son nez. Ses bottines en cuir, qu'elle laçait toujours trop serré, claquaient sur le pavé humide, où se reflétait le ciel gris de ce matin d'hiver. Le vent s'engouffrait dans son paletot en drap de laine, et son chapeau, en crêpe de soie froncé, menaçait de s'envoler à la moindre rafale. La jeune fille se prit à rêver d'une pèlerine en fourrure, comme celles que Madame Joséphine exposait en boutique. Les mondaines en raffolaient, même en été ! Elle serrait dans sa main la ficelle du précieux paquet qu'elle devait livrer : un chapeau, bien à l'abri dans son carton.

Malgré ses gants fourrés, le bout de ses doigts était gelé. Elle visualisa alors le manchon assorti à la pèlerine en lièvre noir, souriant de cette audacieuse pensée.

Il était encore tôt, mais le boulevard des Italiens fourmillait déjà d'animation. L'horloge du Bureau des omnibus affichait sept heures et quinze minutes. Marguerite n'était pas en avance, elle s'élança donc dans le flot des fiacres, tramways, automobiles et omnibus qui inondaient le grand boulevard. Arrivée sur le trottoir, elle fut happée par le ballet des marchands et des livreurs, qui se croisaient, se bousculaient et se hélaient dans un vacarme digne d'un jour de marché.

Au milieu de ce chaos, elle apercevait les hauts-de-forme de quelques mondains, qui rejoignaient leur bureau ou rentraient d'une nuit sans sommeil. La jeune fille prenait garde à ne pas se faire bousculer, regardant où elle mettait les pieds, mais se laissa pourtant distraire en passant devant le très luxueux *Café Riche*, restaurant rendu célèbre par de non moins célèbres écrivains. Elle tourna à l'angle de la rue Taitbout, manqua se faire renverser par la charrette d'une marchande des quatre-saisons et remonta la rue jusqu'au boulevard Haussmann. Elle traversa en évitant de se faire éclabousser et enfin arriva devant la grande façade du n° 24.

Marguerite était toujours très impressionnée de se présenter chez les clients pour effectuer une livraison. Les modistes avaient l'honneur de livrer leurs chapeaux par la grande porte et non par l'entrée des fournisseurs.

Et aujourd'hui, elle avait le très grand privilège de se présenter à la maison de couture *Callot Sœurs*. Elle mesurait sa chance de pouvoir pénétrer dans cet endroit admiré de la Capitale. Elle reprit donc son souffle, vérifia son chapeau, jeta un œil à ses bottines, secoua le bas de son jupon et lissa sa jupe. Ensuite seulement, elle poussa la lourde porte en bronze de ce sanctuaire de la mode parisienne.

— Je suis Marguerite, de la maison Joséphine Modes et j'apporte la livraison pour Mme Varrains.

On la fit patienter dans le fastueux hall d'entrée, écrasé par un imposant escalier de marbre, habillé de luxueuses tentures aux riches ornements, de tapis moelleux, de bibelots et de grands tableaux aux cadres dorés. Marguerite se fit toute petite et vérifia une nouvelle fois la propreté de ses bottines : hors de question de gâcher les tapis...

Sa curiosité fut attisée par une porte ouverte et elle se décala discrètement pour pouvoir y jeter un petit coup d'œil. Elle entrevit un salon d'essayage au luxe inouï. Les pièces de l'hôtel particulier qui abritait l'endroit étaient immenses. Plafonds, murs et corniches croulaient sous les moulures et les rosaces. Deux immenses lustres de cristal illuminaient la pièce et se reflétaient dans de multiples miroirs aux imposants cadres dorés. Sur le manteau de la cheminée en marbre rose et sur les quelques meubles d'appoint, de nombreuses gravures de mode étaient présentées. Dans un coin, elle pouvait apercevoir des mannequins de tissu, quelques-uns dénudés, d'autres habillés des plus belles créations de la maison.

Au centre du salon trônait une table, drapée de velours, sur laquelle étaient exposés de multiples accessoires : ombrelles, gants, fourrures et sacs brodés de perles. Tout autour, de nombreux fauteuils, bergères et autres sièges aux riches tissus, offraient des couleurs et motifs variés. De splendides paravents en bois sculpté et verre fumé complétaient parfaitement l'harmonieuse atmosphère de ce salon d'essayage.

À l'atelier, on parlait beaucoup du destin et de la réussite des sœurs Callot, et la jeune fille ne se lassait pas d'entendre cette histoire.

Les sœurs étaient au nombre de quatre : Marie, Marthe, Régine et Joséphine. Filles d'une dentellière et d'un antiquaire, elles avaient ouvert en 1888, l'année de naissance de Marguerite, un magasin de dentelles et de lingerie, place de la Trinité. Elles y vendaient de la dentelle, mais créaient aussi des parures pour agrémenter la lingerie de ces dames. La sœur aînée, Marie, fut formée à la création chez un grand couturier, ce qui permit aux sœurs d'ouvrir leur propre maison de couture en 1895. Elles connaissaient un grand succès grâce, notamment, à leurs élégantes robes d'intérieur, à leurs pièces de lingerie raffinées et à leur prédilection pour la dentelle, la fourrure et les rubans.

Maintenant que Paris était devenu la capitale mondiale de la mode, la renommée des grandes maisons de couture parisiennes traversait les pays et les océans. Aristocrates européennes, riches héritières américaines, comédiennes ou courtisanes richement entretenues, toutes se bousculaient pour porter des créations uniques de haute couture. Marguerite s'était laissé dire qu'Élisabeth d'Autriche,

Mme de Rothschild ou encore Mme Eiffel étaient clientes de la maison *Callot Sœurs*. Depuis la fondation de la maison *Worth*, de nombreuses maisons de couture avaient ouvert leurs portes à Paris, et même la concurrence des nouveaux grands magasins comme *Le Bon Marché* ou *Les Galeries Lafayette* ne pouvait entamer le succès de la haute couture parisienne.

Des bruits de pas résonnèrent soudain dans le hall et Marguerite eut juste le temps de se décaler légèrement avant que n'apparaisse la première d'atelier de la maison, Madeleine Vionnet. Elle salua la jeune modiste avec courtoisie.

— Ah ! Mademoiselle... nous vous attendions avec impatience.

Marguerite baissa la tête respectueusement, avant de lui tendre le carton à chapeau, en silence et la main tremblante. La couturière sourit en prenant le paquet et se dirigea vers un petit secrétaire en bois sculpté où elle posa le carton avant de le déballer avec précaution. Elle en sortit un petit chapeau aux bords relevés, orné de roses en soie couleur pêche et de plumes d'autruche. La jeune femme examina le chapeau sous toutes ses coutures et ne put s'empêcher d'en caresser le panache.

— C'est un très bel ouvrage, Mademoiselle. Parfaitement assorti à la robe que nous avons créée pour Mme de Varrains. Vous féliciterez Mme Joséphine de ma part. Collaborer avec elle est toujours un plaisir.

Submergée par la timidité, Marguerite ne sut que hocher la tête. Mme de Varrains était une fidèle cliente de sa patronne et bien qu'elle fréquentât assidûment les grandes maisons de couture, elle faisait toujours réaliser ses chapeaux chez Madame Joséphine, dont elle aimait l'audace et la créativité.

— Cela vous ferait-il plaisir de la voir ?

Marguerite resta interdite. Avait-elle raté quelque chose, de quoi lui parlait-on ?

— La robe, précisa Mlle Vionnet, voulez-vous la voir ?

Soulagée, mais toujours très intimidée, Marguerite bégaya :

— Je... je ne sais pas si...

— Mais si, mais si, la coupa la première, ne vous en faites pas. Cela restera notre petit secret, chuchota-t-elle.

Puis elle l'entraîna dans le salon d'essayage que la jeune fille avait entrevu quelques instants plus tôt.

Très impressionnée, Marguerite se fit la plus petite possible, tandis que Mlle Vionnet tirait sur un cordon de soie qui, certainement relié à une sonnette, fit apparaître comme par magie deux couturières, accompagnant une jolie jeune fille en robe d'après-midi. Marguerite comprit qu'il s'agissait d'un « sosie », un mannequin vivant sur lequel les couturiers présentaient leurs créations. C'était la première fois qu'elle en voyait un, et elle en resta coite.

La robe présentée était somptueuse. Réalisée dans un coton rose pêche très délicat, aux manches bordées de volants, elle se portait cintrée, pour souligner la taille. Un corsage en dentelle fine habillait le cou et le décolleté, apportant légèreté et féminité à l'ensemble de la toilette. La silhouette corsetée de la jeune femme était parfaite, taille fine, larges hanches et cambrure accentuée.

La première tendit le chapeau à l'une de ses couturières, qui grimpa sur un tabouret et entreprit de l'apprêter sur le chignon du mannequin. Le résultat était sensationnel et, tout à sa joie, Marguerite se mit à battre des mains, oubliant ses bonnes manières et sa timidité.

Surprise, mais touchée par l'enthousiasme et la fraîcheur de la jeune fille, Mlle Vionnet rit de bon cœur.

— En effet Mademoiselle, c'est très réussi. Mais je pense que l'on peut encore améliorer tout ça. Voyez-vous, j'aime beaucoup les fleurs en soie du chapeau. Je pense que l'on pourrait en agrémenter le bas de la jupe et aussi ajouter un boléro sans manches...

Perdue dans sa réflexion créatrice et occupée à donner des instructions à ses couturières, la première sembla oublier son invitée et Marguerite comprit qu'il était temps pour elle de s'éclipser. Ce qu'elle fit, sans que personne le remarque.

L'air vif et frais de l'extérieur la ramena à la réalité. Pourtant, rien ne pouvait empêcher les étoiles de briller dans ses yeux. Son métier n'était pas tous les jours facile, mais il lui permettait de rêver et parfois même de toucher ses rêves du bout des doigts. Ce qu'elle venait de vivre était incroyable et elle comptait bien garder ce moment pour elle. Il était hors de question de le raconter à l'atelier. De toute façon, on ne la croirait pas.

Huit heures et demie sonnèrent à quelques rues de là, tirant la jeune fille de sa rêverie. Sur le grand boulevard, à quelques mètres d'elle, se tenait une vendeuse de soupe ambulante. L'estomac de Marguerite, désespérément vide, gargouilla, comme pour se rappeler à elle. Elle calcula rapidement qu'en se hâtant un peu, elle aurait le temps de s'arrêter pour petit-déjeuner tout en étant à l'heure à l'atelier. De toute façon, avec sa livraison de ce matin, elle pouvait largement arriver pour neuf heures et demie, aucun travail urgent ne l'attendait et Mademoiselle Yvonne lui était redevable d'avoir veillé afin de terminer la commande à temps.

Elle passa donc devant l'étal rudimentaire de la vendeuse de soupe.

Assise sur un tabouret, sa longue jupe traînant dans l'humidité des pavés parisiens, la vieille femme avait installé devant elle quelques caisses en bois, où s'empilaient les bols sales laissés par ses précédents clients. Tête nue, malgré le froid et le vent glacial, un grand châle noir négligemment jeté sur les épaules, elle semblait se réchauffer auprès de ses grosses marmites fumantes.

Marguerite mesura alors, comme souvent, sa chance de travailler au chaud et au sec. Elle hésita devant cette femme qui la peinait, mais la jeune fille aurait aimé s'asseoir pour se reposer un peu, au chaud, si possible...

Elle traversa donc la rue, et entreprit de descendre le boulevard des Italiens à la recherche d'un petit café pas trop fréquenté, où elle pourrait s'installer à son aise. Elle avisa un endroit, dont la devanture vantait son café du Brésil comme étant le meilleur de Paris. Elle se décida à entrer et, soufflée par la chaleur du troquet, frissonna.

Accoudés au comptoir, deux commis en tablier se restauraient entre deux livraisons, Marguerite était certaine de les avoir déjà croisés à l'atelier. Elle s'installa près de la vitrine, sur une chaise en bois un peu raide, qu'accompagnait une petite table ronde à trois pieds. Autour d'elle, quelques tables occupées par des hommes seuls, tous plongés dans la lecture du journal, sauf un, qui griffonnait dans un carnet.

Elle défit sa pèlerine qu'elle plia sur ses genoux et respira avec plaisir la bonne odeur du café frais et des petites brioches cuites au four. Un jeune garçon de café, dont les cheveux luisaient sous les globes lumineux des plafonniers, s'approcha pour prendre sa commande. Elle hésitait encore.

— Je prendrai un grand chocolat s'il vous plaît... et euh... une petite brioche, s'il vous plaît...

— Mais il me plaît mademoiselle, il me plaît ! répondit le jeune serveur, avec un sourire aussi coulant que la confiture qui collait à son plateau.

Il s'attardait à sa table plus que de raison. Astiquant les couverts pour la troisième fois, commentant la météo, lui lançant de grossières œillades de ses petits yeux perçants. Elle faisait semblant de ne rien voir et perdait désespérément son regard vers la rue, pour faire fuir l'importun.

Lorsqu'il se fut enfin éloigné, la jeune fille souffla. Elle n'était décidément pas à l'aise avec les hommes et encore moins avec ceux qui cherchaient à badiner.

Bien que son état d'esprit ait beaucoup changé ces derniers mois, il y avait bien un point sur lequel elle n'évoluait pas, les hommes ! Pourtant, elle avait vraiment mûri, elle n'était plus une gamine. Beaucoup plus à l'aise avec son corps, qu'elle apprenait à assumer et à valoriser, notamment grâce au port du corset, dont elle ne pouvait plus se passer. Ses yeux brillaient, son teint était frais et elle respirait la santé. Un bon sommeil, une nourriture régulière, variée et copieuse, des conditions de travail privilégiées.

Somme toute, elle était plus heureuse qu'elle ne l'avait jamais été. Belle, charmante, féminine et élégante, elle était devenue un beau parti pour les hommes. Mais elle n'était pas prête, pas prête du tout...

Le serveur réapparut, son plateau chargé, tout à coup beaucoup plus discret et professionnel, disposant devant la jeune fille une grande tasse de chocolat chaud et une belle brioche au beurre, dorée à souhait. Marguerite le regarda s'éloigner et croisa le regard noir de la patronne, derrière son comptoir, sourcils froncés et bras croisés sur la poitrine. Elle comprit que le jeune homme avait dû être sermonné pour son comportement un peu trop enthousiaste.

Sans se soucier du sort du jeune homme, elle attaqua avec gourmandise sa pâtisserie, savourant avec délice la mie filante et parfumée, qui fondait sur sa langue. Le chocolat était un peu trop chaud, mais sucré juste comme il faut et la jeune fille se détendit, profitant de ce doux moment de répit.

En effet, il était exceptionnel qu'elle puisse s'accorder ce genre d'intermède à cette heure de la journée. Lorsqu'elle partait travailler, les cafés étaient bondés et enfumés et Marguerite n'appréciait guère cette promiscuité des heures de grande affluence. Ces hommes, fumant, parlant bruyamment, souvent goujats. Ils lui faisaient peur. Ici, au moins, hormis les tentatives maladroites du jeune serveur, Marguerite était tranquille.

Elle observait l'animation du boulevard, fascinée comme toujours. Finalement, pas besoin d'aller au spectacle, la rue offrait assez de distractions pour toute une vie. Elle se concentra sur les automobiles à moteur. Il en sortait toujours de nouveaux modèles et Marguerite ne s'habituait décidément pas à ces boîtes de métal montées sur roues. Elle les trouvait bruyantes et dangereuses mais elle devait tout de même admettre que c'était une bien belle invention. Elle trouvait simplement que les rues de Paris n'étaient pas adaptées à leur circulation, à la campagne, en revanche, cela devait être sensationnel.

Comme à son habitude, la jeune fille se perdit dans ses pensées, oubliant tout ce qui l'entourait. Son assiette, désormais vide, était jonchée de miettes. Elle luttait contre l'envie irrépressible d'utiliser le bout de son index pour ramasser ces jolies paillettes dorées jusqu'à ce qu'il n'en reste plus une seule. Mais elle en était incapable. Cela faisait partie de la montagne de règles et principes qu'elle avait érigés et qu'elle s'imposait depuis des années. Intimement persuadée que cela lui avait permis de ne pas sombrer dans l'adversité et l'infortune, malgré le milieu dans lequel elle avait grandi, elle s'en félicitait tous les jours.

Ce n'était pas pour rien que sa mère l'avait surnommée « la Baronne ».

À l'âge de huit ans, elle avait déniché dans une caisse de livres abandonnée sur le pavé un manuel de savoir-vivre, rédigé par la baronne Staffe. La couverture, un peu défraîchie, annonçait en lettres gravées : *Usages du monde. Règles du savoir-vivre dans la société moderne.* La jolie calligraphie et le titre accrocheur avaient retenu son attention, et la petite fille solitaire, pour vaincre l'ennui, s'était lancée dans une lecture des plus inattendues. Le monde inconnu et merveilleux qu'elle y découvrit lui fut d'un grand réconfort. Loin de s'imaginer qu'elle deviendrait un jour une grande bourgeoise ou une femme du monde, elle était rassurée à l'idée de pouvoir vivre dans

135

un monde différent du sien. Très tôt elle se projeta, rêvant de travailler pour ces grandes familles dont elle apprenait les codes : naissance, baptême, mariage, visites, conversations, dîners ou hospitalité. Au fil de ses jeunes années, elle n'eut de cesse d'enrichir ses connaissances, à travers tout un tas d'autres manuels sur la politesse, les convenances, les bonnes manières et le savoir-vivre. Mais pas seulement. Certains livres traitaient également du rôle de l'hygiène, du statut de mère et d'épouse et Marguerite avait ainsi parfait son éducation, telle une jeune fille de bonne famille, sans avoir jamais quitté son quartier populaire et miséreux.

Sa première bataille avait été celle du langage. Elle abominait le parler populaire de ses parents, et encore plus l'argot des mauvaises gens. Elle commença par utiliser des expressions et des phrases toutes faites puis, petit à petit, acquit du vocabulaire, dont elle devait souvent consulter la définition dans un dictionnaire. Sa façon de parler manquait cruellement de naturel, calquée dans les livres ; elle causait comme on écrivait. Mais grâce à l'école et à la lecture de quelques grandes œuvres littéraires, son langage s'était affirmé et libéré. Elle avait d'ailleurs brillé dans les épreuves de dictée et de rédaction à l'examen du certificat d'études.

Sans grande surprise, cette quête avait déclenché les moqueries de sa famille, sa mère la rebaptisant très vite « la Baronne ». Elle lui avait d'ailleurs souvent reproché de se ridiculiser et lui interdisait de prendre ses grands airs devant elle. Marguerite n'avait en rien abandonné, elle se fit simplement encore plus discrète, n'ouvrant plus que rarement la bouche. En attendant, on ne pouvait douter des avantages qu'elle en avait tirés et qui lui permettaient aujourd'hui d'occuper une bonne place dans ce milieu dont elle maîtrisait les codes et le langage.

Ce souvenir de son enfance lui arracha un soupir las tandis que dans son dos, la porte du troquet s'ouvrait. Quelqu'un passa, la frôlant presque. Le client s'installa un peu plus loin et elle l'entendit commander un café. Le jeune serveur s'exécuta, plus prompt que précédemment et la jeune fille continua à remonter le fil de ses pensées.

Il y avait pourtant un revers à la médaille. À trop s'imposer de dogmes et de restrictions, elle s'était enfermée dans une prison, dont elle avait la clef, mais refusait de s'échapper.

Chez elle, il n'y avait jamais eu de place pour le divertissement. Au contact de ses camarades d'atelier ou de chambre, elle avait dû se rendre à l'évidence : elle était incapable de se divertir en groupe ou de lâcher prise. Pour preuve, elle refusait systématiquement les sorties entre amies, que ce soit au café-concert, aux bals, même pour de simples promenades. Il y avait bien eu la soirée du réveillon, mais cela restait une exception. Il lui arrivait pourtant de ressentir de la joie ou du plaisir mais elle était incapable de la partager. Elle vivait dans un carcan de solitude ; elle se croyait libre, elle s'était trompée.

L'atelier était pourtant un parfait exemple, où des jeunes filles bien comme il faut, tout en respectant les règles de bienséance et les codes de la société, s'amusaient et vivaient pleinement leurs jeunes années. Elle comprenait qu'elle était différente des autres ; quelque chose en elle s'était brisé, bien des années plus tôt.

Une larme coula sur son visage.

Confuse de s'être laissée aller ainsi en public, elle sortit un mouchoir de la poche de son paletot, épongea l'unique larme qui avait roulé jusqu'à la commissure de ses lèvres et inspira pour reprendre tout à fait ses esprits. Jetant un œil autour d'elle, espérant que personne n'avait remarqué cet accès de faiblesse, elle s'aperçut, tout à fait par hasard, que le jeune homme qui venait de s'installer sur l'une des banquettes de velours rouge la dévisageait.

Un peu honteuse, elle détourna rapidement le regard, mais ne put s'empêcher de vérifier quelques secondes plus tard si le jeune homme l'observait toujours. C'était visiblement le cas, et un franc sourire se dessina sur le jeune visage, laissant apparaître sous une moustache sombre une belle rangée de dents blanches.

Déstabilisée, Marguerite tourna la tête et remua le reste de lait qui trempait le fond de sa tasse, avant d'en boire la dernière gorgée qui avait depuis longtemps refroidi. Sans bien savoir pourquoi, elle n'avait qu'une seule envie, observer de nouveau le jeune homme. C'était comme un besoin, un désir irrépressible, quelque chose qu'elle ne pouvait contrôler. Et perdre le contrôle, Marguerite ne le supportait pas. *Allons bon*, se dit-elle, *il faut vraiment que je me ressaisisse.*

Il était plutôt bel homme, du genre ténébreux, elle en croisait chaque jour des dizaines comme lui. Son costume, de moyenne facture, n'était pas celui d'un bourgeois, mais son gilet rayé assorti à sa cravate n'était pas celui d'un simple ouvrier. Son chapeau en feutre mou pouvait désigner celui d'un voyou, mais il n'en avait pas le panache.

Marguerite devait impérativement se reprendre et cesser d'observer le jeune homme. Il ne fallait pas qu'il se fasse une fausse impression d'elle, elle n'était pas du tout le genre de fille à badiner. Elle sentait son regard brûler sur sa joue et elle luttait pour ne pas céder, ne pas le regarder.

L'idée d'être soudain abordée par l'inconnu l'horrifia et avant que le mal n'arrive, elle décida de quitter le café au plus vite. Elle enfila hâtivement son paletot, manqua de renverser sa tasse, sortit quelques pièces qu'elle jeta sur la table, avant de se lever et de quitter le café sans un mot.

L'air frais qui caressa son visage la libéra de l'angoisse qui l'avait prise et elle inspira profondément, à s'en geler les poumons. Elle descendait le boulevard à petites enjambées en direction de l'Opéra quand des cris résonnèrent derrière elle. Son cœur s'emballa.

— Mademoiselle, Mademoiselle !

Cela ne devait pas la concerner. Elle pressa le pas. Les appels se rapprochaient considérablement, plus forts, plus inquiétants. Affolée, elle se retourna, pour affronter la situation. Le jeune homme qu'elle avait observé au café courait après elle, lui faisant signe d'une main, son chapeau dans l'autre. Sans regarder où elle mettait les pieds, elle continuait d'avancer, terrorisée. Sa fuite prit fin contre un pavé qui la fit trébucher et elle s'effondra lourdement sur le trottoir. La douleur lui arracha un cri.

Les fesses sur le trottoir, dans un amas de jupes et jupons, Marguerite était dans l'embarras. Étourdie par sa chute, la cheville douloureuse, mais surtout honteuse de sa position, elle aurait voulu s'évanouir franchement pour ne pas avoir à affronter cette situation délicate.

On vint s'accroupir près d'elle, on lui posait des questions, on lui prenait la main, mais Marguerite s'enfermait dans le trouble confortable que sa chute avait causé. Elle finit pourtant par refaire surface, pressée par des mains audacieuses qui manipulaient sa cheville.

La voix était douce, les gestes tendres et le visage se révéla celui de son poursuivant, souriant. Marguerite commença par s'excuser, tentant de se relever vainement : sa cheville gauche la faisait terriblement souffrir.

— Aïe !

Le jeune homme l'aidait comme il pouvait, gêné dans ses tentatives par une Marguerite digne, refusant toute assistance. Pourtant, elle ne pouvait pas faire le moindre pas seule et le jeune homme dut faire preuve de persuasion. Il réussit enfin à la convaincre de se laisser conduire jusqu'à un banc, à quelques mètres de là. Elle s'y laissa guider à contrecœur, contrainte par son handicap.

À peine assise, elle ne pensait qu'à fuir, cherchant désespérément comment se sortir de cette situation gênante, mais le jeune homme était déjà assis à ses côtés.

— Vous aviez laissé tomber votre mouchoir, au café, dit-il en lui tendant un carré de dentelle blanche.

Marguerite se sentit tout à coup vraiment stupide. Comment avait-elle pu croire que le jeune homme la poursuivait pour lui faire du mal ? Elle rougit et il rit sans retenue.

— Je ne vous ai pas fait peur, au moins ?

Elle baissa la tête, rougissant de plus belle.

— Vous m'en voyez désolé, ajouta-t-il. Je n'ai pas l'habitude de courir après les jolies jeunes filles. Sauf lorsqu'elles perdent leur mouchoir.

Marguerite trouvait ce jeune homme fort plaisant et malgré la douleur, mordante, elle se sentait détendue, plus à l'aise qu'elle ne l'aurait cru.

— Je m'appelle Emilio.

Et le jeune homme lui tendit la main.

— Emilio ? s'étonna la jeune fille en tendant la sienne.

À travers ses gants, elle sentit la chaleur de sa peau et elle tressaillit.

— Je suis né en Italie, précisa-t-il.

— Oh ! s'exclama-t-elle, surprise par cette information, surtout parce qu'elle ne connaissait pas d'Italien personnellement.

Elle ne trouva rien à ajouter et resta bêtement silencieuse.

— Et vous ? demanda-t-il.

— Marguerite, répondit-elle précipitamment.

Elle en oubliait les règles de politesse.

— C'est un prénom ravissant et vous le portez fort bien.

Marguerite comprit alors que les hommes ne pouvaient s'empêcher de courtiser les femmes et qu'à son âge, elle ne pouvait plus y échapper.

— Eh bien, Mademoiselle Marguerite, je vais vous aider à rentrer chez vous.

Elle sursauta. L'atelier ! Elle avait oublié l'atelier !

— Je suis en retard, souffla-t-elle en se levant péniblement. Je dois me dépêcher, on m'attend.

— Ce n'est peut-être pas très raisonnable, avança Emilio.

— Je n'ai pas vraiment le choix, répondit-elle plus sèchement qu'elle ne l'aurait voulu.

Vexée, elle se mordit la lèvre.

— Eh bien allons-y, déclara-t-il. Vous permettez ?

Il se glissa à ses côtés, passa son bras sur son épaule et l'attrapa par la taille.

Marguerite ne savait pas vraiment comment se comporter. Elle n'appréciait guère la position dans laquelle elle se trouvait, mais d'un autre côté elle devait retourner au plus vite à son poste. Seule, elle n'y parviendrait pas de sitôt. Elle devait même avouer qu'à son plus grand étonnement la situation l'amusait et n'était pas si déplaisante. Elle se dégagea pourtant de l'étreinte du jeune homme afin de seulement s'appuyer sur son bras, cette position était beaucoup plus convenable.

Ils descendirent ainsi le boulevard, clopin-clopant, sous le regard amusé des passants. Fort heureusement, il n'y avait que quelques centaines de mètres à parcourir, sinon la jeune fille aurait emprunté un omnibus ou même un fiacre !

Place de l'Opéra, le jeune homme l'abandonna pour revenir avec un petit bouquet de mimosa, acheté à une petite marchande de fleurs aux boucles blondes.

— Il n'y a pas de marguerites en cette saison, s'excusa-t-il.

La jeune fille protesta, mais le jeune homme insista, il se sentait en partie responsable de cette mésaventure.

— À Marseille, où j'ai grandi, il y avait des mimosas par milliers. Les filles s'en tressaient même des couronnes... Marguerite glissa la fleur odorante à sa boutonnière, flattée par cette délicate attention et ravie de l'effet apporté à sa toilette. Le silence qui s'installa ne leur sembla pas pesant et ils effectuèrent le reste du chemin sans échanger la moindre parole. Arrivée en haut de la rue Volney au bout de dix longues et pénibles minutes, Marguerite s'empressa de prendre congé, ne souhaitant pas être aperçue en compagnie d'un homme. Elle ne laissa pas vraiment le temps à son compagnon de dire ou faire quoi que ce soit.

— Merci pour tout Monsieur, adieu !

Et elle s'éloigna vivement en boitillant, une affreuse grimace défigurant son visage.

À la fois sidéré et amusé, Emilio regarda sa frêle silhouette s'éloigner, adorablement bancale. C'était une jeune fille tout à fait étonnante et vraiment très charmante. Il ferma les yeux un instant, revit son joli petit minois, ses grands yeux, sa bouche joliment dessinée, gravant à jamais cette rencontre dans sa mémoire.

Marguerite, quant à elle, s'engouffra dans le hall de l'immeuble, à bout de souffle, les jambes en coton, prête à s'évanouir. Elle souffrait le martyre.

Une main posée contre le battant de la lourde porte, elle cherchait à reprendre le contrôle de son corps, mais aussi de son esprit. Une douleur sourde irradiait sa cheville et palpitait jusque dans ses oreilles. Le souffle enfin plus régulier, elle se rendit au vestiaire et vérifia, catastrophée, sa belle robe de soie. Heureusement, le sol était sec lors de sa chute et elle n'était aucunement gâtée. Dans le reflet de la grande psyché, elle remit un peu d'ordre dans ses cheveux. Elle croisa son propre regard, d'abord un peu étonnée, puis observa attentivement ce qu'elle voyait. Pour la première fois, elle se trouva jolie. Un sourire béat flottait sur son visage, son cœur battait la chamade et elle se sentait un peu chose. Cette chute l'avait décidément toute retournée ! Elle huma une dernière fois le parfum douceâtre et sucré du mimosa, déposant à regret le bouquet sur une étagère. À petits pas mal assurés, elle traversa le hall et poussa la porte de l'atelier, avec l'horrible impression de se jeter dans la gueule du loup.

Elle n'échappa pas aux regards interrogateurs de ses camarades, ni aux murmures qui lui chatouillaient les oreilles.

— Vous êtes en retard, Mademoiselle, siffla Mademoiselle Yvonne, qui attendait visiblement de pied ferme la retardataire. Je doute fort que votre livraison vous ait pris tout ce temps...

Marguerite avança, les yeux baissés, sa jambe traînant plus lourdement que de raison.

— Je vous demande de m'excuser, Mademoiselle. J'ai présenté ma livraison à l'heure prévue et Mlle Vionnet m'a retenue, pour parler du modèle.

Des cris de surprise et des murmures d'admiration parcoururent les tables de travail. Elle s'était pourtant juré de ne rien raconter de son entretien, mais l'incident l'y poussait.

— Madeleine Vionnet en personne, quelle chance ! minauda Odette, l'une des apprêteuses.

Mademoiselle Yvonne, peu impressionnée, regardait d'un œil suspect la jambe de son ouvrière. Il était évident que la jeune fille avait un problème.

— J'ai trébuché boulevard des Italiens, s'expliqua-t-elle. Je pense m'être foulé la cheville. J'ai dû m'asseoir quelques instants pour reprendre mes esprits et le chemin pour arriver jusqu'ici a été assez pénible.

Le rouge qui lui monta étrangement aux joues n'échappa pas à Mademoiselle Yvonne. Elle douta un instant de la sincérité de la jeune fille, mais se ravisa. Marguerite était l'un de ses éléments les plus fiables et cela ne lui ressemblait pas du tout de mentir. Sans doute était-elle mal à l'aise d'être en retard. Oui, cela ressemblait à la Marguerite qu'elle connaissait, d'une timidité maladive.

— Remettons-nous au travail, ordonna-t-elle à ses ouvrières qui avaient interrompu leur travail, trop heureuses de pouvoir se distraire un peu.

— Henriette !

La jeune trotteuse apparut dans le dos de Marguerite, qui sursauta sur son passage. La gamine avait la fâcheuse habitude d'apparaître n'importe où et sous le pâle halo de ses cheveux blancs, elle ressemblait à un fantôme.

— Henriette, ma petite, allez donc en cuisine demander à Mme Cochin un seau d'eau glacée.

Marguerite n'osa pas protester devant l'air contrarié de
Mademoiselle et s'installa sur sa chaise pour commencer
son ouvrage. Un nouveau modèle l'attendait déjà, mais
sans l'émotion habituelle qu'accompagnait sa découverte.

Le chapeau de paille noir aux larges bords, doublés
de tulle rouge, devait être garni de choux en velours
rouge. Le rouge était encore de saison, même après les
Fêtes et la jeune modiste s'attela consciencieusement à
son ouvrage, la tête un peu ailleurs.

Henriette revint les bras chargés d'un lourd baquet
d'eau glacée et l'on pouvait la suivre à la trace depuis
la cuisine.

Marguerite n'était pas certaine que se déchausser soit
une bonne idée. Sa cheville allait enfler et elle ne réussi-
rait plus à remettre sa bottine. Pourtant elle ne pouvait
rester sans rien faire et se décida, à contrecœur. Elle
délaça sa bottine, qu'elle ôta avec beaucoup de douceur.
Libérée, sa cheville ressentit un instant de douce délivrance, mais cela fut de courte durée. La souffrance qui
s'ensuivit fut déchirante. Pour la faire taire, elle plongea
son pied dans l'eau glacée. Elle étouffa un cri lorsque
le froid la saisit, la frigorifiant des pieds à la tête. Elle
ne tarda pas à claquer des dents. Henriette posa une
serviette près du seau, afin que la blessée puisse sortir
son pied lorsqu'elle le souhaiterait, puis réapparut un
peu plus tard avec un grand verre d'eau fraîche, qui lui
parut affreusement tiède.

La matinée se déroula, fraîchement, mais l'esprit de
la jeune fille n'était pas préoccupé par sa cheville souffrante, plutôt par un jeune Italien, dont le doux visage
la hantait. Toute sa bonne volonté et son abnégation
habituelles ne pouvaient rien contre cette évidence-là.
Elle n'y était pas préparée et un sentiment étrange où
se mêlaient peur et espoir pénétra son esprit, le doute
s'installait. Elle se posait mille questions à son sujet. Où

habitait-il, où travaillait-il ? Son langage et ses bonnes manières l'avaient impressionnée ; après tout, il s'était dit italien. Dévorée par la curiosité, elle inventait mille réponses à ses interrogations.

Cet après-midi-là, la voix surexcitée de Madame Joséphine vola jusqu'à l'atelier, avant son entrée pleine d'allégresse, annonciatrice de bonnes nouvelles.

— Mesdemoiselles, mesdemoiselles, annonça-t-elle. J'ai eu le grand honneur d'être reçue hier après-midi par Mme la comtesse Zichy. Elle doit se rendre en Amérique pour visiter sa famille et bien évidemment elle souhaite emmener dans ses valises la mode et le chic parisiens. Elle m'a donc commandé quelques modèles, pour elle, mais aussi pour offrir à ses proches.

Elle marqua une pause, ménageant son effet, ce qui pouvait être bon ou mauvais.

— Mesdemoiselles, nous avons dix jours pour finir cette commande. Des veillées sont à prévoir et je compte sur votre professionnalisme. Bien évidemment, il y aura des gratifications. Voyez tout cela avec Mademoiselle Yvonne !

Repartie comme elle était venue, elle laissa l'atelier sous le coup de l'émotion, chacune apportant son commentaire ou son ressenti. Les oreilles de Marguerite bourdonnaient dans ce brouhaha insupportable, auquel la première mit un terme en deux mots :

— Cela suffit !

Marguerite se réjouissait de cette nouvelle. Plus de temps passé à l'atelier, cela faisait son bonheur journalier. La gratification serait la bienvenue pour étoffer son bas de laine, mais elle voyait la cupidité comme un vilain trait de caractère et ne considérait pas l'argent comme une fin en soi.

Madame Joséphine était coutumière de ces coups d'éclat, mais personne ne lui en tenait vraiment rigueur, cela faisait partie intégrante de son personnage ! Elle était devenue une figure incontournable de la mode parisienne ; son parcours singulier, qu'elle se plaisait tant à raconter, était pour Marguerite un symbole de réussite et de liberté.

Elle était la fille cadette d'une modeste famille ; son père était teneur de livres chez un grand négociant de tissus, et sa mère une simple couturière. La petite Joséphine avait été formée dès son plus jeune âge, accompagnant sa mère chez ses clientes, passant des heures à ses côtés, apprenant les rudiments du métier. Les années passèrent tandis que mère et fille se forgeaient une solide réputation, notamment auprès de riches clientes qui appréciaient le professionnalisme de la mère et l'approche esthétique et moderne de sa fille. Beaucoup de femmes d'une certaine génération, ou d'un certain milieu, préféraient encore faire appel à leur propre couturière, plutôt que de céder à la fantaisie des maisons de couture.

C'est ainsi que le destin de la jeune Joséphine bascula, l'année de ses vingt ans. Elle s'était rendue à une séance d'essayage, chez une riche cliente, Mme la vicomtesse de Baillet, qui l'avait fait venir pour la confection de sa garde-robe de deuil, son époux étant décédé quelques semaines plus tôt. Dans le grand hall de leur hôtel particulier, elle avait croisé le chemin de l'héritier de l'empire familial, Édouard. Le jeune homme tomba éperdument amoureux de la jeune couturière et, désormais libéré du consentement paternel et malgré les récriminations de sa mère, s'empressa de faire de Joséphine sa légitime épouse. La jeune femme s'installa donc rue Volney, dans le bel hôtel particulier de la famille et commença une vie d'épouse et de mondaine, fréquentant la haute société parisienne et collectionnant les chapeaux.

Quelques années seulement après leur mariage, Édouard fut victime d'un accident de chasse et Madame Joséphine se retrouva veuve, sans enfants à chérir. Sa belle-mère ne supporta pas le décès brutal de son fils unique et la maladie l'emporta quelques mois plus tard. Désespérément seule et dévastée par le chagrin, car elle aimait éperdument son mari, Madame Joséphine commença par s'enfermer de longs mois dans son hôtel particulier, refusant les visites, vivant comme une recluse, avec pour seule compagnie ses domestiques.

Un beau matin, pourtant, contemplant son visage tiré et sa tenue négligée, elle prit conscience que ce n'était pas ainsi qu'elle ferait honneur à son époux et qu'il aurait détesté voir ce qu'elle était devenue. Elle avait donc repris le cours d'une vie mondaine, mais sans grand enthousiasme. Il lui fallait un projet, un but, une raison de se lever le matin, et c'est en contemplant sa collection unique de chapeaux, qui occupait une pièce entière dans ses appartements, qu'elle eut l'idée : une maison de modes rien qu'à elle ! Elle engagea donc des ouvrières modistes expérimentées qui élaboraient les modèles qu'elle inventait. Son talent, son carnet d'adresses, sans oublier la compassion qu'elle inspirait, lui ouvrirent rapidement les portes du succès. Malgré son excentricité, son mode de vie peu conventionnel et ses origines modestes, elle n'en restait pas moins une femme au savoir-vivre et aux bonnes manières respectable et respectée, sans oublier la veuve d'un vicomte. Elle bénéficiait de cette liberté concédée aux femmes artistes, à qui l'on pardonne beaucoup.

La sortie des ouvrières était toujours bruyante et animée, il y flottait un sentiment de liberté. Les journées étaient longues et éreintantes, assises sur une chaise, le dos courbé, les doigts meurtris et les yeux fatigués. Malgré le froid et l'obscurité de cette fin de journée, Marguerite et ses camarades d'atelier battaient le pavé, dans un mélange de rires, de palabres et de causeries. Soulagées que la commande de Mme la comtesse Zichy soit enfin achevée et embarquée pour une traversée de l'Atlantique, elles célébraient à leur manière la fin des veillées.

Comme chaque soir, Marguerite fut l'une des premières à prendre congé. Contrairement à la plupart des ouvrières, elle ne logeait pas sur place, cela lui offrait le meilleur des prétextes pour se défiler. Elle rentrait seule, à pied, sans jamais personne pour l'accompagner. Bien qu'elle ne soit pas particulièrement froussarde, déambuler de nuit dans les rues ne la rassurait pas beaucoup. Habituellement, elle circulait à des heures assez fréquentées, il n'en restait pas moins qu'elle avait déjà eu quelques frayeurs, mais elle préférait ne pas y penser. La peur n'éloignait pas le danger...

— À demain, lança Adrienne en agitant la main.

Marguerite lui répondit en agitant la sienne en retour, puis pressa le pas en songeant au bol de soupe bien chaud qu'elle dégusterait confortablement installée, accompagné des derniers journaux de modes qu'elle avait hâte de compulser. Cela faisait maintenant dix jours qu'elle s'était tordu la cheville, et après une première semaine difficile, elle marchait désormais sans trop de difficulté.

Elle passa la première grille du passage Meslay et s'engagea dans la cour sombre, entourée d'immeubles, et qui était pour elle un très bon raccourci. Ses pas résonnaient dans ce lieu désespérément vide, comme un écho, son cœur cognait dans sa poitrine. Elle se hâta. Droit devant elle, on apercevait les lumières du boulevard Saint-Martin et elle imaginait la foule qui s'y pressait. Encore quelques pas et elle serait en sécurité. On ne lui en laissa pas le temps.

Sans bruit, une ombre se glissa derrière elle, une main sale et rugueuse s'abattit sur sa bouche, l'empêchant de crier. Des bras forts l'enserrèrent et son corps fut traîné sur plusieurs mètres, vers un recoin de la cour, plongé dans les ténèbres. Marguerite aurait voulu perdre conscience, là, maintenant, pour fuir la violence des images et pensées qui déferlaient dans sa tête. Entravée,

148

elle respirait difficilement par le nez, discernant derrière l'odeur de la peur un mélange d'urine, d'humidité et d'alcool. La nausée l'envahit, tout son corps tremblait et elle crut bien qu'elle allait enfin défaillir. L'homme qui la tenait semblait être un géant et elle se sentait comme une poupée de chiffon, molle et désarticulée, dans ses grandes mains puissantes. C'était la fin. Elle le sentait, elle le savait. Elle ferma les yeux et commença à prier.

Puis soudain un bruit sourd. Un cri rauque. L'étau qui se desserre, son corps qui s'écroule sur le pavé, libéré.

Les échos d'une bagarre, un homme qui fuit, une main qui se tend, la délivrance. Elle était sauvée.

— Vous allez bien, Mademoiselle ?

Se relevant tant bien que mal, Marguerite n'avait pas encore vu le visage de son interlocuteur, plongé dans la pénombre. Pourtant, elle avait reconnu sa voix. Comme sortie d'un rêve. Celle du jeune homme rencontré boulevard des Italiens.

Encore secouée par l'incident, la jeune fille n'avait plus de repères et l'obscurité de la cour la perturbait. Le jeune homme sembla le comprendre et l'entraîna vers la grille donnant sur le boulevard. Ils débouchèrent sur l'artère éclairée et animée et il put enfin se présenter à elle, en pleine lumière. Mais Marguerite, l'air encore effrayé, tel un petit chaton égaré, jetait autour d'elle des regards inquiets, craignant que la menace ne l'attaque de nouveau.

— Vous êtes en sécurité Mademoiselle, ne vous inquiétez plus, tout est terminé.

Le jeune homme lui toucha le bras. Marguerite leva enfin les yeux vers lui. Il se fendit d'un grand sourire et sa moustache remonta jusqu'à ses oreilles. Ses yeux reflétaient une âme douce et bonne. La jeune fille se détendit et une agréable chaleur se répandit dans son corps, elle se sentit enfin en sécurité.

— Merci, murmura-t-elle. Merci de m'avoir sauvée.

— C'est tout naturel. Si je tenais le salaud qui...

— N'en parlons plus, le coupa-t-elle. Je vous en prie.

149

— Très bien, si c'est votre souhait, abdiqua-t-il. Puis-je vous accompagner et faire quelques pas à vos côtés ?

Marguerite était embarrassée. D'un côté elle mourait d'envie d'en savoir plus sur son sauveur, à qui elle pensait sans cesse depuis leur rencontre, de l'autre elle était très intimidée et mal à l'aise de se retrouver seule avec un homme. Elle se rendit compte que son silence était impoli et tourna les yeux vers celui qui venait de la tirer d'un bien mauvais pas. Il la dévisageait, patiemment, attendant une réponse de sa part. Comme les circonstances étaient particulières et qu'elle redoutait de se retrouver à nouveau seule, elle accepta.

— Avec plaisir, souffla-t-elle.

— Emilio, vous vous souvenez ?

— Marguerite...

— Je n'ai pas oublié Jolie Fleur.

Marguerite sentit le rouge lui monter aux joues. Elle avait l'habitude de piquer un fard à chaque fois que quelqu'un la complimentait, que ce fût à l'atelier, à la boutique ou en public.

— Une jolie femme élégante comme vous doit occuper un bon emploi, hasarda-t-il.

— Je suis modiste.

Le jeune homme siffla d'admiration.

— Coquette comme vous l'êtes, cela ne m'étonne pas.

Marguerite fut piquée au vif. Elle connaissait les rumeurs et caricatures dont les modistes faisaient l'objet. On les déclarait coquettes, frivoles, courtisanes et on les traitait même parfois de « grisettes » ou de filles faciles. C'était parfois vrai, bien entendu, mais il était injuste d'incriminer particulièrement les modistes et leur coquetterie. Il ne fallait pas se fier aux apparences, Marguerite en savait quelque chose.

— Vous vous méprenez, toutes les modistes ne sont pas comme cela, souffla-t-elle.

Emilio remarqua que la jeune fille était contrariée, mais il ne comprenait pas pourquoi. Le compliment était pourtant flatteur. Il lui attrapa la main, la fit pivoter face à lui et s'excusa :

— Veuillez m'excuser Mademoiselle Jolie Fleur, je ne voulais pas vous offenser. Je suis sûr que vous faites du très joli travail et que vous avez beaucoup de talent.

— Et moi je suis sûre que vous avez beaucoup de talent pour flatter les jeunes filles, rétorqua-t-elle, adoucie par la spontanéité du jeune homme.

— Je suis démasqué, plaisanta-t-il.

Marguerite se détendit. Un jeune homme si souriant et plaisantin ne pouvait pas être méchant. De plus, elle se trouvait dans un lieu public et elle ne craignait rien. Ils remontaient en direction du boulevard Poissonnière, au milieu des passants, pressés de rentrer se mettre au chaud. Curieusement, la jeune fille n'avait pas froid, une douce chaleur l'enveloppait. Elle ne s'était même pas demandé comment le jeune homme s'était retrouvé dans la ruelle. Pour elle, c'était une évidence, le destin l'avait placé sur son chemin. La pénombre du soir lui offrait à la fois la discrétion vis-à-vis du monde qui l'entourait, mais aussi une certaine intimité avec le jeune homme. Cette idée lui donna des frissons de plaisir, dont elle eut tout de suite honte.

Pour se donner bonne conscience, Marguerite se dit qu'à presque vingt ans, il était peut-être temps de commencer à fréquenter la gent masculine, en tout bien tout honneur, évidemment.

Devant le silence de la jeune fille, tout à ses pensées, le jeune homme reprit :

— Vous savez, nous les Italiens, nous avons le compliment facile... mais cela ne veut pas dire que nous complimentons sans raison, se dépêcha-t-il d'ajouter.

La jeune fille apprécia la pirouette, mais ce n'est pas ce qui retint son attention.

— Donc, vous êtes italien ?

— Oui, je suis né en Italie, à Gênes. Nous sommes originaires d'un petit village italien, dans le Piémont, près de la frontière française. Mes parents ont quitté l'Italie lorsque j'avais cinq ans, pour trouver du travail. La vie là-bas était très difficile, et la France semblait être un bon pays d'accueil. Et me voilà...

— Oh, je vois...

Le sourire d'Emilio s'effaça et une ombre passa sur son visage. Elle comprit que le ton de sa voix avait trahi le fond de sa pensée et que le jeune homme en était affecté. À dire vrai, ce n'était pas vraiment sa pensée, plutôt un lieu commun. Toute son enfance elle avait entendu ses parents, voisins, camarades ou encore les commerçants considérer les Italiens comme des parasites étrangers, venus voler le pain et le travail des bons Français. En fait, elle n'en avait jamais rencontré et n'avait donc jamais pu se faire sa propre opinion. Elle décida qu'il était temps d'y remédier et après ce qui venait de se passer, elle devait donner sa chance au jeune homme. C'est pourquoi elle ne se sauva pas et relança la conversation.

— Vos parents ont-ils trouvé du travail ?

— Au début, oui. Nous avions un logement, mon frère et moi sommes allés à l'école. Mais mon père a très mal supporté de vivre loin de l'Italie, il avait le mal du pays. Nous habitions Marseille, mais il a décidé de repartir vivre là-bas. Ma mère a perdu son travail de lingère et nous nous sommes retrouvés à la rue.

— Oh ! s'exclama Marguerite, sincèrement touchée.

Elle était assez gênée par cette discussion très personnelle et c'était surtout la première fois qu'un homme se livrait ainsi à elle. Elle avait l'habitude avec ses camarades ou des clientes, mais pour elle, les hommes ne cédaient pas à ce genre de confidence. Cela l'émut profondément et accentua sa curiosité vis-à-vis du jeune homme. Il reprit :

— Nous avons donc décidé de tenter notre chance à Paris. J'avais mon certificat d'études en poche, on trouve toujours à travailler par-ci, par-là... Vous seriez épatée si je vous énumérais tous les métiers que j'ai exercés.

On sentait la fierté de l'homme reprendre le dessus et la jeune fille écoutait, captivée par ce que lui racontait Emilio. Un Italien, rencontré boulevard des Italiens, elle trouva l'idée très romantique. Cela lui semblait même presque exotique...

— Notre père est mort six mois après son retour en Italie.

— C'est affreux ! s'exclama la jeune fille, sincèrement désolée.

— Oui, mais ainsi va la vie, répondit-il.

— Et votre mère, a-t-elle retrouvé un emploi ?

Emilio s'arrêta net, obligeant Marguerite à en faire autant.

— Vous savez, je n'aime pas vraiment parler de ma famille, nous sommes... différents. Vous savez maintenant d'où je viens, mais cela n'influence en rien qui je suis. Et c'est ça le plus important, qui je suis moi, Emilio. Ou plutôt Émile. Vous comprenez, avec un prénom français c'est plus facile.

Ces paroles résonnaient dans sa tête et dans son cœur comme un écho. Pour la première fois de sa vie, Marguerite se sentait comprise, elle n'était plus l'horrible fille ingrate qui reniait sa famille. Elle n'était plus seule et elle décida de se libérer d'un poids.

— Si je peux vous faire un aveu, je ne parle plus à ma famille depuis un an déjà, je n'avais pas ma place parmi eux...

Elle leva les yeux et découvrit le plus compatissant et le plus réconfortant des sourires. Soulagée de ne pas être jugée, elle sourit en retour. Depuis des mois elle portait ce fardeau, et ne s'était jamais confiée à quiconque. Que ce soit ses camarades de chambre ou d'atelier, toutes la croyaient en bons termes avec ses parents, qu'elle disait visiter tous les dimanches, alors qu'elle se promenait seule, dans Paris.

Ils passèrent devant le théâtre de la Porte-Saint-Martin. Marguerite savait que la grande Sarah Bernhardt,

153

comédienne et égérie de la mode parisienne, s'y produisait régulièrement. Il arrivait parfois que l'atelier participe à la création de chapeaux pour la scène et elle rêvait d'assister un jour à l'une de ces représentations théâtrales. Elle aurait aimé partager cette pensée avec son compagnon, mais il était délicat de parler de ce genre de futilité après la confession qu'il venait de lui faire. Ils marchaient en silence. Lui, les mains dans le dos, elle, serrant si fort l'anse de son petit sac qu'elle en avait mal aux doigts.

À deux rues de la pension, Marguerite prit congé, non sans regret, mais c'était plus raisonnable ainsi.

— Nous y sommes, déclara-t-elle, un peu honteuse de mentir ainsi à celui qui venait de la sauver, mais il lui fallait rester prudente.

Il serait risqué et inconvenant de se faire raccompagner devant sa porte par un inconnu.

— Je vous remercie pour cette agréable promenade, et pour le reste...

Elle était sincère, elle lui devait beaucoup.

— Vous m'abandonnez déjà ?

Elle sourit devant son air déconfit.

— Je dois me dépêcher, on m'attend, s'excusa-t-elle, tout en s'éloignant, confuse, avec un geste de la main.

Personne ne l'attendait, mais elle ne voulait pas lui laisser l'opportunité de la suivre ou de lui proposer quoi que ce soit d'autre. Cette promenade était déjà pour elle une folie. Une jolie et douce folie.

Emilio regarda une nouvelle fois la jeune fille s'éloigner, d'un pas beaucoup plus alerte que la dernière fois où il l'avait quittée, la cheville froissée. Il lui sembla même qu'elle sautillait, tout comme son cœur dans sa poitrine. Mais ce que Marguerite ignorait, c'est qu'Emilio savait très bien qu'elle n'habitait pas cette rue, et qu'il connaissait même parfaitement son adresse.

Arrivée toute tremblotante à la pension, Marguerite se rendit directement à la cuisine, où l'attendait une assiette de pois cassés, accompagnés de légumes d'hiver. La jeune fille se lava les mains et se mit à table. Mais elle n'avait pas faim. Elle ressentait comme des papillons dans le ventre et absolument aucun appétit. Rêvassant devant son assiette, elle repensa au bel Emilio. Elle ne savait pas si elle devait attribuer son état à l'agression de ce soir, ou à sa rencontre avec le jeune homme. Elle songea un instant à faire part de ses émotions à ses camarades de pension à qui elle n'avait encore jamais parlé de lui. Discrétion était son deuxième prénom...

Elle partageait le palier avec trois autres chambres, occupées par trois jeunes filles, elles aussi ouvrières de la mode parisienne. Mme Lesage avait beaucoup de satisfaction à les loger, elles qui lui apportaient le prestige des maisons pour lesquelles elles travaillaient, mais aussi une certaine tranquillité d'esprit. Ces ouvrières-là étaient bien mieux payées que la moyenne, élégantes, propres et soigneuses, elles avaient en règle générale de bonnes manières et de bonnes mœurs. Mais on avait parfois des surprises... l'habit ne fait pas le moine, comme on dit.

Sur le palier, donc, il y avait la belle Gabrielle. La jeune couturière avait quitté sa Lorraine natale pour tenter sa chance à Paris. Avec ses boucles blondes, ses jolies fossettes et ses grands yeux bleus, elle était belle à croquer. Promise à un petit fonctionnaire parisien tout à fait charmant et passionnément épris d'elle, la jeune fille espérait pouvoir se marier vite et quitter sa petite chambre pour un appartement de plus grand confort. Elle travaillait à l'atelier de la maison de couture Paquin, rue de la Paix, et était la parfaite image de la « midinette » parisienne. Toujours très élégante, elle possédait de nombreux chapeaux et portait de jolies jupes de couleur que Marguerite lui enviait.

Venait ensuite Madeleine, une rousse au caractère piquant, dont le visage mutin, semé de taches de rousseur, au nez effrontément retroussé, était éclairé par deux grands yeux vert amande. Très rebelle, la jeune fille n'avait pas sa langue dans sa poche, ce qui lui causait régulièrement des ennuis. Elle travaillait pour la maison Judith Barbier, rue Pasquier, spécialisée dans la confection de parures, notamment de plumes et de fleurs, et principal fournisseur des maisons de couture parisiennes. La jeune femme était chargée du brochage des « minoches », petites garnitures de plumes que l'on assemble en les collant ou les cousant sur un morceau d'étoffe. Madame Joséphine elle-même était cliente de cette maison, ainsi Marguerite apprêtait régulièrement sur ses chapeaux les fameuses « minoches » préparées par Madeleine.

La dernière jeune fille avec qui Marguerite partageait les combles se prénommait Émilienne, mais les autres la surnommaient « Souricette ». Toujours vêtue de gris, la jeune fille était d'une discrétion impensable. Elle était couturière pour la grande maison Doucet et on ne l'entendait jamais entrer dans sa chambre ou en sortir. Elle ne prenait pas ses repas avec les autres locataires et semblait passer ses soirées et jours de repos seule dans sa chambre. Personne n'était d'ailleurs capable de savoir si elle s'y trouvait ou non, tant le silence qui y régnait était impénétrable. Sa différence lui attirait les moqueries de ses voisines de palier et Marguerite les trouvait injustes de s'acharner sur cette pauvre fille qui lui faisait beaucoup de peine.

Pourtant, un matin ordinaire où Marguerite effectuait une livraison très matinale, son appréciation sur la « pauvre » Émilienne allait changer du tout au tout.

Ce fut aussi le jour où elle apprit à se méfier des apparences.

Ce matin-là, donc, elle venait de livrer un chapeau à la comtesse de La Plesse, chapeau qu'elle avait terminé très tard la veille. Elle remontait tranquillement la rue Saint-Honoré, en direction du Louvre, où elle prendrait un omnibus pour rejoindre l'atelier.

Comme à son habitude, Marguerite se laissait distraire par les devantures et les étalages et salivait devant une pâtisserie qui proposait des gâteaux tout aussi garnis que les chapeaux de Madame Joséphine. Reprenant son chemin, elle fut stoppée net par ce qu'elle prit tout d'abord pour une hallucination.

Au bras d'un élégant mondain en costume trois-pièces, pardessus en alpaga et chapeau melon, une jeune femme. Elle était habillée d'une robe de toile rayée grise et blanche et d'une veste assortie, aux manches « gigot » garnies de dentelle. Ce qui frappa Marguerite en premier lieu fut l'immense chapeau en velours gris, garni de plumes jaune citron. La robe de la jeune femme était cravatée d'un foulard du même jaune que les plumes, parfaitement assorti à l'ombrelle en soie qu'elle tenait à la main. Si Marguerite était ébahie par cette apparition, c'est qu'elle avait elle-même garni ce chapeau, et que Madame Joséphine avait dû commander cette teinte si particulière à son plumassier. Le chapeau avait été commandé par un monsieur qui avait tout d'abord jeté son dévolu sur le foulard et l'ombrelle, puis avait décidé que cela serait parfait avec un chapeau assorti. Marguerite se souvenait d'avoir entendu sa patronne répéter : « Une couleur exceptionnelle pour une jeune femme tout aussi unique... »

D'ébahie, Marguerite devint stupéfaite lorsqu'elle aperçut le visage de la jeune fille. C'était Émilienne, sa voisine de palier. En plus rayonnante, en plus souriante, en plus élégante, en plus tout, mais c'était Émilienne ! Marguerite en aurait mis sa main à couper. Le couple pénétra dans l'un des riches immeubles de la rue, laissant la jeune fille interdite, au milieu du trottoir. Il lui fallut quelques minutes pour sortir de sa torpeur. Elle avait dû rêver, cela n'avait aucun sens. La nuit avait été courte, elle était fatiguée et voilà le résultat. Elle se ressaisit et voulait reprendre son chemin lorsque la porte de l'immeuble s'ouvrit sur une femme, visiblement la concierge, qui entreprit de balayer devant la grande porte cochère.

Marguerite était certes timide, mais la curiosité était trop forte et il ne lui fallut que quelques secondes pour aborder la balayeuse. La chance était de son côté : la concierge était très loquace et manifestement peu encline à la discrétion. Ravie de pouvoir bavarder un peu (elle s'ennuyait beaucoup la journée) elle se mit à répondre aux questions de Marguerite, qui lui expliqua avoir reconnu l'un de ses chapeaux et, curieuse, vouloir en savoir plus sur ces clients si élégants.

— Bien sûr que j'les connais, c'est M'sieur le baron et sa cousette.

Devant la mine perdue de la jeune fille, elle précisa :

— Monsieur le baron, il habite en province, mais il a ses appartements ici, une sorte de garçonnière si vous voyez.

Elle fit un clin d'œil pour appuyer son propos.

— Et la jeune femme ? demanda Marguerite.

— C'est sa cousette ! Un drôle de numéro, celle-là. Elle arrive et repart habillée comme une pauvresse, mais quand elle sort avec Monsieur le baron, elle est habillée comme une princesse.

— Comme une pauvresse ? interrogea la jeune fille qui n'était pas sûre de tout comprendre.

— Bon, j'exagère un peu, mais elle arrive frusquée comme une ouvrière, avec sa robe grise, et une heure plus tard, la voilà habillée de mousseline, de soie et tout le tralala. S'ils pensent que j'n'ai pas compris leur petit manège ! C'est sûrement une cocotte qui pense passer ainsi inaperçue... J'en ai vu passer des horizontales, mais celle-là, croyez-moi, elle est vraiment originale !

Marguerite n'en croyait pas ses oreilles.

— Mais elle habite ici ?

— C'est tout comme. Elle passe souvent la nuit ici, mais la journée, elle disparaît... Ah, si Madame la baronne savait ça ! ajouta-t-elle avec un air entendu. D'ailleurs, « cousette » ne devrait pas tarder à descendre, si vous voulez l'attendre...

Marguerite ne la laissa pas terminer, elle devait filer avant qu'Émilienne ne redescende.

— Merci beaucoup Madame, bonne journée.

— Y a pas d'quoi, rétorqua la femme avant de reprendre sa corvée en soufflant.

Marguerite fit seulement quelques mètres et décida de se cacher pour s'assurer que c'était bien Émilienne qui sortirait de cet immeuble. Elle traversa la rue et se dit qu'elle devrait maintenant passer inaperçue. Quelques minutes plus tard, elle vit la frêle silhouette grise de sa voisine de chambre se faufiler dans la rue et, d'un pas pressé, reprendre le chemin du travail. La jeune femme était sonnée par ces révélations. Décidément, on ne pouvait pas se fier aux apparences. Si les autres découvraient que « Souricette » ou « Cousette » était la courtisane d'un baron, c'est sûr, elles n'en reviendraient pas ! Mais Marguerite ne dirait rien, elle avait percé le secret d'Émilienne, elle comprenait maintenant beaucoup mieux le curieux comportement de la jeune fille et sa grande discrétion. Perdue dans ses pensées, qui lui avaient fait tout oublier, Marguerite n'entendit pas Gabrielle entrer dans la cuisine.

— Tu rentres encore bien tard, jeune fille, dit celle-ci en riant. C'est ta comtesse qui te cause encore tant de travail ?

Marguerite dut faire un effort pour s'extirper de sa rêverie.

— Oui, mais c'est enfin fini. La comtesse et ses chapeaux nous ont quittés, dit-elle en riant.

— Tu es bien malicieuse ce soir, releva Gabrielle, peu habituée à entendre sa voisine se livrer à des plaisanteries.

— C'est bien possible, rétorqua Marguerite, l'air mystérieux.

La jeune fille hésita à tout lui révéler, à partager son secret. Mais son instinct la retint.

— Je suis épuisée, je monte me coucher.

— Tu finis pas ton assiette ? demanda Gabrielle. Je meurs de faim.

Marguerite n'avait pas touché à son plat.

— Oui, oui, vas-y, je suis trop fatiguée, et elle se força à bâiller. Bonne nuit, Gabrielle.

— Bonne nuit, Marguerite.

La jeune femme regagna sa chambre où elle se déshabilla machinalement avant de se glisser sous les couvertures. Flottant dans son lit, comme sur un nuage, elle laissa son esprit vagabonder et ses pensées romantiques l'emporter. Le beau visage d'Emilio lui apparaissait, souriant et tellement charmant. Le jeune homme venait l'enlever et ensemble ils fuyaient. Pour l'Italie peut-être. Mais elle aimait tellement Paris !

Mon Dieu, que lui arrivait-il ? Elle ne se reconnaissait pas dans cette jeune fille au cœur tremblant.

4

Paris, avril 1906

Marguerite commençait sérieusement à se demander si elle ne devenait pas folle. Elle vivait depuis plusieurs semaines une véritable crise existentielle, déchirée entre l'amour et la raison. Car oui, elle aimait. C'était une fille certes sans expérience, mais intelligente et plutôt rationnelle, et l'analyse de la situation ne souffrait aucun doute. Elle était amoureuse. Depuis maintenant plusieurs semaines, elle n'était plus du tout la même. Elle avait donc été contrainte d'admettre que tous ces chamboulements, tous ces sentiments, n'avaient qu'un seul fondement : l'amour. Il lui avait tout de même fallu du temps, à la sceptique et hermétique Marguerite, pour ouvrir les yeux sur cette bouleversante vérité. Jamais elle n'aurait pensé que l'amour pouvait vous surprendre, comme ça, sans crier gare. Mais devant cette évidente fatalité, elle ne savait que faire, constamment partagée entre ses sentiments qui l'étouffaient de bonheur et ses inévitables prises de conscience qui lui ramenaient les pieds sur terre. Que devait-elle faire ? Suivre son cœur ou les voix de la raison ? Ce dilemme la torturait nuit et jour, elle ne mangeait plus, ne dormait plus, à moins que ce ne soit tout simplement la faute à l'amour.

Bien entendu, il était aussi question des engagements qu'elle avait pris envers Madame Joséphine et de la culpabilité que sa décision engendrerait. C'était comme trahir la loyauté et le respect qu'elle lui vouait.

Marguerite avait d'ailleurs été la première à juger toutes ces jeunes filles qu'elle pensait sottes et délurées et qui cédaient à la tentation, au risque de se retrouver dans une situation embarrassante, gâchant ainsi le reste de leur vie. Dorénavant, elle comprenait mieux quelle mouche pouvait piquer ses consœurs. Elle-même jouait avec le feu, prenait des risques inconsidérés, mais comment lutter contre son cœur, qui palpitait de bonheur ?

Il faut dire que depuis cette terrifiante soirée de février, Emilio était venu l'attendre presque chaque soir à la sortie de l'atelier. Il patientait à l'abri des regards, dans la petite cour où il l'avait sauvée, la protégeant ainsi d'éventuels nouveaux dangers. Un ange gardien en quelque sorte, qui veillait sur son trajet et l'escortait, en toute amitié. Du moins, c'est ce que les deux jeunes gens aimaient à se laisser croire, tandis que leur amour grandissait de jour en jour.

Un soir, Emilio avait tout de même fini par lui avouer être tombé sous son charme dès la minute où il l'avait aperçue, dans ce petit café, boulevard des Italiens. « Un rayon de soleil dans ce froid matin hivernal », avait-il dit. Après qu'elle l'eut quitté ce matin-là, il l'avait suivie jusqu'à l'atelier et était revenu guetter sa sortie plus tard dans la journée. Il n'avait pas osé l'aborder et s'était contenté de filer le « petit moineau boitillant » qu'elle était ce jour-là. Il avait dû se faire violence pour ne pas voler à son secours et lui offrir son bras. *A posteriori*, il avait eu raison de se faire discret et de garder ses distances, Marguerite n'était, à ce moment, absolument pas disposée à quoi que ce soit.

C'est ainsi que pendant près de dix jours, il l'avait suivie comme son ombre, glissant dans la pénombre, invisible et silencieux, brûlant de l'aborder, incapable de se déclarer. Il l'observait en secret, la protégeait en secret, la désirait en secret.

Le fameux soir de l'agression, il avait donc pu intervenir en une poignée de secondes : planqué à quelques pas de là, il avait assisté à toute la scène. Lorsqu'il avait compris la situation, son cœur n'avait fait qu'un bond. Il s'était rué hors de sa cachette, avant de jaillir sur l'assaillant et de lui infliger une bonne correction.

C'était d'ordinaire un jeune homme calme et réfléchi, mais ce soir-là, s'il ne s'était pas préoccupé en priorité de l'état de sa bien-aimée, il n'aurait pas donné cher de la peau de ce « salaud » ! Méfiant, il n'avait pas avoué tout de suite la vérité à Marguerite au sujet de ses filatures, de peur qu'elle ne se sauve, après avoir été sauvée. En état de choc, elle aurait pu prendre peur et mal interpréter ses intentions.

Par la suite, le jeune homme s'était montré courtois, prévenant, drôle, intelligent et malicieux. Marguerite avait pris goût à leurs promenades nocturnes, aux baisemains, aux petits présents et surtout à ces mots doux en italien qu'il lui susurrait à l'oreille. Marguerite les suspectait de ne pas être toujours très convenables, mais comme elle ne les comprenait guère, elle ne pouvait s'en offusquer. Quant aux frissons qui parcouraient sa nuque et descendaient le long de sa colonne dans ces moments-là, ils étaient la chose la plus délicieuse au monde.

La veille, et comme chaque semaine, Emilio lui avait proposé une sortie dominicale et à la grande surprise du jeune homme, Marguerite avait fini par accepter.

— Marguerite, vous me comblez de bonheur ! avait-il jubilé avant de baiser sa main gantée.

— Voyons, ce n'est qu'une petite promenade, avait minimisé Marguerite alors que cette sortie était pour elle l'un des plus gros enjeux de sa vie.

— Dites-moi où et quand et votre chevalier servant vous y attendra !

Il termina sa tirade d'une révérence maladroite et Marguerite pouffa.

— Que diriez-vous du parc Monceau, demain à quinze heures ?

— Excellent choix ! Je n'aurais pas fait mieux...

— À demain alors, salua Marguerite avant de s'éloigner d'un pas pressé et en lui adressant un petit geste de la main.

Emilio salua aussi, le bras levé, la mine réjouie, avant de disparaître dans l'obscurité.

À peine était-elle entrée dans sa chambre qu'elle regrettait déjà d'avoir accepté l'invitation. Elle perdait totalement pied lorsqu'elle était à ses côtés et n'avait plus aucune volonté. Elle passa donc le reste de la soirée à ressasser, à se torturer. Au moment de se coucher, elle avait même décidé de ne plus y aller. Mais lorsqu'elle repensait à Emilio, à son sourire, à ses beaux yeux et à sa voix, elle oubliait tout. Oui, elle était amoureuse, et il semblait tout aussi épris d'elle, la courtisait depuis des semaines, que devait-elle faire ?

Elle ne pouvait pas compter sur le consentement paternel, il aurait été insensé d'aborder le sujet avec Mme Lesage, ou pire encore, Madame Joséphine... Elle se retrouvait donc seule, à devoir prendre ses décisions, comme la jeune fille émancipée qu'elle était devenue. Cela la terrifiait, mais c'était la triste réalité. Voilà donc où toutes ses réflexions et ses tergiversations l'avaient menée, dans une impasse. Elle n'avait cette fois-ci pas réussi à refuser. Elle savait combien cela n'était pas raisonnable, mais c'était vraiment devenu trop difficile, la tentation était trop grande, la passion l'avait emporté sur la raison. La voilà donc à sa table de toilette à s'apprêter avec soin devant son petit miroir où elle ne pouvait que contempler sa mine réjouie, ses joues rosies et son grand sourire qui ne l'avait pas quittée depuis le réveil et finissait par lui donner des crampes. Il lui devenait de plus en plus compliqué de dominer ses sentiments, ils lui faisaient littéralement perdre la tête et plus dangereusement encore, le contrôle de son corps.

Ce jour était un grand jour et pour rien au monde elle ne l'aurait laissé filer.

Ce dimanche après-midi s'annonçait particulièrement agréable. Un ciel couleur azur et sans nuages, un air doux et printanier qui embaumait jusqu'au boulevard de Courcelles. Marguerite patientait devant la rotonde à l'entrée du parc Monceau, jouant frénétiquement avec l'anse de son sac à main. Elle attendait Emilio pour leur premier rendez-vous officiel. La jeune fille bouillonnait d'impatience, au comble de l'excitation. Elle faisait tout pour garder son calme et rester impassible, mais elle savait que son grand sourire et ses joues roses trahissaient son émoi.

Absorbée par ses pensées et par le ballet des fiacres passant les grilles du parc, Marguerite n'avait pas vu Emilio arriver de loin, et lorsqu'elle tourna la tête il se trouvait déjà devant elle, la saluant de son chapeau. Le jeune homme était comme toujours très élégant, un costume trois-pièces en flanelle de couleur gris foncé, une chemise d'un blanc éclatant, un nœud papillon noir et un accessoire qu'elle ne l'avait jamais vu porter, un canotier. Elle frémit de plaisir, devinant sans mal qu'il avait acheté ce chapeau pour lui plaire. Marguerite trouva qu'il avait fière allure et que sa tenue convenait parfaitement pour une promenade au parc.

Elle-même avait pris soin de revêtir une toilette d'élégante Parisienne. Un chemisier en coton blanc, au col serré et montant, garni de dentelles, au corsage enjolivé de plis, des manches bouffantes, resserrées aux poignets. Une longue jupe noire évasée, garnie de galons, laissait apparaître lorsqu'elle marchait les volants de son jupon. Mais surtout, elle s'était offert un nouveau corset, l'un de ces derniers modèles promettant ligne sinueuse, ventre plat, taille cambrée et larges hanches. Elle l'avait choisi en coutil paré de rubans et dentelles et garni de porte-jarretelles. Elle avait opté pour son chapeau de paille, qu'elle avait modifié pour l'occasion. Un gros nœud en tissu blanc, égayé par quelques roses noires en soie. Elle portait également des gants, un petit sac à main et sa plus grande fierté, une ombrelle noire à volants. Elle avait ciré ses bottines et prêté un soin particulier à sa chevelure qu'elle avait lavée la veille et fait briller avec du vinaigre.

— Permettez-moi de vous féliciter pour votre élégance, Mademoiselle Jolie Fleur. Je suis très honoré d'être votre chevalier servant en cette belle journée.

— Merci, très cher. Je vous renvoie le compliment. Ce canotier est sur vous épatant !

Leurs sourires en disaient long.

Ils se dirigèrent côte à côte vers l'entrée du parc, passèrent les monumentales grilles en fer doré et s'engagèrent dans les grandes allées. Pour Marguerite, le parc Monceau était l'un des plus beaux endroits de Paris. Elle aimait son cadre bucolique, ses curiosités, ses élégantes allées ombragées et ses parterres fleuris. Tandis qu'elle faisait part de ses pensées au jeune homme, ils arrivèrent près de la Naumachie, ce vaste bassin ovale entouré d'une colonnade que Marguerite trouvait si romantique. C'est le moment que choisit Emilio pour avouer à la jeune fille que deux ans plus tôt, il avait été glacier ambulant et que tous les jours, il venait au parc Monceau pour vendre ses glaces aux enfants. La jeune fille prit un air offusqué devant cette cachotterie, qui fut vite chassé par sa gourmandise.

— Vous saurez, cher ami, que les glaces sont mon péché. Je tuerais pour une crème glacée à la fraise, avoua-t-elle en pouffant.

— Je promets de vous emmener déguster les meilleures glaces de Paris. Des glaces italiennes, cela va sans dire !

Et ils rirent de concert.

— Mais oublions les glaces un moment, voulez-vous. Il se trouve qu'en venant ici chaque jour, j'ai appris plein de petits secrets, et si vous aimez tant le parc, je peux vous en livrer quelques-uns.

Marguerite était une jeune fille curieuse et avide de savoir. L'idée de faire partie des privilégiés connaissant les mystères du parc lui plaisait beaucoup. Décidément, Emilio était un homme plein de surprises.

— Avec joie ! s'exclama la jeune fille et elle fut tout ouïe.

— Cette colonnade par exemple est de style corinthien. On retrouve cette architecture antique en Grèce. Elle provient de l'église Notre-Dame-de-la-Rotonde à Saint-Denis. Elle fut détruite il y a plus de deux cents ans, et l'on a conservé ce vestige.

Marguerite écoutait, fascinée. Elle voyait désormais d'un œil nouveau ces grandes colonnes mangées par le lierre, qui se reflétaient dans le bassin au milieu des canards. Leurs pas les guidèrent ensuite vers une grande arcade, qu'Emilio lui révéla être une porte de l'ancien hôtel de ville, incendié en 1871. Il lui raconta ensuite que le parc avait été en premier lieu la propriété du duc de Chartres, cousin du roi qui y avait fait aménager un jardin réunissant tous les temps, tous les lieux. Des tombeaux égyptiens avec sarcophages et pyramide, un moulin à eau, un moulin à vent hollandais, un temple en marbre blanc, un obélisque, un minaret, une naumachie, des colonnes grecques, etc.

Marguerite n'était pas certaine de tout comprendre, mais ce qu'Emilio lui révélait, c'est qu'à travers sa promenade au parc, elle pouvait toucher d'autres temps et d'autres lieux. Emilio expliqua ensuite que le préfet Haussmann avait fait transformer le jardin exotique en jardin anglais et que Napoléon III en personne avait inauguré le parc. Certaines de ces fabriques avaient subsisté et c'était ce qui faisait, selon lui, l'exception du parc Monceau. Ils passèrent le petit pont, avec sa cascade et sa grotte où ils s'arrêtèrent un instant. Marguerite était complètement tombée sous le charme du jeune homme. Elle se sentait d'humeur badine même si la bienséance lui soufflait de garder ses distances et de préserver une attitude respectable. Elle rêvait pourtant qu'Emilio lui prenne la main, qu'il lui caresse la joue, qu'il… Marguerite sentit le rouge lui monter aux joues et, morte de honte d'avoir eu de telles pensées et encore pire d'avoir pu les laisser transparaître, se détourna un instant.

En ce joli dimanche de printemps, le parc était très fréquenté et Marguerite se laissa happer par le flot des promeneurs, fuyant une situation qu'elle sentait lui échapper.

— Marguerite !

Emilio la rattrapa par la main, tendrement, puis la garda dans la sienne, un court moment, qui lui sembla une éternité. Marguerite avait ôté ses gants, et le contact de sa peau contre la sienne lui procura une sensation grisante. Elle était si peu habituée aux contacts humains. La dernière personne qu'elle avait serrée dans ses bras et câlinée était son petit frère Achille, mais cela faisait des années maintenant. Marguerite comprit combien elle manquait d'amour, de tendresse et d'affection. Ses parents ne lui en avaient jamais donné et ne lui en donneraient jamais.

L'idée soudaine qu'un homme, un mari, puisse lui apporter cet amour la surprit. Elle revit le visage illuminé de sa mère face à celui de son père. Ce n'était pas que la simple dévotion d'une épouse, c'était de l'adoration. L'amour existait et on pouvait l'épouser...

Emilio, qui avait senti le trouble de la jeune femme, comprit qu'il devait lui laisser de l'espace et proposa de continuer leur promenade, comme si de rien n'était. Ils reprirent donc leur chemin, explorant les merveilles du parc. Ils passèrent ainsi devant les différents monuments en marbre à la gloire de grands hommes. Guy de Maupassant, près duquel une joyeuse bande d'enfants jouaient à la balle cavalière, et plus loin encore Chopin ou Alfred de Musset.

Puis ce fut la revue des statues de bronze. Emilio avait sa favorite : la lionne blessée. L'animal paraissait tellement réel dans sa douleur. Marguerite quant à elle trouvait cette scène bien trop triste et cruelle.

Leur tour du parc était terminé, et les deux jeunes gens se retrouvèrent un peu bêtes, incapables de se quitter et plus que jamais indécis sur la conduite à tenir. Pour cacher son malaise, Marguerite proposa de s'asseoir un instant et les deux promeneurs s'installèrent sur un banc en bois, dans la grande allée principale.

Ici, au milieu de la foule, Marguerite reprit un peu ses esprits. Elle profita de l'occasion pour présenter à Emilio son passe-temps favori : assister au défilé de mode parisienne improvisé dans les allées du parc. Le sujet de prédilection de la jeune apprentie modiste était les élégantes. Durant la semaine, le parc était principalement fréquenté par les nurses, promenant des bambins en bonnets de dentelle dans des landaus à grandes roues ou courant derrière des enfants, costumes marins pour les garçons, robes blanches à rubans pour les petites filles. Mais le dimanche, tous les Parisiens se retrouvaient au parc, pour le plus grand plaisir de Marguerite.

— Regardez !

Marguerite venait de pousser du coude son voisin et se tortillait comme une enfant.

— Les deux jeunes femmes si élégantes qui se tiennent par le bras, vous voyez ?

Elle chuchotait, tout excitée, et ses grands yeux brillaient de joie.

— Je vous présente Mlles Régnier et Franquet, toutes deux comédiennes à succès, en ce moment à l'affiche au théâtre du Gymnase. Vous ne les connaissez pas ?

Emilio n'avait jamais réussi à lui avouer qu'il ne s'intéressait guère à toutes ces mondanités, et que même s'il appréciait une bonne pièce, il n'était absolument pas intéressé par les comédiens eux-mêmes. Mais depuis qu'il fréquentait Marguerite, il s'obligeait à lire certaines colonnes dans le journal, que jusqu'ici il avait délaissées. La jeune fille était tellement passionnée que cela devenait contagieux. Et surtout il ne voulait pas lui donner l'impression que ses intérêts étaient futiles.

— Cela me dit en effet quelque chose, mentit-il.

— Elles sont amies vous savez, quoi qu'en disent les journaux. Sur scène elles sont habillées par Bechoff-David, à la ville aussi. Regardez cette élégance...

Presque ébahie, Marguerite était parfaitement absorbée par le spectacle de ces belles demoiselles, à qui elle semblait vouer une grande admiration.

Emilio aurait aimé lui dire qu'à ses yeux, elle était bien plus élégante et jolie que ces deux-là, mais il se méfiait de la réaction de la jeune fille. Elle prenait facilement la mouche et interprétait, bien trop souvent, ses propos de travers.

Il se tut.

— Vous voyez leurs chapeaux ? demanda-t-elle après quelques instants.

Il acquiesça.

— Ils viennent de chez Lewis. C'est un de nos plus grands concurrents, surtout dans le monde du spectacle. Les modistes sont le plus souvent des femmes. Ne vous semble-t-il pas d'ailleurs étrange que des hommes créent des robes ou des chapeaux pour femmes ? Je veux dire, ils ont du talent bien entendu, mais une femme n'est-elle pas plus à même de savoir comment l'on doit porter une robe ? Et les chapeaux ! Tant que l'on n'a pas porté l'un de ces énormes chapeaux garnis sur la tête, on n'a pas idée de ce que c'est !

Elle semblait parler pour elle-même, suivant le fil de ses pensées.

— Ce sont en effet des considérations très intéressantes, se risqua Emilio.

Marguerite ne sembla pas l'entendre. Plongée dans sa contemplation de la foule, elle semblait observer le moindre détail de la moindre tenue, du moindre chapeau, du plus gros ruban au plus petit bouton.

— Cela fait partie de mon travail, vous savez. Chercher l'inspiration, observer, inventer. Madame Joséphine nous implique beaucoup dans la création. Parfois elle nous envoie espionner les autres maisons, pour s'assurer que personne ne nous copie.

Elle rit derrière sa main gantée. L'idée avait l'air de beaucoup l'amuser. Elle reprit, plus sérieuse :

— Mais ce sont bien souvent les grands magasins qui reproduisent en grand nombre nos modèles. Cela met Madame très en colère et je la comprends. Une fois, elle a envoyé quelques-unes d'entre nous assister au mariage du comte de Perray. Nous devions ouvrir grand nos yeux et nos oreilles, c'était très impressionnant, mais tellement excitant.

— Vous avez beaucoup de chance de travailler dans une si bonne maison, accorda-t-il, sincère.

— J'en suis très reconnaissante, en effet... Regardez ! La dame avec ses chiens, c'est la comtesse d'Abray. Et elle porte un de mes chapeaux...

Elle rougit de son audace, mais Emilio ressentit comme à chaque fois la fierté que lui inspiraient ses réalisations.

— Il est très... bleu, mais tout à fait charmant, concéda le jeune homme.

Et ils pouffèrent comme des enfants, tandis que la comtesse passait, trottinant derrière ses chiens, dans un tressautement de plumes bleu roi.

— Et si on allait la manger, cette glace ?

— Avec joie !

Marguerite avait répondu sans réfléchir, pour le plus grand plaisir de son galant.

Ils sortirent du parc et la jeune femme accepta même le bras qui lui était proposé sans grand espoir. La journée était vraiment magnifique, trop belle pour prendre un tramway ; ils marchèrent donc, empruntant les grands boulevards inondés par les promeneurs du dimanche, qui comme eux profitaient des premiers beaux jours.

Marguerite se laissait conduire, le cœur gonflé de joie, à chaque minute un peu plus heureuse, à chaque pas un peu moins timorée. Elle portait la tête haute et ne craignait plus le regard des gens posé sur elle, sur eux.

Ils croisaient d'ailleurs de nombreux autres couples, pas plus légitimes, qui déambulaient en toute sérénité, heureux de ce moment partagé. Elle se détendait, tandis que leurs pas les conduisaient vers un quartier qu'elle connaissait bien.

En s'engageant boulevard des Italiens, Emilio s'expliqua :

— Je tenais vraiment à revenir ici, sur les lieux de notre rencontre.

Marguerite s'apprêtait à contester, il l'en empêcha :

— Je vous assure. Je crois que c'était le plus beau jour de ma vie.

Contrairement à ce qu'il attendait, la jeune femme ne baissa pas la tête, ni ne rougit. Mais il vit une larme, délicate et transparente, glisser le long de ce beau visage qu'il aimait tant. Il lui tendit de nouveau le bras et ils remontèrent donc ce mémorable boulevard, le pas bien plus alerte que la dernière fois.

— Il y a un endroit où j'aurais vraiment aimé vous emmener, mais il a malheureusement fermé il y a quelques années. Quand j'étais petit et que je suis arrivé à Paris, le café *Tortoni* était pour moi tout un symbole. Celui de l'intégration et de la réussite. Il y a beaucoup de cafés italiens à Paris, mais celui-ci était célèbre. De grands noms s'y bousculaient et il a inspiré de grands écrivains, Balzac, Stendhal, Dumas !

Marguerite l'écoutait, fascinée. Décidément, Emilio ne cessait de la surprendre. Il poursuivit :

— Mais surtout, le café *Tortoni* proposait les meilleures glaces de Paris. Vous saviez que l'invention de la glace était italienne, le *gelato* ?

Elle hocha la tête.

— Bien, un bon point pour vous.

Elle sourit, d'un sourire qui le faisait fondre comme glace au soleil. Un peu perdu, il ne savait plus trop où il en était resté.

— Vous me faites perdre mon latin, abdiqua-t-il.

— Ou plutôt votre italien.

172

Alors là, il rit vraiment de bon cœur. C'était très drôle et aussi révélateur, Marguerite se détendait et s'amusait. Rassuré, le jeune homme se confia un peu plus à la jeune fille.

— Mon italien, c'est beaucoup dire. Mes parents ne parlaient pas italien, mais un dialecte, le piémontais. Lorsque nous sommes arrivés à Marseille, j'ai appris le provençal, qui ressemblait beaucoup à ce que je connaissais. Et puis quand je suis arrivé à Paris, j'ai voulu changer de vie, m'intégrer et effacer le passé. Je ne parle jamais le *dialetto*, même si je le comprends parfaitement. Mon frère et ma mère mélangent les langues, mais je leur réponds toujours en français.

Marguerite devait bien avouer qu'il n'avait pas gardé la moindre trace d'accent et parlait un français impeccable. Touchée par ces confidences, elle saisit sa chance et demanda :

— Vous ne parlez jamais de votre enfance, de l'Italie, de votre père. Enfin, pas depuis le soir où vous m'avez sauvée.

Elle frissonna à la pensée de ce vilain souvenir.

Un long silence s'installa et elle regretta aussitôt ses paroles. Pourtant, il finit par lui répondre.

— À Marseille, la vie était très difficile pour les Italiens. On était les « Christos », aujourd'hui on est les « Ritals », on nous traite comme des envahisseurs, on nous accuse de venir voler votre pain, votre travail. Nous vivions dans un quartier italien, les uns sur les autres, entassés, dans la pauvreté. Heureusement il y avait l'école. Mes parents ne savaient ni lire ni écrire, mais moi j'ai compris que ça m'aiderait à m'en sortir.

Ils avaient ralenti le pas. Marguerite écoutait émue, atteinte en plein cœur. À quelques détails près, elle aurait pu prononcer ces paroles, raconter cette histoire. Elle se reconnaissait en lui, son passé, l'envie de réussir, de s'élever, de laisser son ancienne vie derrière soi pour avancer.

Un élan d'amour l'envahit et elle lui prit la main, pour la serrer, fort. Peu importe ce que pouvaient penser les gens, cet homme lui était destiné, et elle l'aimait.

Un peu surpris, Emilio regarda la femme qu'il aimait lui aussi, et vit au fond de ses yeux que cet amour était réciproque et que désormais il lui serait rendu au centuple.

Soulagé et heureux, il garda cette petite main dans la sienne, et désormais unis, ils continuèrent leur pèlerinage jusqu'au banc où ils s'étaient assis la première fois. Le jeune homme abandonna sa belle quelques instants, puis revint les bras chargés de deux cornets glacés et d'un petit bouquet de violettes.

— Toujours pas de marguerites, se lamenta-t-il, avec un air si déconfit que la jeune fille rit aux éclats.

Un rire clair et gai, qui disparut dans le ciel printanier.

Il faisait nuit depuis longtemps lorsqu'ils pénétrèrent à pas de loup dans la petite chambre mansardée qu'occupait Marguerite depuis maintenant plus d'un an. Après l'arrêt chez le glacier, les amoureux s'étaient rendus dans le petit café où ils s'étaient rencontrés. Ils avaient passé des heures à rire et à causer, avant que la faim ne les attire dans un petit « bouillon » où ils se régalèrent, avec entrée, plat et dessert. Ils avaient ensuite déambulé dans les rues un peu sombres, grisés par le vin qu'ils avaient bu, heureux d'être ensemble. Lorsque Emilio avait entraîné Marguerite sous une porte cochère, elle s'était laissé faire. Il avait pris son beau visage entre ses mains et, fébrilement, avait posé ses lèvres sur les siennes. Ne sentant pas la moindre résistance, il l'embrassa de façon plus pressante, happé par cette bouche amoureuse, à qui l'on offrait son premier baiser. Marguerite tremblait de bonheur sous ses lèvres assoiffées, son corps entier explosait, elle se sentait presque partir. Ses jambes ne la soutenaient plus, elle se liquéfiait sous ses baisers, perdait la notion du temps et de tout ce qui l'entourait.

Elle ne savait pas vraiment comment ils s'étaient retrouvés là...

La pièce était plongée dans la pénombre, et l'on devinait, dans cet amas de masses sombres, le contour des quelques meubles et objets qui l'équipaient. Seul le petit lit de fer, installé sous la lucarne, baignait dans une clarté lunaire et semblait les attendre. Un refuge hors du temps, pour leur amour interdit. Emilio avançait à tâtons dans cet environnement inconnu, tirant par la main une Marguerite un peu désorientée et qui se sentait comme une étrangère dans sa propre chambre. En passant près de la table, la jeune fille se heurta la hanche et se mordit la lèvre pour réprimer l'expression de sa douleur. Tout s'était passé jusqu'ici dans le silence le plus total. Le risque était trop grand d'attirer l'attention et les deux jeunes gens se devaient d'être très prudents, les cloisons étaient minces et le plancher craquait avec beaucoup trop de facilité.

Une fois arrivé devant le lit, Emilio prit place et attira Marguerite près de lui. Au-dessus de leur tête se découpait un bout de ciel étoilé.

Emilio, sans faire plus de manières, se pencha alors vers sa belle et lui susurra à l'oreille :

— Tu es sûre que c'est ce que tu veux ?

Marguerite aurait voulu lui répondre que non, lui échapper, le mettre à la porte même ! Mais elle était comme hypnotisée, incapable de résister. Les murmures du jeune homme à son oreille avaient réveillé en elle des sensations qu'elle ne soupçonnait pas, une vague de désir la submergeait, elle allait se noyer, elle le savait. Il était déjà trop tard.

Le souffle court et chaud d'Emilio, qu'elle pouvait désormais sentir dans son cou, eut raison de ses dernières réticences et fébrile, elle hocha la tête, attendant avec une impatience inavouable ce qui allait suivre.

Il lui ôta d'abord ses gants, l'un après l'autre, délicatement, caressant ses mains avant d'en embrasser la paume, doucement, puis goulûment. Elle sentit un trouble immense la gagner et pour rien au monde elle n'aurait voulu le voir s'arrêter. Puis il lui ôta son chapeau, retirant l'épingle qui le retenait, avant de l'envoyer voler sur la table, un peu plus loin. Habituellement elle aurait été contrariée et offensée que l'on traite ainsi son précieux chapeau, mais à ce moment précis, il aurait pu le piétiner, elle ne lui en aurait pas tenu rigueur, pourvu qu'il continue.

Puis vint le tour de ses vêtements. Elle trembla un peu lorsqu'il enleva son boléro, le laissant glisser le long de ses épaules, de son dos et de ses bras désormais nus, révélant un corsage d'un blanc éclatant, garni de dentelles et de broderies, qu'il déboutonna sans la moindre hésitation. Malgré la fièvre qui l'envahissait, elle frissonna, comprenant un peu confuse que c'était d'excitation. Elle ne regretta absolument pas sa coquetterie lorsqu'elle le vit caresser la soie de son corset puis farfouiller dans l'abondance de rubans, nœuds et broderies avant d'y plonger son visage, respirant son parfum au milieu des froufrous et des dentelles.

Il semblait écouter son cœur, qui battait si fort qu'elle s'attendait presque à le voir bondir de sa poitrine. Elle entendait sa propre respiration devenir saccadée, haletante et elle se sentit presque libérée lorsqu'il dégrafa avec une dextérité déconcertante son corset.

Il ne lui restait sur le dos que sa chemise de jour, mais elle se sentait comme nue, rougissant comme une pivoine, le comble pour une marguerite...

Elle n'offrait plus aucune résistance lorsqu'il la bascula pour l'allonger sur le lit, où elle ferma les yeux, refusant de voir ce qui allait se passer ensuite, même si, elle devait se l'avouer, elle en mourait d'envie. Il lui ôta ses bottines qu'il déposa délicatement au pied du lit, sans un bruit. Ses doigts glissèrent le long de ses jambes et elle frissonna encore et encore.

Ses gestes étaient sûrs, rapides et efficaces et dans un bruissement de tissus, il ne resta bientôt rien, ni de la jupe ni des jupons.

C'était la première fois qu'elle se présentait ainsi devant un homme, et contrairement à ce qu'elle s'était imaginé elle ne se sentait ni mal à l'aise, ni honteuse. Un peu plus fragile peut-être, comme une fleur à qui l'on ôte ses pétales pour dévoiler son cœur.

Elle fut néanmoins déconcertée lorsqu'il entreprit de lui retirer ses bas et la suite la plongea dans un trouble plus grand encore. Elle s'était toujours imaginé que les femmes conservaient leurs dessous pour tout ce qui relevait de la bagatelle. Elle avait parfois surpris, au détour d'une ruelle ou d'un couloir, des couples affairés, les femmes jupons relevés. Pourquoi avoir de si jolis dessous pour au final devoir les enlever ? La nudité était bonne pour les courtisanes ou les prostituées.

Pourtant, sa culotte longue, bien que fendue, rejoignit le pied du lit et la jeune fille dans un réflexe de pudeur et d'embarras croisa les jambes, prenant soudain conscience de la réalité et de l'intimité qu'elle allait partager avec un homme.

— Fais-moi confiance, susurra le jeune homme en lui caressant la joue.

C'était la première fois qu'il la tutoyait, et cette marque d'intimité, de proximité sonna pour elle comme une marque d'engagement. Elle inspira, ferma les yeux, et s'abandonna corps et âme.

Ses mains douces et chaudes parcouraient son corps, explorant chaque recoin, chaque centimètre de peau, et Marguerite, frémissante, semblait découvrir son corps avec lui. Les sursauts de surprise cédaient vite place au plaisir et tout se brouillait dans sa tête. Elle aurait voulu tout maîtriser, tout examiner, mais elle n'était plus en position de réfléchir. Son corps ne lui obéissait plus, ne lui appartenait plus, elle le partageait désormais avec un homme. Sous l'œil indiscret de la lune, les deux amants s'unirent dans un silence difficilement maîtrisé, où le moindre gémissement pouvait les trahir.

Lorsque la jeune femme reprit plus ou moins ses esprits, elle se couvrit pudiquement avec le drap et enfila sa chemise de nuit avant de se glisser à nouveau dans les bras de son amant.

— Alors ? l'interrogea maladroitement Emilio. Comment te sens-tu ?

Marguerite rougit franchement, d'autant qu'Emilio était encore nu à ses côtés et qu'elle pouvait sentir sa peau contre la sienne.

— Peut-on ne plus en parler ?

La voix était timide, presque suppliante, et Emilio ne put s'empêcher de la couvrir de baisers. Elle lui semblait si vulnérable, si délicate qu'elle n'en était que plus désirable. Elle répondait à ses assauts avec passion, puis retenue, comme si elle réalisait l'indécence de leurs échanges, avant d'être de nouveau emportée par un fougueux désir.

Il fut le premier à céder à la fatigue, et bercé par la douce respiration qui soulevait le sein de sa belle, il s'endormit, béat, son doux parfum sur les lèvres.

Marguerite le regardait dormir sans oser bouger le moindre cil. La situation était pour elle totalement inconnue, presque irréelle. Elle se sentait fébrile, un peu cotonneuse, différente même. L'impression de ne plus être elle, d'être devenue une autre et pourtant elle ne s'était jamais sentie aussi complète. L'homme qui dormait dans son lit l'avait transformée, elle était désormais une femme, libre d'aimer et d'être aimée. Elle sourit bêtement, sans raison. Elle venait de faire la plus grosse bêtise de sa vie mais elle n'avait jamais été aussi heureuse.

Ses doigts jouaient dans l'épaisse chevelure bleutée du jeune homme et elle savait qu'elle ne pourrait trouver le sommeil. Elle regarderait la nuit s'étirer longuement et le soleil se lever sur son amant, avant de le chasser sans ménagement dès l'aube naissante.

5

Paris, septembre 1906

Derrière la porte entrebâillée de sa mansarde, Marguerite guettait, fébrile, ses pas dans l'escalier. Elle avait beau dresser l'oreille, sonder le silence, immobile, rien... Inquiète, elle recula de quelques pas et consulta le cadran de sa petite pendule. Minuit vingt.

Déjà ! pensa-t-elle. *Déjà vingt minutes que je fais le guet en l'attendant. Mais que fabrique-t-il ? Il devrait être là depuis vingt bonnes minutes...* Elle soupira. La journée avait été particulièrement longue et éreintante, ses jambes étaient lourdes, elle avait la migraine et elle ne rêvait que d'une chose : se coucher et dormir.

Oui mais voilà : Emilio n'était pas là. Cela faisait maintenant des mois qu'elle n'avait pas dormi sans lui et à l'idée de se coucher seule dans ses draps froids, elle rechignait.

Elle se décida à agir et se glissa sur le palier, l'oreille aux aguets. Marguerite pouvait distinguer le moindre bruit inhabituel dans cette maison où le plancher craquait et où les bruits de la rue résonnaient parfois. Elle entendit un chien aboyer, une automobile passer, puis plus rien.

Madeleine et Gabrielle dormaient depuis longtemps déjà. Tout comme elle, ses voisines étaient rentrées pour le couvre-feu à onze heures précises. Comme souvent, les jeunes filles s'étaient retrouvées sur le palier pour bavarder un moment. Elles se racontaient leur journée de travail à l'atelier, leurs histoires de cœur, leurs joies, leurs peines, bref, tout ce qui animait des jeunes femmes de leur condition.

Marguerite partageait volontiers les dernières intrigues de l'atelier et ses nouvelles toilettes, mais restait toujours évasive sur sa vie sentimentale. Personne ne connaissait l'existence d'Emilio. Tout le monde semblait respecter sa discrétion à ce sujet, mais ils étaient loin de s'imaginer l'intense histoire d'amour que vivait la jeune femme. Elle était extrêmement prudente concernant cette affaire, bien consciente qu'elle risquait à chaque instant sa place à l'atelier. On pouvait dire qu'elle vivait dangereusement mais la jeune fille n'en tirait aucune satisfaction, bien au contraire. Vivre cachée, dans le mensonge et le péché, toujours regarder derrière elle dans la rue, ne jamais dormir sur ses deux oreilles. Et pourtant... Depuis cette nuit de printemps où elle avait partagé l'intimité du jeune homme, elle ne pouvait plus le quitter. Elle se demandait néanmoins chaque jour comment elle réussissait ce tour de force. Celui de ne pas s'être encore fait pincer. À vouloir voler trop près du soleil, elle savait qu'elle risquait de se brûler les ailes. Mais c'était trop tentant. Et puis si facile. Elle avait passé son enfance et son adolescence à se rendre invisible, à dissimuler, à mentir. Elle n'en était pas très fière, mais c'était une réalité bien utile aujourd'hui. Comme elle n'entendait toujours rien venir et qu'elle commençait sérieusement à s'inquiéter, Marguerite commença à descendre l'escalier sur la pointe des pieds. Elle avançait dans le noir, à tâtons, mais ce n'était ni la première, ni la dernière fois. Elle connaissait chaque marche, chaque grincement, chaque entaille sur la rampe de bois où glissaient ses doigts. Elle serrait contre sa poitrine les pans de son déshabillé en dentelle qu'elle avait passé par-dessus sa chemise de nuit. Lorsque ses pieds rencontrèrent le froid des carreaux de ciment du vestibule de service, elle frissonna. Tout était calme et silencieux. Elle poussa la porte de la cuisine restée entrouverte mais n'y trouva qu'une pénombre silencieuse, où flottait encore l'odeur du ragoût du dîner. Prudente, comme toujours, elle se coula dans la douce chaleur de la pièce, où le poêle ronronnait encore. Une fois dans le vestibule de l'entrée principale elle n'eut que quelques pas à faire pour constater que le petit salon de Mme Lesage était vide et plongé dans l'obscurité. Surprise de ne pas trouver sa logeuse endormie dans son fauteuil préféré, Marguerite haussa les épaules.

Elle doit déjà s'être recouchée, pensa-t-elle. *D'habitude à cette heure, elle est encore là, à ronfler comme la poêle de sa cuisine.*

Marguerite assumait très mal le fait de profiter de la confiance de sa logeuse et de ses petites habitudes inavouables. Ainsi, elle avait vite appris que tous les soirs, après avoir dîné et renvoyé chez elle la petite Philomène, Mme Lesage s'installait dans son petit salon pour se détendre. Elle y consommait sans modération un tonique à base de plantes, qui la faisait somnoler et elle finissait par s'endormir. Elle ne regagnait donc pas sa chambre avant trois ou quatre heures du matin. Il était ainsi facile de se faufiler par la porte de service et de ne pas respecter le couvre-feu. Aucune des jeunes filles n'osait réveiller la brave femme en rentrant à l'heure et jamais personne n'aborda le sujet avec elle. Sans doute pensait-elle naïvement que ses petites protégées respectaient leurs engagements. Marguerite et ses camarades en riaient sans jamais avouer qu'elles en profitaient. Car il était difficilement concevable qu'elle soit la seule à jouir de cette liberté qui lui avait permis de faire monter Emilio dans sa chambre une nuit d'avril, puis toutes les nuits suivantes.

Il n'y avait ce soir-là plus aucun risque de voir Mme Lesage se réveiller et Marguerite battit en retraite. Au pied de l'escalier de service, elle voulut ouvrir la porte donnant sur la courette, mais celle-ci était verrouillée. Elle tourna la poignée plusieurs fois avant de comprendre de quoi il retournait. La porte était bel et bien fermée de l'intérieur.

Mince ! s'étonna-t-elle, *la porte est fermée. C'est sûrement pour ça qu'Emilio n'a pas pu monter...* En partie rassurée par cette information, elle n'en restait pas moins inquiète de la raison pour laquelle cette porte était fermée. Elle avait elle-même pris soin de la laisser déverrouillée en montant la dernière à l'heure du couvre-feu.

C'est sûrement Mme Lesage qui est venue vérifier avant de se coucher. D'habitude Emilio referme derrière lui et ainsi elle trouve porte close. Je n'aurai qu'à dire que je discutais avec Gabrielle et que j'ai oublié de boucler la porte. J'espère que ça va passer pour cette fois...

Elle tourna la clef, puis la poignée et sortit la tête dehors. Il faisait nuit noire et la lune se cachait derrière un rideau de nuages sombres. Pieds nus, la jeune femme commençait à frissonner sous sa chemise de nuit.

— Emilio ! Emilio !

Elle l'appelait à voix basse, scrutant la pénombre, persuadée de le voir surgir d'un instant à l'autre. Personne. Elle commençait à grelotter sérieusement et renonça.

Je ne peux pas laisser la porte ouverte. Si quelque chose de malheureux arrivait, je serais responsable... et ce n'est pas sûr qu'Emilio tente de nouveau sa chance cette nuit, songea-t-elle en verrouillant la porte. Inquiète et transie de froid, elle remonta à sa chambre, imaginant déjà comment le jeune homme pourrait occuper sa nuit loin d'elle.

Ils s'étaient quittés peu avant onze heures et à deux rues de là. En règle générale, Emilio patientait dans ce petit café au coin de la rue, celui à la devanture bleue. Il la rejoignait à minuit. Marguerite songea un instant à se rhabiller pour y descendre, voir si le jeune homme ne l'y attendait pas. Mais elle dut se ressaisir.

Non, non, vraiment, ce ne serait pas convenable. Et dangereux en plus. Sans oublier la gêne que je lui causerais s'il s'y était réfugié pour discuter ou jouer aux cartes, comme le font les hommes. Et puis de quoi aurais-je l'air ? Non, vraiment, ce ne serait pas raisonnable.

Une fois au fond de son lit, seule dans ses draps froids, elle réfléchit. Elle repensa à son père, qui passait le plus clair de son temps loin de sa famille et qui rentrait tard dans la nuit, alors que tous s'étaient déjà endormis. Elle revoyait le désespoir de sa mère et pour la première fois de sa vie elle ressentit une forme de compassion pour cette femme méchante et aigrie, mais surtout esseulée et abandonnée. L'amour de sa mère pour son père lui avait toujours paru incongru, jamais elle n'aurait pu imaginer que l'on puisse vraiment aimer. À en mourir.

Elle chassa vite l'image de sa mère et se concentra sur Emilio. Lui, ce n'était vraiment pas son genre de disparaître. Les quelques fois où il avait dû s'absenter pour son travail, il l'avait toujours prévenue.

Marguerite l'avait interrogé :

— Ta mère ne s'inquiète pas de ne jamais te voir rentrer le soir ?

— Non, non. Tu sais, avec mon frère on paye le loyer et c'est tout ce qui compte. J'aurais pris un logement depuis longtemps si je n'avais pas eu à payer pour elle. Mais là tu comprends, payer deux loyers, c'est ridicule. On a deux chambres, une pour elle, une pour nous. Chacun vit sa vie...

— Mais elle ne te demande pas où tu découches ?

Marguerite s'inquiétait de l'image que pouvait avoir d'elle la mère de son galant si elle savait qu'il couchait chez elle tous les soirs.

— Tu sais Jolie Fleur, on n'est pas très bavard dans la famille. Et puis ça fait longtemps que ma mère est fâchée.

— Après toi ?

— ...

— Pourquoi ?

Elle insistait. Emilio parlait trop peu de lui et elle voulait le connaître, intimement. Elle voulait tout savoir de lui, sans réserve, mais il lui était très difficile d'obtenir des informations.

— Le cœur et l'esprit de ma mère sont restés en Italie, tu sais. Elle ne parle pas un mot de français, me reproche d'être devenu un *francese maledetto* et surtout elle me fait la guerre pour que j'épouse une Italienne...

Marguerite avait dégluti, et s'était soudain sentie mal, comme contrariée. Très contrariée ! Une sorte de colère, de rage bouillonnait en elle et elle ne savait pas d'où elle provenait ni comment la contenir. Elle eut très envie de lui crier après, mais se rendit compte à temps que le pauvre n'avait rien fait de mal. Décontenancée par cette émotion négative, elle avait ruminé un moment avant de comprendre la nature de son trouble. Jalouse, elle était jalouse. D'avoir un instant imaginé son bel amoureux marié à une autre l'avait profondément affectée.

Cet évènement lui apprit beaucoup sur elle-même et sur la vie en général. Sur les sentiments, les émotions, toutes ces choses qu'elle découvrait en même temps que l'amour. Car l'amour seul n'est qu'une jolie illusion, il cache derrière lui d'inimaginables et inavouables passions, qui vous conduisent à la frontière de la raison.

Et ce soir-là, incapable de s'endormir, elle ressassait, s'inquiétait, imaginait d'improbables intrigues qui précipitaient le jeune homme dans les bras d'une autre. Il était pourtant plus que possible qu'Emilio, trouvant porte close, ait tout simplement rebroussé chemin avant de se rendre chez sa mère pour passer la nuit.

Naïve et amoureuse, elle avait vu leurs premiers mois passer sans se poser la moindre question à son sujet. Sa présence quotidienne, à la sortie de son travail puis à ses côtés la nuit, l'avait maintenue dans un sentiment de confiance et de sécurité. Il la protégeait, l'aimait et elle s'était sentie l'unique maîtresse de son cœur. Mais après cette fameuse discussion source de sa jalousie nouvelle, Marguerite n'avait pu s'empêcher de remettre sur le tapis le sujet du mariage.

— Alors comme ça ta mère veut que tu épouses une Italienne ?

— Je n'aurais jamais dû t'en parler...

Il allait vite comprendre que cette idée tracassait sa belle, au point qu'elle ne pouvait s'empêcher d'en discuter.

— Pourquoi ? Tu comptais me le cacher ?

— Non.

— Alors pourquoi tu rechignes à en parler ?

— Parce que ça n'a aucune sorte d'intérêt.

— Elle t'en a présenté ? Des Italiennes ? Elle doit bien avoir quelques amies avec de jolies filles à marier ? Non ?

— Pourquoi tu fais ça ?

Elle ne répondit pas. Elle ne voulait pas des questions, mais des réponses.

— Alors ?

Il ne savait que faire. Il n'aimait pas lui mentir, mais lui dire la vérité l'exposait à encore plus d'interrogations, de soupçons, d'allusions...

— Oui, souffla-t-il. Tu es contente ?

Non, elle ne l'était pas. Elle sentit de nouveau cette colère gonfler en elle, prête à exploser. Elle était comme une petite chatte furieuse, prête à sortir ses griffes, à feuler et à cracher.

— Et ?

Elle n'était pas sûre de vouloir entendre la suite, elle avait peur de souffrir, mais c'était incontrôlable, comme d'appuyer là où ça fait mal.

— Eh bien j'ai refusé, pardi ! Je ne suis pas du genre à accepter un mariage arrangé. Je préfère tomber sous le charme d'une Jolie Fleur envoyée par le destin.

Ses cajoleries ne l'avaient rassurée que peu de temps et la douce et placide Marguerite se révéla jalouse comme une tigresse et possessive comme une louve. Leur pire crise

185

s'était déroulée quelques semaines plus tard et Marguerite pouvait difficilement y penser sans perdre le contrôle.

Lors d'une discussion anodine à l'atelier, Adrienne avait lâché une petite phrase lourde de sens, qui avait anéanti Marguerite. Sa jeune camarade bavassait sur son mariage à venir et ne se cachait pas d'avoir « déjà consommé » avec son fiancé. Elle s'offusquait régulièrement de l'inégalité entre les hommes et les femmes, nourrie par les discours et idées féministes de sa cousine, vieille fille et ancienne typographe au journal *La Fronde*.

— Je trouve cela tout à fait injuste ! commença-t-elle. C'est vrai, quoi ! Pourquoi nous, les femmes, devrions-nous arriver vierges au mariage, tandis que les hommes, eux, peuvent batifoler, forger leur « expérience » ? Il faut pour cela que certaines femmes se couchent ! Donc il est impossible qu'elles arrivent toutes intactes devant l'autel.

Marguerite écoutait attentivement son amie. D'abord, elle se sentit embarrassée. Elle faisait partie de celles qui « se couchent » et n'arriveront pas vierges au mariage. Ses joues rosissaient, prêtes à la trahir comme souvent. Pourtant, elle n'était pas la seule dans cette situation autour de la table de travail et pour la première fois elle ne se sentit ni humiliée, ni coupable. Elle assumait sa situation et son teint reprit sa couleur naturelle.

Momentanément. Car dans le discours d'Adrienne, une autre information la troubla plus grandement encore et elle pâlit.

Les hommes forgent leur « expérience » avant le mariage... Elle réfléchissait à toute vitesse. Non seulement il lui paraissait maintenant évident, avec le recul, qu'Emilio n'était pas novice en la matière lors de leur première nuit, mais en plus, elle n'était certainement qu'une maîtresse parmi tant d'autres qu'il n'avait aucunement l'intention d'épouser.

Tremblant comme une feuille, elle prenait sur elle pour ne pas craquer. Elle avait envie de pleurer, de crier mais elle serrait les dents.

Heureusement, la cloche sonna la fin de la journée et Marguerite, au supplice, quitta l'atelier. Furibonde.

Le pauvre Emilio, lui, l'attendait comme chaque soir, à l'entrée du passage. Comme souvent, il n'était pas venu les mains vides. Dans sa poche pesait un sachet de caramels dont Marguerite raffolait et il pensait à son minois gourmand lorsqu'il la vit arriver, l'air furieux. Il ne l'avait jamais vue ainsi et, pensant à des problèmes à l'atelier, il la prit dans ses bras pour la cajoler et la consoler. Mais la petite furie se débattit, le repoussant avec force, détournant la tête.

— Eh bien, eh bien ! Que t'arrive-t-il, ma Riri ?

— ...

Visiblement, c'était après lui qu'elle en avait. Un peu décontenancé, mais pas très inquiet, c'était une femme après tout, il l'interrogea.

— Alors ? Vas-tu me dire ce qui se passe ? Je vois bien que tu en as après moi !

— ...

Qu'elle était belle avec sa mine renfrognée, drapée dans sa dignité. Le soir s'apprêtait à tomber et il profitait des dernières lueurs du jour pour admirer sa beauté. Son petit nez, ses pommettes et ses yeux, qu'il découvrait d'un bleu glacier.

— Tu vas pas me laisser comme ça, dis ? Regarde ! Pauvre bêta que je suis... Je veux bien m'excuser, mais encore faudrait-il que je sache ce que j'ai fait ?

— Tu vas me quitter ?

Elle avait murmuré, la gorge serrée.

— Mais quelle idée ! Non ! Bien sûr que non ! Regarde-moi, Jolie Fleur !

Avec douceur il l'obligea à le regarder. Dans ses grands yeux la glace avait fondu et dévalait comme un torrent le long de son visage. Sa colère s'était transformée en peine dès lors qu'il l'avait serrée dans ses bras. Pourtant elle sentit la jalousie poindre de nouveau. La colère guettait et rejaillit brusquement.

— Je sais, rugit-elle entre ses larmes, je sais tout !

Et elle lui martela la poitrine de ses petits poings gantés.

— Voyons Marguerite ! Ça suffit maintenant !

Il ne l'appelait jamais par son prénom. Elle abandonna, haletante.

— J'ai compris, va ! cracha-t-elle. Je ne suis qu'une maîtresse parmi tant d'autres. Une putain !

Elle avait crié et Emilio sursauta. Jamais il ne l'avait vue dans un tel état. Mais là où beaucoup se seraient transformées en horribles mégères, Marguerite irradiait de beauté. Son visage, aux traits tendus, paraissait encore plus fin et délicat, pareil à de la porcelaine. Ses yeux, lavés par les larmes, n'en étaient que plus clairs et limpides. Quant à sa voix, d'ordinaire si douce et calme, elle s'était comme fêlée et ce timbre si particulier, un peu éraillé, la rendait terriblement séduisante. À cet instant, il la désira plus que jamais. Si cet endroit n'avait pas été le théâtre d'un si mauvais souvenir, il l'aurait volontiers entraînée à l'abri des regards.

D'autant que pour le moment, il se trouvait dans une situation de crise et il devait se ressaisir.

— Où veux-tu en venir, bon sang ?

— Des femmes ! Tu en as connu beaucoup avant moi ?

Il était tellement étonné qu'elle ne lui ait pas posé cette question plus tôt qu'il s'attendait désormais à ce qu'elle ne la lui pose jamais. Innocente Marguerite.

— Tu me promets de ne pas te fâcher ?

Elle grommela.

— Promets !

— Oui, oui, promis, concéda-t-elle à contrecœur.

— Eh bien oui, voilà, tu es contente ?

Non, elle ne l'était pas et elle ne le laisserait pas s'en tirer comme ça.

— Ah non mon petit Monsieur ! Il va falloir m'en dire plus. J'en ai plus qu'assez de vos réponses évasives !

Décidément, elle portait la colère à merveille. Aussi bien que ce savant petit chapeau posé sur sa tête et qui lui donnait des airs de grande dame. Il regretta presque qu'elle ne se fâche pas plus souvent.

Il hésitait. Devait-il mentir ou se confesser sans détour ?

— Je ne vois pas bien ce que ça changera pour toi de savoir tout ça. Mais si tu y tiens, oui, j'ai courtisé quelques jeunes filles. J'ai vingt-cinq ans Riri, je ne suis pas tombé de la dernière pluie.

— Combien ?

— Beaucoup moins que certains, c'est sûr...

Il essayait de noyer le poisson, de dédramatiser la situation, mais Marguerite ne cédait pas.

— Combien ?

— Je n'ai pas compté, voyons ! Je dirais cinq ou six. Mais elles ne représentent rien pour moi. Je n'étais pas amoureux, juste fougueux...

Il avait pris un air penaud, celui de l'homme qui s'en veut terriblement, pour amadouer sa belle.

— Alors tu m'aimes ?

C'était gagné, elle était prête à pardonner.

Il mit un genou à terre et déclara :

— Bien sûr que je t'aime ! Plus que tout au monde ! Et je veux t'épouser.

Il lui baisait les mains avec amour et elle fondit de bonheur. La tempête était passée et son visage rayonnait tandis que l'obscurité tombait et les enveloppait.

— Oh Emilio ! J'ai tellement peur. Peur que tu me quittes, que tu m'abandonnes.

Et elle se blottit au creux de son épaule, toute tremblante, le souffle court.

— Je ne t'abandonnerai jamais ma Riri, tu m'entends ? Jamais !

Tout cela s'était déroulé deux semaines plus tôt et ce soir il l'avait abandonnée. Elle savait qu'elle grossissait le trait car il ne l'avait pas vraiment laissée, il avait simplement trouvé la porte fermée et rebroussé chemin. Mais l'intransigeante amoureuse qu'elle était s'offusquait qu'il n'ait pas patienté un peu, il lui paraissait évident qu'elle serait descendue lui ouvrir. Bref, elle ne lui trouvait aucune excuse et lui en voulait terriblement. Elle s'en voulait aussi de se laisser malmener par ses émotions, elle autrefois si forte et indépendante, aujourd'hui véritable cœur d'artichaut.

Elle ne tarda pas à fondre en larmes, déçue et vexée, l'âme en peine, habitée par les paroles de cette chanson très en vogue, qui résonnaient douloureusement à ses oreilles :

« Je suis lâche avec toi, je m'en veux
Mon amour est pourtant sans excuse
Je le sais, de me voir très souffrir, ça t'amuse
Car tu sens que je t'aime encore mieux
Ah ! Pourquoi m'as-tu prise et comment
Suis-je ainsi lâchement amoureuse ?
C'est qu'au fond, toi tout seul, tu me rends très heureuse
Mon ami, mon aimé, mon amant

Les bois gardent longtemps
Les parfums pénétrants
Des fleurs d'été quand la mort les touche
Moi je garde, ami cher,
Les senteurs de ta chair
Que tes baisers laissaient sur ma bouche

Je suis lâche avec toi, je m'en veux
Mon amour est pourtant sans excuse
Je le sais, de me voir très souffrir, ça t'amuse
Car tu sens que je t'aime encore mieux
Ah ! Pourquoi m'as-tu prise et comment
Suis-je ainsi lâchement amoureuse ?
C'est qu'au fond, toi tout seul, tu me rends très heureuse
Mon ami, mon aimé, mon amant

Par toi, par tes baisers
Mes sens sont apaisés
Tu les connais, mes folles ivresses
Fais-moi vivre et souffrir
Et, si tu veux, mourir
Mourir de toi mais sous tes caresses »

Le lendemain matin, Marguerite se réveilla de très mauvaise humeur. Elle s'était retournée dans son lit toute la nuit, constamment confrontée à l'espace vide laissé à ses côtés. La mine sombre, elle se prépara sans entrain, désespérée de devoir patienter une longue journée avant de retrouver Emilio et d'être enfin rassurée.

Sur le palier elle rejoignit ses camarades de chambre, aussi fraîches et pimpantes qu'un bouquet de printemps.

— Vous n'avez rien entendu cette nuit ? interrogea Gabrielle.

— Non, mentit Marguerite tandis que Madeleine secouait la tête.

— J'ai eu trop peur pour me lever mais je suis sûre qu'il y a eu du raffut dans les escaliers.

— Peur de quoi ? se moqua gentiment Madeleine. De ton ombre ?

Gabrielle n'oserait jamais leur avouer qu'elle était terrorisée par les fantômes et qu'elle entendait souvent de drôles de bruits sur le palier.

— En route ! trancha Madeleine. Tu vas nous mettre en retard avec tes sottises.

Et c'est en file indienne qu'elles descendirent l'escalier, dans le claquement de leurs bottines et le froissement des jupons. Comme chaque matin, Mme Lesage attendait de les voir passer depuis sa cuisine pour les saluer. Elle semblait particulièrement remontée et intuitivement Marguerite se tint en retrait.

— Ah ! Mesdemoiselles ! Je vous attendais.

— Bonjour Madame Lesage, glapirent-elles en chœur.

— Oui, oui, bien le bonjour à vous. Mais je dois vous faire part d'une affaire urgente.

Elles étaient pressées mais tout ouïe devant la mine consternée de leur propriétaire.

— Nous avons échappé au pire, Mesdemoiselles. Cette nuit, alors que j'allais me coucher, j'ai dû effrayer un rôdeur qui grimpait vers vos chambres. Il a dévalé l'escalier, laissant la porte grande ouverte. J'ai bien cru que mon cœur allait lâcher.

— Ohhh...

Ses jeunes locataires compatissaient.

Marguerite, pour ne pas se trahir, imitait ses camarades. Dans sa tête, c'était la panique, ils avaient failli se faire pincer. Emilio avait eu le bon réflexe, s'enfuir comme un voleur. S'il s'était réfugié à l'étage, on aurait pu s'interroger.

— Vous comprenez mon inquiétude. Si un vilain personnage se glissait dans vos chambres la nuit, je n'ose pas l'imaginer. C'est pourquoi vous devez impérativement fermer derrière vous quand vous rentrez.

Elle était ostensiblement chamboulée et Marguerite s'en savait directement responsable. Elle comprenait l'inquiétude de sa logeuse même si elle connaissait la vérité, le fuyard était Emilio et aucune d'entre elles n'avait été en danger.

Elle devait assumer sa responsabilité.

— C'est moi qui suis rentrée la dernière, Madame Lesage. Je discutais avec Madeleine et j'ai dû mal fermer la porte, je suis vraiment navrée de vous avoir causé du souci.

— Je ne vous en veux pas, mon petit. Mais soyez vigilantes à l'avenir, je compte sur vous.

— Oui Madame !

— Filez donc, je vais vous mettre en retard. Et bonne journée.

— Bonne journée, Madame Lesage !

Les trois jeunes femmes partageaient chaque matin un bout de chemin. Elles ne logeaient qu'à quelques rues de leur travail et pouvaient s'y rendre à pied. C'était chaque jour l'occasion d'admirer leurs toilettes ou de partager la dernière intrigue de leur feuilleton préféré. Les confidences s'échangeaient plutôt le soir, dans l'obscurité du palier.

— Vous voyez bien ! Je ne suis pas folle ! leur signifia Gabrielle. Pourtant ce n'est pas d'hier que j'entends des bruits étranges...

Marguerite, tout comme Madeleine, ne pipa mot. Cela faisait un moment que la première suspectait la seconde de recevoir aussi dans sa chambre. Mais elle n'en avait jamais eu la moindre preuve. Le silence de la pétulante jeune femme en disait pourtant long et ne plaidait pas en sa faveur. La suite ne fit que conforter ses soupçons, Madeleine évita ce sujet de conversation.

— C'est encore une bien belle journée qui s'annonce ! déclara-t-elle. J'espère bien que ce midi nous pourrons déjeuner aux Tuileries.

Dès que le temps le permettait, nombreuses étaient les ouvrières de la mode parisienne à investir les parcs et les jardins durant leur pause méridienne. Marguerite faisait partie de ces rares chanceuses à être nourries sur leur lieu de travail, comme c'était souvent le cas dans les maisons de modes. Ainsi, dès midi, les quartiers de l'Opéra et de la Madeleine fourmillaient à nouveau de jeunes femmes rieuses voire turbulentes, en quête de nourriture. Dans les rues avoisinant celle de la Paix, de nombreuses voitures des quatre-saisons proposaient des fruits ou des crudités.

Les petites mains, affamées, entamaient la tournée des crémiers, traiteurs et autres échoppes à frites. Certaines remontaient à la « boîte » pour manger, les autres envahissaient le jardin des Tuileries, de loin le plus accueillant et le plus accessible.

Durant les beaux jours, ces dînettes prises en extérieur se transformaient en festivités. On installait le couvert sur les bancs de pierre, à l'ombre des grands marronniers. On déballait des paniers de charcuterie, fromages et fruits emballés dans des journaux.

Après les dernières miettes des jupes secouées, qui raviraient les moineaux, s'improvisaient des parties de chat perché et de corde à sauter. Parfois, Marguerite et les siennes les rejoignaient, pour se dégourdir les jambes et profiter d'un bol d'air frais. Elles s'installaient en bande et tenaient salon, jasant bien souvent du dernier feuilleton ou des derniers rebondissements de l'atelier.

— Marguerite ! Marguerite ! Tu rêves ?

La jeune femme sursauta. Plongée dans ses pensées, elle en avait oublié ses compagnes.

— Oui, un peu... tu disais ?

— Vous nous rejoindrez ? Après le déjeuner ?

Marguerite savait que la journée serait longue et qu'elle ne serait sûrement pas d'humeur à s'amuser.

— Je ne sais pas Madeleine, je ne sais pas, nous verrons...

Son air maussade n'échappa pas à ses camarades, qui avaient depuis longtemps renoncé aux confidences de leur très réservée voisine de palier.

C'était le moment où leurs chemins se séparaient. Marguerite salua ses camarades avec soulagement et, avec un geste de la main, s'éloigna.

Elle s'engouffra d'un pas pressé dans le passage Meslay. L'esprit préoccupé, elle entendait seulement ses pas marteler le pavé et résonner contre les hauts murs fermés qui l'entouraient.

— Marguerite !

Elle sursauta et trébucha. Des bras solides la rattrapèrent et elle entendit cette fois résonner le rire clair et gai de son amant.

— Emilio ?

Elle était sincèrement étonnée de le trouver là.

— Mais tu es fou ! On pourrait nous voir.

— Arrête de t'inquiéter Jolie Fleur, on ne nous a jamais vus jusqu'ici et puis...

— Justement ! Je sais que le soir personne ne passe ici, mais le matin ? Nous n'en savons rien.

— T'inquiète pas, va ! On est déjà passés à côté du pire, hier soir...

— Et tu en ris ? Je me suis rongé les sangs toute la nuit. Ne te voyant pas arriver je suis descendue et j'ai trouvé porte close. Et ce matin Mme Lesage nous a dit avoir surpris un voleur. C'était toi, dis ?

— Je suis démasqué, plaisanta-t-il.

— Crois-tu que c'est malin ? se fâcha-t-elle. Et si tu t'étais fait pincer ?

— Mais non, on ne risque rien... Tu l'as dit toi-même, Mme Lesage ne peut pas grimper là-haut avec sa hanche.

— Et si elle avait réveillé Joseph ou M. Poujade ? Tu aurais été bien attrapé et moi avec ! C'est grave, Emilio. J'en suis toute retournée...

Il la cajola tendrement. Son parfum lui caressait les narines et il se remémora combien elle lui avait manqué cette nuit-là.

— Je te promets que l'on va redoubler d'attention. Peut-être pouvons-nous changer nos habitudes ?

— Je ne sais pas, rechigna-t-elle. Je crois que c'est trop dangereux. Et puis Gabrielle dit entendre des bruits sur le palier. Heureusement elle est trop peureuse pour quitter son lit, mais si elle nous entend tout le monde le peut...

— Alors c'est fini ? marivauda-t-il. Fini les nuits dans ton petit lit ?

Il lui pinça les hanches et elle gloussa tout en se trémoussant.

— Vas-tu cesser, fripon ! Tu vas me mettre en retard ! On causera de tout ça ce soir.

— Bon eh bien à ce soir ma Riri !

Et il fit mine de s'esquiver.

— Attends !

Elle avait presque crié.

— Oui ?

— Tu as dormi où cette nuit ?

Elle ne se sentait pas bien maligne à poser cette question, mais elle lui brûlait les lèvres et elle refusait de passer la journée à se tourmenter à ce sujet.

— Chez ma mère, pardi ! Tu sais, c'est chez moi aussi...

Elle le savait, mais c'était plus fort qu'elle, elle devait demander. La réponse ne la satisfaisait pas complètement, mais elle n'insista pas. Elle finirait son interrogatoire ce soir.

Elle lui envoya un baiser du bout de ses doigts gantés et elle le vit s'éloigner, à regret.

Il lui avait tellement manqué cette nuit que ces quelques minutes près de lui avaient suffi à calmer ses démons. Elle n'avait guère oublié ses soucis, mais ils lui paraissaient moins lourds à porter avec Emilio à ses côtés.

Mon Dieu qu'elle l'aimait !

6

Paris, mars 1907

Marguerite commençait à perdre patience ; soufflant et pestant, elle frôlait la crise d'hystérie. De rage, elle envoya valser la première chose qui lui tomba sous la main, le journal de la veille, abandonné par son amant et qui traînait sur la table. Elle l'entendit s'écraser contre le mur blanc, avant de s'échouer sur le parquet. Mais ce coup d'éclat ne la soulagea pas pour autant. Tout allait de travers ce matin-là et la déveine ne semblait plus vouloir la quitter.

Dès le réveil, fatiguée et fourbue, elle s'était sentie d'humeur irritable et hargneuse, prête à s'embraser à la moindre contrariété. Les journées de travail trop longues et les nuits trop courtes avaient eu raison de ses bonnes dispositions. Et ce matin-là, le sort semblait s'acharner sur Marguerite et sa chambrette où chaque objet paraissait ensorcelé. Sa chemise de nuit favorite, celle garnie de rubans, avait ouvert les hostilités, en choisissant de se déchirer à l'emmanchure lorsqu'elle l'avait quittée, se tortillant comme un ver, peut-être un peu trop précipitamment.

Puis elle s'était méchamment piquée avec une épingle à chapeau, ne pouvant réprimer un glapissement de douleur. Agacée, elle avait repoussé son précieux flacon de parfum Floramye, dont elle aimait tant le bouchon taillé comme un diamant, manquant tout juste de renverser son contenu sur la tablette de marbre. Elle avait

197

ensuite eu la main trop lourde sur la poudre de riz, éternuant dans la boîte, gaspillant ainsi l'équivalant d'un brumeux petit nuage.

Et voilà maintenant que depuis cinq bonnes minutes, elle bataillait en vain pour fermer son corset, qui avait lui aussi décidé de se mutiner. Marguerite avait beau se trémousser, forcer et retenir son souffle, la lutte était vaine. À bout de forces et en nage, se sentant soudain très lasse, elle s'écroula sur le lit, victime d'un vertige foudroyant. Allongée sur le dos, haletante, elle tentait de reprendre force et courage. Pourquoi ce maudit corset résistait-il tant ?

Glissant les mains le long de son abdomen, de sa poitrine vers ses hanches, elle aborda soudain les choses sous un autre angle. Ce n'était pas son corset qui refusait de la satisfaire, c'était son corps qui rejetait l'étroit carcan dans lequel elle tentait de l'emprisonner.

— Oh mon Dieu, souffla-t-elle en fermant les yeux, instantanément brûlés par l'éclatante et aveuglante vérité qui se dessinait devant elle.

Désemparée, elle roula sur le ventre, le corps à moitié nu et secoué par les spasmes, et s'abandonna à de lourds sanglots. Elle pleurait sur ce qui était devenu une évidence, sur ce qu'elle redoutait depuis des mois : elle attendait un enfant.

Pourquoi, pourquoi, pourquoi ? Pas maintenant, par pitié pas maintenant.

Marguerite implorait, gémissait, martelant son matelas de ses petits poings, étouffant ses plaintes dans son oreiller désormais trempé de larmes. On aurait presque pu croire au caprice d'une petite fille gâtée mais la détresse qu'elle dégageait ne trompait pas, c'était celle d'une jeune femme désespérée. Cela faisait pourtant quelque temps déjà qu'elle se sentait différente, plus sensible, plus fatiguée, éprouvant une perte d'appétit, un manque d'entrain. Mais elle avait manqué de discernement, préférant s'aveugler derrière des œillères plutôt qu'à la lumière de la vérité.

Elle avait enduré tous ces désagréments en les attribuant au surplus de travail à l'atelier. Le début du printemps était une période très productive, chaque élégante de la capitale souhaitant renouveler sa collection de chapeaux pour la belle saison. D'autant plus que l'ambiance à la maison de modes était particulièrement éprouvante ces derniers temps et lui portait sur les nerfs. C'était donc par cette fatigue nerveuse qu'elle s'était justifié la disparition passagère de ses saignements, cela lui était déjà arrivé. Devant les changements de son corps, Emilio l'avait gentiment taquinée : elle devenait une vraie femme. Sa silhouette s'épaississait, sa poitrine s'alourdissait. Qu'ils avaient été naïfs de n'y voir qu'une innocente transformation !

— Tu pousses, Jolie Fleur, avait-il badiné en la chatouillant, avant de tenir des propos grivois qu'elle préférait oublier, tant ils étaient osés.

Marguerite, à l'étroit dans son corps de fillette, pensait simplement avoir gagné en féminité mais elle devait désormais affronter son indéniable maternité. Emilio lui avait pourtant assuré qu'il s'occupait de « ça » et qu'il n'y aurait aucun problème. Comme la vie était injuste !

Elle n'aurait su dire combien de temps il lui avait fallu pour vider toutes les larmes de son corps, la moitié de la Seine lui sembla-t-il. Elle s'allongea sur le dos, les yeux gonflés et l'esprit embrumé, cherchant vainement une image, une projection, un petit quelque chose qui la tirerait de cet état de disgrâce. Fixant les poutres du plafond de sa mansarde, Marguerite finit par apercevoir, au milieu du brouillard qui l'enveloppait, une araignée tissant sa toile. Observant la répugnante créature tendre minutieusement son piège, l'image tant attendue se révéla, celle de sa mère, fantôme du passé et qui revenait souvent la hanter. La jeune femme sursauta presque, frappée par cette troublante vision, néanmoins salvatrice, puisqu'elle lui permit de reprendre pied, animée d'une force nouvelle.

Désormais tout à fait ressaisie, elle quitta son lit, se moucha bruyamment avant de se rafraîchir le visage pour effacer cet instant d'égarement et de sensiblerie. Elle devait absolument se reprendre, ce n'était surtout pas le moment de s'effondrer. Elle était certes dans une position délicate, mais rien n'était encore perdu, elle trouverait bien une issue, elle devait garder espoir et ne surtout pas être pessimiste.

Elle arpenta ainsi sa petite chambre, la parcourant de long en large, réfléchissant à voix haute, proférant des paroles rassurantes, cherchant des solutions. À tourbillonner ainsi, elle allait devenir folle.

Comme il lui restait du temps devant elle avant de se rendre au travail et qu'il lui fallait impérativement s'occuper l'esprit, elle entreprit de modifier le corset qui lui avait valu ce drame. Elle ne savait pas vraiment ce qu'elle faisait ni où elle allait, mais elle était sûre d'une chose : elle devait avancer coûte que coûte, et pouvoir continuer à porter ce maudit corset était primordial. Pendant qu'elle découpait à regret le coutil de son cher corset, Marguerite continuait de penser à sa situation. Le moment ne pouvait pas être plus mal choisi. Son destin allait se jouer dans les tout prochains jours et la jeune femme espérait vraiment décrocher la plus belle opportunité de sa carrière.

Si l'atelier était en pleine ébullition depuis plusieurs mois, c'était à cause de l'émoi qu'avait créé Mademoiselle Yvonne en annonçant ses fiançailles au cours du mois de février. Elle épousait un comptable qui la courtisait depuis toujours et tous ceux qui la pensaient mariée à son travail en furent retournés, Madame Joséphine en tête. Toutes les ouvrières de l'atelier étaient conviées à la noce et chacune œuvrait en secret sur le chapeau qu'elle arborerait pour cette occasion exceptionnelle. Le mariage devait avoir lieu en juin, et la première devait travailler jusqu'alors, avec néanmoins l'obligation de former sa remplaçante avant de partir.

Ladite remplaçante devait être nommée la semaine prochaine et l'on chuchotait que Marguerite faisait partie des favorites. Bien que la jeune femme, modeste comme toujours, doutât fort de cette éventualité, elle ne pouvait gâcher cette possible chance. De toute façon, promotion ou non, elle ne pourrait pas rester en place dans cette situation illégitime. Déjà que son émancipation sauvage était illégale et qu'elle s'en cachait, elle ne souhaitait pas y ajouter l'étiquette de fille-mère. Et donc, même si Marguerite n'était pas bigote, elle souhaitait être, aux yeux de la société, une honnête femme mariée. Et pour ce faire, il lui fallait l'autorisation de son père. Père qu'elle n'avait pas revu depuis sa fuite et qui, pour la punir, pouvait tout à fait s'opposer à cette union. Elle redoutait surtout la réaction de sa mère et l'influence qu'elle aurait sur son mari, si elle décidait de se venger de sa fille.

Oui, elle était décidée, Emilio devait demander sa main à son père dès que possible. Elle dissimulerait sa grossesse à l'atelier jusqu'au mariage, qui pourrait avoir lieu avant l'été, puis elle travaillerait jusqu'à la délivrance avant de reprendre le travail. Oui, tout était réglé.

Marguerite avait l'impression d'avoir repris sa vie en main. Ses talents de couturière l'aideraient à dissimuler sa grossesse un moment, mais le temps pressait.

Elle en avait presque oublié l'essentiel : annoncer la nouvelle au principal intéressé... Mais Marguerite ne craignait pas sa réaction. Elle savait déjà qu'il serait le plus heureux des hommes et un père très attentionné et aimant.

C'est donc le cœur gonflé d'amour et d'espoir que la future épouse et mère finit de se préparer avant de partir travailler.

La journée s'annonçait longue et éprouvante et Marguerite priait pour ne pas craquer. Personne ne devait deviner son état. Mentir, encore mentir, sa vie n'était qu'une énorme tromperie et elle désespérait de pouvoir enfin vivre librement et au grand jour. Elle qui se définissait comme une femme de valeur, loyale et honnête, devait bien admettre que c'était encore une menterie. Elle n'était pas celle qu'elle prétendait être. Seul Emilio savait, lui seul la connaissait véritablement, et il voulait l'épouser. C'était à ses yeux suffisant pour rester confiante en l'avenir.

Malgré l'arrivée du printemps, particulièrement précoce cette année-là, les soirées restaient fraîches et Marguerite frissonnait sous son paletot de toile bleu pervenche garni de soutaches. Il était, certes, peut-être un peu trop léger pour ce début de saison, mais l'ancienne couturière n'avait pu résister à l'envie d'étrenner sa nouvelle création dès les premiers beaux jours. Elle concédait volontiers que sa coquetterie pouvait se solder par un bon rhume.

La jeune modiste pouvait s'enorgueillir d'être reconnue par ses pairs comme la plus élégante de l'atelier et elle veillait chaque jour à ne pas les décevoir, renouvelant ses toilettes à chaque saison, soignant sa coiffure et son apparence. C'était une bien belle revanche pour celle qui, à ses débuts, était considérée comme une vulgaire fille des rues. Aujourd'hui, on la consultait sans cesse, pour le choix d'une toilette, d'un tissu, d'une coupe ou d'un modèle. Pour ses camarades, elle faisait autorité en la matière, une vraie bible de la mode parisienne. Elle écoutait, conseillait, rassurait, avec la modestie, la générosité et la gentillesse qui étaient chez elle indiscutables, et qui, ajoutées à son talent, faisaient d'elle une candidate parfaite pour le poste de première d'atelier.

Si seulement...

Marguerite soupira, se sentant soudain bien lasse. La journée avait été longue et éprouvante. Toujours à l'affût, elle ne savait plus si elle devait mettre ses trop nombreuses étourderies sur le compte de la découverte de sa grossesse ou sur sa possible promotion. Après avoir frôlé la catastrophe à plusieurs reprises, la jeune modiste n'avait qu'une hâte, que la nouvelle première soit nommée et que la tension qui régnait à l'atelier retombe. Depuis l'annonce de Mademoiselle Yvonne, ce n'était que messes basses, intrigues et coups bas et Marguerite se sentait au centre de toutes les attentions.

Elle faisait, à son grand étonnement, partie des trois favorites dont le prénom revenait sans cesse dans la bouche de ses camarades. Le sujet était au cœur de toutes les discussions et chacune des ouvrières prenait parti pour sa championne, des paris ayant même été lancés. Au départ, Marguerite n'avait pas cru une seconde à cette idée. Mais devant la ferveur de ses soutiens, elle avait dû finir par admettre qu'elle avait toutes ses chances. Elle avait pourtant bien conscience que son manque d'expérience et sa jeunesse ne jouaient pas en sa faveur.

Comme tous les soirs, elle attendait Emilio à quelques rues de l'atelier, bien à l'abri des regards. Il était pour elle hors de question de se montrer ouvertement en compagnie d'un galant, surtout qu'il s'avérait être son amant et qu'aujourd'hui, le comble, elle portait son enfant. Marguerite refusait tout bonnement d'assumer une telle situation, elle ne voulait même pas y songer. Elle serait bientôt une femme mariée et pourrait enfin vivre librement, sans crainte d'être jugée ou rejetée. Elle refusait d'être la cible de quolibets, de devoir renoncer à la place qu'elle occupait dans la société et pour laquelle elle s'était tellement battue. Surtout, elle ne voulait pas abandonner l'image qu'elle s'était forgée, celle d'une jeune fille honnête, respectable, travailleuse et talentueuse. Son pire cauchemar était de devenir ce que sa mère lui avait autrefois prédit, une grisette, une cocotte, une fille-mère.

Cette idée la glaça d'effroi et elle posa, involontairement, une main protectrice sur son ventre. Elle ne niait pas l'existence du petit être qui grandissait en elle, mais refusait de se projeter tant que le problème lié à sa situation ne serait pas résolu. Elle avait eu le temps d'y réfléchir toute la journée, elle saurait prendre les décisions qui s'imposeraient, quel que soit le prix à payer.

Toujours aucune trace d'Emilio. Le soir et l'humidité tombaient sur Paris, laissant la jeune femme gelée et abandonnée. Elle avait beau scruter les alentours, pas de trace de son bel Italien. Marguerite ne pouvait s'empêcher de penser à lui en ces termes. Elle aimait tellement cette singularité qui lui donnait tant de caractère, et par-dessus tout, elle aimait les mots doux qu'il lui susurrait dans sa langue maternelle. Il était parfois déjà là lorsqu'elle quittait l'atelier, souvent ils arrivaient de concert, rarement le jeune homme lui avait fait faux bond. Ils passaient la plupart de leurs soirées ensemble, dînant dans un café, un bouillon ou au restaurant, puis ils se rendaient dans un cabaret ou flânaient, jusqu'au couvre-feu de onze heures.

Cela faisait pourtant presque un an qu'ils se fréquentaient, mais la jeune femme n'avait jamais parlé de lui à quiconque. Elle prenait garde de ne fréquenter aucun endroit où elle pourrait croiser quelqu'un évoluant dans ou autour de l'atelier. Même sa camarade la plus proche, Adrienne, n'était pas dans la confidence. Elle avait pourtant depuis longtemps compris que le cœur de Marguerite n'était plus à prendre. Elle respectait néanmoins la discrétion de son amie, ne s'interdisant pas en retour de lui raconter sa vie amoureuse, dans les moindres détails.

Elle était officiellement fiancée à Jacques, porteur à la gare Montparnasse, le bonheur de la jeune femme était évident et elle pouvait passer des heures entières à projeter sa future vie d'épouse, imaginant la façon dont elle meublerait son intérieur, se voyant déjà mère de trois petits, Émile, Jules et Alice. Elle passait des heures aux *Trois-Quartiers*, dressant des listes interminables de ce qui ferait le bonheur de son ménage : meubles, vaisselle, linge de maison. Quant à sa toilette pour le mariage, elle avait changé des dizaines de fois d'avis, une fantaisie chassant l'autre, seul le choix de sa couturière ne changeait pas : ce serait Marguerite. Cela donnait lieu à de longs débats, auxquels toutes les filles de l'atelier prenaient part, chacune apportant sa pierre à l'édifice, ou plutôt, donnant son avis sur le moindre morceau de tulle, la moindre broderie, bref le moindre détail. Et bien entendu, c'était la couturière désignée d'office que l'on sollicitait pour approuver tous ces choix, et bien que tout cela la fatiguât, Marguerite trouvait cela plutôt amusant.

Le futur époux, pour sa part, ne semblait pas prendre tout cela au sérieux et laissait sa fantasque promise rêver à une vie qu'il ne pourrait certainement jamais lui offrir. Mais Adrienne en avait bien conscience et elle savait exactement à quoi s'attendre. Le reste n'était que du baume au cœur.

— Bonsoir, Jolie Fleur !

Marguerite laissa échapper un cri. Emilio l'avait surprise alors qu'elle rêvassait.

La nuit était maintenant tombée. Frigorifiée, elle se coula dans ses bras, cherchant chaleur et réconfort. Il la berça un moment contre son cœur, et Marguerite oublia tout.

— Alors, cette journée ? demanda-t-il.

Par où commencer ? Ah oui, le bébé ! Quelle poisse ! Elle ne savait vraiment pas comment le lui annoncer.

— Bien, bien…, consentit-elle.

— Tu as faim ? Moi, j'ai l'estomac dans les talons.

Oui elle avait faim, mais elle avait surtout besoin de lui parler. Il leur fallait un endroit tranquille. Et sans savoir pourquoi, elle pensa à l'église de la Madeleine.

— Je voudrais te montrer quelque chose, dit-elle.

— Ça se mange ?

— Non, espèce de goinfre !

Et elle lui appuya gentiment sur le ventre.

Ils marchèrent donc, guidés par Marguerite sous les lumières jaunes des réverbères, qui s'égrenaient sous leurs yeux, dessinant les boulevards et les avenues. Emilio racontait sa journée de travail. Il vendait du vin italien pour un négociant, mais il changeait constamment de travail. Comme il n'était pas de nationalité française, difficile pour lui de trouver un travail de bureau comme il l'aurait souhaité. Il avait beau savoir parler, écrire, compter et posséder un certificat d'études français, il était discriminé. Mais il ne se plaignait jamais et prenait ce qu'on lui offrait.

— On est arrivés, déclara Marguerite.

— Une église ?

— Oui. Je sais c'est étrange, mais on doit discuter tous les deux. Je me suis dit qu'ici on serait tranquilles et un peu à l'abri aussi.

— Bien. Je te suis.

Ils entrèrent.

L'office du soir était terminé, l'église déserte et les lustres diffusaient une faible lueur. Marguerite accomplit le même rituel que la dernière fois, imitée par Emilio qu'elle entendit cependant murmurer en italien.

— En Italie nous sommes très pieux. Et même si ma mère refuse de mettre les pieds dans une église française, elle n'en reste pas moins dévote. À la maison c'est prière au lever et au coucher, et bénédicité avant de manger.

Emilio évoquait rarement sa mère et Marguerite l'écouta sans broncher.

Ils prirent place dans un coin sombre et laissèrent le silence s'installer. Emilio brûlait de savoir ce dont Marguerite voulait lui parler, mais il avait peur aussi. Pour lui, une église n'augurait rien de bon. Assaillie par les remords, Marguerite voulait certainement le quitter. Elle était trop honnête, trop respectable pour vivre ainsi.

— C'est superbe, n'est-ce pas ?

Dans le silence de la paroisse, auprès de l'homme qu'elle aimait, elle goûtait encore plus la beauté des lieux.

— En effet, c'est surprenant.

Il admirait lui aussi le décorum de l'édifice, tout en s'interrogeant sur les intentions de Marguerite.

— Songes-tu à m'épouser ? demanda-t-elle soudain.

Emilio, un peu pris au dépourvu, ne répondit pas de suite et Marguerite respirait difficilement. Son cœur battait vite et elle eut soudain très peur. Peur qu'il lui réponde simplement « non ».

— C'est mon vœu le plus cher...

Elle crut que son cœur allait exploser, exploser d'amour.

— Je ne m'en suis jamais caché, ajouta-t-il.

C'était vrai. Il l'avait parfois évoqué, mais il savait que leur situation était compliquée. Marguerite était mineure et pour se marier il lui fallait l'accord de son père.

— Je voudrais me marier.

— Bien sûr ma jolie, si ça ne tenait qu'à moi je t'épouserais tout de suite, dans cette église. Mais il y a quelque chose dont je ne t'ai jamais parlé et qui pourrait tout changer. Je crois que tu ne le sais pas, mais une femme qui épouse un étranger épouse aussi sa nationalité. Donc si tu m'épouses, tu ne seras plus française, mais italienne...

— Oh !

Sa surprise était évidente et il sentit son cœur se pincer. Puis elle lui prit la main et lui sourit :

— Eh bien soyons fous, alors ! Je vais devenir italienne sans avoir mis le moindre orteil dans ce pays !

— C'est bien vrai ? Tu deviendrais italienne pour moi ?

— Et toi ? Tu deviendrais français pour moi ?

— C'est comme si je l'étais déjà, tu sais. Mais pour moi l'Italie, c'est juste un souvenir, toi la France c'est ta vie.

— Tu as raison, admit-elle, mais je me sens déjà un peu italienne. Disons à moitié...

Un sourire malicieux passa sur son visage et Emilio tiqua.

— Que veux-tu dire par là ?

— Je vais avoir un enfant...

Elle craignit de le voir crier qu'il n'en voulait pas avant de prendre ses jambes à son cou. Mais il n'en fit rien.

— Mais c'est merveilleux mon amour, un bébé, un *bambino* !

Il s'était jeté à ses pieds, baisait ses mains, pressait sa joue contre son ventre.

La jeune femme n'en revenait pas. Elle avait nourri l'espoir de voir Emilio accueillir la nouvelle avec joie, mais sa réaction dépassait largement ses espérances.

Ils s'embrassèrent, s'enlacèrent, prirent conscience de ce lieu saint qu'ils profanaient, retrouvèrent leurs esprits.

— On ne peut plus attendre, expliqua Marguerite. Je peux perdre ma place si on le découvre.

— Et quelle place ! Mademoiselle la future première d'atelier. Ou devrais-je dire, Mademoiselle la future Mme Bosia.

Marguerite grimaça. Elle devrait porter un nom italien et même le drapeau qui va avec. Mais au fond elle s'en moquait bien. Tant qu'elle épousait l'homme qu'elle aimait, tant qu'il reconnaissait son enfant, tant qu'elle devenait première d'atelier...

— Il nous reste peu de temps. J'ai peur de me trahir à l'atelier. Il faut que tu ailles voir mon père.

— Puisqu'il le faut, j'irai ! Tu ne seras majeure que l'année prochaine, et on ne peut pas attendre. Il faut régler tout ça au plus vite.

Emilio sentit que l'idée tourmentait quelque peu sa belle.

— J'irai dès demain ! Ton père ne me fait pas peur. Quant à ta mère... j'ai séduit la fille, la mère ne devrait pas être un problème.

— Alors là, tu te mets joliment le doigt dans l'œil !

— Je sais, je sais, ta mère est une sorcière.

Il déforma vilainement son visage en singeant les traits d'une vieille femme aigrie, grinça des dents en geignant :

— Je suis ta mère...

Marguerite se tordit de rire sur sa chaise.

— Arrête, tu riras moins demain, c'est sûr...

— Alors c'est décidé ? Demain je demande ta main ?

— Oh Emilio ! Je t'aime tant !

Elle se jeta à son cou et le serra tendrement dans ses bras.

L'avenir lui semblait si radieux ce soir-là, dans cette église. C'était presque comme un engagement, comme s'ils venaient de s'unir devant Dieu. Leur Dieu à eux, celui de l'amour.

Le lendemain matin, Marguerite se leva pleine d'optimisme et avec un appétit d'ogre, prête à affronter une journée difficile mais nécessaire.

Après avoir enfilé son corset sans aucune difficulté, elle s'apprêta avec encore plus de soin que d'habitude. Elle devait dissimuler sa grossesse et pour cela, le noir de sa robe d'atelier était un véritable atout. Il avait tendance à amincir la silhouette. Mais elle avait surtout en tête l'idée d'attirer l'attention sur autre chose que sa toilette. Elle abandonna donc son chignon ordinaire et s'évertua à reproduire une coiffure élaborée, parue dans le dernier *Femina*.

Voilà ! Avec une allure pareille, personne ne penserait à regarder son ventre. Et puis elle ne devait pas oublier que la nomination de la première d'atelier était imminente. Si, et elle pensait bien si, elle devait être choisie, elle devait être à la hauteur.

Elle sortit dans la fraîcheur de ce début de printemps, plus confiante que jamais. La tête haute, elle descendait la rue à grandes enjambées lorsque la vitrine d'une boulangerie attira son regard et elle fut comme aimantée. De ses grands yeux ronds, elle contemplait de belles brioches, gonflées et dorées, humant déjà leur bonne odeur de beurre, goûtant leur mie aérée et fondante. Elle se laissa finalement tenter et entra, avant de ressortir avec un sachet contenant deux petites brioches. Tout en croquant à belles dents dans le ventre rond de sa pâtisserie, elle ne put s'empêcher de penser à la ressemblance entre le ventre dodu de son petit gâteau et celui d'une femme enceinte. Elle pouffa de cette idée saugrenue, se sentant soudain l'esprit beaucoup plus léger et serein, presque en paix avec l'idée de devenir mère. Elle continua son chemin, se laissant gagner par une insouciance qui ne lui ressemblait guère, se surprenant même à fredonner un air à la mode :

> *« Vous avez la beauté qui grise*
> *Et le charme de vos vingt ans ;*
> *Vous avez cette grâce exquise*
> *Qu'à la fleur donne le printemps*
> *Vous avez la taille bien ronde,*
> *Le pied mignon et l'œil moqueur ;*
> *Sous votre corset ma blonde,*
> *Entend-on battre votre cœur ?*
>
> *Je suis heureux quand je vous vois sourire,*
> *Et de l'amour sentant le trait vainqueur,*
> *Je vous aime jusqu'au délire,*
> *Mais dites-moi que vous avez un cœur ?*
> *Je vous aime jusqu'au délire,*
> *Mais dites-moi, dites-moi si vous avez un cœur ? »*

Le cœur à la fête et la tête pleine de chansons contant le fol amour, Marguerite dépensa quelques sous supplémentaires pour s'offrir un bouquet de violettes qu'elle épingla à son corsage. Et c'est une jeune femme pleine d'assurance et le visage rayonnant qui passa la porte de l'atelier ce matin-là. Elle s'installa à sa place et bavarda joyeusement avec son amie Adrienne. Bientôt elle pourrait tout lui raconter, elle avait hâte de pouvoir se confier, ne plus se cacher. Bientôt elle serait une femme mariée.

Adrienne était elle aussi d'excellente humeur et entreprit de lui raconter par le menu sa soirée de la veille. Elle avait assisté à un spectacle dansé et chanté aux Folies parisiennes. Elle s'était beaucoup amusée.

Tout en écoutant son amie, Marguerite ne pouvait ignorer qu'elle était au centre des regards et des chuchotements des autres ouvrières. Il était vraiment temps que Madame Joséphine fasse sa grande annonce, car avoir tous les regards rivés sur elle n'était vraiment pas une bonne idée...

Peu après le déjeuner, Mademoiselle Yvonne vint chercher Marguerite. À nouveau les regards et les chuchotements accompagnèrent ses pas jusqu'au petit salon de Madame Joséphine.

— Madame Joséphine vous attend, Mademoiselle.

Comme à son habitude, la première était froide et distante. Elle poussa presque Marguerite dans la pièce.

La jeune modiste entra, fébrile, le cœur gonflé d'espoir, préparée à tout, mais pas à la tempête qui allait déferler sur elle. Madame Joséphine se tenait près de la fenêtre, droite comme un I, toujours aussi élégante dans une robe de velours améthyste, garnie de tulle et de dentelle dorée. La modiste était coiffée d'un chapeau que Marguerite avait elle-même garni et la jeune femme y vit un signe très prometteur. Elle se sentit pousser des ailes.

Elle ne bougeait pas, attendant religieusement, si absorbée par ses pensées qu'elle n'examina même pas en détail le somptueux salon qu'elle n'avait jusqu'alors qu'entraperçu et qu'elle avait toujours rêvé de visiter.

Entièrement meublée et décorée dans le plus pur style art nouveau, la pièce, de taille modeste, était un bijou de modernisme. Madame y recevait ses amies et illustres clientes lorsqu'elles lui rendaient visite dans le cadre professionnel. Elles pouvaient y échanger en toute intimité et discrétion.

Sur le marbre de la cheminée en granit rose trônait une impressionnante collection de vases aux couleurs, formes et motifs variés. Au mur, une série de lithographies hautes en couleur évoquait une allégorie des quatre saisons au travers de personnages féminins légèrement vêtus avec poses lascives et décors de nature luxuriante.

Les talons de ses bottines s'enfonçaient légèrement dans un épais tapis coloré.

Madame Joséphine enfin se tourna, lentement, comme à regret. Le visage grave, elle invita de la main sa jeune employée à prendre place dans l'un des superbes fauteuils en acajou sculpté, dont le dossier ajouré représentait un bouquet d'iris. Marguerite prit place hâtivement ; sa sérénité s'était soudain envolée devant le visage fermé de Madame.

Ses jambes commençaient à faiblir et ce n'était pas à cause du tapis.

Le fauteuil était bien plus confortable qu'il n'y paraissait mais la jeune femme n'y prêta guère attention, concentrée sur sa respiration qui commençait à s'emballer.

Madame Joséphine se décida à parler. À contrecœur mais avec franchise.

— Marguerite, vous savez combien je déteste les grands discours, je vais donc vous parler sans détour et sans fausse pudibonderie.

Son employée était comme suspendue à ses lèvres. Ses grands yeux, effrayés, ne cessaient de s'agiter. On pouvait y lire le tourment qui l'habitait. Elle avait compris que quelque chose clochait.

Avec beaucoup de peine et de déception dans la voix, Madame reprit :

— Plusieurs faits et témoignages ont été portés à notre connaissance, commença-t-elle, dans un filet de voix. Il semblerait en effet que vous entreteniez une liaison avec un jeune homme depuis plusieurs mois déjà.

Elle marqua une pause, observant mal à l'aise le visage de Marguerite qui s'était subitement décomposé. Il n'y avait plus de place pour le doute, l'entretien ne se déroulerait pas comme elle l'avait espéré.

— J'entends parfaitement qu'une jeune fille de votre âge puisse être courtisée, c'est dans l'ordre naturel des choses, concéda-t-elle.

En face d'elle, la jeune fille suffoquait, au bord du malaise. Ses yeux, désormais vides, continuaient de la fixer.

Inconsciemment, sa voix se fit plus grave et sombre et Marguerite baissa instinctivement la tête, coupable par avance du péché dont on allait l'accuser.

— Malheureusement, ce n'est pas la seule faute dont ces témoignages vous accusent, Marguerite. Évidemment, nous avons d'abord songé que tout cela n'était que calomnie et médisance, simplement destinées à vous discréditer auprès de nous. La délation est un acte odieux qui m'est très désagréable et je supporte mal l'idée que mes employées se livrent à ce genre de diffamation !

Sa colère était désormais manifeste. De petites ridules de crispation étaient apparues sur son visage et sa voix n'était plus du tout hésitante, mais ferme et posée. Il était difficile de savoir si elle était plus irritée par la dénonciation ou par la relation qu'entretenait la jeune fille.

Elle inspira avant de reprendre son laïus.

Marguerite, toujours muette, nageait en eau trouble. C'était comme si son esprit flottait au-dessus de son corps, refusant d'entrer en contact avec la réalité, d'entendre la vérité. La suite allait l'obliger à reprendre conscience, avant de l'anéantir.

— Vous aviez toute ma confiance, Mademoiselle. Mais devant le nombre, certes suspect, mais considérable de témoignages et plaintes reçues, il était de notre devoir de démêler le vrai du faux pour apaiser les esprits. Vos camarades vous ont accusée de recevoir votre galant dans votre chambre, au mépris des règles strictes et incontestables auxquelles toutes les filles doivent se soumettre. Vous jouissiez d'un logement personnel et indépendant, contrairement aux autres, qui partagent leur chambre sous la surveillance de Mademoiselle Yvonne. Vous aviez ma confiance Marguerite, je le redis. Vous vous étiez engagée, comme les autres, à respecter quelques engagements simples, en échange de conditions de travail privilégiées, du moins il me semble.

213

Elle s'était maintenant levée et martelait son discours de ses petits poings serrés, comme pour se convaincre de la sincérité de ses propos et arpentait son petit salon dans le bruissement de ses jupons.

— Nous avons donc été contraints de mener une enquête de moralité...

Elle laissa cette déclaration en suspens, comme pour ménager la jeune femme, lui laisser le temps d'accuser le prochain coup.

— Vous ne serez pas surprise d'entendre que ces accusations étaient fondées...

Marguerite encaissait les chocs, tétanisée, ne ressentant plus rien d'autre qu'une très grande, immense honte.

— Comme si tout cela ne suffisait pas, il semblerait que vous vous trouviez dans une bien mauvaise posture...

C'était l'estocade, le coup fatal et Marguerite tressaillit, remerciant intérieurement le fauteuil où elle s'affaissait de posséder de solides accoudoirs, sans quoi elle se serait laissée glisser à terre pour se rouler en boule et pleurer.

Madame Joséphine s'approcha d'elle et, de ses doigts délicats, releva le menton de la jeune femme, découvrant un visage moite et cramoisi, avouant pour elle le péché dont on l'accusait. Mais Marguerite gardait les yeux baissés, humiliée et déconfite, incapable de regarder sa patronne dans les yeux, de prononcer le moindre mot, la gorge nouée, le souffle coupé, le cœur brisé. Madame prit son silence pour des aveux.

— Vous avez au moins l'honnêteté de ne pas démentir, concéda-t-elle, avant de reprendre place dans son fauteuil, plus détendue, visiblement soulagée que le plus dur soit passé. Vous m'avez beaucoup déçue, Marguerite, continua-t-elle. Je vous faisais confiance et vous m'avez trahie. Vous connaissiez les règles et les convenances et vous avez été assez sotte pour vous laisser piéger !

Elle criait presque.

Marguerite sursauta, comme si elle venait d'être frappée. Elle n'avait à vrai dire jamais entendu Madame se mettre en colère ou même simplement élever la voix, c'était en effet à la première que revenait cette tâche un peu ingrate et désagréable. Il était donc presque impensable de faire ainsi l'objet de tant de griefs, de ressentiment et d'irritation et les larmes dévalèrent ses joues.

— J'avais mis tous mes espoirs en vous et aujourd'hui je vous le dis, vous avez gâché la plus grande chance de votre vie. Je m'apprêtais à vous nommer à la succession de Mademoiselle Yvonne. Vous avez un grand talent et toutes les qualités requises pour réussir, je l'ai su dès que je vous ai rencontrée et vous nous l'avez prouvé à toutes lors de la suppléance de Mademoiselle Yvonne. Je vous ai engagée en toute confiance, en vous donnant votre chance sans vous poser la moindre question sur vos origines. Il y avait simplement quelques conditions à respecter, et vous avez failli. À quelques jours près j'annonçais ma décision de manière officielle, imaginez la position dans laquelle vous m'auriez entraînée. Je ne suis pas dupe pour autant. L'arrivée massive de ces témoignages à quelques jours de votre nomination... Vous savez qu'il y a des choses que je ne peux pas tolérer dans mon atelier. Ma clientèle m'est fidèle en grande partie car ma maison a bonne réputation. Je sais que dans le milieu ouvrier l'union libre est tolérée, mais pas dans le monde où je vis, pas dans le monde pour lequel vous travaillez.

Elle marqua une pause, observant Marguerite à la dérobée, attendant visiblement que celle-ci s'exprime. Mais la jeune femme hoquetait et sanglotait, le visage ravagé par un torrent de larmes.

— Peut-être que ce jeune homme vous épousera, avança-t-elle, je vous le souhaite très sincèrement, mais vous comprendrez qu'il est trop tard maintenant, je ne peux plus vous faire confiance.

Marguerite, qui n'était toujours que chagrin, acquiesça mollement.

— Je vous ai préparé une lettre de recommandation où j'exprime toute la considération que j'ai pour votre travail et votre talent. En revanche, vous comprendrez que je ne puisse pas m'engager sur d'autres termes, comme la confiance ou la moralité.

Elle toussota, mal à l'aise.

— En ce qui concerne votre état, il me semble délicat pour vous de retrouver un travail dans l'immédiat et je refuse de vous laisser dans la précarité. Je vous ai donc préparé une enveloppe qui, je l'espère, couvrira vos frais en attendant...

Elle marqua une pause, gênée.

— En attendant la suite, reprit-elle.

Joignant le geste à la parole, elle prit une enveloppe posée sur un guéridon.

— Mademoiselle Yvonne va vous accompagner au vestiaire où vous récupérerez vos effets personnels. Vous êtes relevée de vos fonctions dès à présent. Je vous demanderai de quitter votre chambre pour le quinze du mois, ce qui vous laisse quelque temps pour vous organiser.

Elle se leva, la mine sombre.

— J'aimerais pouvoir vous remercier pour ce que vous nous avez apporté, mais c'est au-dessus de mes forces. Je vous souhaite donc bonne chance, Marguerite.

Elle sonna et Mademoiselle Yvonne, qui se tenait manifestement derrière la porte, apparut aussitôt, obligeant Marguerite à se lever, la poussant gentiment mais fermement vers le couloir, d'où elle l'accompagna au vestiaire.

En silence, celle qui ne serait bientôt plus première d'atelier aida celle qu'elle aurait voulu voir la remplacer à enfiler son paletot et coiffer son chapeau.

Elle n'était pas insensible au sort de la jeune femme, mais ne trouvait rien à dire devant le désespoir si poignant

216

de celle qui avait tout perdu. *Quelle idiote, tout de même,* pensa-t-elle. *Heureusement que la vérité a éclaté avant qu'elle ne soit nommée à ma succession.* Elles avaient pris la bonne décision. *Quel scandale, mon Dieu quel scandale !*

— Allons jeune fille ! Il est trop tard pour pleurer.

Sa voix était plus dure qu'elle ne l'aurait voulu.

— Henriette ! Henriette !

La fillette, sortie de nulle part, était déjà devant elle.

— Trouve-nous un fiacre, veux-tu ?

Elle disparut comme elle était apparue.

Quelques minutes plus tard, un fiacre stationnait devant la grande porte. Mademoiselle Yvonne donna l'adresse de la pension au cocher, puis poussa la jeune femme dans l'habitacle sans plus de ménagement.

— Adieu Mademoiselle, souffla-t-elle.

Elle claqua la porte et regarda la voiture s'éloigner. Elle ne savait plus si elle devait en être peinée ou soulagée. Henriette la dévisageait, ses petits yeux ébahis, la bouche grande ouverte.

— Ferme la bouche, Henriette ! Et je t'interdis de parler de tout cela à qui que ce soit. Tu n'as rien vu, tu ne sais rien ! Suis-je assez claire ?

Elle l'était, mais la gamine saurait-elle tenir sa langue ?

Effondrée au fond d'un fiacre, elle était ballottée telle une poupée de chiffon sur une banquette en cuir rouge dont l'odeur aigre lui donnait la nausée. Marguerite s'efforçait tant bien que mal de reprendre le dessus, de respirer calmement, d'arrêter ses larmes. Mais elle en était bien incapable.

Son visage n'était qu'un champ de ruines, rouge et bouffi, ravagé par ses pleurs. Des mèches de cheveux s'étaient échappées de son chignon, pendant lamentablement et elle sentait bien que son chapeau était tout de travers. Il ne restait rien de l'élégante et présomptueuse jeune femme qui, il y avait une heure à peine, s'imaginait prendre la tête de l'un des ateliers de modiste les plus courus de la capitale.

La chute était dure. Pourtant Marguerite n'était pas particulièrement prétentieuse ni orgueilleuse, mais elle avait cru en sa chance, une nouvelle fois...

Arrivée devant la pension, elle s'extirpa avec difficulté du véhicule, sans chercher à donner le change. Sa réputation était dorénavant entachée, peu importait ce que les gens pouvaient penser.

Se pensant invisible, à l'abri derrière ses rideaux, Mme Lesage l'observait depuis une fenêtre du rez-de-chaussée. Madame Joséphine l'avait prévenue par courrier le matin même et la logeuse avait eu bien du mal à en croire le contenu.

Chère Madame Lesage,

Ce courrier n'est malheureusement pas porteur de bonnes nouvelles. Je souhaite en effet vous entretenir d'une affaire dont l'issue sera défavorable pour toutes les deux.

Je vous avais confié avec beaucoup de certitude et de conviction Mademoiselle Marguerite, qui me semblait digne d'intégrer nos deux maisons.

Je sais que tout comme moi, vous l'appréciez pour ses qualités et ses valeurs.

Il m'est donc fâcheux de devoir vous apprendre que cette jeune personne n'a pas su respecter ses engagements, ceux pris envers vous et envers moi.

À la lumière d'une enquête de moralité, diligentée à ma demande, il s'est avéré que cette jeune personne entretient une relation avec un homme, qui chaque soir rejoint sa chambre par l'escalier de service.

Je me suis donc vue dans l'obligation de renvoyer Mademoiselle Marguerite et lui ai demandé de quitter votre maison pour le quinze du mois. En attendant son départ, et pour éviter tout scandale, je vous demande de fermer les yeux et de faire comme si vous ne saviez rien. Je pense qu'elle aura l'intelligence de se faire discrète jusque-là.

Bien entendu, vous serez dédommagée pour la gêne

218

occasionnée et je paierai le loyer de la chambre tant que vous n'aurez pas trouvé de nouvelle locataire.

Je dois néanmoins prendre la difficile décision d'arrêter ici notre arrangement, bien que très satisfaite de vos services ; il semblerait que vous ne puissiez garantir une parfaite surveillance des jeunes filles qui vous sont confiées. Je vous encourage d'ailleurs à vous montrer plus consciencieuse, afin que ce genre de désagrément ne se reproduise pas.

Je vous remercie encore ici pour cette étroite et loyale association et vous prie de recevoir l'assurance de mes sentiments distingués.

Madame Joséphine

Marguerite ! Sa petite préférée, au-dessus de tout soupçon. Elle avait été profondément choquée par ce qu'elle avait lu. Cette affaire la déshonorait, ainsi que sa maison. Les insinuations de Madame Joséphine et ses bons conseils l'avaient blessée et humiliée. Mais son sentiment de honte était amplifié par la culpabilité qu'elle ressentait. Pour rien au monde elle ne l'aurait avoué, mais elle savait pertinemment que Madame Joséphine avait raison. Elle ne surveillait en aucun cas ces jeunes filles. D'abord, il lui était impossible de grimper à l'étage avec sa hanche. Ensuite, il y avait l'escalier de service, qui leur laissait une grande indépendance dans leurs allées et venues. Enfin, il y avait son tonifiant. Ce mélange aromatique de plantes et d'alcool qu'elle prenait le soir après le souper. Il avait la fâcheuse habitude de la faire somnoler et elle s'endormait immanquablement dans son fauteuil. Lorsqu'elle se réveillait, c'était pour se traîner jusqu'à son lit au milieu de la nuit. Elle ne savait donc rien du va-et-vient qui s'opérait dans sa maison après vingt heures. Ce n'était un secret pour personne, tous ceux qui habitaient sous son toit connaissaient ses habitudes. Certains en avaient visiblement profité.

Elle aurait aimé se confier à quelqu'un, Mme Poujade ou même son frère, mais elle avait bien trop honte. Elle ferait comme Madame Joséphine avait dit, elle ferait comme si de rien n'était. Elle dirait que Marguerite avait emménagé dans une chambre à la maison de modes.

Tandis qu'elle grimpait les escaliers, Marguerite entendait déjà les chuchotements et regards entendus dont elle ferait l'objet. Mme Lesage serait sans doute soulagée de se débarrasser d'une locataire qui ternissait ainsi l'image de son établissement et d'en débattre longuement avec proches et amies. Puis elle pensa à Émilienne, courtisane d'un baron, chez qui elle passait ses nuits, puis à Gabrielle qui n'avait pas attendu le mariage pour consommer et à Madeleine qui collectionnait les amants, pourvu qu'ils soient riches. Marguerite se sentit un peu moins sale, un peu moins honteuse. Le monde était vraiment hypocrite, chacun voyait midi à sa porte.

Un peu réconfortée par cette idée et ranimée par une pointe d'optimisme inattendue, elle monta à sa chambre en se rappelant qu'elle n'avait pas tout perdu : il lui restait Emilio, et elle portait un enfant...

Lorsque le jeune homme se glissa dans la chambre de Marguerite ce soir-là, il la trouva au fond de son lit, complètement prostrée et muette. L'optimisme postprandial de la jeune femme n'avait visiblement pas duré et elle avait sombré dans la torpeur de ses tourments intérieurs, broyant du noir, seule et anéantie. La lueur de la lampe projetait des ombres lugubres sur le mur, l'atmosphère dans la pièce était lourde, pesante. Emilio chuchotait, mais il aurait voulu hurler tant son inquiétude était grande.

— Marguerite ! Voyons Marguerite, que se passe-t-il ?

Il la secouait gentiment pour l'obliger à lui parler.

— Je t'ai attendue à la sortie de l'atelier. Mais je ne t'ai pas vue. J'ai attendu, dis ! Pourquoi n'es-tu pas sortie avec les autres ? J'ai cru que tu faisais une veillée, mais comme tu ne m'avais pas prévenu, j'ai trouvé ça bizarre. Et je te trouve là, couchée ? Dis ! Parle-moi !!! Tu es malade ?

Elle ne réagissait toujours pas, le dos tourné, les yeux perdus dans le vague. Il pensa soudain au pire. L'état de Marguerite ne pouvait se justifier que par un très grand malheur.

— C'est le bébé ? Hein, c'est le bébé ?

Son agitation obligea Marguerite à sortir de son mutisme ou il allait réveiller toute la maison.

— Non, non... le bébé va bien, maugréa-t-elle.

Emilio se détendit. Si ce n'était pas le bébé, ce ne devait pas être très grave.

— Tu es malade ? Tu ne te sens pas bien ? Tu as besoin de quelque chose ?

Il réfléchit et soupira.

— C'est la place, hein ? Tu n'as pas eu la place ?

Il vit son dos frémir, puis se soulever sous les sanglots qui jaillirent sans crier gare. Attristé de voir ainsi sa bien-aimée, Emilio s'allongea à ses côtés, l'entoura de son bras gauche, tandis que sa main droite caressait ses cheveux ébouriffés. Elle avait dû passer une très mauvaise journée. Il la berça longuement en susurrant à son oreille, jusqu'à ce que les spasmes se calment.

Lorsqu'elle finit par se retourner, il essuya son visage mouillé avec un coin de drap blanc. Ils étaient si proches que leurs nez se touchaient et il sentit son souffle chaud quand elle ouvrit enfin la bouche pour parler.

— Oh Emilio, si tu savais ! C'est affreux, c'est horrible !

Elle chuchotait, mais ses lamentations montaient dans les aigus.

— Madame sait, Emilio ! Elle sait tout ! Toi, moi, le bébé...

— Quoi ! Mais comment ?

Emilio était chamboulé par ce qu'il apprenait. Ils avaient toujours agi avec discrétion. Et le bébé ? Qui pouvait bien savoir pour le bébé ? Eux-mêmes ne le savaient que depuis la veille.

— Elle m'a renvoyée Emilio, renvoyée !

De nouveau, elle ne fut plus qu'un torrent de larmes. Elle pleura longuement, lovée contre son torse. Lui restait silencieux, le cerveau en ébullition.

— Je ne comprends vraiment pas…, dit-il simplement.

— Madame dit avoir reçu des témoignages. Beaucoup de témoignages. Tu imagines ! Des courriers diffamants, humiliants. Quelle honte ! Ma réputation est ruinée !

— On t'a dénoncée ?

— On NOUS a dénoncés ! Et Madame a demandé une enquête de moralité. Tu te rends compte ! On nous a sûrement suivis, épiés, jugés. On a dû raconter à Madame que tu montais chez moi tous les soirs, que je ne suis qu'une pauvre traînée ! Je ne m'en remettrai jamais ! C'est terminé…

Elle s'était assise dans le lit et prenait des airs dramatiques, joignant le geste à la parole, la main sur le cœur, puis sur le front. Emilio trouva qu'elle ressemblait à l'une de ces mauvaises comédiennes de théâtre et il ne l'en aima que plus.

— Je suis certaine que Marcelle est derrière tout ça, accusa-t-elle. Elle a senti que Madame allait me choisir moi, elle en crevait de jalousie. Elle a dû me suivre et nous surprendre. Mais je ne comprends pas, non je ne comprends vraiment pas comment elle a su pour le bébé. Moi-même, je ne le sais que depuis hier…

— C'était peut-être de l'esbroufe, hasarda Emilio. Elle n'en savait rien du tout, elle y est allée au culot, parfois plus c'est gros… De toute façon, même sans le bébé, la Joséphine s'est sentie trahie, tu n'as pas respecté ses règles.

— Mais personne ne respecte ses règles, se défendit Marguerite. Regarde Gabrielle, Émilienne et Madeleine. Et les filles de l'atelier ! Mon Dieu, quelle mascarade !

— Le tout est de ne pas se faire pincer…

— On ne s'est pas fait pincer, on nous a dénoncés !

Elle avait raison, c'était injuste. Ils avaient joué, ils avaient perdu... Mais il s'en voulait terriblement. Il avait gâché sa carrière : sans lui, elle aurait été nommée première. Maintenant, il devait reprendre leur vie en main.

— Finalement, ça ne change rien. Je vais t'épouser et nous aurons cet enfant. Ensuite tu retrouveras du travail, comme une honnête femme mariée. Ils seraient fous de ne pas t'embaucher, avec le talent que tu as.

Il l'attrapa par la taille et lui embrassa le cou. Elle se tortilla en riant.

— Arrête, idiot... je n'ai vraiment pas le cœur à rire...

Ils s'assirent contre le mur, côte à côte. Main dans la main. Elle posa sa tête sur son épaule. Comme c'était réconfortant de ne pas être seule.

— J'irai voir ton père demain. Que dirais-tu du 20 mars ? C'est le premier jour du printemps. La date parfaite pour épouser une jolie fleur comme toi !

Le cœur de Marguerite se gonfla de joie et elle embrassa son fiancé à pleine bouche. Non, sa vie n'était pas terminée à cause de cette sordide histoire. Elle ne faisait que commencer !

7

Paris, septembre 1907

Ils ne s'étaient mariés ni au printemps, ni à l'été. L'automne arrivait à grands pas et Marguerite se sentait tellement gonflée qu'elle pensait devoir s'envoler avec les premières feuilles fanées.

Comme promis, Emilio s'était rendu dès le lendemain chez les parents de sa fiancée, un peu embarrassé, pour demander sa main. Le père de la jeune fille n'était pas à la maison et ce fut sans surprise sa mère qui le reçut. Enfin, reçut était vite dit ! Mme Lemoine ne l'avait pas invité à rentrer et la discussion avait eu lieu sur le palier, au vu et au su de tout l'immeuble.

— C'est pour quoi ?

Emilio avait reculé. La femme qui avait ouvert et se dressait devant lui était particulièrement antipathique. Le visage rude et fruste, dans lequel il ne retrouvait aucun trait de sa bien-aimée. Peut-être s'était-il trompé de porte.

— Madame Lemoine ?

— Qui la d'mande ?

Les deux yeux perçants qui le dévisageaient brillaient d'une sombre lueur. Emilio comprit qu'elle avait compris. Il ne s'était pas trompé de porte et elle savait déjà qui il était. Il prit alors son courage à deux mains et d'une voix qu'il voulait assurée demanda :

— M. Lemoine est ici ?

Il savait qu'il aurait plus de chance avec le père de Marguerite, la jeune fille en parlait toujours avec affection et il semblait pouvoir être enclin à bénir leur union.

— Non ! Il est pas là ! Dommage, vous l'ratez d'peu... Mais vous lui voulez quoi d'abord, à mon Lubin ?

Cherchant à gagner du temps, il éluda la question.

— Sauriez-vous où je peux le trouver ?

— Dites-moi d'abord qui vous êtes. C'est très impoli de pas s'présenter...

Il comprenait maintenant pourquoi Marguerite redoutait tant sa mère. Elle avançait pernicieusement, comme un rapace en chasse, prêt à fondre sur sa proie. Il devait ne pas se laisser piéger, réfléchir à ce qu'il devait dire ou au contraire ne pas dire. Marguerite avait réussi à la tenir éloignée toutes ces années, pas question d'abandonner maintenant.

— Je m'appelle Emilio et je voudrais m'entretenir avec lui au sujet de Marguerite.

Il avait parlé vite, et il sentit perler des gouttes de sueur à la naissance de ses cheveux. Cette femme le mettait terriblement mal à l'aise.

Elle rit grassement de le voir décontenancé et la lueur dans ses yeux brilla plus fort encore. C'était comme si elle livrait bataille et venait de voir son ennemi désarçonné, un pied à terre.

— Ne me dites pas que vous voulez la marier ?

— Eh bien...

Son hésitation fut trop longue et la vipère qui lui faisait face s'engouffra dans la brèche.

Elle rit de plus belle, à gorge déployée, moqueuse. Emilio pouvait voir son corsage tressauter et, dégoûté, détourna les yeux. Il pensait à Marguerite, à sa frêle silhouette, à ses gestes si délicats. Comment était-ce possible ?

— Vous pensez vraiment que mon mari laisserait sa fille, aussi bécasse soit-elle, épouser un Rital ?

Le piège se resserrait sur lui. Coincé, il ne pouvait plus reculer.

— Vous êtes bien italien, E-MI-LIO ?

Elle avait articulé chaque syllabe pour tourner en dérision son prénom. C'était pour elle du pain bénit, une munition de plus dans son fusil. Pourquoi diable n'avait-il pas utilisé son prénom français, Émile, comme il le faisait d'habitude ?

— À vrai dire je suis français, mentit-il.

— Pfff, cracha-t-elle. Vous n'êtes tous qu'une bande de voleurs et de menteurs ! Ma fille n'est qu'une traîtresse ! M'étonne même pas d'elle. Une bonne à rien, une traînée.

Elle gesticulait, postillonnait, habitée par la haine.

Lui regardait avec dégoût le visage grossier, laid de méchanceté, la bouche déformée par la vulgarité, l'obscénité même, des mots, des gestes.

— Elle a pas eu le courage de venir, hein ? Elle se cache ? Ou alors c'est qu'elle a déjà un polichinelle dans l'tiroir ? Ça m'dégoûte. On n'en veut pas d'son bâtard ! Et c'est pas la peine d'rev'nir !

La porte claqua et le jeune homme se sentit soulagé d'en avoir enfin fini. Il quitta l'immeuble à grandes enjambées, laissant derrière lui la misère, l'odeur de moisi et cette horrible femme.

Dehors, on pouvait sentir le printemps à plein nez. Le soleil réchauffait le fond de l'air encore un peu frais et Emilio, glacé jusqu'aux os, laissa les pâles rayons caresser son dos. Cette entrevue l'avait pétrifié et il frissonna encore rien que d'y penser. Il lui fallait un remontant. Et vite.

Il s'engouffra dans le premier café qu'il rencontra et commanda un calva, puis un deuxième. Il ressentait la brûlure de l'alcool dans tout son corps, sa langue devint pâteuse, son esprit s'engourdit, mais pas assez pour oublier. Oublier l'horrible bonne femme qu'il venait de rencontrer, la mère de sa bien-aimée. Comment une mère et sa fille pouvaient-elles être si différentes ? Comme le jour et la nuit, l'ombre et la lumière, le bien et le mal. Marguerite n'aimait pas parler de ses parents, mais à sa manière, elle lui avait fait comprendre qu'ils n'étaient pas de bonnes personnes. Emilio avait donc rebaptisé sa mère « la sorcière », pour plaisanter, sans se douter qu'il était si proche de la vérité.

Submergé par le dépit, la rancœur et le désespoir, mais aussi un peu par le calva, il se laissa envahir par l'amertume. Avachi sur le comptoir, il enfouit son visage au creux de son bras, et son front rencontra le contact froid du zinc. Il ne frissonna même pas.

Comment vais-je pouvoir annoncer ça à Marguerite ? Elle va être tellement déçue... je lui avais promis de régler ça, que tout allait s'arranger. Je ne suis qu'un idiot ! Oui, un idiot ! Et il laissa couler intérieurement les larmes qu'un homme ne pouvait verser en public.

Il avait pris son temps pour rentrer, traînant des pieds, à chercher comment expliquer. Marguerite l'attendait, le visage résigné. Au fond de son cœur elle savait, elle savait que cette entreprise était vouée à l'échec. Elle avait d'ailleurs toujours su que cela finirait ainsi, mais gagnée par l'optimisme, elle avait voulu y croire. Elle était intimement persuadée qu'elle payait pour ses erreurs passées, ses mensonges, ses trahisons.

Lorsqu'il finit par la rejoindre, pâle comme un linge, elle n'eut plus aucun doute. Il ouvrit la bouche pour parler mais elle posa ses doigts sur ses lèvres et secoua la tête.

— Je t'en prie, ne me dis rien... j'ai compris. Je crois que je préfère ne pas savoir comment cela s'est passé.

Il soupira.

— Il y a toujours des recours, avança-t-il. As-tu entendu parler des « sommations respectueuses » ? hasarda-t-il.

— Oui. Enfin je crois. Je ne suis pas certaine d'avoir bien compris ce que c'était.

— Eh bien, dans des situations comme la nôtre, lorsque les parents s'opposent au mariage, il est possible de les y contraindre. La loi nous oblige à leur demander

conseil par des actes respectueux, d'où « sommations respectueuses ». Elles sont dressées par un notaire et au bout
de trois refus des parents, le mariage peut être célébré
en toute légalité. Je me demande même si aujourd'hui
une seule sommation ne suffit pas... Je crois bien que
c'est le tribunal qui légitime la procédure.

Comme souvent, Marguerite était impressionnée par
les connaissances d'Emilio. Il ne cessait de la surprendre sur des sujets tout aussi variés qu'étonnants.
Il ne restait rien du petit immigré italien arrivé en
France à l'âge de quatre ans. Il maîtrisait la langue, les
codes et les lois de ce pays qu'il considérait désormais
comme le sien.

— Comme tu n'es pas français, je ne sais pas si...

Le beau visage d'Emilio se crispa et Marguerite regretta
immédiatement ses paroles.

— Enfin, ce que je veux dire c'est que...

— Tu as raison.

Sa réponse était sans appel. Il avait trop souvent
tendance à oublier qu'il ne portait pas la nationalité
française. Il n'avait eu de cesse de se fondre dans la
société, d'effacer son passé, de devenir un citoyen, que
ses désirs deviennent réalité. Il se rêvait autre, il n'était
que lui.

— Je veux dire que je n'ai plus d'emploi, je porte
un enfant, je ne crois pas que le tribunal tranchera en
notre faveur.

La clairvoyance de la jeune femme l'étonna et le réconforta. Elle ne le jugeait jamais, ne lui reprochait jamais
ses origines. Elle l'avait accepté comme il était.

Il se pencha et l'embrassa tendrement.

— Il faut partir d'ici le plus vite possible, reprit-elle.
Je suis obligée de me cacher pour ne croiser personne,
les filles vont commencer à se poser des questions, c'est
au-dessus de mes forces.

Elle soupira en s'écroulant sur une chaise. Elle n'avait
pas fermé l'œil depuis deux nuits et se sentait épuisée.

— Je crois que tu as compris qu'on ne pouvait pas loger chez ma mère..., avança-t-il.

— Qu'est-ce qu'on va faire ? Mais qu'est-ce qu'on va faire ? se lamenta-t-elle.

— On va s'en sortir, tu verras, je travaille, j'ai un peu d'argent de...

— L'enveloppe ! s'écria Marguerite

— Chuuut ! lui intima Emilio, on va nous entendre.

Marguerite s'en moquait. Elle était devenue comme possédée et retournait maintenant les poches de sa pèlerine, qui pendait à une patère de bois.

— L'enveloppe, l'enveloppe, répétait-elle, je n'ai pas pris l'enveloppe...

— Quelle enveloppe ?

Emilio la voyait s'agiter, le visage décomposé, prête à pleurer. Il était maintenant capable de prédire à la seconde près le moment où elle fondrait en larmes.

— L'enveloppe que Madame m'a donnée. Avec mes gages. Oh là là, je crois que je l'ai oubliée... Je ne me souviens plus, j'étais tellement retournée.

— Tu as regardé dans ton sac ?

— Ah oui, mon sac ! Mademoiselle Yvonne me l'a donné !

Elle le sortit du tiroir où il avait échoué et s'acharna sur le fermoir que ses doigts agités avaient bien du mal à ouvrir. Ils glissaient sur le métal doré. Enfin elle y plongea la main et retira, fébrile, une longue enveloppe blanche, frappée aux initiales personnelles de Madame Joséphine. Le parfum capiteux de sa patronne lui explosa au visage et le cœur de la jeune femme palpita.

Elle sentait le poids de l'enveloppe dans sa main et les mots de Madame lui revenaient à l'esprit, comme sortis d'un rêve : « une enveloppe qui couvrira vos frais ». Comment avait-elle pu oublier cette enveloppe ? Bouleversée, chamboulée, elle l'avait remisée dans un coin de sa tête, jusqu'à maintenant.

— Tiens, lui dit-elle. Je ne peux pas regarder !

Elle lui tendit l'enveloppe du bout des doigts comme si elle tenait un rat mort par le bout de la queue. Emilio sourit devant ses airs de midinette et se saisit de l'enveloppe. Il en sortit une énorme liasse de billets.

— Mon Dieu, souffla-t-il avant de jeter l'argent sur la table comme s'il lui brûlait les doigts.

Assis l'un en face de l'autre, autour de la petite table, ils regardaient l'argent sans oser y toucher. Dans la chambre, le silence pesait, on entendait au loin Madeleine chanter. Emilio finit par demander :

— Combien il peut y avoir à ton avis ?

— Compte ! cria-t-elle presque, soudain réanimée.

Emilio compta. Alignant les billets en petits paquets. Un sacré paquet de paquets !

— Cinq mille francs. Cinq mille francs ? Cinq mille francs !

Il répétait la somme, incrédule.

Le cœur de Marguerite, lui, ne fit qu'un bond dans sa poitrine.

— Je crois que je vais m'évanouir...

En deux temps trois mouvements, Emilio était à ses côtés et elle se laissa glisser dans ses bras dans un gémissement presque théâtral. Mais Marguerite ne jouait pas la comédie.

— Tu as besoin de repos, susurra-t-il.

Elle dormait déjà lorsqu'il la déposa délicatement sur le lit avant de la border avec amour.

— Tout ira bien maintenant, tu verras, chuchota-t-il. Je vais nous trouver un toit, rien que pour nous trois.

Il lui baisa le front avant de s'éclipser, les poches pleines de billets.

C'est ainsi que Marguerite s'était retrouvée ici, à quelques pas de la butte Montmartre, sous le regard protecteur du Sacré-Cœur.

Le logement était spacieux et lumineux. Situées au premier étage, deux grandes fenêtres s'ouvraient sur la cime d'un tilleul, majestueux, maître d'un paisible jardin. Des clapiers à lapin, quelques poules et un chien, c'était presque la campagne ! Emilio l'avait déniché en quelques heures seulement. Pas étonnant lorsque l'on payait trois mois comptant. Pour douze francs par semaine, ils bénéficiaient de deux pièces, avec poêle, coin cuisine et même un vestibule. Depuis leur emménagement, Marguerite époussetait, astiquait, lavait son petit palais dont elle n'était pas peu fière. Il n'y avait certes pas l'électricité, mais le point d'eau était au rez-de-chaussée et les cabinets d'aisance correctement lessivés.

Son gros ventre l'encombrait, mais elle ne se lassait pas d'entretenir son petit intérieur avec bonheur. Le poêle rutilait, les draps fleuraient le propre et il semblait ne pas y avoir de carreaux aux fenêtres tant ils étaient nets. Elle avait investi dans quelques ustensiles de cuisine, dont quelques casseroles en cuivre qui lui renvoyaient son reflet et mitonnait de bons petits plats, dénichés dans son nouveau livre de recettes, indispensable à la ménagère qu'elle était devenue.

Depuis leur arrivée dans ce quartier, les deux tourtereaux avaient largement profité de l'arrivée du printemps, des douces journées ensoleillées, de leur nouvelle liberté.

Emilio s'était autorisé des congés, pour profiter de leur nouvelle vie à deux. Ses activités restaient assez mystérieuses pour sa compagne qui comprenait seulement qu'il était une sorte de commissionnaire payé à la journée. Après l'avoir souvent questionné, en vain, elle avait abandonné. Le jeune homme préférait de loin commenter les articles du journal, la politique ou même les faits divers. Ils ne manquaient pas d'argent, c'était pour elle le plus important.

Au début, Marguerite s'était sentie très mal à l'aise à l'idée de se montrer, le ventre enflé, en femme non mariée. Emilio la rassurait comme il pouvait. Personne ne pouvait le deviner, d'autant qu'à l'extérieur elle portait toujours des gants. La jeune femme finit par se laisser convaincre, elle trouvait le temps long depuis qu'elle ne travaillait plus et s'ennuyait un peu dans sa nouvelle vie de maîtresse de maison.

Dès leur première sortie dans ce nouveau quartier, Marguerite fut subjuguée. Quel endroit charmant ! Évidemment, rien ne pouvait à ses yeux remplacer le quartier de la Paix, mais cet endroit serait parfait pour panser ses plaies. Tout ici respirait la liberté. Dès lors, ils n'avaient eu de cesse de l'explorer, d'en découvrir tous les secrets.

Tous les dimanches donc, ils empruntaient le funiculaire, et se laissaient hisser au sommet de la butte. Marguerite ne se sentait pas d'y monter à pied, mais promettait à chaque ascension qu'après la délivrance, elle prendrait les escaliers. La basilique du Sacré-Cœur apaisait le cœur de la jeune femme, tout comme la cathédrale Notre-Dame dans son enfance.

Le nouvel édifice attirait beaucoup de curieux, fidèles ou non ; tous voulaient découvrir cet exploit architectural, bâti sur d'anciennes galeries d'extraction de plâtre.

Son histoire, récente, née d'un vœu national formulé après la défaite face aux Prussiens, son architecture, mélange de roman et de byzantin, inédite à Paris et cette blancheur immaculée, visible depuis toute la ville, ne pouvaient laisser personne indifférent. Les travaux n'étaient toujours pas achevés, mais la basilique s'imposait déjà comme un monument incontournable du paysage parisien. La vue sur les toits de Paris depuis le parvis était à couper le souffle. Chaque fois qu'elle y montait, et que son regard embrassait la ville, Marguerite oubliait qu'elle n'était qu'une petite ouvrière, un visage inconnu parmi la foule. Elle se sentait importante, presque puissante, comme si elle dominait le monde. Ce sursaut de fierté, de dignité, était nécessaire à sa survie. Sa situation délicate menaçait chaque jour de la noyer et chaque pensée positive était bonne à prendre.

Ce fut au mois de mars, lors de leur arrivée dans le quartier, que l'énorme cloche surnommée « la Savoyarde », car fondue en Savoie, jusqu'alors installée sur un beffroi provisoire de bois, avait rejoint sa place définitive dans le campanile. On leur avait raconté qu'il avait fallu vingt-huit chevaux de trait pour hisser la lourde cloche jusqu'en haut de la butte. Elle avait été bénite à son arrivée en 1895 et officiellement prénommée « Françoise Marguerite du Sacré-Cœur de Jésus », et même si la plupart des Parisiens avaient déjà adopté le surnom de « Savoyarde », Marguerite aimait à l'appeler par son nom de baptême, qu'elle raccourcissait volontiers.

— Tiens ! disait-elle, j'entends Marguerite sonner !

Ou encore :

— Quelle heure est-il ? Je n'ai pas entendu Marguerite sonner...

Cela amusait beaucoup Emilio qui se prêtait volontiers au jeu. Il en profitait aussi pour se moquer de sa bien-aimée. Ainsi, lorsqu'elle était fâchée et qu'il l'entendait grommeler dans son coin, il disait :

— Je crois que j'entends Marguerite sonner...

Et la jeune femme ne pouvait s'empêcher de sourire, le cœur soudain moins lourd de rancœur.

Heureusement, au quotidien, l'énorme cloche ne faisait que tinter. Pour la faire sonner à la volée il fallait au moins dix hommes forts, et l'on entendait alors ses ondes immenses survoler tout Paris. Certains se plaignaient même de ce son obsédant et assourdissant que l'on pouvait ouïr jusqu'au Panthéon. Pour Marguerite, il résonnait joyeusement dans son cœur.

Jamais la jeune femme n'avait osé franchir les portes de la basilique. Ce n'était pourtant pas l'envie qui lui manquait. Mais sa situation actuelle l'en empêchait, elle vivait dans le péché, elle le savait. Elle gardait cependant la tête haute, et se promettait de revenir lorsqu'elle serait enfin une femme mariée. En attendant, elle s'imaginait l'intérieur de l'édifice, la grande coupole, la crypte, le chœur et ses mosaïques chatoyantes. Elle s'imaginait la basilique comme un bel écrin, renfermant un trésor inestimable. Elle n'avait néanmoins pas besoin d'y entrer pour pouvoir se recueillir. Les alentours de la basilique étaient propices à la réflexion et à la méditation. Elle priait, à sa façon, sans s'embarrasser de tout le décorum, sans connaître les voies qui mènent à Dieu et qui, de toute manière, restaient impénétrables. Elle s'adressait pourtant directement à lui sans cérémonial, en marchant, en cuisinant, en se couchant, bref tout le temps. Elle lui demandait pardon, implorait sa protection, suppliait sa bénédiction. Pour son enfant à naître.

Lorsqu'ils s'étaient suffisamment enivrés de cette vue étourdissante sur Paris, les deux jeunes gens descendaient vers le square Saint-Pierre, Marguerite fermement accrochée au bras de son amant. Au-delà de ces nombreux escaliers qui pouvaient vous tourner la tête, le square recelait quelques endroits charmants où le jeune couple aimait se promener. Ainsi, ils faisaient invariablement le détour par le petit pont rustique, où ils s'arrêtaient pour écouter le grondement de l'eau qui s'échappait de la cascade, avant de mourir dans un petit bassin, au pied d'une grotte percée à même la falaise. Au-dessus de leur tête, là où le ruisseau prenait naissance avant de dévaler les rochers, la statue d'un couple enlacé concédait à ce lieu une dimension tout à fait romantique. Marguerite ne pouvait alors s'empêcher de glisser sa main dans celle d'Emilio et se laissait porter par le bruit de l'eau.

Il régnait dans ces jardins une atmosphère légère et insouciante et les promeneurs profitaient de ses moindres recoins pour se détendre et profiter d'une vue incroyable sur le quartier. Les hommes lisaient le journal, les femmes travaillaient sur leur ouvrage, devisant, tandis que les enfants partaient à l'aventure ou s'esclaffaient, la mine réjouie, devant un spectacle de Guignol.

Il n'était pas rare d'y croiser un photographe, affairé à installer son matériel, et c'était toujours divertissant d'observer la magie de ces instants capturés. Marguerite restait perplexe face à ce procédé et Emilio avait beau lui en expliquer les secrets, elle n'y entendait rien.

— Pour notre mariage, on se fera photographier dans nos beaux habits, avait promis Emilio.

— Avec le bébé ? demanda-t-elle.

— Évidemment ! Il sera tellement beau que le photographe nous suppliera de le mettre en boîte.

Elle avait ri, enchantée par cette idée. Vraiment, Emilio serait un père formidable.

Marguerite aimait se promener à Montmartre, mais elle n'aurait voulu y vivre pour rien au monde. Même si les hauts de la butte semblaient dépaysants, avec leurs airs de village, leurs petits jardins, leurs vignes, leurs moulins et leur air pur, ils n'en côtoyaient pas moins des lieux de mauvaise vie, sombres et dangereux.

La jeune femme frissonnait rien que d'entendre parler du Maquis de Montmartre.

Installé sur d'anciens champs, sur le flanc ouest de la butte, ce village sauvage était composé de cabanes et bicoques de bois, construites de bric et de broc. Il possédait ses propres codes, ses propres lois. Refuge pour les pauvres, les étrangers, les artistes bohèmes et les voyous, il n'était pas rare d'y voir, en plein jour, des rixes au couteau.

Et puis il y avait le bas de la butte. Lieu de mauvaise vie qui abritait quelques cabarets, fréquentés par des filles de joie et leurs souteneurs, mais aussi par des marginaux, des voleurs et des buveurs. Pourtant les choses changeaient. Ces cabarets emblématiques de Paris devenaient la coqueluche des mondains, qui s'y pressaient, voulant se frotter à cette folie populaire, celle des bals et des guinguettes.

Après avoir longuement hésité et être passée devant les grilles de nombreuses fois avant de reculer, Marguerite avait fini par accepter d'entrer au *Moulin de la Galette*, le temps d'une soirée. La curiosité l'avait emportée.

Si tous les Parisiens, bourgeois et mondains compris, s'y bousculaient, c'est que ce bal populaire devait être différent des autres.

Autrefois organisé dans les jardins, le bal avait désormais lieu dans une immense salle de danse, où la jeune femme pénétra les jambes tremblantes. Le jeune couple avait, l'année précédente, écumé un certain nombre de bals et de guinguettes, mais rien ne les avait préparés à ce qu'ils allaient découvrir.

L'atmosphère était lourde et électrique, chargée de fumée, de parfums capiteux, de relents d'alcool et de transpiration. La salle, immense, était richement décorée, on ne pouvait compter les nombreux lustres qui éclaboussaient de lumière les chapeaux, les plumes et les rubans. Ils avançaient difficilement tant la foule était nombreuse à se presser autour d'eux. Ils découvrirent l'orchestre, perché en hauteur, sur une sorte de balcon. La musique était endiablée et de nombreux couples chaloupaient déjà sur la piste. Un gigantesque et surprenant palmier se dressait dans un coin de la salle et l'on pouvait voir ses longues et fines feuilles frémir dans cette ambiance survoltée. Emilio poussa Marguerite vers une petite table libre et tira une chaise où elle put s'asseoir avec soulagement. Ses jambes tremblaient et elle avait des bouffées de chaleur.

— Je vais nous chercher à boire ! lui cria-t-il.

Sa voix lui arriva comme étouffée et elle hocha machinalement la tête, déjà absorbée par ce qui l'entourait. On se dandinait, on se trémoussait, des hommes, des femmes, des jeunes et des moins jeunes. Le bruit était assourdissant.

En plus de l'orchestre qui emplissait la salle d'une musique frénétique, le battement des pas des danseurs sur le parquet de bois faisait vibrer la salle entière. Les danses à la mode, polka ou quadrille, ne laissaient pas de répit aux danseurs, qui s'agitaient, sautaient, levaient la jambe, s'encanaillaient.

— Je t'ai pris une citronnade.

Emilio posa devant elle un verre bien frais dans lequel flottait une rondelle de citron et dont elle but la moitié d'un seul trait.

Elle avait chaud et la gorge sèche.

— Ça va ? lui demanda le jeune homme.

Ce n'était pas dans les habitudes de sa fiancée de ne pas le remercier, et puis il la savait fragile, ce genre d'endroit pouvait la perturber, surtout dans son état.

— Oui, oui, murmura-t-elle.

Il ne vit que ses lèvres bouger. Elle était belle. Tellement plus belle que la plupart des jeunes femmes qui les entouraient ce soir. Il l'observait de profil. Son cou, si délicat et gracile, son visage à l'ovale parfait, ses pommettes qui rosissaient souvent, ses longs cils, aussi clairs que ses cheveux, parfaits écrins pour ses yeux bleus. Son cœur se serra. Il aurait tellement aimé pouvoir lui offrir une autre vie. Elle méritait d'être une femme mariée, respectable et pas la concubine d'un étranger.

Elle tourna la tête et plongea ses yeux qu'il aimait tant dans les siens. Il se pencha pour mieux l'entendre.

— Je ne crois pas que je sois capable de danser ce soir, s'excusa-t-elle.

Elle semblait désolée de le décevoir, mais il n'en était rien.

— Non, non, ne t'inquiète pas, ma Riri. Dans ton état, ce ne serait pas raisonnable de remuer comme ça.

Et il rit.

Marguerite rit aussi. Elle avait compris qu'il faisait allusion au couple qui se dandinait juste devant eux, et qui ne maîtrisait visiblement pas les pas du quadrille. On aurait dit deux canards se trémoussant au sortir de la mare.

Marguerite n'espérait qu'une chose, ne pas voir de séquence de « chahut » ou de « cancan ». L'idée même que l'on puisse lever la jambe aussi haut et dévoiler ses jupons ou pire, ses culottes, la dépassait complètement.

238

Que des jeunes femmes éprises de liberté, aux envies d'émancipation, s'expriment en exhibant leur corps la dépassait. Heureusement, le public de ce soir ne semblait pas de ce genre-là. Pour voir des danseuses de cancan, il fallait se rendre un peu plus loin, au *Moulin-Rouge*.

Pour le coup, jamais Marguerite n'aurait osé y entrer. Il était pourtant très à la mode de s'y rendre et l'on pouvait même apercevoir quelques bourgeoises, ouvrières et employées, assistant à des représentations dansées dans le jardin du cabaret, sous l'œil triste d'un gigantesque éléphant de plâtre, vestige de l'Exposition universelle de 1900. Le lieu, connu pour ses spectacles sulfureux et scandaleux, permettait à la riche population parisienne de s'encanailler dans de folles soirées.

Ils étaient assis depuis une bonne heure déjà, plongés dans la musique et la danse, subjugués par le spectacle. Le parquet vibrait sous leurs pieds, leurs chaises et leur table tremblaient. Pourtant, Marguerite éprouvait une sensation particulière, comme un frôlement. Comme si quelque chose remuait. Oui, quelque chose remuait en elle. Le bébé ! Elle sursauta.

— Emilio ! Le bébé, le bébé a bougé !

— Quoi ! Tu es sûre ! Tu as mal ? Tout va bien ? On n'aurait pas dû venir, ça t'a toute chamboulée. Viens, on rentre !

Il l'attrapa par la main et l'entraîna à l'extérieur.

Une fois dehors, ils apprécièrent l'air frais qu'ils respirèrent. L'air vicié de la salle de danse et sa chaleur insoutenable n'étaient plus qu'un lointain souvenir. Marguerite frissonna. Sous les lumières des ampoules colorées qui éclairaient l'entrée du moulin, Emilio scrutait, inquiet, le visage de sa belle. Il la bouscula de questions.

— Tu penses que c'est normal de le sentir bouger maintenant ? Ce n'est pas un peu tôt ? Je n'aurais pas dû accepter de venir ici avec toi !

Le ton était réprobateur mais Marguerite savait qu'il n'était pas en colère, juste soucieux.

— Je ne sais pas si c'est normal, avoua-t-elle. Je te rappelle que c'est mon premier bébé.

Il grimaça, elle avait raison.

— Je ne suis pas non plus très aguerri sur le sujet, mais s'il y a bien une chose que je sais, c'est qu'il est facile de perdre un bébé.

Il y avait des trémolos dans sa voix et, émue, la jeune fille ne rétorqua pas.

— Je me sens très bien tu sais, je n'ai pas du tout mal. C'était juste inattendu et je crois qu'il va falloir m'y habituer. Le bébé avait peut-être juste envie de danser.

Ils rirent un peu gauchement, presque gênés de parler de ce bébé qui n'était pas encore né.

Main dans la main, ils descendirent le boulevard de Clichy silencieux. Marguerite, sa main libre sur son ventre, guettait le moindre mouvement, la moindre sensation, le moindre frémissement. À ses côtés, Emilio broyait du noir. Impossible pour lui d'effacer de sa mémoire de gamin les nombreuses fois où sa mère avait perdu un enfant. Il entendait encore les pleurs et les lamentations, il revoyait le linge taché de sang, et son père, toujours absent.

Lorsque l'été s'installa sur la ville, Marguerite ne pouvait déjà plus dissimuler son état. Sa frêle silhouette était déformée et un petit ventre rebondi pointait, narquois. Elle avait abandonné à regret le port des corsets de maternité qui lui causaient des malaises. Pour ne rien cacher, c'était Emilio qui l'y avait contrainte. La jeune femme s'ingéniait à modifier et adapter ses toilettes pour attirer l'œil ailleurs que sur son ventre difforme. Il lui était impossible de savoir si cette grossesse la rendait heureuse. Les jours passaient mais ne se ressemblaient pas. Parfois euphorique, elle idéalisait et rêvait sa future vie de mère et s'appliquait à la réalisation du trousseau du bébé, assemblait et cousait elle-même les pièces de layette avec amour. Parfois aussi, elle pouvait pleurer toute la journée sur son sort, persuadée de ne pas faire une bonne mère, traversée par des idées plutôt noires. Certains jours encore, elle regardait la réalité bien en face, admettait que sa situation restait délicate, qu'elle avait pour seule expérience sa difficile relation avec sa mère, mais qu'elle avait la chance d'avoir un toit sur la tête, une situation financière confortable et un compagnon aimant qui allait l'épouser. Emilio ne savait d'ailleurs jamais à côté de quelle Marguerite il allait se réveiller le matin : l'idéaliste, la pessimiste ou la résignée ? Il marchait constamment sur des œufs et cherchait souvent à la divertir du mieux qu'il pouvait.

La belle saison leur donna l'occasion de nombreuses distractions. Les jours où Marguerite était de bonne composition, ils partaient parfois des journées entières et profitaient de ce semblant de liberté, sans savoir de quoi demain serait fait. Emilio avait décidé de ne pas retourner travailler tant que le bébé ne serait pas né. Il était en quelque sorte son propre patron et pouvait s'absenter sans être inquiété. Ils vivaient sur leurs économies et n'avaient touché à l'argent de Madame Joséphine que pour payer le loyer. Marguerite se laissait porter, laissait Emilio dépenser sans compter leurs économies. Les derniers évènements avaient totalement ébranlé la jeune femme qui ne savait plus vraiment qui elle était, bouleversant fondamentalement ses principes.

Ainsi, ils passèrent l'été à écumer les fêtes foraines, les spectacles de plein air, les concerts, les feux d'artifice, tout ce que Paris offrait pour se divertir. Ils faisaient de longues promenades dans les parcs, confortablement installés dans un cabriolet qu'ils louaient à la demi-journée, pour soulager Marguerite qui souffrait de trop marcher. À les voir ainsi passer, si bien chapeautés, on s'imaginait sans peine un couple de bourgeois en promenade au bois. Marguerite, partagée entre la honte et la fierté, ne savait plus si elle devait se cacher ou s'afficher. Chaque fois qu'elle croyait apercevoir un visage ou un chapeau familier, elle glissait au fond de l'habitacle, aussi coupable qu'une petite fille prise en faute. Emilio s'inquiétait de ces changements de comportement, bien conscient que sa jeune fiancée ne savait plus sur quel pied danser.

Lors des journées les plus chaudes, ils se réfugièrent sur les bords de Seine. Emilio pêchait, les pieds dans l'eau, tandis que Marguerite tricotait et rêvassait, sous l'ombre fraîche des grands arbres. Le contenu de leur panier à déjeuner les ravissait : de la charcuterie, du pain, du fromage et des fruits. Ces moments bénis où régnaient bonheur et sérénité suffisaient à leur faire oublier les quelques moments de doute et de peur. Bientôt, ils allaient accueillir un enfant et leur vie ne serait plus jamais comme avant.

Le 27 septembre, alors que Marguerite admirait par la fenêtre le tilleul du jardin, splendide dans sa parure dorée, elle ressentit une vive douleur dans le bas du ventre. Depuis plusieurs jours déjà, elle sentait son ventre se contracter au point de devenir dur comme de la pierre. Le souffle coupé, elle tentait de respirer pour apaiser ses contractions. Mais cette douleur-là était nouvelle. Elle s'inquiéta. Emilio n'était pas là et elle commença à faire les cent pas.

Bientôt des contractions vives et déchirantes l'assaillirent, au point qu'elle devait se plier en deux pour les accueillir. La douleur était intense mais supportable, surtout parce qu'elle disparaissait entre chaque assaut. Marguerite n'avait plus aucun doute : le bébé arrivait. Elle voulait crier, appeler à l'aide mais elle n'osa pas. Comment pouvait-elle se montrer dans cet état ? Inconcevable ! Elle continua de marcher, courbée par le travail, envahie par la panique. Combien de temps le bébé mettrait-il à arriver ? Elle ne pouvait pas accoucher toute seule, ici !

Mon Dieu, aidez-moi, je vous en supplie...

Trois bonnes heures s'écoulèrent ainsi, dans la douleur et les prières, la peur aussi. Lorsque Emilio franchit le pas de la porte, il trouva Marguerite pliée en deux, accrochée au dossier d'une chaise, gémissante et transpirante.

— Le bébé, bêla-t-elle, le bébé arrive...

— Attends, je vais te porter jusqu'au lit...

Il paniquait.

— Non, non ! refusa-t-elle. Va chercher la mômière, vite !

Elle ne pouvait envisager de se coucher. Pour supporter la douleur elle devait rester debout, elle le sentait. Pourvu que la sage-femme arrive à temps !

Emilio lui avait paru bien blême et il était toujours planté là, hagard.

— Viiite, Emilio !

Les dents serrées, elle luttait pour ne pas aboyer. Il fallait rester digne. Emilio décampa à toute vitesse et Marguerite resta seule, cramponnée à sa chaise, le bassin incliné, prête à enfanter.

Quinze minutes plus tard, Emilio passa de nouveau le pas de la porte, accompagné de Mme Vasseur, la mômière du quartier, et de Mme Petit, leur logeuse. Tandis que l'une prenait en main la future mère, la seconde s'occupa du père. Elle le flanqua à la porte, lui conseillant de descendre boire un coup au café du coin.

— Ce n'est pas pour les messieurs, tout ça. C'est une histoire de femmes. Allez, filez ! Et quand vous reviendrez vous aurez un beau poupon à admirer.

Emilio se laissa conduire sur le palier par la logeuse au visage souriant et rassurant. Pourtant, il ne put se résoudre à quitter la maison. Il fit les cent pas dans le couloir tandis qu'il entendait à travers la porte les râles de Marguerite, suivis de tout un concert de casseroles que l'on mettait sur le feu. Après un long moment, il n'entendit plus rien. Inquiet, il ne put s'empêcher d'entrouvrir la porte. La pièce était vide. Ces dames étaient passées dans la chambre. Il y vit le signe de l'imminente naissance. De grosses marmites fumaient sur le poêle, des linges encombraient la table, tout semblait calme. Puis il l'entendit hurler. Marguerite. Du moins le supposa-t-il, car le cri n'avait plus rien d'humain. On aurait dit qu'on lui arrachait les entrailles.

Mme Petit jaillit soudain de la chambre et Emilio entrevit le fantôme de Marguerite, allongée sur leur lit. La porte se referma.

— Je vous avais dit de ne pas rester, gronda-t-elle lorsqu'elle l'aperçut planté là, les yeux écarquillés. C'est pas joli à voir vous savez, pour un monsieur. Vous n'avez pas besoin de savoir...

— Elle souffre beaucoup ?

Le hurlement qui déchira l'appartement répondit à sa question.

— Vous savez mon cher, votre Marguerite elle n'est pas bien épaisse. Menue comme elle, mettre un enfant au monde, ça demande beaucoup de souffrances...

Le jeune homme n'y avait jamais songé. Il revoyait les hanches fines et la taille de guêpe de Marguerite et son cœur se serra. Elle n'y arriverait jamais !

La porte s'ouvrit sur la sage-femme, les mains maculées de sang. Emilio recula, révulsé.

— J'ai besoin de vous, s'adressa-t-elle à Mme Petit. Le bébé se présente mal et la petite n'arrive plus à pousser. Je vais devoir sortir les pinces, il va falloir la tenir.

Emilio s'écroula sur une chaise, au bord du malaise. Il entendait leurs voix, mais son corps ne réagissait plus. Il était incapable de bouger, comme tétanisé.

Je vais les perdre, songea-t-il, *tous les deux. Marguerite et le bébé, ils vont mourir.*

Des larmes coulaient sur son visage immobile.

Dans la chambre, au bord de l'évanouissement, Marguerite sentait qu'on lui arrachait les entrailles. Elle avait entraperçu de grandes pinces métalliques que la mômière avait sorties de sa sacoche en cuir usé, mais pas un instant elle n'avait imaginé l'usage que la sage-femme

244

en ferait. Elle se sentait partir et luttait pour garder les yeux ouverts. À ses côtés, Mme Petit la tenait fermement par les poignets et lui murmurait des paroles réconfortantes que la jeune femme n'entendait pas.

Soudain, dans un ultime déchirement, elle sentit une chose visqueuse glisser entre ses jambes. Sous ses yeux ahuris, la sage-femme brandit un paquet de chair rouge et gluant, absolument répugnant. Mais ce n'est pas ce que vit Marguerite. À travers ses larmes, la seule chose qu'elle vit, ce fut le cordon enroulé autour du cou de la petite chose.

Un nouveau cri la déchira, animal.

— Nonnn !!!

Dans un état second, Emilio fut comme électrisé par ce hurlement funeste et, retrouvant soudain ses esprits, bondit de sa chaise. Il débarqua dans la chambre à l'air vicié et le spectacle qu'il découvrit lui arracha le cœur. Au pied du lit, penchée au-dessus d'un petit corps violet, la mômière tentait de dénouer le cordon qui semblait étouffer le petit corps inerte. Elle finit par le couper et l'étau se desserra. Un grand silence s'installa.

— Il ne respire pas, gémit-elle.

Sans réfléchir, Emilio la bouscula et sous les plaintes blessées de Marguerite il se pencha sur le nouveau-né. Il entrouvrit sa petite bouche et insuffla, longuement, à plusieurs reprises. Soudain, il sentit le petit corps tressauter sous ses doigts. Le bébé sembla tousser, régurgiter, puis ils l'entendirent pleurer.

— Il est vivant ! hurla la sage-femme tandis qu'elle arrachait le petit corps mugissant des mains de son père, tout tremblant et pleurant.

— Béni sois-tu Seigneur, remerciait Mme Petit les mains jointes, tandis que Marguerite pouvait enfin s'évanouir.

Quelques heures plus tard, Marguerite ingurgitait tant bien que mal l'incontournable bouillon de poule de l'accouchée ; Mme Petit venait tout juste de se retirer. Assis à ses côtés, Emilio se perdait dans la contemplation merveilleuse de leur nouveau-né.

— Elle est parfaite, déclara-t-il. Aussi parfaite que sa maman.

Marguerite sourit faiblement. Elle se sentait vidée et tellement faible. Le pire avait bien failli arriver et elle avait du mal à se dire que tout s'était bien terminé. Son bébé était bien là, une adorable petite fille, aux cheveux aussi sombres que nombreux. Elle regarda avec tendresse le visage plein d'amour du père de son enfant et se sentit pleine de gratitude pour cet acte héroïque. La sage-femme elle-même n'avait jamais assisté à ce genre de miracle. Pour Emilio, cela ne s'apparentait en rien à un prodige. Il leur avait un peu plus tard expliqué qu'enfant, il avait assisté à un vêlage qui avait mal tourné. Le veau semblait être né sans vie, mais le paysan lui avait frotté le nez puis avait soufflé dans sa bouche pour le désencombrer. Ce souvenir lui était revenu immédiatement à l'esprit et sans réfléchir, il avait agi.

Marguerite ne pouvait imaginer l'aimer aujourd'hui plus qu'hier, mais c'était pourtant le cas.

La sage-femme avait emmené le bébé, l'avait nettoyé, emmailloté puis présenté à ses parents, émue.

— C'est une petite fille.

Ils avaient découvert avec surprise un petit visage rose aux joues déjà rebondies, mais aux yeux désespérément clos.

— Il est possible qu'elle n'ouvre pas les yeux avant plusieurs jours, vous savez. Mais avec un peu de chance vous les découvrirez vite. Je vais envoyer quelqu'un vous chercher du lait.

— Je peux la nourrir, s'insurgea Marguerite.

— Dans votre état, je ne sais pas si c'est très raisonnable…

— Je crois que j'en suis capable, répondit la jeune mère.

— Très bien, je vais vous montrer. Pouvez-vous nous laisser, Monsieur ?

Emilio était sorti. Il n'avait pas abordé cette question avec Marguerite, mais il était visiblement évident pour tous les deux qu'elle nourrirait leur enfant, car ils n'envisageaient pas d'engager une nourrice et les biberons de lait n'offraient aucune garantie sanitaire.

Le jeune père détaillait avec bonheur les nombreux achats qu'il avait réalisés pour le bébé. Il n'y avait qu'à regarder la pièce. En plus du petit berceau garni qui se trouvait déjà dans la chambre, il avait dépensé sans compter. Marguerite avait souvent accueilli avec des reproches ses excès, pour finalement s'extasier devant tous ces objets.

Il y avait d'abord cette petite baignoire en bois, semblable à un grand baquet ovale, et dans lequel le bébé venait d'être lavé. Cela remplissait déjà le jeune père de joie. Sur la table de toilette s'entassaient toutes sortes de produits de toilette destinés au nouveau-né. Un nécessaire de toilette composé d'un peigne et d'une brosse, du savon, de la crème, de la poudre parfumée et des piles de langes propres. Il y avait aussi une chaise haute, qui ne servirait pas pour le moment, et un landau à grandes roues qu'Emilio avait hâte d'essayer.

— Votre femme vous réclame.

Emilio ne tiqua pas. Cela faisait longtemps qu'il la considérait ainsi. De toutes les manières, elle serait majeure dans un peu moins de deux ans, et dès lors, il l'épouserait.

— Je reviendrai demain matin pour voir comment elles vont. Si jamais il se passe quoi que ce soit, venez me trouver. Surtout, surveillez sa température. La fièvre est très mauvais signe chez la jeune accouchée.

Emilio piocha quelques billets dans la poche de sa veste et les tendit à la sage-femme.

— Merci, répondit-elle seulement.

Mais son regard en disait beaucoup plus long. Il comprit qu'elle était à la fois reconnaissante et admirative pour son acte de bravoure, mais il ressentait aussi son malaise. Sans lui, l'enfant serait mort, elle n'aurait pas su le sauver. Emilio ne lui reprochait pourtant rien. Elle avait sorti l'enfant à temps, sans elle le bébé n'aurait pas survécu non plus. La gratitude était finalement partagée.

Il trouva Marguerite somnolente, une petite bouche solidement accrochée à son sein. Le spectacle enchanta le jeune homme. Il n'avait jamais rien vu de plus paisible.

— Mme Petit ne voulait pas partir mais je l'ai renvoyée chez elle. Elle dit qu'une jeune mère ne doit pas rester seule. Elle m'a demandé si j'avais de la famille, une mère, une sœur... que ce sont des histoires de femmes.

Sa voix était faible et émue. Elle continua :

— Comment puis-je lui expliquer que ma seule famille c'est toi ? Qu'il n'y a que toi, que nous... Que personne d'autre ne m'a jamais aimée, écoutée, soutenue comme toi tu l'as fait... Et ce que tu as fait pour le bébé, Emilio, c'est la plus belle preuve d'amour et d'intelligence que j'ai jamais vue ! Dieu te le rendra et je te serai éternellement reconnaissante pour ça.

Il lui prit la main, ému aux larmes.

— Nous sommes trois maintenant. Il y a toi, moi et cette adorable petite chose qui n'a toujours pas de prénom... Je dois aller la déclarer à l'état civil demain, il va falloir te décider...

— Rose, je voudrais l'appeler Rose.

— Excellent ! Cela lui va comme un gant... Et me voilà avec deux jolies fleurs à la maison maintenant.

— Emilio ? Je voulais te demander... Comment se prénomme ta mère ?

— Germana, répondit-il après un court silence. Ça veut dire Germaine.

— Peut-être pourrions-nous lui donner Germaine comme deuxième prénom ?

— Oui, répondit-il, touché, je pense que c'est une très bonne idée.

— À moins que tu ne préfères Émilienne, sourit-elle.

248

Et ils se mirent à rire, sans trop savoir pourquoi et sans pouvoir s'arrêter.

Cela réveilla le bébé, qui lâcha le sein de sa mère en bâillant.

— Je vais la prendre un peu si tu veux.

Et il s'empara délicatement du petit paquet tout chaud qui s'était déjà rendormi.

— Je ne te demande pas si tu veux lui donner le prénom de ta mère ? hasarda Emilio.

La proposition de Marguerite l'avait déstabilisé et il se demandait si le fait de devenir mère ne chamboulait pas la jeune femme plus que de raison.

— Non, bien sûr que non, affirma-t-elle. En revanche...

Sa phrase resta en suspens et Emilio, perdu dans la contemplation de sa fille, leva les yeux vers elle.

— Eh bien, disons que si l'on souhaite lui trouver un troisième prénom, j'avais pensé à Joséphine.

— Eh bien c'est décidé ! s'exclama-t-il. Nous avons devant nous l'unique, l'exceptionnelle Rose, Germaine, Joséphine Bosia.

Bientôt, Emilio s'endormit aussi profondément que le nouveau-né, qui s'était blotti tout contre son cœur. Marguerite observait avec émotion et amour la toute petite bouche retroussée de son bébé remuer et palpiter, à la recherche de quelque chose à téter. Ses minuscules doigts aux ongles déjà longs, ses adorables petites oreilles, ses longs cils gracieux, rien n'échappait au regard d'une mère qui découvrait son enfant pour la première fois. Elle visualisait sans peine et avec émotion le tableau qu'ils formaient là tous les trois, nichés dans ce grand lit où elle avait donné la vie. Elle ressentit le lien unique et indéfectible qui les unissait, aujourd'hui et pour la vie. Ils formaient désormais une famille et la jeune mère ne s'était jamais sentie aussi comblée. Épuisée, il lui était impossible de quitter des yeux ces deux êtres chers qui reposaient auprès d'elle. C'était comme s'ils faisaient partie d'elle et elle comprenait maintenant le véritable sens d'un « membre de la famille ». Si elle les perdait, ce serait comme se couper un bras, une jambe. Le cœur. Chacun d'eux était nécessaire au bon fonctionnement et à l'équilibre des autres.

Comment avait-elle pu vivre sans eux, sans amour ?

8

Paris, septembre 1908

Assise dans le train de retour vers Paris, Marguerite ne pouvait s'empêcher de sourire aux paysages qui défilaient devant ses yeux. C'était son premier voyage et il avait été mémorable.

Ils étaient seuls dans leur compartiment, et elle regarda avec tendresse sa petite fille endormie sur les genoux de son papa, absorbé par la lecture de son journal. Sur la première page, une gravure représentait de violents affrontements entre autochtones, montés à cheval, enturbannés et brandissant des armes. La légende disait « Les évènements du Maroc ». Marguerite pensait se souvenir que le Maroc était un pays africain, mais elle n'en était plus trop certaine.

Elle ne comprenait pas qu'Emilio se bourre la tête avec toutes ces horreurs alors qu'ils venaient de passer trois jours délicieux. Elle voulait garder son bonheur intact le plus longtemps possible et refusait de gâcher sa joie avec des évènements étrangers, provoqués par une bande de sauvages. Elle détourna donc la tête et contempla de nouveau les paysages à travers la fenêtre qui lui renvoyait son reflet : elle pouvait y admirer le chapeau spécialement réalisé pour cette occasion.

Lorsqu'un mois plus tôt, Emilio lui avait annoncé préparer une surprise pour fêter le premier anniversaire de Rose, Marguerite l'avait tant cuisiné qu'il avait fini par se mettre à table. Il organisait une escapade à la mer. À la mer ! La jeune femme n'avait jamais quitté Paris, ni vu le moindre petit bout de côte. Emilio, qui avait passé ses jeunes années à Marseille, lui racontait souvent ses souvenirs.

— Mais tu sais, la mer du Nord est bien différente de la Méditerranée. Moi-même, je ne sais pas vraiment à quoi m'attendre...

Depuis lors, Marguerite trépignait d'impatience, parlait de ce voyage comme d'une expédition au bout du monde, imaginait mille façons d'en profiter.

Il fut décidé qu'ils n'attendraient pas la date d'anniversaire de Rose, mais partiraient plutôt au début du mois, pour pouvoir jouir des derniers beaux jours. La « saison » serait terminée et Marguerite regrettait un peu de ne pas pouvoir assister à tous ces évènements vantés par les grandes affiches en couleurs des Chemins de fer du Nord : golf, fête des Fleurs, tir aux pigeons, courses hippiques, régates... tous ces temps forts rythmaient la saison estivale dans les stations balnéaires.

La jeune femme n'avait pas eu trop d'un mois pour tout organiser, le plus gros des préparatifs étant, bien évidemment, les tenues qu'ils porteraient en villégiature.

L'ancienne couturière avait épluché tous les journaux de modes de la saison, ils regorgeaient d'inspiration et de modèles exclusivement destinés aux vacances à la mer. Ils s'étaient rendus *À la belle jardinière* pour son catalogue spécial « Bains de mer et voyages ». Au milieu d'une page présentant des costumes pour hommes, une citation d'Honoré de Balzac : « La brute se couvre, Le sot se pare, L'homme élégant s'habille ». Marguerite aima beaucoup cette maxime et la trouva tout à fait juste.

Dans les rayons du grand magasin, Emilio trouva son bonheur : son premier costume blanc. Dedans, il avait fière allure. Marguerite l'aida à choisir un nœud papillon rouge et, pour l'assortir au canotier de paille claire qu'il avait porté tout l'été, elle remplaça le ruban

252

noir par un nouveau, couleur sang. Avec une chemise blanche et une ceinture en cuir naturel, il ressemblait à une gravure de mode.

Marguerite, elle, se laissa séduire par une ombrelle de couleur mauve, assortie à une ruche nuageuse, sorte d'écharpe vaporeuse dont on pouvait se draper la tête, ou que l'on pouvait jeter sur ses épaules frileuses.

Il lui fallait assurément un chapeau remarquable. La mode était aux grands chapeaux-cloches, à carcasse de laiton, tendus de shantung. La soie sauvage n'étant pas à la portée de toutes les bourses, Marguerite s'orienta vers la cretonne blanche, qu'elle agrémenta d'une guirlande fleurie de roses du même mauve que le reste de ses accessoires. La jeune mère possédait déjà de nombreuses toilettes d'été, mais elle ne résista pas à l'envie de se confectionner une robe à l'esprit « plage ». Elle travailla donc d'arrache-pied sur une robe en serge blanche, au corsage écourté, s'ouvrant sur une guimpe en linon brodé. L'ensemble se voulait frais et léger, comme une brise marine. Quant à la petite Rose, elle possédait déjà une collection impressionnante de blouses, robes et autres toilettes pour la belle saison. Sa mère craqua néanmoins pour un adorable costume de bain marin rouge et un nouveau chapeau de paille qui lui tombait un peu sur les yeux.

Emilio avait réservé une chambre par téléphone dans une petite pension de famille à Boulogne-sur-Mer. Il l'avait dégotée grâce à une petite annonce passée dans le journal. Chargés du landau de Rose, d'un panier à pique-nique et de deux grosses valises achetées pour l'occasion, ils avaient pris le train à l'aube. Les Chemins de fer du Nord proposaient une vingtaine de départs par jour depuis Paris vers les différentes stations balnéaires de la côte nord : Berck, Boulogne, Calais, Dunkerque...

Trois heures plus tard, après de multiples arrêts en gare d'Amiens ou encore d'Abbeville, ils entrèrent dans la ville de Boulogne-sur-Mer, au comble de l'excitation.

Marguerite, le nez collé si près de la vitre que des voiles de buée s'y formaient, désespérait d'apercevoir la mer.

Quelle ne fut pas sa déception lorsqu'elle découvrit des quais semblables à ceux de la Seine.

— C'est ça, la mer ? interrogea-t-elle, chagrine.

Emilio, Rose sur les genoux, glissa sur la banquette tout près d'elle et jeta un œil à l'extérieur.

— Mais non ! s'exclama-t-il, amusé. Ce n'est pas la mer, c'est un fleuve. Il s'appelle la Liane et il se jette dans le port un peu plus bas...

— Oh !

Marguerite se sentait bête, mais rassurée aussi.

— On n'est plus très loin alors ?

— Le train ralentit de plus en plus, un peu de patience..., se moqua Emilio qui n'avait jamais vu Marguerite dans un tel état d'excitation.

Ces derniers jours, elle ne tenait pas en place et avait défait et refait les valises une bonne dizaine de fois.

— Tu sais si nous serons logés loin de la mer ?

Elle prononçait le mot « mer » comme une formule magique, et ce une bonne dizaine de fois par heure.

— Je ne te dirai rien ! Tu en sais déjà beaucoup trop comme ça. Tu parles d'une surprise !

— Oh mais c'en est une ! s'exclama-t-elle.

Rose sautait sur les genoux de son père en babillant. Elle s'était assoupie dans le train et se trouvait désormais en pleine forme. L'heure du déjeuner approchait et son petit ventre d'affamée n'allait pas tarder à crier famine.

— Je vois des bateaux !

— Ce doit être le port...

— Emilio ! Tu entends ?

Marguerite discernait des cris perçants par les fenêtres entrouvertes.

— Ce sont des mouettes, rit Emilio. Des pigeons des mers en quelque sorte... À Marseille c'était insupportable, toujours à piailler et à voler au-dessus de nos têtes. Elles ne m'avaient pas manqué !

— Il y en a partout ? demanda la jeune femme, soudain un peu apeurée.

— Oui, mais surtout sur le port, elles viennent voler du poisson aux pêcheurs. Et puis tu n'as rien à craindre, elles sont inoffensives. Seulement très bruyantes.

Marguerite acquiesça, elle n'allait pas gâcher son plaisir pour quelques volatiles.

Le train ralentit franchement puis, dans un long crissement qui leur fit serrer les dents, s'immobilisa.

— Dépêchons-nous de descendre ! s'alerta soudain Marguerite en bondissant prestement, alors que tous leurs bagages étaient déjà prêts à descendre.

— Regarde bien ta maman, Rose. Je ne l'ai jamais vue ainsi !

Rose riait de voir sa mère s'agiter dans tous les sens, d'autant que son père lui chatouillait gentiment le menton.

À peine quelques minutes plus tard, la famille débarquait sur le quai Chanzy en gare des voyageurs. Tout au bout se trouvait la gare maritime, où accostaient les gros paquebots de marchandises.

Marguerite ne vit d'abord qu'un gigantesque désordre. Des colonnes de wagons en attente, des charrettes en tous sens, une lugubre forêt de mâts en bois, le tout noyé par une épaisse fumée grise, crachée par un gros chalutier. On leur coupait la route sans arrêt, les gens se hélaient, le train repartait, bref, désespérés, il leur fallut dix bonnes minutes avant de pouvoir trouver un chauffeur.

— Ce n'est pas vraiment ce que j'imaginais, hasarda Marguerite.

— Ce n'était que la gare, tu sais...

Déçu, lui qui aurait tant voulu voir briller ses yeux à la descente du wagon essayait de relativiser.

— Tu as raison !

Et de nouveau pleine d'enthousiasme, elle s'accrocha à la fenêtre de l'habitacle et partit à la découverte de la ville.

Le fiacre traversa le pont Marguet, dont les piliers de pierre faisaient barrage entre le fleuve et l'arrière-port, quelques hôtels, la halle aux poissons...

— Rose, non !

Le ton était cassant et l'enfant cacha son visage dans les jambes de son père. En manque d'attention, ce qui n'était pas dans ses habitudes, la fillette avait tiré sur le sac à main de sa mère, maintenant éparpillé à leurs pieds.

— Ce n'est pas gentil, Rose. Regarde... Il ne faudra pas recommencer.

Emilio la réprimandait doucement tandis que Marguerite, soufflant de dépit, rassemblait le précieux contenu de son sac. Lorsqu'elle se releva enfin, le port avait disparu.

Elle n'avait pas l'habitude de gronder sa fille et elle s'en voulut aussitôt. Comment pouvait-on réprimander une poupée si adorable ?

— Rose ! Ma chérie ! Viens vite voir Maman.

Le sourire spontané et rassuré de son enfant fit battre son cœur. La petite fille se jeta dans ses bras comme si de rien n'était et Marguerite serra fort son petit corps poupin, respirant ses cheveux soyeux. Elle n'avait jamais rien vu de tel ! Aucun tissu, aucune parure, rien n'était plus doux et brillant que les boucles brunes de son enfant.

— Voilà le casino !

Marguerite s'en moquait. Qu'il y ait ou non un casino ici ne changeait rien. Elle n'était pas venue pour ça !

— Emilio ! cria-t-elle soudain. La mer ! Cette fois j'en suis sûre, je vois la mer.

Ses yeux venaient de découvrir une étendue bleue infinie et butaient sur l'horizon. Quelques traînées blanches zébraient le ciel azur et en sortant la tête de l'habitacle, elle sentit une légère brise caresser son visage. Elle inspira et des effluves inconnus lui emplirent les narines. C'était donc ça l'air marin. Elle se sentait déjà vivifiée.

— Regarde ma petite Rose, regarde ! C'est la mer... Tu es chanceuse tu sais, petite demoiselle. J'ai dû attendre d'avoir vingt ans pour découvrir la mer et toi tu n'as pas encore un an et tu fais déjà ta première excursion.

L'enfant, perchée à la fenêtre, riait, chatouillée par les baisers de sa mère, qu'elle avait entièrement pardonnée.

Ils longèrent la digue Sainte-Beuve, et parmi les nombreux promeneurs se distinguaient sans mal les Boulonnais – vêtus d'habits simples et sombres –, des vacanciers et autres bourgeois, dans leurs fraîches toilettes estivales. Marguerite ne pouvait discerner la plage en contrebas et n'imaginait pas encore quelle découverte ce serait. Peu importait d'ailleurs, la jeune femme était si absorbée par l'immensité bleue qui lui piquait les yeux que le reste n'existait plus vraiment.

Le fiacre arrêta enfin sa course et Emilio déclara :

— Je crois qu'on y est !

— Déjà ?

Marguerite voyait encore la mer et, intriguée, descendit de voiture. Elle découvrit une jolie villa en marbre blanc, avec des lucarnes assises sur un toit d'ardoise. Finalement, l'endroit ressemblait à l'un de ces hôtels particuliers à Paris. Seule différence, et de taille, la maison était adossée à une falaise, qui surplombait les toits et semblait vouloir tout engloutir. Marguerite ouvrait de grands yeux ébahis et serrait sa fille contre sa poitrine.

— Moi qui pensais qu'ici tout était fait de briques rouges..., remarqua Emilio.

— Tu as vu cette falaise ?

La voix ne semblait pas très rassurée et Marguerite ne pouvait quitter des yeux ce qui lui semblait être une montagne.

— Oui c'est amusant, répondit Emilio qui récupérait les valises et réglait leur course au chauffeur.

— Amusant ? Terrifiant, tu veux dire !

— Allons, allons, n'exagère pas veux-tu ? Cette falaise est là depuis bien plus longtemps que toi, cette maison aussi, alors sois tranquille. Vous êtes prêtes ? Alors sonnons !

Et il appuya sur le bourdon.

Une jeune domestique, visiblement la femme de chambre, aux beaux cheveux blonds et au petit bonnet blanc leur ouvrit.

— Oui ?

— Bonjour, commença Emilio. Nous sommes la famille Bosia et nous avons réservé une chambre pour trois nuits.

— Ah... Madame est sortie faire une course. Je vais vous montrer votre chambre.

L'établissement se présentait comme un petit hôtel, propre et coquet, avec des numéros en laiton sur les portes et des coquillages sur les murs. Le tapis de l'escalier était en velours bleu et il flottait une vague odeur d'eau de Cologne. Ils montèrent au deuxième étage, Marguerite avec le panier à provisions et Rose sur les bras, Emilio chargé des lourdes valises. Le landau, lui, était resté en bas.

La jeune domestique leur ouvrit la chambre numéro cinq.

— Voici pour vous. Les commodités sont sur le palier.

— Merci Mademoiselle, sourit Emilio. Savez-vous où l'on pourrait déjeuner ?

— Oui, y a un estaminet un peu plus bas. Dites que vous logez ici, ils vous f'ront un prix.

— Parfait, merci encore.

— À vot' service !

Et elle s'éclipsa.

— Elle a un drôle d'accent, non ? demanda Marguerite.

— C'est certain ! Mais à côté du mouf-mouf dans lequel tu as grandi, ce n'est sûrement pas grand-chose.

— Oui... ça doit être une question d'habitude.

Marguerite détestait repenser aux années passées dans ce quartier ouvrier, mais au fil du temps, elle s'était beaucoup confiée à Emilio qui aimait la taquiner à ce sujet.

258

La chambre était petite, mais justement meublée et avec beaucoup de goût. Apercevant une bercelonnette installée à côté du grand lit à fronton sculpté, elle sourit. Emilio avait vraiment pensé à tout.

La pièce était plongée dans une semi-pénombre, quelques rayons seulement s'échappaient des épais et lourds rideaux de velours. Marguerite caressa du bout des doigts la tapisserie rayée de rose et de blanc, identique à celle dont elle rêvait pour leur chambre d'enfants.

— Tu n'ouvres pas les rideaux ?

Emilio avait déposé Rose sur le lit et observait sa compagne avec attention. Sa silhouette se découpait dans le demi-jour, élégante, comme toujours. Chacun de ses gestes était si gracieux, si délicat que le cœur du jeune homme palpita. En quelques pas elle traversa la pièce et tira les lourds rideaux en velours d'un rose fané. Éblouie, elle cligna des yeux.

Sous le soleil de midi, la mer scintillait comme une rivière de diamants et elle ne résista pas longtemps à l'envie d'ouvrir la porte-fenêtre et de s'avancer sur le petit balcon.

Une douce brise caressait sa peau et elle inspira cette atmosphère nouvelle et délicieuse. C'était comme respirer le soleil, la mer et le bonheur en même temps. Tous ses sens étaient en éveil, guettant chaque sensation inconnue, avides de découvertes.

Rose et Emilio l'avaient rejointe, mais elle ne pouvait détacher ses yeux de l'horizon.

— Emilio, c'est magnifique !

Depuis ce balcon il lui semblait qu'elle embrassait le monde.

— C'est une belle surprise ? demanda-t-il.

— Oh oui ! La plus belle de ma vie.

Leur enfant, qui n'appréciait que modérément le spectacle, rappela ses parents à l'ordre en couinant.

— Elle a faim cette petite, allons déjeuner !

Presque à contrecœur, Marguerite referma cette fenêtre qui paraissait être celle du paradis.

Cette vue m'appartient pour trois jours, se rappela-t-elle. *Je vais avoir tout le temps d'en profiter.*

Après être redescendus au rez-de-chaussée et avoir récupéré le landau de Rose, ils avaient suivi les conseils de la femme de chambre et fait quelques mètres jusqu'à un petit estaminet qui faisait face à la plage, que l'on ne pouvait distinguer, car située en contrebas.

On leur servit une tranche de pain aux œufs, accompagnée d'une sauce rémoulade, puis des maquereaux grillés en papillotes.

— De beaux maquereaux bien de chez nous ! vanta le patron. Et c'est de la pêche du jour ! De la mer à l'assiette !

Marguerite écrasa une pomme de terre pour sa fille, mais l'enfant en avait décidé autrement. Elle refusait de manger et ne faisait que pleurnicher. Devant ses grands yeux larmoyants et ses joues rougies, la jeune mère finit par céder et commanda du lait chaud pour lui préparer une bouillie de Phosphatine Falières. La petite fille, gourmande, ne résistait pas à son délicieux arôme de cacao, et se jeta goulûment sur l'assiette qu'on lui présenta. Cette farine infantile incontournable était réputée pour favoriser une bonne dentition et fortifier les os. Marguerite en nourrissait donc consciencieusement sa fille, qu'elle espérait sevrer à sa première bougie. La petite ne tétait plus que le soir et le matin ; pour le reste, elle consommait des purées et de la bouillie.

Après le déjeuner, ils installèrent Rose dans son landau pour sa sieste et ils profitèrent du temps radieux pour longer l'esplanade du boulevard Sainte-Beuve. Le soleil était haut dans le ciel, mais grâce à leurs chapeaux et à la fraîcheur marine portée par le vent, la promenade s'annonçait fort agréable.

Un peu sur la réserve, car en terrain inconnu, Marguerite refusa de descendre sur la plage et préféra comme souvent jouer les spectatrices ; rien n'échappait à son regard aiguisé.

En ce début d'après-midi, les promeneurs se faisaient plus rares, mais tous étaient des élégants et élégantes, dans des toilettes de bord de mer.

Les vacances étaient terminées, pourtant quelques enfants chanceux profitaient encore des joies de la plage. Marguerite les regardait avec étonnement. Pieds nus, en culotte courte, parfois même en costume de bain, ils se poursuivaient dans le sable, construisaient des châteaux, faisaient voler des cerfs-volants. Elle entendait leurs petits cris joyeux, ressentait leur liberté et son cœur se gonfla de joie. *C'est ça ! C'est ça que je veux pour ma fille. Des rires, de la joie, de la liberté !* Elle voulait tellement son bonheur. Chaque jour qui passait voyait son amour pour sa fille grandir, si bien qu'elle se demandait s'il ne finirait par l'étouffer. Elle voulait tant lui offrir cette enfance qu'elle n'avait pas eue, entourée de parents aimants et attentifs. Tout comme elle l'avait pressenti, Emilio était un père formidable, bien plus qu'elle ne l'aurait imaginé. Certes, il n'était pas très doué pour certaines tâches qui le dépassaient, comme changer les langes, qu'il regardait avec une mine dégoûtée. Mais il ne refusait jamais de surveiller la petite pendant son bain, ou encore de lui donner sa bouillie à la cuillère. Et surtout, il lui vouait une adoration sans bornes. Il couvrait son petit trésor de cadeaux, de baisers et de câlins. Fier comme un coq, il l'emmenait promener au parc, s'enorgueillissait de voir les vieilles dames s'extasier sur sa progéniture, trouvait que oui, vraiment, c'était la plus jolie des enfants.

Leurs pas les conduisirent jusqu'au casino sans qu'ils aient échangé le moindre mot. Absorbés par le ressac qui happait le sable goulûment, par le vol impétueux d'un cerf-volant ou par une course effrénée derrière un chapeau emporté par le vent, l'animation ne souffrait guère de leur silence. Malgré son ombrelle, son chapeau et la légèreté de sa toilette, Marguerite sentait son corps moite et collant. Le soleil était haut et la fraîcheur venue de la mer était tout compte fait à peine perceptible. Elle jeta un œil à Rose : la petite avait les joues rougies et ses boucles brunes étaient humides sous son petit bonnet. De nouveau Marguerite vit ces enfants courir dans le sable, tremper leurs pieds dans la mer dont l'eau semblait si fraîche. Elle brisa le silence :

— Tu crois qu'elle est très froide, la mer ?

Emilio sortit de sa torpeur. C'était comme le réveiller de sa sieste, il avait l'air hésitant.

— Très froide, non. Je dirais 18 ou 19 °C. Tu sais, c'est à cette période qu'elle est la plus chaude. Elle s'est réchauffée tout l'été. Tu voudrais la goûter ?

— Oh non ! s'offusqua-t-elle. Tu m'imagines ? Non, bien sûr que non !

Emilio sourit devant son air scandalisé. Sur bien des sujets, Marguerite gardait une certaine rigidité et considérait souvent la modernité d'un mauvais œil. Elle s'obstinait à se comporter comme au siècle dernier et Emilio savait combien voir tous ces gens en costumes de bain la troublait. Mais il connaissait la vraie Marguerite, celle qui se cachait derrière ses belles toilettes, ses grands chapeaux et ses manières distinguées. Elle ne l'aurait avoué pour rien au monde, mais elle mourait d'envie d'y goûter. Il n'insista pas, elle n'était pas prête.

— Je crois qu'il est temps de rentrer. J'ai besoin de me rafraîchir et Rose aussi. Il fait vraiment très chaud.

Emilio acquiesça.

— Tu as raison, rentrons ! Nous verrons le port demain.

Le retour ne fut pas plus causant que l'aller. Chaque pas apportait son lot d'étonnement et de surprise, c'était finalement bien plus passionnant que leurs balades au Bois ou au parc. Fourbus par le voyage, leur promenade et la chaleur, ils apprécièrent de retrouver leur petite chambre avec vue sur mer où ils purent se reposer et se rafraîchir avant de descendre dîner dans la salle à manger de la pension.

La maîtresse des lieux les salua sans plus de cérémonial, très occupée à converser avec un couple d'habitués. Ils retrouvèrent la femme de chambre, qui visiblement servait de bonne à tout faire et faisait également le service à table. Le repas fut excellent : soupe de petits pois verts, raie au fromage, artichauts grillés et crème reversée à la vanille, qui ravit les papilles de la petite Rose.

À la table voisine, un couple d'Anglais comme on en voyait beaucoup dans la région. Ils traversaient la Manche pour des vacances françaises, mais aussi pour jouer au casino, les jeux d'argent étant interdits dans leur pays. Piquée par la curiosité, Marguerite avait passé le repas à les épier, savourant leur élocution délicate et leurs manières raffinées, tout autant que cette surprenante raie au fromage, qu'elle dégustait non sans plaisir.

— Pleazzz, my dearrr ! répétait-elle avec délice.

Ils remontèrent dans leur chambre juste à temps pour admirer le coucher du soleil depuis leur fenêtre. Celui-ci ne semblait plus vouloir se coucher et ils se brûlèrent un long moment la rétine à observer cette boule de feu disparaître derrière l'horizon. Éblouie et émue, Marguerite ne put s'empêcher de pleurer. Elle était décidément bien trop émotive. Honteuse, elle essuya ses quelques larmes dans l'un de ses nombreux mouchoirs brodés, cadeau d'Emilio. Il lui en offrait à toute occasion, car « ne l'oublions pas, disait-il, c'est grâce à un mouchoir que notre histoire a commencé... ». Ils se couchèrent en silence, non pas qu'ils n'aient pas envie de discuter, mais parce que c'était tout simplement inutile. Ils savaient qu'ils partageaient le même sentiment, la même émotion, le même émerveillement, les mêmes souvenirs. Ils avaient vécu ces moments ensemble et une fois de plus ils s'endormaient blottis dans les bras l'un de l'autre.

Les deux jours suivants s'étaient déroulés de manière à peu près identique. Le petit déjeuner leur était servi en chambre, ce qui leur permettait de paresser au lit, tandis que Rose, rassasiée, se rendormait, blottie dans leurs bras.

Suivait une très longue promenade. Ils descendaient le boulevard de la digue Sainte-Beuve jusqu'au casino, puis longeaient le port de marée en descendant le quai Gambetta. Marguerite, pourtant habituée à Paris et aux quais de Seine, n'en était pas moins impressionnée par l'activité qui régnait ici. D'un côté, les commerces, avec leurs devantures aux bannes colorées et leurs affiches à grands caractères. De l'autre, les bateaux, leurs cargaisons alignées sous le soleil et surtout, le retour de la pêche et la criée.

À l'aller, ils assistaient à l'arrivée des bateaux de pêche à voiles et des chalutiers à vapeur, qui déversaient sur les quais des montagnes de poissons entassés dans des paniers, leurs ventres ronds et luisants brillant au soleil. Le contenu des paniers était ensuite déversé sur de grandes charrettes aux longs plateaux de bois, et il n'était pas rare de voir quelques visqueux spécimens glisser et échouer sur le pavé.

Le poisson était ensuite trié en vue de la criée, mais ça, c'était l'animation du retour.

Les marins-pêcheurs, coiffés d'un béret et la taille ceinte d'un grand tablier, triaient, pesaient, écaillaient après une longue nuit de travail, tandis que Marguerite et Emilio continuaient tranquillement leur chemin.

Ils traversaient le pont Marquet, dont les écluses formaient un barrage entre la Liane et le port. C'était un point de passage obligé et il était constamment encombré. Heureusement, des trottoirs pour piétons y étaient aménagés pour plus de sécurité. Marguerite mourait d'envie de se pencher par-dessus le garde-corps, pour voir les écluses de plus près, mais ce n'était pas convenable.

Ils passaient devant la gare des voyageurs, puis ils longeaient le quai du bassin jusqu'aux chantiers de construction navale. Marguerite exécrait cet endroit, qui n'était que bruit et métal, mais son Emilio était fasciné. Elle se tenait un peu à l'écart, tandis qu'il s'approchait, curieux.

Quelques hangars plus loin, ils pouvaient enfin s'engager sur la jetée sud et Marguerite se sentait beaucoup plus à l'aise, même si elle préférait la jetée nord-est, beaucoup plus mondaine. Par gros temps elles étaient impraticables, mais le reste du temps, elles restaient un lieu de promenade incontournable. On y flânait avec cette impression de marcher sur l'eau, on avançait sur la mer comme si elle s'ouvrait sous vos pieds, un peu comme Moïse en mer Rouge. Il y avait des bancs où se reposer et tout au bout un phare, pour guider les bateaux de nuit dans le chenal. Le couple était stupéfait par le nombre, la taille et la diversité des navires qui transitaient ici. Hormis les caboteurs et autres chalutiers à vapeur assignés à la pêche, ils avaient vu manœuvrer et amarrer des monstres des mers.

Il y avait d'abord ces bateaux d'excursion et de croisière, qui écumaient les ports du Nord et proposaient de rallier l'Angleterre en trois petites heures. Marguerite, fascinée d'imaginer Londres si accessible, comprenait mieux la présence en grand nombre d'Anglais à Boulogne. Mais il y avait aussi ces mastodontes, ces insubmersibles paquebots transatlantiques qui venaient chercher ici marchandises, touristes et migrants, candidats pour une nouvelle vie.

— Tu te rends compte, Marguerite ? Ce bateau va traverser l'océan pour l'Amérique. L'Amérique !

Non, Marguerite ne se rendait pas compte. Elle regardait, circonspecte, ces hommes, ces femmes, ces enfants s'entasser sur un bateau pour une destination étrangère. Elle ne comprenait pas bien pourquoi ces gens voulaient quitter la France, elle qui y était si heureuse. Qu'y avait-il là-bas, sinon des sauvages et tout à construire ?

— Il y a bien trois semaines de traversée, continuait Emilio, mais quelle aventure, quelle aventure !

Elle acquiesçait sans rien dire, parfaitement hermétique à ces idées saugrenues.

Lorsqu'ils remontaient le quai Gambetta dans le sens du retour, ils se retrouvaient au beau milieu de la criée. Après la grande pagaille qu'était le retour de pêche, il était très impressionnant d'observer l'organisation quasi militaire qui régissait cette opération.

Alignées en file indienne, tout le long du quai, des centaines de mètres de charrettes, débordantes de poissons, triés et séparés dans des paniers, vendus au kilo. La vue de toute cette poiscaille, que l'on pouvait presque encore voir frétiller, avait de quoi vous soulever le cœur et la sensible Marguerite n'y échappait pas. Pourtant elle ne pouvait s'empêcher de regarder, de détailler, de se noyer dans cette atmosphère si typique, très couleur locale. Des panneaux de bois peints indiquaient à quelle flotte de pêche appartenait la cargaison de poisson et ils s'amusaient à déchiffrer des noms parfois imprononçables. Ils croisaient des matelotes, de gros paniers sur le dos, qui venaient s'approvisionner en marchandise qu'elles vendraient ensuite dans les petites rues de la ville.

« Harengs ! Harengs frais ! » Les portes et les fenêtres s'ouvraient, on les hélait, on échangeait quelques pièces et quelques mots, des nouvelles des bateaux et de la météo. Elles avaient abandonné leur coiffe traditionnelle en soleil, mais certaines portaient encore la cornette blanche. Cette touche d'éclatante blancheur illuminait des tenues un peu sombres et Marguerite se sentait comme souvent illégitime dans sa belle toilette estivale. Elle vivait depuis des mois dans l'oisiveté, au point de pouvoir partir quelques jours en villégiature et elle se demandait sans cesse pourquoi elle méritait cela. Elle n'avait en fait jamais vraiment réussi à trouver son rang dans cette société et ne s'était jamais vraiment sentie à sa place. Sauf dans son rôle de mère... c'était pour elle la chose la plus naturelle au monde et elle ne se posait jamais aucune question à ce sujet.

Marguerite retroussa son petit nez. Elle craignait que l'odeur du poisson ne gagne ses narines, mais elle devait avouer qu'elle ne sentait rien de particulier.

Lorsqu'ils remontaient les boulevards, le soleil était déjà haut dans le ciel et leurs ombres se découpaient sur la promenade. Malgré son ombrelle et son large chapeau, Marguerite souffrait de la chaleur, et ses pieds, bien plus gonflés qu'à l'accoutumée, étaient douloureux. Plus ils s'approchaient du but, plus elle sentait la moiteur gagner son cou, son dos.

La brise légère qui soufflait le long de la mer était tiède et n'apportait guère la fraîcheur attendue.

Rose s'agitait toujours pendant les derniers mètres. Elle avait chaud, faim, soif et le faisait savoir. Son joli petit minois se crispait, ses poings se serraient et elle poussait des petits couinements.

— On est presque arrivés Rose, un peu de patience.

Emilio rassurait l'enfant tout en accélérant le pas, poussant le landau un peu plus vite, et Marguerite, sur ses talons, s'essoufflait.

— Pas si vite Emilio... attends-moi au moins ! De quoi ai-je l'air à vous courir après ?

— Pardon mais la petite a faim...

Elle le savait bien et faisait tout son possible pour se maintenir à leur hauteur.

C'était donc soulagés qu'ils entraient dans le même estaminet que le premier jour, et commandaient à déjeuner. Le menu du jour était composé d'une entrée, d'un poisson cuisiné avec accompagnement et d'un dessert qu'ils devaient partager avec leur fille, qui raffolait des crèmes et autres entremets. L'ambiance était très conviviale dans ce petit bouillon de bord de mer, où se côtoyaient vacanciers et habitués sans aucune animosité. On reconnaissait les premiers à leurs tenues d'été colorées, les seconds à leur jargon bien marqué. On y trouvait même quelques Anglais qui baragouinaient quelques mots de français. Il y avait donc de l'animation, même en cette fin de saison.

Le jeune couple profitait ensuite de la sieste de Rose pour s'octroyer un moment de repos. Le soleil filtrait à travers la fenêtre et les volets entrouverts, étirait ses longs rayons dorés sur le couvre-lit en cretonne blanche. Le cri des mouettes, les sirènes des bateaux, ou même le grondement discret des vagues étaient devenus une douce mélodie à leurs oreilles. De celles qui vous bercent lorsque vous paressez, somnolents, gagnés par un sommeil hésitant.

Ils passaient le reste de l'après-midi à la plage.

La première fois que Marguerite avait posé un pied dans le sable, elle avait été déroutée. Ses talons s'enfonçaient et, déséquilibrée, elle s'était retrouvée bien en peine. Elle devait donc avancer à petits pas et se sentait tout à fait ridicule.

La famille s'installait près des cabines de plage, dont les toiles rayées ondulaient sous le vent et Marguerite prenait une chaise où elle s'installait, droite, un peu austère.

Rose, en costume de bain, attrapait le sable à pleines poignées, le grattait du bout du pied, essayait même d'y goûter. Bien qu'attendrie par l'image d'Épinal que lui offrait son enfant chérie, Marguerite se sentait mal à l'aise sur cette plage où s'offrait beaucoup trop de nudité. Elle n'était plus certaine de vouloir ainsi exposer sa fille dans ce costume qu'elle lui avait pourtant choisi. Elle avait cédé aux sirènes de la mode et le regrettait amèrement.

Bien évidemment, une grande partie de la gent féminine présente sur cette plage était comme elle, vêtue des pieds à la tête, avec chapeau et ombrelle. Mais quelques âmes aventurières s'étaient déchaussées et, jupon retroussé, pataugeaient joyeusement dans les vagues. Marguerite était gênée pour elles.

Et que dire de ces messieurs en costume de bain, qui s'exhibaient tout en jambes et en bras, avant de se jeter à l'eau pour faire quelques brasses.

Embarrassée par ce grand déballage, elle se concentrait sur les enfants, qui trouvaient ici leur meilleur terrain de jeux. Leurs rires, leurs cris, leur bonheur faisaient presque oublier leur quasi-nudité. Châteaux, cerfs-volants ou cerceaux envahissaient la plage dans un grand déballage, qui ressemblait à s'y méprendre au département jouets d'un grand magasin. Rose gloussait sans retenue des pitreries de son père et Marguerite se délectait de ses adorables fossettes et de cette petite langue rose qu'elle voyait poindre à travers les éclats de rire. Elle ne s'était pas imaginé combien l'innocence et la sincérité d'un enfant pouvaient être si attachantes, si bouleversantes. Devenir mère avait littéralement changé sa vie, elle n'était plus la même. Aux côtés de sa fille, elle se sentait une personne meilleure. Elle ne pouvait qu'être comblée et s'enorgueillir de cette adorable poupée aux boucles brunes, qui chaque jour lui ouvrait les yeux sur un monde nouveau. Ses sentiments s'étaient exacerbés, elle vivait plus fort, aimait plus fort, riait plus fort. Tout lui paraissait aujourd'hui différent, rien ne ressemblait plus à hier. Sa vision de la maternité, de la famille, avait changé du tout au tout. Elle n'avait toujours qu'entraperçu de la parentalité le côté pragmatique, élever des enfants pour assurer la pérennité ou le prestige d'une famille, et plus encore pour les conduire à travailler ou à reprendre les affaires familiales et ainsi s'assurer une fin de vie décente. Mais elle n'avait jamais appréhendé le côté affectif. À l'école, dans son quartier et plus particulièrement au sein de sa famille, les relations entre parents et enfants n'avaient rien d'émotionnel. Du moins c'était ainsi qu'elle le ressentait. Peut-être y était-elle simplement hermétique.

Elle n'avait jamais été choyée, câlinée ou dorlotée. Elle se souvenait d'avoir pris soin de son petit frère, de l'avoir bercé même, mais sans qu'aucun sentiment n'entre en jeu. Alors qu'aujourd'hui, l'amour, l'admiration, la tendresse et le respect qu'elle portait à sa fille lui semblaient presque inimaginables.

Comme pour conjurer le mauvais sort, Rose chouina, les bras tendus vers elle. Elle se pencha pour ramasser le petit paquet rayé et se laissa surprendre par la peau froide et humide de l'enfant. Elle avait la chair de poule et les lèvres violettes.

— Mais elle est gelée !!!!!

Elle avait presque crié. Emilio, surpris, se leva et attrapa le petit pied froid.

— Le sable est un peu humide et il fait moins chaud qu'hier. Mais ce n'est rien va, on va monter la changer.

— Elle va attraper froid avec ces bêtises ! Quelle idée de laisser des enfants ainsi dénudés !

Marguerite était contrariée et inquiète aussi. Le couple ramassa en vitesse les quelques affaires éparpillées et se hâta de regagner sa chambre.

Une fois séchée et emmaillotée, Rose s'assoupit dans sa bercelonnette et Emilio ne tarda pas à faire de même.

La jeune mère profita de ce moment de répit pour sortir sur le petit balcon et observer la station. Elle voulait garder un souvenir intact de cette escapade et gravait dans sa mémoire tout ce qui composait ce paysage exceptionnel.

C'était l'heure du grand bain.

Deux jours plus tôt, en se promenant sur le boulevard, le long de la plage, elle avait remarqué ces sortes de cabines en bois, montées sur des roues, pareilles à des charrettes. Numérotées, aux rideaux rayés, elles ressemblaient aux cabines de toile que l'on pouvait louer pour plus d'intimité. Mais Marguerite ne s'expliquait pas l'utilité de ces cabines à roues.

Elle avait ainsi découvert comment certaines élégantes, mondaines ou autres grandes bourgeoises, y grimpaient pour enfiler un costume de bain à l'abri des regards, avant d'être tirées dans l'eau par des chevaux, à quelques mètres du rivage. Ces dames pouvaient alors descendre en mer en toute discrétion, profitant ainsi des joies d'une baignade tout à fait confidentielle.

Marguerite n'en était pas revenue.

— Tu peux essayer tu sais, lui avait dit Emilio. On peut te louer une cabine si tu veux.

— Tu es fou !

Elle prenait ses airs de femme outragée.

— Je suis sûr que tu trouverais cela très amusant.

Il était en effet persuadé que l'expérience plairait à Marguerite, mais il savait également que pour rien au monde elle n'accepterait une telle fantaisie. Il n'avait lui-même pas encore cédé à la tentation de la baignade, mais avait depuis longtemps ôté ses souliers pour profiter d'un bain de pieds et retrouver la sensation oubliée de marcher pieds nus dans le sable. Ce séjour à la mer lui rappelait son enfance à Marseille et submergé par ses réminiscences, il abreuvait Marguerite de souvenirs et anecdotes. Comme cette pièce de un franc, trouvée dans les rochers, et qu'il avait dépensée avec son frère, sans compter et surtout sans jamais l'avouer à leurs parents. Mais aussi ce perroquet, aux plumes colorées, trouvé dans un arbre près du port. Le propriétaire l'avait traité de petit voleur et avait refusé de le récompenser...

Marguerite, attentive, l'écoutait, souriait et riait parfois. Il était bien plus bavard qu'elle et elle pouvait béatement l'écouter parler des heures.

Après ce moment de repos, la petite famille s'habillait avant de descendre dîner avec les autres pensionnaires. Tous s'extasiaient sur leur petite fille, si joliment apprêtée, si adorablement joufflue et Marguerite ne se lassait pas d'entendre tous ces compliments qui la touchaient et la flattaient plus qu'elle ne l'aurait voulu.

Ils remontaient à leur chambre juste à temps pour admirer le soleil couchant, s'émerveillant comme au premier soir. Exceptionnellement, Marguerite acceptait de jouer aux cartes, tandis que Rose s'endormait au son du rire de ses parents. Emilio se faisait battre à plate couture et criait au scandale, Marguerite, grisée par ses victoires et les singeries de son homme, gloussait bêtement.

Le dernier soir, bien après que Rose se fut endormie et que la nuit fut tombée, Marguerite somnolait paisiblement lorsque Emilio la secoua gentiment.

— Riri ! Riri !

— Hummm...

— Réveille-toi, veux-tu ?

— Pourquoi ?

Elle était si bien que pour rien au monde elle n'aurait voulu quitter cette semi-conscience dans laquelle elle était plongée.

— Réveille-toi, je te dis. Il faut t'habiller...

— Quoi ? Mais qu'est-ce que tu racontes ?

— Fais-moi confiance, habille-toi... et pas besoin de tout le tralala...

— Mais pour aller où ?

Marguerite ne comprenait pas bien où Emilio voulait en venir. Elle s'inquiétait même de cette demande inattendue.

— On doit sortir quelques instants, mais personne ne nous verra, alors fais simple et efficace.

— Tu me fais peur...

— Mais non, poule mouillée, va ! Tu n'as rien à craindre. J'ai une petite surprise, c'est tout, alors dépêche-toi.

Elle se dépêcha, enfila son tailleur de voyage, une paire de souliers à boucles et n'eut pas le temps d'en faire plus qu'Emilio la poussait vers la porte.

— Et Rose ? s'inquiéta la jeune mère.

— Elle ne craint rien, elle dort. On ne va pas loin et on sera de retour très vite. Je ferme la porte à clef, regarde.

Et il joignit le geste à la parole.

Marguerite n'était pas du tout rassurée, d'autant qu'elle se sentait ridiculement vêtue à la va-vite et qu'elle ne savait pas où ils allaient.

— Mais enfin, Rose !

— Elle dort, insista encore Emilio avant de la prendre par la main et de la tirer dans l'escalier.

Il devait être près de minuit et tous semblaient dormir dans la pension que le jeune couple quitta sans un bruit.

La fraîcheur de la nuit les happa mais ni l'un ni l'autre ne frissonna. Il faisait encore assez doux, pourtant le boulevard et sa promenade paraissaient déserts. On pouvait voir les réverbères briller jusqu'au casino, et nul doute que c'était là-bas que se pressaient les oiseaux de nuit.

Emilio l'entraîna de l'autre côté du boulevard, vers la plage. Ils descendirent l'escalier et une fois sur le sable, il la somma de se déchausser.

— Quoi ? Mais certainement pas, tu es fou !

— Tu vas t'asseoir oui, tu es têtue comme une bourrique !

Surprise, Marguerite s'assit sur la dernière marche et regarda Emilio lui ôter ses souliers.

Malgré les réverbères et un ciel clair où brillait une pimpante demi-lune, la plage était plongée dans la pénombre. Marguerite entendait la mer mais ne pouvait la voir. Du moins pas encore.

— Voilà !

Emilio semblait fier de lui.

— Et maintenant quoi ? interrogea-t-elle, incrédule.

— Eh bien debout ! répondit-il simplement en l'aidant à se relever.

Le sable était froid et humide, mais aussi très doux sous ses pieds qui s'enfoncèrent légèrement lorsqu'elle se releva. Elle bougea lentement ses orteils et sentit les minuscules grains de sable crisser contre sa peau. Elle frissonna.

Emilio l'observait, impassible, guettant la moindre de ses réactions.

Elle fit maladroitement quelques pas, constata qu'il était plus aisé de marcher nu-pieds dans le sable qu'en souliers et attrapa la main qu'Emilio lui tendait.

La mer était haute et ils n'eurent que quelques pas à faire avant de se retrouver devant l'eau.

— Regarde ! lui dit Emilio. Tu as la plage pour toi toute seule.

C'était vrai. Marguerite avait beau fouiller du regard la plage et les alentours, tout était désert.

Elle regarda Emilio se déchausser à son tour, puis retrousser son pantalon avant de s'avancer dans l'eau.

L'excitation commença à la gagner, tous ses sens étaient en éveil. Elle regarda une dernière fois les vaguelettes mourir à ses pieds, puis se lança. Retroussant ses jupons, elle entra dans l'eau, froide, et se crispa. Une vague passa, puis deux et elle se détendit. Elle avait de l'eau jusqu'aux chevilles et ses pieds s'enfonçaient petit à petit dans le sable gorgé d'eau. Elle sentait la mer, descendante, qui tentait de l'attirer à elle et cette sensation la grisa, c'était comme lutter contre Dame Nature. Emilio, qui s'était fait muet et discret, l'approcha.

— On marche un peu ?

Marguerite acquiesça et ils commencèrent à longer la plage, les pieds dans l'eau. Au début très sage, la jeune femme prit peu à peu son aise et ne tarda pas à patauger joyeusement dans l'eau sombre et fraîche. Bientôt éclaboussé, Emilio entama une bataille d'eau, et le jeune couple s'aspergea copieusement tout en se poursuivant, au milieu des petits cris jetés par une Marguerite en plein émoi. Leurs yeux s'étaient habitués à l'obscurité, mais ils ne voyaient pas vraiment où ils mettaient les pieds. C'était à la fois excitant et terrifiant.

Emilio riait aux éclats, satisfait d'avoir réussi son pari, celui d'offrir à Marguerite une petite fenêtre d'évasion, une vraie, pas seulement celle d'un voyage à la mer. Il ne l'avait jamais vue s'amuser autant, affranchie de toutes ces barrières derrière lesquelles elle s'enfermait.

Trempés et grelottants, ils échouèrent sur la plage et s'allongèrent sur le sable, avant de s'enlacer amoureusement. Une main dans celle de son bel amant, l'autre laissant glisser des poignées de sable entre ses doigts, Marguerite se sentit plus libre que jamais. Elle s'était complètement laissée aller, délivrée du regard d'autrui et entrapercevait la femme qu'elle pourrait être, dans un autre monde, dans d'autres circonstances. Elle embrassa fougueusement son bel Italien, en femme comblée, reconnaissante et définitivement amoureuse.

Le train avait accusé une bonne demi-heure de retard, mais toute la famille était désormais de retour à Paris, entassée dans un fiacre en direction de Montmartre. Déjà nostalgique de ces quelques jours de villégiature, Marguerite regardait d'un œil plus sombre cette ville qu'elle aimait tant. L'air lui semblait plus lourd, plus oppressant, et tout ce vacarme, vraiment, cela ne valait pas l'océan. Elle aurait presque voulu entendre le cri des mouettes, mais ne lui parvenait que la cacophonie habituelle des grands boulevards.

Septembre offrait encore de beaux jours et dans le cabriolet qui les emmenait, c'était quand même encore un peu les vacances. Marguerite n'avait quitté ni son chapeau, ni son ombrelle, et Rose portait encore son petit chapeau de paille, noué à l'aide d'un gros ruban rose.

Emilio, lui, semblait pensif, presque absent. Même s'ils avaient partagé intensément tous ces moments, Marguerite l'avait trouvé différent pendant ces quelques jours. Elle avait mis cela sur le compte du changement car elle savait combien il détestait bouleverser ses petites habitudes et il devenait terriblement grognon quand cela arrivait. Rassurée à l'idée que tout rentrerait dans l'ordre dès lors qu'ils auraient retrouvé leurs appartements, elle était loin d'imaginer ce qui tourmentait son compagnon.

Au petit trot, le cabriolet s'approchait de leur destination, et Marguerite apercevait déjà la maison. Elle se réjouissait d'offrir à Mme Petit le souvenir qu'elle lui avait rapporté, en plus de la carte postale qu'ils lui avaient envoyée. *J'espère qu'elle l'a reçue*, pensa-t-elle, *sinon cela gâchera l'effet de surprise...*

Le fiacre ralentit avant de s'immobiliser à quelques pas de leur immeuble. Emilio s'apprêtait à descendre lorsque Marguerite le vit se figer. Elle suivit son regard pour découvrir un jeune homme qui se dirigeait droit sur eux. Sans pouvoir mettre un nom sur son visage, il lui semblait pourtant familier. Le visage d'Emilio, lui, était blême lorsqu'il se retourna :

— Tu ne bouges surtout pas, souffla-t-il.

Transie par son regard glacé, elle frissonna et serra sa fille sur ses genoux. D'un geste, il fit signe au cocher de patienter et elle le vit attraper le mystérieux inconnu par le coude avant de l'entraîner un peu plus loin. Visiblement, les deux hommes se connaissaient et la jeune femme cherchait dans sa mémoire, en vain. En fait, c'était la première fois qu'elle voyait Emilio en compagnie d'une connaissance. Hormis quelques voisins ou commerçants du quartier qu'il saluait, il était plutôt solitaire. Elle ne lui connaissait pas d'amis et il disait travailler seul.

La conversation semblait animée et les deux hommes jetaient sans cesse des regards vers elles. Mal à l'aise, Marguerite ne savait plus si elle devait les affronter ou détourner les yeux. Elle se concentra sur sa fille, sans pour autant renoncer à une surveillance discrète. Le ton montait, les gestes se faisaient plus menaçants, si bien qu'elle se retenait d'intervenir d'une manière ou d'une autre.

Finalement, l'homme finit par s'éloigner, sans se retourner, les mains dans les poches et la tête basse.

— Rentrons ! grogna Emilio.

Son air contrarié dissuada Marguerite de poser la moindre question. Elle le laissa descendre les bagages avec le cocher et regagna leur appartement sans avoir vu Mme Petit, absente pour le moment. Même si la jeune femme était déçue de ne pouvoir offrir son présent à leur logeuse et amie ou encore lui raconter leur merveilleux voyage, elle était surtout impatiente d'avoir une discussion avec Emilio. Elle savait déjà qu'il chercherait à fuir, mais cette fois-ci, elle voulait des réponses ! Dès que la dernière valise fut posée dans le vestibule et que la porte se ferma, l'interrogatoire commença.

— Alors ? Tu veux bien me dire ce qui se passe ?

Son ton était plus pressant qu'elle ne l'aurait voulu.

— Rien, rien, ne t'inquiète pas pour ça...

Ce n'était pas rien, et même s'il fuyait cette discussion comme elle l'avait prédit, elle ne s'avouait pas vaincue. Elle insista :

— Non Emilio, ce n'est pas rien. Je vois bien que tu es contrarié, et j'en ai assez que tu me tiennes à distance. Je partage ta vie, nous avons une petite fille et nous allons nous marier. J'ai besoin de ta confiance, tu peux tout me dire, tu sais.

Elle ne voyait que son dos, ses épaules basses, et le savait en proie au tourment.

— Je veux juste t'aider, insista-t-elle.

— Je sais, je sais, soupira-t-il en se retournant.

Elle lui prit la main et l'attira vers elle. La proximité était propice à la confidence.

— Qui était-ce ? questionna-t-elle doucement.

— Mon frère...

— Quoi ?

Elle avait crié de surprise.

— On ne va pas en faire toute une histoire, c'était mon frère, voilà, c'est tout.

Marguerite réfléchissait à toute vitesse. Elle comprenait pourquoi cet homme lui paraissait familier. Il ressemblait énormément à Emilio, cela lui apparaissait nettement maintenant.

— Ton frère, mais enfin ! Je croyais que tu ne le voyais plus ! Et pourquoi tu ne nous as pas présentées ? C'était l'occasion. Tu as honte de nous ?

— Bien sûr que non, ne dis pas de sottises ! C'est de lui dont j'ai honte. Et je te l'ai déjà dit, ce n'est pas quelqu'un de bien.

— Mais qu'est-ce qu'il voulait ?

Elle le vit tressaillir, mal à l'aise.

— Rien d'important, un problème avec le travail...

— Mais je croyais que tu travaillais tout seul !

— Oui, oui, en quelque sorte, mais tu te doutes bien que je travaille pour quelqu'un... c'est lui qui fait venir les vins d'Italie, moi je suis son commissionnaire...

— Et ton frère ?

— Il travaille pour mon patron, mais on ne fait pas la même chose. Je n'avais pas prévenu que je partais quelques jours, mon frère s'est inquiété de ne pas me voir et est venu me trouver ici...

— C'est plutôt gentil de sa part de s'inquiéter pour toi. Pourquoi cela te met-il en colère ?

Le visage d'Emilio se crispa alors franchement. Il hésitait, elle le voyait. Pourtant il semblait enclin à lui dire la vérité, elle attendit donc.

— Je ne lui avais pas dit où j'habitais. Je ne l'avais dit à personne... ça veut dire qu'il m'a suivi !

Il serrait les poings et la mâchoire. Bien qu'elle comprît mal toute cette colère, Marguerite insista :

— Il n'empêche que c'était l'occasion de nous présenter...

— Mais tu ne comprends pas !

Marguerite sursauta, tant le ton était dur et inattendu.

— Je ne voulais pas qu'il sache, pour nous, pour toi, pour Rose. C'est une mauvaise personne, tu entends. Je voulais vous protéger et maintenant il nous a trouvés. On doit déménager !

La jeune femme réfléchissait. Emilio lui avait raconté leur histoire, elle comprenait que les deux hommes étaient différents et qu'Amilcare était un voyou. Mais elle ne se sentait pas en danger pour autant.

— Tu exagères Emilio, et il est hors de question de déménager. Je comprends que tu aies des griefs envers ton frère, mais on ne va pas changer de vie à cause de lui.

Emilio soupira. Il savait combien il serait difficile de la faire changer d'avis. À moins d'avancer des arguments qu'il se refusait à lui présenter. Elle en savait déjà beaucoup plus qu'il ne l'aurait voulu. Il voulait simplement les protéger. Et puis Marguerite avait raison, déménager ne changerait rien. S'il les avait retrouvés ici, il les retrouverait ailleurs.

— Tu as gagné Riri... mais promets-moi une chose, une seule.

Elle le regardait attentivement de ses deux grands yeux couleur de ciel.

— Ne lui ouvre jamais la porte, ne le laisse jamais entrer chez nous. Et si un jour tu le croises dans la rue, fuis-le, réfugie-toi dans un endroit animé. Et surtout, n'écoute pas ce qu'il a à te dire...

Elle acquiesça, bien qu'elle trouvât ces consignes un peu exagérées. Et puis elle qui rêvait d'en savoir un peu plus sur Emilio, qui mieux que son frère pourrait l'éclairer ?

Si un jour elle le croisait, elle aurait mille questions à lui poser...

— Promis, jura-t-elle à regret.

— Bien. Je vais mettre les valises dans la chambre.

Elle le regarda s'activer le cœur lourd. Il ne restait rien de la magie de ces quelques jours passés à la mer, sinon quelques rares grains de sable qu'ils avaient rapportés sous leurs chaussures et qui scintillaient sur les lames du parquet.

9

Paris, octobre 1908

Ses paupières étaient lourdes. Tellement lourdes qu'elle renonça. Elle avait beau se concentrer, y penser très fort et ouvrir grand les yeux dans sa tête, rien ne bougeait, pas le moindre cil. Une force invisible la poussait pourtant à insister, à continuer de se battre. Elle ressentait l'urgence de rouvrir les yeux sur le monde, de renouer avec sa conscience et d'affronter ce qui se cachait là, juste derrière.

Marguerite lutta longuement, déplaçant des montagnes intérieures, se heurtant sans cesse à l'obscurité qui l'étreignait, prisonnière d'un labyrinthe de ténèbres. Enfin, elle toucha au but, éblouie par une intense lumière blanche qui lui brûla la rétine. Elle plissa ses paupières engourdies puis, épuisée par tant d'efforts, se reposa un instant.

À travers le rideau de ses yeux à demi clos, elle distinguait des formes floues, baignant dans un halo lumineux. Elle avait l'impression d'avoir fait naufrage après un très long voyage. Prise dans la tempête, elle s'était mesurée aux vagues, avait lutté dans les tourbillons qui l'emportaient, avant d'abandonner. Elle ne savait pas nager...

Ballotté par la houle, noyé sous les flots, son corps avait fini par s'échouer ici. Les sons lui arrivaient par bribes, en des bruissements feutrés, comme apportés par le vent. Ses oreilles devaient être bouchées. Peut-être à cause de toute cette eau... Mais pourquoi avait-elle si soif ? Et toute cette lumière ! Peut-être était-ce le paradis ?

Elle ferma les yeux, tellement lasse, si fatiguée. Elle se laissa aller, sentant son corps flotter. Mais elle ne trouva pas le repos, seulement une douleur intense et diffuse qui semblait s'être réveillée en elle. Elle s'était trompée, elle ne baignait pas dans l'eau, elle brûlait. Son corps entier semblait s'être embrasé, elle se consumait de l'intérieur, ce n'était pas le paradis, c'était l'enfer... La souffrance la replongea dans d'obscurs abîmes, où elle luttait contre une force invisible et inconnue.

Une heure passa, peut-être deux, avant qu'une nouvelle douleur brûlante lui transperce la poitrine, la rappelant douloureusement sur terre. Elle réalisa enfin qu'elle ne devait pas être morte, ou du moins pas encore. Ses yeux étaient gonflés et bouffis et elle peinait à les garder entrouverts. Il lui sembla qu'elle commençait à retrouver ses esprits, ses sens aussi. Elle comprit qu'elle était couchée sur un lit, allongée sur le côté droit, prostrée. Elle essaya de bouger. D'abord les mains, puis les bras, les jambes et les pieds, mais rien ne se passa. Ses membres étaient lourds comme de la pierre et ne lui répondaient pas. Peut-être était-elle paralysée ? Mais une quinte de toux déferla, emportant tout sur son passage, ses poumons, sa gorge, sa langue ; elle s'attendit presque à voir tous ses organes jaillir de sa bouche pour s'échouer au pied du lit. La jeune femme suffoqua un instant, poussa un râle, puis sembla s'apaiser. Son corps, pourtant si frêle, n'avait presque pas bougé. Le poids de la douleur semblait l'avoir littéralement clouée au lit. Sa bouche était pâteuse et elle avait toujours aussi soif. Elle avait chaud, dehors, dedans, de ses doigts de pieds, qu'elle ne sentait pas, à la racine de ses cheveux, qu'elle espérait avoir encore sur la tête. Elle essayait désespérément de concentrer son attention et de faire le point dans son esprit, mais en vain. La douleur était telle que son cerveau refusait toute autre forme de réalité. Elle tenta une nouvelle fois de se mouvoir, sans résultat, et sombra dans l'inconscience.

Lorsqu'elle émergea quelques heures plus tard, il faisait plus sombre. Ses yeux, bien que toujours aussi pesants et larmoyants, pouvaient s'ouvrir un peu plus et avec un peu de patience et de concentration, elle finit par avoir une image assez nette de son environnement. « Nette » était peut-être un peu exagéré, mais Marguerite comprenait enfin qu'elle devait se trouver dans un hôpital. D'innombrables fenêtres, à la hauteur infinie, une pièce immense, un plafond en forme de voûte, aussi brillant qu'une patinoire sous le soleil de midi et des lits. Beaucoup de lits. Elle distinguait quelques blanches silhouettes, qui naviguaient de lit en lit, et se rapprochaient d'elle, assurément. Elle percevait des bruits et des murmures, mais ses oreilles bourdonnaient terriblement. Marguerite eut beau se raccrocher à cette présence qui arrivait, elle ne résista pas bien longtemps et glissa de nouveau dans une semi-conscience.

À son réveil, tout était noir. Elle paniqua, se pensa aveugle, ou pire encore, enfermée vivante dans son cercueil. Elle écarquillait les yeux, sondant l'obscurité, cherchant le moindre mouvement, la moindre lueur. Finalement, ses yeux s'habituèrent à la pénombre et elle finit par distinguer les masses sombres des autres lits, et le décor qu'elle avait observé plus tôt dans la journée. La nuit était tout simplement tombée. Elle n'essaya même pas de bouger, de peur de réveiller le monstre de feu qui semblait l'habiter. Sa respiration était sifflante, sa bouche sèche, son corps douloureux et brûlant. Marguerite rassembla ses esprits, l'obscurité l'aidait à réfléchir. Elle remontait doucement le fil de ses pensées. L'hôpital, la toux, la maladie... la rougeole ! Tout s'illumina soudain dans son esprit, dissipant l'écume qui avait submergé son cerveau durant son naufrage.

Elle se souvint d'être tombée malade. Après leur escapade à la mer, elle s'était mise à tousser. La fièvre avait suivi, puis les vomissements et d'énormes plaques rouges étaient apparues sur son visage, son cou, son corps entier.

Lorsqu'elle s'était mise à cracher du sang, Emilio avait fait venir le médecin, ce qu'elle avait jusque-là refusé. Le docteur Fraisse avait diagnostiqué une rougeole, dont l'épidémie déclarée au printemps n'était toujours pas endiguée. Il avait mis la jeune mère en garde : la rougeole pouvait être dramatique pour les jeunes enfants, il était impératif d'isoler la petite.

Rose ! Mon Dieu, Rose ! Pourvu que Rose n'ait rien, qu'elle ne soit pas malade. Tout son être sonnait l'alerte. Si elle se retrouvait ici, c'était très mauvais signe, son état avait dû s'aggraver. *Pitié, faites que ma petite fille aille bien, pitié, prenez-moi mais sauvez ma petite fille !* Marguerite se débattait en vain. Elle aurait voulu courir au chevet de son enfant mais elle ne pouvait bouger le moindre petit doigt, enfermée dans un corps inerte qui ne lui répondait pas. Elle voulait crier, appeler, hurler, mais sa gorge et sa langue étaient comme paralysées. La lutte fut rude pour la jeune femme qui finit par fondre en larmes, des larmes invisibles, qui ne coulaient pas sur ses joues, mais inondaient son âme et son corps, sans pour autant éteindre le feu qui brûlait en elle.

Le lendemain matin, elle se réveilla en pleine conscience. Tout était clair et net autour d'elle, les images et le son. Cependant son corps refusait toujours de lui obéir. Il devait être tôt car la lumière était douce et n'agressait pas trop ses yeux encore sensibles et fragiles. Les immenses fenêtres qui occupaient presque tout l'espace étaient dépourvues de rideaux. Cela expliquait la lumière vive qui lui dévorait les yeux ces derniers jours.

À quelques mètres d'elle, sur le lit voisin, se tenait une jeune femme. Elle était brune, ses longs cheveux tressés se découpaient nettement sur sa chemise de nuit blanche. Elle était assise en tailleur et semblait plongée dans la lecture d'une lettre. Elle songea qu'il n'était peut-être pas possible pour les malades de recevoir des visites, mais seulement du courrier. Elle se rappela qu'Emilio n'aimait pas vraiment écrire. Elle soupira. *Ô Emilio, mon Emilio. Où es-tu, que fais-tu ?* Son cœur se déchira à la pensée de son homme et de sa petite qu'elle avait abandonnée. Elle les espérait surtout en bonne santé. Il fallait qu'elle sache ou elle allait devenir folle à se tourner les sangs. Sa voisine de lit avait désormais attrapé une plume et un encrier et s'appliquait visiblement à répondre à la lettre reçue. Peut-être qu'on pourrait rédiger un mot pour elle, et l'expédier à Emilio... De toute façon, il devait très certainement prendre de ses nouvelles et il saurait bientôt qu'elle était rétablie. Elle essaya d'attirer l'attention de la jeune femme, bien trop concentrée sur sa missive pour s'être aperçue que Marguerite s'était réveillée. Elle s'évertua à l'appeler, mobilisant toutes ses forces, mais aucun son ne sortait de ses lèvres. Elle finit par émettre une sorte de râle et, à bout de forces, retomba dans un état de semi-conscience, au moment même où sa voisine, alertée par un grognement étrange, tournait la tête vers elle.

Marguerite reprit conscience l'espace d'un instant. On lui parlait, on lui donnait à boire, on humidifiait son front, on prenait soin d'elle. Une bouffée d'espoir l'envahit, on allait l'aider, elle aurait des nouvelles de sa fille, tout irait bien. Elle sombra une fois de plus et, épuisée par ses efforts, navigua en eau trouble tout le jour durant ; un seul visage hantait son esprit plongé dans les ténèbres, celui de Rose.

Le soir tombait à nouveau lorsqu'elle revint à elle. Elle se sentait plus légère, sa tête pesait moins lourd sur l'oreiller, et l'étau qui lui comprimait les tempes semblait s'être envolé. Allongée sur le dos, elle pouvait désormais bouger ses bras et ses jambes, difficilement mais c'était un bon début. Elle sentait son corps trempé de sueur sur lequel sa chemise de nuit collait comme une seconde peau. La dernière fois qu'elle avait transpiré ainsi, baignant ses draps et sa lingerie, elle avait donné la vie.

Rose…

Il lui était encore impossible de parler. Sa gorge était comme traumatisée, incapable de produire le moindre son. Elle abandonna vite, ses quelques efforts l'avaient fatiguée. Quelle chaleur ! Elle avait pourtant la nette impression que sa fièvre était tombée. Le soleil devait taper toute la journée sur les grandes fenêtres, transformant la pièce en étouffoir. Le lit voisin était désormais vide. Marguerite se demanda si la femme brune avait quitté l'hôpital. Si oui, elle l'enviait terriblement.

La pièce s'obscurcissait à mesure que le soleil se couchait et la jeune femme espérait voir la température baisser, un peu de fraîcheur serait la bienvenue. Elle avait soif. Vraiment très soif. Sa langue était rêche, incapable d'humidifier ses lèvres desséchées, il lui fallait boire. Elle tendit l'oreille. Des pas approchaient et elle aperçut une infirmière ou peut-être bien une sœur qui traversait la salle dans sa direction. Elle mobilisa toutes ses forces pour se dresser sur les coudes et chercha sa respiration pour l'appeler. Une quinte de toux lui déchira les poumons et son corps menaça de basculer hors du lit, rattrapé *in extremis* par une très jeune femme.

Tout habillée de blanc, elle portait un tablier à bavette et était coiffée d'un petit bonnet. Ses traits étaient fins et juvéniles, piqués de taches de rousseur. Elle aida Marguerite à se rallonger, puis s'éloigna avant de revenir avec un verre d'eau, patientant au chevet de la malade jusqu'à ce que la crise soit passée.

Marguerite se jeta sur le verre qu'on lui tendait. L'eau était tiède, ne lui apportant que peu de secours. Elle reprit sa respiration et au moment où la jeune infirmière se relevait pour partir, Marguerite lui agrippa le poignet pour l'attirer à elle. La peau de l'infirmière était si douce, comme celle d'un bébé… Il n'en fallut pas plus pour que la jeune femme soit envahie par le désespoir que seule une mère attendant des nouvelles de son enfant pouvait ressentir. La soignante se pencha vers elle pour lui prendre la main qu'elle caressa affectueusement. Elle tenta de rassurer la jeune femme :

— Tout va bien Mademoiselle, vous êtes sortie d'affaire. Le médecin est passé tout à l'heure et il a été formel. Votre fièvre est tombée, vous n'avez plus de symptômes, il faut juste vous reposer pour récupérer. Vous avez eu beaucoup de chance, vous savez.

Elle lui souriait de ses dents d'un blanc aussi éclatant que son uniforme. Dans un dernier effort et poussée par une détresse infinie, Marguerite réussit à murmurer quelques mots, d'une voix rauque et cassée qu'elle ne reconnaissait pas :

— Mon bébé, je veux mon bébé...

Puis sa voix se perdit, la gorge soudain entravée par une grosse boule de chagrin. L'infirmière se voulut rassurante :

— Vous comprenez qu'il est impossible pour vous de recevoir des visites, mais vous serez vite rétablie. Je vous le promets !

Et elle serra encore plus fort la main moite de Marguerite qui tenta de lui répondre, contrariée par une quinte de toux, moins violente que la précédente. L'infirmière en profita pour s'éclipser et la jeune femme se retrouva seule, avec ses angoisses, sa douleur et surtout ses pensées, qui vagabondaient vers son unique préoccupation : sa fille.

Elle suivit le fil de ses pensées et la douleur s'apaisa, tout comme sa tristesse. Penser à sa fille la remplissait de joie. Elle voyait ses petites mains potelées, ses jolies boucles brunes, ses grands yeux noirs, et ses longs cils qu'elle battait de manière si innocente. Ses gazouillis, son odeur de talc à la rose, qui lui coûtait une vraie fortune, mais c'était un luxe qu'elle tenait à lui offrir. Mais surtout son contact, sa peau douce et chaude, cette intimité et cette complicité qu'elles partageaient. Sa petite Rose, jamais elle n'aurait pensé que la maternité puisse lui apporter tant de bonheur. Sa propre mère n'avait jamais été affectueuse et avait toujours laissé entendre que ses enfants étaient plus un fardeau qu'une chance. Marguerite avait donc découvert avec bonheur la joie d'être mère. Comme beaucoup de femmes, elle avait occulté tout le reste, tout ce à quoi elle n'avait pas du tout été préparée, pour se concentrer sur une seule et unique chose : le moment béni où elle avait tenu sa fille dans ses bras, tout contre son cœur. Une larme coula sur son visage et elle s'endormit, sa fille à ses côtés.

La nuit était tombée, les infirmières avaient enfin ouvert les fenêtres et un air propre et frais avait remplacé l'atmosphère lourde et viciée qui avait régné dans la salle toute la journée.

Allongée dans son lit, Marguerite regardait le ciel étoilé. Elle luttait pour reprendre des forces et enfin retrouver sa famille, mais hormis de l'eau, on ne lui avait rien apporté de requinquant. Elle comprenait que les visites soient interdites dans cette salle au risque de contagion élevé, mais elle s'inquiétait de ne pas avoir reçu la moindre nouvelle, le moindre courrier, le moindre message. Pourtant, depuis qu'elle avait repris ses esprits la veille, elle avait pu observer que ses voisines lisaient du courrier, des livres, et possédaient des objets personnels. Ses tentatives pour attirer l'attention des infirmières n'étaient guère fructueuses et elle avait même l'étrange sensation qu'on l'évitait.

Demain c'est décidé, j'essaierai de me lever et je demanderai à manger. Il lui fallait partir d'ici au plus vite. Retrouver sa fille, sa pauvre petite fille... Elle priait sans cesse pour qu'Emilio prenne les bonnes décisions et s'en sorte avec leur enfant. Elle comptait aussi sur leur logeuse, cette chère Mme Petit, pour prendre les choses en main et seconder Emilio. Elle était toujours de bon conseil et savait prendre les bonnes décisions avec sang-froid.

Marguerite se sentit soudain très lasse. Toute cette inquiétude à propos de sa fille, de sa santé, pesait lourd sur ses frêles épaules. Les larmes lui montèrent aux yeux et surprise, elle les sentit couler sur ses joues, mouillant jusqu'à son cou, sa poitrine, sa chemise de nuit et son oreiller. Épuisée, elle sombra dans un sommeil agité, peuplé de démons qui lui arrachaient sa fille.

Le lendemain matin, on lui apporta enfin un petit déjeuner. L'infirmière l'aida à se redresser et deux oreillers calés dans le dos, Marguerite découvrit enfin dans son ensemble l'endroit où elle se trouvait. Rapidement, elle comprit que les femmes occupaient les premiers lits, et que les deux tiers des patients étaient des hommes. Cette situation aurait dû grandement embarrasser la jeune femme, mais rien n'avait plus d'importance.

Le plateau n'était que peu garni, mais elle n'était même pas certaine de pouvoir tout avaler.

— Comment allez-vous ce matin ? demanda l'infirmière, tout en déposant le plateau sur les genoux de la malade.

— Bien, gémit Marguerite.

Il lui était difficile de parler mais elle tenait absolument à s'exprimer.

— Je voudrais des nouvelles de ma famille, s'il vous plaît.

Sa voix ressemblait à celle d'une mourante mais elle se sentait bien vivante. L'infirmière, une femme d'âge mûr au visage ingrat, lui tendit une cuillère et répondit :

— Le docteur va venir vous voir, nous verrons ce qu'il dira. En attendant, il faut manger.

La voix, ferme, était celle d'une personne habituée à faire régner son autorité.

— Je ne sais même pas où je suis..., pleurnicha Marguerite, peinée d'être rabrouée.

Touchée et sûrement un peu coupable, l'infirmière lui tapota la main.

— Vous êtes à l'hôpital Claude-Bernard, Mademoiselle, et tout va bien, ne vous inquiétez pas.

— Je voudrais voir ma fille, gémit de nouveau Marguerite, au bord des larmes.

— C'est impossible, voyons. Vous vous trouvez dans le pavillon Pasteur, il est réservé aux maladies contagieuses. Vous comprenez bien que les visites sont interdites...

Marguerite voulut insister, mais la boule de chagrin qui l'étouffait l'empêcha de parler et l'infirmière, après lui avoir souri avec complaisance, s'éloigna.

Abandonnée, la convalescente regarda avec dégoût le bouillon insipide et le morceau de pain rassis qu'on lui avait servis. Elle avala pourtant consciencieusement l'intégralité de son bol, mais cela lui coûta beaucoup. Elle se sentait nauséeuse, et à chaque cuillerée elle sentait son cœur au bord des lèvres. Elle glissa le pain sous son oreiller et tout en attendant patiemment la venue du médecin, elle réfléchit.

L'hôpital Claude-Bernard était ce nouvel établissement, construit en remplacement de l'ancien hôpital d'Aubervilliers, qui accueillait les malades du choléra et que l'on avait incendié pour purifier l'endroit. Marguerite frissonna à cette idée et regarda de nouveau autour d'elle. L'endroit était en effet très moderne et entretenu, bien loin de l'image qu'elle se faisait des hôpitaux. L'établissement était le plus proche de leur domicile et cela la rassura. Elle était près des siens et pourrait bientôt les retrouver.

Marguerite fondait tous ses espoirs sur la venue du docteur et elle le vit arriver tel un messie, dans la lumière éblouissante qui baignait la pièce. Pour un peu et en plissant les yeux, elle apercevait une auréole au-dessus de sa tête.

Il portait une longue blouse blanche qui s'ouvrait sur un costume trois-pièces très élégant, un nœud papillon, des lunettes rondes ; ses cheveux blancs et son visage marqué trahissaient son âge avancé, mais il traversa la salle avec souplesse et légèreté.

— Bonjour Mademoiselle, je suis le docteur Fenoll. Comment vous sentez-vous aujourd'hui ?

— Bien mieux, articula-t-elle difficilement.

— Bien, bien. Vous avez eu beaucoup de chance, Mademoiselle...

Il semblait chercher dans son dossier le nom de sa patiente.

— Lemoine, l'aida-t-elle.

— Prénom ?

— Marguerite...

— Bien, bien. Je vais vous ausculter, mais je pense que vous êtes sortie d'affaire. Vous êtes arrivée ici avec une rougeole, doublée d'une pneumonie. Vous avez eu de nombreuses complications mais le pire est passé. Avez-vous des antécédents de poitrinaire ?

— Non...

— Et dans votre famille ?

— Pas que je sache, non...

— Bien, bien. Je vais vous examiner maintenant.

En silence, Marguerite se plia à l'examen du médecin. Il écouta son cœur et ses poumons à l'aide d'un stéthoscope, dont le métal, froid, la saisit. Elle ferma les yeux et concentra son attention sur sa respiration. Elle ne pouvait ignorer le chuintement qu'elle distinguait nettement, semblable à celui que faisait le vieux poêle chez ses parents. Le médecin prit ensuite sa tension, inspecta sa gorge et enfin ses pupilles.

— Je vais maintenant vous demander de tousser.

Elle s'exécuta, mais l'exercice entraîna vite une quinte de toux violente que Marguerite tenta de minimiser aux yeux du médecin. Il devait la déclarer guérie le plus tôt possible.

— Bien, bien. Il est indispensable que vous preniez encore du repos. Il faudra veiller à bien vous hydrater et à manger plusieurs fois par jour. Des petites quantités pour commencer. Un peu d'exercice est indispensable, on vous aidera à faire quelques pas.

— Ma fille ? Quand pourrai-je la revoir ?

— Eh bien, quand tous les risques de contagion seront éloignés, voyons. Dans quelques jours vous changerez de pavillon pour une sorte de quarantaine et selon votre état nous aviserons. Suivez bien mes instructions et tout ira bien, Madame.

— Merci docteur, souffla Marguerite un peu déçue.

Et il s'éloigna à grandes enjambées, avant de s'arrêter près d'une nouvelle patiente, toujours flanqué de deux infirmières.

Le reste de la journée s'étira avec lenteur et ennui. Marguerite avait dormi pour les deux années à venir et elle ne trouvait pas le sommeil. Plus l'heure avançait, plus le pavillon se transformait en fournaise. Elle savait combien la lumière était bénéfique aux malades, mais là on frôlait le non-sens. Sous cette chaleur accablante et dans cette lumière éblouissante, il était impossible de se reposer. Prenant son mal en patience, la jeune femme ne manquait rien de ce qui l'entourait. Les patients et leurs états respectifs, les allées et venues des infirmières, le courrier, les plateaux. Mais surtout l'odeur de la maladie, les plaintes, les quintes de toux déchirantes, les appels au secours. Marguerite, craignant de devenir folle, se concentrait sur tout ce qui lui semblait positif et luttait pour ne pas céder à la panique ou fondre en larmes.

Dans l'après-midi, sa voisine de lit rassembla ses maigres effets personnels et quitta le pavillon au bras d'une infirmière. Alors qu'elles n'avaient pas échangé le moindre mot, elle salua Marguerite d'un geste de la main et le cœur de la jeune femme se déchira à nouveau. Comme c'était injuste... Dans l'heure qui suivit, les draps furent changés et on amena une vieille femme très mal en point. Marguerite finit même par penser qu'elle était déjà morte.

Immobile, le teint verdâtre, on ne pouvait distinguer sa respiration et même si elle n'avait jamais vraiment vu de cadavre, cela y ressemblait sacrément.

Tétanisée, elle détournait le regard, mais ne pouvait pourtant pas s'empêcher de jeter de rapides coups d'œil, cherchant désespérément le moindre signe de vie. Marguerite craignait de contracter une autre de ces maladies contagieuses, de devoir s'éterniser ici, ou pire encore. La vieille femme finit par émettre un long et lugubre râle. Rassurée, si l'on pouvait dire, Marguerite détourna son attention.

Le temps vira en fin de journée et l'on entendait la pluie battante, rythmant les longs silences entre deux quintes de toux, entre deux râles. On ouvrit les fenêtres et une fraîcheur bienvenue inonda le pavillon. Le dîner fut plus conséquent, un ragoût de pommes de terre et même un petit morceau de lard. Le pain était humide, mais Marguerite préféra cela au pain sec de la veille et n'en laissa pas une seule miette. Elle vida la carafe d'eau tout juste remplie et le regretta aussitôt. Elle devrait encore utiliser ce maudit bassin qui la mettait si mal à l'aise. Elle préférait d'ailleurs ne pas penser aux linges qu'elle avait souillés et à la toilette qu'avaient dû lui faire les infirmières. Elle ressentait plus que jamais l'envie et le besoin de se laver. Il était difficile d'évaluer sa propre odeur corporelle dans cet air vicié, mais elle pouvait sans mal imaginer que ce n'était pas très brillant. L'espoir de sortir bientôt la maintenait sur le chemin de la raison : tout allait s'arranger.

Cette nuit-là, Marguerite dormit d'un sommeil de plomb. Au réveil, elle petit-déjeuna avec appétit et réussit à traverser la salle, au bras d'une infirmière.

— Je me sens vraiment mieux, vous savez. Je pense pouvoir sortir bientôt.

— Je vous le souhaite Mademoiselle, vous êtes sur la bonne voie.

L'infirmière devait avoir son âge et Marguerite se sentait presque comme avec une amie.

— Les autres patients reçoivent du courrier, je pense être en état d'en recevoir moi aussi, avança Marguerite.

— C'est certain...

— Alors pourquoi n'ai-je encore rien reçu ?

La question était posée sans détour.

— Tout simplement parce que vous n'avez pas reçu de courrier, Mademoiselle...

Marguerite encaissa le coup.

— Pas de courrier... Mais enfin... je... et si mon... comment dire ?

Marguerite butait sur les mots, puis se lança.

— Je veux dire, si mon compagnon ne m'écrit pas, je sais qu'il n'aime pas vraiment ça, comment prend-il de mes nouvelles ? Il doit bien pouvoir me laisser des messages ?

Un silence un peu trop long s'installa.

— Je ne sais pas Mademoiselle, je vais demander...

— Oui s'il vous plaît, car je suis très inquiète pour ma fille. Je crains qu'elle n'ait été aussi contaminée et...

— Je n'ai rien entendu en ce sens, répliqua l'infirmière qui se voulait sûrement rassurante.

— Bien, tant mieux. Mais renseignez-vous, je vous en supplie. Je dois savoir comment va mon enfant, et elle doit savoir que je vais bien aussi. Son père aussi.

L'infirmière acquiesça tout en l'aidant à s'installer dans son lit. Elle tapotait les oreillers, lissait les draps, consciencieuse sous son bonnet blanc.

Dans l'après-midi, Marguerite surprit des chuchotements et des haussements d'épaules entre infirmières. Sans bien savoir pourquoi, elle se sentait concernée par ces messes basses. Un sentiment étrange la gagna. En plus du courrier qu'ils recevaient, les autres patients disposaient d'effets personnels : du linge, des livres, des affaires de toilette. Quelque chose clochait, et ce quelque chose lui faisait peur. Arriva l'heure du dîner et lorsqu'une infirmière lui apporta son plateau, Marguerite l'interpella.

— Excusez-moi mais je voudrais savoir pourquoi les autres patients ont le droit de posséder des objets personnels ?

L'infirmière leva les sourcils et répondit simplement :

— Ce n'est pas une question de droit, on donne aux patients ce que leur famille apporte...

Marguerite ne comprenait pas.

— Et il n'y a rien pour moi ? Ma famille a bien dû vous apporter quelques affaires...

Elle se sentait perdue. Emilio connaissait assez bien Marguerite pour savoir qu'elle aurait besoin de linge, d'un nécessaire de toilette, de journaux...

— Non, Mademoiselle, je suis désolée, mais on n'a rien laissé pour vous.

— Rien ? Comment ça ? On a bien dû venir prendre de mes nouvelles, demander ce dont j'avais besoin...

— Mais voyons Mademoiselle, personne n'est venu demander après vous... On ne connaissait même pas votre nom avant que vous le donniez au docteur.

Marguerite pâlit. Une sueur froide mouilla son front et la nausée la submergea. La bile dans sa gorge l'asphyxiait, l'empêchant de parler. Bouche bée, elle essaya d'analyser et de comprendre ce que l'infirmière venait de dire. L'idiote se contenta de lui tapoter le bras avant de quitter son chevet, sans plus d'explication.

C'était la douche froide. Marguerite ne comprenait rien à ce que lui avait dit l'infirmière. Comment ça, personne ne l'avait demandée ? C'était impossible. Emilio l'avait forcément conduite à l'hôpital. Elle se souvenait parfaitement de lui à son chevet, et de son inquiétude face au diagnostic du médecin.

La jeune femme essayait de se ressaisir. La seule raison qui pouvait empêcher Emilio de venir devait être grave, un accident par exemple. Il avait dû arriver quelque chose de terrible. Rose ! C'était forcément Rose. Un cri déchirant lui échappa et l'infirmière ne tarda pas à accourir.

Marguerite lui agrippa le bras et serra si fort qu'elle sentit ses ongles fins s'enfoncer dans la chair de la jeune femme, à travers sa blouse blanche.

— C'est impossible vous m'entendez, impossible ! Emilio, Rose, ma fille, ils ont forcément dû venir aux nouvelles. Ils ne peuvent pas m'abandonner comme ça, il a dû se passer quelque chose, quelque chose d'affreux...

L'infirmière tentait de se dégager, impuissante devant le désespoir de sa jeune patiente. Elle voyait son visage se transformer, ses yeux s'agiter fébrilement, ses mains trembler, la folie la guetter.

— Calmez-vous !

Elle devait la faire taire à tout prix.

— Taisez-vous et écoutez-moi !

Cette fois, c'est elle qui agrippa Marguerite, l'obligeant à la regarder dans les yeux.

— Vous allez m'écouter attentivement ! Il vous faut rester calme. Vous n'avez pas idée de ce qu'ils font subir aux femmes victimes d'hystérie. Si vous vous faites remarquer, vous êtes perdue ! Si vous voulez sortir d'ici et revoir votre famille, vous devez vous tenir à carreau ! C'est compris ?

Le ton dur et l'éclat qui brillait dans les yeux de la jeune infirmière eurent l'effet escompté. Marguerite se maîtrisa.

Il lui fallait sortir d'ici, rentrer chez elle, retrouver sa fille. Elle allait faire ce qu'on lui dictait.

— Je vais me renseigner pour vous, savoir qui vous a amenée ici et comment. Ça vous va ?

Marguerite acquiesça. Elle avait confiance en cette jeune femme qui semblait vouloir son bien. Et pour bien réfléchir, il fallait se ressaisir. Il y avait forcément une explication à tout ça et elle comptait bien la découvrir.

La jeune infirmière traversa le pavillon d'un pas vif, elle avait échappé au pire. Elle avait vu le regard de la jeune femme basculer vers la folie et se félicitait d'avoir modéré sa crise. Elle avait vu trop de patientes sombrer, puis être enfermées, avant de devenir le sujet d'expérience en tout genre : hypnose, électrochoc, lobotomie ou autre atrocité. Elle frissonnait encore au simple souvenir des hurlements de cette femme sous l'effet d'ondes électriques.

Il était presque minuit lorsque l'infirmière de nuit sortit de la salle pour se rendre dans le petit bureau où elle se servit une bonne tasse de café chaud. Elle devait encore tenir deux bonnes heures avant d'être remplacée et elle s'endormait sur sa chaise. L'hôpital fournissait à son personnel un café de qualité, bien éloigné de celui servi aux patients. Elle ressentait souvent un peu d'embarras lorsqu'elle distribuait cet infâme jus de chaussette aux malades, mais après tout, ce n'était pas de son ressort...

Dans le pavillon, tout était calme. Pourtant, Marguerite guettait. Dès qu'elle vit l'infirmière quitter son poste, elle glissa hors de son lit et ramassa la pile de vêtements soigneusement pliés qui patientait sur sa chaise depuis son arrivée. Retrouver ses précieux vêtements de ville lui redonna un peu de l'estime qu'elle avait perdue ici. En revanche, la jeune femme eut beau chercher partout, sous son lit ou encore sous celui de sa voisine, elle ne trouvait aucune trace de ses chaussures... Quelle guigne !

Mais elle n'avait guère de temps et sa décision ne tarda pas. Avec ou sans chaussures, elle quitterait cet endroit. Elle traversa le pavillon maladroitement, pliée en deux, se faisant la plus petite possible. Sous ses pieds nus, le carrelage à damier noir et blanc lui sembla glacé. Elle prenait appui sur les montants des lits qu'elle dépassait, jusqu'à arriver devant le petit bureau, les jambes déjà tremblantes et le cœur affolé. Alors qu'elle se glissait vers la grande porte, une quinte de toux déchira le silence et Marguerite s'immobilisa. Elle se tassa contre le mur, cherchant à se rendre invisible. Mais rien ne bougea dans le petit bureau. C'était le moment. Elle actionna la poignée et entrebâilla la porte, juste assez pour se faufiler.

Surprise, elle se retrouva à l'air libre. L'air frais du soir lui caressa le visage et sans savoir pourquoi, elle sentit une larme couler sur son visage. Sous ses yeux, l'imposante silhouette du pavillon dans lequel elle se trouvait se découpait dans la nuit. À quelques mètres seulement, un autre pavillon, identique, et plus loin d'autres encore. Elle se sentit soudain complètement perdue.

Dépêche-toi ma fille, si tu restes plantée là, tu es fichue ! Mais elle ne savait pas quelle direction emprunter, l'enceinte de l'hôpital semblait immense. Des pas ! Vite, elle se décida, et s'élança vers les grilles qui isolaient l'endroit. Si elle les suivait, elle finirait bien par trouver l'entrée... ou plutôt la sortie. Aux aguets, elle glissait le long des barreaux de métal, terrifiée, reconnaissante que le sol soit fait de pavés et non de graviers.

Elle arriva bientôt près d'un grand portail, éclairé de réverbères, devant lequel deux hommes, en uniforme, fumaient en devisant. Marguerite se cacha et souffla un moment. Les quelques mètres qu'elle venait de parcourir l'avaient éreintée. Comment pouvait-elle passer ces gardes sans attirer leur attention et surtout sans chaussures ?

Elle allait se lancer stupidement lorsque le destin lui envoya un sauveur. Il avait bien piètre mine et une dégaine pire encore, mais l'ivrogne qui décida de se soulager au pied du réverbère sous lequel les deux agents montaient la garde lui sauva la mise. Bien trop occupés à sermonner et vilipender le vieillard, les deux hommes n'aperçurent pas la silhouette noire qui se glissait dans la rue. Finalement, ses pieds nus lui garantissaient la plus grande discrétion et elle s'éloigna dans le silence de la nuit.

Un peu au hasard, elle chancela une centaine de mètres avant de bifurquer dans une petite rue où elle s'effondra sur la première volée de marches qu'elle rencontra. Sa tête tournait, elle avait le vertige, son corps entier la faisait souffrir et elle n'était qu'au début du chemin. La peur et l'angoisse menaçaient, mais elle refusa d'y céder. Elle devait y arriver. Sans le moindre sou en poche, elle devait marcher. Elle aurait pu sonner quelque part, entrer dans un café, mais elle était terrifiée à l'idée qu'on la démasque et qu'on la renvoie dans ce terrible endroit.

Après avoir repris un semblant de respiration, elle entama ce qui ressemblait fort à un long périple, où elle avançait, pas après pas, sans toujours pouvoir voir où elle posait les pieds. Elle trébucha, beaucoup, et se blessa à plusieurs reprises. Mais elle se sentait comme habitée, et c'était la peur ou la rage qui la faisait avancer. Elle aurait presque pu courir, si son corps en avait eu la faculté. Sans jamais s'éloigner des voies éclairées, elle esquivait habilement les bandes suspectes, mais aussi les individus solitaires. À plusieurs reprises, elle se dissimula sous une porte cochère, derrière un arbre ou même sous un banc, pour éviter les mauvaises rencontres. Au détour d'une ruelle obscure, elle assista à une rixe entre voyous et ne put échapper à la vision d'une lame brillant dans la nuit, ni au cri guttural qui suivit. Elle se glissa derrière une pile de caisses en bois, et attendit. L'endroit était humide et sentait l'urine, mais elle se fit toute petite. Quand tout fut terminé et que la bande s'éloigna, elle s'extirpa de sa cachette et reprit son chemin, la boule au ventre. Tout compte fait, ne pas porter de chaussures se révélait un avantage dans cette traversée de Paris la nuit. Elle avait marché dans d'innombrables et indéfinissables immondices, mais sans talons, personne ne l'entendait. Elle se glissait sans bruit dans les ténèbres, apparaissait et disparaissait, insaisissable.

Après une bonne heure de marche et de frayeurs, le cœur battant à cent à l'heure et assoiffée, elle poussa la lourde porte d'entrée de sa maison. Elle se traîna dans l'escalier, littéralement agrippée à la rambarde et se hissa au premier étage. La porte de l'appartement était là, devant elle. Un instant elle avait craint de ne pas la retrouver, comme si elle avait pu se volatiliser. Elle avait tellement attendu ce moment ! Elle pouvait presque les sentir, là tout près. Se jetant sur la poignée, elle tambourina, cria, mais rien ne se passa. La poignée ne cédait pas, la porte ne s'ouvrait pas. Affolée, elle cogna encore et encore, hurlant presque. Toujours rien.

— Marguerite ?

Elle se retourna d'un bloc. Mme Petit la dévisageait comme si elle voyait le diable en personne, ou encore un fantôme. Elle n'était pas très loin de la vérité.

La logeuse regardait celle qu'elle avait cru morte, et qui était désormais là devant ses yeux, mais bien loin de l'image dont elle se souvenait. Il lui semblait voir une furie. Ses cheveux pendaient lamentablement en paquets, et son visage, mon Dieu, son visage était méconnaissable. Les joues creusées, le teint cireux, presque bleu et ces yeux, injectés, ils semblaient prêts à sortir de leurs orbites. Ses vêtements étaient froissés et tachés, quant à ses pieds, miséricorde, ils étaient nus et noirs de crasse. Elle avait pu la suivre à la trace dans l'escalier. Après quelques secondes de flottement, la jeune femme se précipita à son cou, visiblement à bout de nerfs, criant et pleurant à la fois.

— Rose ! Rose ! Où est ma fille ? Je vous en supplie, ouvrez la porte, je veux voir ma petite fille.

Mme Petit resta interdite. Elle n'y comprenait rien.

— Mais enfin, Marguerite, expliquez-moi ! Vous avez disparu depuis deux semaines. Je vous croyais morte. Quand vous êtes partie à l'hôpital et que vous n'êtes pas revenue, j'ai pensé...

— Rose, Rose, où est Rose ?

Marguerite lui martelait la poitrine de ses petits poings, psalmodiant le prénom de sa fille, comme possédée. Elle dut lui attraper les mains et la tenir fermement.

— Comment ça, où est Rose ? Vous ne savez pas où est votre fille ? Et Emilio, où est Emilio ?

La vieille femme cherchait à comprendre.

— Où est Emilio, où est Emilio ? Mais ici, voyons ! Et Marguerite lui désignait la porte de leur appartement.

Mme Petit ne comprenait absolument rien à ce qui se tramait, mais cela ne présageait rien de bon.

— Mais voyons Marguerite, Emilio n'est plus là. Il est parti.

— Parti ?

La surprise se peignait sur son visage.

— Oui, parti. Le jour même de votre départ pour l'hôpital. Quand je suis rentrée du marché, il y avait votre clef sous ma porte. Je suis montée voir. Toutes leurs affaires avaient disparu. Il ne restait que les vôtres. J'ai cru...

Elle hésita.

— J'ai cru que vous étiez morte, et qu'Emilio avait pris un nouveau départ, qu'il ne supportait pas de rester ici... sans vous...

Marguerite ouvrait de grands yeux ronds. Les larmes ne coulaient plus. Elle restait plantée là, les bras ballants, incapable de la moindre réaction.

Elle vit Mme Petit sortir son gros trousseau de clefs et ouvrir la porte de son appartement ; elle s'avança, comme un automate. Elle était bien chez elle, mais un rapide coup d'œil lui suffit pour comprendre que quelque chose clochait.

Le temps s'était comme arrêté. Un journal, posé sur la table, à côté d'une tasse vide, tachée de marc de café. Dans un coin, quelques pièces de linge séchaient sur un fil tendu et au pied du lit, ses souliers, qu'elle avait cherchés en vain.

Mais l'essentiel manquait. Un berceau, vide, plus de landau, plus de layette, plus de biberon. Pas plus que de veston, de béret, ou de complet marron. Rose et Emilio s'étaient évaporés, comme si elle les avait seulement rêvés. L'appartement se mit soudain à tourner autour d'elle et Marguerite s'évanouit, sous les yeux de Mme Petit, abasourdie devant une situation qui lui échappait totalement.

Lorsque la jeune femme rouvrit les yeux, elle constata avec soulagement qu'elle n'était plus couchée dans un lit d'hôpital, mais chez elle, dans son petit lit douillet. Puis elle croisa le regard affolé de sa logeuse, assise à son chevet, et l'effroyable réalité la frappa à nouveau de

301

plein fouet. Tel un diable sorti de sa boîte, elle jaillit de son lit, renversant tout sur son passage, et dans un gémissement presque animal, elle se rua vers la grande armoire. Les portes s'ouvrirent en grinçant et dévoilèrent une penderie à moitié vide, où seules les robes de la jeune femme se balançaient timidement. La commode vit ses tiroirs presque arrachés, mais pas le moindre bonnet, pas la moindre barboteuse, plus le moindre chausson.

Debout au milieu de la pièce, Marguerite en décortiquait chaque recoin, comme si elle cherchait un indice, une réponse, quelque chose à quoi se raccrocher. Sa respiration était bruyante, haletante et sa poitrine se soulevait, comme un volcan prêt à éructer.

Mme Petit l'observait de loin, tétanisée et persuadée que la jeune femme avait perdu le sens commun. Elle vit soudain les yeux de la jeune femme s'illuminer d'une lumière nouvelle, comme si un coin de ciel bleu apparaissait dans la tempête. S'élançant vers le berceau de sa fille, elle en arracha les draps et le matelas avant de laisser échapper un petit cri, d'émoi ou de joie. Elle tenait dans ses mains une petite boîte en fer-blanc, qu'elle regardait comme un trésor. Elle inspira longuement, puis l'ouvrit.

La boîte était vide... Un cri de désespoir déchira la pièce et Marguerite s'effondra sur le plancher, pleurant et hurlant, frappant le sol de ses petites mains.

— Non ! Non ! Non !

Elle hurla des heures durant, dans les petits bras dodus d'une Mme Petit totalement désemparée.

Rose et Emilio s'étaient bel et bien volatilisés.

10

Paris, janvier 1910

— Rose, Rose, nonnn !

Marguerite hurlait, se débattait, luttait vainement contre cette ombre sans visage qui emmenait sa petite fille loin, très loin. À tout jamais. Elle entendait son cœur cogner si fort dans ses oreilles, boum, boum, boum !

Elle sursauta soudain, jaillissant de son sommeil. Assise dans son lit, trempée de sueur, elle émergeait des ténèbres dans lesquelles ses cauchemars la plongeaient.

Désormais parfaitement réveillée, elle comprit que ce bruit sourd n'était heureusement pas celui de son palpitant : on frappait à la porte. On criait aussi.

Affolée, Marguerite bondit hors de son lit, tremblante, déboussolée, l'esprit encore un peu embrouillé. La porte tremblait sous les coups répétés et l'immeuble entier semblait vibrer dans un vacarme assourdissant. Elle ne prit même pas la peine de se couvrir et se précipita vers la porte, terrifiée à l'idée de ce qu'elle allait découvrir.

Celle-ci s'ouvrit sur un homme, grand, armé d'une canne qu'il utilisait comme heurtoir pour tambouriner sur le battant de bois. Derrière le halo lumineux de la lampe qu'il tenait dans son autre main, Marguerite reconnut le locataire du premier étage, qu'elle avait surnommé « l'homme à la canne », qu'elle croisait presque quotidiennement, et dont elle ne connaissait que peu de chose. Il avait emménagé depuis quelques semaines à peine.

— Vite ! intima-t-il. J'ai besoin de votre aide... le rez-de-chaussée... Mme Leclair...

Il balbutiait, visiblement essoufflé, s'exprimant avec difficulté.

Marguerite, que la montée d'adrénaline avait tout à fait réveillée, le suivit dans le couloir, pieds nus, en chemise de nuit, les cheveux tressés et enroulés en couronne sur le sommet de son crâne.

L'escalier était plongé dans l'obscurité mais elle n'y prêta d'abord pas attention, guidée par la lumière de l'homme à la canne, qui dévalait l'escalier prestement malgré son handicap. Elle pouvait entendre des gémissements et des lamentations, mais ne savait absolument pas à quoi à s'attendre. Pétrifiée, elle sentit son cœur se serrer, mais continua pourtant à avancer. Le spectacle qui l'attendait en arrivant sur le palier du premier étage était au-delà de ce qu'elle aurait pu s'imaginer. Sur un petit tabouret, en bonnet et chemise de nuit, Mme Leclair, leur logeuse, les joues baignées de larmes, sanglotait comme une enfant, serrant contre son cœur la photo de feu son mari. Tout autour d'elle, dans un véritable bric-à-brac, Marguerite reconnaissait quelques-uns des objets qui meublaient l'appartement de la vieille femme.

Éberluée, elle n'eut pas le loisir d'en voir plus, car l'homme à la canne l'avait attrapée par le bras et l'entraînait vers l'obscurité du rez-de-chaussée et les appartements de Mme Leclair. Une volée de marches plus bas, lorsque ses pieds nus plongèrent dans l'eau glacée, Marguerite commença enfin à saisir la situation. Tout était inondé...

Il avait en effet beaucoup neigé et beaucoup plu ces derniers mois sur Paris, mais il pleuvait dans son cœur depuis si longtemps qu'elle ne prenait plus garde aux gouttes qui tombaient sur la ville.

Elle avait bien entendu suivi les nouvelles concernant la montée des eaux de la Seine, qui n'était plus navigable depuis quelques jours. Mais jamais elle n'aurait imaginé une telle situation. C'était tout bonnement impensable. Et pourtant...

— Mademoiselle !

Elle sursauta. Perdue dans ses pensées, elle en avait oublié la réalité. Elle avait pourtant de l'eau jusqu'aux mollets et était frigorifiée. Elle commençait même à grelotter.

— Tenez. Je n'ai pas pensé à vous dire de vous couvrir, vous m'en voyez désolé. Dans la précipitation... pardonnez-moi...

L'homme à la canne venait de déposer sur ses épaules une veste qui lui tombait presque aux genoux.

— Je n'aurais pas dû vous demander de venir, vous allez attraper froid. Mme Leclair a insisté et...

— Tout va bien, le coupa-t-elle.

Il semblait sincèrement désolé de lui imposer cette situation, qui le dépassait visiblement.

Il lui sourit et Marguerite fut touchée un bref instant par la bonté de ce sourire, de ce visage.

— Mme Leclair m'a supplié, elle va tout perdre si on ne fait rien pour l'aider...

— Je vous suis, acquiesça-t-elle.

Elle avait de la sympathie et de la reconnaissance pour leur logeuse, cette femme que la vie n'avait pas épargnée, mais qui restait toujours discrète et généreuse. Qui plus est, elle respectait la vie de ses locataires, sans commérages ni bavardages abusifs et c'était assez rare pour le souligner. Ils étaient d'ailleurs ses seuls locataires et elle ne pouvait compter que sur eux...

Lorsqu'elle regarda autour d'elle, Marguerite découvrit une ambiance quasi fantasmagorique.

Quelques bougies avaient été allumées ici et là dans l'appartement et leurs lueurs scintillaient à la surface de l'eau, dans laquelle le clapotis de leurs pas semblait irréel. Dehors, on entendait des clameurs et des cris, Paris se réveillait sous les flots.

Silencieux et concentrés, ils commencèrent à ramasser les objets qui leur semblaient les plus précieux. Une pendule en bronze doré et son imposante garniture de cheminée, une paire de vases en porcelaine, une statue, ou encore des candélabres dorés à la feuille. Tous rejoignaient peu à peu leur propriétaire sur le palier. Mme Leclair semblait d'ailleurs avoir repris ses esprits et donnait ses instructions, comme elles lui venaient, entre deux crises de larmes.

— Le linge ! Il faut absolument sortir le linge des armoires... Mademoiselle Marguerite ! Pourriez-vous vous en occuper ?

Marguerite n'était pas très à l'aise dans cet exercice. Fouiller dans les effets personnels de sa logeuse était embarrassant. Elle avait pourtant été habituée à partager l'intimité de ses clientes, par exemple lorsqu'elle était couturière, mais c'était tout à fait différent. Il s'agissait là d'explorer la vie entière d'une personne.

— Monsieur François ! Dans le buffet vous trouverez un coffret sculpté. C'est la cave à liqueurs de feu mon époux, et j'y tiens beaucoup...

Ainsi son voisin se prénommait François. C'était tout de suite plus familier que l'homme à la canne...

Marguerite était frigorifiée et ses pieds se transformaient peu à peu en glaçons. Elle songea un instant à se chausser, mais il était hors de question de gâcher une paire de bottines. Alors qu'elle remontait l'escalier au tapis désormais trempé, une lourde pile de linge de maison sur les bras, sa propriétaire l'interpella.

— Vous pouvez mettre tout le linge dans l'appartement du premier. Une chance qu'il soit libre, sinon je ne sais pas où je serais allée...

Marguerite, qui n'avait même pas remarqué le départ de l'ancienne locataire, concéda que c'était en effet une grande chance et obtempéra, en débarrassant le linge dans l'armoire du petit appartement, où M. François avait déjà allumé le poêle.

— Tout le charbon de la cave va être perdu, gémit Mme Leclair.

Marguerite, prévoyante, en avait toujours une belle réserve à l'étage. Elle pourrait tenir plusieurs jours. Il faudrait surtout chasser toute cette humidité... Elle soupira avant de redescendre l'escalier et de replonger dans les eaux de la Seine, qui s'étaient invitées au rez-de-chaussée. Quelle histoire ! Prise dans tout ce remue-ménage, elle avait du mal à réaliser ce qui était en train de se passer. C'était tout bonnement une catastrophe. L'angoisse commençait à la saisir alors qu'elle pénétrait dans la chambre de sa logeuse, mais le spectacle qui l'y attendait la remua d'une tout autre manière.

Un énorme chapeau garni de plumes et de rubans sur la tête, M. François s'admirait dans un imposant miroir doré. Il semblait beaucoup s'amuser. À le voir ainsi grimacer et dodeliner de la tête, Marguerite ne put s'empêcher de s'esclaffer. D'abord d'un rire contenu, presque étouffé, puis d'un rire exalté qui la prit au dépourvu. L'homme se retourna, surpris et confus, mais bien vite gagné par le rire de la jeune femme, contagieux.

— Je suis un peu honteux, avoua François tout en déposant le chapeau sur le lit, sens dessus dessous et qu'on avait visiblement quitté à la hâte. Je n'avais jamais osé... C'était trop tentant...

Il bafouillait, comme un enfant pris en faute.

— Ne vous en faites pas. Je ne dirai rien à Mme Leclair.

François se sentit soudain très bête et pensa que la jeune femme devait se faire une bien piètre idée de lui. Il avait toujours été maladroit, mais auprès d'elle, il se sentait encore plus gauche que d'habitude. Il l'observa à la dérobée. Pour l'avoir croisée à plusieurs reprises, il la savait plutôt petite. Mais noyée sous sa veste, on aurait presque dit une enfant. Ses cheveux, tressés et relevés, laissaient apparaître ses pommettes hautes et la finesse de ses traits, qui se découpaient dans la clarté des bougies. Qu'elle était belle.

Lorsqu'elle lui était apparue, à la porte de sa chambre, dans sa chemise de nuit blanche, il avait cru voir un ange et en avait perdu ses mots. À ses côtés, il ne faisait que bafouiller et bredouiller, c'était consternant.

Elle se retourna, et il chercha quelque chose à dire. Si possible quelque chose d'intéressant et sans bredouiller.

— Heureusement que je ne dormais pas, sinon je n'aurais jamais entendu les cris de Mme Leclair. Elle refusait de quitter son lit et j'ai dû enfoncer la porte pour entrer. J'ai même dû la porter, elle était terrifiée.

— Pauvre Mme Leclair. Vous pensez que l'eau va encore monter ?

— Je n'en suis pas certain mais j'ai l'impression que depuis une heure le niveau ne bouge plus. Dans tous les cas, le premier étage sera épargné.

— Tant mieux.

La jeune femme retourna à sa tâche, qui, elle devait l'avouer, la distrayait de ses nuits cauchemardesques et de son quotidien bien morne. Non pas qu'elle se réjouissait de ce grand malheur, mais pour une fois, elle ne pensait plus au sien.

Une heure plus tard, la plupart des affaires sensibles de Mme Leclair étaient à l'abri : denrées alimentaires, linge de maison, objets de valeur, papiers... La plupart des meubles étaient perdus, François avait monté les plus petits à l'étage, mais pour le reste...

Les deux jeunes gens prirent congé avant de regagner leurs appartements, un peu déboussolés par les évènements. Marguerite, qui était gelée jusqu'à la moelle, se déshabilla en grelottant, avant d'enfiler sa robe en laine la plus chaude et de s'installer tout près du poêle, les pieds emmitouflés dans de grosses chaussettes. Bien trop agitée et incapable de se recoucher, elle décida d'attendre patiemment le lever du jour. Son regard tomba sur la veste de François, qu'elle avait étendue sur une chaise, près de sa chemise de nuit trempée. Voir ses vêtements côtoyer ceux d'un homme lui serra le cœur. Depuis toutes ces années, jamais un autre homme n'avait pénétré son intimité.

Elle tressaillit. On frappait à la porte, timidement. Elle en fut presque soulagée, comme si elle s'y attendait, ou l'espérait... Un peu tremblante, elle ouvrit la porte. Sans surprise, François se tenait là. Un peu gêné, il s'inclina pour la saluer, alors qu'ils venaient juste de se quitter.

— Je suis navré de vous déranger, mais j'ai vu la lumière sous votre porte, et comme... comme vous sembliez comme moi ne pas trouver le sommeil...

Il cherchait ses mots, encore, et Marguerite trouvait cela touchant. Cet homme la touchait et elle en fut un instant effrayée. Il reprit :

— J'allais me préparer une petite collation et je voulais savoir s'il vous plairait de vous joindre à moi.

Marguerite hésita. Elle rêvait d'un bon bol de soupe bien chaude et de quelques tartines. Mais était-il bien raisonnable de « casser la croûte » en pleine nuit avec un inconnu ? Au vu de la situation et de ce qu'ils venaient de partager, cela lui sembla après tout convenable. Et puis personne n'en saurait rien !

— Cela nous fera le plus grand bien, accepta-t-elle.

François soupira de soulagement. Il avait jugé son entreprise risquée, mais tout comme lui, Marguerite avait visiblement besoin de compagnie.

— J'ai des œufs frais et du fromage, proposa-t-elle.

— C'est parfait ! Un bon œuf à la coque, c'est tout ce qu'il me fallait.

Elle sourit, puis s'éloigna pour rassembler quelques denrées dans un panier. C'était comme préparer un pique-nique en pleine nuit. C'était presque excitant.

— Je vous suis !

— En route alors...

Et François ferma la porte derrière la jeune femme, jetant un dernier regard sur sa veste qui séchait près du poêle.

Quelques minutes plus tard, Marguerite pénétrait dans un appartement en tout point semblable au sien. Hormis la disposition des meubles et quelques éléments décoratifs, ils étaient identiques. C'était d'ailleurs assez déconcertant, de voir le même lit, la même armoire, ou encore la même table, mais investis par une autre personne. Un homme qui plus est. Mais elle devait admettre que son intérieur était très soigné et bien aménagé.

— Vous me laisseriez cuisiner ? interrogea-t-elle.

— Seulement si c'est votre souhait, car je sais parfaitement me débrouiller avec une poêle.

— Une femme qui laisse cuisiner un homme, vous n'y pensez pas !

Et elle se dirigea vers la cuisinière, identique à la sienne, et comme si elle était chez elle, c'était d'ailleurs tout comme, elle s'affaira à préparer un petit déjeuner gargantuesque. François en profita pour recharger le poêle et dresser la table. Il avait d'ailleurs un très joli service de vaisselle qui impressionna Marguerite lorsqu'elle s'installa pour déjeuner. Affamés, ils se ruèrent sur la nourriture et, sans une parole, dévorèrent tout ce que Marguerite avait préparé. Une omelette, sa spécialité, qu'elle avait osé proposer à la place d'un banal œuf à la coque, de grands bols de soupe, de belles tartines de pain avec du fromage et du café chaud, beaucoup de café.

Le silence qui s'était installé n'était aucunement pesant et les deux jeunes gens appréciaient ce moment de quiétude, se restaurant et se réchauffant en bonne compagnie. Quand il eut terminé, François remercia son invitée, qui s'était transformée en hôtesse.

— Mademoiselle Marguerite, merci, c'était absolument délicieux.

La jeune femme sourit timidement. Elle avait l'air tellement, tellement mystérieuse, elle dégageait tellement de mélancolie. Elle l'intriguait. Mais en parfait gentleman, jamais il ne se serait permis de l'interroger.

— Vous avez un très bel appartement, vraiment. Pour un homme, vous avez très bon goût. Ce service par exemple est une vraie merveille.

Une ombre passa sur le visage de François, ce qui n'échappa pas à la jeune femme, qui se tortilla soudain sur sa chaise, mal à l'aise.

Voilà, c'était maintenant, le moment était venu. Il le redoutait mais il devait l'affronter. Une fois de plus. Ce moment où il devait se livrer, raconter l'indicible. Mais pour la première fois, il était presque soulagé de pouvoir se confier, car il sentait qu'avec Marguerite ce serait différent. Qu'elle le comprendrait. Il ne savait pas pourquoi, mais il le savait.

Il inspira et dit :

— C'est mon épouse, Marthe, qui l'a choisi. Il nous a été offert comme cadeau de mariage.

Il observait attentivement la réaction de Marguerite et la vit se crisper. Il ne se laissa pas perturber et continua :

— Elle est morte en mettant au monde notre fils unique, Henri. Je l'aimais éperdument.

Il n'était pas certain que cette précision soit pertinente, mais c'était la stricte vérité et il n'avait aucune raison de s'en cacher. Marguerite, silencieuse, le regardait droit dans les yeux, comme pour sonder son âme. Ses grands yeux ronds s'écarquillaient, et il pouvait y voir vaciller la flamme des bougies.

— J'ai eu la chance de partager la vie d'Henri pendant deux merveilleuses années et puis il est parti. Sa mère l'a rappelé auprès d'elle, il avait sûrement plus besoin d'elle que de moi. J'ai tout perdu il y a dix ans et il n'y a pas un jour où je ne songe pas à eux. Je ne pensais pas survivre, et pourtant, je suis là devant vous.

Les larmes lui montaient aux yeux, et pourtant c'est sur les joues de Marguerite qu'il les vit couler. À aucun moment il n'avait pensé que son histoire pourrait autant la toucher. Soucieux, il se précipita à ses côtés et lui prit la main.

— Pardon, pardon Mademoiselle, je ne voulais pas vous peiner. Cette histoire est la mienne, elle est affreusement triste mais je refuse de vous voir pleurer.

Le pauvre homme ne pouvait deviner combien cette histoire faisait écho à celle de la jeune femme et combien elle ravivait la douleur qui sommeillait en elle.

— Non, non !

Elle secouait la tête et retira sa main de celle de son hôte. Ennuyé, il se détacha d'elle et retourna s'asseoir. Les sanglots de la jeune femme s'amplifièrent et il se leva pour lui trouver un mouchoir. Il n'en trouva qu'un, brodé aux initiales de son épouse, et décida que tant pis, il en était ainsi. Il déposa donc devant la jeune femme un joli mouchoir en dentelle, ainsi qu'un petit verre de calva, qu'elle but d'un seul trait.

L'alcool l'aida à se ressaisir et ses larmes se tarirent. Elle se moucha bruyamment et les yeux baissés, un peu honteuse de s'être laissée ainsi aller, elle faisait tourner le joli petit verre ciselé entre ses doigts. François la resservit, comme pour lui donner du courage.

Il s'était raconté, c'était à son tour, mais Marguerite hésitait. Son histoire semblait comparable et pourtant elle était tellement plus compliquée, comment expliquer ? Devait-elle raconter ? Elle ne l'avait jamais fait auparavant. Elle regardait le petit mouchoir brodé, hésitante.

Puis le troisième verre de calva délia son cœur et sa langue et elle se livra.

— Mes parents n'étaient pas des gens bien et je me suis enfuie à l'âge de dix-huit ans pour prendre une très bonne place qu'ils me refusaient. Je suis donc devenue modiste dans une grande maison de modes.

Elle s'interrompit. L'exercice n'était pas facile et elle avait honte de ce qu'elle avait à raconter. François l'encourageait du regard et finit par lui dire :

— Je ne suis pas là pour vous juger, juste écouter.

Plus détendue, l'alcool aidant, elle reprit.

— J'ai rencontré un homme, Emilio, un Italien. Mes parents ont refusé notre mariage, mais c'était déjà trop tard. J'ai perdu mon travail, c'était terrible, mais lorsque ma fille est née, tout était oublié. Rose, elle s'appelle Rose.

Un silence lourd de sens s'installa dans la pièce, et François sentit que l'histoire de la jeune femme était tout aussi dramatique que la sienne.

— Un jour, je suis tombée malade et Emilio m'a conduite à l'hôpital. J'ai senti que quelque chose n'allait pas, car il ne m'y a rendu aucune visite, donné aucune nouvelle. Ce n'était pas normal et lorsque je suis enfin rentrée chez moi, Emilio et Rose avaient disparu. Nos économies aussi. Je ne les ai jamais revus...

Au souvenir de cette terrible nuit, Marguerite versa de nouveau quelques larmes. Elle ressentit une fois de plus le désespoir qui l'avait envahie lorsqu'elle avait découvert l'appartement vide. Elle avait songé un instant qu'Emilio avait pu se réfugier quelque part, mais la disparition de toutes leurs affaires et de toutes leurs économies laissait deviner une tout autre histoire.

Mme Petit avait eu la gentillesse de lui laisser l'appartement quelques semaines, pour se remettre et pour attendre. Elle avait donc attendu, mais au bout de trois mois, elle avait dû se résoudre à lui rendre les clefs. Depuis, elle rendait visite à Mme Petit chaque semaine, dans l'espoir qu'elle aurait eu des nouvelles.

— Mais c'est terrible !

François était choqué par l'histoire que venait de lui conter Marguerite. La sienne était tout aussi dramatique, mais lui au moins pouvait faire son deuil. Comment pouvait-on vivre sans savoir où avait disparu sa famille ?

— Je suis sincèrement désolé Mademoiselle Marguerite, je ne pensais pas... enfin, je ne pouvais pas deviner que votre histoire était si tragique.

— Vous avez aussi eu votre lot de malheurs...

— En effet... mais je comprends difficilement comment un homme peut disparaître ainsi avec son enfant. Vous avez contacté sa famille, je suppose ?

Il réagissait presque avec colère, prêt à en découdre pour comprendre ce qui s'était passé.

— C'est compliqué, marmonna Marguerite. Son père est mort et il ne connaissait pas sa famille en Italie. À Paris, il n'avait que sa mère et son frère, mais je ne les ai jamais rencontrés. Ils avaient une vision bien différente de la vie et ils s'entendaient mal. Emilio avait tout fait pour oublier son passé et ses racines italiennes, alors que sa mère aurait voulu le voir épouser une fille du pays avec qui il pourrait retourner en Italie.

— Et son frère ?

— Un voyou... il n'en parlait jamais. Peut-être aurais-je dû trouver cela douteux, mais moi-même je ne parle jamais de ma famille...

— Donc vous n'êtes pas allée les voir ?

— Je n'ai jamais su où ils habitaient...

— Même pas un nom de quartier ?

— La banlieue ouest, c'est large... Je m'y suis rendue bien sûr, j'ai interrogé, cherché, en vain. J'ai même écumé les quartiers italiens.

— Et son travail ?

— Il avait fait des petits boulots, par-ci par-là, mais ça n'a rien donné. Il avait un patron, commissionnaire en vins italiens ; partout où j'ai demandé, on m'a claqué la porte au nez.

— Tout cela est vraiment étrange. Et la police ? Que vous ont-ils dit ?

D'une voix faible elle répondit :

— Je n'y suis pas allée... J'ai bien failli, plusieurs fois, mais j'ai renoncé. L'argent avait disparu, les papiers, les vêtements aussi. Ce n'était pas un accident... Et puis Emilio n'était pas français, j'ai eu peur de lui causer du tort...

Marguerite ne racontait pas tout. Dès que son état le lui avait permis, elle avait filé dans le quartier italien, persuadée d'y retrouver Emilio, ou d'obtenir des nouvelles. Après avoir visité plusieurs boutiques, des cafés et des restaurants sans succès, elle avait rebroussé chemin, bien décidée à revenir le lendemain pour continuer son enquête. Près de sa station, un homme avait surgi de nulle part, serrant avec force son poignet. La jeune femme s'apprêtait à crier et se débattre mais son agresseur lui avait murmuré à l'oreille :

— Si l'envie te prend d'rev'nir ici poser des questions, personne ne garantira ta sécurité, compris ?

Marguerite avait acquiescé sans vraiment comprendre ce qui lui arrivait. L'homme la terrifiait. Ses yeux, petits, perçants, qu'on pourrait décrire sans mal comme méchants, semblaient la fusiller. Il empestait le vin, et la balafre qui scindait son visage mal rasé n'était pas des plus rassurantes.

Il était reparti comme il était arrivé, en silence, se glissant dans la ville comme un serpent, prêt à bondir sur sa prochaine proie. Même si la jeune femme n'avait pas vraiment compris la teneur de ces menaces, elle ne pouvait s'empêcher de penser que ses questions au sujet d'Emilio en étaient l'origine.

Quelque chose clochait, quelque chose lui échappait. Emilio n'avait pas disparu sans raison. Elle pressentait le danger qui rôdait, le péril au-dessus de leurs têtes.

Elle avait donc cessé de chercher, persuadée qu'Emilio réapparaîtrait dès qu'il le pourrait. Impossible pour Marguerite de concevoir que l'homme qu'elle aimait ne chercherait pas à la prévenir ou à prendre contact. Elle s'était faite discrète, se tenant à carreau, fréquentant les lieux où ils aimaient se retrouver et se promener. Mais les mois avaient passé, puis les années. Toujours rien. Aucune nouvelle.

Pour dompter sa peine, exorciser sa douleur, elle écrivait à sa fille. Chaque jour. Parfois deux ou trois fois. Elle lui racontait les souvenirs de ces deux années passées ensemble, comme pour ne pas les oublier, décrivait les toilettes qu'elle continuait de lui confectionner, expliquait son travail à l'atelier. Jamais elle ne confessait son chagrin, son découragement. Elle restait pleine d'enthousiasme, comme si elles allaient se retrouver le lendemain, au détour d'une rue ou de l'allée d'un parc, comme si rien ne s'était passé.

Elle dispersait ces lettres un peu partout, au hasard de ses promenades : abandonnées sur un banc, au pied d'un arbre, jetées dans la Seine, glissées dans une boîte aux lettres. Elle semait son amour, avec le fol espoir qu'un jour, sa fille puisse le recevoir.

François attendait patiemment qu'elle continue à livrer son histoire.

— Je sais bien que présentée ainsi, l'affaire semble suspecte. J'ai l'impression de courir après un fantôme, comme s'il n'avait jamais existé. Mais je vous jure que c'était un homme bon et que notre amour était sincère. Je ne peux pas imaginer un seul instant qu'il ait fait du mal à notre fille, pas plus qu'il n'aurait pu m'en faire. Il y a forcément une explication !

Elle parlait d'Emilio au passé pour la première fois.

— Je comprends votre désespoir. Cela doit vous ronger.

— Oui, chaque jour qui passe apporte son lot de questions.

L'histoire de Marguerite interpellait François, au-delà même, elle le choquait, le scandalisait. Comment peut-on arracher un enfant à sa mère ? Quel homme peu scrupuleux priverait une mère de son enfant ? Cet Emilio devait être un bien mauvais bougre et menteur, visiblement. Cette pauvre Marguerite ne semblait pas s'en rendre compte, aveuglée par son chagrin.

— Puis-je vous demander comment vous êtes arrivée ici ?

— J'ai dû quitter le logement de Mme Petit, trop cher et je n'avais plus un sou en poche. J'ai vendu la majeure partie de ma garde-robe, et j'ai loué une petite chambre, le temps de me retourner. Je devais travailler, pour m'occuper, à tourner en rond je devenais folle. J'ai eu beaucoup de chance. Grâce à la lettre de recommandation de mon ancienne patronne, j'ai trouvé une très bonne place. Je travaille chez Jeanne Lanvin, au département « costumes d'enfant ».

— Cela vous plaît-il ?

— Je serais folle de vous dire que non. Madame Lanvin est un véritable génie et j'ai une très grande admiration pour elle. Il y a beaucoup de similitudes entre nos deux vies, elle m'inspire, parfois je me dis que j'aurais pu être elle...

— Je serais curieux de connaître ces similitudes...

François s'intéressait sincèrement au parcours de cette jeune femme qui le bouleversait.

— Eh bien, pour commencer, elle est née dans une famille pauvre. Très jeune, elle a commencé à travailler, d'abord comme garnisseuse, ou arpette dans des maisons de modes. Et puis un jour, grâce à un louis d'or offert comme gratification par une cliente, elle a ouvert sa propre boutique. Vous imaginez ? Si j'avais eu un peu plus de courage, d'audace... Enfin ! Au départ, elle ne faisait que des chapeaux, mais le succès était déjà là. Quelques années plus tard, elle a épousé un Italien. Emilio di Pietro.

— Effectivement ! Je commence à distinguer quelques ressemblances...

— Attendez, ce n'est pas tout !

Le visage de Marguerite s'animait et elle semblait avoir retrouvé un peu de joie de vivre. Il était évident qu'elle vénérait sa patronne. Elle reprit :

— Madame a une fille de dix ans, et je vous laisse deviner son prénom...

François allait dire « Rose », mais il se ravisa.

— Marguerite ? tenta-t-il.

— Oui ! Madame Jeanne la surnomme « Ririte », alors à l'atelier tout le monde m'appelle « la grande Ririte » et ça les fait beaucoup rire car en réalité je ne le suis pas vraiment.

François rit, la jeune femme faisait preuve de malice et cela lui plaisait beaucoup.

— Madame Jeanne créait des chapeaux, mais pour sa « Ririte » elle s'est mise à confectionner les plus adorables des toilettes...

Sa phrase finit dans un filet de voix et une ombre passa sur son visage.

— Comme vous...

François comprenait. Ils parlaient le même langage.

Marguerite déglutit et reprit :

— Ses toilettes pour enfant sont vraiment exceptionnelles et totalement novatrices, le succès a été immédiat. Ses amies, ou encore les mères des petites camarades de Marguerite, tout le monde s'arrachait ces merveilles. La réussite est telle que nous venons d'ouvrir un département « jeunes filles et femmes ». Madame ne fait guère plus de chapeaux... je trouve cela bien dommage...

— Vous avez l'air de beaucoup apprécier les chapeaux. Vous en avez d'ailleurs de ravissants...

La jeune femme rougit. Elle avait certes vendu une bonne partie de ses toilettes, et se contentait aujourd'hui de peu de coquetterie, mais ses chapeaux, elle ne pouvait s'en séparer.

— Mais si vous étiez modiste, pourquoi Madame Lanvin vous a-t-elle embauchée comme couturière pour enfants ?

— J'ai été apprentie couturière deux années, avant de devenir modiste. Madame était elle aussi passée des chapeaux à la confection. J'ai confectionné toute la garde-robe de Rose, vous savez. Et puis je suis arrivée au bon moment, celui où elle cherchait des petites mains pour l'aider dans la création de ce nouveau département pour enfants. J'avais de très bonnes recommandations, et puis je m'appelais Marguerite, je crois que ça a fait toute la différence...

— Lui avez-vous dit ?

Il n'osait pas formuler les mots directement, de peur de blesser la jeune femme.

— Non... j'ai un peu honte mais j'ai menti... J'ai raconté que je confectionnais des toilettes pour les filles d'amies ou de voisines. Elle m'a demandé de les lui montrer, je me suis exécutée, j'ai été embauchée. Voilà. Ce n'est pas très glorieux.

— Je pense que personne ne vous jugerait pour ça, vous êtes très courageuse.

— Je ne pense pas vraiment avoir le choix, je n'abandonnerai jamais, vous comprenez ?

— Oui, je comprends.

Le silence s'installa de nouveau. François se leva et resservit du café, dans lequel il glissa encore quelques gouttes de calva, la nuit avait été longue.

— Merci.

— Je vous en prie... Donc, vous êtes heureuse de travailler pour Madame Lanvin ? Vous n'aviez pas l'air tout à fait convaincue tout à l'heure, quand je vous ai posé la question.

— Je ne pense pas pouvoir être heureuse de nouveau... Et comme je vous l'ai dit, Madame est merveilleuse, talentueuse et c'est un grand honneur de travailler pour elle. Mais c'est aussi un véritable crève-cœur. J'ai rarement vu une femme aimer autant son enfant. Sa fille l'a réveillée, l'a ouverte au monde, elle est sa muse, son inspiration. Cet amour, cette affection qui les unit...

Sa voix se brisa et François comprit que ses mots ne valaient pas que pour Madame Lanvin et sa fille. Marguerite vivait sa maternité par procuration, à travers la relation de sa patronne et de sa fille. Il trouva cela terrible. Non, cela ne pouvait pas rendre heureuse, ce n'était qu'un simulacre de bonheur.

— C'est très difficile, vous savez. Confectionner des costumes pour enfants toute la journée, imaginer mon enfant les porter... Et puis affronter tout cet amour, j'ai l'impression qu'il me porte et me détruit à la fois.

Marguerite ne pouvait compter le nombre de fois où elle s'était cachée pour pleurer, tous ces moments où gagnée par la colère, la honte et l'injustice, elle avait voulu tout abandonner. Jamais elle n'avouerait qu'elle confectionnait toutes ces toilettes pour sa Rose et qu'elle enrageait de voir toutes ces petites filles les porter à sa place. Chaque petit minois, chaque boucle brune lui rappelait l'absence obsédante de sa fille dont elle ne reconnaîtrait probablement pas le visage. Des heures durant elle se concentrait sur son souvenir, pour ne pas oublier, pour ne pas voir s'échapper les traits de celle qu'elle aimait en pensée depuis qu'elle avait disparu.

— Pourquoi ne partez-vous pas ?

— Vous n'y songez pas ! s'insurgea-t-elle. Une place comme celle-là ne se quitte pas !

— Mais si cela vous rend malheureuse ?

— Je ne sais pas... et puis que pourrais-je bien faire ensuite ? Je n'aurai pas la force de chercher un autre emploi...

— J'ai bien une idée, avança-t-il, mais je ne sais pas si cela vous conviendrait... Je vous demande juste de bien vouloir y réfléchir avant de me donner une réponse.

Marguerite, piquée par la curiosité, attendait, dubitative et un peu sur la défensive. Qu'allait-il lui demander ? Le ton et la formulation lui laissaient craindre le pire. Pourvu qu'il ne lui demande pas de l'épouser. S'il le faisait, elle serait obligée de prendre congé et elle n'en avait aucune envie.

Au cours de la nuit qui venait de s'écouler, elle avait eu tout le loisir de l'observer et pour la première fois depuis longtemps, elle s'était sentie moins seule. L'homme lui inspirait confiance et elle espérait ne pas le regretter.

— Pour commencer, je crois qu'il est nécessaire que je vous raconte un peu mon histoire, pour que vous compreniez mieux ma proposition.

Elle retint son souffle lorsqu'il se leva et se mit à arpenter la pièce, appuyé sur sa canne. Il était plus âgé qu'elle, de dix ou quinze ans au moins, mais ce n'était pas à ses traits fatigués ou à la couleur de ses cheveux qu'elle le devinait. Il présentait au contraire un visage aux traits presque enfantins, d'une grande douceur. Et lorsqu'il souriait se formaient d'adorables fossettes. Sa grande moustache, droite et lustrée, du même brun que ses cheveux, tranchait par sa sévérité. Elle accompagnait de petites lunettes cerclées et dorées, qui à elles seules asseyaient son autorité. Il émanait de sa personne un mélange de fermeté, de bonté et de sagesse.

— J'ai grandi entre la campagne et ici. J'ai eu une enfance plutôt agréable, à quelques détails près, vous avez évidemment remarqué ma canne...

Elle ne put qu'acquiescer.

— J'ai contracté la poliomyélite à l'âge de huit ans et cette maladie a fait de moi un infirme. Mais j'ai eu de la chance, elle aurait pu me tuer et je suis là, devant vous. Lorsque j'ai eu seize ans, je suis entré comme commis au Bon Marché, mon handicap ne les a pas empêchés de m'embaucher. J'ai commencé au service de livraison et puis, petit à petit, j'ai gravi les échelons. En près de vingt ans, je crois que je suis passé par tous les services. C'est vraiment un endroit unique pour les employés, vous connaissez je suppose ?

Bien sûr, elle en avait entendu parler ! Elle qui avait toujours été bien lotie dans les places qu'elle avait occupées pouvait tout de même envier les employés du Bon Marché.

— Vous avez connu les Boucicaut ? demanda-t-elle, pleine de curiosité.

— Je suis arrivé après le décès de Monsieur et de son fils. Mais j'ai eu la grande chance de côtoyer Madame pendant plusieurs années. C'était une femme tout à fait exemplaire et elle se prénommait d'ailleurs Marguerite...

La jeune femme rougit, touchée d'être comparée à une femme si exceptionnelle.

— Est-il vrai que vous pouviez prendre des cours de langues ?

— Parfaitement ! *I speak english very well!* Et malgré mon infirmité, j'ai même pu prendre des cours d'escrime. Très formateurs d'ailleurs.

Marguerite était impressionnée.

— Marthe chantait dans la chorale, un vrai rossignol.
Il sourit à ce souvenir.

— Je l'ai rencontrée là-bas, elle était demoiselle de
magasin, affectée aux soieries. Elle logeait sur place et
déjeunait au réfectoire réservé aux jeunes filles, mais
nous nous croisions dans les couloirs, dans les rayons.
Je l'ai aimée au premier regard...
Il plongea ses yeux dans les siens et Marguerite frissonna.

— Il m'a fallu deux années avant d'oser lui demander
sa main et pour mon plus grand bonheur elle a accepté,
voilà, nous nous sommes mariés.
Spontanément, Marguerite demanda :

— Et l'héritage ?
Elle s'était exprimée à haute voix et, très embarrassée,
s'excusa vite.

— Pardonnez-moi, c'était très inconvenant.
François rit de bon cœur devant la mine déconfite
de son invitée.

— Ne le soyez pas, voyons. C'est une question que
l'on me pose très souvent. Légende ou réalité, l'héritage
de feue Mme Boucicaut continue à intriguer. Eh bien
oui, c'est vrai, Madame avait couché tous les employés
du Bon Marché sur son testament, en fonction de leur
grade et de leur ancienneté dans l'entreprise. Marthe
et moi étions tous deux chefs de comptoir, avec cinq
années d'ancienneté, nous avons touché une coquette
somme, qui, avec nos économies, déjà gonflées grâce
à la « guelte », nous a permis d'acquérir un joli appartement où j'ai vécu jusqu'il y a peu. Mais je me suis
rendu compte, peut-être un peu tard, que je n'y étais pas
heureux, bien au contraire. Après ces quelques années
de bonheur passées en famille, s'y retrouver seul, dans
le silence et les souvenirs, c'était abominable.
Il s'arrêta un instant, le dos tourné, contemplant
un petit cadre de laiton posé sur un secrétaire en bois
marqueté.

— J'en viens donc à ma proposition.

Il se retourna et la regarda droit dans les yeux. Elle ne put s'empêcher de déglutir et tordit dans ses mains le petit mouchoir brodé.

— Ma carrière vient de prendre un grand tournant et j'ai décidé que c'était l'occasion de reprendre ma vie en main. On m'a en effet nommé chef du personnel. Imaginez-vous, près de mille huit cents employés à administrer ! Je me suis senti plus que jamais impliqué dans la vie de notre belle société et j'ai décidé de vendre mon appartement pour racheter les actions de mon prédécesseur. Et me voilà donc ici, dans cet appartement.

Marguerite attendait. Presque tétanisée, elle ne pouvait ni parler, ni le féliciter, tant qu'il n'en serait pas venu au fait.

Devant le silence de la jeune femme, François reprit :

— Voici donc ma proposition. Accepteriez-vous de devenir la nouvelle chef du service des achats au département pour dames du Bon Marché ?

Marguerite en resta coite. La bouche ouverte, elle regardait bêtement son interlocuteur, incapable de lui répondre.

— Dois-je encore vous convaincre ? insista François. Je peux vous parler de la caisse de prévoyance, de la caisse de retraite, du service médical gratuit, des comptes courants employés ou encore des deux repas par jour servis au réfectoire.

Marguerite balbutia :

— Mais voyons, je... je n'ai aucune expérience...

— Votre parcours prouve le contraire, objecta-t-il, tout comme la pile de journaux de modes que vous semblez consulter chaque semaine atteste de votre passion pour la mode. Vous êtes la personne qu'il nous faut !

Elle allait le contredire lorsque son attention fut attirée par des éclats de voix. François devait aussi les entendre car il se précipita vers la fenêtre, appuyé sur sa canne.

— Ohé ! Ohé !

D'un bond, Marguerite fut près de lui et le spectacle qu'elle découvrit derrière les volets la fit chavirer.

Sous un épais manteau de nuages gris, l'aube tentait de se frayer un chemin, et une pâle lumière filtrait à l'horizon. À leurs pieds, les rues étaient devenues des canaux où quelques gendarmes et bénévoles, improvisés gondoliers, volaient au secours des sinistrés. Sur une demi-douzaine de barques, ils remontaient les rues, se frayaient un chemin parmi les détritus qui flottaient au gré de l'eau. De leur fenêtre, ils ne percevaient qu'une infime partie des dégâts, mais elle laissait entrevoir l'ampleur de la catastrophe. Paris était sous les eaux.

— Tout va bien chez vous ? brailla l'un des gendarmes.

— Tout va bien ! répondit François en écho.

— Combien êtes-vous ?

— Nous deux, et notre logeuse, au premier étage.

— Pas de blessés ? Rien à signaler ?

— Non, non, le rez-de-chaussée est inondé, mais nous sommes tous sains et saufs.

— Tant mieux !

Le gendarme s'égosillait, et l'on entendait, dans sa voix éraillée, qu'il avait dû passer la nuit ainsi à brailler.

— Je vais devoir vous demander de nous suivre. Ordre de Monsieur le préfet.

En effet, d'autres gendarmes, à bord d'autres barques, accostaient les maisons voisines et Marguerite observait, l'air ahuri, les manœuvres périlleuses de sauvetage.

Au numéro 55, on embarquait une famille avec trois enfants. Tous beuglaient, pleuraient, visiblement effrayés, tandis que leur mère tentait en vain de passer le garde-corps de la fenêtre, largement entravée par une grossesse manifeste. Au numéro 57, portée par son fils aîné, la vieille Mme Morin, agrippée à son bien le plus précieux, son coffret à bijoux, demandait qu'on la laisse mourir en paix.

— Très bien, on descend dans un instant...

Le moment était passé, la réalité les avait rattrapés.

— Il faut aller chercher Mme Leclair, déclara François.

— Oui... et je crois qu'elle ne va pas du tout apprécier ça...

Ils rirent.

— Je prépare un sac en vitesse et je vous rejoins au premier, dit Marguerite en se dirigeant vers la porte.

François la rattrapa par le bras.

— Vous allez y réfléchir ? demanda-t-il avec un sérieux déconcertant.

— Pardon ?

Marguerite, qui réfléchissait au contenu du sac qu'elle allait préparer, était déjà ailleurs.

— Ma proposition ? Vous allez y réfléchir ?

— Eh bien, je... oui, je vous remercie.

— Promettez-le-moi, supplia-t-il.

Troublée, elle s'exécuta.

— Je vous le promets.

Il prit sa main et la serra. Fort.

Elle sentit une douce chaleur oubliée gagner l'intérieur de son poignet. Son corps, en permanence gelé, semblait se réveiller. Elle tressaillit, puis se dégagea.

— Je dois y aller.

Il acquiesça et la regarda s'éloigner le cœur lourd. Il craignait d'avoir été trop pressant.

Tu es vraiment un imbécile, songea-t-il. *Elle se livre, te raconte le drame de sa vie et toi tu la brusques ! Si elle veut encore t'adresser la parole demain, tu auras bien de la chance...*

Il soupira longuement et sentit son cœur se pincer à la vue des reliefs de leur déjeuner improvisé, encore éparpillés sur la table. Cela faisait bien longtemps qu'il n'avait pas éprouvé cette sensation de chaleureuse intimité partagée.

La vie pouvait-elle encore lui apporter son lot de surprises ? Pour la première fois depuis bien longtemps, il le croyait.

Il chaussa ses solides bottines à boutons, attrapa son long manteau de laine et ferma la porte de son domicile à regret. Il descendit les marches et frappa au premier. Mme Leclair s'était visiblement rendormie et il tambourina longuement avant de la voir ouvrir sa porte en ronchonnant. Il lui expliqua les instructions, essuya quelques refus catégoriques, insista, mentionna le préfet de police ; enfin, elle céda.

Comme elle devait s'habiller, il patienta derrière la porte. Lorsque Marguerite apparut au pied de l'escalier, il remarqua, à la lueur de sa lampe, ses joues rosies et ses yeux brillants. Elle s'était refait une beauté et élégante, comme à l'accoutumée, elle semblait préparée à retourner travailler.

— Je suis prête !

Mme Leclair venait de débouler dans le couloir, attifée comme une souillon et François se retint de rire.

— Si c'est pas malheureux de faire déplacer les gens en pleine nuit ! Je vais le dire au préfet, moi !

Elle semblait bien remontée et le trajet s'annonçait animé.

— Attendez-moi ici, dit-il. Je vais descendre et ouvrir la fenêtre du salon. Ensuite, je viendrai vous chercher.

Elles l'entendirent ouvrir la fenêtre à grand fracas. Était-il possible que les montants de bois aient déjà gonflé avec l'humidité ? Puis les volets de métal grincèrent.

— Ohé ! Ohé ! appela-t-il. Nous allons sortir par ici !

On lui répondit au loin, puis il remonta.

— Honneur aux dames !

Mme Leclair gloussa lorsqu'il la souleva de terre. Marguerite le vit redescendre les escaliers, leur logeuse pendue au cou et un détail retint son attention. Il marchait sans sa canne. Il chancelait et Marguerite pria pour que rien de fâcheux n'arrive. Elle entendit Mme Leclair glapir, certainement lorsqu'on la fit passer par la fenêtre. Puis François réapparut. Il s'inclina :

— Vous permettez ?

— Je peux marcher, vous savez...

— Je vous en prie...

Son regard la suppliait et elle comprit qu'il en allait de son honneur, il voulait prouver sa valeur, il n'était pas qu'un infirme.

— Allons-y, concéda-t-elle.

Il la souleva avec mille précautions. Elle était aussi légère qu'une brassée de fleurs et il put en respirer le parfum.

Fébrile, il chercha ses mots.

— Voyez qu'il aurait été vraiment dommage de gâcher d'aussi jolies bottines.

Marguerite battit des pieds dans l'air et rit.

— C'est vrai ! Mes bottines et moi vous remercions.

— À votre service !

Après l'intensité émotionnelle de leurs échanges un peu plus tôt dans la nuit, ces quelques plaisanteries étaient salutaires. Mais Marguerite ne pouvait ignorer que tout cela ressemblait beaucoup à du badinage. Elle n'en ressentait ni honte, ni culpabilité et elle s'accrocha avec hardiesse au cou de son chevalier servant. Elle sentait que cette soirée avait tout changé. C'était en fait d'un raz-de-marée dont elle avait besoin pour sortir la tête de l'eau.

François, lui, portait cette jeune femme comme il portait un trésor. Et en cet instant précieux, il fit un vœu. Celui d'épouser un jour cette si jolie frimousse aux yeux bleus.

11

Paris, juin 1914

Mère était morte.

La veille, Marguerite avait eu la surprise de trouver son frère, Achille, à la sortie du Bon Marché. Elle ne l'avait pas reconnu immédiatement et s'était laissée surprendre par ces deux grands bras qui l'avaient serrée si fort.

— Marguerite ! Depuis c'temps !

Il était méconnaissable, un homme, un vrai, grand et fort, mais ces yeux-là, ces deux yeux-là, ne pouvaient être que les siens. C'était d'ailleurs la seule chose qu'ils avaient en commun, ces yeux bleu-gris, qu'ils ne tenaient ni de leur père, ni de leur mère.

Elle ne savait pas comment il l'avait retrouvée, après toutes ces années, mais c'était bien lui, en chair et en os.

— Achille ! C'est bien toi ? Ça, c'est une surprise ! Laisse-moi donc te regarder...

Le jeune homme recula, saisit une cigarette qu'il alluma d'un coup sec et prit la pose avec aisance.

Marguerite n'aima guère ce qu'elle découvrit. Une casquette avachie sur la tête, une chemise en flanelle, dont le col ouvert laissait apparaître un foulard noué autour du cou ; et cette fille, pendue à son bras, la gorge nue, l'œil insolent.

Elle devait se rendre à l'évidence, son frère avait l'allure d'un apache, d'un marlou, bref, d'un voyou.

Comme il semblait attendre d'être complimenté, elle lâcha :

— Tu as très belle allure.

Elle espérait avoir été assez convaincante. Après tout, c'était son métier, complimenter et rassurer les dames sur leurs toilettes.

— T'es pas mal frusquée non plus... pour une bourgeoise, j'veux dire !

La jeune fille qui l'accompagnait pouffa, mais Achille ne semblait toujours pas décidé à faire les présentations, c'était peut-être mieux ainsi...

Autour d'eux, le défilé des employés continuait et des petits groupes se formaient, observant et chuchotant, tous étonnés de voir la si sérieuse et respectable Marguerite en grande conversation avec un couple à l'allure si peu recommandable. Depuis qu'elle était entrée dans la société quelques années plus tôt, Marguerite était respectée et admirée. Mais la jeune femme ne se rendit compte de rien, tant elle était envoûtée par la présence de son frère ici.

Elle sentit pourtant le malaise qui s'installait et commençait à se demander sérieusement ce que son frère lui voulait, après tout ce temps. Il dut sentir qu'il était temps d'en venir aux faits et se lança :

— J'ai à t'causer...

Il tirait plus nerveusement sur sa cigarette et elle n'aima pas ça du tout.

— C'est la dabuche...

La brunette lui flanqua un coup dans les côtes et grimaça :

— Si tu jaspines en bigorne, va rien comprendre la frangine !

Mais Marguerite comprenait très bien. Elle n'était pas totalement étrangère à l'argot populaire.

— Mère..., souffla-t-elle.

Achille, lui, souriait grassement à sa poule, l'air de dire : « Tu vois, elle comprend très bien mon baragouin ». Puis, tout à coup plus grave, il livra son funeste message :

— Mère est morte.

Malgré toute la haine, la colère et le dégoût que lui inspirait sa mère, Marguerite n'en resta pas moins estourbie par la nouvelle. Ses oreilles bourdonnèrent, puis ce fut comme un coup de tonnerre dans sa poitrine. Elle ne sentait plus ses jambes, mais il était hors de question de plier, elle ne le méritait pas. Il fallait se ressaisir, vite. Elle inspira longuement, puis se lança dans une série de questions des plus pragmatiques, pour ne pas se laisser submerger par l'émotion.

— Quand ?

— Hier matin.

Achille avait lui aussi perdu un peu de sa prestance et il n'y avait plus trace de défiance, d'insolence ou encore de suffisance sur son visage. Désormais orphelins, ils devraient vivre avec leurs fantômes et leurs démons. Marguerite plus que quiconque le savait.

— Comment ?

Il haussa les épaules.

— J'n'ai pas d'mandé...

Sa réponse étonna Marguerite mais elle ne releva pas.

— Où ?

— Chez Eugénie. Elle rapique chez elle depuis que l'dabe est parti.

— Quoi ? Père est parti ?

— Eh oui ! Mézigue aussi.

Il semblait fier de lui.

— Depuis longtemps ?

Marguerite était un peu sonnée par la nouvelle.

— Ben, d'puis qu't'as décampillé !

— Quoi ? Qu'est-ce que tu veux dire ?

— Tu sais, t'as eu raison d'ficher le camp...

Il hésitait.

— Mais ?

Marguerite brûlait d'impatience de connaître la suite. Inconsciemment, elle avait toujours souhaité savoir ce qui s'était passé lorsqu'elle avait quitté la maison.

— Ben, sans toi on a mis la clef sous la porte, quoi. La dabuche était à cran, su'not'dos toute la journée, à nous tanner ! On a fait comme toi, on s'est tiré...

Elle n'en revenait pas, mais comprenait mieux la fureur de sa mère lorsque Emilio lui avait rendu visite pour le mariage. Père devait déjà l'avoir quittée...

— Et Père ? Comment va-t-il ?

— Tous les matins y fait ses dévotions au zinc, à Not' Dame de Mêlé-Cassis, avant d'se rendre au turbin. Le soir la même, pour graisser l'carton. J'le vois pas beaucoup.

Marguerite assimilait les informations qui lui arrivaient et resta un moment songeuse.

La plantureuse brune s'impatientait et tirait sur le bras de son bellâtre qui lâcha à l'attention de sa sœur :

— 46 rue de Montenotte, aux Batignolles.

— Je te demande pardon ?

— La piaule d'Eugénie. 46 rue de Montenotte aux Batignolles, troisième étage, deuxième porte à gauche.

Marguerite n'avait jusqu'ici pas songé une seule seconde à visiter sa mère.

— Je ne sais pas si...

Achille haussa de nouveau les épaules.

— Te fais pas d'bile, c'est juste au cas où. J'te connais, t'aimes faire les choses bien. Alors voilà.

Cette marque d'attention la toucha profondément et elle fut presque tentée de l'embrasser. Mais ce n'était pas du tout approprié.

— Merci, Achille.

Nouvelle sommation de la brune et regard appuyé.

— Ça va, ça va... Dis Marguerite ! T'aurais pas un peu d'blé pour qu'on s'offre une p'tite consolation ?

La brune ricana bêtement et la réalité se rappela cruellement à Marguerite. Son frère avait peut-être un peu de cœur, mais il n'en restait pas moins un voyou, un vulgaire voyou. Sa mère était morte et son père l'avait certainement quittée à cause d'elle. Joli tableau de famille !

Imperturbable, elle tira un petit porte-monnaie à soufflets de son sac à main en cuir noir et y piocha une poignée de pièces qui tintèrent bientôt dans la paume de son frère.

— T'es épatante !

Et il la gratifia d'un clin d'œil appuyé, qui valait sûrement pour lui un baiser.

— Bon eh bien adieu... à la revoyure !

Et avec un geste de la main, la brune toujours pendue à son bras, il s'éloigna.

Marguerite resta plantée là quelques secondes avant de se raviser et d'oser poser la question qui lui brûlait les lèvres.

— Achille !

Au loin, son frère se retourna.

— Comment m'as-tu retrouvée ?

Elle criait, les passants se retournaient, mais elle s'en moquait.

La réponse arriva, lapidaire.

— J'ai toujours su où te trouver. Toujours.

Marguerite n'avait pas revu sa sœur depuis le jour où elle s'était enfuie et elle redoutait beaucoup leurs retrouvailles, autour du corps sans vie de celle qui s'était constamment dressée entre elles. Mais la jeune femme ne se découragea pas, il lui fallait dire adieu à sa mère, c'était son devoir. Son frère lui ayant communiqué l'adresse, Marguerite décida de s'y rendre directement pour accompagner la veillée funèbre et soutenir sa sœur.

Il faisait encore jour et elle décida de prendre le bus plutôt que le métro, afin de profiter du soir tombant sur Paris. Elle ne se lassait pas de cette ville qui, malgré son chagrin, lui restait fidèle.

Eugénie habitait l'un de ces quartiers sordides où la pauvreté se reflétait dans les rues. Des ordures jonchaient les trottoirs et elle devait relever ses jupes pour ne pas éponger les eaux souillées qui croupissaient dans les caniveaux. Des enfants, maigres, sales et en haillons, couraient partout, leurs cris se mêlant aux pleurs des bébés, aux beuglements des mères de famille et aux glapissements des chiens errants se battant dans une ruelle. L'immeuble devant lequel elle s'était arrêtée était décrépit, des carreaux cassés avaient été remplacés par du carton, un volet sorti de ses gonds pendait lamentablement. Elle poussa un soupir puis passa la lourde porte d'entrée, donnant sur un palier minuscule et sombre. Elle entreprit de monter au troisième étage, l'escalier était poussiéreux et gras ; elle dut, une fois de plus, relever ses jupes et se mit à grimper sans s'aider de la balustrade. Ses jambes tremblaient. L'effort physique, mêlé à la peur de revoir sa sœur, de dire adieu à sa mère, eut raison d'elle et elle crut qu'elle allait défaillir. L'angoisse la gagna totalement, elle avait chaud, elle respirait avec difficulté. Elle s'adossa au mur et tenta de se ressaisir. Les minutes passèrent et la bouffée d'angoisse de Marguerite se dissipa. Sa respiration redevint calme et son cœur reprit un rythme normal. Elle grimpa la dernière volée de marches, et frappa à la porte, celle de gauche sur le palier. Elle ne pouvait plus reculer.

Lorsque la porte s'ouvrit, les deux sœurs eurent le même mouvement de surprise. La première, parce qu'elle ne s'attendait pas à la visite de l'autre, la seconde parce qu'elle n'aurait peut-être pas reconnu sa sœur si elle l'avait croisée dans la rue. Les années n'avaient pas été tendres avec Eugénie.

— Qui t'a prévenue ? bougonna-t-elle.

— Bonjour Eugénie, moi aussi je suis heureuse de te voir après tout ce temps.

— Pas de ça avec moi, grogna sa sœur, je sais d'où tu viens moi, alors garde tes grands airs pour les autres.

Marguerite ne releva pas. Elle s'était depuis longtemps habituée à l'animosité que lui portait sa sœur, mais au fond d'elle, elle avait espéré que les années l'auraient adoucie.

— C'est Achille qui m'a prévenue pour Mère.

— Celui-là ! Y peut pas fermer son clapet !

Après avoir visiblement hésité, Eugénie consentit à la laisser entrer, non sans souffler pour exprimer son mécontentement. L'intérieur de sa sœur était plus ou moins tel que Marguerite l'avait imaginé. Quelques meubles, dont le buffet qui se trouvait chez leurs parents et un vaisselier sans portes. De la vaisselle sale s'empilait dans le bac, les reliefs du déjeuner jonchaient la table, dénuée de nappe. Des vêtements éparpillés, çà et là, sur une chaise ou un fauteuil, une pile de vieux journaux dans un coin de la pièce. L'endroit ne dégageait aucune convivialité, aucune chaleur. Pas un tableau, pas une fleur, pas la moindre attention. Achille l'avait prévenue que leur mère avait habité avec sa sœur depuis très longtemps. Cela ne devait pas être facile et Marguerite excusa ainsi sa sœur qui s'était dévouée à son chevet et ne devait pas avoir beaucoup de temps pour entretenir son intérieur. Ni beaucoup d'argent, visiblement.

— Je suppose que tu es venue pour la voir, lui lança Eugénie, alors ne te gêne pas, c'est la porte qui est fermée.

L'appartement semblait compter une pièce de vie et deux chambres, Marguerite se dirigea vers celle à la porte close, hésita un instant puis tourna la poignée, poussa la porte et entra. Les volets étaient tirés et la chambre était plongée dans la pénombre, quelques rayons du pâle soleil vespéral filtraient à travers les persiennes et baignaient la pièce d'une lumière presque invisible. Quelques bougies, à la flamme vacillante, invitaient au recueillement. La chambre était petite, un lit, une commode, une chaise et deux chevets. Pas de rideaux aux fenêtres, pas de napperons, aucun cadre, seulement un vase avec quelques fleurs fraîches posé sur la commode. Marguerite tira la chaise près du lit et s'assit près du corps de sa mère. La peur qui lui tenait le ventre en entrant avait disparu. Le corps, gisant devant elle, n'était pas celui de sa mère. Du moins, pas celui dont elle se souvenait, celui qui l'effrayait tant. Elle ne reconnaissait pas plus sa mère qu'elle n'avait reconnu sa sœur. La forte femme aux gestes brusques, aux joues rouges et à la voix criarde n'existait plus, et avec elle s'était envolée l'enfant qu'elle avait été, triste et malheureuse.

La jeune femme observait le frêle corps maternel, noyé dans les draps blancs, serrant dans ses mains, qui l'avaient si souvent rossée, un chapelet aux perles de bois. La peau de son visage ressemblait à du vieux papier, jauni et fripé, les joues creuses et cireuses lui donnaient un air presque noble, elle qui avait cruellement manqué de prestance toute sa vie. Elle n'avait même pas demandé comment sa mère était morte, mais son corps décharné laissait deviner une longue maladie. En fait, Marguerite s'en moquait. La fenêtre était ouverte sur les volets tirés, l'air était donc respirable et la température de la pièce était douce. Des enfants cavalaient dans la rue en bas de l'immeuble, leurs rires résonnaient dans la chambre et immuablement Marguerite pensa à sa fille. Elle était désormais orpheline de mère, mais il n'existait pas de mot pour définir son statut de mère ayant perdu son enfant. Elle trouvait cela injuste mais en même temps logique, les parents devaient partir avant leur enfant. Mais sa fille était vivante, elle le savait. Les larmes se mirent à couler, puis les sanglots arrivèrent et elle ne fut plus que chagrin.

Elle ne pouvait plus rester ici, c'était trop doulou-reux. La mort de sa mère lui renvoyait trop de choses. Elle quitta donc son chevet et retourna dans la pièce où sa sœur était attablée devant une tasse de café. Machinalement, elle se laissa choir dans le seul fauteuil de la pièce et sortit son mouchoir brodé de dentelle pour éponger ses larmes. Sa sœur, qui marmonnait dans son coin, finit par lui dire :

— Arrête donc tes simagrées, je ne suis pas dupe. Tu ne l'as jamais aimée et elle ne t'aimait pas non plus, alors garde tes larmes pour la sépulture, au moins tu auras un public devant qui jouer les filles éplorées.

Marguerite fut soufflée par la mesquinerie de sa sœur. Elle ne comprenait décidément pas le ressentiment qu'elle lui portait. Maintenant que leur mère n'était plus là, Marguerite avait espéré voir les sentiments de sa sœur changer, ne serait-ce qu'un tout petit peu.

— Tu es injuste, lui cria-t-elle. J'ai autant le droit que toi de pleurer ma mère. Pourtant ce n'est pas elle que je pleure. Je pleure sur tout ce gâchis, je pleure sur ma fille qui me manque chaque jour et qui est elle aussi orpheline de mère. J'aurais tellement aimé qu'elle grandisse auprès de sa grand-mère, une grand-mère aimante, mais maintenant c'est trop tard ! Tu comprends, c'est trop tard !

Marguerite criait, elle criait sa colère face à ce monde injuste et face à cette sœur qui même face à la mort de leur mère ne faisait preuve d'aucune compassion.

— C'est toi qui ne comprends rien, siffla sa sœur. Et tu n'as jamais rien compris. Tu nous as toujours pris de haut avec tes airs de Mademoiselle parfaite. Maman te détestait, et elle détestait ta fille, cette bâtarde !

Marguerite blêmit.

— Quand ton Italien a osé se présenter chez nous avec sa gamine sous le bras, fuyant la police et la justice et cherchant un endroit pour se cacher, le temps que tu te rétablisses, tu sais ce que Mère a fait ? Tu le sais ? Non bien sûr, tu n'en sais rien. Eh bien sache, chère petite sœur, que ta mère, ta propre mère, l'a jeté dehors, comme un chien, avec sa bâtarde. Et ce n'est pas tout, non, ce n'est pas tout.

Marguerite vacillait, les paroles de sa sœur venaient la frapper, telles des vagues sur la coque d'un navire pendant la tempête. Elle retenait son souffle, cherchant désespérément à fuir les horreurs que sa sœur débitait et qui l'étouffaient.

Pourtant celle-ci reprit avec cet air de triomphe sur son visage bouffi :

— Elle lui a conseillé de fuir, de quitter le pays, avec l'enfant. Que si tu ne t'en sortais pas, on lui confisquerait la gamine et qu'elle serait confiée à l'assistance publique. Une orpheline, voilà ce qu'elle deviendrait. Et elle a rajouté que même si tu t'en sortais, il devrait se méfier de toi, que jamais tu n'accepterais de vivre avec un fugitif, ce serait trop mauvais pour ton image. Et puis, que sous tes airs de sainte-nitouche tu n'étais qu'une traînée, que l'enfant n'était peut-être pas de lui et qu'il était loin d'être le premier homme que tu fréquentais.

Une bile acide remonta dans la gorge de Marguerite et elle fut prise de sueurs froides. Le choc était tel qu'elle ne pouvait bouger la moindre partie de son corps...

Sa sœur jubilait et continua :

— Ah il faisait moins le fier, ton immigré ! Et quand Maman a fini par lui dire que tu épouserais le premier homme qui demanderait ta main et que tu partirais avec l'enfant, il a détalé comme un lapin. Qu'est-ce qu'on a ri !

Et elle rit. D'un rire faux et gras sorti de sa gorge si disgracieuse.

Le silence retomba dans la pièce. Eugénie savourait sa victoire et Marguerite tentait en vain de refaire surface, de comprendre ce qu'elle venait d'entendre. La boule qui grossissait dans sa gorge l'étouffait presque, l'empêchant de déglutir ou d'émettre le moindre son. Sa respiration, saccadée, laissait présager le pire, évanouissement, tétanie ou hystérie. Pourtant, après quelques instants de flottement, le calme se fit en elle. Ses yeux se mirent à étinceler d'une lueur folle. La haine venait de naître en elle et elle fut submergée. Elle se leva sans le moindre tremblement, son corps, encore faible quelques instants plus tôt, était désormais commandé par une force inouïe. Marguerite se précipita vers sa sœur en hurlant. Elle l'attrapa par les cheveux et la jeta à terre. Les coups pleuvaient, accompagnés par des cris et des gémissements évoquant ceux d'un animal blessé.

Eugénie, roulée en boule sur le plancher, tentait de se protéger par tous les moyens mais elle ne pouvait rien face à la violence qu'elle avait déclenchée chez sa sœur. Jamais elle n'aurait cru que Marguerite, si timide et réservée, serait capable de tels actes. Au fond d'elle, elle savait que ce n'était que pénitence, et pourtant elle ne regrettait pas. Son corps souffrait sous les coups, son nez saignait, ses oreilles bourdonnaient, puis tout s'arrêta. Elle sentit son corps libéré de l'emprise de sa sœur. Puis elle entendit une porte s'ouvrir. Elle crut que Marguerite quittait l'appartement, leva la tête, mais c'est la chambre de sa mère qui était ouverte.

Marguerite regarda le corps sans vie de sa mère une nouvelle fois, et cette fois-ci elle sentit un soulagement. Elle sourit même, elle était enfin débarrassée de cette horrible et méchante bonne femme, qui avait gâché toute sa vie, qui lui avait tout pris : son enfance, sa fille, son amour, sa vie ! À y regarder de plus près, elle éprouva même du plaisir à voir ce corps sans vie, qui n'avait été que jalousie et méchanceté. Non, elle n'avait pas dû être heureuse. La jeune femme empoigna le vase posé sur la commode et le jeta à travers la pièce. Il alla exploser sur le mur en face d'elle, éparpillant eau, fleurs et éclats de verre.

— J'espère que tu brûleras en enfer, hurla-t-elle avant de claquer violemment la porte.

L'appartement entier trembla. Eugénie s'était relevée maladroitement, et se tenait devant elle, recroquevillée, comme si elle craignait de voir de nouveau les coups pleuvoir.

— J'ai quelque chose pour toi, grimaça-t-elle douloureusement.

Marguerite la regarda ouvrir l'un des tiroirs du vaisselier. Eugénie y glissa la main et fouilla la cavité qui s'était dégagée tout au fond du meuble. Elle s'écorcha les mains sur un clou qui traînait là et quelques échardes se plantèrent dans le bout de ses doigts. Enfin, elle trouva ce qu'elle cherchait. D'une main tremblante et égratignée, elle tendit un morceau de papier jauni, plié en quatre et particulièrement froissé.

— Qu'est-ce que...

— Lis !

Eugénie ne l'avait pas laissée finir sa phrase et l'intonation de sa voix ne souffrait aucune contestation. Lorsqu'elle l'ouvrit, la feuille menaça de se déchirer, tant les pliures étaient fanées d'avoir été maintes et maintes fois repliées.

Devant ses yeux dansait l'écriture d'Emilio, en plus maladroite, en plus brouillonne, mais c'étaient ces mains qui lui manquaient tant qui avaient rédigé ces quelques mots.

Même après toutes ces années, elle n'avait aucun doute. Son regard glissa au bas de la feuille ; là, tout en bas, elle pouvait à présent le lire : Emilio. Elle n'avait plus rien à faire ici. Elle ne partagerait pas ce moment avec sa sœur. Elle ne lui ferait pas ce plaisir, elle n'était plus à sa merci.

Sans un regard pour la femme tremblante et blessée qui se tenait là, elle traversa lentement la pièce et ouvrit la porte avec douceur. Sans prendre la peine de la refermer, elle glissa le long de l'escalier, comme un fantôme, se fondant presque dans le décor.

Elle fit quelques pas dans la rue, où l'ombre des immeubles ne laissait aucune place au soleil. Instinctivement, elle se dirigea vers la lumière. Elle avait assez côtoyé les ténèbres pour aujourd'hui.

Elle avisa une petite place ensoleillée et s'installa sur un banc. C'était pour elle le meilleur endroit pour penser à lui, comme un souvenir encore palpable. Elle en possédait désormais un autre, serré dans sa main.

Les paroles de sa sœur lui revenaient, messagères de vérité, cette vérité qu'elle attendait vainement depuis toutes ces années. Elle avait terriblement peur du contenu de cette lettre, mais elle éprouvait un tel soulagement qu'elle se sentait tout à coup vide. Vide de toutes ces questions, de toutes ces angoisses, de cette culpabilité. Elle inspira et déplia de nouveau la feuille de papier jauni. Ses mains tremblaient, sur ses joues des larmes perlaient, avant même qu'elle n'ait commencé sa lecture.

Mon amour,

Je ne sais par où commencer, c'est tellement dur à confesser. Mais le temps presse, alors voilà. Mon frère a commis l'irréparable, je l'ai couvert, on nous a dénoncés. Voilà l'histoire. Je ne sais pas où me cacher, la police est chez ma mère, ils nous cherchent, j'ai peur. J'ai peur pour moi, peur pour toi là-bas, seule, et peur pour Rose. Je nous ai tous mis en danger, j'ai honte, tellement honte.

Je risque la guillotine Marguerite, la guillotine.

J'ai besoin de toi, de ton soutien, de ton amour, mais tu n'es pas là, je ne sais pas si tu vivras...

Je ne sais plus où aller, je dois me décider, vite, mais je ne peux te laisser. Je reviendrai te chercher, ne crains rien, je te promets, je la protégerai, au-delà de ma vie. Vous êtes tout ce que j'ai, tout ce que j'aime, mes deux jolies fleurs.

Je t'aime à jamais, Emilio.

Les larmes ne cessaient de couler. Elle sanglotait comme une enfant, mais ces pleurs étaient libérateurs. Ils lavaient sa peine, pansaient son cœur, apaisaient son esprit. En l'espace d'une heure à peine, sa vie avait basculé, comme plusieurs fois déjà. Lorsqu'elle avait rencontré Madame Joséphine, puis Emilio et lorsqu'elle l'avait perdu, emportant leur fille pour toujours. Dans cet appartement sombre, au milieu de la noirceur et de la méchanceté, la lumière s'était faite.

Elle n'avait pas encore recollé tous les morceaux, tout n'était pas encore très clair dans son esprit, mais elle avait compris. Emilio ne l'avait pas quittée, il avait fui. La guillotine ? Mon Dieu ! Par « acte irréparable » il devait entendre un meurtre. Elle frissonna longuement. Emilio lui avait parfois parlé de son frère, mais cela le

341

mettait en colère, il parlait de lui comme d'un vulgaire voyou sans intérêt. Pourtant, il avait visiblement mis sa vie en danger pour l'aider. Au fond, cela ne surprenait pas Marguerite. Emilio était bon et loyal et il aimait son frère malgré tout. Mais elle lui en voulait aussi terriblement : à cause de cet acte, c'était leur vie à eux qu'il avait sacrifiée.

Il avait visiblement cherché à se cacher en attendant qu'elle quitte l'hôpital. Chez ses parents ! Mais quelle idée saugrenue ! N'avait-il pas encore compris combien ils la détestaient, combien sa mère était prête à tout pour la détruire ?

Il avait dû le faire en dernier recours, sans autre endroit où se cacher, il s'était tourné vers la famille. Terrible erreur.

Sa satanée mère avait insufflé le doute en lui, avait joué sur la corde sensible, Rose. Il avait voulu protéger sa fille. Sans savoir si elle sortirait de l'hôpital, il avait choisi de ne pas l'abandonner à un destin incertain. Son acte était un acte d'amour, Marguerite en était désormais convaincue et l'espoir de connaître un jour l'entière vérité, qu'elle avait cru à jamais perdue, revenait enfin.

Les idées se bousculaient dans sa tête. Elle resta un long moment ainsi, assise sur son banc, à pleurer, à lire et relire cette lettre inespérée, à ressasser les révélations d'Eugénie, à recoller les morceaux.

Une bonne heure plus tard, elle pensait avoir enfin une vision assez nette de ce qui avait dû se passer. Le soleil caressait son visage, réchauffait son corps et son cœur. Elle sentit quelque chose fondre en elle, comme si elle se délivrait de la prison de glace dans laquelle elle vivait depuis toutes ces années. La vérité la soulageait et même si elle ne savait toujours pas où se trouvait Rose, elle se sentait différente.

Elle était enfin prête, elle allait enfin vivre !

Eugénie s'était assise à la table de la cuisine, encore retournée par les coups de sa sœur. Sa vieille robe et son tablier étaient tachés par son propre sang et ses cheveux pendaient lamentablement. Elle revit le beau visage de Marguerite, ses cheveux si bien peignés, l'élégant chapeau et la jolie robe, comme elle en voyait dans les journaux. Ses poings se serrèrent, sa mâchoire aussi et la jalousie l'envahit de nouveau, comme des centaines de fois depuis son enfance. Elle se leva péniblement, et pénétra dans la chambre de sa mère au moment même où son gredin de mari passait la porte de l'appartement. Sans un mot, elle ferma la porte à clef derrière elle ; ici, il ne viendrait pas l'importuner. Elle s'assit près de sa mère, là même où Marguerite s'était tenue quelques instants plus tôt.

— Tu peux être fière de toi, ricana-t-elle à l'adresse du visage cireux de sa mère, tu lui as bien gâché la vie à cette pimbêche de Marguerite. Mais tu as aussi gâché la mienne, grimaça-t-elle.

Eugénie ne se souvenait pas que sa mère l'ait embrassée ou serrée dans ses bras. Elle n'avait jamais eu de gestes affectueux pour ses filles ; en revanche, elle avait couvert Achille de baisers et de câlins, preuve qu'elle était capable d'amour maternel. Pourtant, elle lui avait apporté une certaine forme d'attention, la privilégiant toujours à Marguerite, la valorisant, l'emmenant partout avec elle, la considérant presque comme une égale. Mais avec le temps, Eugénie avait compris que sa mère se servait d'elle uniquement pour nuire à sa sœur cadette. Le sujet de doléance favori de la mère de famille était Marguerite, encore et toujours Marguerite. Heureuse d'être la favorite de sa mère, ainsi que sa confidente, Eugénie entrait dans son jeu et dénigrait sa petite sœur. Puis vint le jour de la fuite de Marguerite. Sa mère, folle de rage de ne pas la voir rentrer, crachait, pestait après sa traînée de fille, cette moins-que-rien. Eugénie exultait : sa sœur partie, sa mère pourrait se concentrer sur elle. Mais se trompait... La mère était obsédée par Marguerite et elle aimait à raconter comment elle envisageait d'écumer les boutiques de modistes, pour chercher sa fille et la ramener à la maison, en la tirant par les cheveux s'il le fallait. Sa mère avait la verve facile, mais pas une once de courage, jamais elle n'aurait osé se présenter dans l'une de ces boutiques. Marguerite avait été maligne, elle n'avait pas révélé le nom de la modiste qui l'avait engagée, et comme il y avait des centaines de boutiques dans Paris, autant chercher une aiguille dans une botte de foin...

Et puis un beau jour, Eugénie comprit le ressentiment de sa mère pour sa cadette.

Leur père avait fini par quitter définitivement leur mère, après des années d'une vie conjugale chaotique. S'il y avait bien une chose qu'Eugénie avait comprise, c'est que sa mère aimait éperdument son père et qu'elle était prête à tout accepter pour qu'il reste à ses côtés. Elle supportait ses longues absences, ses tromperies, son penchant pour les jeux et l'alcool et même l'indifférence dont il faisait preuve à son égard. Mais elle ne voyait rien, folle d'amour pour le seul homme qu'elle ait jamais connu. Lorsque sa mère avait compris que son époux l'avait quittée pour toujours, elle s'était réfugiée dans l'alcool et n'avait pas dessaoulé pendant trois jours. Le deuxième soir, assise à la table de la cuisine, la tête pendante, l'élocution trébuchante, elle s'était confiée à sa fille, racontant son amour perdu, sa haine, son désespoir.

— J't'ai jamais parlé de ma famille, pas vrai ?

— Non...

Eugénie, qui écoutait d'une oreille distraite les élucubrations éthyliques de sa mère, fut soudain piquée par la curiosité. Jamais sa mère n'avait parlé de ses parents, de son enfance. C'était un sujet défendu.

— Chuis une fille des montagnes... un pauv' petit village au fond d'un vallon...

Elle ricanait et Eugénie n'était soudain plus trop certaine de vouloir entendre la suite.

— Le vieux avait une auberge, y passait du monde...
des marchands, des voyageurs...

Elle balayait l'air d'une main hésitante.

— Les affaires marchaient plutôt bien... la vieille faisait la popote et s'occupait des chambres, le vieux, lui,
y servait l'vin du pays... Moi, j'étais leur larbine, leur
bonne à tout faire... et l'vieux y se servait pas d'moi que
pour les tâches ménagères, si tu vois c'que j'veux dire...

Elle avait presque murmuré mais sa fille avait parfaitement entendu. L'information avait du mal à s'imprimer
dans son cerveau. Elle déglutit. Plus jamais elle ne verrait
sa mère du même œil.

— La vieille, elle... une traînée, au lieu d's'occuper
d'son homme...

Elle ne put finir sa phrase mais ses poings se crispèrent.

— C'est son portrait craché...

— ...

Eugénie ne comprenait pas, mais n'osait pas ouvrir la
bouche. De toute façon, elle en était incapable.

— Marguerite ! Cette sale mioche est le portrait craché
de ma putain d'mère !

Elle frappa du poing sur la table et sa cadette sursauta. Eugénie comprenait soudainement mieux pourquoi
sa mère détestait tant Marguerite. Elle s'était toujours
demandé d'où sa sœur tenait ses jolis traits, ses beaux
cheveux blonds et ses yeux si bleus, qui faisaient des
envieux. Elle avait enfin sa réponse...

— Un matin... un matin où le vieux avait encore
déraillé, je servais les petits déjeuners et y m'a vue
pleurer...

— ...

Silencieuse, Eugénie attendait la suite. Elle craignait de
l'interrompre et d'endiguer le flot de ses confidences...

— Ton père... y m'a vue pleurer.

Une larme coula sur le visage de sa mère.

Elle semblait revivre ses émotions intensément et sa
fille en fut profondément bouleversée.

— Plus tard, alors que j'nourrissais les andouillettes, il est venu m'trouver. Tu le crois, toi ? Il m'a dit qu'il m'emmènerait loin d'ici, que je ne serais plus jamais malheureuse, qu'il allait m'aimer pour toujours...

— ...

— Ses parents étaient marchands d'vin dans un village voisin. Une heure plus tard, je grimpais dans sa roulante et on s'enfuyait pour Paris... Au début c'était beau, on était heureux, tu es arrivée, on s'est marié, tout allait bien...

Eugénie attendait le « mais ».

— Mais quand chuis devenue grosse pour la deuxième fois, il a commencé à disparaître, à se faire distant... c'tait plus comme avant... il m'aimait plus... Il était même pas là quand elle est née ! C'est d'sa faute à elle, tu comprends ! Elle est maudite ! J'la déteste !

Elle criait sa haine et Eugénie ne savait plus où se mettre. Gênée par toutes ces confidences, par l'histoire de sa mère, par son aversion pour sa sœur, elle ne savait comment réagir. Elle se contenta donc de regarder sa mère s'effondrer sur la table et sangloter sur son bras droit, tandis que sa main gauche s'agrippait désespérément à sa bouteille de tord-boyaux.

Il était par la suite devenu impossible pour Eugénie d'abandonner sa mère. Elle l'avait traînée comme un boulet, dans son mariage, dans sa vie, jusqu'à ce que la mort les sépare. Elle avait supporté sa colère, sa peine, sa méchanceté, sa maladie. Elle avait porté ce fardeau, elle avait détesté sa sœur pour cela, elle s'était vengée. Souvent elle avait pensé la trouver, lui apporter cette lettre. Mais à chaque fois elle avait renoncé, c'était comme détenir le pouvoir, tenir la vie de sa sœur entre ses doigts, son bonheur à portée de main, c'était presque jouissif.

Une quinzaine de jours plus tard, le 26 juin 1914, Marguerite épousait François dans l'église Saint-Roch de Paris. Depuis leur rencontre, lors de la crue de 1910, les deux jeunes gens ne s'étaient plus quittés. Ils entretenaient certes une relation platonique, mais leur complicité et leur loyauté étaient sans limites. Marguerite avait accepté l'offre d'emploi de François au Bon Marché assez vite. Il était temps pour elle de prendre un nouveau départ et elle devait admettre que travailler pour Madame Lanvin était chaque jour un crève-cœur.

Ainsi, le chef du personnel et sa nouvelle chef du service des achats du département pour dames commencèrent à partager leur quotidien. De leurs trajets jusqu'au Bon Marché à leurs dîners en ville, en passant par leurs promenades dominicales, il n'y avait pas un jour où l'on ne les croisait pas ensemble. Chacun regardait ces deux âmes solitaires et torturées retrouver un semblant de vie.

Pas une seule fois François n'avait essayé d'embrasser Marguerite. Et même s'il s'était rapidement conduit comme un galant auprès d'elle, il prit toujours garde de ne pas la brusquer. Marguerite lui en saurait toujours gré et ses efforts finirent par payer. Lorsque Marguerite avait appris la vérité sur Emilio, elle s'était sentie libérée, de nouveau prête à aimer. Elle ne désespérerait jamais de retrouver Rose, mais elle avait fait le deuil de sa relation avec le père de sa fille.

Personne ne pouvait imaginer le bonheur fracassant qui frappa François lorsque la femme de son cœur vint le trouver ce jour de juin.

Elle lui avait tendu un bout de papier tout jauni et chiffonné. Il avait lu les quelques lignes et se serait presque laissé submerger par l'émotion s'il n'avait vu le visage de Marguerite, si apaisé.

— Ma mère est morte... Emilio et Rose ont sûrement refait leur vie à l'étranger... Je n'ai plus que toi... Veux-tu encore de moi ?

Son cœur menaça d'exploser de joie.

— Oui ! Oui Marguerite ! Alors tu veux bien m'épouser ? C'est bien vrai ? Tu deviendras Madame Granger ?

À peine avait-elle ouvert la bouche pour dire oui que l'impatient et fougueux François la soulevait de terre pour l'embrasser avec une passion dévorante.

Voilà comment ils s'étaient retrouvés ici, à échanger leurs vœux dans la nef aux coupoles croisées de l'église Saint-Roch de Paris. Deux collègues pour témoins, la sœur de François et son mari, ses oncles et tantes et bien évidemment Mme Leclair. La noce fut intime mais joyeuse, et rien ne laissait présager le feu qui couvait et menaçait d'embraser le pays tout entier.

Après la cérémonie religieuse, Marguerite ne manqua pas d'allumer deux cierges, pour ses êtres chers qu'elle portait toujours dans son cœur et qui avaient accompagné ses pas aujourd'hui devant l'autel. La sensation d'amertume qu'elle avait éprouvée en prononçant ce simple « oui » avait un peu le goût des regrets. Comme un sentiment d'inachevé.

DEUXIÈME PARTIE

1

Casablanca, septembre 1928

Elle fredonnait en pédalant, satisfaite de sa journée accomplie, savourant la tiédeur de cette fin d'après-midi. Une légère brise soufflait depuis la mer et s'engouffrait sous ses jupes. Elle descendait le grand boulevard avec toujours autant de plaisir, longeant les superbes façades blanches, aux éléments décoratifs, mélange d'inspiration orientale et européenne. Elle se souvenait sans peine de ses premiers pas ici, à Casa, lorsqu'ils avaient débarqué en 1918, un peu déboussolés, après une longue traversée.

Ils avaient découvert une ville en pleine expansion urbaine, sous l'impulsion de son protectorat français.

Un vaste chantier qui avait vu naître sous leurs yeux une architecture unique, où s'exprimaient tous les styles et les courants artistiques modernes, agrémentés d'une pointe de pittoresque. Tout leur semblait si nouveau, si moderne, si blanc, et pour la petite fille qui avait grandi dans la grandiose et non moins éclectique ville de Buenos Aires, un autre monde se dévoilait.

Les silhouettes des palmiers se découpaient en ombres sur le pavé, tandis qu'elle longeait le marché municipal, le bureau de poste, puis la bourse. Arrivée à destination, elle descendit de bicyclette et, tout en lissant les plis de sa jupe, admira son reflet dans la vitrine de la droguerie Joly-Rutily. Rassurée de constater que même après avoir traversé la ville sur deux roues sa coiffure n'avait guère souffert, elle s'attarda un instant devant la une de quelques journaux affichés à l'entrée du tabac-presse. Comme toujours, rien ne l'intéressait vraiment. Elle haussa les épaules et poussa la porte du petit établissement qui faisait l'angle de la rue.

Le magasin n'était certes pas très grand, mais parfaitement situé sur le boulevard de la Gare. Il ne passait pas inaperçu avec sa haute façade de style Art déco et avait bonne réputation, c'était la maison Géhin.

— Bonjour Riri !

Elle sursauta. Derrière son comptoir, Armandine la saluait chaleureusement. Les deux jeunes femmes se connaissaient depuis longtemps et s'appréciaient, mais la petite brunette qui lui faisait face n'était pas la sœur qu'Iris préférait. Trop prétentieuse, un peu pimbêche même et bien trop curieuse.

— Bonjour Armandine, je viens voir si tu as reçu mes magazines...

— Attends, je vais voir ce qu'on t'a fait mettre de côté...

Et elle disparut dans l'arrière-boutique, laissant Iris seule, et mal à l'aise. La jeune fille tendait l'oreille, écoutait les bruits de la maison, là-haut, guettant un son en particulier. Une voix. Mais avec tout le tohu-bohu de la rue, impossible d'entendre quoi que ce soit !

— Voilà ! J'espère que ça fera ton bonheur, Mademoiselle la Parisienne.

Armandine et ses sœurs avaient pris l'habitude de taquiner Iris sur son obsession pour la mode et la vie parisienne. La quantité de magazines qu'elle commandait et compulsait avec passion leur semblait exagérée. Pourtant elles devaient bien admettre qu'Iris était de loin la plus élégante de toutes.

— Merci, souffla la jeune fille en attrapant la pile de magazines qu'on lui tendait.

— Tu voulais autre chose ?

Devant le regard inquisiteur d'Armandine, Iris hésita, subitement rouge comme une pivoine et bégayante.

— Non, non, ça ira... merci.

Et tandis qu'elle faisait demi-tour, la persifleuse Armandine glissa :

— Tu voulais voir Honoré, peut-être ?

Iris rougit encore plus qu'il ne semblait possible. Elle souffla :

— Oh non. Ne le dérange pas pour moi...

— Attends, je vais voir s'il est là.

Et elle disparut de nouveau. Cette fois-ci, elle l'entendit appeler en bas de l'escalier :

— Réré ! Réré ! Descends !

Riri et Réré ! Quels surnoms insupportables les sœurs d'Honoré leur avaient trouvés ! Les inséparables Riri et Réré, voilà comment on les surnommait depuis des années maintenant. Elle entendit des pas lourds dévaler l'escalier et le rideau se leva sur l'homme de ses pensées.

— Iris...

Son prénom, dans sa bouche, était la plus belle chose qu'elle ait entendue de la journée. Il semblait parfaitement ravi de la trouver ici et cela la réjouit. Qu'il était beau ce grand gaillard blond, en bras de chemise. Comme elle avait de la chance d'être sa fiancée. Ses yeux, bleus, semblaient le reflet de tout leur bonheur à venir. Ils s'illuminaient dès qu'ils la voyaient et ne regardaient qu'elle.

— Viens !

Sa main, puissante et chaude, pressa la sienne et il l'entraîna à l'extérieur, loin des ricanements de sa sœur aînée. Une fois sur le trottoir, ils traversèrent pour faire quelques pas dans l'allée de palmiers.

— Tu m'as manqué ma jolie, glissa Honoré en lui embrassant la main.

Iris frissonna.

— Toi aussi ! Je ne veux plus que tu partes comme ça... même quelques jours. Je m'inquiète, tu sais !

Il rit de son air si sérieux.

— Bientôt on sera mari et femme et tu me supplieras de partir pour être débarrassée de moi, s'esclaffa-t-il.

— Jamais de la vie ! assura-t-elle avec la conviction d'une jeune fiancée amoureuse.

— Il faut que tu parles à ta mère, dis !

Il s'impatientait.

— Je sais, je sais. Mais tu vois bien comment elle est, plus fermée qu'une huître ! Et depuis la mort de papa, c'est encore pire...

Elle soupira, les larmes aux yeux, comme toujours lorsqu'elle évoquait son père récemment disparu.

— De toute façon elle n'a plus vraiment le choix... Ton père n'est plus là pour s'opposer et puis tu seras bientôt majeure. Il te faut un mari !

— Je ne comprends pas, dit-elle en secouant la tête, l'air perplexe. Ils t'ont toujours apprécié, et je sais qu'ils respectent beaucoup ta famille...

— En plus je suis un très bon parti, plaisanta-t-il.

— Le meilleur de la ville, se moqua-t-elle. Si on oublie tous tes défauts, bien entendu !

Elle redevint soudain sérieuse, rattrapée par cette difficile réalité qu'elle ne comprenait pas.

— Non, vraiment. Je ne comprends pas pourquoi mes parents ne veulent pas que je t'épouse...

— Je crains que ta mère ne refuse jusqu'à ta majorité. Ne serait-ce que pour respecter la volonté de ton père.

— Je le crains aussi...

Il l'embrassa dans le cou et elle frissonna de plaisir.

— Dans quelques jours, je ferai de nouveau ma demande. À ton oncle cette fois-ci, il aura sûrement le bon sens de convaincre ta mère. Il t'aime beaucoup et ne veut que ton bonheur... Sinon, on attendra la fin du mois...

Elle soupira et posa sa tête contre l'épaule réconfortante de l'être aimé. Elle savait que désormais plus rien ne l'empêcherait d'épouser Honoré, et pourtant, quelque chose la tracassait. Une sorte de méfiance, d'appréhension, un sentiment qu'elle n'aurait su identifier, mais qui pesait sur son cœur déjà lourd.

Sous un ciel presque blanc à la lumière du soleil couchant, Iris rentrait chez elle, pédalant sans entrain, comblée d'avoir vu son bel amoureux, mais aussi chagrinée par cette situation qui la contrariait.

Elle connaissait Honoré Géhin depuis leur arrivée au Maroc et aussi loin qu'elle se souvienne, elle l'avait toujours aimé. Elle n'avait d'ailleurs jamais caché son désir de l'épouser et son père n'avait jamais manifesté la moindre opposition à ce projet. Jusqu'au jour où Honoré était venu demander sa main, il y avait bientôt un an. Son père avait poliment mais fermement refusé cette proposition, prétextant que sa fille unique était trop jeune pour se marier et qu'ils avaient tout le temps devant eux. Dès lors, l'humeur de son père s'était obscurcie, il s'était mis à l'éviter, et quelques mois plus tard il succombait à un malaise cardiaque. Iris pleurait encore chaque jour son père bien-aimé, avec la terrible sensation de l'avoir quitté fâché...

Se souvenir de son père la désarma et c'est un peu troublée qu'elle s'engagea dans la grande rue où ils résidaient. Il y régnait une agitation inhabituelle qui ajouta à sa confusion présente. Le ciel sembla soudain s'assombrir et sa vue se brouilla. Elle continua pourtant d'avancer, les jambes cotonneuses et molles sur les pédales, la gorge sèche.

Un attroupement s'était formé devant l'immeuble qui abritait l'atelier de feu son père et leurs appartements. Elle freina sans bruit et descendit gauchement de son vélo dont elle tenait fermement le guidon. Sans cela, elle n'aurait sûrement pas pu tenir debout. Elle se glissa parmi la foule massée sur le trottoir et reconnut des visages familiers : voisins, commerçants, mais aussi quelques-uns de leurs ouvriers.

Les badauds semblaient s'effacer sur son passage, si bien qu'elle arriva sans peine devant la porte de son immeuble et gara sa bicyclette contre la façade d'un blanc éclatant. Un murmure parcourut l'assemblée et elle sentit comme des picotements dans ses mains, son ventre aussi. Son cœur battait un peu trop fort et résonnait dans ses oreilles.

— Iris ! Iris !

La voix semblait brisée et l'esprit de la jeune femme passa du mauvais pressentiment à la certitude. Il se passait quelque chose et elle était directement concernée.

Elle tourna la tête pour découvrir sa tante, les yeux rougis, le visage décomposé.

Elle déglutit.

Cette sensation, elle l'avait déjà ressentie quelques mois auparavant ; elle avait un terrible goût de déjà-vu.

Sa tante l'agrippa et la serra fort, bien trop fort. Elle marmonnait et gémissait en italien à son oreille sous le regard intrusif des curieux.

Iris attrapait des mots au vol, ils faisaient lentement leur chemin, crachaient leur venin. Puis ce fut le trou noir.

Lorsqu'elle rouvrit les yeux, elle reconnut la chambre de son oncle et sa tante, identique en tout point à celle de ses parents, triste et austère. Sa tante, tout comme sa mère, portait en elle le douloureux fardeau des femmes arrachées à leur pays, à leurs traditions, à leur famille. Et pour les femmes italiennes, c'était une blessure qui ne guérissait jamais. Elles n'étaient que le fantôme de celles qu'elles seraient devenues si elles étaient restées là-bas, toujours sombres, presque transparentes, vivant une vie qui n'était pas la leur.

Mère...

Ce n'était pas un cauchemar, elle le savait. Peut-être même n'était-elle pas vraiment surprise, peut-être savait-elle que la vie était un fardeau beaucoup trop lourd à porter depuis la mort de Père...

Iris essaya de réfléchir, pour comprendre, mais tout se bousculait dans sa tête. Elle abdiqua donc, roulant sur le côté pour laisser ses larmes couler. Elle qui pensait ne plus pouvoir pleurer se laissa surprendre par les sanglots qui l'assaillaient. Sûrement alertée par ses gémissements, sa tante Fulvia se glissa sans bruit dans la chambre puis s'agenouilla à ses côtés. Tout en lui caressant doucement les cheveux, elle se mit à chantonner une berceuse sortie tout droit de son enfance et qu'elle n'avait plus entendue depuis longtemps.

Elle pleura encore un moment, bercée par les tendres caresses et les douces paroles, puis se mit à hoqueter.
— Honoré... je veux voir Honoré...
— Chut... chut..., susurrait Fulvia. Tu sais bien que c'est impossible, ce ne serait pas correct. Mais ne t'inquiète pas ma chérie, je l'ai fait prévenir.
— Pourquoi... pourquoi elle a fait ça ?
Elle avait presque crié, manquant de s'étrangler dans ses sanglots. Fulvia baissa la tête et marmonna :
— Dieu seul le sait, ma pauvre petite.
— Dieu, Dieu... vous n'avez que ce mot à la bouche ! Mais Dieu ne lui pardonnera pas ça... elle le sait pourtant ! Alors pourquoi ?
Sa tante baissa de nouveau la tête et Iris s'emporta.
— Laisse-moi, laisse-moi donc !
Et Fulvia obtempéra, laissant la jeune fille seule avec son chagrin et ses questions, qui la tortureraient longtemps encore. Iris pleura toute la nuit, incapable de trouver le sommeil, se lamentant sur ses parents disparus et l'orpheline qu'elle était devenue.
On enterra sa mère dès le lendemain matin.

Elle s'était endormie là, à même la table de la cuisine, alors qu'elle rédigeait des remerciements aux nombreuses lettres de condoléances reçues. Pour la plupart elle n'avait fait que les survoler et se contentait d'y répondre mécaniquement, en recopiant des formules consacrées. Aucun d'eux ne connaissait vraiment sa mère. Pas même elle.
Elle avait l'épaule gauche et la mâchoire tout engourdies et elle s'étira longuement sur sa chaise. Elle frotta

ses yeux, gonflés, sensibles à la lumière vive de ce milieu d'après-midi et son regard balaya les quelques enveloppes et les feuilles de papier aux mots dansants.

Son cœur se serra, encore et encore. Elle déglutit. La boule était toujours là, au fond de sa gorge, elle ne la quittait plus, il lui semblait même qu'elle serait dorénavant toujours là. Comme pour ne pas oublier, comme si elle pouvait oublier.

Elle se leva, prenant appui sur la table pour mieux s'extirper de sa chaise. Elle avait très peu dormi ces derniers jours et la fatigue pesait sur son frêle corps de jeune femme. Sa robe en coton fleuri était froissée et tachée. Elle ne se rappelait pas s'être changée depuis... depuis l'enterrement. Elle avait quitté sa sombre et froide robe noire pour enfiler celle-ci, et voilà. Elle passa la porte ouverte et s'avança sur le balcon, dans la tiédeur de l'après-midi. Accoudée au garde-corps, elle apprécia la chaleur de la pierre blanche chauffée au soleil, le visage entre les mains, comme lorsqu'elle était encore enfant et qu'elle passait des heures à contempler les distractions de la rue. Les rayons du soleil glissaient sur sa peau, transperçaient ses vêtements, réchauffaient ses os glacés.

Depuis l'atelier, situé au rez-de-chaussée, montaient les bruits familiers du métal que l'on travaillait, mais aussi les exclamations des ouvriers qui s'interpellaient sans cesse. Iris comprenait approximativement l'arabe, mais aucun des jurons prononcés ne lui échappait. Elle possédait désormais la moitié de l'entreprise que son père lui avait léguée. Mais que pourrait-elle bien faire d'un atelier de plomberie, elle qui ne rêvait que de mode et de Paris ?

La rue était assez calme à cette heure-ci : quelques voitures, quelques passants, un chien errant...

La chaleur était loin d'être étouffante, mais la jeune fille ne supporta pas longtemps la lumière éblouissante, qui l'obligeait à plisser les yeux. Le sang battait trop fort dans ses tempes, une migraine menaçait.

Alors qu'elle tournait les talons pour rentrer à l'abri, elle ne put s'empêcher de regarder là-haut. Vers la terrasse.

Prise d'un vertige soudain, elle ferma les yeux et une image, obsédante, s'imprima sur sa rétine. Des draps blancs, portés par le vent et puis le sang, rouge, brillant, d'abord une goutte puis un océan. Elle se noie dedans, dans tout ce sang, elle tremble, elle se débat, elle regarde ses mains, rien...

Plus rien n'empêchait Iris d'épouser Honoré. Mais dans quelles conditions ? Celles d'une orpheline.

Jamais elle n'avait envisagé de devoir se marier sans ses parents à ses côtés. Elle avait pourtant tout imaginé : la robe, les fleurs, le gâteau. Mais pas ça...

Commencer sa vie d'épouse sous ces funestes auspices l'ébranlait profondément, au point de vouloir renoncer à ce mariage qu'elle attendait tant. Honoré l'avait rassurée comme il pouvait. Ils s'étaient retrouvés seuls quelques instants après l'enterrement. C'était trois jours plus tôt. Depuis, Iris s'était retirée du monde, et n'avait pas quitté l'appartement.

La jeune femme se débattait avec son malheur, sa peine, ses doutes. Sa mère s'était suicidée à un mois de sa majorité, elle ne la verrait jamais en mariée. Et elle le savait, elle connaissait les projets de sa fille, comment pouvait-elle l'abandonner, elle qui souffrait encore chaque jour de l'absence de son père tout juste disparu. Peut-être que la mort de son époux l'avait détruite ? Mais de là à se tirer une balle dans la tête, ça Iris ne comprenait pas. Sa mère, catholique fervente, un suicide ? Non, décidément cela ne collait pas.

Iris ressassait, repensait aux derniers moments de sa mère, aux derniers mois, ceux qui avaient suivi le décès de son père. Rien n'avait laissé présager une telle issue. Sa mère était restée égale à elle-même, froide, austère, drapée de noir, comme toujours. Même dans la mort, sa mère resterait pour elle une étrangère.

— Je suis certain qu'ils ne voudraient que ton bonheur, avait objecté Honoré lorsqu'elle avait évoqué ses doutes à propos de leur mariage.

— Je ne sais pas, vraiment. J'ai besoin d'y réfléchir. Tous ces malheurs autour de moi. Je ne suis pas prête à me marier dans ces conditions. C'est impossible.

Honoré comprenait, mais il sentait bien qu'Iris lui échappait. Toutes ces questions, dans sa tête, il s'inquiétait pour elle. Quoi qu'il en soit, il était impératif pour la jeune femme de témoigner le respect dû à sa mère en respectant une période de deuil. Cela repoussait le projet de mariage de quelques mois et lui laisserait le temps de bien y réfléchir. Elle ne se mariait pas parce que sa mère était morte, ou parce qu'elle était enfin majeure. Elle se marierait parce que ce serait le bon moment et qu'elle l'aurait choisi.

En attendant, elle errait comme une âme en peine avec toutes ces questions, et une culpabilité latente, certaine d'être en partie responsable du suicide de sa mère. Elle devait maintenant admettre, avec le recul, qu'elle n'avait pas toujours été tendre avec elle et qu'elle l'avait beaucoup délaissée. Mais l'amour qu'elle portait à son père prenait toute la place. Ces derniers mois, elle avait été plus dure avec celle qu'elle aurait préféré voir mourir à la place de son père. C'était comme si sa volonté avait été exaucée, mais cela ne l'avait pas ramené. Pire, c'était comme d'avoir tué sa mère de ses propres mains.

Elle eut soudain une idée. Il lui fallait quelque chose. Quelque chose qu'elle puisse toucher, quelque chose de concret, qu'elle pourrait regarder et serrer contre son cœur, qui lui rappellerait que son bonheur était à portée de main, que ses parents l'aimaient, qu'elle n'était pas responsable.

Orpheline. Ce mot résonnait à ses oreilles, elle le répétait sans cesse, comme pour s'habituer à sa nouvelle situation, se l'approprier.

Elle n'avait pas d'intention particulière lorsqu'elle se mit à fouiller l'appartement. Elle cherchait quelque chose qui évoque son enfance, qui lui rappelle ses parents, qui lui permette de se rapprocher d'eux, une sorte de relique, de porte-bonheur. Quelque chose qui l'aiderait à surmonter sa peine.

Lorsqu'elle pénétra dans leur chambre, elle sentit un courant d'air glacé la frôler. Elle n'avait jamais aimé cette pièce, royaume de sa mère, à la fois austère et surchargée d'icônes et d'objets religieux. Sa fervente dévotion l'avait toujours intriguée, c'était comme si elle avait toujours eu quelque chose à se faire pardonner, comme si elle portait sur ses épaules tous les péchés du monde. Heureusement son père avait réussi à la tenir éloignée de toute cette bigoterie...

Pour chasser l'oppressante obscurité, elle ouvrit les volets et laissa entrer le soleil.

Elle prit enfin son courage à deux mains et commença à explorer cet endroit presque secret où elle ne mettait jamais les pieds.

La commode ne lui offrit rien de plus que des vêtements trop bien pliés et quelques livres de comptes. Les tables de nuit, aux plateaux de marbre rose, ne recelaient rien de plus qu'une bible, quelques boîtes de pilules, la montre de son père et un réveil en laiton. La montre serait pour Honoré, elle la glissa dans sa poche.

Elle hésita devant la grande armoire aux panneaux sculptés, qui l'effrayait tant lorsqu'elle était petite. Elle y voyait des visages monstrueux et se mettait à hurler lorsque les lourdes portes grinçaient sinistrement. Un frisson lui échappa tandis qu'elle tournait la clef. Les portes s'ouvrirent sans un bruit et elle soupira de soulagement.

Rien n'attira d'abord son attention. Des vêtements, encore et encore. Des chemises claires pour son père, des robes noires pour sa mère. Le jour et la nuit...

Alors qu'elle caressait avec tendresse le plus beau veston de son père, un paquet aimanta son regard. Il était dissimulé derrière une pile de draps blancs.

C'était un grand carton rond. Un carton à chapeau. Il paraissait un peu défraîchi, avec ses rayures d'un lilas passé, ses bords écornés et son couvercle gondolé. Il semblait avoir beaucoup voyagé, mais sur l'étiquette un peu décollée on pouvait encore lire « Joséphine Modes, PARIS ». Paris ! Iris en rêvait depuis toujours.

Que faisait ce carton ici et que contenait-il ? Elle savait que son père avait passé une partie de sa jeunesse en France, il lui racontait souvent la Ville lumière, la vie parisienne et la mode qu'elle aimait tant. Une chose était sûre, elle n'avait jamais vu ce carton auparavant. Il était pourtant fort grand, et Iris n'imaginait pas sa mère, si sévère, porter l'un de ces grands chapeaux à plumes qu'elle avait vus dans d'anciens journaux. Fébrile, elle souleva le couvercle. Ses doigts caressèrent la fine broderie qui émergea du carton, avant de déplier avec soin une première robe d'enfant, un peu jaunie par le temps, mais d'une incroyable exécution. La couturière qu'elle était apprécia la qualité des finitions, la délicatesse de l'ensemble.

Est-ce l'une de mes robes de petite fille ? s'interrogeat-elle, perplexe.

Elle découvrit encore quelques pièces, toutes plus raffinées et élégantes les unes que les autres. Du blanc, du rose, du jaune. Une vraie garde-robe de poupée.

Sous la dernière petite brassière tricotée, un écrin de velours rose, sur lequel on pouvait lire en lettres dorées : « À La Cloche d'Or, PARIS ». À l'intérieur, elle découvrit le plus surprenant des bijoux. C'était une broche en forme de fleur. Ciselée dans un métal argenté, une tige, agrémentée de quelques feuilles aux nervures parfaitement dessinées, et à son extrémité, taillés dans une pierre précieuse de toute beauté, les pétales d'une rose. Fascinée, elle observa le bijou à la lumière. Le soleil filtrait à travers la pierre et faisait miroiter sa couleur exceptionnelle, d'un bleu violacé. Elle aurait presque eu la prétention de dire couleur d'iris. Mais la fleur était ostensiblement une rose, et elle n'en avait jamais vu d'une telle couleur.

Cette découverte la laissa songeuse. Les vêtements étaient visiblement ses toilettes d'enfant, mais pourquoi ne les lui avait-on jamais montrées, pas plus que cette broche, cachée au fond d'un carton ? Elle haussa les épaules. Le dernier objet que rencontrèrent ses doigts était un journal de modes, presque aussi vieux qu'elle. Sur la couverture, elle lut : « L'Écho de la Mode, Paris, 2 juillet 1909 ». La gravure en première page la propulsa vingt ans en arrière et elle s'empressa de l'ouvrir pour contempler, bouche bée, toute la mode parisienne du début du siècle.

Elle feuilletait avidement les pages jaunies, presque friables, et se régalait de ce qu'elle y dénichait. Surprise, elle finit par y découvrir deux feuilles de papier, pliées, simplement glissées là. Encore un mystère...

Elle déplia la première, un acte en espagnol. Ce n'était pas un problème pour la jeune femme qui était née en Argentine et y avait passé ses jeunes années. Elle déchiffra donc l'acte de mariage de ses parents à Buenos Aires, le 10 janvier 1910. La date n'attira pas plus son attention, elle continua.

La seconde feuille était rédigée en français. C'était également une langue qu'elle maîtrisait parfaitement. Son père lui avait toujours parlé français, délaissant volontiers l'italien pour s'adresser à sa fille. En arrivant ici, au Maroc, parler et lire couramment cette langue avait été un avantage indiscutable pour son intégration.

Ses yeux fatigués lisaient et relisaient sans comprendre :

« Le vingt-neuf septembre mil neuf cent sept, acte de naissance de Rose, Germaine, Joséphine, de sexe féminin, à nous présentée, née avant-hier, à neuf heures du soir, au domicile de ses père et mère, rue Lécuyer, 7, Paris, fille de Émile BOSIA, négociant en vins, âgé de vingt-deux ans et

*de Marguerite LEMOINE, modiste, âgée de dix-neuf ans,
non mariés. Constaté par Léon Champion, officier d'acadé-
mie, marié, officier de l'état civil de Paris, sur les déclarations et présentation à nous faites par Émile Bosia, ci-dessus
dénommé, qui se reconnaît le père de l'enfant. En présence de
Alexis Costerg, marchand de vins, quarante ans, demeurant
rue Richehomme, 4, en cette commune et Louis Chertemps,
couvreur, trente-trois ans, demeurant rue Mercadet, 12, en
cette commune. Et après lecture du présent acte, les déclarants
et témoins ont signé avec nous. »*

Suivaient de nombreuses signatures, dont celle, recon-
naissable, de son père Emilio.

Elle lisait les noms, relisait les dates et tout se mélangeait dans sa tête. Ses yeux, affolés, commençaient à
s'égarer.

Sa première pensée fut que son père avait eu une
fille à Paris. Mais la date de naissance de cette petite
fille était la même que la sienne. Elle était donc cette
petite fille ? Non, impossible ! Elle était née en Argentine
et sa mère s'appelait Igea Viari. Une idée surgit et elle
reprit l'acte de mariage de ses parents. Et là, la date
lui sauta aux yeux : 1910 ! Elle avait déjà deux ans !
Comment était-ce possible ? Était-elle cette Rose ? Elle
ne comprenait plus rien, son monde s'écroulait, elle ne
savait plus qui elle était.

Tremblante, elle se releva, les jambes presque paralysées, parce qu'elle était restée assise longtemps, parce
qu'elle avait peur. Elle tangua jusqu'au salon, se retrouva
sans comprendre sur le palier, tambourinant sur la porte
d'entrée de l'appartement voisin.

Sa tante ne tarda pas à lui ouvrir. Devant la mine
défaite et le regard hagard de la jeune femme, elle comprit
que le moment était venu. Celui où elle allait devoir
assumer ce lourd secret, celui que toute sa famille portait. Depuis la mort de sa belle-sœur, elle savait que
ce moment arriverait, et elle trouvait injuste de devoir
endosser le terrible rôle de messager.

Mais elle aimait Iris comme sa propre fille, et elle lui devait la vérité.

Sans un mot échangé, Iris se glissa dans l'appartement et s'effondra sur une chaise de la salle à manger. Tomaso, son oncle maternel, y prenait son déjeuner, et sa fourchette s'arrêta net lorsqu'il découvrit le visage ravagé de sa nièce adorée. Sa femme reprit place à table et sans un mot attendit. Le silence qui pesait dans la pièce était aussi lourd qu'un ciel d'orage et Fulvia en était persuadée, il ne tarderait pas à éclater. Les quelques secondes qui passèrent semblèrent une éternité. Dans la rue, on entendait les voitures passer, les passants se héler, tous inconscients du drame qui était en train de se jouer.

Iris finit par glisser sur la table deux feuilles de papier dépliées et Fulvia sentit son cœur accélérer. Son mari tendit le bras et consulta les feuillets. Ses doigts tremblaient. Fulvia sut que ce serait à elle de parler. Alors elle parla, en italien, parce que cette histoire se passait sur fond d'Italie et que c'était dans cette langue qu'elle devait être racontée.

— Riri. Je comprends que tu aies beaucoup de questions et je veux bien essayer d'y répondre. Mais d'abord, laisse-moi te raconter toute l'histoire, depuis le début. Il faut que tu comprennes que tout commence bien avant ta naissance, ce sont des chemins qui se croisent, des choix d'adultes, des histoires de famille.

Iris hocha la tête. Tomaso, tête baissée, soupira bruyamment. Il s'apprêtait à être rattrapé par un passé qu'il avait toujours cherché à fuir.

Sa femme chercha désespérément son regard, son soutien, puis abandonna et commença son histoire.

— Bien, alors écoute-moi et je t'en supplie, par avance, pardonne-nous...

— ...

— J'ai épousé ton oncle Tomaso en Italie, en 1905. Ton grand-père, Gianni, comme tu dois t'en souvenir, était un homme terriblement sévère, éternel insatisfait et il avait surtout une grande ambition. Il estimait que l'Italie ne pouvait pas lui apporter la réussite qu'il méritait et était convaincu que la France et plus particulièrement Paris pourrait lui offrir sa chance. Il a donc forcé toute sa famille à quitter l'Italie pour le suivre là-bas... Nous sommes partis avec un âne et une carriole, Nonno Gianni, Nonna Rosa, Tomaso, moi et bien sûr ta mère Igea, qui n'avait alors que dix-sept ans.

Elle reprit sa respiration.

— Paris fut pour nous un véritable calvaire. Nous avons été traités comme des moins-que-rien, des voleurs, des menteurs. Gianni ne trouva pas le travail tant espéré et aucun d'entre nous n'avait un salaire suffisant pour satisfaire aux besoins de notre famille. En août 1909, Gianni entendit parler d'une terre promise, où tout n'était que réussite : l'Amérique du Sud. Il obligea sa femme, ta Nonna Rosa, à vendre tous ses bijoux afin d'acheter des billets pour une traversée de l'Atlantique.

Iris s'impatientait, elle connaissait plus ou moins l'histoire qui avait conduit la famille de sa mère en Argentine. Mais elle n'osait pas interrompre sa tante. Accrochée aux accoudoirs de sa chaise, elle attendait la suite, tremblante.

— Sur le bateau, nous avons fait la connaissance d'un drôle de duo. Ton père Emilio, et son frère, Amilcare. Ils étaient tellement différents et si mal assortis.

Iris tiqua. Personne ne lui avait jamais parlé de cet oncle paternel. Son père avait toujours raconté avoir été fils unique et orphelin à l'âge de vingt ans...

— Et puis il y avait toi, jolie petite poupée si bien habillée. Tout le monde était sous ton charme. Surtout Igea. Personne ne le savait, mais quitter Paris avait été un déchirement pour elle. Elle y était tombée amoureuse et était terriblement malheureuse. Tu as été son réconfort, son petit rayon de soleil durant cette longue traversée, elle s'était beaucoup attachée à toi...

Sa tante cherchait à l'amadouer, mais la vérité était bien là : sa mère n'était pas sa vraie mère ! Quelle tromperie, quelle hypocrisie ! Une bile acide lui brûlait l'estomac, elle avait envie de vomir.

— Entre compatriotes italiens, nos familles ont vite sympathisé et ton oncle Amilcare a complètement séduit Nonno Gianni. Ils avaient la même ambition, la même folie de grandeurs. Nous avons vite partagé nos repas, la vie quotidienne, les projets d'avenir. Ton oncle était...

— Un escroc ! Voleur, menteur, fanfaron, bref, tout le contraire de ton père !

Surprise, Fulvia considérait son mari avec de grands yeux ébahis. Elle ne s'attendait pas à le voir prendre part à cette conversation. Il avait toujours été du genre spectateur, particulièrement dans cette histoire, mais force était de constater qu'il avait son mot à dire.

Elle reprit :

— Emilio était visiblement très tourmenté pendant cette traversée. On le sentait faible, perdu, influençable, entièrement sous la coupe de son frère. Assez vite nous lui avons prêté main-forte pour s'occuper de toi. Lorsque nous avions demandé où était ta mère, il nous avait répondu qu'elle était retenue à Paris et qu'elle vous rejoindrait plus tard. Il nous parlait souvent d'elle, une belle et élégante Parisienne, blonde, modiste talentueuse. Il ne tarissait pas d'éloges, mais chaque fois qu'il parlait d'elle, il plongeait dans une sorte de nostalgie, il devenait sombre, presque absent. Alors nous avons vite cessé de le questionner.

Les yeux d'Iris s'étaient embrumés. Enfin on lui présentait le visage d'une mère qui ressemblait à ce qu'elle imaginait. Malgré l'affection qu'elle portait à Igea, elle avait toujours trouvé cette mère décevante.

— Ce voyage nous a vraiment soudés, et à l'arrivée, nous formions une sorte de famille. Amilcare et Gianni élaboraient mille projets tandis qu'Emilio traînait sa peine. Plus les jours passaient, plus ton père semblait broyer du noir. Des disputes éclataient constamment entre les deux frères et nous commencions à comprendre que leur voyage pour l'Argentine n'était pas le seul fruit du hasard.

— Si on avait su…, marmonna simplement Tomaso.

Fulvia soupira et reprit :

— À Buenos Aires nous logions tous dans le même baraquement. Gianni considérait Amilcare comme son deuxième fils et nous, les femmes, n'avions pas le cœur à te laisser seule aux mains de ces deux inconscients. Les mois ont passé et les hommes s'emballaient pour de grands projets qui nécessitaient de gros investissements. Amilcare avait trouvé une sorte de banquier qui acceptait de leur faire un prêt. Quoi qu'il en soit, l'ambiance entre les deux frères se détériorait à vue d'œil, mais aucun de nous n'a vu venir ce qui est arrivé.

Tomaso acquiesça et Fulvia dut prendre une grande inspiration pour continuer. Iris, elle, était au bord du malaise.

— Un soir de janvier, ton père et son frère sont sortis. Notre famille avait besoin de se réunir pour un problème urgent à débattre. Tu comprendras plus tard… Tu es restée avec nous et nous t'avons couchée. Peu après vingt-trois heures, Emilio est rentré à la maison, seul, et complètement ivre. Il titubait, il divaguait, rien d'alarmant à première vue. C'était pourtant la première fois que nous le voyions dans cet état. Au départ, personne n'a prêté attention à ce qu'il racontait. Et puis il s'est mis à parler en italien et là, Gianni a tendu l'oreille. Ton père rabâchait qu'Amilcare était un assassin, qu'il était son complice et qu'il avait fini par le tuer.

Fulvia ne savait plus trop comment continuer. Devant son silence, Tomaso prit la parole :

— Quand Emilio a eu dessaoulé, il était dans un état pitoyable. On aurait dit un pauvre gosse perdu. Père l'a harcelé de questions et il a fini par nous raconter toute l'histoire. À Paris, Amilcare travaillait pour un « mafioso », pour qui il faisait le sale boulot. Ton père aussi travaillait pour lui, mais il ne faisait rien de criminel, il était juste son négociant en vins. Tout le reste, trafic, blanchiment d'argent, tout ça, ce n'était pas ses affaires... *ad ogni modo !*

Il balaya tout ça d'un geste de la main et il reprit :

— On ne connaît pas vraiment les détails mais ton oncle a fait le travail qu'on lui avait demandé. Un meurtre, voilà, c'est pas joli à dire, ni à entendre. Le problème, c'est qu'il a été dénoncé, et ton père avec. Apparemment on voulait se débarrasser d'eux. Et après, ma pauvre petite fille, la police était à leurs trousses. Et c'est la guillotine qui les attendait ! La guillotine !

Iris se mordit la langue pour ne pas crier. Jamais elle n'aurait pu imaginer son père, si doux, si affectueux, si respectable, mêlé à une affaire de meurtre.

Fulvia reprit le fil de l'histoire, d'une voix qu'elle voulait douce et rassurante.

— Ton père s'est retrouvé piégé, il devait s'enfuir. Mais il y avait un problème. Ta mère...

Il lui était difficile de prononcer ces mots. Elle cherchait en elle la force de continuer. Alors elle déglutit et continua.

— Ta mère était à l'hôpital, mourante. Il ne voulait pas l'abandonner, alors il a cherché à gagner du temps. Il a essayé de vous cacher, mais il a eu peur, peur qu'on t'enlève à lui, peur de te perdre. Il ne savait pas si ta mère survivrait et tu étais tout ce qu'il avait. Il a fini par suivre Amilcare et il a pris ce bateau.

— Il l'a regretté toute sa vie, souffla Tomaso.

— Et ma mère ? gémit Iris les yeux pleins de larmes.

— Personne ne sait ma jolie, personne...

— Mais enfin ? Comment ? C'est impossible !

Mille questions se bousculaient dans sa petite tête déjà bien remuée. C'en était trop...

Pourtant elle demanda :

— Mais pourquoi Père a-t-il épousé... Mère ?

Elle ne savait plus comment l'appeler.

Fulvia soupira.

— L'histoire est encore longue, ma petite. Es-tu sûre de...

— Évidemment ! la coupa son époux. Elle doit tout entendre. Ces secrets, ces mensonges, ça détruit tout. Maintenant il n'y a plus que nous, alors ! *Basta !*

Iris acquiesça mollement.

— Bien, bien, comme vous voulez.

Fulvia s'éclaircit la voix et reprit :

— Donc, comme je te disais, Emilio nous a raconté la raison de leur départ en nous avouant que son frère était un assassin. Je me souviens que l'idée de partager ma maison avec cet homme me glaçait le dos. Mais Gianni lui s'en moquait, il ne cessait de demander où Amilcare était passé. Parce que tu vois, Riri, pendant que les deux frères étaient partis ce soir-là, nous avons dû annoncer au père que ta mère, enfin Igea, attendait un enfant.

Un froid glacial souffla dans la pièce. Iris frissonna.

— Elle avait trouvé un amoureux à Paris et voilà...

— Père était fou de rage, continua Tomaso. J'ai bien cru qu'il allait tuer ma sœur. Et puis il a eu une idée. Saugrenue, mais ça c'était sa spécialité. Il a décidé qu'Amilcare épouserait Igea et que comme ça l'honneur de la famille serait sauf. Et puis il s'était acoquiné avec ce... ce...

Sa mâchoire serrée parlait pour lui. Ses poings aussi.

— Gianni demandait donc après Amilcare et Emilio devenait de plus en plus blanc. Après une tasse de café bien fort, il a fini par nous expliquer qu'Amilcare avait élaboré une arnaque et que Gianni serait « *Cascàricci* », le dindon de la farce. Il voulait lui faire souscrire le fameux prêt, puis voler l'argent et partir pour l'Uruguay.

— Père est passé par toutes les couleurs. Non seulement on avait voulu le duper, mais par-dessus le marché, tous ses plans tombaient à l'eau.

Tomaso ne pouvait s'empêcher d'intervenir, de raconter lui aussi cette histoire qui l'empoisonnait depuis des années.

— Tu imagines bien que Gianni a voulu en découdre et il continuait de demander « Il est où, il est où ? ».

— Il était mort, trancha Tomaso. Ils étaient ivres, sur les quais et Amilcare a exposé son plan à ton père. Ils se sont disputés, violemment, ton oncle a glissé, il est tombé...

— On ne l'a jamais retrouvé.

Fulvia pensait que c'était la seule chose positive à tirer de cette histoire, mais cela ne suffisait pas, loin de là. Le pire arrivait et Tomaso prit son courage à deux mains.

— La suite Riri, c'est notre malheur à tous. Dieu nous a punis pour ça, crois-moi...

Son cœur se serra, tout comme celui de Fulvia.

— Père était dans une colère noire et nous l'avons laissé commettre l'irréparable. Il a menacé ton père de le dénoncer, pour le meurtre commis en France mais aussi pour le meurtre d'Amilcare. Son seul autre choix, épouser Igea, qui t'élevait déjà comme sa fille, et accepter l'enfant à venir comme s'il était le sien.

— Emilio était terrorisé, expliqua Fulvia. Il ne voulait surtout pas te perdre et il était persuadé que Gianni mettrait ses menaces à exécution. Il a donc accepté et a épousé Igea quelques jours plus tard.

— Et le bébé ? murmura Iris, particulièrement éprouvée par ce qu'elle entendait.

— Il est mort à la naissance. C'était une petite fille, glissa Fulvia.

— Ce mariage a été un véritable poison pour toute notre famille. Regarde ! Nous avons été punis ! Nous n'avons jamais eu d'enfants, pas plus qu'Emilio et ma sœur. Dieu nous a punis de t'avoir volée.

Tomaso, le visage entre les mains, sanglotait.

Iris, soudain insensible, n'y prêta guère attention. Elle voulait des réponses.

— Et mon prénom ? Je m'appelais Rose, non ?

— Oui ma jolie, c'est bien ton prénom. Là encore, Gianni a fait plier ton père. Rosa était le nom de la Nonna et il était inconcevable pour le patriarche que la petite bâtarde porte le même prénom que son épouse. C'était inhumain, et pourtant Emilio a accepté. Et toi aussi...

— Pourquoi Iris ?

Fulvia rit, attendrie.

— Il voulait un prénom de fleur. Et puis ta mère se prénommait Marguerite. Il la surnommait Riri. T'appeler comme elle, c'était une façon de la faire vivre encore, je crois.

Iris revoyait son père, si doux, si tendre, si présent. L'attention et le respect qu'il lui portait, l'angoisse qui l'étranglait chaque fois qu'elle se fâchait, ses yeux qui brillaient à chacun de ses anniversaires. Son air absent, son visage triste... Et sa mère, transparente, presque reléguée au rang de servante. Elle comprenait maintenant. Ces regards lourds, ce fossé qu'ils creusaient chaque jour. Comment n'avait-elle jamais compris cette tragédie qui se jouait autour de sa vie ?

Tomaso, que la parole libérait, reprit.

— C'est pour ça que ton père ne voulait pas que tu épouses Honoré... Tu aurais tout découvert.

Iris sentit son corps entier s'affoler. Elle ne devait, ne voulait pas entendre la suite. C'en était déjà trop, ce qui se profilait allait l'achever. Pourtant son oncle continua.

— Il aimait beaucoup Honoré, tu sais. Et Dieu seul sait combien te partager avec un autre homme était difficile pour lui. Mais il savait que c'était l'homme qu'il te fallait. Mais pour te marier, il te fallait un acte de naissance, les Français ils rigolent pas avec ça ! Emilio a même essayé d'acheter un type à la mairie, ça le rendait fou cette histoire...

Tomaso s'arrêta net. Ses yeux rencontrèrent ceux de son épouse, désespérés. Il était allé trop loin, mais c'était déjà trop tard.

La petite graine avait été semée et commençait déjà à germer dans la tête de sa nièce.

C'était sa faute. Elle avait tanné son père pendant des semaines avec son mariage sans savoir combien cela le tourmentait. Sans se douter qu'il se débattait avec une situation inextricable. Et son cœur avait lâché… par sa faute.

Le poids de la culpabilité s'abattit d'un coup sur ses épaules et elle pensa ne plus pouvoir se relever. Elle avait tué son père. Elle allait sombrer dans le néant lorsque son regard effleura le couteau que tenait Tomaso dans sa main. Le couteau du grand-père. Nono Gianni… Ce vieil aigri qu'elle n'avait jamais vu sourire et qui ne lui avait jamais adressé le moindre mot, comme si elle n'existait pas.

Elle sentit ses pupilles se dilater, comme si le couteau lui brûlait les yeux. Elle ressentait la douleur mordante de la brûlure, sans comprendre que c'était celle de la trahison. Rage, haine, colère se mêlèrent dans son esprit et soudain réanimée par ce terrible mélange d'émotions, elle bondit, renversant la chaise sur laquelle elle était assise.

— C'est vous ! C'est vous tous qui l'avez tué ! Vous qui vous disiez être sa famille, ses amis ! Comment avez-vous pu laisser faire ? Vous êtes ignobles ! Je vous déteste, vous entendez, je vous déteste ! Vous n'êtes plus ma famille, je ne veux plus jamais vous revoir !

Ravagée par la colère, la tristesse et la déception, Iris quitta la pièce en claquant la porte, laissant son oncle et sa tante dévastés et plus seuls que jamais.

Ils venaient de perdre le seul enfant qu'ils aient eu à chérir et qu'ils avaient promis de protéger comme s'il était leur propre chair, leur propre sang. Tomaso ruminait sur sa bêtise, et sa langue pour une fois trop pendue, tandis que Fulvia se consolait tant bien que mal : la petite n'avait posé aucune question sur le suicide de sa mère. Elle glissa la main dans la poche de son tablier, et serra fort la lettre qu'Igea lui avait adressée.

Fulvia, ma sœur,
Tu es la seule amie que j'ai jamais eue, la seule qui me connaisse vraiment, la seule pour qui je compte un peu.
Tu es la seule à savoir que je suis restée cette jeune fille, amoureuse, à Paris.

Ma famille m'a sacrifiée, dès lors, je n'ai plus su aimer. Ni ce mari, qu'on m'a imposé, ni cette enfant, que l'on avait volée. Ce mariage qui approche, je ne peux le supporter sans Emilio à nos côtés. Il était le seul à pouvoir lui expliquer, la consoler, la guider.

Je sais que comme moi tu prieras pour ma miséricorde et pour Iris aussi.

Ton amie, Igea.

Neuf jours plus tard, Iris fêtait sa majorité.

Le lendemain, elle épousait Honoré, sans la présence du moindre membre de sa famille et sans respecter sa période de deuil. Elle avait choisi pour témoin une des sœurs d'Honoré, Adrienne, sa préférée. C'est elle qui l'avait aidée à s'habiller et à se coiffer.

Iris décida au dernier moment qu'elle ne porterait pas la robe sur laquelle elle travaillait en secret depuis des mois. Elle avait tellement rêvé ce moment... Son père, la conduisant à l'autel, dans une robe époustouflante de modernité. Les regards, envieux et ravis. Son bonheur...

Tout était aujourd'hui différent, et sa colère, encore trop présente pour réfléchir avec discernement. C'est ainsi qu'elle poussa la porte d'un couturier réputé, la veille de son mariage, et acheta sur un coup de tête l'une des robes présentées en vitrine.

Honoré ne remarqua rien lorsque sa sublime fiancée descendit de voiture, tant la toilette qu'elle portait semblait avoir été cousue pour elle. La simplicité des lignes, la taille froncée et la blancheur fascinante du tissu qui scintillait au soleil, tout était fait pour mettre en valeur la beauté brune qu'il allait épouser. Pas de voile, mais un peigne orné de perles et de strass et sur son cœur, une tache de couleur. Une rose couleur d'iris.

2

Mer Méditerranée, mars 1929

Ses yeux se perdaient dans l'horizon vide et il lui faudrait encore un peu de patience avant d'apercevoir les côtes françaises. Pourtant elle ne tenait pas en place, incapable de profiter simplement de la traversée comme les autres passagers. Ces deux jours et deux nuits avant l'arrivée à Marseille lui semblaient une éternité et Honoré s'inquiétait de la voir osciller entre un enthousiasme démesuré et des crises de larmes incontrôlées.

Ce voyage représentait tellement pour la jeune femme, elle y avait jeté ses dernières forces, tous ses espoirs...

Iris n'avait à vrai dire pas fait les choses à moitié.

Une fois mariée, elle avait emménagé provisoirement chez les parents d'Honoré et sa nouvelle vie commença, loin des siens, des souvenirs qu'elle voulait fuir.

Elle trouva sans mal un repreneur pour l'entreprise florissante dont elle venait d'hériter la moitié et tira un très bon prix des parts que son père lui avait léguées. Elle prit soin de choisir un acheteur d'origine italienne et bon catholique et n'hésita pas un instant à lui vendre également l'appartement meublé de ses parents. Le peu de souvenirs qu'elle avait conservé tenait dans une malle et deux valises. Elle n'avait revu son oncle et sa tante qu'à l'occasion de la signature chez le notaire et n'avait pas cédé devant leurs visages larmoyants, même les fleurs qu'ils avaient fait livrer pour son mariage avaient terminé à la poubelle.

Honoré n'était en rien intervenu dans l'ensemble de ces transactions. Il n'était pas particulièrement progressiste, simplement amoureux et respectueux des choix et désirs de sa nouvelle épouse. Il comprenait son besoin d'avancer et de tirer un trait sur le passé, après ce qu'elle avait vécu, rien de plus légitime. Pour le reste, on lui reprochait d'avoir laissé Iris disposer de son héritage comme elle l'entendait mais il ne voyait pas bien en quoi cela posait problème. Cependant, les choses se compliquèrent lorsque la jeune femme décida de quitter le Maroc pour la France avec un objectif bien précis : s'offrir une boutique de modes et y proposer ses propres créations.

Bien évidemment personne n'osait s'exprimer en sa présence, mais dès qu'Honoré se retrouvait seul, les reproches pleuvaient.

— Tu ne vas pas laisser ta femme décider, dis ? l'interrogeaient ses amis d'enfance, incrédules.

— Tu vas vraiment la laisser acheter un magasin ? C'est un caprice, elle va vous ruiner, critiquaient ses sœurs, jalouses.

— Je te préviens mon fils, tu sais que j'aime beaucoup Iris et qu'elle est ici chez elle, mais si tu es assez stupide pour prendre la décision de quitter le pays et de suivre les lubies d'une gamine, ce ne sera pas la peine de revenir, tu trouveras porte close. Est-ce que tu as bien compris ?

Les menaces de son père étaient très claires et Honoré n'avait aucun doute concernant leur application.

Dans les quartiers coloniaux de Casa, personne n'ignorait les folles démarches entreprises par Iris, mais personne ne pensait le jeune couple assez déraisonnable pour mener à bien cette entreprise. On chuchotait sur leur passage et chacun se disait qu'Honoré finirait par y mettre le holà, qu'il laissait son épouse s'amuser pour oublier, car tous connaissaient les drames endurés par la jeune femme. Mais lorsque Iris signa par procuration l'achat de son tout nouveau commerce parisien chez son notaire, Casa trembla, mais pas Honoré.

Ce soir-là, autour de la table du dîner, personne n'osait dire un mot, pas même les quatre filles de la maison d'habitude si bavardes. Le silence était pesant, rythmé par le bruit des couverts et des verres. Honoré retenait son souffle, bien conscient que la tempête qui grondait finirait par éclater. Le repas terminé, chacun s'apprêtait à se lever, soulagé que rien de dramatique ne soit arrivé, lorsque la douce voix d'Iris se fit entendre :

— Je tenais à tous vous remercier pour votre hospitalité et pour m'avoir accueillie au sein de votre famille comme l'une des vôtres.

Armandine siffla entre ses dents. Elle avait dû céder la chambre qu'elle partageait avec Félicie au couple de jeunes mariés. Les quatre sœurs s'entassaient désormais dans une minuscule pièce et ne cessaient de s'en plaindre.

Le regard noir que lui lança Honoré l'obligea à baisser les yeux. Elle ne pouvait pas dire qu'elle détestait sa nouvelle belle-sœur, mais elle la jalousait terriblement. Fille unique et chérie, belle, intelligente et maintenant riche. Son frère cédait à tous ses caprices, elle avait débarqué chez eux telle une princesse et voilà que Madame s'offrait une boutique à Paris. Paris ! Mais elle savait que Père ne laisserait pas faire et elle attendait avec une impatience mesquine que le patriarche leur coupe l'herbe sous le pied.

Mais Père ne pipa mot. Pour nuancer son silence, Mère prit maladroitement la parole :

— Mais c'est tout à fait normal ma petite, tu es ici chez toi et nous sommes ta famille désormais.

Iris sourit au visage doux de sa belle-mère. C'était une femme attachante mais particulièrement effacée et qui exprimait très rarement ses opinions.

— Merci Madame.

Iris ne pouvait se résoudre à l'appeler Mère et tout le monde le comprenait. Elle reprit :

— Vous serez certainement soulagés d'apprendre que nous allons enfin fonder notre propre foyer et que vous retrouverez votre tranquillité d'avant.

Son regard glissa sur Armandine qui lui tira puérilement la langue.

Honoré, qui avait laissé parler Iris jusqu'ici, jugea que c'était désormais à lui de prendre la parole et de déclencher la tempête :

— Pas la peine de faire semblant, vous savez tous qu'Iris a signé son projet et qu'elle est désormais propriétaire d'un commerce à Paris.

Il marqua un long silence avant d'ajouter :

— Nous partirons le mois prochain.

Le silence s'abattit de nouveau sur la pièce ; dehors, un chien aboya.

— Mais enfin c'est impossible, gémit sa mère.

— Ça suffit ! gronda son père en abattant ses poings sur la table si fort que la salière se renversa. Iris, continuat-il de tonner, tu sais combien je respectais ton père et j'ai toujours été favorable à votre mariage. Mais là, c'en est trop ! Dépenser ainsi tout ton héritage, quitter ce pays où tu as grandi !

Il faisait de grands gestes, brassant l'air autour de lui, comme un capitaine de navire.

— Es-tu l'une de ces féministes hystériques ?

Iris, qui ne se laissait guère impressionner par son beau-père, répondit que non.

— Alors tu devrais obéir à ton mari et le respecter. Si Emilio voyait ça...

— Mais comment oses-tu dire ça ? s'écria Honoré, hors de lui. Nous avons fait ce choix ensemble. Oui, c'est le rêve d'Iris, mais je suis tout à fait disposé à le partager avec elle. Et c'est son argent, je n'ai aucun droit de lui imposer quoi que ce soit, même en tant qu'époux. Je sais que tu n'as eu aucun scrupule à dilapider l'héritage de Mère mais je ne suis pas comme toi. Et même si je suis né ici, je n'ai aucune obligation d'y finir ma vie.

Son père s'étranglait maintenant de rage, il ne lui avait jamais vu un tel visage. Rouge, prêt à éclater, on pouvait y voir la moindre veine palpiter. Il déglutit néanmoins et cracha :

— Je veux vous voir partir dès demain matin et je ne veux jamais vous revoir ici, vous ne faites plus partie de cette famille...

Il renversa sa chaise en se levant et descendit lourdement l'escalier. Ils entendirent la porte de derrière claquer et tous savaient où l'homme irait noyer sa colère.

Sœurs et mère se mirent à pleurer et à gémir, mais Honoré les rabroua gentiment, ils avaient besoin d'aide pour empaqueter leurs affaires.

Ils déménagèrent le lendemain matin pour le luxueux hôtel *Excelsior*, avec ses tuiles vertes, ses mosaïques et son incontournable brasserie, lieu de rencontre des Européens résidents ou de passage. Iris y venait souvent en compagnie de son père qui aimait y inviter ses plus gros clients. Nostalgique, il lui racontait combien l'atmosphère des brasseries et des petits cafés de Paris lui manquaient. Elle allait bientôt pouvoir découvrir cette ville qui avait tant compté pour lui.

Sans surprise, Honoré trouva Iris sur le pont-promenade. Il trouvait son impatience à la fois touchante et inquiétante. S'il avait écouté son épouse, ils auraient effectué la traversée beaucoup plus tôt. Mais il n'était pas rassuré par les conditions météorologiques de cette fin d'hiver et il avait souhaité attendre le début du mois de mars avant d'envisager le voyage. En cette saison, la compagnie de navigation Paquet proposait un départ tous les dix jours depuis Casa vers Marseille. Iris, qui rêvait d'embarquer sur ces gros paquebots depuis des années, avait insisté pour s'offrir des billets de première classe. Elle était venue si souvent sur les quais observer le débarquement des touristes français, c'était comme d'assister à un véritable défilé. Elle retrouvait dans leurs toilettes tout ce qu'elle avait pu feuilleter dans ses journaux et ses magazines de mode. Et aujourd'hui c'était elle qui voguait pour Paris. Honoré comprenait donc sans mal l'excitation qui animait sa jeune épouse, bien qu'il conservât quelques doutes concernant ses attentes.

— Tu te caches ? plaisanta-t-il en se glissant derrière elle.

Iris portait un long manteau au tissu léger qui allongeait sa silhouette gracile, un chapeau cloche et une paire de gants. Le temps s'était montré clément et il faisait plutôt bon sur le pont, pourtant Honoré sentit le corps d'Iris glacé contre le sien.

— Tu ferais mieux de rentrer, tu es gelée, suggéra-t-il en lui frictionnant les bras. Et puis c'est bientôt l'heure de dîner, tu ne voudrais pas faire attendre le capitaine tout de même, plaisanta-t-il.

Iris sourit. Honoré trouvait toujours les mots pour la distraire ou la réconforter.

— Tu as raison, répondit-elle en pivotant pour lui faire face. Je crois que je vais mettre ma robe verte, qu'en dis-tu ?

— Je dis que tu seras parfaite comme toujours et que tu auras sans aucun doute les compliments du capitaine.

Elle rit avant de redevenir tout à fait sérieuse.

— Crois-tu que je vais la retrouver ?

Honoré se crispa mais n'en montra aucun signe, il ne voulait rien laisser paraître. Iris était si fragile, il devait la protéger.

— Peut-être, enfin je l'espère... nous verrons bien... mais nous ne savons pas grand-chose après tout et...

— Mais nous avons Henriette ! Elle dit avoir travaillé avec elle, elle pourra sûrement nous aider.

— Je sais bien ma chérie et je comprends ton empressement à l'interroger, mais elle t'a aussi écrit que Marguerite avait quitté l'atelier avant même ta naissance. Elle n'a peut-être plus eu de nouvelles après.

Si elle est encore vivante, pensa-t-il.

380

Honoré était au fond de lui persuadé que la mère de son épouse n'avait pas survécu à la maladie qui l'avait séparée de sa famille et ne savait comment préparer Iris à cette éventualité, elle qui semblait absolument persuadée qu'elle pourrait la retrouver, près de vingt ans plus tard. Iris misait tout sur un télégramme envoyé par une certaine Henriette. Il avait d'ailleurs été surpris d'apprendre que l'atelier Joséphine Modes était toujours en activité.

Iris n'avait pas, les premiers temps, évoqué le désir de rechercher sa mère. Mais lors de leur séjour à l'hôtel *Excelsior* avant leur départ pour la France, elle était tombée par hasard sur un annuaire du commerce Didot-Bottin de Paris, très utilisé par les nombreux commerçants français en transit. Sa curiosité était bien trop grande et elle n'avait pas résisté à l'envie d'y chercher le seul indice qui pouvait la relier à sa mère biologique, la boîte à chapeau « Joséphine Modes ». Rien ne lui garantissait que Marguerite y ait travaillé, mais elle en était intimement persuadée. Son père n'aurait pas conservé cette boîte aussi longtemps si elle n'avait pas eu la moindre importance à ses yeux.

Elle n'y croyait pas vraiment et pourtant elle trouva sans mal dans le répertoire « Marchands de modes » la mention de l'atelier. Pas d'encart, une simple ligne :

« Joséphine Modes, r. Volney, 7. »

Elle nota avidement l'information sur un petit calepin et, quelques pages plus loin, découvrit avec exaltation la liste d'une dizaine de modistes nommées Madame ou Mademoiselle Marguerite dont elle recopia soigneusement les coordonnées.

Après une nuit entière à se retourner sans trouver le sommeil, elle n'y tint plus. Sa curiosité était trop grande, elle devait commencer son enquête. Première étape, Joséphine Modes, où elle fit télégraphier à l'adresse indiquée, rue Volney, une demande de références, concernant l'employée Marguerite Lemoine. Elle précisait souhaiter l'embaucher dans son nouvel atelier.

Le jeune couple était installé à la table du petit déjeuner de leur hôtel lorsque Iris avoua à son mari qu'elle était sortie aux aurores pour télégraphier à Paris.

— Et si elle y travaille toujours ? demanda-t-il. Cela pourrait la mettre dans l'embarras et elle a peut-être changé de nom.

Iris refusait cette possibilité. Pourtant son père s'était bien remarié. Mais dans son cœur, elle espérait que celui de sa mère soit resté disponible, prêt à l'aimer de nouveau.

— Tu penses vraiment qu'elle travaille toujours là-bas, vingt ans plus tard ? tenta d'argumenter Iris.

— Je n'en sais rien. C'est possible, tu sais. Mais à quoi t'attends-tu ? Ou plutôt qu'espères-tu ?

Elle ne sut quoi répondre et, un peu agacée de constater qu'il avait raison, grommela :

— De toute façon maintenant c'est fait !

Une semaine plus tard et contre toute attente, elle reçut un télégramme signé d'une certaine Henriette qui expliquait que Marguerite ne travaillait plus pour eux depuis 1907 mais qu'elle pourrait fournir toutes les références nécessaires puisqu'elles avaient travaillé ensemble.

La simple idée que quelqu'un allait pouvoir lui parler de sa mère combla Iris de joie, soulevant aussi en elle beaucoup de doutes et de questions. Mais elle refusait d'entendre les inquiétudes qui grondaient en elle, écartant la sombre silhouette d'une tempête qui pourrait tout dévaster.

Dans leur luxueuse cabine à l'épaisse moquette, Iris terminait de se préparer devant la coiffeuse, tandis que dans son dos Honoré se rasait devant le lavabo à la robinetterie en laiton. Ils échangeaient par miroirs interposés et cela les amusait beaucoup.

— J'ai hâte de goûter à leur pigeonneau, salivait Honoré.

— Moi, ce sont leurs petits pois frais façon «Bonne Femme» qui m'intriguent, plaisanta Iris et Honoré s'esclaffa.

— Je vais me couper avec tes bêtises, gronda-t-il en essuyant les restes de savon qui lui collaient encore à la peau.

— On va vraiment réussir à se mettre en retard, paniqua Iris. On doit être dans la salle à manger dans sept minutes. Aide-moi à enfiler ma robe !

Honoré s'exécuta et ne put s'empêcher d'embrasser avec tendresse la frêle nuque qui se dégagea du tissu aux reflets mordorés. Il était séduit par la coupe de cheveux « à la garçonne » qu'arborait son épouse et qui lui donnait beaucoup d'allure. À n'en pas douter, elle serait certainement la plus jolie des femmes ce soir et même les épouses des hauts fonctionnaires du protectorat français feraient pâle figure avec leurs rivières de diamants devant l'élégance naturelle d'Iris.

Le paquebot *Maréchal Lyautey* était l'un des fleurons de la flotte de la Compagnie de navigation Paquet. Mis à l'eau en 1925 et d'une longueur de cent trente-cinq mètres, il promettait régularité, rapidité et confort. Et ce soir-là, l'allégresse qui régnait dans la grande salle de bal remplissait toutes ces promesses et les passagers se laissaient aller dans une ambiance où le temps semblait s'être arrêté. L'orchestre enchaînait les succès et la piste ne désemplissait pas. Pourtant, Iris et Honoré n'avaient pas encore quitté leurs chaises. Danseurs aguerris et passionnés, ils ne rataient jamais une occasion de danser lorsqu'ils étaient à Casa. Mais malgré les rythmes endiablés qui voyaient onduler les robes et claquer les talons, Iris ne semblait pas gagnée par la fièvre du Charleston. Au dîner, déjà, Honoré ne l'avait pas trouvée dans son assiette. Quasi mutique, presque discourtoise, elle avait à peine ouvert la bouche et n'avait presque rien avalé.

— Tu ne veux toujours pas danser ? l'interrogea Honoré, un peu agacé.

Il détestait faire tapisserie.

— Je ne me sens pas très bien.

— Tu veux remonter en cabine ?

— Non, non...

— Alors quoi ? On reste là à regarder les autres s'amuser ?

Son ton était un peu dur et il s'en voulut. Attrapant sa main gantée, il baisa le bout de ses doigts.

— C'est juste que j'aime tellement danser avec toi, plaida-t-il.

Son sourire cajoleur eut raison des réticences de son épouse et elle lui concéda une danse.

— Voyons voir ce que vous valez sur un plancher flottant, mon cher époux !

Et ils se levèrent pour rejoindre la piste où les premières notes d'un fox-trot les emportèrent vite au milieu des autres passagers. Honoré était si fier d'Iris, du couple qu'ils formaient. Il n'avait d'yeux que pour elle et aucune autre femme à bord de ce bateau ne pouvait le détourner de ce visage, de ces yeux, de son amour.

Mais à mesure que la musique défilait, il sentit le rythme d'Iris ralentir. Ses bras semblaient mous, son regard vide et ils manquèrent de trébucher à plusieurs reprises. Honoré accueillit avec soulagement la fin de la danse et guida Iris à travers la foule jusqu'à leur table, en vain. La jeune femme s'écroula aussi molle qu'une poupée de chiffon. Affolé, Honoré la porta à bout de bras jusqu'à leur cabine, où le docteur fut appelé en urgence.

Entre-temps Iris avait repris ses esprits, mais elle était confuse et frissonnait.

— Je ne sais quoi vous dire, cher Monsieur, confia le médecin qui avait fière allure dans son smoking et semblait irrité d'avoir été dérangé pour si peu. Il reprit néanmoins :

— La traversée peut être éprouvante parfois. Une espèce de mal de mer, en quelque sorte.

Honoré fronçait les sourcils, peu convaincu.

— Ou des troubles d'ordre féminin, tenta le médecin en haussant les épaules.

— Je vous remercie de vous être déplacé docteur, concéda Honoré.

— Si vraiment son état s'aggrave, faites-moi quérir...

— Je n'y manquerai pas, grimaça le jeune homme avant de claquer la porte tout en pensant : *plutôt mourir...*

Dans son petit lit, Iris claquait tant des dents qu'elle ne pouvait articuler le moindre mot. Honoré se glissa à ses côtés et l'enlaça. Il la serra tant et si bien que ses tremblements s'apaisèrent et qu'elle finit par s'assoupir, épuisée.

Lui ne trouva pas le sommeil, hanté par ses inquiétudes, regrettant déjà leur choix de quitter leur ancienne vie pour un pays étranger.

Ils accostèrent à Marseille le lendemain dans la soirée, sans qu'Iris se soit beaucoup éloignée de son lit. Elle insista tout de même pour quitter le navire sur ses deux jambes.

— À une seule condition, négocia Honoré.

— Laquelle ?

— On ne quittera pas Marseille tant que tu ne seras pas totalement rétablie. Paris peut attendre !

Iris acquiesça et ce ne fut que trois jours plus tard, en pleine forme et tout excitée, qu'elle prit enfin le train pour la capitale, accompagnée de son époux et de leurs bagages.

La boutique était plus petite qu'elle ne l'avait imaginée, et dans un bien piteux état. Mais rien ne pouvait entamer la passion qui la dévorait et lui ferait déplacer des montagnes. Et puis elle n'était pas seule. Honoré, en mari aimant, avait égrainé la liste interminable des avantages qu'il trouvait à leur nouvel environnement, commerce et appartement compris. Son optimisme et sa bonté ne faisaient que conforter Iris dans son choix : elle avait épousé un spécimen d'homme rare. Il ressemblait tellement à Emilio... Mais elle ne devait pas penser à son père. C'était trop dur, trop douloureux. Être ici la rapprochait déjà si dangereusement de sa mère qu'elle ne pouvait en supporter plus. Sa mère... Elle était tiraillée entre le désir de la rencontrer et la peur d'être déçue...

Rapidement submergée par les travaux de la boutique et la réception des commandes, elle ne trouva guère le temps, les premières semaines, d'entamer la moindre recherche. Mais l'image de sa mère l'obsédait. À quoi ressemblait-elle ? Où était-elle ? L'aimerait-elle ? Rongée par ces questions, elle se concentrait difficilement sur son travail et en devenait irritable. La nuit, elle ne trouvait pas le sommeil, persuadée que sa mère se trouvait peut-être à seulement quelques rues de là. Patient, Honoré encaissait son humeur détestable et supportait ses reproches. Rien n'allait assez vite, rien ne se passait comme elle le voulait.

Finalement, à la fin du mois de mars et après une énième nuit blanche, elle se décida. Elle devait savoir ou elle deviendrait folle.

Elle prétexta donc devoir se rendre à la mercerie du quartier et, à quelques pas de sa boutique, héla un taxi.

Elle crut d'abord à une erreur lorsqu'elle descendit à l'adresse indiquée. Pourtant l'enseigne indiquait bien «Joséphine Modes». La vitrine était sombre et poussiéreuse, on devinait à peine quelques chapeaux noyés sous les toiles d'araignées. Visiblement, l'endroit était abandonné. Peut-être la boutique avait-elle déménagé ? C'était pourtant bien à cette adresse qu'elle avait écrit. Curieux...

Elle s'approcha et colla sa main pour regarder à travers la poussière de la porte. Aucun signe de vie, elle était venue jusqu'ici pour rien. Déçue et contrariée, elle s'apprêtait à quitter les lieux lorsqu'elle vit une jeune femme sortir sur le trottoir d'en face. Elle l'interpella sans attendre.

— Veuillez m'excuser, Mademoiselle. Je cherche à joindre quelqu'un de la boutique Joséphine Modes mais il n'y a visiblement plus personne ici. Savez-vous s'ils ont déménagé ?

La demoiselle semblait pressée et répondit sans détour :

— Vous trouverez sûrement Henriette à l'intérieur.

— Merci, mais...

La jeune femme avait déjà disparu.

Henriette était la personne qu'elle cherchait, elle se décida donc à pousser la porte et, surprise, entendit la clochette tinter. Elle entra.

— Bonjour. Il y a quelqu'un ? demanda-t-elle, mal à l'aise.

Le hall était sombre et encombré, le silence, oppressant. Soudain il lui sembla voir un rideau bouger et une silhouette fantomatique apparut. Épouvantée, elle poussa un cri de terreur avant d'être brutalement éblouie. Désorientée, elle cherchait à faire demi-tour lorsqu'une voix fluette se fit entendre :

— Pardon, je vous ai effrayée...

Après avoir cligné des yeux un instant, Iris finit par discerner la personne qui s'adressait à elle. Des cheveux pâles et raides comme des baguettes, coupés sous le menton, encadraient un visage aux yeux creux et bleus. Iris n'aurait su lui donner d'âge, mais la femme semblait, bien que plus âgée qu'elle, emprisonnée dans un corps d'enfant. Les vêtements qu'elle portait, d'un genre suranné, renforçaient ce contraste.

— Vous êtes Henriette ? articula mollement Iris qui se remettait doucement de sa frayeur, le cœur battant.

— C'est bien moi, mais il ne me semble pas vous connaître, Madame...

— Madame Géhin ! Je vous ai écrit depuis le Maroc au sujet de...

— Marguerite !

La femme semblait enthousiaste et son visage s'illumina.

— C'est bien ça. Comme je vous l'écrivais, j'ouvre une boutique non loin d'ici et...

— Marguerite avait beaucoup de talent, vous savez. Madame le disait sans arrêt. Toutes les autres étaient jalouses. Quelle perte nous avons subie lorsqu'elle est partie...

— Justement, j'espérais que vous pourriez m'en dire un peu plus.

— J'en attends autant en retour, répondit Henriette. Marguerite nous a quittés si précipitamment et j'aimerais tellement la revoir, mais nous n'avons jamais eu la moindre nouvelle.

— Oh...

Iris était déçue. Henriette ne serait peut-être pas d'une si grande aide après tout. Mais elle devait quand même essayer de glaner un maximum d'informations.

— Nous serons bien mieux dans le petit salon de Madame pour discuter, voulez-vous me suivre ?

Iris acquiesça, bien décidée à saisir cette chance inespérée.

Henriette tira le rideau par lequel elle était entrée et Iris la suivit dans un couloir sombre et encombré de tout un bric-à-brac. Au mur des photos, où elle distinguait difficilement sous la poussière d'anciennes figures de l'avant-guerre.

Les deux femmes passèrent devant une imposante porte entrouverte, par laquelle Iris ne put qu'entrevoir ce qui ressemblait à un ancien atelier, baigné dans la pâle lueur du matin, qui filtrait à travers de grandes fenêtres. Là aussi beaucoup de cartons, beaucoup de poussière. L'endroit n'était clairement plus en activité. Mais alors qui était cette femme et que faisait-elle encore ici ?

L'énigmatique Henriette s'arrêta devant une porte et déclara solennellement :

— C'est le petit salon de Madame Joséphine.

Iris s'attendait à tout sauf à ce qu'elle découvrit en entrant dans la pièce. Le petit salon ne l'était pas tant, mais surtout, il se distinguait du reste de l'établissement par son luxe et sa propreté. Deux grandes fenêtres, soigneusement habillées de lourdes tentures dont le velours miroitait sous la lumière des lustres, une cheminée de marbre où crépitaient les flammes d'une belle flambée et un splendide tapis soigneusement brossé. Les bibelots, les tableaux, les meubles avaient été choisis avec goût et reflétaient le prestige qui avait dû être celui de cette maison. Tout était rutilant, pas un grain de poussière, pas la moindre toile d'araignée. Iris se retint de passer son doigt sur le manteau de la cheminée pour s'en assurer.

Henriette l'invita à s'asseoir sur un très beau fauteuil sculpté et lui proposa un thé.

— C'est très aimable mais non merci, il est encore un peu tôt.

Mille questions tournoyaient dans sa tête mais elle ne savait par où commencer.

— Vous travaillez ici depuis longtemps ?

— Plus de vingt ans, Madame. J'ai commencé comme trotteuse à l'âge de douze ans. Madame Joséphine a toujours été bien bonne avec moi.

— Et Madame Joséphine est ici ?

— Oh non, Madame est chez elle. Elle n'a pas mis les pieds ici depuis des années. Mais c'était sa pièce préférée...

Elle regarda amoureusement toutes les belles choses qui l'entouraient et reprit :

— Alors vous comprenez, j'en prends grand soin. On n'sait jamais, si un jour elle se décide à revenir.

— Madame Joséphine reçoit des visites ?

Iris était de plus en plus intriguée par cette mystérieuse Joséphine pour qui sa mère avait travaillé.

— Oh non ! s'exclama Henriette. Madame s'est retirée du monde, elle ne reçoit plus de visites. Elle me fait quérir parfois, pour s'assurer que tout va bien ici, que je m'occupe bien de son atelier. Elle refuse de le vendre ou de le louer.

— Elle ne vient jamais ici ?

— Non, elle est souffrante vous savez, alors elle refuse de se montrer.

— Je suis navrée de l'entendre. Vous semblez beaucoup l'apprécier.

— Oh oui, Madame est une femme exceptionnelle et si généreuse.

— Mais pourquoi avoir fermé l'atelier ?

— À cause de cette maudite guerre. Madame a tout simplement refusé de continuer à fabriquer des chapeaux hors de prix pour quelques privilégiées alors que nos hommes mouraient dans les tranchées et que leurs femmes n'avaient plus de quoi s'acheter à manger.

— Qu'a-t-elle donc fait ?

Iris était passionnée par ce que lui racontait Henriette, au point qu'elle en avait oublié la raison de sa présence.

— Elle a congédié tout l'monde, pardi !

— Quoi ?

Iris avait presque crié.

— Attendez. Elle a congédié tout le monde mais pour la durée de la guerre seulement. Et surtout, elle a continué de payer son personnel comme s'il travaillait pour elle. Mais la guerre s'est éternisée et lorsque l'armistice a enfin sonné, Madame était ruinée. Les ateliers n'ont jamais rouvert et puis Madame est tombée malade.

Iris n'en croyait pas ses oreilles. Madame Joséphine était vraiment une femme d'exception. Quelle tristesse de savoir qu'elle n'avait pu rouvrir ses ateliers.

— Mais parlez-moi de Marguerite, s'exclama Henriette. Je suis tellement heureuse de pouvoir avoir de ses nouvelles. Nous étions amies, vous savez.

— Oh ! C'est vrai ? Je ne sais pas grand-chose vous savez, c'est pour cela que je souhaitais vous rencontrer. Elle a simplement répondu par courrier à l'annonce que j'ai publiée pour l'ouverture de ma boutique, mentit Iris.

— Je vois...

Henriette sembla réfléchir puis reprit :

— Vous a-t-elle donné beaucoup d'autres références ?

Coincée, Iris ne sut que répondre.

— Elle dit avoir passé plusieurs années à l'étranger et que son expérience ici reste la plus significative.

Henriette, perplexe, fronçait les sourcils.

— C'est vraiment curieux. Nous parlons forcément de la même personne, puisqu'une Marguerite Lemoine a bien travaillé chez nous il y a quelques années. Mais j'avais entendu à son sujet une tout autre histoire.

Surexcitée, Iris se tortillait sur sa chaise.

— Ah oui ? Qu'aviez-vous entendu au juste ?

— Eh bien c'est gênant. Je ne veux pas trahir cette personne, surtout si vous avez dans l'idée de l'embaucher. Tout ceci est très personnel...

L'hésitation d'Henriette était sincère, elle ne voulait pas trahir une amie, même après toutes ces années. Et surtout elle craignait de lui causer du tort.

Iris chercha à la rassurer, il lui fallait ces informations :

— Vous savez, je cherche seulement à savoir si cette personne était une bonne employée. Le reste m'importe peu.

— Je peux vous assurer qu'elle était la meilleure. Et de loin.

Henriette hésitait toujours. Toutes ces questions qu'elle se posait depuis des années, depuis qu'elle avait assisté, impuissante, au départ précipité de Marguerite.

Iris, elle, devait insister, elle n'avait pour le moment rien appris de plus.

— Je sens que cette histoire vous préoccupe...

— C'est vrai. Marguerite a été injustement chassée alors qu'elle était la plus talentueuse.

— Chassée ?

— Disons qu'elle a dû partir précipitamment et j'ai toujours pensé que cette peste de Marcelle en était la cause.

— Pourquoi ?

— Je préfère ne pas en parler, vraiment.

— Bien, bien, je comprends...

— Vous avez demandé après Marguerite Lemoine, n'est-elle donc pas mariée ?

— Eh bien, c'est le nom qu'elle m'a donné, en effet. Pourquoi ?

— C'est curieux, vraiment curieux. J'étais persuadée qu'elle s'était mariée, qu'elle avait eu des enfants même. Adrienne m'avait pourtant dit...

Sa phrase resta en suspens et Iris rebondit :

— Que vous avait dit Adrienne ?

— Elle avait retrouvé Marguerite, dans un grand magasin, il me semble.

— Quel grand magasin, vous souvenez-vous ?

— Aucune idée, vraiment. Cela nous avait étonnés, Marguerite était si attachée à certaines valeurs. Quant à l'enfant...

— Quel enfant ?

— Non vraiment, je n'peux rien vous dire.

— Et cette Adrienne, vous avez des nouvelles ?

— Non, malheureusement... Son mari est mort à la guerre, elle a tout quitté. C'est elle qui a eu la place, vous savez.

— Quelle place ?

— Celle tant convoitée de première d'atelier. Madame avait imaginé l'offrir à Marguerite et puis elle a dû partir.

— Mais pourquoi ?

— Le bébé, à cause du bébé...

Elle avait presque chuchoté.

Malgré le feu qui flambait dans la cheminée, Iris sentit un froid glacial la pétrifier. Les frissons la gagnaient et elle ne tarderait pas à grelotter. Il fallait partir avant que la situation ne lui échappe.

— Merci de vous être confiée. Je vous promets de transmettre votre meilleur souvenir à Marguerite si j'ai l'occasion de la rencontrer. Je dois malheureusement vous quitter, j'ai d'autres obligations.

Elle se leva, les jambes tremblantes, et suivit Henriette qui la conduisit vers une autre sortie, un grand hall qui desservait un escalier au tapis rouge. Iris salua poliment avant de se précipiter dans la rue et de héler le premier taxi qu'elle trouva.

Honoré grattait l'ancienne peinture des murs depuis deux bonnes heures lorsqu'il vit sa femme franchir le pas de la boutique. Elle était si pâle, elle semblait si faible qu'il se précipita à sa rencontre. Mais avant qu'il ne puisse l'atteindre, la jeune femme s'écroula, évanouie.

3

Paris, mai 1929

Chaque jour la même histoire se répétait.
Douloureusement.
Dès qu'elle ouvrait les yeux, Marguerite se découvrait
veuve. Sa main rencontrait l'oreiller vide juste à côté
du sien et le contact du tissu, froid, la pétrifiait. C'était
comme si le décès de François ne s'imprimait pas dans
sa mémoire, comme s'il la prenait au dépourvu. Il n'y
avait rien à faire, elle ne s'y habituait pas.
L'obscurité de sa chambre l'oppressait et les draps
pesaient lourd sur sa poitrine. Elle paniquait et curieusement, la seule façon de chasser ses angoisses était
de se rendre au cimetière. Alors chaque matin elle se
rendait sur la tombe de son mari au Père-Lachaise.
Son pas s'accélérait lorsqu'elle passait le monumental
portail, ses bottines crissaient sur le gravier et la terrible
vérité la frappait de nouveau. Oui, François était bien
là, dans le carré soixante-huit du cimetière, avenue de
la Chapelle.
Il avait désormais d'illustres voisins, des peintres, des
écrivains, des génies, mais Balzac ou Chopin, Marguerite
n'y prêtait aucune espèce d'attention. Ils étaient morts,
tout comme lui.
Ce qu'elle refusait d'admettre, c'est que se retrouver
là, agenouillée sur la pierre froide sous laquelle reposait
François, lui apportait une forme de sérénité. Il avait
certes disparu, mais elle savait comment et pouvoir se

recueillir sur sa sépulture était une chance qu'elle n'avait jusque-là pas connue.

Elle en avait d'ailleurs souvent voulu à François d'avoir un endroit où se recueillir. Elle lui jalousait la tombe de sa première femme et de leur enfant, mais pour rien au monde elle ne l'aurait avoué à voix haute. Elle avait tellement honte d'éprouver un tel ressentiment qu'elle ne s'en était jamais confiée, même au prêtre de sa paroisse.

Mais François, qui connaissait bien Marguerite, avait rapidement compris la douleur indicible que cette situation occasionnait.

Il pouvait lire en elle, discerner ses moindres changements d'humeur, entendre chacune des fluctuations de sa voix, interpréter ses gestes, même les plus anodins. Alors rapidement il ne mentionna plus ses visites au cimetière et finit, après leur mariage, par renoncer à sa volonté d'être inhumé auprès de sa première famille. Il ne pouvait supporter l'idée de sa douce Marguerite seule pour l'éternité et il ne pouvait pas lui imposer de partager son caveau familial.

Deux mois seulement après leur mariage, l'Allemagne avait déclaré la guerre à leur patrie.

Marguerite ne manqua pas d'y voir un coup du sort, une sorte de punition, de malédiction, pour avoir épousé un autre homme. Lorsqu'elle confessa cette idée au père Lasalle, il ne put s'empêcher d'ironiser :

— Si vous aviez vécu au temps de Pharaon ma chère, aucun doute que l'on vous aurait imputé les dix plaies d'Égypte... Cessez de vous tourmenter ainsi, vous êtes une bonne chrétienne, une bonne épouse et l'une de mes paroissiennes les plus fidèles.

Marguerite respectait beaucoup ce prêtre si miséricordieux et indulgent qui l'aidait à surmonter sa culpabilité et sa peine.

François, lui, fuyait les églises comme la peste. Dieu avait depuis longtemps perdu ses faveurs, mais il respectait les croyances de son épouse et comprenait le salut que sa foi procurait. Quant au père Lasalle et à son air débonnaire, ils lui inspiraient une certaine sympathie. Après tout, il ne faisait qu'aider Marguerite à trouver la paix.

Elle accompagnait donc le prêtre dans ses œuvres de bienfaisance et la femme dévouée qu'elle était trouvait beaucoup d'assouvissement à aider son prochain. Entre son emploi au Bon Marché, les bonnes œuvres et sa vie d'épouse, Marguerite se sentait vraiment utile, à nouveau vivante.

Pourtant François n'était pas dupe. La lettre d'Emilio avait certes permis à Marguerite d'avancer dans la vie, mais les questions demeuraient, obsédantes. Alors pour s'occuper l'esprit, elle se jetait à cœur perdu dans ces diverses activités, sans jamais parler de ce qui la hantait vraiment.

Pour se rassurer, François songeait qu'au moins elle n'était plus seule. Elle était même devenue beaucoup plus sociable, ouverte sur le monde et les autres. L'extérieur, la société ne lui faisaient plus peur, elle avait moins honte.

Au Bon Marché, ils étaient même devenus un couple très respecté et apprécié. On savait venir les trouver pour se confier ou désamorcer un conflit. Ils s'appuyaient l'un sur l'autre tant dans leur vie professionnelle que personnelle. Pour qui ne connaissait pas la vérité, leur vie semblait heureuse et aisée, même si beaucoup regrettaient de ne pas leur voir d'enfants.

Avec la guerre, la mort s'invita partout, dans chaque famille, dans chaque maison.

Le Bon Marché n'échappa pas à ce funeste sort. De nombreux jeunes employés mobilisés ne revinrent jamais. Chargé du personnel, c'est à François qu'incombait la lourde tâche d'annoncer les mauvaises nouvelles et Marguerite ne comptait plus les fois où elle l'avait trouvé sanglotant dans son bureau. C'était lourd, terriblement lourd à porter pour celui qui se sentait coupable, faible de ne pas pouvoir être sur le front, de ne pas se sentir vraiment un homme.

Alors pour faire taire cette petite voix qui ne le trouvait pas digne, pour étouffer cette mésestime de soi, il œuvra corps et âme pour ses employés, pour leurs familles, pour les blessés rescapés du front, comme lorsqu'il s'impliqua personnellement dans l'ouverture d'un hôpital temporaire dans l'un des nouveaux bâtiments construits rue du Bac, destiné à la vente d'articles d'ameublement. Marguerite, évidemment, s'investit pleinement à ses côtés dans cette bataille de l'arrière.

En novembre 1915, lorsque le sous-sol abritant l'ambulance temporaire prit feu, embrasant quelques heures plus tard les six étages de l'annexe et entraînant l'évacuation des blessés ainsi que des pertes matérielles considérables, François s'effondra.

Il passa la nuit auprès de l'unité des pompiers qui tentait d'étouffer les foyers et d'endiguer d'éventuels nouveaux départs de feu. La foule grossissait d'heure en heure sur les trottoirs alentour, bientôt rejointe par les officiels, préfet de police, président du conseil municipal, ministre de l'Intérieur. Tous venaient assister au spectacle des lances à eau partant à l'assaut des flammes, des grandes échelles déployées, des courageux pompiers risquant leur vie dans un combat perdu d'avance. Sous les yeux interdits des badauds, les glaces des devantures éclatèrent avec bruit sous la pression de la fumée et les balcons de fer se tordirent en grinçant.

On s'efforçait de sauver un maximum de matériel et un murmure d'effroi parcourut la foule lorsque les mannequins des vitrines passèrent de main en main. On les avait pris pour des victimes.

À l'aube, accompagné du capitaine des pompiers, François put enfin pénétrer dans la carcasse du bâtiment pour évaluer les dégâts. Le plafond et les galeries s'étaient écroulés, les parquets en partie consumés, le tout dans un amas inextricable ruisselant d'une eau noirâtre. François avait chancelé, fatigué, choqué, et le capitaine Cordier lui avait ordonné de rentrer se reposer. Il n'accepta qu'après l'arrivée de son assistant à qui il donna des instructions précises sur la gestion du personnel pour les heures à venir car l'incendie avait causé une véritable pagaille dans l'ensemble des magasins. Lorsque l'alerte avait été lancée, toutes les mesures de précaution s'étaient mises en place. L'évacuation du public de tous les magasins s'était faite avant celles des employés, qui avaient par précaution enfilé leurs masques antizeppelin. Les couloirs et souterrains qui reliaient l'annexe aux autres magasins avaient été condamnés et le capitaine Cordier avait ordonné que les magasins restent fermés au public pour la journée.

Lorsque François regagna enfin leur domicile et qu'il s'allongea auprès d'elle, Marguerite crut étouffer. L'odeur âcre et piquante qui se dégageait de son mari lui donna la migraine. Pourtant elle se blottit tout contre lui, à écouter sa respiration saccadée, à sentir son corps glacé trembler. Ils n'avaient pas parlé et elle l'avait bercé longuement, étouffant ses propres sanglots, priant avec ferveur. Les tremblements avaient cessé et François avait fini par s'endormir.

Mais pas Marguerite. Des flammes dansèrent devant ses yeux jusqu'au petit jour.

Le lendemain matin, à son réveil, François fut tout simplement incapable de se lever. C'était comme si la maladie avait resurgi. La paralysie avait de nouveau gagné sa jambe droite, une fatigue généralisée et des douleurs musculaires terrassaient le pauvre homme. Le médecin commença par évoquer un simple contrecoup, conséquence directe du choc subi à la suite de l'incendie, mais son diagnostic ne cesserait malheureusement d'évoluer au cours des semaines qui suivirent.

Les cheveux de François prirent peu à peu une teinte cendrée et Marguerite ne pouvait se défaire de ce sentiment étrange : son mari avait vu brûler dans l'incendie tout ce qu'il lui restait de foi en l'humanité, ses idéaux, sa persévérance, sa liberté.

Il était désormais prisonnier, prisonnier de son corps, et son sort était à peine plus enviable que celui de ses compatriotes tombés aux mains de l'ennemi.

Les instructions du docteur Remaud étaient claires, François avait besoin de repos, beaucoup de repos. Marguerite n'hésita pas un instant à quitter ses fonctions pour remplir le rôle de garde-malade, malgré les protestations de son époux.

Elle finit par le convaincre :

— *Le Bon Marché* sans toi, ce n'est plus vraiment *Le Bon Marché*, alors je vais rester là, à tes côtés.

Et puis il ne fallait pas se mentir, les ventes n'étaient plus ce qu'elles avaient été avant la guerre, et le réassort des marchandises laissait grandement à désirer. Ils avaient tous deux de jeunes assistants compétents, qui sauraient très bien se débrouiller sans eux. Quelque temps seulement, pensaient-ils.

Mais deux mois plus tard, le médecin avait tenu à s'entretenir avec Marguerite dans le vestibule de leur appartement et en toute discrétion.

— Madame Granger, je pense qu'il est temps que nous abordions un sujet délicat...

Marguerite avait un peu vacillé et, la main sur le petit secrétaire en orme, avait répondu :

— Je vous écoute, docteur.

Elle semblait résignée, prête à entendre le pire.

— J'ai d'abord cru que votre époux souffrait d'un simple choc émotionnel, mais je crois aujourd'hui que même si son état a été en quelque sorte déclenché par ce choc, ses stigmates relèvent plutôt de résurgences symptomatiques de la poliomyélite. J'ai déjà rencontré quelques cas.

— Je ne suis pas sûre de bien comprendre...

Marguerite ne voyait pas bien en quoi la maladie contractée par François enfant pouvait être responsable de son état actuel. Il avait survécu et malgré son handicap, il avait mené une vie d'adulte normal.

— Je comprends vos interrogations, Madame. Même pour nous médecins, cela reste encore assez mystérieux. Mais comme je vous le disais, nous étudions actuellement quelques cas et votre époux semble répondre aux mêmes critères que ces autres patients. Pour vous expliquer le plus simplement, il semblerait que sur des sujets touchés jeunes par cette maladie et qui survivent avec des séquelles légères et un état de santé stable, des symptômes proches de la maladie originelle peuvent resurgir avec le temps. Malheureusement il n'y a généralement pas d'amélioration de cet état, mais plutôt une dégradation...

Marguerite encaissait.

— À quoi doit-il s'attendre ?

Elle voulait savoir et se préparait au pire.

— À l'heure actuelle, je pense qu'il est probable qu'il perde l'usage de ses jambes. La paralysie s'installe dans les deux jambes, ce qui reste très inquiétant.

— Mais c'est affreux !

— Effectivement et vous m'en voyez navré... Je suis dans l'obligation de vous informer que d'autres désagréments peuvent apparaître. Certains sont déjà partiellement installés : fatigue, problèmes de sommeil, douleurs, faiblesse générale...

— Que peut-on faire, docteur ?

Marguerite était passablement ébranlée et affolée.

— Hormis les piqûres que je lui administre pour atténuer ses douleurs, je pense qu'il lui faut un bon équilibre entre du repos et de la distraction. Il ne doit pas rester ainsi au lit toute la journée. Il lui faut sortir, prendre l'air, garder des activités intellectuelles. Je crains de le voir dépérir s'il ne change pas d'hygiène de vie.

— Mais s'il ne peut plus marcher ?

Marguerite avait presque crié et elle regretta aussitôt son imprudence.

— Je ne saurais que vous conseiller de quitter cet appartement si vous le pouvez. M. Granger a besoin d'une chaise roulante et il vous sera impossible de le sortir quotidiennement depuis cet étage. Je pense qu'un changement d'air lui serait très bénéfique, la campagne par exemple...

Le médecin prit congé, laissant Marguerite assaillie par la peur et les questions. Pourtant elle avait fini par se reprendre. La santé de François était en jeu et elle devait tout faire pour l'améliorer. Elle avait passé les semaines suivantes à tout organiser et un mois plus tard, ils quittaient Paris pour un petit village de l'Orléanais où vivaient l'oncle et la tante maternels de François. Marguerite n'était pas mécontente de quitter la capitale où la guerre et le deuil avaient tout sali et où elle se sentait impuissante.

Elle n'avait rencontré M. et Mme Roussel qu'en une occasion – lors de son mariage avec François – et elle gardait beaucoup de considération pour ce couple qui avait énormément compté pour son mari, allant même jusqu'à leur écrire régulièrement pour donner des nouvelles.

Mais jamais elle n'aurait pensé qu'en s'exilant à la campagne chez des quasi-inconnus, elle allait enfin trouver une vraie famille.

Albert et Lucienne Roussel avaient contracté ce qu'on appelle un mariage de raison. Tous deux fils et fille de propriétaires terriens, leur vie était toute tracée depuis leur naissance sans qu'ils aient eu à en décider. L'un fut marié contre des terres, l'autre contre du bétail.

Oui mais voilà. Ces deux-là s'étaient trouvés et se vouaient un amour et une fidélité sans faille depuis près de quarante ans.

Lucienne était la sœur aînée d'Angèle, la mère de François, décédée quelques jours après sa naissance. Elle était à la fois sa tante, sa marraine et la seule figure maternelle qu'il ait jamais connue.

Léon Granger, le père du petit garçon, était clerc de notaire. D'une famille bourgeoise, ses parents l'avaient répudié lorsqu'il avait choisi d'épouser la fille d'un simple paysan. Après le décès d'Agnès, sa première épouse, il choisit, en secondes noces, une femme de sa condition et, sur les conseils de la famille de celle-ci, expédia son fils aîné en pension.

Le jeune François ne rentrait que pour Noël et les vacances d'été, mais préférait passer ces moments de liberté chez sa tante maternelle, plutôt que chez son père où il n'était qu'un parfait inconnu au milieu des nouveaux enfants de la famille.

L'année de ses neuf ans, il contracta la poliomyélite pendant son séjour en pension et lorsqu'il rentra chez lui pour y être soigné, on le chassa comme un pestiféré. Il trouva alors de nouveau refuge chez Lucienne et Albert qui étaient désormais devenus ses seuls parents.

Sa convalescence fut longue et douloureuse, mais oncle et tante lui donnèrent le courage et l'amour nécessaires pour se battre et en sortir grandi. La force mentale dont fit preuve le garçonnet étonna et personne ne fut surpris de le voir vaincre la maladie. Le couple Roussel avait foi en lui comme en son avenir et le poussa à poursuivre ses études, à vivre en ville – la vie à la campagne n'était pas tendre avec les estropiés dans son genre. Il lui fallait un travail intellectuel, dans un bureau, loin de la pénible besogne des champs.

François cachait ses tourments derrière un tempérament en apparence placide, mais il était en permanence torturé par la culpabilité. Coupable de la mort de sa mère, de son épouse et de leur enfant, d'avoir survécu à sa maladie, de ne pas reprendre la ferme familiale, de ne pas défendre son pays sur le front.

Il vivait depuis toujours son handicap comme une punition.

Pas divine évidemment, mais une sorte de piqûre de rappel, quotidienne, pour ne pas oublier quel était le prix de sa vie.

Il n'avait de ressentiment pour personne, même pas pour son père qui l'avait abandonné. Il l'avait parfois croisé à la ville voisine, autrefois, mais Léon l'avait ignoré, détournant le regard, comme s'il n'était qu'un simple inconnu.

Mais le pire arriva le jour où il rencontra ses demi-frères par hasard, alors qu'il effectuait une simple course pour Lucienne.

Lui ne les avait pas reconnus. Ils avaient bien grandi et cela faisait maintenant des années qu'il ne les avait pas vus.

Eux, en revanche, avaient vite compris qui était cet infirme qui osait se montrer à quelques rues de chez eux.

Sans se méfier de quoi que ce soit, François grimpa en claudiquant les trois marches de l'épicerie et poussa la porte.

Dissimulés derrière la voiture du laitier, les trois jeunes garçons mettaient au point leur plan d'attaque, riant de leur mauvais coup en se poussant des coudes.

Lorsque François sortit enfin de l'échoppe, il reçut un premier jet de pierre au bras gauche. Encombré de paquets, il lui devint vite impossible de se défendre devant le flot de pierres qui lui martelaient le corps. Alors sans trop réfléchir à ce qui se passait, il chercha à fuir.

Mais il avait laissé sa canne dans la charrette et sans elle son infirmité s'accentuait, d'autant plus dans la précipitation qui le faisait déguerpir. Il trébucha plusieurs fois, perdit un paquet, mais ne chercha pas à se retourner. Comme un animal traqué il voulut se réfugier au plus vite, échapper à ses bourreaux.

Il ne tomba pas. Heureusement, il avait pu stationner sa charrette à une centaine de mètres seulement, mais la courte distance qui l'en séparait lui sembla interminable.

Les passants observaient la scène, silencieux et démunis. Ils connaissaient bien cette bande de garnements, mais ils étaient les fils du clerc de notaire, un notable ami du maire. Personne n'osait plus se plaindre d'eux ou dénoncer leurs frasques.

Une douleur plus vive se fit sentir et François cria. Bientôt du sang coulait dans son œil, il avait été touché à l'arcade sourcilière.

Au travers des battements de son cœur qui bourdonnaient jusque dans ses oreilles, il lui sembla entendre des rires.

Des enfants ?

Il se risqua à regarder en arrière mais tout était flou et il ne distinguait pas nettement ses poursuivants.

Les coups pleuvaient toujours et il vit son véhicule se rapprocher avec soulagement.

Enfin ! Il jeta avec force les paquets sauvés dans le fond de la charrette et, à bout de souffle, se hissa sur la banquette avant d'empoigner les rênes et de hurler sur sa jument :

— Hue ma belle, en route, en route !

La pauvre bête, qui ne comprenait rien à toute cette agitation, mit un moment avant de comprendre qu'il était temps d'avancer.

Les jets de pierres avaient cessé et pendant quelques instants François se crut sorti d'affaire. Il épongea le sang qui coulait toujours du revers de sa manche et souffla quelques secondes.

Le hennissement strident et soudain de sa jument l'alarma, mais il était déjà trop tard. Ses assaillants se dressaient désormais sur sa route et prenaient pour cible la pauvre bête, qui s'affola, frappée par les jets lapidaires.

Elle rua, se cabra et la petite charrette ne fit pas longtemps le poids, chavirant vite sous la force de l'animal.

Projeté lourdement à terre, François hurla de douleur, son poignet s'était brisé dans la chute. Un peu estourbi, il n'avait pas pour autant perdu conscience et il discernait très distinctement des rires moqueurs et assassins.

Comment peut-on être aussi bête et méchant ? se demandait-il tout en se redressant avec peine, la détresse le clouant au sol.

La jument et la charrette étaient déjà bien loin et il espérait que l'animal retrouverait son chemin et rentrerait tout seul à la ferme.

Prenant appui sur son seul poignet valide, il essayait vainement de se relever quand il se figea.

« Ça suffit comme ça les garçons ! Rentrez immédiatement à la maison ! »

Cette voix… Il l'aurait reconnue entre mille. C'était celle de son père.

François sentit sa poitrine se serrer. Il respirait mal et sous le choc, il lui fallut deux longues minutes avant d'oser lever la tête et affronter les évènements. Au fond, il espérait voir son père se diriger vers lui et lui prêter main-forte. Il s'excuserait et le réconforterait.

Mais tout ce qu'il découvrit fut la silhouette sombre de son père s'éloignant, flanquée de trois garnements, sans un seul regard pour lui.

Il voulut crier, hurler, le confronter, mais la douleur l'étouffait.

Il lui fallut quelque temps avant d'admettre que les terreurs qui l'avaient attaqué n'étaient autres que ses propres frères. L'histoire ferait le tour du village et il ne pourrait fuir la vérité, aussi terrible soit-elle.

Cet incident permit à François de faire définitivement le deuil de sa famille et une fois son poignet rétabli, il écouta les conseils de Lucienne et Albert et quitta la campagne pour toujours. Du moins l'avait-il cru.

Marguerite et François prirent la route au début du mois de mars 1916. Le pays était comme paralysé, sérieusement ralenti par l'état de guerre qui épuisait ses dernières forces.

Après avoir étudié toutes les possibilités de trajets, Marguerite dut se faire une raison : ce voyage ne serait pas une promenade de santé. L'état de François nécessitait des conditions de transport particulières que la situation actuelle compliquait.

Impossible par exemple de voyager en train. Ils étaient bondés, pris d'assaut par les réfugiés et il fallait se battre pour y monter. Priorité était donnée aux convois de prisonniers ou de soldats blessés. On pouvait attendre des jours, voire des semaines, qu'un train annoncé finisse par circuler.

Une seule solution s'imposa et malgré son grand âge, l'oncle Albert attela sa jeune jument et prit la route pour Paris. Après quatre jours de voyage, il arriva épuisé à destination, mais heureux d'avoir déjà accompli la moitié de sa mission.

Il passa deux jours chez ses neveux, le temps de laisser sa monture reprendre des forces. Ils l'avaient installée dans la cour et la surveillaient nuit et jour, hantés par l'idée qu'on puisse la voler.

Le jour du départ ils prirent un solide petit déjeuner et après avoir chargé le strict nécessaire, ils installèrent François le plus confortablement possible dans le fond de la charrette.

La carriole s'ébranla et hissée sur la banquette, Marguerite paniqua. Soudain, le doute s'emparait d'elle.

Avait-elle fait le bon choix ? Ce voyage n'était-il pas insensé ?

Albert surprit le regard affolé de sa nièce et posa gentiment sa main sur la sienne.

— Z'en faites pas Marguerite ! Not'François est un battant et z'êtes ben à la hauteur de son courage.

Elle sourit timidement à cet homme qui lui rappelait son père. La casquette élimée qui lui mangeait les yeux, les moustaches en épis, un visage bon qui la rassurait. Elle ne pouvait qu'imaginer le visage paternel, aujourd'hui vieilli par le temps, certaine de pourtant pouvoir le reconnaître. Elle n'avait plus jamais eu de nouvelles d'Achille et elle tremblait à l'idée de le savoir

407

mobilisé. Son père n'avait peut-être pas échappé aux réservistes mais au moins il ne serait pas sur le front. Du moins pour le moment. Albert, lui, était trop âgé et François avait reçu la nouvelle avec soulagement, il n'aurait pu supporter de voir son oncle combattre alors que lui se voyait réformé.

— Souriez donc ! Z'allez voir, la vie à la campagne est ben meilleure qu'ici. Pis la Lucienne est tel'ment contente d'vous avoir chez nous.

Marguerite sourit donc poliment, amusée des efforts de langage de son compagnon de route, qui gommait maladroitement son patois régional. Lorsque celui-ci s'adressait à François, elle n'en comprenait parfois pas un piètre mot.

Il était temps de faire ses adieux à Paris. Elle qui s'était jusqu'ici toujours refusée à quitter la ville dans l'espoir de revoir un jour sa fille... Mais la situation n'était plus tenable. Le bombardement de janvier ne cessait de la hanter et il devenait quasiment impossible de se nourrir correctement. Malgré les tickets de rationnement et les heures à piétiner dans les files d'attente, ils manquaient de tout. Elle craignait aussi les épidémies, mais surtout l'invasion ennemie, dont elle ne pouvait croire les récits tant ils étaient barbares. Viols, déportations, exécutions arbitraires, les colonnes des journaux s'indignaient et affolaient.

Une journée entière leur fut nécessaire pour sortir de la capitale, cinq au total pour atteindre leur destination.

Ils étaient loin d'être les seuls à quitter Paris et leur convoi vint bientôt grossir le flot de réfugiés fuyant la peur et la misère.

Ces derniers mois de guerre avaient endurci la sensible Marguerite mais le spectacle de ces familles sur les routes fut pour elle une épreuve bien plus dure que la vue des soldats blessés qu'elle visitait à l'ambulance du Bon Marché. Ici ce n'était que familles déracinées, arrachées, séparées et ce tableau dramatique faisait tant écho à son cœur déchiré qu'elle ne cessait de pleurer.

Elle ne pouvait s'empêcher d'inspecter chaque landau, chaque visage de fillette et les pleurs des bébés qu'ils croisaient lui donnaient envie de hurler.

— Qui sont tous ces gens ? interrogeait-elle, estomaquée.

Albert haussa les épaules.

— Bé dam ! Des gens comme vous pardi... Les bombardements de Londres les font fuir, y z'ont tous peur que ces foutus Boches s'attaquent à Paris. Par chez nous ça déborde, on sait pus où mettre tous ces pov' gens ! Faut-y voir tant d'misère !

Ils étaient des centaines de milliers d'exilés à chercher refuge dans les départements français et la région d'Orléans était devenue un véritable bastion de l'arrière-front tandis que la bataille de Verdun faisait rage.

Les journées restaient fraîches en ce mois de mars et, enveloppée dans une couverture, Marguerite se protégeait de la culpabilité qui l'assaillait. Elle qui pensait que la guerre avait éclipsé les privilèges devait désormais admettre qu'il n'en était rien. Ils avaient un cheval, des couvertures, de la nourriture et pouvaient dormir à l'abri. Il leur fallait parfois tenter leur chance plusieurs fois avant de trouver un toit pour la nuit, mais l'argent ouvrait toutes les portes.

On les arrêta plusieurs fois sur la route. Ils furent interpellés, insultés, agressés même ; la présence de François allongé à l'arrière de la charrette attirait les soupçons. Soldat ennemi, déserteur, la méfiance de la population n'avait aucune limite, attisée par la haine et la peur. Marguerite intervenait, désinhibée par la colère, prenant la défense de son époux, brandissant ses papiers en règle, tout comme la décision de la commission de réforme. Les insultes la touchaient en plein cœur et elle se surprit même à en décocher quelques-unes, sous l'œil ahuri de l'oncle Albert.

François, lui, ne pipait mot, intimement persuadé qu'il méritait cette animosité. Un matin pourtant la situation lui échappa, le plongeant dans un état de prostration plus grand encore. C'était le dernier jour de leur voyage. Ils quittaient le petit village où ils avaient passé la nuit lorsqu'ils furent attaqués par les jets de pierres d'une bande de gamins, qui le visaient précisément en hurlant :

— Vendu ! Traître ! Sale Boche ! Dégage de chez nous !

Tout en s'indignant dans un patois inaudible, Albert fit claquer son fouet pour s'éloigner au plus vite, tandis que Marguerite se retournait pour s'assurer de l'état de François. Elle le vit disparaître sous sa couverture, tout tremblotant et sanglotant comme un enfant. Une fois à l'abri, Marguerite dégringola de la banquette et se précipita à l'arrière de la charrette. François ne présentait aucune blessure mais il semblait en état de choc.

— Laisse-le donc ! Il a besoin d'êt' seul !

Inquiète, elle ne partageait pas l'avis du vieil homme.

— Mais...

— Laisse-le j'te dis, et remonte, tu vas nous met' en r'tard !

Le ton était cassant et ne laissait aucune place à la discussion. Décontenancée, elle se hissa maladroitement sur la banquette et, désormais crispée, laissa la voiture redémarrer lourdement, la jument n'ayant que peu apprécié l'accélération qui avait précédé.

Le temps lui paraissait s'être arrêté et le visage fermé de l'oncle Albert n'arrangeait rien. Pourtant, quelques kilomètres plus loin, il finit par briser le silence, la voix à peine perceptible :

— Il ne vous a ren dit, pas vrai ?

— Comment ?

— C'qui lui est arrivé gamin. Il vous a pas raconté ?

— Non, avoua Marguerite qui ne voyait pas de quoi voulait lui parler le vieil homme.

Alors Albert lui raconta l'attaque qu'avait subie François par la main de ses propres frères. Le triste état

410

dans lequel il l'avait récupéré, le traumatisme d'avoir été rejeté une seconde fois par son père. Les larmes coulaient sur leurs deux visages et dans un élan de tendresse, faisant fi des convenances, Marguerite enjamba la banquette et se glissa près de François. Elle s'allongea tout contre lui, le serra de toutes ses forces, l'embrassa sur les joues, le front, le cajola tant qu'elle pouvait, jusqu'à ce que ses tremblements s'arrêtent. Elle ne quitta plus la charrette, se jurant de protéger François de tout le mal au-dehors et ne se releva que lorsqu'Albert annonça :

— On y est les enfants, z'êtes chez vous maintenant.

François lui avait tant de fois décrit l'endroit que Marguerite n'eut pas l'impression de le découvrir pour la première fois. Rien ne manquait à l'image de carte postale qu'elle s'était imaginée. Le puits dans la cour, les volets rouges qui répondaient à la couleur des tuiles, le charme de la pierre. Deux grandes cheminées de brique crachaient une fumée aussi grise que les nuages qui menaçaient de les mouiller à nouveau s'ils ne se pressaient pas. Ils étaient trempés jusqu'aux os et il leur tardait de se mettre au chaud.

Posée le long du mur de façade, une échelle de bois permettait d'accéder au grenier à grains et Marguerite sourit aux souvenirs nombreux d'un François enfant et curieux. Le printemps semblait enfin poindre et toute la campagne environnante bourgeonnait. Quelques narcisses sauvages égayaient déjà le paysage et Marguerite fut sensible à cette note d'espoir. Même dans la noirceur de la guerre qui pesait sur la perspective de jours meilleurs, il y aurait toujours la promesse d'un nouveau printemps.

Un gros chien au pelage noir se précipita pour les accueillir et, avec une agilité déconcertante, sauta sur le marchepied avant de se hisser aux côtés de son maître qui dut repousser ses trop humides marques d'affection.

À peine la charrette s'était-elle immobilisée dans la cour que la porte de la ferme s'ouvrit sur tante Lucienne.

Elle portait un tablier, un chignon gris décoiffé et les joues rougies de la cuisinière derrière ses fourneaux. Elle courut sans attendre à leur rencontre, oubliant même de chausser ses sabots et le spectacle de son épouse en grosses chaussettes de laine, des larmes plein les yeux, émut l'oncle Albert qui passa du rire aux larmes en quelques secondes. Il avait réussi, ils avaient réussi. Ils étaient maintenant tous à l'abri.

Lucienne, sans faire plus de manières, grimpa à l'arrière de la charrette pour étreindre ses neveux et devant ses yeux larmoyants, Marguerite céda elle aussi à l'émotion, pleurant à chaudes larmes dans le giron de celle qui se comportait avec elle comme une mère. Albert avait désormais repris ses esprits et bouscula tout ce petit monde, ils seraient bien mieux à l'intérieur.

— Rentrons ! Ou la Lucienne n'cess'ra d'pleurer que quand elle aura rempli c'te charrette !

François sourit péniblement aux plaisanteries maladroites de son oncle tandis que sa tante lui serrait les mains si fort qu'il ne sentait plus le bout de ses doigts. Ou peut-être était-ce à cause du froid ? À vrai dire, il ne savait plus vraiment. Ce voyage avait été un tel calvaire qu'il avait peine à croire qu'ils étaient enfin arrivés. Mais surtout, il se demandait si cela allait vraiment changer quelque chose...

— Oui, rentrons, dit Marguerite. François a besoin de se reposer dans un lit, bien au chaud et au sec.

— Oui, oui, vous avez raison. Je m'apitoie, je m'apitoie, vous connaissez la bonne femme, plaisanta Lucienne. Tout est prêt mon François, un pyjama bien sec, des draps propres et des briques bien chaudes au pied du lit, comme quand tu étais petit...

Elle sourit à ce souvenir, puis se rabroua.

— Va chercher la chaise, Albert !

L'homme acquiesça, disparut dans une sorte de dépendance et revint en poussant une chaise roulante en bois et cannage, comme on en faisait à la fin du siècle précédent.

— Ç'a pas été facile de met' la main d'ssus, ces trucs sont très d'mandés pour les blessés, mais quand on connaît du monde...

Ils ne furent pas trop de trois pour passer François de la charrette au fauteuil puis du fauteuil à son lit, le pauvre était tellement épuisé et affaibli par le voyage que c'était comme de déplacer un poids mort.

Une heure plus tard, François s'était enfin assoupi, bien au sec sous un édredon en plumes, apaisé de fermer les yeux sur les murs de sa chambre d'enfant.

Autour de la table de la cuisine, Marguerite et les Roussel avaient terminé leur repas et se laissaient bercer par la chaleur du feu qui crépitait inlassablement dans la cheminée. Derrière les carreaux, la journée tirait à sa fin et le ciel prenait des teintes plus sombres. Marguerite sirotait le grog alcoolisé et sucré que lui avait préparé Lucienne « pour chasser le mal ». Une décoction de plantes, un peu d'eau-de-vie et du miel.

— Je tenais encore à vous remercier de tout ce que vous faites pour nous. Vraiment. Sans vous, je ne sais pas où nous aurions pu aller.

La main rêche et calleuse de Lucienne vint se poser sur la sienne et Marguerite eut honte de sa peau si douce et délicate. Elles ne venaient pas du même monde mais leurs cœurs parlaient le même langage.

— François est ici chez lui et toi aussi, ma fille. Ne te sens redevable de rien, tu entends ?

— Merci, mais je refuse d'être traitée comme une invitée. Je veux participer, vous aider. Je sais que les temps sont durs pour tout le monde, mais François n'a pas besoin d'une infirmière à longueur de journée. De toute façon, il ne le supportera pas.

— Le travail manque pas pour sûr, convint Albert. Mais l'travail à la ferme, ça s'apprend, on baigne dedans et...

— J'en suis tout à fait capable, le coupa Marguerite. Je vous assure que vous serez bien surpris, laissez-moi vous montrer, s'il vous plaît...

413

— Bien, bien, j'ai rien contre. On va pas t'cacher qu'avec le départ du p'tit Henri su'l'front, on manque de bras.

— C'est ben malheureux mais c'est vrai, renchérit son épouse. Y a plus un seul bonhomme au village, les femmes sont seules, elles doivent tout faire. Tenir la maison, les enfants, plus les bêtes et les champs ! Y a d'quoi baisser les bras... Alors mon brave Albert quand y peux, y donne un coup d'main.

Ses yeux trahissaient la tendresse et le respect qu'elle portait à son époux. Il toussota, mal à l'aise.

— Bon bah c'est pas tout mais les bêtes vont pas rentrer toutes seules !

Et il se leva en grimaçant.

Le voyage avait été particulièrement éprouvant et Marguerite se sentit coupable d'avoir infligé une telle épreuve au vieil homme. Elle se fit alors la promesse de se rendre la plus utile possible à la ferme et de soulager au mieux ses hôtes de leurs tâches quotidiennes.

Les mois qui suivirent, Marguerite tint sans relâche sa promesse. Elle qui n'avait jamais mis un pied à la campagne ni trait la moindre vache se porta chaque jour volontaire pour la traite du matin, délestant ainsi Lucienne d'une lourde tâche. Certaines corvées ne lui étaient pas étrangères et elle renoua, prise d'une surprenante nostalgie, avec le rituel du puits chaque matin. La ferme ne possédait ni l'électricité ni l'eau courante et Marguerite retrouva vite ses vieilles habitudes. La guerre avait déjà très largement empiété sur son confort et elle s'en accommodait sans mal. À la simple pensée de leurs courageux soldats, retirés au fond des tranchées, dans la boue et couvert de poux, elle redoublait d'ardeur dans son travail.

Bien loin des ateliers de modiste ou des salons d'essayage feutrés du Bon Marché, Marguerite découvrit la rudesse et les richesses de la vie rurale. Labourer, semer, moissonner, le travail de la terre était sans nul doute le plus pénible, mais elle avait conscience de leur chance. Ils avaient Albert et son savoir-faire, du matériel et une jument. Les bœufs avaient été réquisitionnés comme presque tous ceux de la région, mais leur jument facilitait grandement les labours. Elle avait assisté, dans une ferme voisine, au spectacle déroutant de femmes tirant la charrue à la force de leurs propres corps et Marguerite n'avait su si elle devait trouver cela admirable ou dégradant.

Mais la vie à la campagne avait aussi révélé des ressources insoupçonnées qui ne cessaient d'émerveiller la Parisienne qu'elle était. La cueillette des fruits sauvages et des champignons, qu'elle avait appris à reconnaître, était pour elle l'occasion de libérer son esprit et de parcourir des paysages au cadre bucolique, quelle que soit la saison.

Elle ne pouvait le nier, certaines tâches la rebutaient : poser des pièges, dépecer les lapins ou encore saigner le cochon, mais elle se pliait aux traditions et se satisfaisait de voir leurs assiettes pleines.

Les premiers temps, l'état de François continua de les inquiéter. Il refusait de quitter son lit, mangeait du bout des lèvres et ne se montrait pas très bavard. Il demandait même à être seul. Lorsque, le soir venu, Marguerite venait rejoindre son mari, celui-ci était déjà endormi.

— Ça ne peut pas durer comme ça, gémissait Marguerite. Le docteur lui a prescrit le bon air de la campagne et François refuse de mettre le nez dehors...

— J'ai peut-être une idée...

Lucienne sourit avec tant de malice que Marguerite sentit l'espoir de nouveau gagner son cœur.

Deux jours plus tard, alors que François regagnait sa chambre après avoir refusé de l'aide pour sa toilette, il ne reconnut pas l'endroit. Il ne s'était pourtant pas trompé de pièce, mais plus rien n'était à sa place. Le lit, en particulier, se trouvait désormais au milieu de la chambre, juste devant la fenêtre.

— Mais qu'est-ce que...

Les mots lui manquaient et sa mine confuse ne rassura pas Marguerite qui déjà doutait de leur entreprise risquée.

— Viens donc t'installer là que je puisse t'apporter ton déjeuner.

Lucienne ouvrit les couvertures et poussa le fauteuil où, dans son pyjama, François ne ressemblait plus qu'à un sac d'os.

Marguerite aida au transfert puis regarda Lucienne opérer avec le plus grand naturel.

Elle gonfla les oreillers, puis aida son neveu à s'installer, bien calé, prêt pour son repas. Lorsqu'elle revint avec un plateau et un bol fumant, elle ne put s'empêcher de sourire bêtement et François se demanda quelle pouvait être la raison de sa bonne humeur.

— Voilà mon grand, une bonne soupe au lard, avec ça, on ne verra bientôt plus ces vilaines côtes !

Elle fit mine de partir puis revint sur ses pas.

— J'allais oublier ! Il fait un temps superbe aujourd'hui, un peu d'air te fera du bien.

Et avant même que François n'ait pu ouvrir la bouche, elle tira les rideaux et ouvrit grand les carreaux sur un paysage de carte postale. La vue sur les collines et les vergers en fleurs à cette période de l'année avait quelque chose d'enchanteur.

— Les neiges d'avril..., murmura-t-il.

La lumière que Marguerite vit briller dans ses yeux à cet instant-là ne pouvait pas la tromper. L'espoir était de nouveau permis.

— Merci, merci, murmura-t-elle à l'oreille de Lucienne en serrant sa main sur son cœur.

À compter de ce jour-là, l'état de santé de François s'améliora de jour en jour. Son appétit d'abord, puis son humeur. Il passait des heures dehors ou dans la cuisine, la solitude de sa chambre n'était plus un refuge.

À la fin des moissons et alors qu'il réparait le mécanisme d'un réveil détraqué, il eut une idée et, aidé de son oncle, il installa un petit atelier dans la remise où il proposa gratuitement ses services à tous les villageois des environs. Il n'y avait plus au village d'horloger, de serrurier, de menuisier ou de cordonnier et il s'attela, dans la mesure du possible, à remplacer tous ces hommes partis au front. C'était sa façon de contribuer à l'effort de guerre, de se mettre au service de son pays. Son atelier ne désemplissait pas et plutôt habile de ses mains, il se découvrit une ingéniosité insoupçonnée.

À l'hiver 1916, le travail à la ferme tournait au ralenti. Plus de récoltes à mener, une terre gelée, des estomacs affamés et des esprits affaiblis.

Jusqu'ici, Marguerite s'était contentée de tricoter ou de confectionner des colis pour les soldats. Elle se montrait d'une aide précieuse pour les femmes du village et son habileté permettait à toutes d'adapter leurs vêtements au quotidien. Mais ce n'était pas assez, elle voulait faire plus. François n'avait presque plus besoin d'elle, maintenant trop occupé avec son atelier. Elle proposa alors ses services dans l'un des multiples dispensaires ouverts dans la ville d'Orléans où affluaient des blessés toujours plus nombreux.

C'est ainsi que trois après-midi par semaine et accompagnée de la fille de l'instituteur, Marguerite partait pour la ville, la boule au ventre. Ce n'était pas vraiment de gaieté de cœur, mais elle ne pouvait faire autrement. C'était son devoir.

Elle tenait des mains, essuyait des fronts ou regonflait des oreillers. Elle lisait à voix haute des lettres pleines d'amour et d'espoir et rédigeait des lettres pleines de retenue et de courage, où la douleur perçait dans chaque mot. Elle voyait dans chaque soldat blessé un mari, un frère ou un père. Elle voyait Emilio. Elle priait pour leur salut. Pour son salut.

Certains soldats n'étaient pas en mesure de parler, d'autres au contraire ne pouvaient plus s'arrêter et un mercredi de janvier, Dieu mit sur sa route une âme égarée.

Sous ses bandages, l'homme n'avait plus de visage.

— Le docteur craint que le cerveau ne soit atteint, expliqua l'infirmière. Il n'a pas de fièvre et pourtant il délire.

— Comment s'appelle-t-il ?

— Georges. Il est originaire d'ici. Sa mère vient parfois, mais elle se contente de rester dans un coin et elle le regarde comme une bête curieuse. Elle ne s'approche pas, elle ne lui parle pas.

— C'est terrible ! s'offusqua Marguerite.

— Je ne veux pas lui trouver d'excuses, mais elle a perdu ses deux autres fils à la guerre. C'est le seul qui lui reste. Elle est sûrement encore sous le choc et c'est plus qu'elle ne peut en supporter. Le père, lui, n'est jamais venu.

— Cette maudite guerre va-t-elle enfin cesser ? N'ont-ils pas eu assez de morts ?

Marguerite ne décolérait pas.

— Il faut bien croire que non, soupira l'infirmière.

Marguerite la regarda s'éloigner dans son uniforme blanc. L'aversion qu'elle pouvait autrefois ressentir à la vue d'une infirmière avait fini par s'essouffler. Les souvenirs de son séjour à l'hôpital et de ses conséquences auraient pu la tenir éloignée à jamais, mais ces soldats avaient besoin d'elle, ils avaient donné leur vie pour leur pays.

Ce soldat par exemple, celui sans visage, ne méritait-il pas que quelqu'un prenne soin de lui, si même sa propre mère le fuyait comme un pestiféré ? Marguerite décida donc de lui accorder un peu de son temps. Même si ses propos étaient délirants, un peu de compagnie pourrait lui apporter du réconfort.

Elle passa ainsi plusieurs semaines à le visiter. Elle lui tenait la main, lui faisait la lecture ou cousait en silence à ses côtés. Au départ, elle ne prêta pas vraiment attention à ses monologues sans fin. L'homme se répétait, semblait se lamenter et puis il avait peur.

L'écouter, c'était entrer dans sa détresse psychologique, elle devait se protéger, mais elle finit par comprendre que le blessé revivait des scènes du passé qui visiblement le hantaient. Il s'adressait à son caporal puis à un certain Henri, « pauvre, pauvre petit Henri » qui finit-elle par comprendre avait été tué sous ses yeux. Puis il demandait pardon à son père pour Henri et Marguerite, qui se souvint des paroles de l'infirmière, finit par déduire qu'Henri devait être son frère et elle comprenait mieux cette culpabilité dont il semblait vouloir se délivrer. Il appelait son père, pour se confesser, pour avoir son absolution, mais son père ne venait pas.

Un jour où elle se trouvait à son chevet, Marguerite vit une femme, élégante et sévère, qui l'observait depuis l'entrée de la salle commune. Elle devina immédiatement qu'il s'agissait de la mère du soldat blessé. Convaincue que celle-ci pourrait aider son fils à trouver la paix, elle se leva pour aller à sa rencontre, mais la femme disparut immédiatement.

Accablée, Marguerite reprit place au chevet de l'homme qui lui semblait mourant. Elle aurait aimé se confier à un homme d'Église, qu'il puisse venir sauver l'âme de ce pauvre homme, mais ils étaient nombreux à avoir été mobilisés et aucun prêtre n'officiait dans ce dispensaire, les hommes mouraient sans avoir reçu les derniers sacrements.

— Georges, nous allons prier si vous le voulez bien. Je suis sûre que Dieu vous entendra et qu'il saura vous guider.

— Pardon, pardon Henri, Père, Henri...

— Je suis certaine que vous avez leur pardon, Georges. Vous n'êtes pas responsable. La guerre est responsable. Vous n'êtes qu'un soldat qui défend son pays. Vous êtes un homme bien, Georges, et votre père doit être fier de vous.

— Le tordu, le tordu...

— Georges, nous allons prier un moment et je devrai vous quitter pour aujourd'hui.

Elle serra sa main et commença :

— Notre Père qui est aux cieux, que Ton nom soit sanctifié...

Et tandis qu'elle récitait le « Notre Père », elle entendait la voix de Georges qui continuait de délirer :

— Le tordu, le tordu, François, François, pardon, pardon François...

Marguerite s'arrêta net. L'ombre d'un doute flottait dans l'air et elle sentit les poils de ses bras se dresser sous son chemisier. Elle termina néanmoins sa prière puis lâcha la main de l'homme et promit de revenir le lendemain.

Elle tremblait désormais de tout son corps. Au bureau des infirmières, elle interrogea Adèle sur le patient dont elle s'occupait. Celle-ci consulta ses registres et lui répondit le plus simplement du monde :

— Son nom est Granger, Georges Granger...

Marguerite manqua d'air et sortit précipitamment du bâtiment. Dehors, elle respira le froid glacial qui anesthésia ses poumons et ses pensées.

Un jour, Lucienne lui avait confié que l'horrible belle-mère de François l'avait surnommé « le tordu » et que ses affreux garnements de fils ne se privaient pas pour user de ce quolibet à tout va.

Marguerite se jura de ne jamais perturber le fragile équilibre de François en lui racontant ce qu'elle venait de découvrir.

Le lendemain, Georges mourut sa main dans la sienne et M. Granger père annonça qu'il avait perdu le dernier de ses fils.

En 1920, une fois la guerre terminée, Marguerite et François s'étaient enfin décidés à retrouver Paris. Presque à regret. La vie à la campagne leur manquerait, tout comme Lucienne et Albert, mais ils avaient des choses à régler en ville et surtout leurs hôtes méritaient de retrouver un peu de tranquillité.

Ils vendirent leur ancien appartement ainsi que leurs parts d'actifs du Bon Marché et s'installèrent dans un grand appartement en rez-de-chaussée, où François put aménager son atelier. Il se mit à fabriquer des maquettes et les enfants du quartier, des étoiles plein les yeux, venaient s'ébahir devant le train électrique suspendu, le village de campagne miniature avec son église et sa fontaine ou encore la collection d'avions de chasse.

Marguerite, elle, préparait bien trop de gâteaux et des litres de citronnade. Leur bonheur était à portée de main.

Mais en 1927, l'état de santé de François se dégrada brutalement, son système respiratoire était touché. Les portes de l'atelier restèrent fermées et Marguerite s'évertua à rendre ses derniers jours plus doux. Il la quitta le sourire aux lèvres et ce fut pour elle le plus beau des cadeaux.

Après la mort de François il n'y eut plus de maquettes, plus de visites d'enfants, plus de gâteaux. Pour tromper sa solitude, Marguerite se rendait à l'office religieux chaque jour. Elle priait. Pour François, pour Emilio, pour sa fille. Elle n'avait jamais cessé d'espérer, elle ne s'était jamais résignée.

Depuis la lecture de la lettre d'Emilio, sa confiance en lui n'avait jamais faibli. Il était inconcevable qu'il ne cherche pas à la retrouver, qu'il ne parle pas d'elle à leur fille. Il ne faisait que se cacher, les protéger, mais un jour, oui, un jour, il serait temps. Il trouverait un moyen. Elle avait souvent envisagé de partir à leur recherche, de se rendre en Italie. Mais la guerre l'en avait empêchée, puis le courage lui avait manqué. Elle n'avait aucune piste. Comment retrouver quelqu'un qui tente par tous les moyens de se cacher ? Elle ne s'était jamais rapprochée des autorités pour en apprendre plus sur l'affaire ou connaître l'avancée des recherches. Pourtant, elle était tiraillée à l'idée que la police ait en sa possession des informations qui pourraient l'aider à les retrouver. Mais elle ne voulait en aucun cas attirer l'attention sur Emilio. Une intervention de sa part pourrait rouvrir l'enquête et tout faire basculer.

Mais maintenant que François était mort, que la guerre était finie depuis bien longtemps et que le délai de prescription avait fait son œuvre, elle se décida à entamer la seule et unique démarche qu'elle s'autoriserait pour retrouver Emilio et sa fille. Elle écrivit donc à Gênes, en Italie, lieu de naissance d'Emilio. Elle avait rédigé son courrier avec l'aide d'Antonia, une paroissienne qui fréquentait la même église qu'elle et qui était née en France de parents immigrés. Marguerite n'était pas rentrée dans les détails, disant simplement s'inquiéter pour un ami de la famille reparti au pays juste avant la guerre.

Elle n'avait plus aucun espoir lorsqu'elle tint enfin entre ses mains une enveloppe dont le timbre, étranger, indiquait « *Poste Italiane* ». Elle avait trépigné, tourné en rond des heures, arrivant même une heure plus tôt que d'habitude à l'église, attendant fébrilement l'arrivée d'Antonia. Mobilisant le sang-froid qu'il lui restait pour ne pas se jeter sur elle, lorsqu'elle entra, Marguerite l'entraîna dans un coin du vestibule pour lui tendre en tremblant le courrier qu'elle n'avait même pas eu le courage de décacheter.

Antonia parcourut les quelques lignes manuscrites rédigées en italien et fronça les sourcils. Marguerite n'aima pas ça du tout.

— Il n'a même pas été mobilisé, ton Emilio ! siffla Antonia, visiblement en colère. Il n'avait aucune adresse connue et ne s'est jamais présenté pour accomplir son devoir. Pourtant il était sur la liste des réservistes.

Marguerite respira soudain beaucoup mieux. La peur qui l'étouffait depuis des années avait relâché un peu de son emprise. Pourtant, le visage fermé et contrarié d'Antonia continuait de l'inquiéter. Marguerite savait que son frère avait été blessé au front, mais Antonia ne pouvait pas en vouloir à tous les hommes qui n'avaient pas combattu.

— Tu aurais pu me dire qu'il était recherché pour meurtre, ton Emilio ! En France en plus ! C'est pour ça qu'il est parti ? Tu le savais, dis ?

Le ton était accusateur, véhément et Marguerite, sonnée et honteuse, ne sut ouvrir la bouche.

Antonia lui plaqua sans ménagement la lettre sur les genoux avant de tourner les talons et de s'asperger d'eau bénite.

Marguerite resta un long moment sans pouvoir bouger, l'esprit embrouillé, sans plus trop savoir si elle devait se réjouir ou non de ces nouvelles. Emilio n'avait pas été mobilisé, il n'avait *a priori* pas combattu. Mais il n'était probablement pas en Italie... Où pouvait-il bien s'être enfui ?

Elle finit par rentrer chez elle, un peu hagarde, sans même avoir mis un pied dans la nef et n'osa plus réapparaître à la paroisse pendant deux bonnes semaines. Le temps de pouvoir affronter le regard froid et accusateur d'Antonia.

4

Paris, mai 1929

Comme toujours, le tintement sinistre de la sonnette lui arracha un léger cri. Elle ne recevait que peu de visites et le moindre bruit la faisait sursauter. Mais surtout elle espérait encore... Son cœur battait donc bien trop fort lorsqu'elle arriva devant la porte. Derrière le judas, elle reconnut le visage amical de son amie Jeanne, en partie camouflé sous un chapeau de feutre noir. Marguerite soupira et tira le verrou.

La visiteuse s'engouffra dans l'appartement, visiblement tout excitée, secouant vivement son parapluie dans le vestibule, au parquet bientôt couvert de minuscules gouttes de pluie.

— J'arrive tout juste de chez mon coiffeur, expliqua-t-elle en effleurant sa mise en plis.

Marguerite, qui portait encore les cheveux longs et son incontournable chignon, ne comprenait pas bien l'engouement des dames de son âge pour ces coiffures courtes et modernes, dites « à la garçonne ». Elle les trouvait tout à fait remarquables sur de jeunes femmes, mais parfaitement déplacées sur des femmes d'âge mûr.

Ainsi, son amie Jeanne paraissait dix ans plus vieille depuis qu'elle avait coupé ses cheveux. Ses traits semblaient plus tirés, ses rides plus marquées, son nez plus épaté, mais Marguerite s'était bien gardée de le lui faire remarquer.

— Marguerite, ma chère amie, j'ai une nouvelle é-pa-tante !

Avec Jeanne, tout était toujours « épatant », alors elle se méfia. Son amie vivait dans un éternel optimisme presque naïf et se comportait souvent comme une jeune fille crédule. Elle n'avait jamais eu d'enfants, et son époux la gâtait comme si elle en était une. Son monde n'était que plaisir et oisiveté et les ravages de la guerre l'avaient entièrement épargnée, exilée sur l'île de Madère.

Depuis, elle ne cessait de se plaindre de la météo parisienne, bien moins clémente que dans les îles.

— Offrez-moi donc une tasse de thé et je vous raconterai tout ! On n'a pas idée de sortir avec un temps pareil, le printemps tarde vraiment à se montrer cette année.

Tout en se rendant à la cuisine pour faire chauffer de l'eau et préparer un plateau, Marguerite replongeait dans ses souvenirs. La présence de Jeanne avait invariablement cet effet sur elle, la replongeant dans le passé.

Elle avait rencontré Mme Mercier dès son arrivée au service des achats du département pour femmes du Bon Marché.

— Je vous en prie, appelez-moi Jeanne, l'avait priée cette cliente au caractère fougueux et au sourire charmant.

Jeanne était l'une des plus riches clientes du grand magasin et contrairement à ses consœurs fortunées, qui ne fréquentaient que les grands salons des couturiers ou des modistes, elle aimait l'atmosphère plus chaleureuse, plus conviviale, disons-le plus populaire des grands magasins. Elle s'y sentait vraiment spéciale, choyée, admirée. On y était plus libre, et avec son franc-parler, elle savait qu'elle n'y serait pas jugée. Rapidement, elle s'était prise d'affection pour la très réservée mais très professionnelle Marguerite. Elle devait bien admettre qu'elle n'avait jamais été aussi bien habillée et elle le faisait savoir.

Marguerite acceptait ses compliments en rougissant et ses cadeaux en protestant. Talentueuse et modeste.

— Tu le mérites largement Marguerite, lui disait François. C'est bien pour ça que je t'ai choisie à ce poste d'ailleurs, tu es la meilleure. La seule chose que je regrette, c'est que tu n'aies pas plus confiance en toi.

Avec Jeanne Mercier, Marguerite s'était laissé entraîner sans s'en rendre compte dans une relation qui dépassait le cadre professionnel.

Mise à l'écart par ses nouveaux collègues – soit parce qu'elle était nouvelle, soit parce qu'elle était trop discrète, soit parce qu'elle était la protégée du chef du personnel, ou peut-être un peu tout ça à la fois, elle se sentait bien seule. L'amitié inattendue de celle qui devint Madame Jeanne, puis seulement Jeanne, lui apporta une parenthèse bienvenue.

En vérité, Marguerite n'avait pas vraiment eu le choix, sa nouvelle amie s'était imposée à elle et peut-être était-ce simplement ce dont elle avait besoin. Elle refusait de l'admettre, mais ses anciennes camarades lui manquaient cruellement et elle n'avait jamais osé reprendre contact avec elles. Elle se cachait, honteusement.

C'est pourquoi elle avait dû quitter précipitamment le salon d'essayage, un matin, lorsqu'elle avait reconnu Adrienne, son Adrienne, parmi les clientes du magasin. C'était quelques mois à peine après son arrivée au Bon Marché et elle s'était réfugiée dans le bureau de François, toute tremblotante, puis ruisselante de larmes.

Et lorsqu'une heure plus tard, elle avait croisé dans les couloirs l'une des jeunes vendeuses de son rayon, elle eut la surprise de l'entendre dire :

— Une jeune dame a demandé après vous aujourd'hui. Je vous ai envoyé chercher mais personne ne vous a trouvée...

Marguerite fit l'étonnée :

— C'est curieux, j'étais pourtant dans mon bureau... Mais je suis descendue un moment au stockage... Que vous a dit cette personne ?

Elle priait pour que la chaleur qui lui brûlait les joues ne la trahisse pas.

427

— Eh bien, ce n'était pas une cliente habituelle, alors je n'ai pas insisté pour vous trouver, cela semblait plus personnel...

— Vous avez bien fait, Gisèle. Mais vous a-t-elle dit quelque chose ?

Elle comprenait maintenant que la jeune employée s'intéressait grandement à cette histoire et cherchait à en apprendre le plus possible pour ensuite abreuver en bavardages tout le département pour femmes. Marguerite restait une énigme pour le reste des employées et elle se savait au cœur de leur intérêt. Certaines choses ne changeaient jamais.

— Pour vous dire la vérité, elle a commencé par me demander s'il était vrai que Mlle Marguerite Lemoine travaillait ici...

— ...

— J'ai répondu que oui et elle a demandé expressément à vous voir. Elle semblait très déçue de ne pas vous trouver. Je lui ai bien évidemment demandé si je pouvais la renseigner d'une autre manière mais elle m'a dit ne pas être cliente et ne pas être intéressée. Elle m'a fait très bonne impression par ailleurs. Son chapeau notamment était incroyable...

Marguerite trépignait d'en apprendre plus, mais elle ne voulait pas paraître trop pressante ou trop concernée. Pour rien au monde elle ne donnerait satisfaction à cette petite péronnelle de Gisèle.

D'un air qu'elle voulait détaché, elle ordonna :

— Venez-en au fait Mademoiselle, j'ai du travail !

Mouchée, la jeune femme fit moins de manières et continua :

— Elle vous fait savoir qu'elle est désormais première d'atelier là où vous savez et qu'elle y a fait beaucoup de ménage pour éliminer les indésirables.

Marguerite ne savait que faire de cette information. Était-elle heureuse qu'Adrienne ait obtenu la place qui lui était destinée ? Était-elle jalouse ? Lui en voulait-elle ?

Les questions se bousculaient dans sa tête, elle faiblissait, elle devait se ressaisir.

— C'est tout ? demanda-t-elle courageusement.

— Non... Elle est mariée avec un instituteur et elle vous a laissé sa carte...

Gisèle sortit à regret une élégante carte de visite de sa poche et la tendit à Marguerite qui lut : « Monsieur et Madame Alphonse Moret, 8 rue de Hanovre, Paris (IIe) ».

C'était une main tendue, une invitation. La carte tremblait entre ses doigts.

— Merci Gisèle, vous pouvez disposer.

— Avec plaisir Mademoiselle, minauda la jeune femme avant de se précipiter au réfectoire où elle pourrait fanfaronner avec ce nouveau feuilleton.

Marguerite remerciait intérieurement Adrienne de ne pas avoir mentionné Madame Joséphine, elle en avait déjà assez dit. Elle nagea plusieurs jours entre deux eaux, entre euphorie, sensiblerie et résignation : elle ne pouvait pas retrouver Adrienne. Elle faisait partie de sa vie d'avant, elle ne voulait pas avoir à expliquer, à raconter, elle n'en était tout simplement pas capable.

Pourtant la curiosité l'emporta. C'était l'hiver et à la faveur de l'obscurité, elle s'était glissée un soir près de la sortie de l'atelier et avait attendu. Jamais elle n'aurait imaginé la douleur qu'elle ressentit en apercevant ses anciennes camarades quitter joyeusement la maison de modes. Elle reconnut les trois sœurs, Jeanne, Agnès et Berthe, puis Marie-Louise. Aucune trace de Marcelle et de sa bande. Des larmes coulaient sans raison sur ses joues lorsque parmi quelques visages familiers, elle remarqua une jeune fille dont le profil se découpait sous les réverbères : Henriette. L'élégante personne qu'elle observait n'avait plus rien de la petite trotteuse de ses souvenirs. Sa frêle silhouette semblait tout à fait gracieuse dans un manteau long en velours rayé, et ses cheveux, d'un blond lunaire, étaient désormais ordonnés dans un chignon bas, surmontés d'un chapeau sobre, mais efficace. Quel changement ! Henriette était certainement devenue l'une des petites mains ouvrières de l'atelier, fini pour elle les corvées ! Cette pensée lui avait réchauffé le cœur.

Lorsque la porte se referma sur la dernière employée, Marguerite sortit un mouchoir et essuya les sillons qu'avaient creusés les larmes sur son visage. Il faisait froid et elle sentit ses joues picoter. Sa curiosité en partie assouvie, elle se glissa en face de la boutique, et par les vitrines éclairées, elle les vit. Adrienne et Flavie, bavardant gaiement derrière le comptoir du hall de réception. Les deux jeunes femmes étaient rayonnantes dans leurs robes identiques. Marguerite en déduisit que Flavie avait pris la succession de Madame Hortense et ne douta pas que le duo formé par les deux premières fonctionnât à merveille. Son cœur battait dans sa poitrine, surexcité et ses pieds mouraient d'envie de traverser la rue et de pousser la porte. Mais elle n'en ferait rien. Comme toujours la raison l'emporterait.

Une voiture s'arrêta juste sous son nez et elle pesta contre celui qui lui obstruait la vue. Elle manqua défaillir lorsqu'un strident coup de Klaxon retentit et encore plus lorsque la porte de la boutique s'ouvrit sur Adrienne. Marguerite se coula dans la pénombre, dans un petit renfoncement et, la main sur le cœur, elle vit son ancienne camarade grimper en voiture avant d'embrasser passionnément un jeune monsieur à moustache et aux lunettes rondes. Son mari, supposa-t-elle.

Cette image lava Marguerite de toute sa peine, mais aussi de toute la joie qu'elle avait éprouvée ces dernières minutes. Elle se sentait glacée de l'intérieur et un sentiment étrange lui picorait le cœur. La jalousie... Elle enviait Adrienne, sa position, de vivre sa passion, l'amour. Peut-être avait-elle même des enfants. À cette idée son cœur se ferma définitivement. Non, elles ne pourraient plus jamais être amies.

La bouilloire siffla et Marguerite ne fut pas mécontente d'échapper à ce triste souvenir. Elle remplit la théière et passa au salon en espérant que les révélations promises par son invitée arrivent à la distraire.

Confortablement installées dans une paire de fauteuils tendus de velours rose, les deux amies se réchauffaient à la porcelaine de leur tasse, brûlante. Aucune d'elles n'osait souffler sur les volutes de vapeur et elles devraient patienter avant de pouvoir y goûter. Jeanne ne résista pas aux petits biscuits secs que Marguerite avait disposés sur une assiette aux motifs assortis. Entre deux bouchées, elle se décida enfin à parler, estimant maintenant qu'elle avait assez ménagé son petit effet.

— Comme je vous le disais, j'étais cet après-midi même chez mon coiffeur.

Marguerite espérait, égoïstement, que Jeanne ne lui dresserait pas, comme à chaque fois, la très longue liste des célèbres clientes qui fréquentaient le même salon qu'elle.

— J'y ai rencontré une jeune femme é-pa-tante ! Figurez-vous qu'elle arrive tout droit du Maroc ! Nous étions donc presque voisines du temps où je séjournais à Madère. J'avais même envisagé de m'y rendre, mais Robert trouvait que la situation y était trop instable. Certainement bien moins qu'ici, mais que voulez-vous ? Robert est toujours bien trop inquiet pour moi.

Ses yeux trahissaient la tendresse qu'elle portait à son époux et elle s'adoucit, profitant de l'instant pour croquer un autre biscuit.

Le thé avait refroidi dans les tasses, mais Marguerite n'y toucha pas. Elle attendait, à la fois curieuse et désabusée, la nouvelle qui avait conduit son amie jusqu'ici.

La pendule sonna cinq heures et Jeanne sursauta, arrachée à sa rêverie.

— Tout à fait délicieux ces petits biscuits, Marguerite. Cette pauvre Lucienne les fait toujours beaucoup trop cuire et ils sont immangeables ! Mais où en étais-je ?

— Le salon de coiffure, l'aida Marguerite, impatiente.
— Oui ! Le salon !

Elle retrouvait le fil de ses pensées.

— J'ai donc fait la rencontre de cette jeune femme, tout juste débarquée du Maroc. Vous auriez bien du mal à croire qu'elle ait grandi dans ce pays de, de…

Elle hésita, puis lâcha :

— De sauvages !

Elle frissonna comme si sa vie était en péril.

Marguerite s'accorda finalement une gorgée de thé. La nouvelle ne s'annonçait finalement pas si « épatante », elle aurait dû s'en douter.

Sans s'interroger une seconde sur le silence de son amie, Jeanne continua :

— Une jeune femme tout à fait ravissante et d'une élégance tout à fait parisienne ! Elle est restée assez discrète, mais nous avons sympathisé et elle m'a confié ses projets.

Marguerite imaginait sans peine la pauvre jeune femme, noyée sous les questions et les bavardages incessants de Jeanne.

— Attention Marguerite, voici la grande nouvelle.

Elle inspira.

— Cette jeune femme est venue à Paris pour ouvrir sa propre maison de modes. Elle est couturière et a toujours rêvé de tenter sa chance ici. Elle vient de se marier et avec son époux ils ont tout quitté. Je trouve cela follement romantique, vous ne trouvez pas ?

Marguerite, toujours silencieuse, acquiesça poliment. Elle se sentait toujours embarrassée lorsqu'on lui parlait de maisons de modes. Ce monde appartenait à une partie de sa vie qui n'existait plus, et qu'elle préférait oublier. Depuis qu'elle avait intégré *Le Bon Marché*, elle n'avait plus jamais fréquenté ce genre d'établissement, qui lui semblait d'ailleurs aujourd'hui un peu dépassé. Pour elle, tout avait changé, la guerre, sa vie. Elle ne voyait plus les choses comme avant, lorsqu'elle était encore confiante et insouciante. Pas comme Jeanne Mercier.

Perdue dans ses pensées, Marguerite en avait oublié son invitée. La main de Jeanne sur son avant-bras lui rappela sa présence. Depuis qu'elle vivait seule, elle avait souvent ce genre d'absence. Elle se réfugiait dans le passé, son passé, peuplé de fantômes, ses fantômes.

— Vous allez bien, Marguerite ?

Jeanne s'inquiétait toujours pour son amie. Surtout depuis son récent veuvage.

— Oui, oui, répondit Marguerite avec un léger sourire qui se voulait rassurant.

Jeanne continua donc :

— La deuxième bonne nouvelle est que cette jeune personne recherche une modiste expérimentée pour la seconder. J'ai tout de suite pensé à vous. Ne m'en veuillez pas mais je n'ai pas pu m'empêcher de lui parler de votre expérience, de votre professionnalisme et surtout de votre grand talent ! Elle était très impressionnée et a tout de suite demandé à vous rencontrer.

Marguerite savait que tout cela partait d'un bon sentiment, et elle imaginait sans peine tous les superlatifs utilisés par son amie à son égard, mais elle n'avait pas du tout envisagé de reprendre un emploi.

Devant son silence, Jeanne rebondit.

— J'imagine sans peine combien la disparition de François vous affecte, mais je m'inquiète beaucoup pour vous, Marguerite. Vous êtes toujours seule, vous ne sortez plus... et vous semblez toujours si triste. Cela fait un an maintenant et je ne vois aucun changement. Alors j'ai pensé que peut-être, une occupation... Vous étiez tellement passionnée, vous aviez tellement de talent, tellement d'occupations, de bonnes œuvres. Nous ne sommes plus toutes jeunes, c'est vrai, mais je refuse de vous voir dépérir ainsi.

Marguerite sourit poliment à son amie, tout en pensant que décidément, personne ne la comprendrait jamais vraiment. François le pouvait. Mais lui aussi elle l'avait perdu.

Il l'avait laissée seule, dans leur grand appartement.

— Vous devriez venir déjeuner à la maison dimanche prochain. Robert sera ravi de vous revoir, je lui parle tellement de vous. Il travaille beaucoup ces temps-ci mais je lui interdis de mettre le nez dans son bureau le dimanche. Si le temps le permet nous déjeunerons sur la terrasse, mais avec la pluie des derniers jours, j'ai des doutes. On se croirait en mars ! Et mes roses qui commençaient tout juste à éclore, toute cette eau aura gâté les premiers boutons.

Jeanne possédait un jardin magnifique et une roseraie des plus charmantes. Marguerite se dit que finalement, ce ne serait peut-être pas si terrible.

— C'est vraiment très aimable Jeanne, remercia Marguerite tout en cherchant une excuse crédible pour refuser l'invitation.

Elle n'était pas vraiment débordée par les mondanités et Jeanne le savait. Il semblait qu'elle n'ait pas vraiment le choix. Elle soupira intérieurement.

— Et vous pourrez donner le secret de vos petits biscuits à ma pauvre cuisinière.

Son amie rit de cette idée tout en croquant un autre biscuit.

— Une autre tasse, Jeanne ?

— Volontiers chère Marguerite, volontiers...

Elle s'était finalement décidée quelques jours plus tard. Nous étions vendredi et elle devait déjeuner chez Jeanne le dimanche suivant. Elle savait que son amie ne cesserait de la barber avec cette idée stupide alors elle avait pris les devants. Cela ne lui ressemblait pas vraiment et pourtant.

Après tout, elle n'avait pas grand-chose à perdre et cela lui ferait de la distraction. Jeanne avait raison, ce n'était pas une vie qu'elle vivait là. Et puis la curiosité

434

l'avait piquée et elle aimait l'idée de découvrir ce qui se cachait dans une maison de modes d'aujourd'hui.

Elle avait pour l'occasion fait peau neuve. Des semaines, voire des mois, qu'elle n'avait plus pris la peine de soigner son apparence. C'était chose faite et elle eut soudain une terrible appréhension, celle de paraître bien trop démodée aux yeux de cette jeune femme aux goûts certainement très nouveaux. Elle avait enfin étrenné cette très jolie robe commandée par correspondance des mois plus tôt. Ce n'était pas une coupe qu'elle portait habituellement, mais avec l'âge sa silhouette s'était un peu épaissie et elle devait s'adapter. Elle avait perdu le goût et l'envie de coudre et comme elle fuyait les grands magasins, la vente sur catalogue était parfaitement appropriée.

Pour son chapeau en revanche, elle n'aurait laissé à personne le soin de la coiffer. Elle avait donc passé tout son jeudi à concevoir et parfaire un couvre-chef digne de son nom. Son matériel, condamné au fond d'une caisse depuis des années, avait repris vie dans ses mains et le plaisir qu'elle en avait retiré n'était pas étranger à sa présence ici.

Je devrais renoncer, paniqua-t-elle. *Je ne ferai jamais l'affaire...*

Elle n'aurait jamais dû écouter Jeanne Mercier, qui, bien qu'étant une amie, avait toujours tout un tas d'idées farfelues. C'est elle qui lui avait parlé de l'ouverture de cette nouvelle boutique rue Saulnier et l'avait poussée à s'y présenter.

Vue de l'extérieur, la boutique n'était pas encore prête pour l'ouverture. La devanture avait certes été repeinte, mais les vitrines étaient encore recouvertes de feuilles de journaux jaunies, aucune enseigne ne renseignait les passants et le trottoir était encombré de tout un bric-à-brac. Marguerite soupira. Parfaitement indécise, elle restait plantée là, à se balancer d'un pied sur l'autre, comme lorsqu'elle n'était qu'une enfant.

Alors elle se souvint. Son premier jour chez Madame Joséphine. Son cœur, qui battait la chamade, son émotion, les mains moites, la tasse de lait, les œufs mollets... Elle redevint un instant cette jeune fille insouciante et encouragée par ces souvenirs heureux, elle poussa la porte de la boutique.

L'intérieur n'était pas beaucoup plus avancé que l'extérieur.

Dans une atmosphère tamisée, baignée par une terne lueur qui filtrait à travers les journaux jaunis, des montagnes de cartons éventrés, quelques pièces de mobilier comme des carcasses évidées. Rien qui fasse rêver.

Mal à l'aise et définitivement persuadée que tout ceci n'était qu'une très mauvaise idée, elle s'apprêtait à faire demi-tour lorsqu'une voix d'homme l'interpella.

— Je peux vous aider ?

Surgi de l'arrière-boutique, un très beau jeune homme lui souriait. Ses cheveux, d'un blond lunaire, illuminaient un visage à la peau brunie et adoucissaient les traits anguleux de sa mâchoire. Il ne portait pas de veste, et la blancheur de sa chemise, éclatante, rendait sa peau plus brune encore.

Marguerite hésita. Elle pouvait très bien dire qu'elle avait commis une erreur et repartir comme si de rien n'était. Mais le charmant sourire du jeune homme la retint. Après tout, maintenant qu'elle était ici, autant aller jusqu'au bout.

— Bonjour Monsieur, je m'excuse de vous déranger en plein travail et à l'improviste, mais je viens de la part de mon amie, Mme Mercier. Vous cherchez une employée semble-t-il et je voudrais vous proposer mes services.

— Oh... je vois...

Il semblait embarrassé et Marguerite se sentit de nouveau bien idiote d'avoir pensé convenir pour ce poste.

— Mon épouse est à l'étage, c'est elle qui s'occupe de ce genre de choses, si vous voulez bien me suivre, je vais vous présenter.

Marguerite le suivit docilement jusqu'au fond du magasin où ils s'arrêtèrent au pied d'un escalier de bois qui grimpait en colimaçon vers des appartements. Un pied sur la première marche, une main sur la balustrade, le jeune homme appela :

— Iris !... Iris !

— ...

On entendait bien remuer à l'étage, mais pas de réponse.
Il cria presque :

— Riri !

Marguerite frémit.

Les années avaient passé, mais entendre ce surnom était toujours une torture pour elle. Non, décidément, elle ne pourrait pas travailler ici.

— Oui, oui ! J'arrive !

La voix, jeune et séduisante, laissa vite place au claquement des talons sur les marches de bois. Le pas était léger, habillé d'escarpins à brides argentées. Une jupe plissée, noire, levait le voile sur une paire de mollets fins et fuselés, habillés de bas de soie, et un sweater en maille dessinait sans excès les courbes féminines d'un corps jeune et élancé.

Marguerite ne s'étonna guère de découvrir une jeune femme aux cheveux courts, parfaitement disciplinés, aussi noirs et brillants que des souliers vernis. Ils encadraient un visage à la peau cuivrée où dansaient deux grands yeux noirs aux cils infinis. La jeune femme lui sourit comme à une vieille amie et Marguerite éprouva ce sentiment étrange qui fait que, lorsque l'on rencontre une personne pour la première fois, il nous semble la connaître depuis toujours.

— Madame venait pour la place...

— C'est vrai ?

Elle semblait surprise, comme étonnée que l'on puisse vouloir travailler à son service.

Mais avant que Marguerite ne puisse ouvrir la bouche pour lui répondre, elle ajouta :

— Je suis vraiment navrée Madame, mais je dois vous dire que nous avons déjà trouvé quelqu'un. Ce matin même.

— Oh... je vois...

Marguerite ne s'attendait pas à être si déçue, elle qui quelques instants plus tôt pensait encore à renoncer.

Sa déception était si visible que la jeune femme s'approcha d'elle et posa délicatement la main sur son avant-bras. Ses yeux étaient si doux, si bons, que la réticence habituelle de Marguerite pour les familiarités s'envola. Elle sentait la chaleur de cette main étrangère à travers le tissu de sa robe, mais elle n'en était pas importunée. Au contraire, elle réveillait en elle une flamme oubliée.

— C'est vraiment très gentil à vous de vous être déplacée jusqu'ici pour nous rencontrer. J'espère sincèrement que vous trouverez rapidement à vous placer, une femme de votre expérience, je n'ai aucun doute.

Elle se voulait aimable et rassurante, mais ses paroles étonnaient dans la bouche d'une femme si jeune.

Un peu décontenancée, Marguerite ne répondit rien. Elle se sentait à la fois ridicule et un peu chose. Devant son silence, qu'elle prenait pour du désappointement, Iris insista :

— N'hésitez pas à revenir nous voir, la boutique sera bientôt prête et je serais ravie de vous montrer toutes nos nouveautés.

— C'est... très gentil à vous, bredouilla Marguerite avant de prendre congé.

Iris laissa à Honoré le soin de raccompagner leur visiteuse. Cette femme lui laissait une curieuse impression. Quoi qu'il en soit, elle l'avait trouvée bien trop discrète et trop triste pour faire une bonne employée. Et trop âgée aussi. Iris avait besoin de travailler avec gaieté, dynamisme et modernité. Elle pensait d'ailleurs avoir trouvé la perle rare en la personne de Geneviève, une jeune femme talentueuse qui lui avait immédiatement plu. Après l'avoir rencontrée à deux reprises, elle avait pris la décision de l'embaucher le matin même et elle aimait à croire qu'elle ne s'était pas trompée. Pourtant, Honoré ne partageait pas son enthousiasme et cela la contrariait. Les deux jeunes femmes partageaient beaucoup de traits communs et s'étaient tout de suite bien entendues, presque comme deux sœurs. Iris était très excitée à l'idée de partager son quotidien avec une jeune femme de son âge, avec qui elle pourrait partager amitié et complicité. Malgré la présence de son mari, elle devait avouer qu'elle se sentait très seule. Son optimisme et son énergie s'essoufflaient de jour en jour et elle se sentait parfois submergée par un poids beaucoup trop lourd à porter. Plusieurs fois, elle avait même refusé de se lever, sans parler de ses évanouissements répétés qui inquiétaient Honoré.

Le docteur, que son mari s'obstinait à faire déplacer, avait d'abord évoqué une éventuelle grossesse, mais Iris n'était pas enceinte. Elle rassurait Honoré en lui disant que tous ces changements l'avaient beaucoup fatiguée et que les derniers évènements l'avaient marquée plus qu'elle ne voulait l'avouer.

Iris se persuadait que tout allait finir par rentrer dans l'ordre, que c'était un mauvais moment à passer, mais elle se cachait pour pleurer.

Honoré s'attardait près de la porte et Iris se demanda ce qu'il pouvait bien raconter à leur visiteuse. Elle n'apercevait que leurs dos et le contraste entre le grand corps musclé de son mari et le petit corps frêle de la femme l'émut un instant. Elle se sentait elle-même si fragile lorsqu'elle se tenait à ses côtés, il était tellement protecteur, tellement fort.

Et il l'avait suivie. Jamais elle n'aurait cru qu'il puisse tenir tête à son père, abandonner sa famille, renoncer à l'entreprise familiale, à son héritage, à son honneur. Et pourtant, il n'avait pas hésité un instant. Son père l'avait renié, maudit, mais il était là, avec elle, à Paris.

Son attention se porta un dernier instant sur leur visiteuse. Elle devait avouer que cette dame était particulièrement élégante, un peu guindée même, sa toilette et sa mise souffraient d'un manque de modernisme criant, mais quel chapeau ! Elle n'en avait jamais vu de semblable. C'était un chapeau-cloche, aux bords asymétriques, exagérément asymétriques. Le feutre noir ondulait sur les bords et apportait beaucoup de douceur à l'ensemble, intensément noir, orné de roses satinées.

— Mes œufs !

Iris sursauta, affolée, et se précipita dans l'escalier au moment même où la porte de la boutique se refermait derrière la dame au chapeau.

440

5

Paris, juin 1929

La vie vous réserve parfois des surprises.

Voilà à quoi pensait Marguerite, alors qu'elle entrait pour la deuxième fois dans la petite boutique de modes rue Saulnier. L'ouverture prévue au début du mois n'avait pas encore eu lieu et autour d'elle, le temps semblait s'être arrêté.

Les feuilles de journaux avaient disparu des vitrines et l'enseigne, enfin en place, annonçait *Modes d'aujourd'hui*. Mais à l'intérieur, ce n'était que désolation. Des étagères à moitié remplies, des piles de cartons renversés, d'autres éventrés, partout des papiers froissés.

Marguerite suivait le jeune homme aux cheveux dorés, mais ses pieds butaient sans arrêt contre un tas d'objets non identifiés et elle peinait à garder la tête haute, fixant la nuque de son guide.

Il lui avait téléphoné le matin même et l'avait surprise au retour de sa sortie quotidienne au cimetière.

Elle accrochait donc son chapeau au vestiaire lorsque la sonnerie du téléphone retentit dans le petit salon. Elle tressaillit. Les appels n'étaient pas très fréquents et elle détestait devoir décrocher le combiné sans savoir qui se trouvait au bout du fil. Elle posa son sac à main sur le petit secrétaire en orme et se dirigea sans précipitation vers le bruit strident. Peut-être qu'avec un peu de chance, la sonnerie cesserait avant qu'elle atteigne le téléphone. Mais l'appareil s'obstinait et pour faire taire l'importun, elle décrocha.

— J'écoute.

— Mme Granger ?

— Oui, c'est elle-même...

— Je suis content d'arriver à vous joindre. J'espère ne pas vous déranger mais vous m'avez laissé votre carte l'autre jour à la boutique et je pensais que vous pourriez m'aider.

Sur le moment, Marguerite ne comprit pas bien de quoi il s'agissait. La boutique ? Quelle boutique ?

Nerveuse et mal à l'aise, elle triturait les franges de l'embrasse du rideau qui voisinait avec le guéridon où était posé le téléphone.

— Veuillez m'excuser, commença-t-elle, mais je ne suis pas certaine de vous suivre...

— M. Géhin, s'exclama l'homme au bout du fil. La boutique de modes ! Vous êtes venue nous voir pour la place !

— Oh ! Je vois ! s'exclama-t-elle à son tour, avec un peu moins de fougue que son interlocuteur. Que puis-je pour vous, Monsieur ?

— Eh bien c'est un peu délicat mais vous êtes mon dernier espoir, alors voilà...

Marguerite discerna des trémolos dans sa voix et sentit l'émotion du jeune homme lorsqu'il lui expliqua la situation.

— Ma femme est malade. Le médecin pense qu'elle ne s'est pas bien acclimatée. Une vilaine pneumonie. Le problème est qu'elle est très affaiblie et qu'elle n'arrive pas à se remettre. Elle est très fragile et ces derniers mois n'ont pas été faciles pour elle. Cela fait deux semaines qu'elle est clouée au lit. Et pour couronner le tout, la jeune femme que nous avions embauchée a rendu son tablier au bout de dix jours seulement. Iris est dévastée. Et l'impertinente a eu le culot de réclamer son salaire pour le mois ! Quelle petite grue !

— Voyons, voyons...

Marguerite avait réagi spontanément et tentait de modérer le jeune homme qui, visiblement très remonté, s'emportait après son ancienne employée.

— Je le savais ! continua-t-il. Je l'avais dit à Iris, je l'avais prévenue. Je n'avais pas confiance en cette, cette... femme ! C'est bien pour ça que je vous avais demandé votre carte lors de votre visite. Je le sentais, j'ai le don pour ça, repérer les bonnes et les mauvaises personnes...

Marguerite se sentait un peu gênée des confidences de ce jeune homme qu'elle ne connaissait pour ainsi dire pas. Lui continuait de s'épancher :

— La boutique est au point mort et je n'y connais strictement rien. Je ne connais personne et je suis perdu !

Elle se demanda s'il n'allait pas pleurer. Un grand gaillard comme lui, ce serait vraiment surprenant. Le silence qui suivit lui intima de réagir.

— Qu'attendez-vous de moi, Monsieur Géhin ?

Il sembla hésiter.

— À dire vrai j'espérais que vous accepteriez la place que nous vous avons refusée. Nous avons besoin de votre expérience. Vous m'aviez bien dit avoir travaillé comme directrice des achats au Bon Marché ?

— En effet, répondit-elle. Mais je me suis retirée du monde du travail depuis plus de quinze ans, je crains de ne pas être la personne qu'il vous faut...

— Je vous en prie, supplia-t-il. Nous avons besoin de quelqu'un de professionnel, de sérieux, de confiance. Vous me semblez être la personne idéale... Même si ce n'est que pour quelque temps, pour nous aider à lancer la machine. Je suis prêt à revoir vos appointements à la hausse !

— Oh ! Il ne s'agit pas de ça...

Il l'avait presque froissée.

— Venez au moins rencontrer ma femme. Vous prendrez une décision ensuite. Le médecin pense qu'elle a besoin de se raccrocher à quelque chose de positif, de retrouver le goût de vivre. Sa boutique, c'est le rêve de toute sa vie...

— Eh bien c'est entendu !

L'homme semblait tellement déterminé à aider son épouse qu'elle ne pouvait refuser son invitation. Après tout, elle aurait le temps de réfléchir plus tard.

— Quand pensez-vous pouvoir vous libérer ?

— Eh bien, il n'y a pas de temps à perdre si j'ai bien compris. Alors dès cet après-midi, si cela vous convient.

— C'est parfait ! Vraiment parfait ! Nous vous attendrons avec grande impatience. Iris va être ravie... Merci !

Et il raccrocha.

Marguerite resta plantée un moment, le combiné toujours à l'oreille, tandis que résonnait la tonalité. C'était la conversation téléphonique la plus surprenante de toute sa vie !

Lorsqu'elle finit par reposer le combiné, une seule idée l'obséda : elle devait se préparer. Elle en oublia même de déjeuner.

Cette fois-ci, c'est elle qui gravit les marches qui conduisaient aux appartements situés au-dessus de la boutique. M. Géhin semblait nerveux et tout à coup beaucoup moins bavard qu'au téléphone. Peut-être regrettait-il de s'être ainsi confié à une inconnue.

Marguerite détestait pénétrer dans l'intimité d'une maison, et là, c'était tout bonnement dans la chambre de la maîtresse des lieux qu'on la conduisait. Le palier faisait office de vestibule et ils empruntèrent un petit couloir lumineux qui desservait les pièces de nuit. Les murs étaient nus et les pièces semblaient vides, comme si personne n'habitait ici. Le jeune homme poussa une porte entrebâillée et invita Marguerite à entrer.

— Chérie, Mme Granger est arrivée...

La pièce était plongée dans la pénombre. Pourquoi fallait-il toujours que l'on cloître les malades dans l'obscurité ? Pour Marguerite, cela revenait à garder le mal à l'intérieur, le convier à s'installer, à se terrer sous le lit pour ne plus en sortir.

La chambre était grande et vide. Un lit, une chaise et une table de chevet. Cet aménagement plus que sommaire n'inspirait pas la gaieté et Marguerite imaginait sans mal que l'on puisse s'y sentir démoralisé.

— Bonjour, glissa-t-elle.

Un peu léger comme entrée en matière mais la situation n'était pas facile à aborder.

— Approchez, approchez, murmura une petite voix faible.

Et Marguerite s'approcha.

Honoré était assis sur le bord du grand lit, au milieu duquel une frêle silhouette se détachait, une auréole de cheveux noirs sur une pile d'oreillers blancs.

— Asseyez-vous, je vous en prie, prenez la chaise.

Marguerite la remercia et prit place.

— Je vous remercie infiniment d'être venue nous aider, murmura Iris. Nous avons pris tellement de retard... Et Honoré a déjà tellement de travail avec moi...

— Je vous aiderai avec plaisir, la rassura Marguerite. Par quoi voudriez-vous commencer?

— Peut-être pourrions-nous commencer par finir l'installation de la boutique et des nouveautés. J'ai reçu beaucoup de commandes mais je dois encore en passer quelques-unes. J'aurais certainement grand besoin de votre expérience dans ce domaine. Notamment concernant les tailles et les quantités.

Marguerite sourit. La jeune femme avait dit « nous », ce qui était bon signe : elle s'accrochait à son projet.

— Honoré va pouvoir vous aider en bas pendant que je me repose. Je n'ai pas besoin de lui pour le moment.

On ne pouvait bien discerner les traits de son visage, mais la malade avait l'air vraiment épuisée.

— Eh bien au travail! s'enhardit Marguerite avant de se lever pour se mettre à la tâche.

— Madame Granger?

— Oui ?

La jeune femme tendait le bras vers elle et Marguerite lui offrit sa main. Elle était étonnamment chaude et comme la première fois, une douce chaleur la traversa.

— Merci, vraiment...

Et Marguerite, un peu chose, redescendit à la boutique, avec la ferme intention de tout faire pour aider le jeune couple.

Dans le capharnaüm du rez-de-chaussée, Marguerite sentit sa bonne volonté vaciller.

— Alors ? l'interrogea Honoré, tout guilleret. Vous avez un plan d'attaque ?

Aucun doute, ils misaient tout sur elle et elle ne voulait pas les décevoir. Elle n'avait jamais été du genre donneuse d'ordres, mais au Bon Marché, elle avait dû apprendre à faire preuve de fermeté et d'autorité, avec bien entendu une bonne dose de tact et de bienveillance.

— Eh bien pour commencer, il me semble impératif de débarrasser et ordonner les espaces de vente et de stockage. Je vous proposerai un système efficace d'organisation pour la réserve. Avez-vous reçu tous les meubles nécessaires à l'implantation des nouveautés ?

— Heu... il me semble que nous attendons encore un comptoir et une ou deux vitrines d'exposition.

— Parfait ! Cela nous permettra d'avoir une vision d'ensemble. Nous allons pouvoir inventorier, classer et installer tous les produits, mais avant il va falloir nettoyer un peu tout ça...

Son nez se retroussa comme si elle était incommodée par un tas d'immondices.

— Il y a tout ce qu'il faut derrière, répondit Honoré.

— Je vous laisse aller chercher le matériel. Pendant ce temps je vais remettre toute la marchandise en cartons.

Il s'éclipsa et elle s'attela à la tâche, rassemblant tous les articles dans les cartons, puis les alignant le long d'un mur. Elle se sentait tout excitée par les perspectives qui se profilaient, mais il y avait vraiment beaucoup de travail et elle n'était pas certaine d'être à la hauteur.

Lorsque le jeune homme revint avec tout le nécessaire, ils s'attaquèrent au nerf de la guerre : le nettoyage ! Marguerite époussetait, astiquait, lustrait tandis qu'Honoré déblayait, balayait, déplaçait.

Vers dix-sept heures, il proposa de faire une pause.

— Je vous proposerais bien quelque chose à boire, mais mon café est imbuvable et nous n'avons plus de thé. Je n'ai que de l'eau à vous proposer, piètre hôte que je suis.

— Pourquoi n'allez-vous pas chercher un plateau au café du coin ?

Il la regardait, interdit.

— Vous croyez que c'est possible ? Je n'ai aucune idée de ce qui se fait ici. Les habitudes, les coutumes... Je n'ai encore jamais pris le métro... Je suis complètement perdu. Nous n'avons presque pas quitté la boutique depuis notre arrivée il y a deux mois. Iris est bien sortie quelques fois et je fais mes courses chez l'épicier du coin. Nous n'avons même pas encore visité Paris !!!

Marguerite était un peu surprise par ces révélations, mais il ne fallait pas oublier qu'ils débarquaient d'un pays étranger et qu'ici rien ne leur était familier.

— Pour commencer, dit-elle, vous pouvez parfaitement demander gentiment au bistrotier d'à côté de vous laisser emporter un plateau avec vos consommations. Ils le font volontiers pour les commerçants alentour. Vous pouvez même très certainement commander un plat du jour à emporter.

— C'est la meilleure nouvelle de la journée ! s'exclama-t-il. Enfin juste après celle de votre arrivée, se rattrapa-t-il.

Marguerite rit, elle appréciait la spontanéité du jeune homme.

— Je vais enfin pouvoir proposer des repas corrects à Iris. Je suis un médiocre cuisinier et la pauvre ne mange presque rien.

447

— Mais elle doit manger si elle veut se rétablir.

— Je sais bien, je fais de mon mieux. Mais entre la boutique, le linge, les repas, le ménage et Iris, je ne m'en sors plus ! Je ne suis pas une femme d'intérieur !

— L'idéal serait de prendre quelqu'un à votre service. Pour s'occuper d'Iris et de la maison, le temps que les choses s'installent et que votre épouse se rétablisse.

— J'y ai bien pensé, mais je ne savais pas où m'adresser...

— Ne vous inquiétez pas, il me reste quelques contacts et je vous trouverai la perle rare.

Marguerite se promit de téléphoner à son amie Jeanne dès ce soir. Elle pouvait bien, exceptionnellement, profiter de son carnet d'adresses.

— Vous être notre sauveur Madame Granger, vraiment ! Je vais chercher ce café, et nous pourrons peut-être aborder les termes de votre contrat ?

— Rien ne presse et nous avons plus urgent à faire.

Il acquiesça avant de s'éloigner en sifflotant.

Le lendemain matin, Marguerite se réveilla pleine d'une énergie nouvelle et de bonne humeur. L'angoisse qui l'assaillait habituellement au saut du lit semblait avoir pris ses distances. Elle se leva, guillerette, et ouvrit ses volets sur un ciel dégagé et prometteur. Après un petit déjeuner copieux – elle n'avait pas dîné la veille, trop fatiguée, elle s'était couchée tôt – elle se prépara avec soin, un léger pincement au cœur tout de même : elle ne pourrait se rendre au cimetière ce matin. François lui pardonnerait. Elle le savait.

La boutique avait déjà meilleure mine quand elle passa la porte et après le nettoyage des tapis, elle espérait pouvoir mettre les meubles et les premières marchandises en place. Honoré descendit lorsqu'il entendit la clochette tinter.

— Ravi de vous revoir, Madame Granger ! Grâce à vous nous avons petit-déjeuné comme des rois ! Iris a bu toute sa tasse de chocolat et a même grignoté la moitié d'un croissant. Quant à moi je ne vous dis pas ce que j'ai englouti, vous ne me croiriez pas !

Il lui rappelait son petit frère Achille. Elle avait fini par apprendre, un peu par hasard, qu'il avait rejoint une bande de voyous proches des apaches, puis qu'il ne s'était jamais présenté suite à sa mobilisation pendant la guerre. Un déserteur. Elle ne savait même pas s'il était encore en vie. Un fantôme de plus dans sa vie... Elle soupira à ce souvenir, puis le chassa bien vite.

— Iris voudrait vous voir ! Je vous laisse monter...

Marguerite frappa doucement et attendit qu'on l'invite à entrer.

— Je vous attendais avec impatience, Madame Granger, murmura la malade. Honoré m'a raconté tout ce que vous avez entrepris, je trouve cela formidable ! Et le petit déjeuner, mon mari a mangé comme un ogre ! Il m'a presque rendu l'appétit.

— Je suis heureuse de l'entendre. J'ai contacté une amie et il est prévu, si cela vous convient, qu'elle vous envoie plusieurs personnes cet après-midi même, pour une sorte d'entretien.

— Vous êtes très efficace ! remarqua Iris. Mais je ne me sens pas vraiment présentable. Je préférerais que vous les receviez avec Honoré. Vous serez plus à même de savoir ce que nous devons attendre d'elles, vérifiez leurs références... Et puis je n'ai pas le courage.

La chambre était toujours plongée dans l'obscurité et Marguerite entrevoyait difficilement la jeune femme.

— Ne pensez-vous pas que nous pourrions ouvrir ces volets et laisser un peu l'air entrer ? Il fait un temps magnifique et cela vous ferait du bien de respirer un peu de notre printemps parisien...

— Vous pensez ? Le médecin a pourtant ordonné...

Marguerite la coupa :

— C'est sûrement l'un de ces médecins dont la barbe blanche démontre qu'il exerçait déjà bien avant votre naissance...

Iris gloussa puis toussa.

— Vous avez raison pour la barbe...

— Croyez-moi, pour guérir, et vous allez guérir, il vous faut du bon air, du soleil, de la distraction et une nourriture consistante.

Elle se dirigea donc vers la grande fenêtre, tira les rideaux, ouvrit les vantaux et bientôt les volets claquèrent contre la façade. La lumière s'engouffra dans la pièce, illuminant tout sur son passage. Marguerite cligna des yeux, tandis qu'Iris couvrait son visage de sa couverture. Les rideaux furent tirés devant les fenêtres ouvertes afin de dompter toute cette lumière, ondulant dans l'air encore frais du matin.

À la clarté du jour, la pièce paraissait plus vide encore. Tout ce blanc, Marguerite y voyait immanquablement le souvenir de l'hôpital et elle trouvait cela bien trop triste.

Les yeux d'Iris s'habituèrent doucement et elle finit par sortir la tête, comme un escargot émergeant de sa coquille. Ses cheveux, noirs et frisés, formaient un casque de boucles rebondies qui lui donnait l'air d'une enfant. Il ne restait rien de la coiffure si sophistiquée que Marguerite l'avait vue porter la dernière fois.

À dire vrai, la jeune femme était méconnaissable. Les joues creusées, les yeux bouffis et le teint aussi pâle que les draps, il ne restait rien de l'éclatante beauté à la peau cuivrée. Marguerite eut bien du mal à détacher son regard du visage souffreteux d'Iris, mais il était très impoli de fixer ainsi les gens et elle sentit la jeune femme embarrassée d'être ainsi exposée.

— J'ai pensé qu'un peu de distraction vous serait bénéfique... Je sais combien la boutique compte à vos yeux, mais je crois aussi que vous devriez vous sentir bien chez vous. C'est pourquoi j'ai pensé que quelques aménagements vous aideraient et je vous ai apporté ceci.

Elle sortit de son panier quelques catalogues qu'elle lui tendit.

— Merci...

— Vous avez un très bel appartement, grand, propre et lumineux, mais – excusez ma franchise – un peu vide et triste. Vous avez beaucoup de goût, c'est évident, et je suis sûre qu'avec un nouveau papier peint, de jolis rideaux et quelques bibelots, vous vous sentirez déjà mieux !

Marguerite croyait vraiment au bénéfice d'un environnement agréable, surtout chez la gent féminine.

— Ces motifs sont fantastiques ! Et quel choix !

Iris était déjà plongée dans les pages du catalogue, dont elle semblait apprécier la lecture.

— C'est la nouvelle collection Paul Dumas, je me doutais qu'elle vous plairait, ils proposent des choses vraiment très modernes. Personnellement j'apprécie leurs cretonnes imprimées assorties aux papiers, pour les coussins ou les rideaux par exemple.

— Je crois qu'il serait difficile de ne pas y trouver son bonheur...

— Je vous laisse regarder alors, moi je redescends à la boutique, nous avons encore beaucoup de travail.

Et Marguerite abandonna la jeune femme à ses lectures, tandis qu'elle regagnait le rez-de-chaussée, heureuse d'avoir apporté un peu de distraction à sa nouvelle employeuse. C'était d'ailleurs bien curieux d'être sous les ordres d'une toute jeune femme qui, disons-le, aurait pu être sa fille. Elle grimaça à cette idée, quelle sottise inventait-elle encore ?

— Madame Granger ?

Honoré la surprit en bas de l'escalier et elle sursauta.

— Pardon, je vous ai fait peur. Pouvez-vous me dire où je dois placer le grand tapis ? Le livreur attend pour m'aider à déplacer le comptoir...

Marguerite contemplait avec satisfaction l'avancement des aménagements. En quelques jours de travail seulement, l'endroit avait fait peau neuve. Le comptoir était enfin à sa place, tout comme le tapis, mais le résultat était encore loin de ce qu'elle imaginait. Les clientes appréciaient l'ambiance conviviale et chaleureuse des petites boutiques où elles se sentaient un peu comme chez une amie. Les grands magasins n'avaient de cesse d'essayer, sans résultat, de reproduire cette intimité.

Les mains sur les hanches, sourcils froncés, elle sondait chaque recoin de la grande pièce, étudiait mentalement les diverses possibilités d'agencement, imaginait les jeunes femmes modernes qui déambuleraient bientôt ici. Derrière la grande vitre de la devanture, elle voyait s'agiter le jeune laveur de carreaux dans sa salopette bleue. Honoré semblait enfin décidé à se faire aider, maintenant que quelqu'un était là pour diriger les opérations. Elle trouvait son dévouement très touchant et son amie Jeanne avait évoqué les sacrifices qu'il aurait faits pour son épouse. C'était une conduite assez rare et digne de respect. Voilà ce qui l'avait convaincue de travailler pour le couple : elle les respectait, malgré leur jeune âge, malgré l'avancement quasi nul de leur projet.

La petite pendule sonna midi et, ravie, elle se glissa dans la réserve où, grimpé sur un escabeau de bois, M. Géhin organisait le stock des articles, comme Marguerite le lui avait montré.

— Monsieur Géhin ?

— Appelez-moi donc Honoré !

— Non voyons, ce ne serait pas courtois. Éventuellement Monsieur Honoré, si vous y tenez...

— Mais j'y tiens !

Il gesticulait sur son escabeau et Marguerite craignit de le voir tomber.

— Eh bien Monsieur Honoré, il est déjà midi et si cela vous convient j'ai apporté de quoi préparer un déjeuner rapide pour nous tous. Comme vous n'avez encore personne à votre service, j'ai pensé...

— Mais vous avez bien fait ! C'est vraiment très aimable à vous, Iris appréciera...

— Justement, j'ai apporté pour elle un consommé de poule très recommandé pour les personnes affaiblies.

Pensez-vous que je puisse utiliser votre cuisine pour le réchauffer ?

— Bien entendu Madame Granger, vous êtes ici chez vous ! Et vous venez de me donner une idée !

Visiblement inspiré, il sauta à bas de l'escabeau avant de décrocher sa veste et de l'enfiler en criant :

— Iris adore les pique-niques !

La porte se refermait déjà derrière lui, sans que Marguerite ait eu le temps de se retourner.

Un peu surprise mais amusée, Marguerite grimpa sans bruit à l'étage, son panier sous le bras. Elle trouva sans peine la cuisine et ouvrit de grands yeux lorsqu'elle y découvrit une cuisinière électrique trois feux flambant neuve. Ce genre d'appareil coûtait une petite fortune. Le jeune couple avait visiblement des moyens financiers importants, et bien que discrète, Marguerite s'interrogeait. Elle ne savait que trop peu de choses sur ses nouveaux employeurs et se savait incapable de curiosité. Elle attendait d'ailleurs la même réserve à son égard.

Marguerite n'avait jamais utilisé de fourneau électrique et se demanda si elle n'aurait pas mieux fait de s'abstenir. Une maladresse pouvait si vite arriver. Mais elle avait tellement envie de leur faire plaisir qu'elle se décida. Elle ouvrit le bahut, presque vide, d'où elle exhuma trois assiettes non assorties, des couverts et des verres à pied. Elle posa le tout sur la petite table en coin avant de ramasser quelques miettes dans le creux de sa main. Elle dénicha une casserole sous le grand évier qui paraissait neuf lui aussi, et y versa le contenu d'un pichet en céramique jaune, qu'elle avait sorti de son panier. Elle posa la casserole sur l'une des trois plaques de cuisson et se planta devant l'appareil en le contemplant fixement. Elle était certaine d'avoir croisé ce modèle sur la publicité d'un de ces magazines. Une cuisinière Calor, entièrement électrique, des pieds très modernes en acier et une façade blanche émaillée. Maintenant, il fallait la faire marcher. Cela ne devrait pas être compliqué puisqu'elle était censée représenter le progrès. Trois plaques, trois boutons. Elle tourna le premier qui fit un quart de tour sur la droite. C'était un début. Elle attendit quelques secondes avant de sentir une drôle d'odeur de chaud. La plaque du haut rougeoyait. Mince ! Elle attrapa la queue de sa casserole et la déplaça vers le feu qu'elle venait d'allumer.

Jusqu'ici tout va bien, se dit-elle pour se donner du courage. Laissant son consommé se réchauffer, elle sortit du poulet froid et des légumes cuisinés en vinaigrette. Les arômes de la soupe commençaient à lui chatouiller les narines et elle paniqua. *Je n'ai pas vu de bols !* Elle en trouva sur une étagère suspendue qu'elle n'avait jusque-là pas remarquée. C'étaient de jolis bols en faïence, décorés de grosses fleurs rouges. Elle servit la soupe avant qu'elle ne soit brûlante, garnit les assiettes de viande et de légumes et laissa volontairement le dessert emballé sur un coin de l'évier.

Comme c'était bon de se sentir de nouveau utile. S'occuper de François n'avait pas été une corvée, elle avait aimé prendre soin de lui, le choyer. Aujourd'hui seule à la maison, elle n'avait plus goût à rien. Son mari plaisantait souvent sur sa vocation d'infirmière ratée. Elle avait besoin de prendre soin de quelqu'un, c'était tout ce qui lui restait.

Elle se mettait en quête d'un plateau quand Honoré débarqua les bras chargés.

— Vous êtes une perle, Madame Granger ! Vous allez voir !

Il déposa dans son panier tout ce qu'il portait sous son bras : une bouteille de jus de pommes, un grand morceau de tissu et un charmant bouquet de fleurs champêtres. Il y glissa aussi les verres et les couverts puis sortit, pour revenir avec un très beau plateau d'argent qu'il posa sur la table. Il y disposa les trois bols, réfléchit un instant, puis sortit de nouveau et revint avec ce qui semblait être des serviettes de table brodées.

— On dirait que tout est prêt !

Marguerite le dévisageait, circonspecte, mais l'homme ne se démonta pas pour autant.

— Vous me suivez avec le plateau ?

Elle le suivit donc jusqu'à sa chambre à coucher où il entra à grands fracas, fanfaronnant :

— C'est l'heure du pique-nique !

Son épouse, qui feuilletait l'un des nouveaux catalogues, poussa un petit cri de surprise.

— Es-tu fou ? rouspéta-t-elle.

Gênée, Marguerite se demanda si son idée était finalement judicieuse, mais elle fut vite rassurée par les rires qu'échangèrent les deux jeunes amoureux.

— Un pique-nique ? gloussait maintenant Iris. Mais c'est une idée merveilleuse.

— C'est une idée de Mme Granger !

Et M. Géhin lui adressa un clin d'œil.

— Tu vas voir, on a tout prévu !

Pendant que Marguerite campait avec son lourd plateau fumant, Honoré installa tout le décorum pour cette dînette improvisée. Il jeta sur le lit un grand morceau de tissu qui faisait office de nappe, détacha les fleurs du bouquet avant de les disperser autour de sa femme puis ôta le plateau des mains de Marguerite avant de le poser au pied du lit et d'avancer la chaise pour qu'elle prenne place. Marguerite s'installa près d'Iris et lui trouva bien meilleure mine que le matin. La lumière était douce et baignait la pièce avec douceur, alors que le lit transformé en prairie fleurie semblait flotter dans l'air. Honoré leur tendit à chacune un verre, qu'il remplit de jus de fruits, puis se servit avant de s'installer aux pieds de son épouse. Le triangle qu'ils formaient n'était pas très conventionnel mais Iris semblait beaucoup s'amuser.

— On trinque ? proposa-t-il.

— Bonne idée, répondit sa femme. Je lève mon verre à la boutique, à Paris et à Mme Granger !

Marguerite rougit sans retenue, et leva son verre.

Honoré servit la soupe et tout en soufflant sur leurs bols encore un peu chauds, ils échangèrent sur les avancements de la boutique.

— J'ai encore beaucoup de nouveautés à commander, déplorait Iris. Accepteriez-vous de regarder avec moi les catalogues des fournisseurs ? Je suis toujours dans la peine pour valider les quantités. Votre expérience pourrait nous être très utile.

— Avec plaisir, répondit Marguerite. À ce sujet, je voudrais vous soumettre une idée. Il manque une pièce maîtresse qui serait le cœur de votre boutique. J'ai eu l'occasion de voir de magnifiques vitrines basses tout en verre et cylindriques. Elles permettent d'exposer les bijoux ou autres objets précieux. Elles sont vraiment du plus bel effet et très modernes.

— J'aime beaucoup l'idée, répondit Iris. Pouvez-vous nous trouver un revendeur ou même le fabricant de ce type d'aménagement ?

— Je devrais pouvoir trouver sans difficulté. Ma seule interrogation concerne les délais de fabrication.

— Nous verrons, coupa Honoré. Ce qui m'inquiète le plus, ce sont tes créations. C'est l'identité de la boutique, c'est pour ça que tu te donnes tant de mal, c'est ton travail qui vaudra le succès de la boutique.

— Honoré exagère ! Je ne suis qu'une petite couturière avec de grandes ambitions. J'espère que vous ne me jugerez pas pour ça, Madame Granger. Vous semblez si modeste et pourtant vous êtes certainement bien plus talentueuse que moi.

— Je vous admire vous savez, répondit Marguerite. Si j'avais eu votre courage... Mais de mon temps, c'était plus difficile pour les femmes. Mais certaines ont réussi, regardez Madame Chanel...

— J'admire tellement son travail, s'anima Iris.

Marguerite n'en doutait pas une seconde.

— Vous m'aviez confié avoir travaillé dans une grande maison de modes avant le Bon Marché..., avança Honoré.

— C'est exact, j'ai travaillé quelques années chez Jeanne Lanvin.

— C'est bien vrai ?

Iris ouvrait des yeux comme des soucoupes alors que Marguerite opinait.

— Oui oui, c'est bien vrai ! Madame Lanvin est une femme formidable, tellement talentueuse, j'ai une grande admiration pour elle et son succès est pleinement mérité.

— Vous me raconterez ? demanda la jeune femme, les yeux brillants, avant que son mari ne la coupe :

— Pourquoi êtes-vous partie pour *Le Bon Marché* ?

La question prit un peu Marguerite au dépourvu mais après une hésitation elle répondit :

— Eh bien, j'ai rencontré mon mari et comme il y travaillait déjà, je l'ai suivi là-bas, tout simplement.

Cette vérité était plus qu'approximative mais le résultat était le même, elle avait suivi François au Bon Marché.

— Oh ! Votre époux travaille-t-il toujours là-bas ?

Silence.

— Je suis veuve...

Sa voix trahissait sa peine.

— Veuillez m'excuser Madame Granger, je suis terriblement maladroit...

M. Géhin semblait vouloir disparaître dans le fond de son bol et son épouse posa sa main sur son bras. Cette chaleur, encore, Marguerite la sentait irradier en elle et apaiser sa peine.

— Vous ne pouviez pas savoir, murmura-t-elle.

— La guerre ? demanda doucement Iris.

— Non, il était malade. Je suis seule aujourd'hui, c'est pourquoi j'ai accepté cet emploi.

— Et nous vous en remercions, répondit gentiment Iris.

Honoré se rendit alors compte qu'il ne savait rien de la femme qu'il avait embauchée. Il s'était contenté de ses déclarations concernant son expérience au Bon Marché. Il était temps qu'il rédige son contrat de travail, mais à chaque fois qu'il abordait le sujet, Mme Granger se dérobait. Il avait comme l'impression qu'elle rechignait à s'engager... Que pouvait-elle avoir à cacher ? Rien certainement, mais il se promit de lui parler.

Iris se voulut plus légère et changea de sujet de conversation.

— J'ai trouvé le papier peint parfait pour cette pièce, je vous le montre ?

— Avec plaisir, répondit Marguerite, mais je vais d'abord chercher la suite.

Et elle se leva pour se rendre dans la cuisine d'où elle rapporta les assiettes de viande froide. Elle entendit le jeune couple murmurer durant son absence et cela lui serra le cœur. Mais comment éviter les questions, c'était impossible...

Iris toucha à peine son assiette mais parla beaucoup. Elle se projetait dans l'aménagement de leurs appartements et s'essoufflait tant ses idées étaient nombreuses. Honoré, qui engloutissait son assiette, lui promit de s'y atteler dès que possible. Marguerite écoutait, heureuse de voir cette jeune femme si passionnée trouver le chemin de la guérison.

Le dessert fut accueilli avec joie.

— Ce sont les premiers abricots de la saison, expliqua Marguerite. Ils sont un peu acides, mais j'avoue que c'est quand même un délice. Les tartes sont mon péché mignon. Après les glaces, bien entendu...

Iris picora la sienne jusqu'à n'en laisser aucune miette. C'était une victoire que Marguerite savoura bien plus que son repas, tandis que c'était sa femme qu'Honoré dévorait des yeux, heureux de la voir retrouver l'appétit.

Marguerite ne put s'empêcher de remarquer que les serviettes de table n'étaient brodées que d'une seule initiale, un B. Curieux : habituellement le trousseau des jeunes mariées comprenait deux initiales, celle de leur nom de jeune fille et celle de leur nom d'épouse. La seconde aurait dû être un G... Peut-être n'avait-elle pas eu le temps de reprendre son trousseau, entre leur départ pour la France et la boutique...

— Il nous reste beaucoup de travail, s'excusa Marguerite pour prendre congé.

— Veux-tu que je ferme les volets pour l'après-midi ? demanda Honoré.

— Laisse-les entrouverts, veux-tu ? Le soleil me fait tellement de bien...

Elle fermait déjà les yeux lorsqu'ils sortirent de la chambre.

— Ces médecins sont vraiment des incapables ! s'énerva Honoré alors qu'ils redescendaient les escaliers. C'est évident qu'elle a besoin de la lumière du soleil ! Nous arrivons du Maroc, Iris a grandi en Argentine, quelle idée de la cloîtrer dans le noir !

Marguerite comprenait son agacement.

— Je dois la protéger, vous comprenez, elle n'a que moi, elle vient juste de perdre ses parents. Je sais combien elle est courageuse mais j'aurais dû deviner combien elle était fragilisée et que se jeter dans cette aventure était un moyen d'oublier. J'ai été bête d'accepter de partir si tôt pour la France. Elle avait besoin de temps pour faire son deuil. Mais elle était tellement en colère...

Honoré s'épanchait de nouveau, mais cette fois-ci Marguerite ne ressentait aucune gêne. Cet homme aimait sa femme, simplement et sincèrement, il n'y avait rien de gênant dans tout ça.

— Le plus dur est passé, vous verrez. Bientôt votre femme sera sur pied et la boutique aura le succès mérité. Pour le reste, certaines blessures sont plus longues à cicatriser.

Au son de sa voix, Honoré comprit qu'elle parlait autant pour Iris que pour elle. Comment pouvait-il douter de la bienveillance de cette femme ? En seulement quelques jours, elle avait redonné vie à leur famille, à leur projet et Iris semblait beaucoup l'apprécier, tout comme lui, il devait bien l'avouer.

Iris ferma les yeux, puis les rouvrit. Elle se sentait physiquement épuisée mais n'avait aucunement envie de dormir. Il y avait mille choses à faire, à penser, et elle était là, clouée dans un lit. Elle ne comprenait pas bien comment sa santé s'était étiolée. Il y avait d'abord eu ces maladies et puis cette maudite bronchite qui l'avait terrassée ; mais elle aurait déjà dû être sur pied. Elle se sentait si lasse et inutile, elle ne savait plus qui elle était. Son rêve de devenir modiste à Paris s'était transformé en croisade, voire en chasse aux fantômes, et elle avait entraîné Honoré derrière elle. Ce cher, très cher Honoré. Comment aurait-elle pu vivre sans lui ? Il était tout ce qui lui restait, sa famille au grand complet.

Malgré son enthousiasme devant l'arrivée de Mme Granger, Iris doutait. Cette femme était-elle vraiment la solution à leurs problèmes ?

Ses yeux se fermèrent à nouveau, comme pour l'obliger à ne plus penser.

Quelques semaines plus tard, la vie n'était plus la même au n° 10 de la rue Saulnier.

En bras de chemise, Honoré s'agitait en musique au son d'un gramophone portatif branché sur le comptoir. Il était chargé d'installer les tentures de la devanture, mais à ce rythme-là, il lui faudrait la journée. Sa bonne humeur était communicative et Marguerite se prenait parfois à chantonner sur ces airs à la mode, pourtant bien trop frivoles à son goût. Mais comment ne pas se laisser séduire par les airs entraînants de *Valentine* et autres *Pouet pouet*.

Au-dessus de leurs têtes, le pas volontaire de Mme Aguilar martelait le plancher. Elle s'était visiblement attaquée à la salle à manger où les jeunes propriétaires n'avaient pas posé le pied depuis leur arrivée. La nouvelle employée de maison était dynamique, un brin autoritaire et très bonne cuisinière. Marguerite et Honoré s'étaient tout de suite accordés sur sa candidature, mais pas pour les mêmes raisons. Marguerite avait su apprécier ses bonnes références, son expérience auprès des malades, son professionnalisme. Pour Honoré, un seul critère avait compté : Mme Aguilar était espagnole. Certes, Mme Géhin était née en Argentine, mais Marguerite ne trouvait pas que cela soit un motif suffisant pour l'engager. Pourtant lorsqu'elle entendit les deux femmes discuter, l'une corrigeant gentiment l'autre qui trébuchait sur ses mots et riait comme une enfant, elle comprit. Iris se sentait seule, loin de chez elle, et tout ce qui lui rappelait des moments heureux de son enfance était bienvenu.

— Une Espagnole, c'est parfait ! s'était exclamé Honoré, visiblement ravi.

— Il y avait aussi une Italienne, avait plaisanté Marguerite.

— Ah non ! Surtout pas d'Italienne ! s'était écrié Honoré à la grande surprise de son employée qui le regardait effarée, et intimement froissée.

Marguerite, très étonnée par ce genre de réaction – surtout chez une jeune personne arrivant de l'étranger –, restait interdite. Honoré comprit alors qu'elle avait pu mal interpréter ses propos et précisa :

— Oh non, ne vous faites pas de fausses idées. Je n'ai rien contre les Italiens, j'en ai même épousé une, alors vous pensez !

Il rit de cette idée saugrenue sans se douter que cette information avait bouleversé Marguerite.

Iris était donc italienne... elle ne comprenait plus rien. La jeune femme, italienne, aurait grandi en Argentine, puis se serait mariée au Maroc avant de venir en France, pays dont elle maîtrisait inexplicablement et parfaitement la langue. Quel méli-mélo ! Elle comprenait désormais mieux l'état émotionnel de la jeune femme, orpheline, déracinée... Mille questions se bousculaient dans sa tête, mais elle n'en posa aucune, incapable de les formuler. Elle avait fini par se ressaisir et après une nuit d'insomnie, elle était passée à autre chose car ainsi avait été

461

toute sa vie. Les bons jours succédaient aux mauvais avant de leur céder à nouveau la place. Le drame de la disparition d'Emilio et de sa fille ne cesserait de la hanter, jusqu'à la fin... Parfois elle souhaitait que cette fin soit proche, parfois elle espérait... encore.

Ce midi-là, Mme Aguilar voulut honorer la salle à manger qu'elle avait astiquée dans les moindres recoins. C'était une très belle pièce, sur parquet, avec une grande fenêtre donnant sur la rue, et une porte vitrée pour passer au salon. Iris leur fit le plaisir de prendre place avec eux autour de la grande table, drapée d'une nappe blanche brodée du même B que les serviettes. En insistant, Honoré réussit à convaincre la cuisinière de partager leur repas.

— C'est tout de même un comble, s'offusquait-il. Vous avez nettoyé la pièce, dressé la table, préparé un repas succulent et vous devriez manger toute seule dans la cuisine ? Eh bien pas chez moi en tout cas !

Marguerite partageait son avis et ne doutait pas que Mme Aguilar serait sensible à cette attention.

— Je n'ai pas eu l'habitude d'avoir des gens à mon service, expliqua-t-il. J'ai quatre sœurs voyez-vous, alors vous pensez bien que l'on avait assez de petites mains pour tout faire nous-mêmes, tenir la maison et le commerce de mes parents.

— Vos parents étaient déjà dans le commerce alors ? demanda Mme Aguilar.

— Oui, un tabac-presse à Casablanca. Mais mon père était aussi itinérant, il se déplaçait dans les villes du pays pour vendre tout un tas de choses, un jour des costumes, le lendemain des encyclopédies ou encore de l'outillage. J'aimais beaucoup l'accompagner et voir du pays...

— Et vous, Madame ? Vous êtes aussi née dans le commerce ?

Mme Aguilar se montrait bien curieuse et Marguerite trouvait déplacé d'interroger ainsi la maîtresse de maison.

— En quelque sorte, murmura Iris avant de plonger le nez dans son assiette, silencieuse.

— Le père et l'oncle d'Iris avaient leur propre atelier de plomberie et ils ont installé le chauffage central dans tout Casablanca. C'étaient les Italiens les plus connus de la ville !

Il était aussi fier que sa femme embarrassée.

Marguerite choisit de changer de sujet.

— Je suis très heureuse de vous voir à table avec nous aujourd'hui, Madame Géhin. Votre santé me semble meilleure de jour en jour. Vous sentiriez-vous capable de commencer à travailler sur vos créations ?

Le visage d'Iris s'illumina.

— Je ne vous cache pas que je trépigne d'impatience. Mes carnets de croquis débordent, mais je ne sais par où commencer...

— La saison d'été étant déjà bien avancée, je pense qu'il serait plus judicieux d'attaquer directement la collection d'automne. Vous avez quelques modèles en tête ?

— Oh oui ! Un tas ! Des chapeaux, des accessoires. Et pour cet hiver, du rouge ! Je rêve depuis des années d'un hiver à Paris, le froid, la neige... Un chapeau rouge sous la neige...

On lisait dans ses yeux le rêve d'une petite fille qui n'avait jamais vu la neige et Marguerite espéra qu'elle ne serait pas déçue, il ne neigeait pas tous les ans à Paris.

La maîtresse de maison posa sa serviette sur la table.

— Le repas était délicieux, Mme Aguilar. Je suis un peu fatiguée, Honoré, j'aimerais me retirer.

Pendant que son mari l'aidait à regagner sa chambre, Iris interpella Marguerite.

— Je vous attends dans ma chambre d'ici une heure... pour les croquis...

— J'y serai sans faute, lui sourit-elle avant de se retourner vers Mme Aguilar.

— Je pense qu'il serait préférable de ne pas questionner Madame sur son enfance ou son passé. Tenons nos places !

La cuisinière savait qu'elle s'était un peu laissé dépasser et se jura de surveiller sa langue.

— Vous avez raison. Cela ne se reproduira plus.

— Je vous remercie. Est-il possible de prendre le café en bas ? Nous avons encore beaucoup de travail.

— Bien sûr, je vous descends ça bientôt.

Elle retourna à sa cuisine, Marguerite à la boutique.

M. Géhin était sorti. Seule au rez-de-chaussée, Marguerite eut soudain une idée. Pour surprendre sa patronne, elle allait choisir une tenue de la collection qu'ils venaient juste de rentrer. Elle allait inaugurer le salon d'essayage et réaliser la première vente de la boutique. Elle pensait que Mme Géhin serait sensible à son désir de moderniser sa garde-robe. Elle choisit volontairement une robe rouge, à col foulard, dont la coupe très moderne était bien loin de ses habitudes. Elle admira le résultat dans la psyché. Elle était petite et il serait nécessaire de reprendre un peu la longueur, mais pour le reste c'était assez réussi. La couleur ne jurait pas avec son teint, ni ses cheveux. Elle ne se souvenait pas d'avoir déjà porté de rouge.

La pendule sonna.

Elle s'admira une dernière fois, prit une grande respiration et se lança à l'assaut des escaliers.

Elle gratta à la porte et entra comme on l'y conviait.

Les volets entrouverts laissaient filtrer une lumière suffisante et pas trop aveuglante. La chambre était toujours aussi vide, mais tout était commandé pour les futurs travaux.

— Grand Dieu Madame Granger, mais vous êtes fantastique ! Et je reconnais cette robe ! Elle fait partie de la collection pour la boutique...

— En effet, confirma Marguerite. Votre première vente ! Une petite retouche et elle sera parfaite. Mais maintenant, je souhaiterais lui assortir un chapeau.

Iris comprit le message et éclata de rire.

— Vous plaisantez, ma chère ? Vous êtes dans cette pièce la modiste la plus talentueuse. J'ai vu quelques-uns des chapeaux que vous portez, vous savez. Venez donc vous asseoir.

— Mes chapeaux manquent cruellement de modernité. Je suis de la vieille école... je n'ai été modiste que quelques années, et c'était il y a bien longtemps.

— À nous deux, nous ferons des merveilles.

Marguerite, qui continuait à douter d'être la personne idéale, ne répondit rien. Son idée était de mettre la boutique sur les rails, d'aider les Géhin à trouver du personnel qualifié et de retourner à ses bonnes vieilles habitudes solitaires. Sa présence n'était que temporaire, même si elle devait avouer qu'elle s'attachait de plus en plus au jeune couple.

Iris avait sorti ses carnets de croquis et les feuilletait à la recherche d'un modèle en particulier.

— Le voilà ! Qu'en pensez-vous ? Je trouve qu'il serait parfait pour cette toilette.

Marguerite le regarda avec attention. Un chapeau-cloche à bord, du même rouge que sa robe. Le visage du modèle était assez évident à reconnaître et portait de belles boucles brunes.

— C'est vous sous le chapeau ?

— Oui. J'espère que cela ne vous paraît pas trop prétentieux...

— Le rouge vous va si bien. Je comprends que ce soit votre couleur. La mienne, c'est plutôt le bleu...

Le croquis suivant représentait une femme au visage flou, mais dont les cheveux longs et blonds volaient au vent. Elle portait une capeline ornée d'un gros ruban bleu.

— Je vois que vous avez d'autres modèles, vous n'êtes donc pas si vaniteuse, plaisanta Marguerite.

Iris sembla hésiter puis lâcha :

— C'est ma mère. Du moins, comme je me la représente. Je ne l'ai pas connue...

Marguerite avait pourtant bien entendu Honoré parler des parents de son épouse. Peut-être avait-elle perdu sa mère enfant et son père s'était-il remarié.

Elle se voulut positive.

— J'aime beaucoup ce modèle, il sera parfait pour cet automne. Vous avez raison de faire de petits chapeaux. Hormis les capelines pour l'été, évidemment.

— Je peux vous poser une question ?

— Bien sûr, voyons.

— Comment êtes-vous devenue modiste ?

La question surprit Marguerite mais Iris ne l'avait pas posée de façon anodine. Elle savait que sa mère était modiste, c'était écrit sur son acte de naissance. Alors elle s'interrogeait, elle voulait imaginer le parcours de sa mère, sa vie à Paris. Elle n'était pas venue jusqu'ici pour rien, son esprit brûlait de savoir, il brûlait tant qu'elle avait fini par s'asphyxier. Enfermée dans cette chambre, elle avait broyé du noir, regretté sa venue ici, d'avoir entraîné Honoré dans sa chute, mais elle ne supportait pas non plus l'idée de retourner là-bas, dans ce lieu de mensonge et de trahison. Elle finit par comprendre qu'elle cherchait à vivre la vie de sa mère par procuration, avant de réaliser que leurs vies étaient certainement bien différentes.

Marguerite se rongeait les sangs. Que devait-elle, que pouvait-elle raconter ? Elle regarda Iris et son visage si doux et elle se décida :

— Eh bien pour commencer, j'ai été apprentie couturière, dans un petit quartier, un atelier vraiment très modeste mais où j'ai beaucoup appris. Et puis un jour, par le plus grand des hasards, je me promenais devant une grande maison de modes. La patronne m'a interpellée devant sa boutique et m'a proposé de passer un essai et j'ai été embauchée comme modiste chez Joséphine Modes.

À ces mots, le sang d'Iris ne fit qu'un tour. Elle regardait désormais Mme Granger avec des yeux ronds comme des billes. Mais prise par son récit, Marguerite ne remarqua rien et continua :

— Ce fut une expérience épatante, Madame Joséphine était une femme exceptionnelle, tellement talentueuse et généreuse.

Elle baissa les yeux, honteuse, et lança :

— Mais j'ai dû quitter l'atelier. J'attendais un enfant et je n'étais pas mariée.

Iris devint plus pâle qu'elle ne l'était déjà. Ses mains se crispaient sur son carnet de croquis et elles tremblaient. Les informations tourbillonnaient dans sa tête sans trouver leur place et elle semblait flotter avec elles.

— J'ai eu une petite fille. Mais elle a disparu alors qu'elle n'était encore qu'un bébé. Rose, elle s'appelait Rose.

Elle leva les yeux sur sa confidente qui gardait le silence. Surprise, c'est sur ses joues qu'elle vit couler les larmes qui roulaient sur les siennes.

Quelle idiote, elle bouleversait la pauvre jeune femme avec ses histoires, elle qui était déjà si fragile. Mais la jeune femme semblait prise bien au-delà de la simple émotion, elle était comme tétanisée.

— Vous allez bien, Madame Géhin ? demanda-t-elle, inquiète.

Sans réponse de sa part, elle s'apprêtait à appeler quelqu'un lorsque Iris sembla retrouver ses esprits. Elle continuait de la dévisager tout en tirant le tiroir de sa table de chevet et fouilla maladroitement son contenu avant de sortir une boîte qu'elle glissa dans les mains de Marguerite.

Rien qu'au toucher, Marguerite reconnut l'écrin de velours rose aux lettres dorées. Une panique immense l'envahit.

Était-ce maintenant ? Allait-elle avoir des réponses à ses questions ? Se jouait-on d'elle ? Avait-elle vraiment envie de savoir ? Était-ce bien la broche ? Était-elle à l'intérieur ?

N'y tenant plus et au bord du malaise, elle ouvrit la boîte qui craqua. La broche était là, aussi belle que dans son souvenir. Elle aurait voulu la caresser, l'embrasser, la porter contre son cœur, mais le peu de retenue qu'il lui restait l'en empêcha.

Elle réussit à bégayer :

— Comment, pourquoi, enfin qui, qui, pourquoi avez-vous cette broche ? Qui, qui, qui vous l'a donnée ?

Iris fouilla de nouveau son tiroir et en sortit un petit cadre en argent qu'elle regarda avec tendresse avant de le tendre à Marguerite.

L'onde de choc qui traversa son cerveau lorsqu'elle découvrit sur la photo le visage, certes vieilli, mais toujours aussi doux et rieur d'Emilio faillit la tuer.

Les mots ne sortaient pas, les larmes non plus, elle ne savait plus si elle devait rire ou pleurer de pouvoir enfin contempler le visage de son bien-aimé après toutes ces années. Elle qui avait toujours craint de l'oublier, de ne plus pouvoir le voir lorsqu'elle fermait les yeux, il était là, souriant.

Pour le coup elle ne sut se retenir et serra le portrait sur son cœur.

Cette fois, c'en était trop ! Que se passait-il, ici au milieu de cette chambre qui semblait hantée de souvenirs ?

— Marguerite ?

Qui l'appelait ? Perdue, elle regarda la jeune femme qui la dévisageait. Ses grands yeux de chat, ses pommettes hautes, ses bouclettes brunes...

— Rose ?

Iris acquiesçait, sourire timide aux lèvres.

— Mais enfin, comment ? Comment est-ce possible ? Vous vous appelez bien Iris ?

— Mon vrai nom est Rose, Germaine, Joséphine Bosia et je suis née à Paris le 27 septembre 1907.

Marguerite répétait :

— Mais enfin comment, comment, non, c'est impossible !

— Mon père, Emilio, il m'a emmenée loin, c'était pour me protéger, il... il est mort et puis j'ai appris la vérité.

Les deux femmes pleuraient maintenant à chaudes larmes et incapable de parler, Marguerite ne savait que penser. Elle voulait croire à ces retrouvailles mais elle avait peur. Peur de se tromper, de se laisser leurrer, de connaître la vérité.

Emilio était mort ? Elle ne le reverrait plus, comment faire le deuil de l'être aimé et accueillir une enfant devenue une belle femme de vingt ans ?

Iris la regardait, un mélange de douleur et d'attente dans les yeux. Elle non plus ne savait que faire. Pourtant elle avait trouvé ce qu'elle était venue chercher : l'histoire de sa mère, et mieux encore.

Un instant plus tard, les barrières cédèrent et les deux femmes laissèrent entrer la lumière. Elles tombèrent dans les bras l'une de l'autre ; sanglotantes et bafouillantes, elles cherchaient leurs mots, incapables de s'écouter, elles laissaient leur cœur parler.

Lorsque Honoré passa la porte quelques minutes plus tard, il ne comprit d'abord pas grand-chose à ces embrassades et ces pleurs.

— Honoré, c'est Marguerite tu m'entends, c'est Marguerite ! Ma mère, j'ai retrouvé ma mère !

Le jeune homme, stupéfait, regardait les deux femmes sans comprendre. Il avait pourtant toutes les cartes en main et il n'avait rien vu. Il ne connaissait même pas le prénom de son employée. Quel imbécile il faisait.

Marguerite tenait dans ses mains le visage de sa fille et murmura :

— Merci mon Dieu, ma petite fille, ma petite Rose. Je l'ai enfin retrouvée.

Dieu avait entendu ses prières. Dieu savait prendre, mais dans sa bonté il savait aussi rendre.

ÉPILOGUE

Paris, parc Monceau

C'était de loin l'endroit du parc qu'elle préférait. Au-dessus d'elle, les jeunes feuilles frémissaient, chatouillées par le vent léger de printemps. Assise sur un banc, elle appréciait sans réserve cette belle journée d'avril où se disputaient le gazouillis des oiseaux et le bourdonnement des abeilles.

À quelques pas de là, une petite fille aux boucles blondes et coiffée d'un adorable chapeau conversait avec sa poupée comme une vraie petite personne. Mais elle vit son attention se détourner pour se porter vers quelques pigeons gris, venus picorer les miettes abandonnées près de la rivière, où nageaient quelques canards. Irrésistiblement attirée par ces petites bêtes à plumes, bien plus passionnantes que sa muette camarade, l'enfant s'élança à leur rencontre, poussant soudain de petits cris apeurés lorsque les volatiles se dispersèrent dans un claquement d'ailes.

— Rose ! Rose ! Attention !

Elle avait crié, affolée.

Alors qu'elle était prête à bondir, pour voler au secours de la petite fille, une main douce mais ferme l'en empêcha.

— Ne t'inquiète pas tant. Tout va bien, regarde.

Marguerite constata avec soulagement que la petite Rose s'en retournait déjà à sa poupée, sans plus de tracasseries.

— Tu as raison, souffla-t-elle en se réinstallant au fond du banc, je suis beaucoup trop soucieuse concernant cette enfant. J'ai vraiment eu peur qu'elle ne tombe dans la rivière.

— La peur n'éloigne pas le danger tu sais...

La main se posa de nouveau sur la sienne et la serra un instant. Marguerite tourna la tête et croisa le regard de sa fille. Elle n'arrivait toujours pas à y croire et pour un peu elle aurait encore pleuré.

— Regarde, Grand-Mère !

La petite Rose venait de déposer sur ses genoux une pâquerette aux pétales chiffonnés.

— C'est pour toi !

— Oh, merci ma petite chérie ! Crois-tu que tu pourrais m'en cueillir un bouquet ?

L'enfant acquiesça, ravie, puis s'élança sur ses petites jambes encore mal assurées.

— Je n'arrive toujours pas à croire qu'elle va bientôt fêter ses trois ans...

— Et moi je n'arrive toujours pas à croire que je t'ai retrouvée...

— C'est du passé tout ça. N'y pensons plus, veux-tu ?

Marguerite avait bien du mal à oublier mais elle se pliait à la volonté de sa fille. À commencer par la difficulté de l'appeler Iris. La jeune femme ne s'était pas résolue à porter son prénom de naissance et Marguerite l'appelait donc Riri. Elle se consolait à l'idée qu'Emilio l'avait choisi avec amour et que ce diminutif représentait beaucoup. Sa frustration s'était un peu atténuée lorsque sa petite-fille était née et que ses parents avaient choisi de l'appeler Rose. Cela avait été pour elle une véritable consolation. Hormis ses boucles blondes, Rose était le portrait craché de sa mère au même âge et Marguerite savourait le bonheur de la voir grandir chaque jour.

Elle venait quotidiennement à la boutique pour assister Iris dans son travail et profiter de ses petits-enfants dont Honoré s'occupait sans aucune gêne, avec l'aide de Mme Aguilar.

Le talent d'Iris ne faisait aucun doute et elle remportait un franc succès. Marguerite était fière de sa fille et de ses ambitions, elle n'avait jamais eu son courage.

D'adorables babillements se mêlèrent aux gazouillis ambiants et Marguerite n'y résista pas.

— C'est mon tour ! s'exclama-t-elle, ravie de la corvée qui n'en était pas une.

Dans le landau à capote bleue gigotait un beau poupon aux joues pleines, coiffé d'un petit bonnet en maille fine.

— Alors mon joli, la sieste est finie ?

Son petit-fils agitait les mains, souriait avec innocence et ravissement.

Elle se pencha et glissa ses mains sous le corps mou et chaud du nourrisson, avant de le soulever et de le poser contre son cœur. Il sentait le savon et le talc et elle rajusta le bonnet sur ses minuscules oreilles. Le fond de l'air était encore un peu frais en ce début de printemps et elle craignait qu'il ne prenne froid.

Elle reprit place sur le banc, le bébé sur les genoux, et lui montra le parc du doigt.

— Regarde bien mon petit Émile. C'est le plus beau parc de Paris et Grand-Mère a plein de jolies histoires à te raconter à son sujet.

Elle sourit, heureuse de ses souvenirs passés et de son bonheur enfin retrouvé.

REMERCIEMENTS

Il me serait impossible de commencer ces remerciements autrement que par l'expression de ma très grande reconnaissance aux éditions Nouvelles Plumes, qui m'offrent aujourd'hui la chance de partager mon roman avec le plus grand nombre. Mais je sais surtout que je dois (presque) tout aux lecteurs et lectrices de la plateforme www.nouvellesplumes.com et qui ont plébiscité mon manuscrit, merci.

Je n'oublie pas le professionnalisme et la disponibilité des éditions Belle Page, ni leur indispensable travail de correction.

Je tenais à remercier particulièrement Martine B. pour son soutien, sa lecture attentive, ses corrections et suggestions. J'adresse également mes amicales pensées à Philippe M., Gwendoline C. et Martine J., ce fut une belle aventure à partager avec vous.

Ce roman n'aurait pu exister sans l'incroyable enquête menée en compagnie de Florence et Nicole.

Je les remercie très sincèrement pour toutes les informations, photos et anecdotes partagées. Vous en retrouverez beaucoup au fil de ce roman, mais j'espère qu'elles ne m'en voudront pas d'avoir réinventé l'histoire, quitte à m'éloigner parfois (beaucoup) de la réalité.

De même, je ne peux oublier tous ces généalogistes amateurs, rencontrés sur les forums ou les blogs, dont le dévouement et l'aide précieuse m'ont permis d'avancer et de pouvoir enfin placer certaines pièces du puzzle.

Un immense merci à ma mère, première lectrice et correctrice. Merci de m'avoir transmis ton goût pour la lecture, d'avoir partagé avec moi ta bibliothèque et surtout d'avoir cru en *Marguerite*.

Un clin d'œil à mon père, qui ne m'a pas encore lue, il n'a désormais plus aucune excuse...

Je tenais à remercier Liliane et Claude pour leur bienveillance d'hier et d'aujourd'hui. Claude, vous avez été, en tant qu'enseignant, le premier à identifier et encourager mes qualités d'écriture et d'imagination. Depuis, j'ai toujours su que j'écrirai.

Une pensée particulière pour ma (très) grande famille, mes cousines, mes amies et tous ceux qui ont cru en moi.

Comment terminer autrement qu'en remerciant mon mari, Pierre, partenaire de toujours et merveilleux père. Merci pour ta patience et ton soutien sans faille. Sans toi, rien n'aurait été possible. Je t'aime.

NOTES DE L'AUTEUR

Marguerite. Un si joli prénom pour un si grand mystère...

Toutes les familles ont leurs secrets, leurs peines et leurs silences. Certains d'entre nous n'y attachent aucune importance, ils vivent détachés du passé, de leur histoire familiale, de leurs racines. Mais pour d'autres, remonter le temps, construire son arbre généalogique, ressortir de vieilles photos, compulser les archives, s'apparentent à une véritable quête, une soif de savoir.

Cette démarche n'est pas anodine, ni sans conséquences. Elle vous happe, vous emporte, vous confronte à la réalité de l'Histoire, des histoires ; elle vous passionne, vous questionne, pour finalement vous laisser au pied de cet arbre que vous avez construit et qui vous dit : voilà d'où tu viens.

La généalogie est une quête de soi, de ses racines. Certains cherchent à dénouer un épisode douloureux du passé, d'autres partent seulement à l'aventure.

Les branches de mon arbre s'étendent jusqu'en Russie, en passant par l'Italie ou encore l'Algérie et le Maroc ; je m'y suis donc accrochée et laissé porter. L'excitation est si grande lorsque vous dénichez un acte tant convoité ou que vous mettez la main sur un document inattendu.

Mais parfois, la mécanique se grippe, les pistes ne mènent plus nulle part, c'est l'impasse généalogique. Cette impasse est source de frustration, on multiplie les indices, on mène l'enquête, on émet des tas d'hypothèses, en vain.

Enfant, déjà, j'avais entendu parler du « mystère Marguerite ».

Un jour que nous questionnions ma grand-mère sur son enfance et les premières années de son mariage au Maroc, je me souviens très bien de l'avoir entendue parler de Marguerite, notre arrière-grand-mère disparue. Il était question de bateau, de pays étranger, mais l'enfant que j'étais n'y prêta qu'une vague attention. Pourtant, le prénom de Marguerite et le mystère entourant sa disparition ne quittèrent jamais totalement mon esprit et des années plus tard, lancée sur le chemin de notre histoire familiale, je fus persuadée de résoudre cette énigme en un rien de temps.

Aidée par Nicole et Florence (petite-fille et arrière-petite-fille de Marguerite) qui ont toute leur vie cherché des réponses aux questions que se posait leur mère et grand-mère, je suis partie sur les traces de cette aïeule dont je n'avais pas même une photo.

Malheureusement, après des années d'enquête, nous avons dû accepter la réalité de notre échec.

Cette disparition m'a par la suite tant obsédée qu'elle m'a inspiré l'idée d'un roman.

Devant mon incapacité à pouvoir découvrir la vérité, j'ai choisi de romancer cette histoire, de réinventer un destin pour Marguerite. Il m'était totalement impossible de la laisser ainsi, perdue dans le dédale du passé, sans aucun avenir...

J'ai souhaité partager ici le peu d'informations en ma possession. Sait-on jamais, la vie est pleine de jolies surprises et peut-être que l'un de mes lecteurs, généalogiste à ses heures ou simple témoin du souvenir, pourrait apporter des réponses à nos questions :

Marguerite LEMOINE est née le 18 juillet 1888 à Auxerre. Ses parents, Lubin François LEMOINE et Marie Victoire NICOUD, viennent s'installer à Paris où grandit Marguerite, entourée de sa sœur Eugénie et de son frère Achille. Les différents recensements de la population nous permettent sans mal de suivre les changements d'adresse de la famille sur la région parisienne.

En 1907, Marguerite donne naissance à sa fille, Germaine (Rose/Iris dans le roman), issue de sa relation avec Emilio BOSIA, un émigré italien né à Gênes. C'est la dernière trace officielle de Marguerite.

Nous savons qu'en 1910 Emilio et sa fille Germaine quittent la France pour l'Amérique du Sud. Marguerite faisait-elle partie du voyage ? Mystère...

Aucune archive ne nous permet de le confirmer.

En 1911, Emilio épouse en Argentine une Italienne, qui partagera le reste de sa vie mais ne lui donnera aucun enfant. Germaine a toute sa vie cherché à savoir ce qu'il était advenu de sa mère Marguerite dont elle n'avait gardé aucun souvenir. Est-elle partie avec eux pour l'Argentine, est-elle restée en France ou bien lui est-il arrivé quelque chose ? Emilio a toujours gardé le silence à ce sujet.

Ce dont nous sommes certains, c'est que l'extrait de naissance de Marguerite ne mentionne aucune information de mariage ou de décès.

Nous avons retrouvé des descendants de sa sœur, Eugénie. La légende veut que la mère et la sœur de Marguerite aient reçu une lettre la concernant, mais son contenu reste un mystère.

Toutes les pistes et les ressources qui nous étaient accessibles ont été explorées. Alors si l'envie vous en dit, ou si vous avez des questions ou des suggestions, je serai ravie d'échanger avec vous à ce sujet : suzanne. gachenot@yahoo.com

Composition et mise en page
Nord Compo à Villeneuve-d'Ascq

Cet ouvrage a été imprimé par
CPI Bussière à Saint-Amand-Montrond
pour le compte de France Loisirs
en février 2019

Numéro d'éditeur : 93740
Numéro d'imprimeur : 2041775
Dépôt légal : février 2019

Imprimé en France